NEW TOPIK
新韓檢 高級
單字大全

全音檔下載導向頁面

https://www.globalv.com.tw/mp3-download-9789864544349/

掃描QR碼進入網頁（須先註冊並保持登入）後，按「全書音檔下載請按此」，可一次性下載音檔壓縮檔，或點選檔名線上播放。

全MP3一次下載為zip壓縮檔，部分智慧型手機須先安裝解壓縮app方可開啟，iOS系統請升級至iOS 13以上。

此為大型檔案，建議使用WIFI連線下載，以免占用流量，並請確認連線狀況，以利下載順暢。

머리말

어휘는 외국어 교육에서 가장 중요한 요소 중 하나이며, 어휘 학습은 외국어 능력을 향상시키는 데 중요한 역할을 한다. 이 책은 '2000 Essential Korean Words'의 시리즈 중 세 번째 책으로, 한국어를 제2언어 또는 외국어로 공부하는 고급 학습자들과 그 학습자들을 가르치는 교원들을 위해 집필되었다.

이 책에서 다룬 어휘는 약 2,000여 개로 다음과 같은 기준으로 선정하였다. 첫째, 국내 10개 대학 부속 한국어 교육 기관 한국어 고급(5~6급) 교재 어휘 중 3회 이상 등장한 어휘를 선정하였다. 둘째, 외국인 학습자들이 고급 수준에서 학습해야 하는 어휘를 선정하기 위해 앞에서 선정한 어휘들을 국립국어원의 '한국어 교육용 어휘 목록(고급)', '국제 통용 한국어 표준 교육과정 어휘 목록(고급)'과 비교하여 중복되는 어휘들을 추출하였다.

예문은 주제와 관련하여 실생활에서 자주 사용되는 유용한 대화문 및 고급 수준의 사회적 소재나 학문적 소재에 관한 내용으로 구성하였으며, 관련어, 참고어 등 다양한 어휘와 표현을 추가로 제시하여 학습자들의 어휘력 신장에 도움을 주고자 하였다. 세부 주제별로 TOPIK 유형의 어휘 연습 문제도 함께 실어 학습자들이 TOPIK 시험 실전 대비 또한 가능하도록 하였다. 또한, 한국어는 고급으로 갈수록 한자어 파생 어휘가 많아지고 한자어의 사용 빈도가 높아지기 때문에 학습자들이 어휘 학습의 장벽을 느끼기 쉽다. 따라서 생산성이 높은 한자어를 중심으로 한자 파생어를 예문과 함께 정리하였다. 부록에는 유의어·반의어, 접두사·접미사, 의존 명사를 추가하여 마지막까지 풍부한 학습 내용을 제공하고자 하였으며, 모든 어휘는 영어, 중국어, 일본어 번역을 추가해 학습자들이 어휘의 의미를 더 쉽게 이해할 수 있도록 했다.

많은 분들의 도움이 없었다면 이 책이 나오기 어려웠을 것이다. 사명감을 가지고 좋은 한국어 교재를 편찬하는 데 최선을 다하는 다락원 한국어출판부 편집진께 진심으로 감사드린다. 꼼꼼하게 번역을 해 주신 Isabel Kim Dzitac 선생님(영어), Yoshimoto Hajime 교수님(일본어), Lu Hung Chin 교수님(중국어)께도 감사의 말을 전한다. 그리고 2년여 간에 걸친 긴 집필 과정을 묵묵히 사랑으로 지켜봐 주고 응원해 준 가족들, 여러 가지 조언을 해 주며 곁에서 힘이 되어 준 동료들, 친구들에게 진심으로 고마움을 전한다.

2024년 2월
저자 일동

前言

　　單字是外語教育中最重要的要素之一,在提升外語能力上擔任重要角色。本書作為《新韓檢單字大全》系列第三本教材,是專為將韓語當作第二外語學習的高級學習者,以及教導高級程度學生的教師們編寫的。

　　本書採用以下標準精選約 2,000 多個字彙。第一,選用單字在韓國國內 10 所大學附屬韓語教育機構之韓語高級(5〜6 級)教材中,收錄於字彙部分超過 3 次以上。第二,為了挑選外國學習者在高級階段必須學習的單字,將前面選出來的字彙與國立國語院《韓語教育用字彙目錄(高級)》、《國際通用韓語標準教育課程字彙目錄(高級)》進行對比,從中選出重複的單字。

　　例句與主題相關,是由日常生活中經常使用的實用對話以及高級程度的社會性題材、學術性題材等相關內容所構成,並額外補充相關單字、參考單字等各式各樣的字彙跟表現,希望對學習者擴展字彙量有所幫助。每個單元另有收錄 TOPIK 類型的字彙練習題,盡可能讓學習者為 TOPIK 考試做準備。此外,由於韓語越往高級走,漢字派生語(衍生語)就越多,漢字的使用頻率越來越高,學習者很容易遇到困難。因此,本書以效益高的漢字語為中心,將漢字派生語連同例句一併做了整理。我們在附錄部分還收錄類義詞、反義詞、前綴詞(接頭詞)、後綴詞(接尾詞)、依存名詞等,提供學習者豐富的學習內容。所有單字接附上中文翻譯,讓學習者可以更輕鬆的理解單字的意義。

　　假如沒有眾人的幫助,這本書是很難完成的。在這裡要向懷抱使命感,為編製優良韓語教材盡心盡力的多樂園韓語出版部編輯團隊至上誠摯的謝意。也想要向細心翻譯的 Isabel Kim Dzitac 老師(英文)、Yoshimoto Hajime 教授(日文)、Lu Hung Chin 教授(中文)表達感謝。我也要謝謝寫書的兩年多之間,一直默默用愛支持我的家人,還有給予許多建議,始終在身旁給予我力量的同事跟朋友們。

全體作者

本書架構與活用

　　這本書是一本專為把韓語當外語學習的學習者,以及教導韓語的老師所編寫的高級程度單字書。本教材收錄的主單字加上補充單字有2,000多個字彙,這些單字包含了高級程度必須要學習的字彙。

　　本書字彙是依照高級程度經常接觸到的14個大主題下去分類整理。大主題先細分成好幾個小主題,接著再分類相同主題的相關單字,讓學習者學習。如此一來,學習者可以更系統化、有效率的形成語義場。

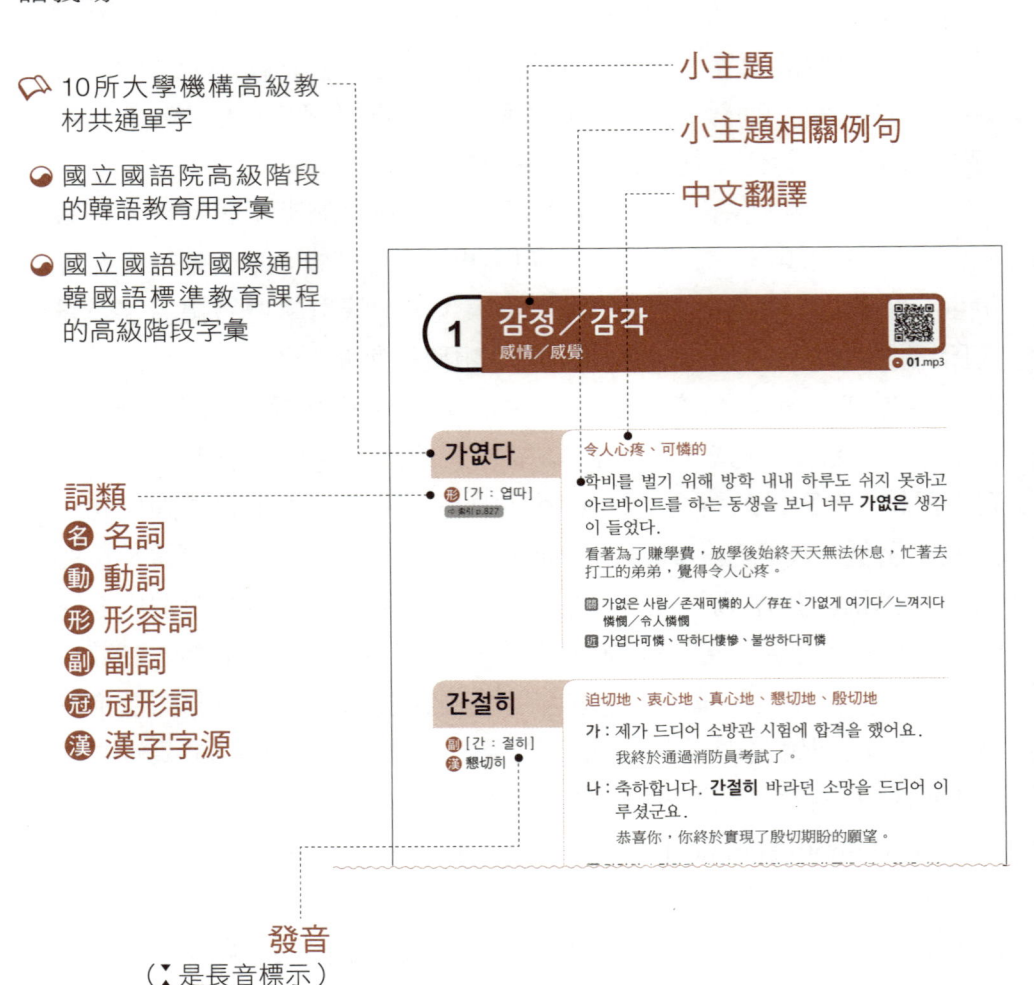

- 🏷️ 10所大學機構高級教材共通單字
- 🟠 國立國語院高級階段的韓語教育用字彙
- 🟠 國立國語院國際通用韓國語標準教育課程的高級階段字彙

小主題
小主題相關例句
中文翻譯

1 감정／감각
感情／感覺
🎧 01.mp3

가엾다 令人心疼、可憐的
형 [가ː엽따]
⊕ 參照 p.827
학비를 벌기 위해 방학 내내 하루도 쉬지 못하고 아르바이트를 하는 동생을 보니 너무 **가엾은** 생각이 들었다.
看著為了賺學費,放學後始終天天無法休息,忙著去打工的弟弟,覺得令人心疼。
유 가엾은 사람／존재可憐的人、存在、가엾게 여기다／느껴지다 憐憫／令人憐憫
관 가엽다可憐、딱하다悽慘、불쌍하다可憐

간절히 迫切地、衷心地、真心地、懇切地、殷切地
부 [간ː절히]
한 懇切히
가 : 제가 드디어 소방관 시험에 합격을 했어요.
　 我終於通過消防員考試了。
나 : 축하합니다. **간절히** 바라던 소망을 드디어 이루셨군요.
　 恭喜你,你終於實現了殷切期盼的願望。

詞類
- 名 名詞
- 動 動詞
- 形 形容詞
- 副 副詞
- 冠 冠形詞
- 漢 漢字字源

發音
（ː 是長音標示）

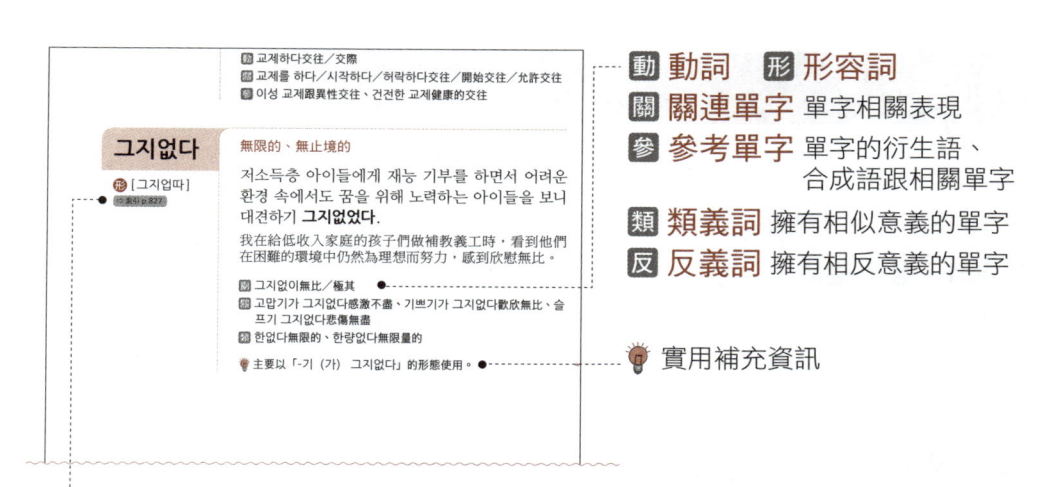

| 교제하다交往／交際
| 교제를 하다／시작하다／허락하다交往／開始交往／允許交往
| 이성 교제跟異性交往、건전한 교제健康的交往

그지없다
無限的、無止境的

形 [그지업따]
類 → p.827

저소득층 아이들에게 재능 기부를 하면서 어려운 환경 속에서도 꿈을 위해 노력하는 아이들을 보니 대견하기 그지없었다.
我在給低收入家庭的孩子們做補教義工時，看到他們在困難的環境中仍然為理想而努力，感到欣慰無比。

| 그지없이無比／極其
| 고맙기가 그지없다感激不盡、기쁘기가 그지없다歡欣無比、슬프기 그지없다悲傷無盡
| 한없다無限的、한량없다無限量的

💡 主要以「-기（가）그지없다」的形態使用。

動 **動詞**　形 **形容詞**
關 **關連單字** 單字相關表現
參 **參考單字** 單字的衍生語、合成語跟相關單字
類 **類義詞** 擁有相似意義的單字
反 **反義詞** 擁有相反意義的單字

💡 實用補充資訊

類義詞、反義詞目錄頁碼

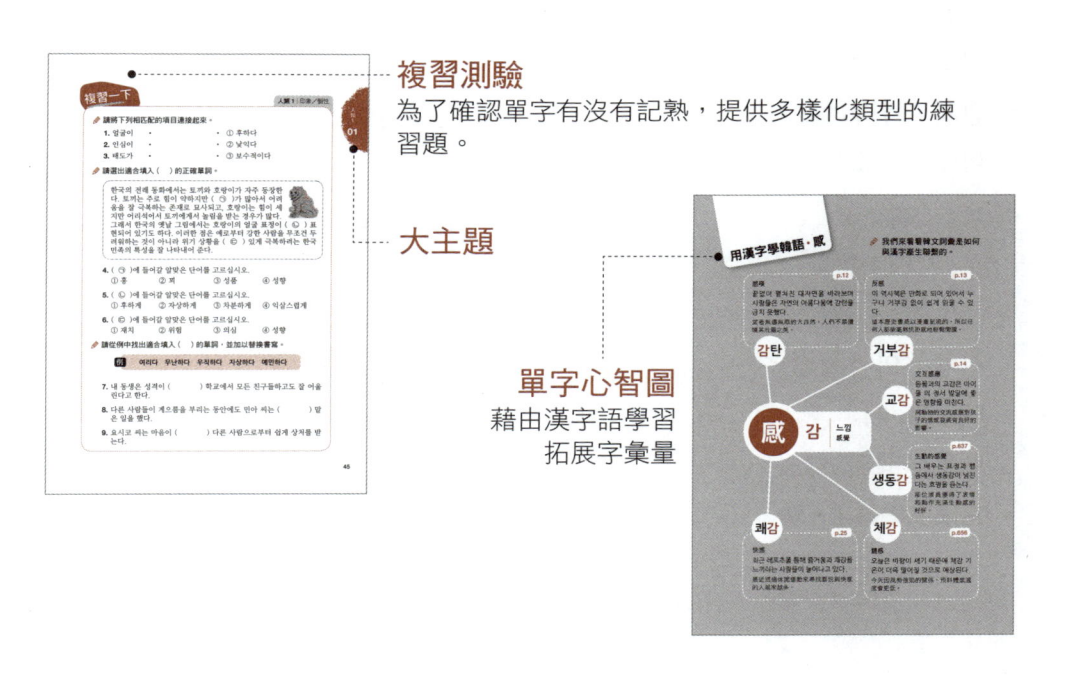

複習測驗
為了確認單字有沒有記熟，提供多樣化類型的練習題。

大主題

單字心智圖
藉由漢字語學習拓展字彙量

附錄
類義詞／反義詞、前綴詞／後綴詞、依存名詞目錄
解答　　　確認答案
索引　　　按照韓文字母排序

目錄

前言 ———————————————— 2
이 책의 구성 및 활용 ————————— 4
本書架構與活用
목록 ———————————————— 6

01 | 인간 1
人類 1

1 감정／감각 感情／感覺 ——————— 10
2 인상／성격 印象／個性 ——————— 30
3 인지 행위 行為認知 ————————— 46
• 用漢字學韓語・感 ————————— 61

02 | 인간 2
人類 2

1 신체／외양 身體／外形 ——————— 64
2 태도 態度 ————————————— 75
3 행동／행위 行動／行為 ——————— 98
• 用漢字學韓語・變 ————————— 114

03 | 삶
生命、人生、生活

1 경조사 婚喪喜慶 ————————— 116
2 언어 행위 語言行為 ———————— 126
3 여가 생활 休閒生活 ———————— 141
4 인간관계 人際關係 ———————— 155
5 일상 행위 日常行為 ———————— 171

• 用漢字學韓語・相 ———————— 185

04 | 의식주
食衣住

1 식생활 飲食生活 ————————— 188
2 의생활 服裝生活 ————————— 203
3 주생활 居住生活 ————————— 215
• 用漢字學韓語・力 ———————— 227

05 | 건강
健康

1 건강 상태 健康狀態 ———————— 230
2 병／증상 疾病／症狀 ——————— 244
3 치료 治療 ———————————— 261
• 用漢字學韓語・過 ———————— 270

06 | 교육
教育

1 교육 행정 教育行政 ———————— 272
2 적성／진로 適性／出路 —————— 285
3 철학／윤리 哲學／倫理 —————— 298
4 학문 용어 學術用語 ———————— 309
5 학문 행위 學術行為 ———————— 320
• 用漢字學韓語・學 ———————— 339

07 | 사회생활
社會生活

1. 문제／해결 問題／解決 ········ 342
2. 사회 현상 社會現象 ········ 361
3. 성공／실패 成功／失敗 ········ 378
4. 직장／직장 생활
   職場／職場生活 ········ 397
- 用漢字學韓語・成 ········ 409

08 | 경제／경영
經濟／經營

1. 경영 전략 經營策略 ········ 412
2. 경제 현상 經濟現象 ········ 427
3. 경제 활동 經濟活動 ········ 441
4. 기업 경영 企業經營 ········ 453
5. 재무／금융 財務／金融 ········ 467
- 用漢字學韓語・急 ········ 480

09 | 국가
國家

1. 법／질서 法律／秩序 ········ 482
2. 정치 政治 ········ 500
3. 행정／사회 복지
   行政／社會福利 ········ 512
- 用漢字學韓語・主 ········ 524

10 | 문화／역사
文化／歷史

1. 대중문화 大衆文化 ········ 526
2. 역사 歷史 ········ 547
3. 전통문화 傳統文化 ········ 559
- 用漢字學韓語・意 ········ 570

11 | 예술／스포츠
藝術／運動

1. 건축 建築 ········ 572
2. 문학 文學 ········ 587
3. 스포츠 運動 ········ 605
4. 예술 藝術 ········ 627
- 用漢字學韓語・作 ········ 648

12 | 자연／환경
自然／環境

1. 기상／기후 氣象／氣候 ········ 650
2. 생태 生態 ········ 660
3. 자연 현상 自然現象 ········ 670
4. 재난／재해 災難／災害 ········ 682
5. 지형／지역 地形／地區 ········ 696
- 用漢字學韓語・物 ········ 710

目錄

13 | 과학／기술
科學／技術

1 **교통／운송** 交通／運輸 ———— 712
2 **정보／기술** 資訊／技術 ———— 729
3 **통신／매체** 通訊／媒體 ———— 749
• 用漢字學韓語・度 ———— 764

14 | 성질
性質

1 **속도／수량／크기**
　速度／數量／大小 ———— 766
2 **시간／시기** 時間／時期 ———— 776
3 **의성어／의태어** 擬聲語／擬態語 ———— 790
4 **정도** 程度 ———— 804
• 用漢字學韓語・化 ———— 819

부록
附錄

**유의어／반의어, 접두사／접미사,
의존 명사 목록** 類義詞／反義詞、
前綴詞／後綴詞、依存名詞附錄 ———— 822

• **유의어／반의어** 類義詞／反義詞 — 822
• **접두사／접미사** 前綴詞／後綴詞 — 831
• **의존 명사** 依存名詞 ———— 833

정답 解答 ———— 836
색인 索引 ———— 840

01 인간 1
人類 1

1 감정／감각 感情／感覺
2 인상／성격 印象／個性
3 인지 행위 行為認知

用漢字學韓語・感

1 감정/감각
感情/感覺

01.mp3

가엾다

形 [가 : 엽따]
⇨ 索引 p.827

令人心疼、可憐的

학비를 벌기 위해 방학 내내 하루도 쉬지 못하고 아르바이트를 하는 동생을 보니 너무 **가엾은** 생각이 들었다.
看著為了賺學費，放學後始終天天無法休息，忙著去打工的弟弟，覺得令人心疼。

關 가엾은 사람/존재可憐的人/存在、가엾게 여기다/느껴지다 憐憫/令人憐憫
近 가엽다可憐、딱하다悽慘、불쌍하다可憐

간절히

副 [간 : 절히]
漢 懇切히

迫切地、衷心地、真心地、懇切地、殷切地

가 : 제가 드디어 소방관 시험에 합격을 했어요.
　　我終於通過消防員考試了。

나 : 축하합니다. **간절히** 바라던 소망을 드디어 이루셨군요.
　　恭喜你，你終於實現了殷切期盼的願望。

關 간절히 소망하다/바라다/원하다殷切的願望/衷心盼望/希望

감격스럽다

激動、令人感動的、激動人心

形 [감 : 격쓰럽따]
漢 感激스럽다

가 : 부상을 당한 최지원 선수가 우승을 차지한 것을 보니 너무 **감격스럽습니다**.
看到負傷的崔志源選手贏得勝利，太令人感動了。

나 : 맞습니다. 이 경기를 보는 모든 분들이 같은 마음이실 것 같습니다.
沒錯。我想有看這場比賽的所有人大概都是一樣的心情。

關 감격스러운 모습／순간／장면 激動的模樣／瞬間／場面

감수성

感受性、感覺

名 [감 : 수썽]
漢 感受性

가 : 요즘 우리 재민이가 작은 일에도 금방 슬퍼하거나 기뻐하는 것 같지요?
最近我們在民好像對一點小事也很快悲傷或開心？

나 : 그런 것 같아요. 중학생이 되더니 **감수성**이 예민해져서 그런가 봐요.
好像是。大概是初中了，感性變得敏感的關係。

關 감수성이 예민하다／풍부하다 感性敏銳／豐富、감수성을 지니다 擁有感受性

人類 1
01

11

감정／감각 • 感情／感覺

감탄

名 [감ː탄]
漢 感歎／感嘆

感嘆、讚嘆、驚嘆

가 : 지난 주말에 동해로 해돋이 보러 간다고 했었지요? 어땠어요?
你說你上個周末去東海看日出對吧？怎麼樣？

나 : 얼마나 멋지던지 **감탄**이 절로 나오더라고요. 또 보러 가고 싶어요.
不知道有多美，讚嘆的聲音不自覺地發出。我還想再去看一次。

動 감탄하다 感嘆／讚嘆／驚嘆
關 감탄이 나오다 發出讚嘆、감탄을 금치 못하다 讚嘆不已

갑갑하다

形 [갑까파다]
⇨ 索引 p.827

鬱悶的、煩悶的

나는 아무리 열심히 연습을 해도 축구 실력이 나아지지 않아 너무 **갑갑했다**.
不論我多麼努力練習，足球實力還是沒有進步，非常鬱悶。

關 마음이 갑갑하다 內心鬱悶、가슴이 갑갑하다 胸悶
近 답답하다 煩悶的／著急／心塞

개운하다

形 [개운하다]

舒爽的、輕鬆、開胃

가 : 엄마, 찜질방 잘 다녀오셨어요?
媽，你去了桑拿房嗎？

나 : 응. 오랜만에 따뜻한 곳에서 찜질을 했더니 몸이 너무 **개운해**. 다음에는 너도 같이 가자.
嗯，久違地在溫暖的地方做桑拿，整個人神清氣爽的。下次你也一起去吧。

關 몸이 개운하다 身體舒爽
參 개운한 기분／느낌 舒暢的心情／感覺

12

거부감

名 [거ː부감]
漢 拒否感

反感、厭煩、抗拒心理

가 : 지호 어머니, 지호는 채소도 잘 먹네요.
  志浩媽媽，志浩連蔬菜也都乖乖吃呢。

나 : 네. 얼마 전까지만 해도 채소라면 질색을 하더니 채소가 들어간 케이크를 먹어 본 후로 **거부감**이 없어졌는지 잘 먹더라고요.
  是的，他不久前只要看到蔬菜都會露出反感的樣子，自從吃了添加蔬菜製作的蛋糕之後，抗拒心理就消失了，吃得很開心。

關 거부감이 들다/있다感到/有反感、거부감을 갖다/나타내다/보이다懷有抗拒心理/表現出反感的樣子/呈現抗拒模樣

거슬리다

形 [거슬리다]

礙眼的、不順眼的、反感的、逆眼的

가 : 준우야, 내일 벽지를 사다가 도배 좀 할까?
  俊宇，明天要不要去買壁紙回來貼？

나 : 네, 찢어진 벽지가 영 눈에 **거슬렸는데** 좋아요.
  好，破掉的壁紙看起來一直很礙眼。

關 기분이 거슬리다不順心、비위가 거슬리다倒胃口、신경이 거슬리다煩躁

공허하다

形 [공허하다]
漢 空虛하다

空虛的、空蕩蕩、空洞

가 : 가을이 되니 괜스레 마음이 **공허하고** 울적해져요.
  一到秋天，莫名就內心空虛，變得比較憂鬱。

나 : 진욱 씨가 가을을 타나 봐요.
  看來振旭你犯秋思呢。

關 마음이 공허하다內心空虛
參 허한 느낌空虛的感覺

감정／감각・感情／感覺

관대하다

形 [관대하다]
漢 寬大하다
⇨ 索引 p.827

寬大、寬容、寬厚

가：선배님, 어제 밤을 새워서 썼는데도 기획안을 다 못 썼어요. 어쩌지요?
　　前輩，我昨天熬夜寫企劃書，但還是沒寫完。怎麼辦？

나：장 부장님은 **관대하고** 친절하신 분이니까 상황을 잘 설명해 보세요.
　　張部長是一位寬容、親切的人，你好好說明一下狀況。

關 관대하게 대하다 寬容對待、남에게 관대하다 寬以待人
參 관대한 사람 寬宏大量的人
近 너그럽다 寬容的／寬厚的／厚道

교감

名 [교감]
漢 交感

交流感應、互相感應

나는 복잡한 도시에서 사는 것보다 자연과 **교감할** 수 있는 시골에서 사는 것이 더 좋다
比起住在熱鬧的都市裡，我更喜歡住在能與大自然互相感應的鄉下。

動 교감하다 交流感應／互相感應
關 교감을 나누다／느끼다／하다 享受／感受／做相互感應、교감이 있다 有互相感應
參 정서적 교감 情緒上的交流感應

담담하다

形 [담ː담하다]

心平氣和的、平心靜氣的、從容不迫的

가：언니, 드디어 내일 결혼식인데 기분이 어때?
　　姊，你明天終於要結婚了，心情怎樣？

나：그동안 결혼 준비를 너무 바쁘게 해서 그런지 지금은 오히려 **담담해**.
　　不曉得是不是這段時間準備結婚太忙了，現在反而氣和心靜的。

參 담담한 기분／마음／모습／목소리
　 從容不迫的心情／心／模樣／聲音

동병상련

名 [동병상년]
漢 同病相憐

同病相憐

가 : 윤아 씨, 옆 부서의 서윤 씨하고 많이 친한가 봐요. 자주 같이 어울리는 것 같아요.
> 允兒，你好像跟隔壁部門的書潤很熟。我看你們經常在一起。

나 : 2년 동안 취업 준비를 같이 하면서 **동병상련**을 느껴서 그런지 마음이 잘 통해요.
> 大概是我們一起準備就業兩年，感覺同病相憐的緣故吧，因此我們很談得來。

動 동병상련하다 同病相憐
關 동병상련을 느끼다 感到同病相憐
參 동병상련의 감정／마음／아픔 同病相憐的感情／內心／痛苦

못마땅하다

形 [몬ː마땅하다]
⇨ 索引 p.827

感覺不滿意的、不順心的

가 : 지우야, 왜 그렇게 얼굴을 찌푸리고 있어? **못마땅한** 것이 있으면 얘기를 해 줘.
> 志宇，你怎麼皺著一張臉？如果我有什麼讓你看不順眼的地方，你直接跟我說。

나 : 내가 그랬니? 미안해. 잠시 다른 생각을 하고 있었어.
> 我有皺著一張臉嗎？抱歉，我暫時出神在想別的事情。

關 못마땅하게 보다／생각하다 一臉不滿／覺得礙眼
參 못마땅한 눈초리／얼굴 不滿意的眼神／表情
近 불만스럽다 感覺不滿的

감정/감각・感情/感覺

묘하다

形 [묘 : 하다]
漢 妙하다

奇妙的、不可思議的

한없이 어리게만 봤던 막내아들이 벌써 대학을 졸업하고 취직을 했다고 하니 기분이 **묘했다**.

總覺得還小的小兒子已經大學畢業開始工作了，心情很是奇妙。

關 기분이 묘하다 心情很奇妙、느낌이 묘하다 感覺奇妙
參 묘한 감정 奇妙的感情

뭉클하다

形 [뭉클하다]

心頭一熱

가 : 죽어 가면서도 저렇게 후회 없다는 듯 웃을 수 있다니 대단해요.
面臨死亡還能像那樣笑得無怨無悔，真了不起。

나 : 그렇죠？저도 저 장면에서 마음이 **뭉클해졌어요**.
對吧？我看到那個場面也是心頭一熱。

關 가슴이 뭉클하다 胸口暖暖的、마음이 뭉클하다 內心發熱

미묘하다

形 [미묘하다]
漢 微妙하다

微妙的

가 : 요즘 너하고 예준이 사이가 **미묘해** 보이던데 무슨 일 있어?
最近你跟藝俊的關係看起來有點微妙，發生什麼事了嗎？

나 : 아니. 원래 친구로 잘 지냈는데 요즘 예준이만 보면 설레서 피하게 되더라고.
沒什麼，我本來把他當朋友處得好好的，可是最近只要看到藝俊就有點心動，所以就避開他了。

關 감정이 미묘하다 感情微妙、말뜻이 미묘하다 語意微妙、관계가 미묘하다 關係微妙

민망하다

形 [민망하다]
漢 憫憫하다

難為情的、丟臉、尷尬的、令人不安

가 : 오랫동안 취직을 못하고 있으니까 친척들 보기 **민망해서** 추석 모임에 못 가겠어.

　　許久都找不到工作，遇到親戚會很尷尬，中秋聚會是去不了了。

나 : 나도 그래. 내년에는 꼭 취직을 해서 당당하게 가려고.

　　我也是，我明年一定要找到工作，然後堂堂正正去參加聚會。

參 민망한 꼴/상황/자세/장면尷尬的模樣/情況/姿勢/場面

부시다

形 [부시다]

刺眼的

어두컴컴한 카페에 있다가 밖에 나오니 눈이 **부셔서** 눈을 똑바로 뜨기가 어려웠다.

待在昏暗的咖啡廳裡然後出來到外面，光線很刺眼，很難好好睜開眼睛。

關 눈이 부시다耀眼

분하다

形 [분하다]
漢 憤하다／忿하다

氣憤的、憤怒的、憤慨

친구를 믿고 큰돈을 빌려줬는데 돈을 갚기는커녕 연락도 닿지 않아서 **분한** 마음에 잠을 이룰 수가 없었다.

我相信朋友借給他一大筆錢，但他別說還錢了，人都連絡不上，我氣到睡不著。

關 마음이 분하다內心氣憤
參 분한 기분憤怒的心情

人類 1

01

17

감정／감각 • 感情／感覺

뿌듯하다

形 [뿌드타다]
⇨ 索引 p.827

滿足的、充滿的

가 : 김 작가님, 오랜만에 새 작품을 발표하셨는데 기분이 어떠십니까?
金作家，隔了這麼長時間發表新作品，您的心情如何？

나 : 이번 작품은 집필하면서 중간에 어려움이 많았는데 막상 완성이 된 걸 보니 아주 **뿌듯합니다**.
這次的作品在寫作期間遭遇了許多困難，實際完成後，真的很滿足。

參 뿌듯한 기분／감정／느낌／마음／생각
滿足的心情／感情／感覺／內心／想法

近 벅차다充滿（喜悅）、만족스럽다心滿意足的

산뜻하다

形 [산뜨타다]

清爽的、灑脫的、輕鬆、爽快

가 : 지우야. 오늘은 몸이 좀 나아졌니? 학교에 갈 수 있겠어?
振宇，今天身體有好點嗎？可以去上學嗎？

나 : 네. 어제 병원에 가서 주사 맞고 와서 푹 자고 났더니 몸이 **산뜻해졌어요**.
可以，我昨天去醫院打針之後回來好好睡了一覺，身體輕鬆多了。

關 기분이 산뜻하다神清氣爽、몸이 산뜻하다身體輕鬆
參 산뜻한 느낌清爽的感覺

18

시원섭섭하다

形 [시원섭써파다]

又高興又難捨的

별로 마음에 들지 않은 회사였는데도 막상 그만두려니 **시원섭섭한** 마음이 들었다.
即使是我不怎麼喜歡的公司,真的要離職時,內心覺得又高興又捨不得。

參 시원섭섭한 기분/마음/일 又高興又難捨的心情/心/事情

씁쓸하다

形 [씁쓸하다]
⇨ 索引 p.827

不是滋味、苦澀的

가 : 상대 팀이 선제골을 넣으니 우리 팀 골키퍼 표정이 너무 안 좋아졌어.
因為對方隊伍先進球得分,我們隊的守門員表情變得很不好看。

나 : 그러게. 표정이 너무 **씁쓸해** 보여. 빨리 다시 기운 내서 잘 막았으면 좋겠어.
是啊,表情看起來非常不是滋味。希望他可以重新振作好好阻止對手進球。

아찔하다

形 [아찔하다]

暈眩的、恍惚的

가 : 왜 갑자기 소리를 지르고 그래?
你幹嘛突然大叫?

나 : 저 절벽 아래를 내려다보니 순간 정신이 **아찔해지지** 뭐야. 너무 무섭다.
我從那個懸崖往下看,突然一陣暈眩,太可怕了。

關 눈앞이 아찔하다 眼前一陣暈眩、정신이 아찔하다 精神恍惚
參 아찔한 순간 暈眩的瞬間

감정／감각・感情／感覺

안쓰럽다

形 [안쓰럽따]
⇨ 索引 p.827

可憐、同情、心裡難受、心酸的、過意不去的

가: 아버지, 웬일로 핸드크림을 다 사 오셨어요?
爸，你怎麼把護手霜全買回來了？

나: 너희 엄마 손이 너무 거칠어져서 **안쓰러운** 마음에 이거라도 바르면 좀 나아질까 해서 사 왔지.
你媽的手太粗糙了，我心裡難受，心想至少擦了這個或許會好一些，於是就買了。

關 안쓰러워 보이다 看起來難受的
參 안쓰러운 마음 憐憫之心
近 안타깝다 惋惜的／難過的

압박감

名 [압빡깜]
漢 壓迫感

壓迫感、壓抑感

가: 서윤 씨, 아직도 보고서를 쓰고 있는 거예요?
書潤，你還在寫報告嗎？

나: 네, 부서를 옮기고 나서 처음 맡은 업무라 잘 해야 한다는 **압박감**이 들어서요.
是的，這是我調部門之後負責的第一項業務，有種必須好好表現的壓迫感。

關 압박감을 느끼다 感受到壓迫感、압박감이 심하다 壓迫感很重、압박감에 시달리다 受到壓迫感折磨

애틋하다

形 [애트타다]

情深意切、依戀、戀戀不捨

가 : 저 연예인 부부는 함께 드라마에 출연한 후에 결혼하게 되었다면서요?

聽說那對藝人夫妻，是因為一起演影劇之後才結婚的？

나 : 네. 얼마 전에 예능 프로그램에 나와서 연인 연기를 하다가 **애틋한** 감정이 생겨서 결혼까지 하게 됐다고 하더라고요.

是的，不久前他們上綜藝節目，說在演情侶戲時演出愛戀的感情，於是結婚了。

關 애틋하게 생각하다 覺得戀戀不捨
參 애뜻한 감정／마음／정 愛戀的感情／心／情

얄밉다

形 [얄밉따]

討厭的、可恨

가 : 김준우 씨는 어떻게 저렇게 부장님께 아부를 잘할까요? 가끔은 너무 **얄미워요**.

金俊宇怎麼那麼會拍部長馬屁？有時候真的很討厭。

나 : 너무 미워하지 말고 마음이 넓은 서윤 씨가 이해해 줘요.

別討厭他，寬宏大量的書潤你就理解他吧。

關 얄밉게 굴다 討人厭的舉動
參 얄미운 사람／말투 討厭的人／口氣

人類 1
01

감정／감각・感情／感覺

어리둥절하다

形 [어리둥절하다]

不知所措的、暈眩的、迷迷糊糊

길거리에서 잘 모르는 사람이 내 이름을 부르길래 **어리둥절해서** 쳐다보니 고등학교 동창이었다.
在路上有不認識的人喊我名字，我不知所措仔細看，原來是高中同學。

關 정신이 어리둥절하다 精神暈眩的
參 어리둥절한 모양／상태／표정 不知所措的模樣／狀態／表情

어이없다

形 [어이업따]
⇨ 索引 p.827

荒唐透頂的、無可奈何、無言、啼笑皆非

가 : 여보, 오늘 재민이가 또 핑계를 대면서 숙제 안 하고 게임을 하겠다고 하더라고요.
老公，今天在民又找藉口不寫作業，說要玩遊戲。

나 : 날마다 새로운 핑계를 대니 **어이없어서** 할 말이 없네요.
每天都找新藉口，讓人荒唐到不知道該說什麼好。

參 어이없는 변명／상황／얼굴 荒唐透頂的辯解／狀況／表情
近 어처구니없다 荒唐的、기막히다 氣塞、令人哭笑不得的

억누르다

動 [엉누르다]
⇨ 索引 p.826

壓抑、按捺

가 : 아버지, 민준이가 제 허락 없이 제 노트북을 함부로 써서 너무 화나요.
　　爸，民俊沒經過我同意就隨便用我筆電，我太生氣了。

나 : 그래? 일단 화가 난 감정을 **억누르고** 나서 부드럽게 말해 보는 게 어떠니?
　　是嗎？你先按捺心中的怒火，然後心平氣和跟他說如何？

關 감정을 억누르다 壓抑情感、분노를 억누르다 按捺憤怒、슬픔을 억누르다 壓抑悲傷
同 누르다 壓抑／抑制

언짢다

形 [언짠타]

不愉快的、不舒服的、鬱悶

우리 할아버지는 아무리 **언짢은** 일이 있으셔도 절대 기분 나쁜 표정을 짓지 않으신다.
我爺爺不論是多麼不愉快的事情，也絕對不會有不愉快的表情。

關 심기가 언짢다 心裡不舒服
參 언짢은 감정／기색／느낌／표정 不愉快的情感／神色／感覺／表情

감정／감각・感情／感覺

예리하다

形 [예 : 리하다]
漢 銳利하다
⇨ 索引 p.827

敏銳、鋒利、銳利

가 : 감독님의 **예리한** 상황 판단으로 우리 팀이 우승까지 하게 된 것 같습니다. 정말 감사드립니다.
因教練的敏銳狀況判斷，我們隊伍得以獲勝。真的很感謝您。

나 : 아닙니다. 주장을 비롯한 여러분 모두가 열심히 했기 때문입니다.
別這麼說，是主將等所有人都很努力的緣故。

參 예리한 관찰력／눈／안목
敏銳的觀察力／眼神／眼光
同 날카롭다鋒利的／銳利的／犀利的

촉각

名 [촉각]
漢 觸覺
⇨ 索引 p.825

觸覺

경복궁 관리소에서 입체 카드를 제작해 이제 시각장애인들도 경복궁의 모습을 **촉각**으로 느낄 수 있게 되었다고 한다.
聽說景福宮管理處製作立體卡片，如今視障人士也可以透過觸覺感受景福宮的樣貌了。

關 촉각이 발달하다觸覺發達、촉각을 이용하다利用觸覺、촉각을 곤두세우다集中精神／緊張
參 싸늘한 촉각冰冷的觸覺
近 촉감觸感／觸覺

24

촉촉하다

形 [촉초카다]

濕潤的、濕漉漉的

돌아가신 어머니를 생각하면 10년이 지난 지금도 눈가가 **촉촉하게** 젖어온다.

想到逝去的母親，即使是過去十年的現在，眼角仍會濕潤。

參 촉촉한 느낌／상태／피부濕潤的感覺／狀態／肌膚

쾌감

名 [쾌감]
漢 快感

快感

가：난 액션 영화를 보면 정신이 좀 없던데 오빠는 액션 영화의 어떤 점이 좋아?

我如果看動作片會有點沒精神，哥你喜歡動作片哪一點？

나：액션 영화를 보면 스릴과 **쾌감**을 동시에 맛볼 수 있어서 좋더라고.

如果看動作片，可以同時感受到刺激跟快感，所以我很喜歡。

關 쾌감을 느끼다／맛보다／얻다感受到／嘗到／獲得快感

풋풋하다

形 [푿푸타다]

新鮮的、清爽的、青澀的

가：지우야, 오랜만에 대학교 신입생일 때 사진을 보니 우리 너무 **풋풋해** 보인다.

智宇，過了好久看到大學新生時期拍的照片，當時的我們看起來超青澀的。

나：그러게, 신입생일 때가 엊그제 같은데 시간 참 빠르다.

就是說啊，大學新鮮人時期恍如昨日，時間過得真快。

關 모습이 풋풋하다模樣青澀
參 풋풋한 마음／냄새青澀的心／清爽的味道

人類 1
01

감정／감각・感情／感覺

한심하다

形 [한심하다]
漢 寒心하다

寒碜、心寒的、寒酸、可憐

가 : 형, 언제 그렇게 요리를 배웠어? 이 음식 너무 맛있다.
哥，你什麼時候下功夫好好學料理了？這道餐點太好吃了。

나 : 그래? 달걀 프라이 하나 제대로 못하는 나 자신이 **한심해서** 요리를 배우기 시작했지.
是嗎？因為我對連個煎蛋都煎不好的自己感到寒心，就開始學做菜了。

關 한심하게 쳐다보다 心寒地盯著看
參 한심한 꼴／노릇／사람 寒碜的德性／角色／人

허전하다

形 [허전하다]

空蕩蕩的、空虛的

가 : 여보, 집이 왜 이렇게 **허전하지요**?
親愛的，怎麼覺得家裡變得這麼冷清呢？

나 : 둘째가 대학 기숙사로 들어가서 늘 집에 있던 사람이 없으니 그럴 거예요.
老二去大學宿舍住了，少了一個總是在家的人，而那樣子的啊。

參 허전한 기분 空虛的感覺／感覺少了什麼

회의

名 [회의/훼이]
漢 懷疑
➪ 索引 p.826

懷疑、疑心

가 : 진욱 씨, 무슨 일 있어요? 요즘 계속 기운이 없어 보여요.
　　鎮旭，你怎麼了？最近看起來一直沒什麼精神。

나 : 아니요. 그냥 계속 다람쥐 쳇바퀴 돌 듯 생활하다 보니 이렇게 사는 게 맞나 **회의**가 들어서 사는 게 재미가 없어요.
　　沒什麼。只是每天的生活就像松鼠在滾輪上跑一樣，一成不變，讓我開始懷疑這樣活著到底對不對，感覺生活沒什麼樂趣了。

關 회의가 생기다/들다 產生懷疑、회의를 품다 抱持著懷疑
參 고뇌와 회의 苦惱與懷疑、불신과 회의 不信任與懷疑
類 의심 疑心

후련하다

形 [후련하다]
➪ 索引 p.827

舒心的、舒暢的

가 : 지우야, 하은이하고 얘기하고 나서 답답한 게 좀 풀렸니?
　　智祐啊，和夏恩談過之後，心裡的鬱悶有解開一些嗎？

나 : 네. 서로 불만이 있었던 부분을 솔직하게 얘기하고 나니 마음이 **후련해졌어요**. 서로 오해한 부분이 많았더라고요.
　　是的。我們坦誠地聊了彼此的不滿之後，心情輕鬆多了。結果發現我們之間其實有很多誤會。

關 가슴이 후련하다 心曠神怡/內心舒暢
參 후련한 기분/마음 舒暢的心情/心
類 시원하다 痛快的/爽快的

감정／감각 • 感情／感覺

흐뭇하다
形 [흐무타다]

滿足的、滿意的、心滿意足的

가 : 할아버지, 이 집이 그렇게 좋으세요? 매일 밖에 서서 보고 계시니 말이에요.
爺爺，您真的這麼喜歡這棟房子嗎？每天都站在外面看著呢。

나 : 그럼. 5년 동안 손수 지었더니 쳐다보기만 해도 **흐뭇해**.
當然了！這可是我五年中親手建造的，光是看著就覺得滿心欣慰啊。

參 흐뭇한 표정／마음滿足的表情／心

흥
名 [흥ː]
漢 興

興致、興、興頭

가 : 다들 고생해 주신 덕에 거래처와의 계약이 무사히 성사 됐습니다.
託大家努力之福氣，與客戶的合約順利簽訂了。

나 : 와, 이제 **흥**이 나서 일할 수 있을 것 같아요.
哇，現在有幹勁工作了！

關 흥이 나다起了興致、흥을 돋우다助興、흥에 겹다興高采烈

희로애락
名 [히로애락]
漢 喜怒哀樂

喜怒哀樂

할머니께서 오랜 세월 **희로애락**을 함께해 온 친구 분들과 여행을 가신다면서 아주 좋아하셨다.
奶奶說要和一起度過漫長歲月、分享喜怒哀樂的老朋友們一起去旅行，心情非常愉快。

關 희로애락을 느끼다／함께하다感受／共享喜怒哀樂
參 희로애락의 감정喜怒哀樂的感情、
　 삶의 희로애락生活的喜怒哀樂

複習一下

人類 1 | 感情／感覺

✏️ 請將意思相近的詞語連接起來。

1. 가엾다　　•　　　　　　•　① 너그럽다
2. 갑갑하다　•　　　　　　•　② 답답하다
3. 관대하다　•　　　　　　•　③ 불쌍하다

✏️ 請選擇適合填入（　）的詞語。

4. 먼 타국으로 가 그곳의 고아들을 위해 일생을 바친 신부님에 대한 다큐멘터리를 보고 가슴이 (　　　).

① 미묘했다　② 뭉클했다　③ 뿌듯했다　④ 산뜻했다

5. 김 형사는 (　　　) 판단력으로 범인을 잡는 데 성공했다.

① 예리한　② 한심한　③ 애틋한　④ 촉촉한

✏️ 請從例中找出適合填入（　）的單詞並寫下來。

| 例 | 어이없다 | 씁쓸하다 | 안쓰럽다 |

6. 가: 서윤이가 취직을 하더니 많이 힘든가 봐. 얼굴이 수척해졌어.
   나: 그런 것 같지? 나도 볼 때마다 좀 (　　　). 오늘은 우리가 서윤이에게 맛있는 것을 사 주자.

7. 가: 이인환 선수, 시합에 지고 말았는데 지금 심정이 어떠십니까?
   나: 기분이 조금 (　　　). 하지만 다음 시합을 위해 지금부터 더 철저히 준비하도록 하겠습니다.

8. 가: 딸이 아무 이유 없이 잘 다니던 대학교를 그만두겠다고 했다고요?
   나: 네, 어젯밤에 그 말을 듣고 너무 (　　　) 아무 대꾸도 안 했어요. 오늘 집에 가서 이유를 물어보려고요.

2 인상／성격
印象／個性

강직하다

形 [강지카다]
漢 剛直하다

剛正不阿、耿直、正派

가 : 우리 지호도 저 드라마 주인공처럼 **강직한** 성품을 가진 어른으로 자랐으면 좋겠어요.
希望我們志浩像那部影劇主角一樣長大成擁有剛正品格的大人。

나 : 그러게요. 세상의 어떤 불의와도 타협하지 않는 주인공의 모습이 아주 인상적이에요.
可不是嗎！不和任何世上不公不義妥協的主角形象令我印象深刻。

參 강직한 성격／인상／성품 耿直的個性／印象／品性

고귀하다

形 [고귀하다]
漢 高貴하다
⇨ 索引 p.827

高貴的、尊貴的、貴重的、珍貴的

가 : 무슨 책인데 그렇게 재미있게 읽고 있니?
什麼書？這麼有趣的看著！

나 : **고귀한** 신분으로 태어났지만 비천하게 살아가는 인물에 대한 이야기를 다룬 소설인데 정말 흥미진진해요.
講述出身高貴卻過著卑微生活人物故事的小說，真的非常精彩！

參 고귀한 신분／성품 高貴的身分／品性
類 존귀하다 尊貴的、귀하다 寶貴的
反 비천하다 卑賤的

꾀

名 [꾀/꿰]
⇨ 索引 p.823

計策、計謀

가 : 우리 아이는 성실히 공부하기보다는 어떻게든 꾀만 부리려고 해서 걱정이에요.
我們孩子不老老實實念書，而老想耍小聰明，真擔心啊。

나 : **꾀**가 많다는 건 아이가 똑똑하다는 거니까 너무 걱정하지 마세요.
鬼點子多就是孩子聰明的意思，你不用擔心了。

關 꾀가 많다心眼多、꾀를 내다搞小計謀
類 계책計策、모략謀略、모획謀劃

낙천적

名 關 [낙천적]
漢 樂天的
⇨ 索引 p.823,828

樂觀的、樂天的

가 : 박 선생님은 언제나 젊고 건강해 보이시는데 혹시 비결이 있으십니까?
朴先生您看起來總是年輕又健康，請問有什麼秘訣嗎？

나 : 비결은요. 워낙 **낙천적**인 성격이라 걱정 없이 살아서 그렇게 보이나 봅니다.
秘訣嗎？大概是因為我本來就比較樂天派，所以沒什麼煩惱，外表才看起來那樣子的吧。

類 낙관적樂觀的
反 염세적厭世的

인상／성격 • 印象／個性

낯익다

形 [난닉따]
⇨ 索引 p.830

眼熟的、面善的

가 : 지우야, 저 배우 이름 아니?
　　智友，你知道那位演員的名字嗎？

나 : 나도 얼굴은 **낯익은데** 이름은 잘 모르겠어. 인터넷으로 한번 찾아보자.
　　我也覺得他的臉很眼熟，但名字不太清楚。上網查一下吧！

關 얼굴이 낯익다眼熟／似曾相識
反 낯설다臉生／陌生的

덜렁대다

動 [덜렁대다]
⇨ 索引 p.826

冒失、輕率

가 : 엄마, 혹시 제 지갑 못 보셨어요? 집안을 아무리 찾아봐도 안 보여요.
　　媽媽，您有看到我的錢包嗎？我怎麼找都找不到。

나 : 그렇게 **덜렁대지** 말고 침착하게 좀 찾아봐. 네 방 어딘가에 있겠지.
　　別那麼毛躁，冷靜點好好找找，或許在你房間的某個地方吧。

類 덜렁거리다冒冒失失的、덜렁덜렁하다輕率的

모질다

形 [모 : 질다]

殘忍的、冷酷的、厲害的、凶狠的

가 : 그렇게 매번 당하기만 하면서 한마디도 못하면 어떡해요?
　　每次都這樣被欺負，卻一句話都說不出口，這怎麼行呢？

나 : 그러게요. 이번에는 마음을 **모질게** 먹고 꼭 한마디 하려고요.
　　就是啊！這次我要狠下心來，一定說出我的想法。

關 성격이 모질다個性冷酷、천성이 모질다天性殘忍

무난하다

형 [무난하다]
漢 無難하다
⇨ 索引 p.827

無瑕的、無可挑剔的、隨和的

가 : 우리 동호회 회원들은 무슨 일에서든지 심한 의견 충돌이 없는 것 같아요.
我們同好會的成員好像在任何事情上都沒有嚴重的意見分歧呢。

나 : 그러게요. 모두 성격이 **무난해서** 그런가 봐요.
是啊，可能是因大家性格都圓融的關係吧。

關 성격이 무난하다 個性無可挑剔的
類 원만하다 圓滿／隨和

변함없이

副 [변ː하멉씨]
漢 變함없이
⇨ 索引 p.828

不變地、始終不渝地

가 : 이승신 선수, 우승을 축하드립니다. 하시고 싶은 말씀이 있으십니까?
李承信選手，恭喜您奪冠！請問有什麼話想說的嗎？

나 : 네. **변함없이** 저를 믿고 지지해 주신 부모님께 감사하다는 말씀을 드리고 싶습니다.
是的。我想向一直相信並支持我的父母表達感謝之意。

形 변함없다 不變的／沒有變化的
類 한결같이 一貫／始終如一地

인상／성격 • 印象／個性

보수적

名 關 [보수적]
漢 保守的
⇨ 索引 p.829

保守的

가 : 부장님은 왜 회의 때마다 젊은 직원들이 낸 의견에 반대하시는지 모르겠어요. 참신한 의견들이 많아서 저는 좋던데요.
　　我不明白為什麼部長每次開會都反對年輕員工提出的意見。我覺得有很多新穎的想法，挺不錯的啊。

나 : 부장님이 좀 **보수적**이시라서 그래요. 급격한 변화보다는 안정을 추구하는 스타일이시잖아요.
　　那是因為部長比較保守而那樣子的。他是不喜歡劇烈的變化，而追求安定的風格。

參 보수적인 태도／입장／성향 保守的態度／立場／性向
反 진보적 進步的

사납다

形 [사 : 납따]

粗暴的、兇猛的

가 : 제가 어릴 때는 성질이 너무 **사나워서** 친구가 없었어요.
　　我小時候脾氣太暴躁，所以沒有朋友。

나 : 그래요？지금의 준우 씨를 보면 믿을 수가 없는데요.
　　是嗎？看現在的你，真的讓人難以相信呢！

關 말투가 사납다 口氣兇狠、태도가 사납다 態度粗暴

성품

名 [성ː품]
漢 性品
⇨ 索引 p.826

品性

가 : 서윤 씨가 아무 말도 없이 며칠째 회사에 안 나오고 있대요. 연락도 계속 안 되고요.
  聽說書允已經好幾天什麼話都沒說，沒來公司了，也一直聯絡不上。

나 : 그래요? **성품**으로 보나 평소의 행동으로 보나 절대 그럴 사람이 아닌 것 같은데 무슨 일 있는 거 아닐까요?
  是嗎？無論是從她的性格還是平時的行為來看，她絕對不是會這樣的人，不會發生什麼事了吧？

關 성품이 좋다／나쁘다／곧다／강직하다 品性好／不好／正直／剛正不阿
類 인간성 人性

성향

名 [성ː향]
漢 性向

性向、傾向、趨勢

가 : 아이가 벌써부터 모든 걸 자기가 알아서 하겠다고 하니까 좀 서운해요.
  孩子已經開始說什麼事都想自己做，感覺有點失落呢。

나 : 그래요? 독립적인 **성향**이 강한 아이인가 봐요.
  是嗎？看來他是個獨立性很強的孩子呢。

關 성향을 띠다／보이다 帶有／表現出（某種）性向、성향이 강하다 性向強烈
參 정치적인 성향 政治性向、보수적인 성향 保守傾向、진보적인 성향 進步趨勢

인상／성격 • 印象／個性

세심하다

形 [세 : 심하다]
漢 細心하다

細心的

가 : 이민호 선수, 이번에 팀을 옮기셨는데 이제 적응은 됐습니까?
　　李敏浩選手，這次轉隊後，已經適應了嗎？

나 : 네. 감독님도 **세심하게** 챙겨 주시고 동료들도 배려를 많이해 줘서 적응하는 데 아무 무리가 없었습니다.
　　是的，教練非常細心照顧我，隊友們也給了我很多關心與體諒，適應上沒有任何問題。

關 성격이 세심하다性格細心、배려가 세심하다體貼入微、관심이 세심하다關心周到

수줍다

形 [수줍따]
⇨ 索引 p.827

害羞的

가 : 가연아. 나 엄마 친구야. 반가워서 인사하고 싶은데 왜 자꾸 엄마 뒤로 숨니?
　　佳妍啊，我是你媽媽的朋友哦！想跟你打個招呼，但你怎麼一直躲到媽媽後面呢？

나 : 가연이가 **수줍어서** 그런가 봐. 시간이 좀 지나면 괜찮아질거야.
　　佳妍可能是害羞吧，過一會就會沒事的。

參 수줍은 표정／미소害羞的表情／微笑
類 부끄럽다害羞的

싸늘하다

形 [싸늘하다]
⇨ 索引 p.827

冷淡的、涼心的

가 : 어제 면접에서 최선을 다해서 대답했는데도 면접관들의 표정이 너무 **싸늘했어**. 이번에도 안 될 것 같아.
> 昨天的面試我已經盡全力回答了，但面試官們的表情太冷峻，感覺這次也沒希望了。

나 : 아직 결과는 모르니까 벌써부터 너무 걱정하지 마.
> 結果還不知道呢，不要趕早擔心等著啦。

參 싸늘한 태도／표정／미소 冷峻的態度／表情／微笑
類 싸느랗다 冷淡的／冷颼颼的、쌀쌀하다 冷淡的／涼颼颼的

여리다

形 [여리다]

柔弱的、軟弱的

가 : 언니, 엄마한테 혼나서 눈물이 났는데 마음이 너무 **여리다고** 또 혼났어.
> 姐姐，我剛才被媽媽罵哭了，結果又被罵心太軟弱。

나 : 눈물이 나는 것을 마음대로 할 수 있는 것도 아닌데 속상했겠다.
> 眼淚又不是能隨心所欲控制的，我想，你很難受吧。

關 성격이 여리다 性格柔弱、속이 여리다 內心柔軟、마음이 여리다 心腸軟

人類 1

01

인상／성격 • 印象／個性

예민하다

形 [예 : 민하다]
漢 銳敏하다
⇨ 索引 p.827,830

敏銳的、敏感

가 : 김 대리님이 요즘 너무 **예민해서** 말을 붙이기가 어려워요.
　　金代理最近太敏感了，都不太敢跟他說話。

나 : 새로 맡은 일 때문에 스트레스를 받아서 그러신 것 같으니 우리가 이해해 줍시다.
　　可能是因為新接手的工作而有壓力才那樣的，我們體諒一下吧。

關 성격이 예민하다個性敏感、신경이 예민하다神經敏銳、소리에 예민하다敏感於聲音
類 민감하다敏感的
反 무디다遲鈍的

외유내강

名 [외 : 유 내 강／웨 : 유내강]
漢 外柔內剛
⇨ 索引 p.829

外柔內剛

가 : 우리 부장님은 평소에는 온화하시지만 맞다고 생각하시는 일은 절대 굽히지 않으세요.
　　我們部長平時很溫和，但只要是他認為對的事情，就絕對不會讓步。

나 : 맞아요. **외유내강**인 분이에요.
　　沒錯，他真的是外柔內剛的人物呢。

形 외유내강하다外柔內剛的
參 외유내강 인물／성격外柔內剛的人物／個性
反 외강내유外剛內柔

38

우스꽝스럽다

形 [우스꽝스럽따]
⇒ 索引 p.827

搞笑的、可笑的

가 : 저 개그맨 분장이 너무 **우스꽝스럽지** 않아? 정말로 원숭이같아.
　那位搞笑藝人的裝扮是不是太滑稽了？簡直像隻猴子一樣。

나 : 맞아. 매번 다른 분장을 하고 나오는데 분장뿐만 아니라 표정도 얼마나 웃긴지 몰라.
　沒錯！他每次都換不同的裝扮，不僅裝扮搞笑，連表情都逗得不得了呢！

參 우스꽝스러운 말투／생김새／행동／표정 搞笑的口氣／長相／行動／表情
類 우습다 可笑的

우직하다

形 [우지카다]
漢 愚直하다
⇒ 索引 p.827

憨直的、愚直的

가 : 이번 신제품 개발은 어느 팀에 맡기면 좋을까요?
　這次的新產品開發應該交給哪個團隊比較好呢？

나 : 김 과장이 평소에 좀 답답하기는 해도 **우직해서** 믿음이 가니 김 과장 팀에 맡겨 봅시다.
　金課長平時雖然有點死板，但他做事踏實可靠，讓人放心，就交給金課長團隊吧。

參 우직한 성격／모습 性品憨直的個性／樣貌／品性
類 고지식하다 呆板的／死腦筋的

인상／성격 • 印象／個性

융통성

名 [융통성]
漢 融通性
⇨ 索引 p.823

變通性、融通性、靈活、變通

가 : 사장님이 자꾸 저한테 원리 원칙만 내세우지 말고 **융통성**을 발휘하라고 하세요.
社長總是對我說，不要只講究原理原則，而要發揮靈活應變。

나 : 원칙을 지키지 않으면 더 큰 문제가 생길 수 있다는 것을 말씀드려 보면 어떨까요?
要不要試著向他說明，如果不遵守原則可能會引發更大的問題呢？

關 융통성이 있다／없다 有／沒有靈活性、융통성을 갖다／발휘하다 具備／發揮靈活性
類 신축성 彈性

의젓하다

形 [의저타다]
⇨ 索引 p.827

沉穩的、穩重的

가 : 재민이가 초등학생이 되더니 많이 **의젓해졌지요**?
在民上了小學後，變得更老實了吧？

나 : 그러니까 말이에요. 학교에 들어가더니 많이 컸어요.
就是啊！自從開始上學後，成長了不少呢。

關 말투가 의젓하다 語氣穩重、행동이 의젓하다 舉止穩重
類 듬직하다 可靠、늠름하다 威風凜凜

익살스럽다

形 [익쌀스럽따]
⇨ 索引 p.827

滑稽的

가 : 사진 속 네 친구 표정 진짜 웃긴다.
照片裡你朋友的表情真的太搞笑了！

나 : 그치? 친구가 기분 풀라면서 일부러 **익살스러운** 표정으로 찍어서 보내 줬어.
對吧？他叫我放鬆心情，特意擺出誇張的表情拍下來送給我的。

參 익살스러운 말투／웃음／표정 風趣幽默的語氣／笑容／表情
類 익살맞다 詼諧風趣的

자상하다

形 [자상하다]
漢 仔詳하다

親切熱情的、無微不至的、仔細的

가 : 윤아 씨, 서윤 선배하고 같이 일하기 어때요?
允雅，和書允前輩一起工作感覺怎麼樣？

나 : 서윤 선배는 **자상하고** 너그러운 데다가 항상 잘 챙겨 주니까 같이 일하기가 아주 좋아요.
書允前輩既體貼又寬容，而且總是很照顧我，和她一起工作真的很好！

參 자상한 사람 無微不至的人

인상／성격 • 印象／個性

재치

名 [재치]
漢 才致

機靈、善於察言觀色、機智

가 : 이번 학생회장 선거에서 예지를 뽑으려는 이유가 뭐야?
這次學生會長選舉，支持睿智的主要是哪些人呢？

나 : 친구들이 어려운 질문을 해도 당황하지 않고 항상 **재치** 있게 답변하는 모습이 믿음직해 보이거든.
因為即使朋友們提出刁鑽的問題，她也從不慌張，總是機智應對的樣子，看起來頗值信賴可靠。

關 재치가 있다／넘치다 有機智／機智滿滿、재치를 발휘하다 發揮機智

차분하다

形 [차분하다]

沉穩的、冷靜

가 : 어제 발표 때 실수를 했는데 예준이가 침착하게 대처를 해 줘서 너무 고마웠어.
昨天發表時出了點差錯，還好睿準沉著應付，真的很感謝他。

나 : 그랬구나. 예준이는 성격이 **차분해서** 어떤 상황에서도 침착하게 행동하더라고.
是那樣喔。睿準性格沉穩，無論遇到什麼情況都能沉著處理呢。

參 차분한 성격／태도／말투 沉穩的個性／態度／口氣

쾌활하다

形 [쾌활하다]
漢 快活하다
⇨ 索引 p.827

快活的、開朗的、爽朗的

가 : 또 유학 간 아들 사진을 보고 있는 거예요?
又在看去留學的兒子的照片嗎?

나 : 네. 사진을 보면 아들의 밝고 **쾌활한** 표정과 말투가 떠올라서 저절로 미소가 지어져요.
是啊。每次看到照片,就會想起兒子開朗活潑的表情和語氣,不由自主地笑了起來。

參 쾌활한 표정/목소리/말투爽朗的表情/聲音/口氣
類 명랑하다明朗的、爽快的

털털하다

形 [털털하다]
⇨ 索引 p.827

隨和的、灑脫的

가 : 이번에 들어온 신입사원 중에 김 대리님 후배가 있다면서요? 그 직원 성격이 어때요?
聽說這次進來的新進員工裡,有金代理的後輩?那位員工性格怎麼樣呢?

나 : 성격이 워낙 **털털하고** 꾸밈이 없는 사람이에요. 부서 사람들 하고도 금방 친해질 거예요.
他性格非常直爽,為人坦率不做作,應該能很快和部門同事們打成一片。

參 털털한 사람/성격灑脫的人/個性
類 수수하다樸素的/平凡的/普通的

인상／성격 • 印象／個性

후하다

形 [후ː하다]
漢 厚하다
➡ 索引 p.830

厚道、寬厚、醇厚的

가：가까운 데를 놔 두고 왜 멀리 있는 과일 가게에 가자고 해요?
　　明明有近的水果店,為什麼要特地去遠的那家呢?

나：그 과일 가게 사장님이 인심이 **후하셔서** 많이 사면 하나씩 더 주시거든요.
　　因為那家水果店的老闆很大方,買多的話還會多送一個呢!

關 인심이 후하다 人心醇厚、보수가 후하다 薪資待遇豐厚、학점이 후하다 給分寬鬆的
反 박하다 吝嗇／刻薄的

複習一下

人類 1 | 印象／個性

✎ 請將下列相匹配的項目連接起來。

1. 얼굴이　　•　　　　　　•　① 후하다
2. 인심이　　•　　　　　　•　② 낯익다
3. 태도가　　•　　　　　　•　③ 보수적이다

✎ 請選出適合填入（　）的正確單詞。

> 한국의 전래 동화에서는 토끼와 호랑이가 자주 등장한다. 토끼는 주로 힘이 약하지만 (㉠)가 많아서 어려움을 잘 극복하는 존재로 묘사되고, 호랑이는 힘이 세지만 어리석어서 토끼에게서 놀림을 받는 경우가 많다. 그래서 한국의 옛날 그림에서는 호랑이의 얼굴 표정이 (㉡) 표현되어 있기도 하다. 이러한 점은 예로부터 강한 사람을 무조건 두려워하는 것이 아니라 위기 상황을 (㉢) 있게 극복하려는 한국 민족의 특성을 잘 나타내어 준다.

4. (㉠)에 들어갈 알맞은 단어를 고르십시오.
   ① 흥　　② 꾀　　③ 성품　　④ 성향

5. (㉡)에 들어갈 알맞은 단어를 고르십시오.
   ① 후하게　② 자상하게　③ 차분하게　④ 익살스럽게

6. (㉢)에 들어갈 알맞은 단어를 고르십시오.
   ① 재치　　② 위험　　③ 의심　　④ 성향

✎ 請從例中找出適合填入（　）的單詞，並加以替換書寫。

> **例**　여리다　무난하다　우직하다　자상하다　예민하다

7. 내 동생은 성격이 (　　　) 학교에서 모든 친구들하고도 잘 어울린다고 한다.

8. 다른 사람들이 게으름을 부리는 동안에도 민아 씨는 (　　　) 맡은 일을 했다.

9. 요시코 씨는 마음이 (　　　) 다른 사람으로부터 쉽게 상처를 받는다.

3 인지 행위
行為認知

03.mp3

가책

名 [가 : 책]
漢 苛責

譴責、斥責、內疚

가 : 아버지, 어제 문구점에서 사장님이 거스름돈을 더 많이 내줬는데 모르고 그냥 받아 왔어요.
爸爸，昨天在文具店，老闆多找了我一些零錢，我沒注意就收下了。

나 : 그럼 빨리 가서 돌려주고 와. 안 그러면 두고두고 양심의 **가책**을 느끼게 될 거야.
那就趕快去還回去吧，不然你會一直受到良心的譴責的。

動 가책하다譴責／責備、가책되다受到譴責／感到內疚
關 가책을 느끼다／받다感到譴責／受到譴責
參 양심의 가책良心的譴責、심한 가책嚴重的譴責

그리다

動 [그리다]
⇨ 索引 p.826

懷念、思念、想念

가 : 할머니, 꿈에도 **그리시던** 고향에 돌아오니 어떠세요?
奶奶，回到您夢寐思念的故鄉，感覺怎麼樣呢？

나 : 이제 여한이 없어. 죽을 때까지 여기서 살았으면 싶다.
現在已經沒有遺憾了。如果能在這裡度過餘生，那就太好了。

關 고향을 그리다思念故鄉、부모님을 그리다想念父母、애타게 그리다焦急地思念
類 그리워하다懷念／想念

기색

名 [기원]
漢 氣色
➡ 索引 p.823

氣色、神色、神情

가 : 엄마, 할머니께서 넘어지셨다면서요? 괜찮으세요?
媽媽，聽說奶奶摔倒了？她還好嗎？

나 : 응. 아까는 놀란 **기색**이 역력하시더니 지금은 좀 진정이되신 것 같아.
嗯，剛剛受到驚嚇的神色明顯，不過現在好像鎮定下來了。

關 기색이 비치다／역력하다神色表露出來／顯著
기색을 보이다／드러내다顯露／顯現出神情
參 놀란 기색驚訝的神情、당황한 기색慌張的神情、부끄러운 기색害羞的神情
類 안색臉色、낯빛面色／神情

기원

名 [기원]
漢 祈願
➡ 索引 p.823

祈求、祈禱、希望

몇 달 동안 가뭄이 지속되자 농부들은 비가 오기를 간절한 마음으로 **기원했다**.
幾個月來乾旱持續不斷，農夫們以懇切的心情祈求下雨。

動 기원하다祈求
參 간절한 기원懇切的祈願、성공 기원祈禱成功、장수 기원祈求長壽、합격 기원祈禱合格
類 기도祈禱

인지 행위 • 行為認知

뉘우치다

動 [뉘우치다]

反省、懊悔、悔恨、懺悔

가 : 엄마, 도서관 간다고 거짓말하고 친구들하고 놀아서 너무 죄송해요. 다시는 거짓말 안 할게요.
媽媽，我撒謊說要去圖書館，結果卻跑去和朋友玩，真的很對不起您。我再也不會說謊了。

나 : 정말로 네 잘못을 **뉘우치는** 거지? 이번 한 번만 용서해 줄 테니 다음부터는 절대 거짓말하지 마.
你是真的在反省自己的錯誤嗎？這次就原諒你一次，但下次絕對不可以再說謊了。

關 잘못을 뉘우치다懊悔錯誤、죄를 뉘우치다悔罪、깊이 뉘우치다深刻反省

돌이키다

動 [도리키다]

轉身、回想、回顧、反省

가 : 아버지, 이 사진 좀 보세요. 저 어렸을 때 유럽으로 같이 여행 갔던 사진을 찾았어요.
爸爸，您看看這張照片！我找到我們小時候一起去歐洲旅行的照片了。

나 : 그래? 그때를 **돌이켜** 보면 힘들기는 했어도 좋았지?
是嗎？回想那時候，雖然當時有些勞頓，但還是很美好的回憶呢！

關 돌이켜 생각하다回想、과거를 돌이키다回顧過去、추억을 돌이키다回憶往事

멍하다

形 [멍 : 하다]

發呆的、發楞的

가 : 지우야. 내 얘기 제대로 듣고 있는 거야? 왜 자꾸 딴소리를 해?
　　智友，你有在認真聽我說話嗎？怎麼一直講些無關的話？

나 : 미안해. 어젯밤에 잠을 좀 못 잤더니 너무 피곤해서 나도 모르게 머리가 **멍해져서** 그랬어.
　　對不起，昨晚沒睡好，太累了，不知不覺就有點恍惚，迷迷糊糊的。

關 정신이 멍하다 精神恍惚、표정이 멍하다 表情呆滯
參 멍한 눈／얼굴 呆滯的眼神／表情
類 멍멍하다 腦袋發懵

불분명하다

形 [불분명하다]
漢 不分明하다
⇨ 索引 p.827

不分明的、不清楚的

가 : 김선우 씨, 출연 제안을 많이 받고 있으시다던데 차기 작품은 정하셨습니까?
　　金善祐先生，聽說您收到很多出演邀約，請問下一部作品確定了嗎？

나 : 아직까지는 **불분명하니** 확실해지면 그때 다시 말씀드리겠습니다.
　　目前還不太明確，如果確定了，我會再告訴您。

關 불분명하게 들리다／보이다 聽起來／看起來不清楚
參 불분명한 결정／사항 不明確的決定／事項
類 불명료하다 不明確的、불명확하다 不明確的

인지 행위 • 行為認知

사고

名 [사고]
漢 思考
➡ 索引 p.825

思考

가 : 지유 어머니, 지유가 수업 시간에 제법 조리 있게 발표를 잘하더라고요. **사고** 능력이 많이 좋아진 것 같아요.

智宥的媽媽，智宥在課堂上發表時說得很有條理，邏輯清晰，感覺她的思考能力進步了不少呢！

나 : 선생님, 그렇게 말씀해 주셔서 감사합니다. 요즘 책을 많이 읽히고 있는데 그게 효과가 있었나 봅니다.

老師，謝謝您的稱讚！最近我讓她多讀書，可能這確實發揮了一些效果吧。

動 사고하다 思考
參 사고 능력／영역／방식 思考能力／領域／方式、긍정적 사고 正面思考、부정적 사고 負面思考
類 사유 思維

사색

名 [사색]
漢 思索

思索

나는 시간이 있으면 조용한 카페에 가서 책을 읽기도 하고 **사색**을 하기도 하면서 혼자만의 시간을 즐긴다.

我有空的時候，會去安靜的咖啡廳看看書，或是思索，享受一個人的時光。

動 사색하다 思索
關 사색이 담기다 充滿思索
參 사색적 富有思考性的、사색의 시간／계절 沉思的時光／季節、깊은 사색 深刻的思索

50

상실

名 [상실]
漢 喪失

喪失

가 : 요즘 의욕 **상실**인가 봐요. 아무것도 하고 싶지 않고 그냥 누워있고만 싶어요.
　　最近好像失去幹勁了，什麼都不想做，只想躺著發呆。

나 : 많이 지쳤나 봐요. 이럴 때는 머리를 비우고 쉬는 게 최고니까 가까운 곳으로 여행이라도 좀 다녀오세요.
　　看來你累壞了。在這種時候，放空頭腦，好好休息就是最好的辦法。不如去附近旅行散散心吧！

動 상실하다喪失／失去、상실되다被喪失
參 의욕 상실失去幹勁、의지 상실失去意志、권리 상실喪失權力、도덕성 상실喪失道德感、자격 상실喪失資格

선하다

形 [선 : 하다]

歷歷在目的、清清楚楚的、鮮明的

가 : 할머니도 저 영화에서처럼 어릴 때 산골에 사셨다고 했지요?
　　奶奶也說過，就像那部電影裡一樣，她小時候住在山村？

나 : 그랬지. 꼬불꼬불한 산길을 두 시간 넘게 걸어서 학교에 다니던 기억이 아직도 눈에 **선해**.
　　是啊。我當時每天要走過蜿蜒的山路兩個小時以上去上學的情景，現在仍歷歷在目。

關 선하게 떠오르다／보이다鮮明地浮升／呈現、눈에 선하다歷歷在目

人類 1
01

인지 행위 • 行為認知

솔깃하다

形 [솔기타다]

感興趣、關注

가 : 여보, 김 과장이 주식에 투자를 하면 돈을 많이 벌 수 있다는데 우리도 투자를 좀 해 볼까요?
老婆，金科長說投資證券可以賺很多錢，我們也來試試看吧？

나 : 또 다른 사람 말에 귀가 **솔깃해진** 거예요? 난 관심 없어요.
你又對別人的話動心了嗎？我沒興趣。

關 마음이 솔깃하다心動／被吸引、남의 말에 솔깃하다對別人的話心動、귀가 솔깃하다對某些話感興趣
參 솔깃한 이야기／제안令人心動的話／提案

심사숙고

名 [심ː사숙꼬]
漢 深思熟慮
⇨ 索引 p823

深思熟慮

가 : 민준 씨, 다음 달에 회사를 그만두고 경영학을 공부하러 미국에 간다면서요?
閔俊，聽說你下個月要辭職去美國學習企業管理？

나 : 네. 미래를 위해서 **심사숙고** 끝에 그렇게 하기로 결정했어요.
是的，為了未來，經過深思熟慮後，我決定這麼做。

動 심사숙고하다深思熟慮
關 심사숙고를 거듭하다／거치다反覆／經過深思熟慮
參 오랜 심사숙고深思熟慮許久、
　심사숙고 끝에經過一番深思熟慮之後
類 심사숙려深思熟慮

52

아득하다

形 [아드카다]
⇨ 索引 p.827

悠久的、久遠的、茫然的、渺茫的

가 : 서윤 씨, 우리 회사에 입사했던 날 기억나요? 벌써 1년이 지났어요.

書允，你還記得我們進公司的那一天嗎？已經過了一年了。

나 : 그래요? 그날 너무 떨렸었는데 벌써 **아득하게** 느껴져요.

是嗎？那天我緊張得不得了，但現在已經覺得好遙遠了。

關 기억이 아득하다 記憶模糊
參 아득한 옛날／추억／역사 遙遠的過去／回憶／歷史
類 까마득하다 久遠的／渺茫的

어렴풋이

副 [어렴푸시]

隱隱約約、模糊不清

가 : 요즘 경제가 안 좋으니까 우리 회사도 구조 조정에 들어간다고 합니다.

最近經濟不景氣，聽說我們公司也要進行裁員。

나 : **어렴풋이** 눈치는 채고 있었는데 정말 그렇게 하는군요.

我隱約察覺到了，沒想到真的會這樣啊。

關 어렴풋이 눈치채다 隱約察覺到／생각나다 想起來／알다 知道／짐작하다 猜測

인지 행위 • 行為認知

연상

名 [연상]
漢 聯想

聯想

가 : 연우야. 노란색 하면 뭐가 떠오르니?
連祐啊，一說到黃色，你會想到什麼呢？

나 : 엄마, 저는 해바라기, 바나나, 개나리 같은 게 **연상**이 돼요.
媽媽，我會聯想到向日葵、香蕉、迎春花之類的東西。

動 연상하다聯想、연상되다被聯想、연상시키다令聯想
關 연상이 되다被聯想起來
參 연상 능력／작용／훈련聯想能力／作用／訓練

예견

名 [예ː견]
漢 豫見
⇨ 索引 p.823

預見、預測

가 : 이민영 선수, 모두의 **예견**대로 금메달을 목에 거셨는데 소감이 어떠십니까?
李敏英選手，正如大家所預測的那樣，您成功摘得金牌，請問您的感想如何？

나 : 너무 기쁩니다. 응원해 주신 모든 분들께 감사드립니다.
我非常開心，感謝所有支持我的人。

動 예견하다預測、예견되다被預測
關 예견이 맞다／빗나가다／적중하다預測正確／失準／命中
類 선견先見／預見

의도적

名 關 [의 : 도적]
漢 意圖的

故意、有意

가 : 화재가 빨리 진압이 돼서 다행이지 하마터면 대형 사고로 이어질 뻔했습니다. 화재 원인은 밝혀졌습니까?
　　火勢能夠及時撲滅真是萬幸，差點就釀成重大事故了。火災原因已經查明了嗎？

나 : 확실하지는 않지만 누군가가 **의도적**으로 불을 낸 것 같습니다.
　　還不確定，但看起來像是有人故意縱火。

參 의도적인 실수／접근 蓄意的犯錯／接近

의식적

名 關 [의 : 식쩍]
漢 意識的
⇨ 索引 p.829

有意識的、用心的、故意的、蓄意的

의식적으로 노력하지 않으면 금연은 절대 성공할 수 없습니다.
如果不用心的努力，戒菸是絕對不可能成功的。

關 의식적으로 피하다／삼가다 有意識的避開／克制
參 의식적인 노력／시도 用心的努力／嘗試
反 무의식적 無意識的

의향

名 [의 : 향]
漢 意向
⇨ 索引 p.824

意向、心意、用意、想法、打算

가 : 시후야, 예준이가 졸업 여행을 안 가겠다고 하는데 어떻게 하지?
　　時厚啊，睿準說他不想去畢業旅行，該怎麼辦呢？

나 : 본인의 **의향**이 그렇다는데 어쩌겠어. 그냥 우리끼리 다녀오자.
　　這是他自己的意向，我們能怎麼辦呢？就我們自己去吧。

關 의향을 듣다／모르다／묻다／살피다 聽取／不知道／詢問／探查意向
類 뜻 意思／의향、의사 意思／의견、의지 意志、의도 意圖

인지 행위 • 行爲認知

의혹
名 [의혹]
漢 疑惑
⇨ 索引 p.824

疑慮、疑惑

가수 헤나 씨는 신곡에 대한 표절 **의혹**이 불거지자 활동을 중단하겠다고 밝혔다.
歌手惠娜在新歌抄襲疑慮擴大下，表示將中斷活動。

關 의혹을 품다/사다懷疑/招致疑惑、의혹에 싸이다為疑點包圍、의혹이 제기되다疑點被提起
類 의심疑心、의문疑問

인지
名 [인지]
漢 認知
⇨ 索引 p.824

認知

어릴 때부터 아이들에게 그림책을 읽어 주면 아이들의 **인지** 발달에 도움이 된다고 한다.
據聞從小給孩子讀繪本，有助於他們的認知發展。

動 인지하다認知/察覺、인지되다被認知/被察覺
參 현실 인지現實認知、상황 인지情境認知、존재 인지存在認知
類 인식認識/認知

일깨우다
動 [일깨우다]

提醒、啟發、告誡、開導、喚醒

가 : 환경 보호를 위한 홍보 방법에는 무엇이 있을까요?
保護環境宣傳方式有哪些呢？

나 : 작은 습관이 큰 변화를 일으킬 수 있다는 사실을 **일깨워** 줄 수 있는 홍보 방안을 고려해 보면 어떨까요?
要不要考慮一個能喚起大家「小習慣能帶來巨大改變」這一事實的宣傳方案呢？

關 교훈을 일깨우다啟發教訓、잘못을 일깨우다開導錯誤、중요성을 일깨우다讓人認識到重要性

56

절로

副 [절로]
⇨ 索引 p.828

不由自主地、自然而然地

가 : 오늘 모처럼 날씨가 좋으니까 기분이 아주 상쾌해요.
今天難得天氣這麼好，心情特別愉快。

나 : 저도 그래요. 날씨가 좋으니까 출근할 때 **절로** 콧노래가 나오더라고요.
我也是呢！天氣好，連上班的時候都不自覺哼起歌來了。

關 절로 웃음이 나다／한숨이 나다不自覺地笑出來／嘆氣
類 저절로自然而然地、不由自主地

절제

名 [절쩨]
漢 節制
⇨ 索引 p.829

節制、克制

가 : 서윤아, 아프신 할아버지 앞에서 그렇게 울면 어떡하니?
書允啊，在生病的爺爺面前這樣哭，怎麼辦呢？

나 : 엄마, 죄송해요. 참으려고 했는데 막상 할아버지를 뵈니 감정의 **절제**가 안 됐어요.
媽媽，對不起。我想忍住的，但一見到爺爺，情緒的克制就不行了。

動 절제하다節制／克制、절제되다受到節制／被控制
關 절제가 있다有節制
參 감정의 절제情感的節制、표현의 절제表達的節制
反 부절제不節制／放縱

인지 행위 • 行為認知

직관

名 [직꽌]
漢 直觀
⇨ 索引 p.825

直觀、直覺

가 : 선생님, 이 문제는 정답이 1번 맞지요? 보자마자 알겠어요.
老師，這題的正確答案是 1 對吧？我一看就知道了。

나 : 재민아, 그렇게 **직관**적으로 판단하지 말고 왜 1번이 답인지를 꼼꼼하게 따져 봐.
在民啊，不要那麼直覺地判斷，應該仔細推敲為什麼 1 是答案。

動 직관하다直觀／憑直覺判斷
關 직관을 가지다具備直覺、직관에 의존하다依賴直覺
參 직관적直覺的、날카로운 직관敏銳的直覺、
　비평적 직관批判性的直覺、직관 능력直覺能力
類 직각直覺

티

名 [티]

樣子

가 : 작은 애가 고등학생이 되더니 부쩍 옷을 어른스럽게 입으려고 해요.
小兒子上了高中後，變得特別想穿得成熟一點。

나 : 아무리 어른스럽게 입어도 아직은 어린 **티**가 나요.
不管怎麼穿得像大人，還是看得出來帶點孩子氣。

關 티를 내다／벗다表現／擺脫某種表徵、티가 나다露餡／明顯看出某種特徵
參 어린 티孩子氣、막내 티老幺的感覺

하마터면

副 [하마터면]

差點、險些

오늘 출근길에 지하철에서 내릴 때 발을 헛디뎌서 **하마터면** 넘어질 뻔했다.
今天上班途中，在地鐵下車時踩空了，差點就摔倒了。

關 하마터면 큰일 날 뻔하다 差點釀成大禍／差點出大事

💡 通常以「하마터면 -(으)ㄹ 뻔하다」的形態使用。

한눈

名 [한눈]

一眼、一覽無遺

가：블릿, 이 한국어 문법 책 어때？
菲力，你覺得這本韓語文法書怎麼樣？

나：문법을 **한눈**에 이해할 수 있도록 쉽게 설명해 놔서 많은 도움이 됐어.
它用易懂的方式說明文法，讓人可以一目了然，我獲益良多。

關 한눈에 반하다／알다／알아보다 一見鍾情／一目瞭然／一眼就認出

💡 通常會以「한눈에」形態使用。

複習一下

人類 1 | 行為認知

1. 請從以下選項中選出與其他關係不同的項目。

① 기색 – 낯빛　　　② 의식적 – 무의식적
③ 사고 – 사유　　　④ 아득하다 – 까마득하다

✏️ 請從例中找出適合填入（　）的單字，並替換書寫。

> **例**　아득하다　　선하다　　돌이키다　　하마터면

> 모처럼 휴가를 내고 우리가 졸업한 대학에서 학생들을 가르치고 있는 친구를 찾아갔다. 친구와 함께 점심을 먹고 한참을 교정에 서서 꿈 많던 대학 시절을 **2.**（　　　）이야기를 나누었다. 친구는 캠퍼스를 지나다니면서 잔디밭을 볼 때마다 대학 시절 동기들과 그곳에 앉아 이야기꽃을 피웠던 장면이 눈에 **3.**（　　　）떠오른다고 했다. 특히 너무 열띤 토론을 벌이다가 **4.**（　　　）막차를 놓칠 뻔했던 일을 생각하면 아직도 진땀이 난다고 했다. 이제 너무 오랜 시간이 지나 대학 때의 추억이 **5.**（　　　）느껴졌지만 오랜만에 친구와 대학 시절 이야기를 나누다 보니 다시 20대로 돌아간 것 같아 기분이 좋았다.

✏️ 請從例中找出適合填入（　）的單字，並替換書寫。

> **例**　그리다　　일깨우다　　솔깃하다

6. 가: 엄마, 민준이가 웬일로 빨래를 다 하고 있어요?

　　나: 아빠가 집안일을 도와주면 용돈을 올려 준다는 말에（　　　）갑자기 빨래를 하지 뭐니?

7. 가: 3년 동안 고향에 못 갔더니 부모님과 친구들이 너무（　　　）.

　　나: 3년이나 못 갔어요? 이번 여름휴가 때 좀 다녀오지 그래요?

8. 날씨가 건조해서 산불이 많이 일어나고 있습니다. 지난 주말에 강원도 지역에서 일어난 대형 산불은 화재가 얼마나 위험한지에 대한 경각심을（　　　）주었습니다.

用漢字學韓語・感

✏️ 我們來看看韓文詞彙是如何與漢字產生聯繫的。

感 감 | 느낌 / 感覺

감탄 (p.12)
感嘆
끝없이 펼쳐진 대자연을 바라보며 사람들은 자연의 아름다움에 감탄을 금치 못했다.
望著無邊無際的大自然，人們不禁讚嘆其壯麗之美。

거부감 (p.13)
反感
이 역사책은 만화로 되어 있어서 누구나 거부감 없이 쉽게 읽을 수 있다.
這本歷史書是以漫畫呈現的，所以任何人都能毫無抗拒感地輕鬆閱讀。

교감 (p.14)
交互感應
동물과의 교감은 아이들의 정서 발달에 좋은 영향을 미친다.
與動物的交流感應對孩子的情感發展有良好的影響。

생동감 (p.637)
生動的感覺
그 배우는 표정과 행동에서 생동감이 넘친다는 호평을 듣는다.
那位演員獲得了表情和動作充滿生動感的好評。

쾌감 (p.25)
快感
최근 레포츠를 통해 즐거움과 쾌감을 느끼려는 사람들이 늘어나고 있다.
最近透過休閒運動來尋找喜悅與快感的人越來越多。

체감 (p.656)
體感
오늘은 바람이 세기 때문에 체감 기온이 더욱 떨어질 것으로 예상된다.
今天因風勢強勁的關係，預料體感溫度會更低。

02 인간 2
人類 2

1 **신체/외양** 身體/外形
2 **태도** 態度
3 **행동/행위** 行動/行為

用漢字學韓語 · 變

1 신체／외양
身體／外形

04.mp3

강인하다

形 [강인하다]
漢 強靭하다

堅強的、堅毅的

이번 작품에서 배우 최윤아 씨는 온유하지만 **강인한** 성격을 지닌 여인의 모습을 훌륭하게 연기했다는 평가를 받고 있다.
在這部作品中，演員崔允雅獲得了完美詮釋一位溫柔但具有堅毅性格女性角色的評價。

參 강인한 생명력／정신／체력 堅強的生命力／堅韌的精神／強健的體力

고르다

形 [고르다]

平均的、均衡的、穩定的、平整的、整齊的

가 : 여보, 둘째 아이 치아가 **고르지** 않은 것이 신경이 계속 쓰여요.
親愛的，老二的牙齒長得不整齊，讓我一直很在意。

나 : 그래요? 그럼 아무래도 교정을 받게 하는 게 좋겠어요.
是嗎？那看來還是讓他接受矯正比較好。

關 수준이 고르다 水準均衡、규격이 고르다 規格一致、고르게 나누다 均勻地分配
參 고른 분포 均勻的分布

노화

名 [노ː화]
漢 老化

老化

가 : 요즘 눈 밑에 주름이 생겨서 걱정이에요. 윤아 씨는 괜찮아요?

最近眼睛下方開始長皺紋了，讓我很擔心。允雅，你還好嗎？

나 : 왜 안 그렇겠어요? 마사지도 받고 피부 **노화** 방지 화장품도 쓰면서 꾸준히 관리하고 있어요.

怎麼可能沒有呢？按摩也用抗老化的保養品，持續管理著呢。

動 노화하다老化、노화되다變老
關 노화가 시작되다/진행되다老化開始/進行中
參 노화 현상/증세老化現象/症狀、피부 노화肌膚老化

목덜미

名 [목떨미]
⇨ 索引 p.824

後頸、脖子

가 : 날씨가 서늘해지고 찬바람도 부니까 **목덜미**가 서늘해.

天氣變涼了，又吹著冷風，脖子後面覺得涼颼颼的。

나 : 오늘부터 추워진다는 일기 예보 못 들었어? 얇은 스카프라도 하고 나오지…….

你沒聽今天開始變冷的天氣預報嗎？至少應該圍條薄圍巾再出門啊……

關 목덜미를 긁다/물다/잡히다/움켜쥐다/잡아당기다抓/咬住/被抓住/緊抓住/拉住後頸
類 덜미後頸/頸背

신체／외양 • 身體／外形

미모

名 [미ː모]
漢 美貌

美貌

가 : 저 여배우는 인기가 하늘을 찌르는군요. 사람들이 환호하는 것 좀 보세요.
那位女演員的人氣衝天，請看大家的歡呼聲！

나 : 네, 뛰어난 **미모**에 훌륭한 연기력까지 갖추었으니 인기가 많을 수밖에 없지요.
是啊，她不僅擁有出眾的美貌，演技也很精湛，當然會這麼受歡迎。

關 미모가 뛰어나다／빼어나다美貌出眾／傑出、
　 미모를 갖추다擁有美貌

성대

名 [성대]
漢 聲帶
⇨ 索引 p.826

聲帶

가 : 지우야, 오늘 목소리가 왜 그래? 감기 걸렸니?
智祐，你今天的聲音怎麼了？感冒了嗎？

나 : 아니. 어제 축구 경기 보면서 소리를 많이 질렀더니 **성대**에 무리가 갔나 봐.
沒有啦，昨天看足球比賽時喊太多，嗓子可能受傷了。

關 성대가 떨리다／붓다／울리다／상하다聲帶顫抖／腫脹／震動／受損、성대를 가다듬다清嗓子、調整嗓音
參 성대 근육／진동聲帶肌肉／震動
類 목청嗓音／聲音

실물

名 [실물]
漢 實物

實物、現貨

가 : 이 사진 좀 보세요. 제가 입사할 때 찍었던 사진인데 사진이 꽤 잘 나왔지요?
來看看這張照片吧！這是我剛進公司時拍的，拍得還不錯吧？

나 : 네, 그런데 대리님은 사진보다 **실물**이 훨씬 더 나은 것 같아요.
是啊！不過我覺得代理您本人比照片好看多了呢。

關 실물을 보다／확인하다 看到／確認實物、실물과 다르다 和實物不同
參 실물 모형／사진／크기 實物模型／照片／大小

어금니

名 [어금니]

臼齒

가 : 선생님, 여기 안쪽에 있는 이가 며칠 전부터 너무 아파요.
醫生，我這顆裡面的牙齒從幾天前開始就很痛。

나 : 어디 한번 봅시다. 음, **어금니**가 좀 썩어서 충치 치료를 받아야 해요.
來，我看看。嗯，臼齒有點蛀了，須要接受蛀牙治療。

關 어금니를 갈다／깨물다／악물다 磨／咬緊／咬緊牙
參 어금니 뿌리／사이／자리 臼齒牙根／之間／位置

人類 2
02

67

신체／외양・身體／外形

엄지
名 [엄지]

大拇指

가 : 저기요, 제가 깜빡하고 도장을 안 가져왔는데 어떻게 하지요?
　　不好意思，我一時忘了帶印章，該怎麼辦呢？

나 : 도장이 없으시면 여기에 오른손 **엄지**로 지장을 찍으셔도 됩니다. 인주는 여기 있습니다.
　　如果沒有印章，可以在這裡用右手拇指蓋手印。印泥在這裡。

關 엄지를 들다／세우다舉起／豎起大拇指
參 엄지발가락腳趾大拇指、엄지손가락手指大拇指、엄지손톱大拇指指甲

용모
名 [용모]
漢 容貌
⇨ 索引 p.823

容貌、長相

가 : 나오미 씨는 어딜 가나 사람들한테 인기가 많은 것 같아요.
　　娜奧米小姐無論去哪裡，都很受大家歡迎呢。

나 : 맞아요. **용모**도 단정하고 성격도 밝은 편이라서 그런가 봐요.
　　是啊，可能是因為她容貌端正，性格也算開朗吧。

參 귀여운 용모可愛的容貌、매력적인 용모有魅力的容貌、깔끔한 용모乾淨的容貌
類 면상面相

유연성

名 [유연썽]
漢 柔軟性

柔軟性、柔軟度

매일 아침 꾸준히 스트레칭을 하면 **유연성** 향상에 많은 도움이 된다고 한다.
每天早上持之以恆地進行伸展運動，據說對提升柔軟性有很大幫助。

關 유연성이 필요하다／향상되다需要／提升柔軟度、
　유연성을 가지다／기르다／키우다擁有／培養／培養柔軟性
參 유연성 운동／증진／훈련柔軟度運動／增進／訓練

유연하다

形 [유연하다]
漢 柔軟하다

柔軟的

가 : 하은아, 요즘 요가 배운다더니 어때?
　　夏恩，最近聽說你在學瑜伽，感覺怎麼樣？

나 : 몸이 **유연한** 편이 아니라서 힘들기는 한데 계속하다 보면 좀 나아지겠지?
　　我的身體不太柔軟，有點吃力，不過如果一直堅持下去，我想會有所改善吧？

關 몸이 유연하다身體柔軟、허리가 유연하다腰部柔軟
參 유연한 동작／몸놀림／자세柔軟的動作／身段／姿勢

전신

名 [전신]
漢 全身

全身

가 : 여보, 이 **전신** 거울은 옷 방에 갖다 놓을까요?
　　老公，這面全身鏡要放在更衣室裡嗎？

나 : 좋아요. 거기에 있으면 옷을 입고 바로 거울을 볼 수 있으니까 편할 거예요.
　　好啊，放在那裡的話，換完衣服就能馬上照鏡子，會很方便。

關 전신을 떨다渾身發抖、전신으로 퍼지다擴散到全身
參 전신 마사지／마취／사진全身按摩／麻醉／照片
類 온몸全身

신체／외양 • 身體／外形

준수하다

形 [준ː수하다]
漢 俊秀하다

俊秀的、俊美的、俊俏的、帥的

최근 입사한 김 대리는 용모도 **준수하고** 일도 꼼꼼하게 해서 동료들에게서 좋은 평을 듣고 있다.
最近入職的金代理不僅外貌俊秀，而且做事也有條不紊，因此獲同事好評。

關 외모가 준수하다外表俊秀、인물이 준수하다長相俊秀
參 준수한 용모／풍채俊俏的容貌／風采

처지다

動 [처ː지다]

低垂、落下、留下、下垂、乏力

가 : 시후야, 오늘 왜 예준이 어깨가 축 **처져** 있는지 알아?
時厚啊，你知道今天藝準為什麼垂頭喪氣的嗎？

나 : 아마 지난주에 본 시험 결과가 안 좋게 나와서 그럴 거야.
可能是因為上週考試的成績不太理想吧。

關 뱃가죽이 처지다肚皮鬆弛、살이 처지다皮膚鬆弛、축 처지다無精打采
參 처진 눈꺼풀／뱃살下垂的眼皮／腹肉

척추

名 [척추]
漢 脊椎
⇨ 索引 p.825

脊椎、脊椎

가 : 준우 씨, 그렇게 오래 앉아서 일을 하면 **척추**에 무리가 가니까 잠깐씩이라도 일어나서 스트레칭 좀 하세요.

俊宇！那樣子久坐會對脊椎加壓力。短暫也好，站起來伸展一下。

나 : 알겠어요. 그렇게 해야 하는 걸 알면서도 바쁘게 일하다 보면 잊어버려요.

好。我是知道該那麼做，但忙碌工作就忘了。

關 척추가 손상되다／휘다脊椎受損／彎曲、척추를 다치다傷了脊椎
參 척추 교정／변형／이상脊椎矯正／變形／異常
類 등골／척추뼈脊椎／脊椎骨

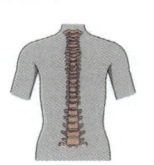

체형

名 [체형]
漢 體型

體型

가 : 저분이 준우 씨의 형님이세요? 준우 씨와 많이 달라서 두 분이 형제인 줄 몰랐어요.

那位是俊宇的哥哥嗎？他和俊宇差別很大，所以我沒想到你們是兄弟呢。

나 : 그렇지요? 형은 저와 달리 마른 **체형**에 외모도 서로 안 닮아서 모두 저희가 형제인 줄 모르더라고요.

是啊，我哥哥跟我不同，他是瘦削的體型，外貌也不像，所以大家都不知道我們是兄弟。

關 체형이 다르다體型不同、체형을 바꾸다改變體型
參 뚱뚱한 체형肥胖的體型、마른 체형瘦巴巴的體型

신체／외양・身體／外形

탄력

名 [탈ː력]
漢 彈力

彈力、彈性

가 : 요즘 들어 피부가 계속 처지는 것 같아서 고민이에요.
最近總覺得皮膚越來越鬆弛，讓我很苦惱。

나 : 나이가 들면 피부 **탄력**이 떨어져서 그런 거래요. 물을 자주 마셔서 수분을 보충해 주면 **탄력** 회복에 좋대요.
聽說年紀大了，皮膚的彈性會下降。如果經常喝水補充水分，對恢復彈性有幫助哦。

關 탄력이 강하다/약하다/있다 彈力強／彈力弱／有彈性、탄력을 받다 受彈力
參 근육의 탄력 肌肉的彈性、피부의 탄력 肌膚的彈性

탄탄하다

形 [탄탄하다]

結實的

가 : 너 요새 피트니스 센터에 다니더니 근육이 **탄탄해진** 것 같아서 보기 좋다.
你最近去健身房鍛鍊後，感覺肌肉變得結實了，整體看起來很好呢！

나 : 고마워. 매일 가서 근력 운동을 30분씩 꾸준히 하다 보니 근육이 많이 늘었어.
謝謝！我每天去健身房持續做30分鐘的彈力運動，所以肌肉增長了不少。

關 근육이 탄탄하다 肌肉結實、상체가 탄탄하다 上半身結實
參 탄탄한 몸／몸매 結實的身體／身材

투박하다

形 [투바카다]

粗糙的、粗劣的、粗重的、粗獷的

가 : 이건 직접 만든 바구니예요? 혹시 대나무로 만든 건가요?

這是你親手編的籃子嗎?是不是用竹子做的呢?

나 : 네. 제가 처음 만든 것이라 좀 **투박해** 보이기는 하지만 꽤 튼튼하고 쓸모 있어요.

是的,這是我第一次編的,所以看起來有點粗糙,但還挺結實、挺實用的。

關 투박하게 만들다製作粗糙
參 투박한 가구／손／신발粗糙的家具／手／鞋子

혈관

名 [혈관]
漢 血管
⇨ 索引 p.825

血管

가 : 선생님, 겨울철에는 **혈관** 질환으로 병원을 찾는 어르신들이 많으시지요?

醫生,冬季因血管疾病來醫院就診的老人是不是很多呢?

나 : 맞습니다. 기온이 낮으면 **혈관**이 수축되어 혈압이 높아지기 때문에 노인들은 외출할 때 특히 주의해야 합니다.

是的,因為氣溫低時血管收縮,會導致血壓升高,所以老年人外出時須特別注意。

關 혈관이 막히다／좁아지다血管堵塞／血管變窄
參 두꺼운 혈관粗大的血管／혈관 질환血管疾病
類 핏줄血管／青筋

73

複習一下

人類 2 | 身體／外形

✎ 請將以下相匹配的項目連接起來。

1. 근육이　•　　　　　　　•　① 강인하다
2. 체력이　•　　　　　　　•　② 탄탄하다
3. 외모가　•　　　　　　　•　③ 준수하다

✎ 請選擇適合填入括號內的單詞。

4. 이 화장품은 기능성 제품으로 노화된 피부를 더욱 부드럽고 (　　) 있게 가꾸어 준다.

① 미모　② 용모　③ 체형　④ 탄력

5. 외상으로 인해 심한 출혈이 있을 때에는 가능한 빨리 (　　)을/를 압박하면서 출혈을 막아야 한다.

① 노화　② 성대　③ 엄지　④ 혈관

✎ 請從提供的單詞列表中找出適合填入括號內的單詞並寫下來。

| 例 | 실물 | 전신 | 척추 | 유연성 |

6. 좋지 않은 자세를 바꾸려면 의자에 앉을 때 (　　)을/를 곧게 펴고 앉아야 한다.

7. 장시간을 불편한 자세로 서서 일을 했더니 손발은 말할 것도 없고 (　　)이/가 경직되는 느낌이었다.

8. 배우 김서진 씨는 TV 속 모습보다 (　　)이/가 훨씬 더 잘생겼다는 평가를 받는다.

9. 새로 판매되는 이 크림은 통증을 줄이고 근육의 (　　)을/를 높이는 데에 효과가 있다.

2 태도 態度

05.mp3

가식적

名 關 [가ː식쩍]
漢 假飾的

虛假、做作、矯揉造作

가 : 요즘 서비스직 아르바이트를 하고 있는데 손님들을 응대하는 것이 너무 힘들어.
　　我最近在做服務業的打工，接待客人真的好辛苦。

나 : 서비스직은 자기 감정을 숨기고 **가식적**으로 행동해야 할 때도 있어서 힘들다고 하더라.
　　聽說服務業有時候必須隱藏自己的情緒、虛偽地應對，因此會覺得很累。

關 가식적으로 대하다／말하다／웃다／행동하다 虛情假意地對待／裝腔作勢地說話／假笑／裝模作樣地行動
參 가식적인 눈물／말투／모습／웃음 假哭／虛偽的語氣／虛情假意的樣子／假笑

거침없이

副 [거치멉씨]

無遮攔地、無忌憚地

김 대리는 직장 상사가 쓴소리를 **거침없이** 내뱉자 당황스러운 기색을 감출 수가 없었다.
上司口無遮攔地吐出刺耳的話，金代理無法隱藏他那慌張的神色。

關 거침없이 덤벼들다／말하다／쏘아붙이다／쳐들어가다 毫不猶豫地撲上去／毫無忌憚地說話／毫不留情地回懟／毫無阻礙地攻進去

태도 • 態度

건성

名 [건성]

敷衍

가 : 지호야, 엄마가 묻는데 그렇게 **건성**으로 대답하는 거니?
志浩啊，媽媽在問你話，你怎麼這麼敷衍地回答？

나 : 죄송해요. 친구와 채팅을 하느라 잘 못 들었어요.
對不起，我剛剛在跟朋友聊天，沒聽清楚。

關 건성으로 대하다／말하다／보다／하다 敷衍的對待／說話／看／做

參 건성건성 漫不經心地

💡 主要以「건성으로」形態使用。

과감히

副 [과ː감히]
漢 果敢히

果敢、果斷、果決

가 : 유학을 가기로 마음을 먹었는데 막상 떠나려니까 망설여져.
我下定決心要出國留學了，但真的要出發時卻開始猶豫了。

나 : 그렇겠지. 그런데 이미 마음을 먹은 일이니 **과감히** 실행하는게 어때?
那也是正常的。不過既然已經下定決心了，就果斷地實行，如何？

關 과감히 결정하다／맞서다／뿌리치다／행동하다
果斷地做決定／面對／甩開／行動

구태의연하다

形 [구:태의연하다]
漢 舊態依然하다

依然如故、死性不改、毫無改進、老套的

가 : 배우 유명세만 내세우고 내용은 없는 저런 광고는 이제좀 **구태의연하지** 않니?
　那種只靠演員名氣、內容空洞的廣告，是不是有點太老套了？

나 : 맞아. 참신한 아이디어가 돋보이는 광고를 만들면 좋을텐데…….
　對啊。如果能製作凸顯嶄新創意的廣告就好了……。

參 구태의연한 관행／모습／사고방식／생각 老套的習慣行為／模樣／思考方式／想法

권위적

名 關 [궈뉘적]
漢 權威的
⇨ 索引 p.823

權威的

가 : 과장님이 회의 때마다 편하게 의견을 내놓으라고 하셔도 아무도 말을 안 하니까 좀 이상해.
　課長每次開會都說大家可以輕鬆發表意見，但沒有人開口，感覺有點奇怪。

나 : 당연한 거 아니야? 그렇게 **권위적**인 분 앞에서 누가 의견을 말하겠어?
　不是理所當然嗎？在那麼有威壓感的人面前，誰敢說話啊？

關 권위적으로 대하다／말하다 以威權姿態對待／說話
參 권위적인 선생님／사회／집단 權威的老師／社會／團體
類 권위주의적 威權主義的

태도 • 態度

기피

名 [기피]
漢 忌避

忌諱、避諱、逃避

최근 젊은 사람들의 농촌 생활 **기피**로 농촌 인구의 고령화가 심각해지고 있다.
最近因為年輕人對農村生活的迴避，以致農村人口高齡化問題日益嚴重。

動 기피하다 迴避／排斥／逃避
參 기피 인물／풍조／현상 迴避的人物／風氣／現象、
근무 기피 逃避工作、병역 기피 逃避兵役

기하다

動 [기하다]
漢 期하다

期待、期望、求得

가：김 대리, 이번 행사는 사장님께서도 각별히 관심 갖고 계신 거 알고 있죠?
金代理，這次的活動社長也特別關心這事你知道吧？

나：네, 물론입니다. 그러니 행사가 잘 진행될 수 있도록 신중을 **기하겠습니다**.
是的，當然知道。所以我會謹慎處理，務使活動順利進行。

關 공정을 기하다 力求公正、신중을 기하다 期望慎重、완벽을 기하다 期待完美

꺼리다

動 [꺼ː리다]

避諱、不喜歡、忌諱

가：저는 한국어 발음이 서툴러서 다른 사람들 앞에서 발표하기가 **꺼려져요**.
因為我韓文發音不好，在別人面前發表有些畏怯。

나：마이클 씨 정도면 발음이 좋은 편이니까 자신감을 갖고 해 보세요.
以麥可先生這個程度來說，發音已經算不錯了，請有自信地試試看吧！

關 공개를 꺼리다 避諱公開、말하기를 꺼리다 難以啟齒、
시선을 꺼리다 迴避目光

낙관

名 [낙꽌]
漢 樂觀
⇨ 索引 p.823

樂觀

가 : 뉴스에서 올해 한국은 경기 침체에서 벗어나 성장세로 돌아설 거라고 전망하더라.
新聞上說，今年韓國可望脫離經濟景氣低迷，回歸成長趨勢。

나 : 그래? 그런데 요즘 세계 경제 상황을 보면 그렇게 **낙관**을 하기에는 이른 것 같아.
是喔？但從最近的世界經濟情況來看，現在要這麼樂觀還太早了。

形 낙관하다 樂觀的
關 낙관을 갖다 持樂觀態度
反 비관 悲觀

눈여겨보다

動 [눈녀겨보다]

注意看、留心看、注視、細看

가 : 엄마, 어떤 세탁기로 살지 결정했어요?
媽媽，選好要買哪一台洗衣機了嗎？

나 : 아니, 아직. 그런데 **눈여겨봐** 둔 게 있기는 해.
不，還沒，不過有款我有特別留意的。

關 눈여겨볼 만하다 值得留意、눈여겨보게 되다 不自覺關注起來、눈여겨봐 두다 放在心上
參 눈여겨볼 점 要留意的部分

태도 • 態度

단호하다

形 [단 : 호하다]
漢 斷乎하다

堅定的、果斷的、斬釘截鐵

가 : 여보, 큰애가 대학을 그만두고 창업을 하겠다는 의지가 너무 **단호해서** 아무리 설득해도 소용이 없어요.
親愛的，大兒子要大學退學創業的意志太堅定了，怎麼勸都沒用。

나 : 그래도 대학은 졸업하고 창업을 하면 좋을 텐데요. 내가 다시 얘기해 볼게요.
即使那樣還是希望他能先大學畢業再創業啊。我再跟他談談看吧。

關 단호하게 거부하다／대응하다／대처하다／말하다果斷地拒絕／應對／處理／說
參 단호한 결심／의지／자세／조치果斷的決心／意志／姿勢／處置

대담하다

形 [대 : 담하다]
漢 大膽하다
⇨ 索引 p.827

大膽的、勇敢的

가 : 서윤 씨, 새로 부임하신 팀장님은 어떤 분이에요?
書允，剛上任的新組長是怎麼樣的人啊？

나 : 아주 **대담한** 분이신 것 같아요. 어떤 일이든 거리낌 없이 실행하시는 분이에요.
感覺他是一位非常大膽果斷的人，不管什麼事都毫不猶豫就付諸行動。

關 대담하게 도전하다／일을 처리하다／행동하다大膽地挑戰／處理事情／行動
參 대담한 말／사람／태도／행동大膽的話／人／態度／行動
類 담대하다膽子大／大膽

80

막무가내

名 [망무가내]
漢 莫無可奈

無可奈何、頑固、固執、執拗

가 : 김 부장님이 이번 프로젝트는 **막무가내**로 자기 생각만 밀어 붙이시는 것 같아요.
  金部長這次的專案好像強行推動自己的想法。

나 : 맞아요. 다른 아이디어를 제시해도 전혀 고려하지 않으시는 것 같아요.
  對啊,即使提出其他想法,他好像也完全不考慮。

關 막무가내로 덤비다／밀어붙이다／주장하다／행동하다
  蠻不講理地衝上來／強行執行／死命堅持己見／不講理地行動

몰두하다

動 [몰뚜하다]
漢 沒頭하다
⇨ 索引 p.826

埋頭、熱衷

가 : 어제 김 교수님이 갑자기 병원에 입원하셨다는 소식 들었어요?
  你聽說金教授昨天突然住院的消息了嗎?

나 : 네, 들었어요. 요즘 밤낮으로 연구에만 **몰두하시더니** 결국 쓰러지신 모양이에요.
  嗯,我聽說了。好像是最近他日以繼夜地埋首研究,結果終於倒下了。

關 경영에 몰두하다專心於經營、연구에 몰두하다埋首研究、일에 몰두하다專注於工作
類 골몰하다埋首／全神貫注

태도・態度

변덕

名 [변ː덕]
漢 變德

善變

가 : 하은이가 갑자기 급한 일이 생겨서 오늘 모임에 못 나온대.
夏恩說突然有急事，今天聚會不能來了。

나 : 또? 걔는 정말 **변덕**이 심한 것 같아. 항상 모임 직전에 이랬다 저랬다 결정을 바꾸더라.
又來？她真的太善變了。每次聚會前都這樣改來改去的。

形 변덕스럽다善變的、변덕맞다難以捉摸
關 변덕이 나다／많다／심하다突然變卦／善變／嚴重、
변덕을 떨다／부리다耍脾氣／亂改主意、
변덕이 죽 끓듯 하다輕率改變心意
參 변덕쟁이反覆無常的人

불신

名 [불씬]
漢 不信

不信任

가 : 너는 왜 그렇게 내가 하는 말마다 믿지 못하겠다는 표정을 지어?
你為什麼每次我說話都擺出一副不能相信的表情？

나 : 그동안 네가 거짓말한 게 한두 번이어야 말이지. 내가 너를 **불신하는** 건 네 잘못이 커.
你過去說謊又不是只發生過一兩次。我會不信任你，是你的不是。

動 불신하다不信任／懷疑／缺乏信賴
關 불신이 가득하다／생기다／팽배하다充滿／產生／
強烈的不信任、불신을 떨치다丟棄不信任感
參 불신감不信任感、불신 풍조不信任的風氣

뻔뻔하다

形 [뻔뻔하다]

厚臉皮的

가 : 시후는 자기가 거짓말한 게 다 들통이 났는데도 어쩜 저렇게 **뻔뻔하게** 고개를 들고 다니지?

時厚的謊言已經完全被揭穿了，他怎麼還能那麼厚臉皮地抬頭走來走去呢？

나 : 그러게 말이야. 저렇게 아무 일도 없었던 것처럼 행동하다니 부끄러운 줄도 모르나 봐.

就是說啊！竟然還能若無其事地行動，看來他一點羞恥心都沒有。

參 뻔뻔한 언행／얼굴／태도／행동 厚臉皮的言行／臉／態度／行為

산만하다

形 [산 : 만하다]
漢 散漫하다

散漫的

가 : 선생님, 지호가 주의가 **산만한** 편인데, 어떻게 하면 집중력을 높일 수 있을까요?

老師，志浩注意力比較分散，有什麼方法可以提高他的專注力呢？

나 : 아이가 스스로 공부 시간과 쉬는 시간을 정하도록 해 보세요. 그리고 성공하면 적절한 보상을 해 주세요.

可以讓孩子自己規劃學習時間和休息時間，然後在成功時給予適當的獎勵。

關 분위기가 산만하다 氣氛混亂、주의가 산만하다 注意力分散
參 산만한 느낌／태도 散漫的感覺／態度

태도 • 態度

선뜻

副 [선뜯]

欣然、爽快

가 : 기사 봤어? 어떤 할머니가 식당을 운영하면서 모은 재산 전부를 장학금으로 써 달라고 대학교에 기부했대.
你看新聞了嗎？有位老奶奶經營餐廳存下的財產，全數捐給了大學作為獎學金！

나 : 응, 힘들게 모으신 돈을 **선뜻** 내놓기가 쉽지 않았을 텐데 정말 대단하신 분 같아.
嗯，那可是她辛苦存下來的錢，爽快地捐出來真的不容易，感覺她真是個了不起的人。

關 선뜻 나서다／대답하다／응하다
爽快地站出來／回答／答應

아부

名 [아부]
漢 阿附
⇨ 索引 p.823

阿諛奉承

가 : 언니, 오늘 너무 예쁘다. 옷도 너무 멋지고.
姐姐，妳今天真的好漂亮，衣服也超好看的！

나 : 갑자기 왜 **아부**를 떨고 그래? 너 나한테 뭐 부탁할 거 있지?
妳怎麼突然這麼拍馬屁？是不是有事要拜託我？

動 아부하다 拍馬屁／諂媚
關 아부가 심하다／지나치다 拍馬屁得太過分／過頭、
　　아부를 떨다 拍馬屁
參 아부 근성 諂媚本性
類 아첨 阿諛奉承

84

애매하다

形 [애 : 매하다]
漢 曖昧하다

曖昧的、不恰當、不清不楚的

가 : 영화 보기 전에 미리 만나서 저녁 식사부터 할까요?
我們要不要在看電影前先碰面，先吃個晚餐？

나 : 영화가 5시에 시작해서 그 전에 저녁을 먹기에는 시간이 좀 **애매한** 것 같아요. 영화 끝나고 먹는 게 어때요?
電影五點開始，感覺要在那之前吃晚餐時間上有點那個。看完電影再吃如何？

關 애매하게 행동하다 曖昧行動、
시간이 애매하다 時間不太合適

參 애매한 관계／대답／상황／입장
曖昧的關係／回答／情況／立場

어김없이

副 [어기멉씨]

正確無誤、無違地、無疑地

가 : 서윤 씨는 집이 먼데도 한 번도 지각하는 걸 본 적이 없어요.
雖然書允家離得遠，但我從來沒看過她遲到過。

나 : 맞아요. 7시 30분이면 **어김없이** 출근하더라고요.
沒錯，她總是在 7 點 30 分無差錯地上班呢。

關 어김없이 나타나다／찾아오다／흘러가다
無差錯地出現／到來／流過

태도 • 態度

연연하다

動 [여ː년하다]
漢 戀戀하다

執迷、留戀、棧戀、迷戀

가수 장예준 씨는 인기에 **연연하지** 않고 자신의 음악적 취향에 맞는 노래를 꾸준히 불러 팬들의 사랑을 받고 있다.

歌手張藝俊不迷戀於人氣，而是持續演唱符合自己音樂品味的歌曲，因此深受粉絲喜愛。

關 과거에 연연하다迷戀於過去、성적에 연연하다執著於成績、자리에 연연하다棧戀於職位

염원

名 [여ː원]
漢 念願
⇨ 索引 p.823

心願、盼望

가 : 오늘 경기장에 모인 관중들의 응원이 정말 대단하지 않니?
今天在競技場上集結的觀眾加油歡呼真的是太驚人了吧？

나 : 그러게. 10년 만에 진출한 결승전이라서 우승에 대한 팬들의 **염원**이 매우 큰 것 같아.
是啊，這是十年來第一次進入決賽，粉絲對於奪冠的渴望真的很強烈。

動 염원하다渴望／期盼
關 염원을 밝히다／이루다表明／實現心願
參 민족의 염원民族的心願、간절한 염원懇切的心願、오랜 염원長期的心願
類 소망願望

우호적

名 關 [우ː호적]
漢 友好的

友好的

두 국가의 친선 축구 경기는 승부를 떠나 **우호적**인 분위기에서 진행되었다.
兩國的友誼足球賽不論勝負，在友好的氛圍中進行。

關 우호적으로 느끼다／대하다／받아들이다／해결하다
　友好的感受／對待／接受／解決
參 우호적인 관계／반응／분위기／태도
　友好的關係／反應／氛圍／態度

유심히

副 [유ː심히]
漢 有心히

留心

가：선생님, 이 두 그림에 다른 부분이 있다고 하셨는데 도저히 못 찾겠어요.
　老師，您說這兩幅畫有不同的地方，可是我完全找不到。

나：사람의 손 부분을 **유심히** 살펴보면 찾을 수 있을 거예요. 다시 한번 보세요.
　仔細看一下人物的手部，就可以找出來的，再看看吧。

關 유심히 관찰하다／듣다／살피다／지켜보다
　仔細觀察／聽／觀察／注視

태도・態度

으스대다

動 [으스대다]

賣弄、顯擺

가 : 하은이가 봉사 활동 때 인터뷰한 게 신문에 실렸다고?
夏恩在做志工活動時的訪談被報紙刊登了嗎？

나 : 응, 자기 기사 실렸다고 어찌나 **으스대는지** 너무 웃겨.
是啊，她說自己的報導上報，得意洋洋的樣子真是太好笑了。

關 으스대며 다니다 得意洋洋地走來走去、
자랑하며 으스대다 自豪炫耀
參 으스대는 꼴／모습 得意的模樣／樣子

응하다

動 [응하다]
漢 應하다

回答、答應

가 : 오늘 이렇게 인터뷰에 **응해** 주셔서 정말 감사합니다. 이번 경기에서 우승하신 소감 한마디 부탁드립니다.
今天你能回應這次訪問，非常感謝。請問您對於這次比賽獲勝有什麼感想？

나 : 모두 국민 여러분의 염원과 응원 덕분입니다. 항상 겸손한 자세로 열심히 하겠습니다.
這一切都要感謝國民們的期盼和支持。我會一直保持謙遜的態度，努力前行。

關 대화에 응하다 回應對話、조사에 응하다 答應調查、
초청에 응하다 回應邀請

의욕적

名 關 [의ː욕쩍]
漢 意欲的

熱情、積極

가 : 팀장님을 보면 더 열심히 일해야겠다는 생각이 들어.
每次看到我們的組長，就有應該更加努力工作的念頭。

나 : 맞아. 매사 저렇게 **의욕적**으로 일을 하시니까 직원들이 분발하지 않을 수가 없지.
沒錯，他每件事都那麼有幹勁，員工們怎麼能不奮發呢？

關 의욕적으로 만들다／일하다／추진하다
讓人充滿幹勁地製作／工作／推動
參 의욕적인 모습／자세／출발충滿幹勁的樣子／態度／開始

일관성

名 [일관썽]
漢 一貫性

一貫性

타인을 설득하려면 타당한 근거와 **일관성** 있는 논리로 자신의 의견을 밝힐 수 있어야 한다.
要說服他人，必須以合理的根據和一致的邏輯表明自己的意見。

關 일관성을 강조하다／유지하다／잃다強調／保持／失去一致性、일관성이 결여되다一致性缺乏
參 정책의 일관성政策的一致性、태도의 일관성態度的一致性、일관성의 확보一致性的確保

태도 • 態度

일방적

名 關 [일방적]
漢 一方的

單方面的

가 : 우리 과 대표는 매사에 너무 **일방적**이지 않니?
我們系的代表是不是在很多事情上太過於一意孤行了？

나 : 맞아. 다른 학생들의 이야기도 좀 들어 주면 좋겠는데 항상 자기 고집대로만 결정하잖아.
對啊。如果能聽聽其他同學的意見就好了，他總是按照自己的主觀決定。

關 일방적으로 결정하다／나가다／당하다
單方面決定／行動／遭遇

參 일방적인 공격／주장／행동／횡포
單方面的攻擊／主張／行為／橫行

자기중심적

名 關 [자기중심적]
漢 自己中心的

以自我為中心

가 : 너 어제 친구와 싸웠다며? 무슨 일 있었어?
聽說你昨天和朋友吵了一架？發生了什麼事？

나 : 친구가 매번 내 일정은 고려하지 않고 자기 일정만 고려해서 약속 시간을 정하더라고. 너무 **자기중심적**이라 화가 났어.
朋友每次都不顧我的行程只考慮自己的行程來決定約會，她太以自我為中心了，於是我生氣了。

關 자기중심적으로 살다／판단하다 以自我為中心地生活／判斷
參 자기중심적인 사고／사람／행동 自我中心的思維／人／行為

자발적

名 關 [자발쩍]
漢 自發的

自發的

가 : 우리 아파트 단지의 쓰레기 문제를 해결하기 위해서는 주민들의 **자발적**인 참여가 필요합니다.
為了解決我們社區的垃圾問題，居民的自發參與是必要的。

나 : 맞습니다. 안내 방송과 게시판을 활용해 참여해 달라고 적극적으로 알립시다.
沒錯，那麼我們積極利用公告廣播和告示板來請大家參與。

關 자발적으로 나서다／행동하다 自發主動出面／行動
參 자발적인 노력／태도／참여／활동
自發的努力／態度／參與／活動

잠자코

副 [잠자코]

默不作聲、不動聲色地

친구들과 여름휴가 계획을 짜고 있었는데 한 친구가 아무 의견도 말하지 않고 **잠자코** 있어서 답답했다.
我和朋友們正在計劃夏季假期，但有個朋友什麼意見都不說，安靜的在那裡，心裡有點沮喪。

關 잠자코 기다리다／듣다／따르다／있다
默默等待／聽／服從／存在

태도 • 態度

절실하다

迫切的

形 [절씰하다]
漢 切實하다

가 : 너 요즘 야근을 너무 많이 하는 거 아냐? 거의 한 달 내내 늦게 퇴근하는 것 같아.
你最近是不是加班太多了？我看你好像幾乎整個月都很晚才下班。

나 : 맞아. 그래서 요즘 쉬고 싶다는 생각이 **절실해**. 다음 주에는 꼭 연차를 쓰고 쉬어야겠어.
對啊，所以最近我真的是很想休息。下週一定得請年假好好休息一下。

關 마음이 절실하다 心情迫切、생각이 절실하다 想法迫切
參 절실한 그리움／눈빛／심정 迫切的思念／眼神／心情

정중하다

鄭重的

形 [정ː중하다]
漢 鄭重하다

가 : 친구가 급하게 일이 생겨서 저에게 팀 과제를 부탁했는데, 저도 주말에 약속이 있어서 해 줄 수가 없어요.
我的朋友突然有事，請我幫忙做團隊作業，但我週末也有約，無法幫忙。

나 : 그럼 **정중히** 거절하세요. 사정이 있어서 도와주지 못하는 것이니 친구도 이해해 줄 거예요.
那你就鄭重地拒絕吧。因為有自己的原因無法幫忙，朋友應該會理解的。

關 정중하게 거절하다／대하다／사과하다／인사하다
鄭重地拒絕／對待／道歉／打招呼
參 정중한 분위기／자세 禮貌的氛圍／態度

조급하다

形 [조ː그파다]
漢 躁急하다

著急的

가 : 시험 문제가 너무 어려워서 시간이 좀 부족했어.
考題太難，時間有點不夠。

나 : 맞아, 나도 그랬어. 시험이 얼마 안 남았을 때는 마음이 **조급해져서** 손이 다 떨리더라.
對，我也是。考試快結束時，心情變得很急躁，手都開始發抖了。

關 조급하게 굴다／말하다／행동하다 急切地行事／說話／行動
參 조급한 마음／성격 急躁的心情／性格

집착

名 [집착]
漢 執著

執著

가 : 부자들은 이미 많은 재산을 가지고 있는데도 왜 계속 돈에 **집착**을 하는지 모르겠어요.
有錢人已經擁有很多財產了，為什麼還一直對錢如此執著呢？

나 : 원래 욕심은 끝이 없다고 하잖아요.
俗話說，本來貪欲是沒有止境的。

動 집착하다 執著
關 집착이 강하다／심하다 執著很強／很嚴重、
　집착을 버리다 放棄執著、집착에서 벗어나다 脫離執著
參 집착 감정／욕구／행동 執著的情感／欲望／行為

태도・態度

투철하다

形 [투철하다]
漢 透徹하다

透徹的、徹底的

가 : 하은이가 쓰레기를 아무 데나 버리거나 무단 횡단하는 것을 본 적이 없는 것 같아.
我好像沒看過夏恩隨處亂丟垃圾或是亂穿馬路的情況。

나 : 맞아. 지금까지 하은이만큼 준법정신이 **투철한** 사람을 본 적이 없어.
對啊，到目前為止，我還沒見過像夏恩那樣有強烈守法精神的人。

關 도덕심이 투철하다 道德感強烈、애국심이 투철하다 愛國心強烈、정의감이 투철하다 正義感強烈
參 투철한 사명감／신념／의지 強烈的使命感／信念／意志

한결같다

形 [한결갇따]

始終如一

진욱이와 준우는 어릴 때부터 30년이 지난 지금까지도 **한결같은** 우정을 이어 가고 있다.
真旭和俊宇從小到大，即使過了 30 年，仍然保持著一樣的友情。

副 한결같이 一如既往地／始終如一地
關 사람이 한결같다 人始終如一地
參 한결같은 마음／모습／우정／자세 始終如一地的心情／樣子／友情／態度

호의적

名 關 [호ː의적/
　　 호ː이적]
漢 好意的

好意、善意

가: 최근에 동남아시아 여행 다녀왔다며? 여행은 어땠어?

聽說你最近去了東南亞旅行？旅行怎麼樣？

나: 현지 사람들이 **호의적**인 태도로 친절하게 대해줘서 여행 내내 너무 좋았어.

當地人以友善的態度對待我們，整個旅程都感覺非常愉快。

關 호의적으로 대하다/보이다 以友善的態度對待/表現
參 호의적인 분위기/태도 友好的氛圍/態度

활기차다

形 [활기차다]
漢 活氣차다

充滿活力的

가: 새벽 시장에 나오니까 어때? 이른 시간인데 벌써부터 일하는 사람들이 참 많지?

一大早來到市場怎麼樣？這麼早就有這麼多人在工作，對吧？

나: 네, 아빠. 이렇게 **활기찬** 모습을 보니 저도 힘내야겠다는 생각이 들어요.

是的，爸爸。看到這麼充滿活力的場景，我也覺得自己應該振作起來。

關 거리가 활기차다 街道充滿活力、밝고 활기차다 開朗且充滿活力
參 활기찬 걸음걸이/분위기/모습/하루 充滿活力的步伐/氛圍/樣子/一天

95

회의적

名 關 [회의적／
훼이적]
漢 懷疑的

懷疑的

가 : 대표님, 이번 신약 개발을 **회의적**으로 보는 사람들이 많이 있습니다.
代表，對這次新藥開發持懷疑態度的人很多。

나 : 다른 기업에서 실패한 이력이 있기 때문일 텐데요. 이번에 저희가 개발한 신약은 기대하셔도 좋습니다.
這或許是其他公司曾經失敗過的緣故吧。不過這次我們開發的新藥，大家可以期待。

關 회의적으로 답하다／말하다 懷疑地回答／說話
參 회의적인 견해／시각／태도 懷疑的見解／視角／態度

複習一下

人類 2 | 態度

1. 請選出下列中與其他關係不同的選項。

① 낙관 – 비관   ② 아부 – 아첨
③ 염원 – 소망   ④ 대담하다 – 담대하다

✎ 請選出適合填入（　）的單詞。

2.
> 최근 결혼을 (　　　)하는 분위기가 팽배할 뿐더러 결혼을 하더라도 아이를 낳지 않는 경우가 많아 출산율이 계속 떨어지고 있다.

① 기피　　② 낙관　　③ 결핍　　④ 염원

3.
> 크리스마스가 되면 (　　　) 선물을 구입하려는 사람들로 백화점이 붐빈다.

① 유심히　　② 잠자코　　③ 고스란히　　④ 어김없이

✎ 請在例中找到適合填入（　）的單詞。

例　몰두하다　애매하다　정중하다　눈여겨보다

4. 가: 박 감독님, 이 영화에서 가장 (　　　) 만한 장면을 추천해 주신다면요?
　　나: 저는 마지막에 주인공의 계획이 성공하는 장면을 꼽고 싶습니다.

5. 가: 2시가 넘었는데 왜 아직도 안 자고 있니?
　　나: 벌써 2시가 넘었어요? 논문 읽는 데 (　　　) 시간이 이렇게 된 줄 몰랐어요.

6. 가: 하은이도 오늘 저녁에 있는 학과 모임에 참석한다고 했니?
　　나: 글쎄. 조금 전에도 물어봤는데 대답이 좀 (　　　) 잘 모르겠어. 다시 한번 물어볼게.

7. 가: 예준이는 항상 예의가 발라서 볼 때마다 칭찬을 하게 돼요.
　　나: 그렇지요? 만날 때마다 어찌나 (　　　) 인사를 하는지 정말 기특해요.

3 행동／행위
行動／行為

06.mp3

가로지르다

動 [가로지르다]
⇨ 索引 p.826

橫越、橫跨

가 : 친구들하고 뮤지컬 잘 보고 왔니?
和朋友們一起看音樂劇順利嗎？

나 : 네, 엄마. 배우들이 무대를 **가로지르면서** 춤을 추는데 마치무대 위를 날아다니는 것 같았어요.
是的，媽媽。演員們在舞台上跳舞，彷彿像是在舞台上飛翔一樣。

關 무대를 가로지르다穿越舞台、바다를 가로지르다橫渡大海、운동장을 가로지르다穿越操場
類 건너지르다穿越

경솔하다

形 [경솔하다]
漢 輕率하다
⇨ 索引 p.827

輕率的

가 : 준우가 다른 친구들한테 민수 흉을 보고 다닌대. 그런 친구인 줄 몰랐어.
聽說俊宇在其他朋友面前說敏秀的壞話。我沒想到他是這樣的人。

나 : 그래? 준우가 그렇게 **경솔하게** 행동할 친구가 아닌데……. 잘못된 소문 아니야?
真的嗎？俊宇平時不是那種會輕率行事的人……會不會是錯誤的傳聞？

關 경솔하게 굴다／생각하다輕率地行事／思考
參 경솔한 말／사람／행동輕率的言語／人／行為
類 경박하다輕薄的

98

과감하다

形 [과 : 감하다]
漢 果敢하다

果斷的

가 : 이번에 바뀐 교칙 봤어? 전면적으로 거의 다 변경되었더라.

你看過這次改換的校規了嗎？幾乎全部都大幅變更了。

나 : 응, 새로 오신 교장 선생님께서 새로운 교육 환경 조성을 위해 교칙을 **과감하게** 모두 바꾸셨대.

嗯，聽說新來的校長為了打造新的教育環境，果斷地全面改換了校規。

關 과감하게 결정을 내리다／조치를 취하다 果斷地做決定／採取措施
參 과감한 결단／결정／대책／행동 果敢的決斷／決定／對策／行動

기웃거리다

動 [기욷꺼리다]
⇨ 索引 p.826

東張西望

가 : 윤아야. 왜 그렇게 강의실 이곳저곳을 **기웃거리고** 있어?

允兒，妳怎麼在教室這裡那裡東張西望的？

나 : 아까 지갑을 놓고 간 것 같아서 그걸 찾는 중이야. 혹시 시간 괜찮으면 같이 찾아 줄 수 있어?

我好像剛才把錢包落在這裡了，正在找呢。妳有空的話可以幫我一起找嗎？

關 집을 기웃거리다 在家門口張望、이곳저곳 기웃거리다 四處張望、여기저기 기웃거리다 到處張望
類 기웃기웃하다 東張西望、기웃대다 探頭探腦

행동／행위 • 行動／行為

꼬다

動 [꼬ː다]

扭動

가 : 어디 안 좋아? 왜 그렇게 몸을 비비 **꼬고** 있어?
你哪裡不舒服嗎？怎麼一直扭來扭去的？

나 : 수업 시작할 때부터 화장실에 가고 싶었는데 참느라고. 쉬는 시간에 다녀왔어야 했는데…….
從上課開始我就想上廁所了，但一直忍著。下課時間該去的……。

關 다리를 꼬다 扭勾腳、몸을 꼬다 扭捲身體、
오른쪽으로 꼬다 向右扭、왼쪽으로 꼬다 向左扭

내던지다

動 [내ː던지다]

亂丟

퇴근하고 너무 피곤해서 옷과 가방을 바닥에 **내던져** 두고 그대로 침대 위에서 잠이 들었다.
下班後太累了，直接把衣服和包包扔在地上，就這樣倒在床上睡著了。

關 돌을 내던지다 扔石頭、서류를 내던지다 扔文件、
밖으로 내던지다 往外扔

내보이다

動 [내보이다]

出示

가 : 전시회 입장이 왜 이렇게 오래 걸리지? 표만 제시하면 들어갈 수 있는 거 아니야?
為什麼展覽會入場要花這麼久的時間？不是只要出示門票就能進去嗎？

나 : 아까 보니까 입구에서 신분증을 **내보여야** 입장이 가능한 것 같더라고. 빨리 입장할 수 있게 미리 꺼내 놓자.
剛剛我看到好像要在入口出示身分證才能進場。為了能快點進去，先拿出來準備好吧。

關 명함을 내보이다出示名片、신분증을 내보이다出示身分證、쪽지를 내보이다出示字條

내쉬다

動 [내ː쉬다]
⇒ 索引 p.830

呼氣、吐氣

가 : 선생님, 어제부터 숨을 **내쉴** 때마다 가슴에 통증이 느껴지는데 왜 그런지 모르겠어요.
醫師，從昨天開始，每次呼氣時都會感到胸口疼痛，不知道是怎麼回事。

나 : 어디 봅시다. 다시 한번 숨을 크게 **내쉬어** 보시겠습니까?
讓我看看。請再深深地呼一口氣吧。

關 숨을 내쉬다吐氣、한숨을 내쉬다嘆氣、길게 내쉬다長長地吐氣
反 들이쉬다吸氣

행동／행위 • 行動／行為

대들다

動 [대 : 들다]
⇨ 索引 p.826

頂撞

가 : 오늘 팀장님은 왜 저렇게 화가 나신 거예요?
今天組長為什麼那麼生氣？

나 : 어제 회식에서 신입 사원이 대체 회식을 왜 하는지 모르겠다고 팀장님께 **대들었다고** 하더라고요.
聽說昨天聚餐時，新進員工頂撞組長，說完全不懂為什麼要辦聚餐。

關 어른에게 대들다頂撞長輩、감히 대들다敢頂撞、
마구 대들다隨意頂撞
類 받다承受

더디다

形 [더디다]

緩慢的、遲緩的

가 : 선생님, 수술한 지 한 달이나 지났는데 회복이 왜 이렇게 **더디지요**?
醫生，手術已經過了一個月了，為什麼恢復得這麼慢呢？

나 : 기존에 앓고 계시던 병이 있어서 그렇습니다. 하지만 충분한 휴식을 취하면 회복할 수 있으니 너무 걱정하지 마세요.
因為您以前就有舊疾的關係。不過只要充分休息，就可以恢復，不用太擔心。

關 걸음이 더디다步伐緩慢、세월이 더디다歲月流逝緩慢、
준비가 더디다準備緩慢

돋우다

動 [도두다]

提高

가 : 사장님께 지금이라도 보고서가 잘못 작성된 경위를 제대로 보고 드리는 게 좋을까요?

現在向社長如實報告報告書寫錯的經過比較好嗎？

나 : 네, 괜히 사장님의 화만 더 **돋우는** 거 아닐까 혼자 고민하지 말고 문제가 발생한 이유를 빨리 말씀 드리세요.

是的，不要擔心會不會更惹社長生氣，趕快把問題發生的理由說清楚吧。

關 신경을 돋우다刺激神經、용기를 돋우다鼓起勇氣、화를 돋우다惹生氣

둔하다

形 [둔ː하다]
漢 鈍하다

愚笨

가 : 부장님, 저는 머리가 **둔한가** 봐요. 이 보고서를 아무리 봐도 어디가 잘못됐는지 잘 모르겠어요.

部長，我可能腦袋不夠聰明。怎麼看這份報告，還是不知道哪裡出錯了。

나 : 경험이 별로 없어서 그렇지요. 같이 한번 살펴봅시다.

這是因為經驗不足。我們一起來仔細看看吧。

關 둔하고 어리석다遲鈍且愚蠢、머리가 둔하다頭腦遲鈍
參 둔한 사람遲鈍的人

행동／행위 • 行動／行為

드러눕다

動 [드러눕따]

躺臥

가 : 엄마, 갑자기 허리가 너무 아파요.
媽媽，我突然覺得腰很痛。

나 : 하루 종일 **드러누워서** 휴대폰만 보니까 그렇지. 일어나서 스트레칭 좀 해.
你整天只躺著看手機才會這樣的。起來做做伸展運動吧。

關 바닥에 드러눕다躺在地板上、소파에 드러눕다躺在沙發上、풀밭에 드러눕다躺在草地上

따라나서다

動 [따라나서다]

跟著走

가 : 여보, 요즘 민수가 예전과는 다르게 많이 활발해진 것 같아요. 친구들도 자주 만나러 다니는 것 같고요.
親愛的，最近敏秀好像變得比以前更活潑了，常常去見朋友。

나 : 그러게요. 최근에 새로 사귄 친구를 **따라나서서** 같이 놀러 다니더니 성격이 많이 달라졌어요.
是啊，最近他跟新交的朋友一起出去玩，性格變了很多。

關 형을 따라나서다跟隨哥哥、뒤를 따라나서다跟隨在後、선뜻 따라나서다毫不猶豫地跟隨

104

명상

名 [명상]
漢 冥想／瞑想

冥想

가 : 요즘 진로 문제로 생각이 많아서 그런지 머리도 복잡하고 마음도 불안하고 그러네.
　　大概是最近因職業規劃的問題想了很多，以致頭腦複雜，心情也很不安。

나 : 그럴 때마다 심호흡을 하면서 **명상**을 해 보면 어때? 난 그렇게 하면 마음을 가라앉히는 데 도움이 되더라고.
　　每當這樣的時候，不如試著深呼吸並冥想如何？我覺得那樣做有助於沉澱心情。

動 명상하다 冥想
關 명상에 잠기다 沉浸在冥想中
參 명상 음악 冥想音樂、고용한 명상 專業人士帶領的冥想、명상의 시간 冥想時間

문지르다

動 [문지르다]

擦拭、搓揉

가 : 엄마, 유리창을 아무리 열심히 닦아도 자국이 남고 깨끗해지지가 않아요.
　　媽媽，無論我怎麼努力擦玻璃，還是會留下痕跡，怎麼擦都不乾淨。

나 : 그럴 때는 신문지를 이용해서 싹싹 **문지르면** 깨끗해져.
　　這時候可以用報紙仔細擦一擦，會變乾淨的。

關 손을 문지르다 擦手、수건에 문지르다 擦毛巾、싹싹 문지르다 仔細擦拭

105

행동/행위・行動/行為

부릅뜨다

動 [부릅뜨다]

瞪大眼、圓睜

가 : 왜 그렇게 눈을 **부릅뜨고** 있어? 무슨 일 있어?
為什麼那麼圓睜著眼睛？發生什麼事了？

나 : 어떤 사람이 고양이를 괴롭히고 있어서 하지 말라고 하고 왔는데 아직 화가 안 풀려서 그래.
有個人欺負貓咪，我去告訴他不要這麼做，結果還是氣得無法平靜。

關 부릅뜨고 노려보다瞪大眼睛怒看、눈을 부릅뜨다圓睜著眼

서성거리다

動 [서성거리다]
⇨ 索引 p.826

走來走去、徘徊、踱來踱去

가 : 윤아 씨, 들어가지 않고 왜 문밖에서 **서성거리고** 있어요?
尹雅，為什麼不進去，站在門外徘徊呢？

나 : 부장님께 보고를 해야 하는데 지금 부장님이 사장님과 말씀을 나누고 계셔서요.
我要向部長報告，但現在部長正在和總經理交談。

關 사람이 서성거리다人徘徊、길가를 서성거리다在路邊徘徊、주변을 서성거리다在周圍徘徊
類 서성대다徘徊、서성서성하다踱來踱去

속삭이다

動 [속싸기다]

竊竊私語、嗯嗯唆唆地說

가 : 거기 두 사람, 수업 시간에 뭐라고 계속 **속삭이고** 있어요?

那裡的那兩個人，上課中為什麼一直在耳語？

나 : 선생님. 죄송합니다. 제가 이해가 안 되는 부분이 있어서 이 친구한테 좀 물어봤습니다.

老師，對不起。我有不瞭解的地方，所以問了這位同學。

關 사랑을 속삭이다低聲訴愛、귓가에 속삭이다在耳邊輕聲說話、낮게 속삭이다低聲耳語

參 속삭이는 소리耳語的聲音

속속

副 [속쏙]
漢 續續

陸續、不斷

가 : 김 비서, 오늘 회의 참석 인원이 모두 도착했나요?

金秘書，今天會議的參會人員都到齊了嗎？

나 : 아니요. 지금 **속속** 도착하고는 있는데 아직 몇 분이 안 오셨습니다.

還沒有，現在有人陸續到達，但還有幾位還沒來。

副 속속들이陸續

關 속속 도착하다／드러나다／등장하다／밝혀지다陸續到達／顯現／出現／被揭示

행동／행위・行動／行為

손대다
動 [손대다]

觸碰

가 : 요즘 여름이라서 모기가 많아졌으니 집에 모기 퇴치기를 설치해야겠어요.
最近是夏天，蚊子增多了，我們應該在家裡安裝蚊香器。

나 : 네, 그런데 아이들이 **손대지** 못하게 조심해서 설치해 주세요.
是的，不過要讓孩子們摸不到，請小心安裝。

關 물건에 손대다 碰觸東西、함부로 손대다 隨意動手、이것저것 손대다 到處摸觸

씩씩거리다
動 [씩씩꺼리다]
⇨ 索引 p.826

氣喘吁吁

가 : 조금 전에 출근한 거 아니야? 왜 그렇게 **씩씩거리면서** 다시 들어와?
剛剛不是去上班嗎？為什麼這麼氣喘吁吁又進來了？

나 : 지하철역까지 다 갔는데 갑자기 중요한 서류를 놓고 간 게 생각나서 그걸 가지러 엄청 뛰어왔어요.
我都走到地鐵站了，但突然想到重要的文件放在家裡，所以趕緊跑回來拿。

動 씩씩거리며 투덜대다 邊嘟囔邊氣喘吁吁、숨을 씩씩거리다 氣喘吁吁、화가 나서 씩씩거리다 因為生氣而氣喘吁吁
類 씩씩대다 氣喘吁吁

어루만지다

動 [어루만지다]

撫摸

어렸을 때 배탈이 나면 할머니께서 내 배를 **어루만져** 주시곤 했던것이 아직도 생생하게 기억이 난다.
當我小時候，肚子痛的時候奶奶會輕輕地撫摸我的肚子，這件事至今仍記憶猶新。

關 머리를 어루만지다撫摸頭、배를 어루만지다撫摸肚子、
손으로 어루만지다用手撫摸

움츠리다

動 [움츠리다]

蜷縮、瑟縮

가 : 오늘 별로 춥지도 않은데 왜 그렇게 **움츠리고** 앉아 있어?
今天也不是很冷，怎麼坐得那麼縮著？

나 : 몸이 으슬으슬한 게 아무래도 감기에 걸린 것 같아.
身體有點發冷，不管怎樣好像是感冒了。

關 고개를 움츠리다縮頭縮腦、바짝 움츠리다縮得緊緊的
參 움츠린 모습／자세蜷縮的模樣／姿勢

움켜쥐다

動 [움켜쥐다]

緊握

가 : 이 장갑이 제 손에 맞는 사이즈인가요? 좀 작은 것 같아서요.
這副手套適合我的手嗎？感覺有點小。

나 : 장갑을 끼고 손을 **움켜쥐었을** 때 크게 불편하지 않으시면 맞는 사이즈입니다.
如果戴上手套後，握拳時不會感到非常不舒服，那就是合適的尺寸。

關 머리를 움켜쥐다抓住頭、멱살을 움켜쥐다抓住衣領、
주먹을 움켜쥐다緊握拳頭
參 움켜쥔 손緊握的手

109

행동／행위 • 行動／行為

유난스럽다

形 [유ː난스럽따]

特殊、異常、怪異、跟別人不一樣

가 : 아버지, 올해가 칠순이신데 생신 때 호텔에서 잔치를 하면 어떨까요?
爸爸，今年是七十歲生日，您覺得生日時在飯店辦宴會怎麼樣?

나 : 그렇게 **유난스럽게** 하고 싶지는 않구나. 그냥 간단히 근처 식당에 가서 식사나 하자꾸나.
我不想那麼張揚。就簡單去附近的餐廳吃個飯吧。

關 유난스럽게 굴다／말하다 殊異的行為舉止／說話
參 유난스러운 사람／성격／행동 特殊的人／個性／行為

차단

名 [차ː단]
漢 遮斷

阻斷、隔絕

가 : 나가기 전에 선크림을 듬뿍 발랐는데도 얼굴이 탄 것 같아.
我出門前塗了很多防曬霜，但臉還是好像曬傷了。

나 : 오늘처럼 햇볕이 따가운 날은 선크림만으로 자외선을 완전히 **차단하기는** 어려워.
像今天這麼強烈的陽光，僅靠防曬霜完全阻擋紫外線是很難的。

動 차단하다 阻隔、차단되다 被阻隔
關 차단을 해제하다 解除阻擋
參 차단기 遮斷器、소음 차단 噪音隔絕、자외선 차단 紫外線隔絕、전자파 차단 電磁波隔絕

탄식

名 [탄ː식]
漢 歎息／嘆息

嘆息

가 : 상대가 아무리 강팀이라고 해도 오늘 경기는 최악이었어. 5대 0으로 질 줄은 꿈에도 몰랐어.
> 對方再怎麼強的隊伍，今天的比賽也太糟糕了。五比零輸掉，真是作夢也沒想到。

나 : 맞아. 우리 팀이 점수를 내줄 때마다 **탄식**이 절로 나오더라.
> 對啊，每次我們隊失分的時候，都忍不住嘆氣。

動 탄식하다 嘆氣
關 탄식이 새어 나오다／터지다 嘆氣流露／爆發、
탄식을 자아내다 嘆氣引發
參 탄식 소리／탄식과 한숨 嘆氣聲／嘆氣與歎息

人類 2
02

헛디디다

動 [헏띠디다]

失足、踩空

가 : 어디 다쳤니? 왜 다리를 절뚝거려?
> 你哪裡受傷了？怎麼一瘸一拐的？

나 : 학교 계단을 급하게 내려오다가 발을 **헛디디는** 바람에 좀 삐끗했어요.
> 我急速下學校的台階時，踩空腳稍微扭傷了。

關 헛디뎌 넘어지다 踩空跌倒、발을 헛디디다 腳踩空、
계단에서 헛디디다 踩空樓梯

111

행동／행위・行動／行為

훑어보다

動 [훌터보다]

（上下）細看、端詳、打量

가 : 민수 씨는 주말 아침에 보통 뭐 해요?
　　敏秀，週末早上通常做什麼？

나 : 아침에 일어나면 보통 휴대폰으로 인터넷 신문을 **훑어보면서** 식사를 해요.
　　早上起來後，我通常會瀏覽手機上的網路新聞，邊吃早餐。

關 신문을 훑어보다 瀏覽報紙、대강 훑어보다 大致瀏覽、빠르게 훑어보다 快速瀏覽

參 훑어본 글 瀏覽過的文章

複習一下

人類 2 │ 行動／行為

✏️ 請將下列項目中適合的部分連接起來。

1. 무대를　•　　　　　• ① 내쉬다
2. 다리를　•　　　　　• ② 꼬다
3. 한숨을　•　　　　　• ③ 넓히다

✏️ 請從以下選項中選擇最適合填入（　）的詞語。

4.
- 소음을 (　　) 하기 위해 사무실 벽을 공사하기로 했다.
- 외출 전에 자외선을 (　　) 하기 위해 선크림을 많이 발랐다.

① 명상　② 집착　③ 차단　④ 탄식

5.
- 박 사장은 서류를 (　　) 결재 도장을 찍었다.
- 윤아는 카페에 들어서자마자 친구를 찾기 위해 내부를 빠르게 (　　).

① 문지르다　② 부릅뜨다　③ 훑어보다　④ 서성거리다

✏️ 請從例中找到並寫下（　）中應該填入的正確詞語。

例　더디다　　손대다　　속삭이다　　헛디디다

6. 일행 중 한 명이 등산 중에 발을 (　　) 넘어지는 바람에 크게 다치는 사고가 있었다.

7. 가연이는 자신의 물건에 다른 사람이 (　　) 것을 너무 싫어한다.

8. 아이들은 저희들끼리 무언가를 (　　) 있다가 선생님이 들어오자 뚝 그쳤다.

9. 날씨가 무더워지자 공사를 하는 인부들의 작업 속도가 매우 (　　).

用漢字學韓語・變

✎ 我們來看看韓文詞彙是如何與漢字產生聯繫的。

급변 — 驟變 (p.651)
새로 취임한 사장은 급변하는 대외 환경에 대응하기 위한 변화가 절실하다고 밝혔다.
新任社長表示為因應急遽變化的對外環境,所作變化是迫切需要的。

돌연변이 — 突變 (p.661)
이 지역의 환경이 변화하면서 돌연변이 식물이 나타난 것으로 조사되었다.
調查顯示這個地區的環境發生變化後,已經出現了突變植物。

變 / 변 / 변하다 變

변덕 — 善變 (p.82)
변덕이 심한 사람은 다른 사람으로부터 신뢰를 얻기가 어렵다.
善變的人很難獲得他人的信任。

변수 — 變數 (p.734)
특별한 변수가 없는 한 예정된 행사는 그대로 진행될 것이다.
除非有特殊變數,否則預定的活動將照常進行。

변형 — 變形 (p.700)
이 목재는 고열에서도 쉽게 변형되지 않아 건축 재료로 인기가 많다.
這種木材即使在高溫下也不容易變形,因此在建築材料中非常受歡迎。

변천 — 變遷 (p.575)
이번 전시회는 의복의 역사적 변천을 주제로 기획되었다.
此次展覽以服裝的歷史變遷為主題策劃。

03 삶

生命、人生、生活

1 **경조사** 婚喪喜慶
2 **언어 행위** 語言行為
3 **여가 생활** 休閒生活
4 **인간關계** 人際關係
5 **일상 행위** 日常行為

用漢字學韓語・相

1 경조사
婚喪喜慶

07.mp3

격식

名 [격씩]
漢 格式

格式、禮節、規矩

가 : 오늘 웬일로 정장을 다 입으셨네요. 무슨 특별한 일이 있으신가 봐요.
今天怎麼穿著正裝啊？看來有什麼特別的事情吧。

나 : 이따가 친구 결혼식이 있어서 모처럼 **격식**에 맞는 옷을 좀 입어 봤어요.
稍後有朋友的婚禮，所以難得穿了一些符合場合的衣服。

關 격식을 갖추다／따지다／차리다 齊備禮數／講究禮節／穿著得體、격식에 맞다 合乎禮數

고인

名 [고 : 인]
漢 故人

故人、亡者

가 : 진욱 씨, 한국에서는 장례식장에 가서 **고인**의 가족분들께 어떻게 인사하면 되나요?
進旭，在韓國的葬禮上，應該怎麼向故人的家屬致意呢？

나 : 보통 "삼가 **고인**의 명복을 빕니다."라고 해요.
通常會說「謹向故人致哀」。

關 고인을 추모하다 追悼故人、고인이 되다 作古、고인의 명복을 빌다 為故人祈福

기리다

動 [기리다]

褒揚、追憶

현충일은 매년 6월 6일로 나라를 위해 충성을 다한 분들의 공적을 **기리기** 위한 날이다.
顯忠日是每年 6 月 6 日，用來褒揚為國盡忠者功績的日子。

關 공적을 기리다褒揚功績、뜻을 기리다紀念心願、삶을 기리다紀念生活、고인을 기리다紀念故人

문상

名 [문ː상]
漢 問喪
⇨ 索引 p.824

弔唁

가 : 어제 친구 아버님 장례식장에 잘 다녀왔어?
　　昨天你有去朋友父親的葬禮嗎？

나 : 응, **문상**을 하고 친구를 위로해 주는데 친구가 얼마나 우는지 나도 슬퍼서 혼났어.
　　有的，我去弔唁並安慰朋友，看到他哭得那麼傷心，我也難過得不行。

關 문상을 하다／가다／드리다／받다弔唁／去弔唁／致弔唁／接受弔唁
參 문상객弔唁者
類 조문哀悼

부고

名 [부ː고]
漢 訃告

訃告

가 : 대리님, 조금 전에 메일로 온 **부고** 보셨어요?
　　代理，您剛剛看到透過郵件收到的訃告了嗎？

나 : 네, 오늘 저녁에 장례식장에 다녀와야겠어요.
　　是的，我今晚得去葬禮上弔唁。

關 부고를 내다／알리다／받다發送訃告／通知／接到

生命、人生、生活 03

117

경조사 • 婚喪喜慶

빈소

名 [빈소]
漢 殯所

靈堂

한국에서는 사람이 죽으면 일반적으로 장례식장에 **빈소**를 차리고 3일 동안 장례식을 치른다.

在韓國，當有人去世時，通常會在葬禮場所設置祭奠室並舉行三天的葬禮。

關 빈소를 지키다/차리다 守在祭奠室/設置祭奠室、
빈소가 마련되다 祭奠室被準備好

상갓집

名 [상가찝/상갇찝]
漢 喪家집
⇨ 索引 p.825

喪家

가: 어쩌지? 급하게 **상갓집**에 가 봐야 하는데 오늘 검은색 옷을 안 입고 왔어.
怎麼辦？突然必須去喪家，可是我今天沒穿黑色衣服。

나: 나 오늘 이 검은색 재킷 입고 왔잖아. 이거라도 빌려 줄 테니 입고 갈래?
我今天穿了這件黑色外套，要不要借給你穿？

類 상가 喪家

상견례

名 [상견녜]
漢 相見禮

相見禮、見家長

가: 준우 씨, 곧 결혼하신다면서요? **상견례**는 했어요?
俊宇，聽說你快結婚了？有見過對方家長嗎？

나: 아니요. 이번 주말에 하기로 했어요. 양가 부모님과 처음 만나는 자리라 긴장이 돼요.
還沒有。這個週末要見面。因為是第一次見雙方父母，所以我有點緊張。

118

생애

名 [생애]
漢 生涯

生涯、生平

가 : 미나 씨, **생애** 첫 콘서트를 성공적으로 마치셨는데요. 소감 한 말씀 부탁드립니다.
美娜，您成功舉辦了人生的第一次個人演唱會，請問有什麼感想？

나 : 저의 첫 단독 콘서트를 잘 마치게 돼서 아주 기쁩니다. 모두 팬분들이 열심히 응원해 주신 덕분이라고 생각합니다.
能順利完成第一次的單獨演唱會，我感到非常高興。我認為這一切都是託粉絲的熱情支持之福。

生命、人生、生活 03

성의

名 [성의/성이]
漢 誠意
⇨ 索引 p.826

誠意

가 : 준우 씨, 저 내일 한국인 친구 결혼식에 가는데 축의금을 얼마나 내면 돼요?
俊宇，明天我會去一位韓國朋友的婚禮，請問該包多少紅包比較合適？

나 : 정해진 금액은 없지만 보통 친한 정도에 따라 **성의** 표시를 해요. 마이클 씨가 원하는 만큼 내면 될 것 같아요.
沒有固定的金額，但通常會根據親疏程度表示心意。麥克可以根據自己的情況包紅包。

關 성의가 있다/없다/부족하다 有誠意/沒有誠意/誠意不足、
　성의를 보이다 表現誠意
參 성의껏 盡誠意、성심성의껏 盡心盡力、
　성의 표시/부족 誠意表示/不足
類 성심 誠心

경조사 • 婚喪喜慶

여의다

動 [여의다/
여이다]

失去、喪親

내 친구는 어린 시절 교통 사고로 부모님을 **여의었지만** 지금은 슬픔을 딛고 열심히 살아가고 있다.

我的朋友在兒時因交通事故失去了父母，但現在他已經克服了悲傷，努力生活。

關 부모를 여의다失去父母、남편을 여의다失去丈夫

예물

名 [예물]
漢 禮物

（結婚）禮物

요즘은 간소한 결혼식이 유행이라서 **예물**을 주고받지 않는경우도 많다고 한다.

現在簡單的婚禮很流行，因此不交換贈禮的情況也很多。

關 예물을 주다/받다送禮物/收禮物、예물로 주다作為禮物送出
參 예물 교환贈禮交換

유언

名 [유언]
漢 遺言

遺言、遺囑

할아버지의 **유언**에 따라 가족들은 할아버지의 재산을 모두 자선 단체에 기부하기로 하였다.

根據爺爺的遺言，家人決定將爺爺的財產全部捐給慈善機構。

關 유언을 하다/남기다留下遺言
參 유언장遺囑

120

조문

名 [조ː문]
漢 弔問
⇨ 索引 p.824

弔唁、慰問

가 : 오늘 아침에 준우 씨 아버님이 돌아가셨다는데 언제쯤 **조문**을 가는 게 좋을까요?
今天早上聽說俊宇的父親過世了，什麼時候去弔唁比較好呢？

나 : 오늘은 **조문**객이 많을 것 같으니까 우리는 내일 갑시다.
今天可能會有很多弔唁客人，所以我們明天去吧。

關 조문을 하다/가다/오다 進行弔唁／去弔唁／來弔唁
參 조문객 弔唁客人、조문록 弔唁簿、조문 예절 弔唁禮儀
類 문상 弔喪

조의

名 [조ː의/조ː이]
漢 弔意

弔唁、慰問

가 : 뭐라고 위로의 말씀을 드려야 할지 모르겠네요. 삼가 **조의**를 표합니다.
我不知道該怎麼表達哀悼之意。我謹致上哀悼之意。

나 : 이렇게 와서 위로의 말씀 전해 주셔서 감사합니다.
非常感謝您特地前來表達慰問之意。

關 조의를 표하다 表達哀悼
參 조의금 奠儀

生命、人生、生活 03

경조사 • 婚喪喜慶

조의금

名 [조ː의금/
조ː이금]
漢 弔意金

奠儀

가 : 하은 씨, 팀장님 어머니께서 돌아가셨다는 소식 들었죠? 우리 팀원들 모두 퇴근 후에 같이 빈소에 가려고 해요.
　　夏恩，你聽說組長的母親去世了的消息了吧？我們團隊成員下班後要一起去靈堂弔唁。

나 : 저는 급한 일이 있어서 못 갈 것 같은데 준우 씨가 제 **조의금**을 좀 대신 전해 주시겠어요?
　　我有急事可能無法前往，俊宇，你能幫我代為轉交奠儀嗎？

關 조의금을 보내다/내다/전하다寄上奠儀／支付奠儀／傳達奠儀
類 부의금賻儀、부조금扶助金（紅包、白包之類）

중매

名 [중매]
漢 仲媒

說媒、做媒、說親

가 : 할머니는 할아버지하고 어떻게 만나서 결혼하셨어요?
　　奶奶，您是怎麼和爺爺認識並結婚的呢？

나 : 부모님이 **중매**를 서 주셔서 하게 됐지. 그 당시에 연애 결혼은 꿈도 못 꿨어.
　　是父母幫忙做媒才結婚的。那個時候戀愛結婚根本是想都不敢想的事。

關 중매를 서다/하다做媒、중매로 만나다透過媒人認識、중매가 들어오다有人來說媒
參 중매 결혼透過媒人介紹結婚

추모

名 [추모]
漢 追慕

追悼

가 : 이번 화재 사고에서 희생된 소방관들을 위한 **추모** 행사가 열린대.
聽說這次火災事故中殉職的消防員們的追悼活動即將舉行。

나 : 나도 그 기사 보고 너무 안타까운 마음이 들었어. 우리도 시간 내서 잠깐 다녀올까?
我也看了那則新聞，心裡感到非常惋惜。我們也抽個時間去一下吧？

關 추모하다追悼
參 추모식追悼儀式、추모제追悼祭、추모비追悼碑、추모 행렬／인파／공원追悼行列／人潮／公園

출생

名 [출생]
漢 出生
⇨ 索引 p.830

出生

한국에서는 자녀 출산 후 1개월 이내에 의무적으로 **출생** 신고를 해야 하며 그렇지 않을 경우 과태료를 내야 한다.
在韓國，子女出生後 1 個月內必須依法申報出生，若未按時申報，將須繳納罰款。

動 출생하다出生
反 사망死亡
參 출생신고出生登記／출생률出生率

生命、人生、生活 03

123

경조사 • 婚喪喜慶

혼인

名 [호닌]
漢 婚姻
⇨ 索引 p.826

婚姻

가 : 엄마, 아빠, 저희 오늘 **혼인** 신고했어요.
　　媽媽、爸爸，我們今天辦理了結婚登記

나 : 축하한다. 그럼 오늘 드디어 두 사람이 법적으로 부부가 되거네.
　　恭喜啊，那麼今天開始，你們正式成為法律上的夫妻了呢。

關 혼인하다 結婚
參 혼인신고 結婚登記、혼인 서약／예식／잔치 結婚誓約／典禮／喜宴
類 결혼 婚姻

화장

名 [화 : 장]
漢 火葬

火葬、火化

최근 조사에 따르면 국내에서 지난 10년간 치러진 전체 장례 가운데 매장은 줄고, **화장**은 60% 이상 늘어난 것으로 나타났다.

根據最近的調查顯示，在過去 10 年間，國內舉行的所有喪禮中，土葬減少，而火葬增加了 60% 以上。

動 화장하다 火葬
關 화장을 결정하다／마치다 決定火葬／完成火葬
參 화장터 火葬場、화장 시설／절차 火葬設施／程序

複習一下

生命、人生、生活 | 婚喪喜慶

✏️ 請將下列互相搭配的項目連接起來。

1. 격식을　　　•　　　　　　•　① 가다
2. 문상을　　　•　　　　　　•　② 갖추다
3. 조의를　　　•　　　　　　•　③ 표하다

✏️ 請選出適合填入（　）的正確單字。

4.
> 결혼할 때 지나치게 고가의 (　　)을/를 주고받기보다 실속 있는 결혼식을 선호하는 젊은이들이 많아지고 있다.

① 실물　　② 예물　　③ 회비　　④ 조문

5.
> 한평생 다른 사람들을 도우며 살아오신 할아버지의 빈소에는 할아버지를 (　　)하는 사람들의 발길이 끊이지 않았다.

① 추모　　② 탄식　　③ 염원　　④ 후회

✏️ 請從例中找出適當的單字填入（　）。

| 例 | 혼인　　화장　　출생 |

6. 아이가 태어나면 부모는 (　　) 신고를 해야 할 의무가 있다.
7. 결혼 후에는 (　　) 신고를 해야 법적 부부로 인정받을 수 있다.
8. 우리 가족들은 할머니의 유언에 따라 (　　)을 하기로 결정하였다.

2 언어 행위
語言行為

08.mp3

과언
名 [과 : 언]
漢 過言

言過其實

가 : 요즘 나오는 인공 지능 로봇들은 성능이 아주 뛰어나지요?
最近推出的人工智慧機器人性能非常優秀吧？

나 : 맞아요. 개인 비서라고 해도 **과언**이 아닐 만큼 성능이 뛰어나요. 앞으로 기술이 얼마나 발전할지 기대가 돼요.
沒錯，甚至可以說與私人秘書無異，性能優異。未來技術將會發展如何，令人期待。

關 과언이 아니다 並不誇張／並不過份

과찬
名 [과 : 찬]
漢 過讚

過獎

가 : 윤아 씨, 이번 신상품 설명회 발표 아주 잘했어요.
允雅小姐，這次新產品說明會的發表做得非常好。

나 : 아니에요, 부장님. **과찬**이십니다.
哪裡，部長，過獎了。

動 과찬하다 過獎
參 과찬의 말씀 過分稱讚

구두

名 [구ː두]
漢 口頭

口頭

구두 계약을 할 때는 법적 효력이 없을 수도 있으므로 서면 계약을 하는 것이 좋다.
口頭契約也可能沒有法律效力，因此最好訂立書面契約。

關 구두로 보고하다／서약하다／약속하다／지시하다口頭報告／承諾／約定／指示
參 구두 계약口頭契約

구호

名 [구ː호]
漢 口號

口號

가 : 우리 경기 시작 전에 **구호** 한번 외칠까?
我們比賽開始前來呼個口號吧！

나 : 좋아. 다 같이 손 모으고 '하나, 둘, 셋' 하면 '파이팅!' 하고 외치는 거야.
好，我們手聚在一起，一、二、三之後喊「加油」。

關 구호를 내걸다縣掛／외치다呼叫／정하다定口號

금시초문

名 [금시초문]
漢 今始初聞／
今時初聞

初次聽說

가 : 지우야, 다음 달에 글쓰기 공모전 한다는 이야기 들었지?
智宇，你有聽說下個月有寫作公開展覽的消息了吧？

나 : 정말? 나는 **금시초문**인데?
真的嗎？我現在才聽你說的！

💡 通常以「금시초문이다」的形態使用。

生命、人生、生活 03

127

언어 행위 • 語言行為

내뱉다

動 [내ː뱉따]

吐出

가 : 윤아 씨, 왜 그렇게 뾰로통한 얼굴로 앉아 있어요?
你為什麼一副生氣的樣子坐著？

나 : 조금 전에 남자 친구랑 좀 다퉜는데 화가 나서 심한 말까지 **내뱉어** 버렸거든요. 그래서 기분이 안 좋아요.
我剛剛和男朋友吵架了，我氣得把一些重話說出來了，所以現在心情不好。

關 말을 내뱉다說出、연기를 내뱉다吞雲吐霧、
침을 내뱉다吐口水、한숨을 내뱉다嘆氣

능통하다

形 [능통하다]
漢 能通하다

熟練的、精通的

가 : 제인 씨, 이제 한국어에 **능통해져서** 한국 뉴스를 듣는 데도 별로 문제없지요?
珍，現在你已經精通韓語，聽韓國新聞也沒什麼問題吧？

나 : 아니에요. 일상생활에는 문제가 없는데 뉴스까지 이해하려면 아직 멀었어요.
不是的。日常生活沒有問題，但要理解新聞還差得遠呢。

關 기술에 능통하다精通於技術、외국어에 능통하다精通於外語、
일에 능통하다精通於工作

대뜸

副 [대뜸]

突然

가 : 하은아, 우리 오늘 바다 보러 갈까?
　　夏恩，我們今天去看海怎麼樣？

나 : 아닌 밤중에 홍두깨도 아니고 시험공부하다 말고 **대뜸** 무슨 말이야?
　　莫名其妙！你不好好準備考試怎麼突然講這個？

關 대뜸 말하다/묻다/화를 내다 突然開口說/問/發脾氣

동문서답

名 [동문서답]
漢 東問西答
⇨ 索引 p.824

答非所問、東問西答

오늘 수업 시간에 다른 생각을 하다가 선생님 질문에 **동문서답**을 해서 너무 창피했다.
今天上課時心在別的地方，對老師的問話問東答西，真是太丟臉了。

動 동문서답하다 答非所問
類 문동답서 問東答西

무심코

副 [무심코]
漢 無心코

無意間

가 : 네가 가연이한테 요즘 살이 찐 것 같다고 해서 마음이 상한것 같아.
　　你對蓮熙說最近好像胖了，她好像傷心了？

나 : 나는 **무심코** 한 말인데 상처가 됐나 봐. 사과해야겠다. 알려줘서 고마워.
　　我隨口說的，好像她受傷了。我應該跟她道歉，謝謝你告訴我。

關 무심코 대답하다/부르다/지나치다/행동하다 無心的回答/呼叫/過分/舉動

生命、人生、生活 03

129

반박

名 [반 : 박]
漢 反駁
⇨ 索引 p.824

反駁

김 박사님이 이번에 발표한 물리학 이론은 **반박**의 여지가 없을만큼 타당하고 논리적인 내용이었다.

金博士這次發表的物理學理論是無可辯駁的，內容既妥當又具邏輯性。

動 반박하다 反駁
參 반박 성명 反駁聲明
類 논박 論駁

방언

名 [방언]
漢 方言

方言

가 : 마이클, 어제 '우리들의 행복' 봤어? 요즘 나는 이 드라마 보는 재미로 살아.

麥可，昨天有看《我們的幸福》嗎？最近我就靠著追劇樂趣生活著。

나 : 응, 봤어. 그런데 제주도 **방언**이 너무 많이 나와서 이해하기 좀 어려웠어.

嗯，看了，不過裡面濟州方言太多，有點難懂。

關 방언을 쓰다／사용하다 使用方言
類 사투리 方言

비평

名 [비ː평]
漢 批評

批評

가 : 이번에 새로 개봉한 '추억'이라는 영화 봤어? 어때?
　　你看了最近上映叫《回憶》的電影嗎？怎麼樣？

나 : 나도 아직 못 봤는데 영화 평론가들이 **비평**을 쏟아내는 걸 보니 잘 만든 영화는 아닌가 봐.
　　我也還沒看，不過看到眾影評人湧現的評論，好像不是一部做得很好的電影吧。

動 비평하다批評、비평되다受到批評
參 비평적批評性、비평가評論家、비평문批評文章、
　　날카로운 비평尖銳的批評

삼가다

動 [삼가다]

小心、避免

가 : 준우 씨, 이 도시락은 정말 맛이 없네요. 어디에서 주문한 거예요?
　　俊宇，這個餐盒真的不好吃耶。是從哪裡訂的？

나 : 쉿, 팀장님이 듣겠어요. 팀장님 단골 식당에서 주문한 거니까 그런 말은 **삼가는** 게 좋겠어요.
　　噓，小心組長聽到。是從組長的常去餐廳訂的，最好還是避免說那種話。

關 말을 삼가다小心說話、언행을 삼가다謹言慎行、
　　외출을 삼가다避免外出、행동을 삼가다注意行為

131

언어 행위・語言行為

상의

名 [상의/상이]
漢 相議/商議

商議

가 : 아빠, 졸업 후 진로에 대해 **상의**를 좀 드리고 싶어요.
爸爸，我想跟您討論一下畢業後的職涯規劃。

나 : 또 유학 가고 싶다고 하려고? 난 네가 한국에서 취직을 했으면 좋겠구나.
又想說要去留學嗎？我比較希望你能在韓國就業啊。

動 상의하다 商議/討論
關 상의가 되다/이루어지다/진행되다 討論達成/進行/展開、상의를 드리다 跟長輩請示討論

선언

名 [서넌]
漢 宣言

宣言

가 : 여러분, 저 오늘부터 금연을 **선언합니다**.
各位，我宣佈從今天開始戒菸！

나 : 진욱 씨, 이번에는 작심삼일로 끝나지 않고 꼭 성공하시기를 바라요.
進昱，希望這次不要又只是三分鐘熱度，一定要成功喔。

動 선언하다 宣布
參 선언적 宣言的、양심선언 良心宣言、폭탄선언 爆炸性宣言、개회 선언 開幕宣言

설득력

名 [설뜽녁]
漢 說得力

說服力

가 : 나오미 씨, **설득력** 있는 글을 쓰려면 논리적인 근거를 들어야 해요. 이 부분에 근거를 추가해 보세요.
  直美，要寫出有說服力的文章，必須提出有邏輯的根據。這部分請再補充一些依據吧。

나 : 네, 교수님. 알겠습니다.
  是的，教授。我知道了。

關 설득력이 있다/부족하다/약하다 有說服力/說服力不足/說服力弱、설득력을 가지다/얻다 具備/獲得說服力

소통

名 [소통]
漢 疏通

溝通

가 : 제인 씨, 요즘 한국어 공부를 열심히 하네요.
  簡，你最近很認真學韓語呢。

나 : 남자 친구가 한국 사람인데 나중에 남자 친구 가족들과 **소통**을 잘하고 싶어서 열심히 공부하고 있어요.
  我的男朋友是韓國人，將來想跟他家人好好溝通，所以努力學習中。

動 소통하다 溝通、소통되다 被溝通
關 소통이 원활하다/이루어지다 溝通順暢/達成
參 의사소통 意思溝通、소통 능력/방법 溝通能力/方法

언어 행위 • 語言行為

완곡하다

形 [완ː고카다]
漢 婉曲하다

委婉

다른 사람의 부탁을 거절할 때는 상대방의 기분이 상하지 않도록 **완곡한** 표현을 사용하는 것이 좋다.

當拒絕別人的請求時，最好使用委婉的表達方式，以免傷了對方的情緒。

關 완곡하게 거절하다 委婉地拒絕
參 완곡한 표현 委婉表達

왈가왈부

名 [왈가왈부]
漢 曰可曰否
⇨ 索引 p.823

說三道四

가 : 팀장님, 이번 인사이동에 대해 팀원들 사이에서 말이 많습니다.
組長，關於這次的人事異動，組員之間閒話很多。

나 : 안타깝지만 이미 정해진 결과에 대해 **왈가왈부해도** 달라지는게 없을 거예요. 그러니 팀원들에게 얘기를 좀 잘 해 주세요.
很遺憾，對已經確定的結果，不管怎麼說三道四也不會變不一樣。所以請好好跟組員們說明一下吧。

動 왈가왈부하다 爭論／議論紛紛
類 가타부타 說對說錯、왈가불가 議論紛紛

이의

名 [이:의／이:이]
漢 異議
⇨ 索引 p.829

異議

가 : 김민호 씨 대리인, 김민호 씨가 불법적으로 사업을 진행한 것이 맞습니까?
金敏浩先生的代理人，金敏浩先生非法經營事業這事確實嗎？

나 : 재판장님, **이의** 있습니다. 해당 사업의 불법 여부를 우선 따져 볼 필요가 있습니다.
法官大人，我有異議。有必要先釐清該事業是否違法。

關 이의가 있다／없다有異議／無異議、이의를 제기하다提出異議
參 이의 신청申請異議
反 동의同意

일컫다

動 [일컫따]
⇨ 索引 p.826

稱呼

우리 할아버지는 평생을 교육을 위해 몸 바치신 분으로 진정한 교육자라고 **일컬어지고** 있다.
我爺爺一生奉獻於教育，被呼為真正的教育者。

類 부르다喊／叫／喚

자백

名 [자백]
漢 自白

自招、招認、自我承認、自行吐露秘密

경찰은 명백한 증거를 제시해 교통사고 용의자에게 뺑소니범죄에 대한 **자백**을 받아 냈다.
警方出示了明確的證據，取得交通事故嫌疑人對肇事逃逸罪的自我承認。

動 자백하다自行吐露秘密
關 자백을 받다／번복하다招供／翻供

언어 행위 • 語言行為

질의

名 [지리/지리]
漢 質疑

質疑

가 : 곧 취업 설명회가 끝날 것 같은데 질문할 시간도 있겠지?
就業說明會好像快結束了，會有提問的時間吧？

나 : 응. 여기 프로그램에 **질의**응답 시간이 있어. 나도 그때 몇가지 질문하려고.
嗯，這裡的節目表中有問答時間。我也想在那時提出幾個問題。

動 질의하다 質疑
關 질의에 답하다 回答質疑
參 질의응답 質疑應答、질의 시간 QA 時間/問答時間

참견

名 [참견]
漢 參見

干預、插嘴

가 : 요즘 지호가 엄마가 하는 말을 다 **참견**이라고 생각하는 것 같아서 대화하기가 힘들어요.
最近我覺得智浩好像認為媽媽說的話都是干預的話，所以很難溝通。

나 : 우리 애도 그래요. 사춘기 때는 다 그런다고 하니 이 시간이 빨리 지나가길 바랄 수밖에요.
我家的孩子也這樣。到了青春期，都是那樣子，只能希望這段時間快點過去。

動 참견하다 干預
關 참견이 심하다/지나치다 嚴重/過度干預
參 말참견 插嘴、괜한 참견 多管閒事、쓸데없는 참견 多管閒事

칭하다

動 [칭하다]
漢 稱하다
⇨ 索引 p.826

稱為

이번 월드컵에서 한국은 역대 최고라고 **칭할** 만큼 뛰어난 경기력을 보여 주었다.

在這次的世界盃中，韓國足以稱得上是歷代最強，展示了卓越的競技能力。

類 일컫다 稱呼

털어놓다

動 [터러노타]

傾吐

가 : 하은아. 내 고민을 들어 줘서 고마워. 이제 속이 좀 시원하다.
　　夏恩啊，謝謝你聽我訴苦，現在心情好多了。

나 : 고맙긴. 앞으로도 고민이 있으면 언제든지 **털어놓고** 이야기해.
　　哪裡，不用謝。如果以後有任何煩惱，隨時都可以向我傾訴。

關 고민을 털어놓다 傾訴苦惱、마음을 털어놓다 吐露心聲、비밀을 털어놓다 吐露秘密

투덜거리다

動 [투덜거리다]
⇨ 索引 p.826

嘀咕、發牢騷

가 : 이 식당이 맛있다고 해서 멀리서 찾아왔는데 음식도 늦게 나오고 맛도 없고…….
　　聽說這家餐廳很好吃，我老遠找來，結果不但菜出得慢，也不好吃……

나 : 그만 좀 **투덜거리고** 빨리 먹기나 해. 다 식겠다.
　　別再抱怨了，快點吃吧，都要冷掉了。

關 불만을 투덜거리다 發牢騷、불평을 투덜거리다 抱怨
類 투덜투덜하다 小聲抱怨

퍼뜨리다

動 [퍼ː뜨리다]

散布

가 : 서윤 씨, 준우 씨랑 사내 커플이 됐다면서요?
　　書妍，聽說妳跟俊宇成為公司情侶了？

나 : 네? 아니에요. 도대체 누가 그런 헛소문을 **퍼뜨렸는지** 모르겠어요.
　　什麼？不是啦。我也不知道到底是誰在散播這種無稽之談。

關 거짓말을 퍼뜨리다散播謠言、소문을 퍼뜨리다散播謠言、유언비어를 퍼뜨리다散播毫無根據的謠言

類 퍼트리다散布

하소연

名 [하소연]

叫苦、訴苦

가 : 시후야. 동생 얘기 좀 들어 줘. 학교에서 어려운 일이 있다고 하잖아.
　　時厚，聽聽你弟弟說話吧。他說在學校遇到困難了。

나 : 엄마도 아시다시피 재민이가 **하소연**을 하는 게 하루 이틀이에요? 들어 주다 보면 끝이 없단 말이에요.
　　媽，妳也知道在宰珉那抱怨已經不是一天兩天的事了吧？要是聽下去，根本沒完沒了啊。

動 하소연하다叫苦／訴苦
關 하소연을 늘어놓다／듣다／받아 주다吐苦水／聽人訴苦／接納抱怨

해명

- 名 [해ː명]
- 漢 解明

解釋、說明

가수 김이재의 팬들은 신곡 표절 논란에 대해 소속사 측에 **해명**을 요구했다.

歌手金利宰的粉絲們對於新歌抄襲爭議，要求所屬公司做出解釋。

- 動 해명하다解釋、해명되다被解釋
- 關 해명을 듣다／요구하다聽取／要求解釋、
  해명에 나서다出面說明
- 參 공식적 해명正式說明

複習一下

生命、人生、生活 | 語言行為

1. 請從以下選項中選出關係不同的一項。
① 방언 – 사투리　　　② 이의 – 동의
③ 일컫다 – 부르다　　④ 왈가왈부 – 가타부타

✎ 請選擇適合填入（　）的正確單詞。

2.
범인은 계속 발뺌을 하더니 결국 술에 취해 우연히 범죄를 저질렀다고 (　　)했다.

① 질의　　② 자백　　③ 선언　　④ 소통

3.
너무 바빠서 시간 가는 줄 모르고 살다가 (　　　) 창밖을 보니 봄꽃이 활짝 피어 있었다.

① 과감히　② 무심코　③ 어렴풋이　④ 거침없이

✎ 請從例中找到適合填入（　）的單詞並寫下來。

例　　과찬　　참견　　하소연　　금시초문　　동문서답

4. 가: 오늘 저녁에는 오랜만에 삼겹살이나 먹을까 하는데 같이 먹을래?
　　나: 내일 바쁘냐니까 갑자기 웬 (　　　)이야?

5. 가: 언니, 엄마가 얼마 전에 허리를 다치셔서 병원 다니시는 거 알고 있지?
　　나: 그래? 난 (　　　)인데?

6. 가: 윤아 씨처럼 일을 꼼꼼하게 하는 사람은 처음 본 것 같아요.
　　나: 아니에요. 너무 (　　　)이세요. 저도 실수할 때가 많은걸요.

7. 가: 무슨 일 있어? 안색이 안 좋아 보여.
　　나: 집에 좀 안 좋은 일이 있는데 어디 (　　　)할 데도 없고 너무 힘들어.

8. 가: 하은아, 이번 일은 네가 잘못한 것 같은데 시후한테 먼저 사과를 하는 게 어때?
　　나: 넌 무슨 일인지도 잘 모르잖아. 이번 일은 제발 (　　　)하지 말아 줘.

3 여가 생활
休閒生活

09.mp3

生命、人生、生活 03

낙

名 [낙]
漢 樂

樂趣

가 : 지우야, 요즘 김한나가 나오는 드라마 보니? 재미있더라고.
智祐，最近有看金漢娜出演的影劇嗎？很好看呢。

나 : 나도 요즘 그 드라마 보는 **낙**으로 살아. 주인공이 연기를 정말 잘하더라.
我最近也是活在追劇樂趣中。主角的演技真的很棒。

關 낙으로 살다／삼다以……為樂而活、낙이 없다沒樂趣、낙을 느끼다感受到樂趣
參 삶의 낙生活的樂趣、인생의 낙人生的樂趣、먹는 낙吃的樂趣、사는 낙生活的樂趣

남녀노소

名 [남녀노소]
漢 男女老少

男女老少

걷기는 **남녀노소** 누구나 쉽게 할 수 있을 뿐만 아니라 건강에도 좋은 운동이다.
步行不僅是男女老少都能輕鬆進行，也對健康有益的運動。

關 남녀노소 가리지 않다／할 것 없다不分男女老少、남녀노소를 막론하다無論男女老少
參 남녀노소 누구나／모두男女老少任何人／全部

141

여가 생활 • 休閒生活

누리다
動 [누리다]

享受

가: 어머니, 저희도 이제 해외여행 좀 가면 안 돼요? 남들도 다 가잖아요.
　　媽媽，我們也可以去海外旅行了吧？別人都去呢。

나: 그러게. 이제부터는 우리도 그동안 못 해 봤던 일들도 하면서 행복을 **누리면서** 살자꾸나.
　　對啊。從現在開始，我們也要去做那些一直沒機會做的事，享受幸福的生活吧。

關 행복을 누리다 享受幸福、기쁨을 누리다 享受快樂、영광을 누리다 享受榮耀、영화를 누리다 享受榮華

누비다
動 [누비다]

走遍

준우 씨의 취미는 경치가 좋은 곳을 방방곡곡 **누비면서** 사진을 찍는 것이다.
俊宇的興趣是到風景優美的地方四處遊歷並拍攝照片。

關 전국을 누비다 遊遍全國、세계를 누비다 遊歷世界

도보
名 [도보]
漢 徒步
⇨ 索引 p.824

徒步

가: 여행지에 도착하면 아무래도 차를 빌려서 다니는 게 낫겠지?
　　到達旅遊地點後，不管怎樣租車遊走比較方便吧？

나: 글쎄. 이번에는 자연 경관을 보러 가는 거니까 **도보** 여행을 하는 게 어때?
　　嗯，這次我們是去欣賞自然景觀的，步行旅行如何？

關 도보로 가다／다니다 徒步去
參 도보 여행 徒步旅行
類 보행 步行

들뜨다

動 [들뜨다]

激動、興奮

가 : 여보, 재민이가 왜 이렇게 **들떠** 있어요?
　　老婆，為什麼在敏看起來這麼興奮？

나 : 내일 학교에서 소풍을 가잖아요. 며칠 전부터 소풍 이야기만 해요.
　　明天學校要去郊遊了，從幾天前起就只說郊遊的事。

關 기쁨에 들뜨다因高興而興奮、마음이 들뜨다心情激動
參 들뜬 기분／분위기興奮的心情／氣氛

딱히

副 [따키]

確切地

가 : 형, 이번 주말에 시간 있으면 한강 야외 수영장에 가서 수영도하고 공원에서 자전거도 탈까?
　　哥哥，這個週末如果有時間，我們去漢江的戶外游泳池游泳，再在公園騎自行車怎麼樣？

나 : 글쎄. **딱히** 할 일은 없는데 좀 피곤해서 주말에는 쉬고 싶어. 너 혼자 다녀와.
　　嗯，我倒是沒有特別的事情要做，不過有點累，這個週末我想休息。你自己去吧。

關 딱히 갈 곳이 없다／알 수 없다／할 말이 없다沒有特別要去的地方／不清楚到底要去哪裡／沒有特別要說的話

生命、人生、生活 03

143

여가 생활·休閒生活

떠돌다

動 [떠돌다]
⇨ 索引 p.826

漂泊

가 : 부장님, 축하드립니다. 드디어 캠핑카를 장만하셨군요.
部長，恭喜您。終於買了露營車啊。

나 : 네, 그 동안은 대중교통을 이용해 전국을 **떠돌며** 캠핑을 했는데 이제는 좀 편하게 다닐 수 있게 됐어요.
是的，以前一直是利用大眾交通工具，四處遊走露營，現在可以更輕鬆地旅行了。

關 여기저기 떠돌다四處流浪、전국을 떠돌다在全國各地打轉、정처 없이 떠돌다漫無目的漂泊
類 유랑하다流浪

무작정

副 [무작쩡]
漢 無酌定

無計畫

일상에 지칠 때는 아무런 계획 없이 **무작정** 여행을 떠나 보는 것도 좋다.
當日常生活感到疲倦時，無計劃地隨便去旅行也是不錯的。

關 무작정 따라하다/덤비다/찾아가다盲目照做/不分青紅皂白地撲上去/盲目地找上門

밑창

名 [믿창]

鞋底

가 : 지우야, 여행 가서 얼마나 걸어 다녔길래 운동화 **밑창**이 다 닳았니?
智宇，你旅行到底走了多少路，怎麼鞋底都磨損了？

나 : 많이 걸어 다니기는 했는데 운동화가 이렇게 된 줄 몰랐어요.
我確實走了很多路，但沒想到鞋子會變成這樣。

關 밑창이 닳다／찢어지다鞋底磨損／破掉、밑창을 갈다更換鞋底
參 신발 밑창鞋底

백미

名 [뱅미]
漢 白眉

翹楚、最好的

가을 산행의 **백미** 중 하나는 알록달록하게 물든 단풍을 보며 산길을 걷는 것이다.
秋天登山的精華之一，就是欣賞五彩繽紛的楓葉和走山路。

關 백미로 꼽다屬精華
參 여행의 백미旅行的精華、고전 문학의 백미古典文學的翹楚

여가 생활 • 休閒生活

빠듯하다

形 [빠드타다]

緊湊

가 : 이진욱 씨, 회사 야유회 일정이 너무 **빠듯한** 듯한데 좀 여유롭게 진행하는 게 낫지 않을까요?
李鎮旭，公司的郊遊行程似乎太緊湊了，應該稍微放鬆一點來安排會比較好吧？

나 : 아, 그런가요? 그럼 조금 여유 있는 일정이 되도록 다시 짜 보겠습니다.
啊，是嗎？那麼我會重新安排一下，讓行程比較寬鬆一些。

關 일정이 빠듯하다日程緊湊、생활이 빠듯하다生活拮据、계획을 빠듯하게 짜다計畫緊湊縮排
參 빠듯한 형편困難的處境

삼림욕

名 [삼님녹]
漢 森林浴
⇨ 索引 p.825

森林浴

가 : 서윤 씨, 서울 근교에 부모님과 같이 가볍게 **삼림욕**을 하고 올수 있는 곳이 있을까요?
西允，首爾附近有可以和父母輕鬆地去做森林浴再回來的地方嗎？

나 : 수목원은 어때요? 저도 얼마 전에 다녀 왔는데 아주 좋았거든요.
怎麼樣去植物園呢？我前一陣子去過，感覺很好。

動 삼림욕하다森林浴
關 삼림욕을 즐기다享受森林浴
類 산림욕山林浴

성수기

名 [성ː수기]
漢 盛需期
⇨ 索引 p.829

旺季

가 : 다음 주에 가족들과 제주도에 가기로 했는데 비행기 표가 매진이에요.
下週我和家人要去濟州島，但機票已經賣光了。

나 : 지금은 **성수기**라서 표 구하기가 어려울 거예요. 제주도는 다음에 가는 게 어때요?
現在是旺季，票很難買到。濟州島下次再去如何？

關 성수기가 되다／돌아오다／맞다／끝나다 旺季來臨／回來／到來／結束
參 성수기 요금 旺季收費
反 비수기 淡季

여정

名 [여정]
漢 旅程

旅程

나는 대학 졸업을 앞두고 친구들과 함께 두 달여간의 긴 **여정**으로 유럽 배낭여행을 떠나기로 했다.
我即將大學畢業，決定和朋友們一起展開為期兩個月的歐洲背包旅行。

關 여정을 기록하다／마치다／시작하다 記錄／結束／開始旅途, 여정에 오르다 登上旅途

生命、人生、生活 03

147

여가 생활 • 休閒生活

원동력

名 [원동녁]
漢 原動力

原動力

가: 준우 씨는 바쁜데도 동호회 모임에 매주 빠지지 않고 가는군요.
　　俊宇即使很忙，每週還是都不缺席社團活動呢。

나: 네. 취미가 같은 사람들과 시간을 보내고 나면 더 열심히 일할수 있는 **원동력**이 생기거든요.
　　是的。和有相同興趣的人共度時光後，我就能獲得更多工作的動力。

關 원동력이 되다／부족하다 成為原動力／原動力不足、
　　원동력으로 삼다 作為原動力
參 삶의 원동력 生活的原動力

유동적

名 關 [유동적]
漢 流動的
⇨ 索引 p.829

流動的、靈活的、滾動的

나는 **유동적**으로 일정을 짤 수 있다는 장점 때문에 패키지 여행보다는 자유 여행을 더 좋아한다.
我因為可以靈活地安排行程的優點之故，比起跟團遊，更喜歡自由行。

參 유동적인 경로／일정／상황 流動的路線／行程／情況
反 고정적 固定的

148

이색적

名 關 [이ː색쩍]
漢 異色的

特別、特殊、奇特

가 : 하은아, 요즘 유리 공예를 배우는 게 유행이래. 우리 같이 배우러 다닐래?
夏恩，最近學習玻璃工藝很流行耶！我們一起去學吧？

나 : **이색적**이긴 한데 난 정적인 것보다는 몸을 움직일 수 있는 활동이 더 좋아.
確實滿特別的，不過比起靜態活動，我更喜歡可以動身體的活動。

參 이색적인 경험／풍경 特別的經驗／風景

일주

名 [일쭈]
漢 一周

一周

가 : 하오밍 씨, 한국에 있는 동안 꼭 해 보고 싶은 일이 있어요?
郝明，你在韓國的時候有什麼一定想嘗試的事情嗎？

나 : 네. 저는 서울에서 제주도까지 전국 **일주**를 꼭 한번 해 보고 싶어요.
有啊！我想一定要從首爾到濟州島繞韓國一次。

動 일주하다 轉一圈／繞一圈
參 국토 일주 國土一周、세계 일주 世界一周、전국 일주 全國一周

여가 생활 • 休閒生活

전환

名 [전ː환]
漢 轉換

轉換

가 : 윤아 씨, 오늘 뭐 안 좋은 일 있었어요? 좀 지쳐 보여요.
　　允雅，今天發生什麼不好的事情了嗎？看起來有點疲憊呢。

나 : 요즘 일이 많아서 그런가 봐요. 주말에는 기분 **전환**도 할 겸 근교로 나가서 바람 좀 쐬고 와야겠어요.
　　可能是最近工作太多的關係吧。週末想到近郊走走，透透氣，順便換個心情。

動 전환하다 轉換、전환되다 被轉換、전환시키다 使轉換
參 기분 전환 轉換心情、체제 전환 體制轉換、
　　사고의 전환 思維轉換、인식의 전환 認知轉換

쪼개다

動 [쪼개다]
⇨ 索引 p.826

切開、劈開

가 : 사장님, 수박을 반으로 **쪼개** 놓은 건 없어요?
　　老闆，這裡有切成一半的西瓜嗎？

나 : 아. **쪼갠** 수박은 냉장고에 있어요. 곧 꺼내 드릴 테니 잠깐만 기다리세요.
　　啊，切好的西瓜在冰箱裡。我馬上拿給您，請稍等一下。

關 둘로 쪼개다 切成兩塊、반으로 쪼개다 切成一半
類 뻐개다 掰開

천막

名 [천막]
漢 天幕

帳篷

직장인과 학생들이 바쁘게 오가는 도심에는 **천막**을 치고 간단한 음식을 파는 포장마차가 여기저기 생겨나고 있다.

在上班族和學生們忙碌穿梭的市中心，搭著帳篷、販售簡單食物的路邊攤（布賑馬車）出現在各處。

關 천막을 걷다／세우다／치다 收拾帳篷／搭建帳篷／設置帳篷

풍요

名 [풍요]
漢 豐饒

豐饒、富裕、富足

물질적으로 풍족하다고 하더라도 바쁜 일상으로 인해 마음의 여유가 없어 정신적 **풍요**를 느끼지 못하는 사람들도 많다.

即使在物質上很富足，因為忙碌的生活而沒有心情的寬裕，無法感受到精神上富足的人也很多。

形 풍요하다 豐富的、풍요롭다 富饒的
關 풍요를 누리다 享受富足
參 물질적 풍요 物質上的富裕、정신적 풍요 精神上的富裕、풍요 속의 빈곤 富裕中的貧窮

한가롭다

形 [한가롭따]
漢 閒暇롭다

悠閒的

가 : 할아버지, 은퇴하시고 집에만 계시니 무료하지는 않으세요?

爺爺，您退休後都待在家裡，不會覺得無聊嗎？

나 : 무료하긴. **한가롭게** 쉬면서 못 해 봤던 취미 활동도 하니 얼마나 좋은지 모른다.

無聊倒是沒有。我現在悠閒地休息中做一些以前沒能做的興趣活動，覺得很不錯。

關 한가롭게 거닐다／보내다／쉬다／지내다 悠閒地散步／度過／休息／度日
參 한가로운 때／시간 悠閒的時光／時間

生命、人生、生活 03

151

여가 생활 • 休閒生活

한적하다

形 [한저카다]
漢 閑寂하다

安靜的、寧靜的

가 : 하은아. 네 방에서 공부를 하면 되지 왜 자꾸 카페에 가서 공부를 하려고 하니?
夏恩，你可以在你房間裡念書啊，為什麼老是想去咖啡廳讀呢？

나 : **한적한** 카페에 가서 공부를 하면 오히려 집중이 잘 된단말이에요.
去一個寧靜的咖啡廳讀書反而更能專心。

參 한적한 마을／시골／분위기寧靜的村莊／鄉村／氣氛

현지

名 [현 : 지]
漢 現地
⇨ 索引 p.825

當地

가 : 엄마, 친구분들과 가는 해외여행 준비는 잘되고 있어요? 뭐 도와드릴 건 없어요?
媽媽，和朋友們一起去的海外旅行準備得怎麼樣？有什麼我可以幫忙的嗎？

나 : 괜찮아. 마침 **현지**에서 살다가 온 친구가 있는데 그 친구가 일정을 다 짜고 있어서 따로 할 건 없어.
沒關係。正好有個在當地住過的朋友，他安排好了所有行程，所以我不用做其他事。

參 현지 가이드／답사／사정／시간當地導遊／實地考察／當地情況／當地時間
類 현장現場／當地

152

홀로

副 [홀로]
➪ 索引 p.828

獨自

나는 복잡한 생각을 정리하고 싶을 때마다 한적한 시골 마을을 찾아 **홀로** 여행을 떠나곤 한다.
我每當想整理複雜的思緒時，總會前往寧靜的鄉村小鎮，獨自旅行。

關 홀로 남다/살다/지내다獨自留下/生活/度過
類 혼자獨自/自己一個人

활력

名 [활력]
漢 活力

活力

행복한 삶을 살기 위해서는 스트레스를 잘 관리하면서 삶의 **활력**을 잃지 않는 것이 중요하다.
為過幸福生活，妥善管理壓力，不失生命活力是重要之事。

關 활력이 넘치다/있다活力充沛/有活力、
　　활력을 불어넣다/잃다注入/失去活力
參 활력소活力元素、삶의 활력生命的活力

複習一下

生命、人生、生活 | 休閒生活

✏️ 請將下列相符的項目連接起來。

1. 전국을　　　•　　　　　• ① 들뜨다
2. 반으로　　　•　　　　　• ② 쪼개다
3. 마음이　　　•　　　　　• ③ 누비다

✏️ 請從例中找到適合填入（　）的單詞並寫出來。

| 例 | 도보 | 여정 | 전환 | 현지 |

여행은 새로운 것을 경험하고, 새로운 사람들을 만날 수 있는 기회를 제공한다. 또 스트레스를 해소하고 지친 일상에서 벗어나 기분 **4.**(　　)을/를 할 수 있게 해 주기도 한다.
그중에서도 **5.**(　　) 여행은 천천히 걸어가는 과정 자체가 여행의 일부가 된다. 여행지의 자연과 문화를 더 가까이에서 느낄 수 있기 때문에 **6.**(　　) 주민들의 생활을 직접 체험할 수 있는 기회가 될 수도 있다. 여행지의 세세한 모습을 관찰하면서 새로운 경험을 하는 특별한 **7.**(　　)을/를 떠나 보는 것은 어떨까?

✏️ 請從例中找到適合填入（　）的單詞並進行替換寫出來。

| 例 | 빠듯하다 | 한가롭다 | 한적하다 |

8. 복잡한 도시에서 벗어나 (　　　) 시골로 휴가를 다녀올 예정이다.

9. 주말에 공원에 가면 가족 단위로 (　　　) 소풍을 즐기는 사람들을 많이 볼 수 있다.

10. 프로젝트 마감 일정이 너무 (　　　) 회사에서 며칠째 야근을 하고 있다.

4 인간관계
人際關係

10.mp3

生命、人生、生活 03

각별하다
形 [각뼐하다]

特別的

가 : 예지야, 가연이랑은 언제부터 그렇게 친했어?
睿智，你跟佳妍從什麼時候開始這麼要好的？

나 : 초등학교부터 중학교까지 같은 학교를 다니다 보니까 어느새 **각별한** 사이가 돼 있더라고.
從小學到初中都讀同一所學校，不知不覺就變成特別親近的朋友了。

關 각별하게 생각하다／여기다特別考慮／看待、각별히 유의하다特別留意、마음이 각별하다心意特別

參 각별한 관계／관심／사이／애정特別的關係／關心／關係／愛情

기꺼이
副 [기꺼이]

欣然、高興

가 : 시후야, 나 이번 주말에 혼자 이사를 해야 하는데 혹시 시간 있으면 좀 도와줄 수 있어?
時厚，這週末我必須一個人搬家，如果你有時間的話，可以幫我一下嗎？

나 : 네 일인데 **기꺼이** 도와줘야지. 몇 시까지 가면 돼?
是妳的事，我很高興，當然要幫妳啊！我幾點去比較好？

關 기꺼이 감수하다／도와주다／받아들이다／하다欣然接受／樂意幫忙／甘願承受／心甘情願地做

155

인간관계 • 人際關係

기성세대

名 [기성세대]
漢 即成世代

老一輩

예로부터 **기성세대**는 젊은 세대를 이해하는 것을 어려워했다.

自古以來，老一輩一直難以理解年輕世代。

關 기성세대를 따르다遵從老一輩
參 기성세대의 가치관/문화/생각老一輩的價值觀/文化/想法、기성세대와 신세대老一輩與新一代

긴밀하다

形 [긴밀하다]
漢 緊密하다

緊密的

가 : 이진욱 씨, 신제품 출시가 얼마 안 남았는데 일은 차질 없이 진행되고 있지요?
李振旭，新產品上市的日子沒剩幾天，工作都沒差的錯進行著吧？

나 : 네, 팀장님. 제때 물량이 공급되도록 제조사와 **긴밀한** 협력을 유지하고 있습니다.
是的，組長。我們與製造商保持緊密合作，以確保貨量能按時供應。

關 긴밀하게 묶이다/협력하다緊密地綁在一起/合作、사이가 긴밀하다關係緊密
參 긴밀한 관계/협의緊密的關係/協議

도모

名 [도모]
漢 圖謀

圖謀、謀求

우리 동호회에 가입하는 사람들은 취미를 공유하기 위해 오기도 하고 친목 **도모**를 위해 오기도 한다.

我們社團的成員有的是為了分享興趣而來，也有的是為了謀求親睦而來。

動 도모하다圖謀、도모되다被圖謀
參 화합 도모謀求團結、친목 도모謀求親睦

돈독하다

形 [돈도카다]
漢 敦篤하다

人情篤厚的、和睦

가 : 어머니, 이번 가족여행 진짜 좋았지요?
媽媽，這次家庭旅行真的很好吧？

나 : 그래. 모처럼 가족들끼리 오붓하게 여행을 하니 관계가 더 **돈독해진** 것 같아 좋구나.
是啊，難得全家人能一起融洽地旅行，感覺大家的關係更加和睦了，我很高興。

關 신앙이 돈독하다信仰深厚、애정이 돈독하다感情深厚、우애가 돈독하다友愛深厚
參 돈독한 사이／우정／관계深厚的關係／友情／關係

동거

名 [동거]
漢 同居
⇨ 索引 p.829

同居

평균 결혼 연령이 늦어지면서 대학 졸업 후 취업을 하고도 부모와 **동거하는** 사람들이 늘어나고 있다고 한다.
結婚的平均年齡遲晚，大學畢業後找到工作，仍和父母同住的人多了起來。

動 동거하다同居
參 동거인同居人、동거 가족／기간／생활同居家人／期間／生活
反 별거分居

인간관계 • 人際關係

동행

名 [동행]
漢 同行
⇨ 索引 p.824

同行

가 : 시후야, 친구들이랑 강원도 여행은 잘 다녀왔어?

時厚，和朋友們一起去江原道旅行怎麼樣？

나 : 말도 마. 같이 **동행했던** 친구가 배탈이 나는 바람에 일정도 다 못 마치고 일찍 돌아와서 구경은 하나도 못했어.

別提了。同行的朋友肚子痛，也沒能完成行程，提早回來了，什麼都沒看。

動 동행하다 同行
參 동행 기간／취재同行期間／採訪
類 동반 伴隨／同行／偕同

또래

名 [또래]
⇨ 索引 p.824

同齡輩

가 : 여보, 우리 지호가 요즘 공부는 안 하고 친구들하고만 어울려 다녀서 걱정이에요.

親愛的，我們的智浩最近不讀書，只和朋友們一起玩，真讓我擔心。

나 : 그 나이에는 나도 그랬던 것 같아요. 한창 **또래** 친구들이 중요한 나이잖아요.

我也記得那個年紀我也是這樣，正是和同齡朋友最重要的年紀啊。

關 같은 또래 同齡
參 또래 모임／집단／친구 同齡聚會／團體／朋友
類 동년배 同輩

물려주다

動 [물려주다]
⇒ 索引 p.830

流傳下來、傳承給

우리 아버지는 할아버지께서 **물려주신** 식당을 30년째 운영하고 계신다.
我的爸爸經營著爺爺傳下來的餐廳，已經持續30年了。

關 가업을 물려주다 傳給家業、재산을 물려주다 傳給財產、후대에 물려주다 傳給後代
反 물려받다 繼承／承襲

백년해로

名 [뱅년해로]
漢 百年偕老

白頭偕老

신랑과 신부는 많은 하객들 앞에서 **백년해로**를 하겠다고 맹세했다.
新郎和新娘在許多賓客面前發誓要白頭偕老。

動 백년해로하다 白頭偕老
關 백년해로를 맹세하다／약속하다 發誓／約定要白頭偕老

부양

名 [부양]
漢 扶養

扶養、奉養

가：준우 씨는 정말 책임감이 강한 사람인 것 같아요.
俊宇真是個責任感強的人。

나：그러게요. 본인이 장남이니까 나중에 부모님을 **부양해야** 한다고 생각하고 있더라고요.
是啊！他說他是長男，將來必須奉養父母。

動 부양하다 扶養、부양되다 被扶養
參 부양 계획／능력 扶養計畫／能力、가족 부양 扶養家人、부양의 의무 扶養義務

生命、人生、生活 03

인간관계 • 人際關係

상부상조

名 [상부상조]
漢 相扶相助

互相幫助

가 : 진욱 씨, 지난번 프로젝트 준비할 때 많이 도와주셔서 감사 해서 언제 밥이라도 사고 싶어요.
鎮旭，感謝你上次在準備專案時幫了我很多，我想請你吃飯。

나 : 뭘요. 서로 **상부상조하며** 살아야지요.
什麼呀，我們應該要互相幫忙的啊。

動 상부상조하다 互相幫助
參 상부상조의 미덕／전통／정신／풍습 互助的美德／傳統／精神／風俗

상호

名 [상호]
漢 相互

相互

안정적인 다문화 사회가 되려면 **상호** 문화에 대한 이해와 배려가 기반이 되어야 한다.
若要形成穩定的多文化社會，必須以相互文化的理解和體諒為基礎。

參 상호 갈등／교류／이해／신뢰 相互衝突／交流／理解／信任
類 서로彼此／相互

십시일반

名 [십씨일반]
漢 十匙一飯

積少成多、聚沙成塔

가 : 가연아, 우리 반에 형편이 어려운 친구 부모님께서 큰 병에 걸리셔서 수술비를 모금하기로 했대.
嘉妍，我聽說我們班有個朋友的父母因為生大病需要錢做手術，大家決議要一起籌款。

나 : 나도 들었어. 우리가 **십시일반**으로 돈을 모으면 조금이나마 도움이 될 거야.
我也聽說了。我們涓滴成流，多少能有所助益。

關 십시일반으로 돕다／모으다 聚沙成塔協助／篤集

애착

名 [애 : 착]
漢 愛着

愛戀、熱愛、眷戀

가 : 지우야, 너는 다른 가방도 많은 것 같던데 왜 항상 그 가방만 들고 다녀?
智宇，你好像有很多包包，為什麼總是只拿那個包包呢？

나 : 아, 이거? 아빠가 대학교 입학 선물로 사 주신 거라서 그런지 유난히 **애착**이 가서 자주 들게 돼.
啊，這個嗎？因為是爸爸送的大學入學禮物，所以特別有感情而經常會拿著。

關 애착이 가다／있다 愛戀之情、애착을 가지다／느끼다 擁有／感受依戀感情
參 애착심 眷戀之情、강한 애착 強烈眷戀

生命、人生、生活 03

인간관계 • 人際關係

어우러지다

動 [어우러지다]

協調、融洽、相容、和諧

지난달에 시청 광장에서 열린 세계 음식 문화 행사는 세계 여러 나라의 음식 문화가 **어우러진** 다채로운 행사였다.
上個月在市政府廣場舉行的世界食品文化活動是一場融合了世界各國飲食文化的多彩活動。

關 서로 어우러지다相互融合、한데 어우러지다融合在一起、함께 어우러지다一起融合
參 어우러진 축제

연장자

名 [연장자]
漢 年長者

年長者

가 : 우리 친목회 회장을 뽑아야 하는데 누가 좋을까요?
我們該選舉親睦會會長，誰比較合適呢？

나 : 저희 모임에서 최고 **연장자**이신 김 선생님께서 하시면 어떨까요?
我們聚會中年紀最大的是金老師，要不讓他來擔任會長如何？

關 연장자를 우대하다禮遇長者
參 최고 연장자年齡最大的人、연장자에 대한 예의對年長者的禮儀

영문

名 [영문]

原因、情況

집에 들어가자마자 갑자기 엄마가 야단을 치시는 바람에 나는 **영문**도 모른 채 가만히 서 있을 수밖에 없었다.
一進家門，媽媽突然責罵我，我不明究理，只能默默站著。

關 영문을 모르다／묻다／살피다不明／詢問／察看究理、영문이 궁금하다對真相感到好奇

왕래

名 [왕ː내]
漢 往來

來往、往來

가 : 윤아 씨네 아파트에 유명한 연예인이 산다는데 혹시 윤아 씨는 본 적 있어요?
聽說尹雅小姐的公寓住著著名的演藝人，妳見過他嗎？

나 : 아니요, 이사 온 지 얼마 안 돼서 이웃 간에 **왕래**를 안 하다 보니 유명한 연예인이 사는 것도 몰랐네요.
沒有啊，因為搬來沒多久，鄰居間也沒有來往，所以不知道有著名藝人住在那裡。

動 왕래하다來往
關 왕래가 끊기다／계속되다／뜸하다／잦다來往斷絕／繼續／變少／頻繁
參 자유로운 왕래自由往來

生命、人生、生活 03

위안

名 [위안]
漢 慰安

安慰

가 : 너 요즘 많이 힘들어 보이는데 큰 도움이 못 돼서 미안해.
你最近看起來很累，對不起沒能給你大幫助。

나 : 무슨 말이야. 네가 옆에서 내 이야기를 들어 주는 것만으로도 얼마나 **위안**이 되는지 몰라.
說什麼呢，光是你在旁邊聽我說話就已經是很大的安慰了。

動 위안하다安慰、위안되다被安慰
關 위안을 느끼다／받다感到／受到安慰、위안이 되다成為安慰
參 위안 거리安慰的事物、마음의 위안心靈的安慰、자기 위안自我安慰

163

인간관계 • 人際關係

유대감

名 [유대감]
漢 紐帶感

歸屬感、親密感

우리 회사에서는 해마다 봄이 되면 회사 구성원들의 **유대감**을 강화하고 친밀감을 높이고자 야유회를 간다.

我們公司每年春天為增強公司成員之間的聯繫感並提高親密感而舉辦郊遊。

關 유대감을 가지다／느끼다／형성하다擁有／感覺／形成聯繫感、유대감이 강하다歸屬感強
參 정서적 유대감情感上的聯繫

의리

名 [의ː리]
漢 義理

道義、義理

가: 준우 씨, 대기업에서 스카우트 제의를 받았다면서요? 좋은 기회인 것 같은데 왜 거절했어요?

俊宇，聽說你收到了大企業的挖角建議，是一個不錯的機會，為什麼拒絕了呢？

나: 사장님과의 **의리** 때문에 차마 못 가겠더라고요. 회사가 힘들 때도 사장님은 직원들 먼저 챙겨 주셨잖아요.

因為對老闆的義氣，我實在不忍心離開。是因為公司困難的時候，老闆先照顧員工的啊。

關 의리를 지키다／모르다／저버리다守住義氣／不懂/背棄義氣、의리가 있다有義氣

이심전심

名 [이 : 심전심]
漢 以心傳心

心領神會

가 : 아빠, 엄마가 말씀도 안 하셨는데 목이 마른 걸 어떻게 알고 물을 갖다주신 거예요?
爸爸，媽媽什麼都沒說，您怎麼知道她渴了就拿水來給她呢？

나 : 20년 동안 같이 살다 보니까 그 정도는 **이심전심**으로 다 알지.
一起生活了20年，那種程度的心意，心有靈犀，什麼都知道啊。

關 이심전심이 되다心神領會、이심전심을 이루다達成心靈交會、이심전심으로 통하다心意相通

지인

名 [지인]
漢 知人

認識的人

가 : 윤아 씨, 핸드크림 빌려줘서 고마워요. 오늘 깜빡 잊고 안 가져 왔지 뭐예요.
尹娥小姐，謝謝你借給我護手霜。今天我不小心忘記帶了呢。

나 : 다행이에요. 마침 며칠 전에 **지인**한테 선물 받은 것이 가방 안에 있었어요.
還好呢。正好是前幾天朋友送給我的，就在我的包包裡。

關 지인을 만나다/통하다遇到朋友/透過朋友
參 가까운 지인親近的朋友、지인 관계熟人關係、지인의 소개朋友的介紹

인간관계 • 人際關係

직속

명 [직쏙]
한 直屬

直屬

가 : 진욱 씨, 주말에 인사 팀장님 자제분 결혼식에 갈 거예요?
鎮旭，週末會去人事組長的孩子結婚典禮嗎？

나 : 아니요, 제 **직속** 상사가 아니라서 꼭 참석하지 않아도 될 것 같아요. 그래서 축의금만 전달하려고 해요.
不，因為不是我的直屬上司，所以我覺得不一定要參加。想只送禮金就好。

動 직속하다直屬、직속되다被直屬
參 직속 기관／부서／상사／선배直屬機構／部門／上司／前輩

천생연분

명 [천생년분]
한 天生緣分

天生緣分

가 : 서윤 씨 부부는 이번 주말에도 또 봉사 활동을 하러 간대요.
聽說書允夫妻這個週末也要去做志工了。

나 : 부부가 같이 뭔가를 하기가 쉽지 않은데 대단해요. 두 사람은 **천생연분**이 맞나 봐요.
夫妻倆一起做事不容易，真厲害。他們一定是天生有緣吧。

關 천생연분을 만나다遇到天生有緣人、천생연분과 결혼하다與天生有緣的人結婚
參 천생연분의 궁합／인연天生有緣的命盤／緣分
💡 通常用以「천생연분이다」形態使用。

166

친교

名 [친교]
漢 親交

親密情誼

요즘 회사들은 신입 사원 환영회 때 사원들끼리의 **친교**를 도모하기 위해 레크리에이션 시간을 갖는 경우도 있다고 한다.
最近有些公司在舉辦新進員工歡迎會時，有安排一些促進員工之間締結情誼的娛樂活動。

關 친교를 나누다／맺다至交往來／建立、
　친교가 돈독하다情誼深厚
參 두터운 친교深厚的至交、친교 관계至交關係

친지

名 [친지]
漢 親知

親朋好友

가 : 여보, 우리 승민이 돌잔치는 가족들하고 가까운 **친지**들만 모시고 간소하게 하는 게 어때요?
親愛的，我們勝敏的周歲宴邀請家人和親近的親戚簡單辦一下，怎麼樣？

나 : 좋아요. 나도 같은 생각을 하고 있었어요.
好啊，我也有同樣的想法。

參 가까운 친지親近的親朋好友、
　친지의 도움／소식親朋好友的幫助／消息

친화력

名 [친화력]
漢 親和力

親和力

가 : 시후는 **친화력** 하나는 정말 타고난 것 같아.
時厚的親和力真的與生俱來。

나 : 맞아. 모르는 사람하고도 쉽게 친해지고 친구도 정말 많잖아.
沒錯，他很容易就能和陌生人變熟，而且朋友也特別多。

關 친화력이 강하다／생기다／좋다親和力強／產生／好、
　친화력을 갖다具備親和力

生命、人生、生活 03

167

인간관계 • 人際關係

포용

名 [포ː용]
漢 包容

包容

사회생활을 하면서 타인과의 갈등을 최소화할 수 있는 방법은 상대에 대한 이해와 **포용**이다.
在社會生活中，能將與他人的衝突降到最低的方法就是對對方的理解與包容。

動 포용하다 包容
關 상대를 포용하다 包容對方
參 포용력 包容力、포용성 包容性、너그러운 포용 寬厚的包容、포용의 폭 包容的範圍

협동

名 [협똥]
漢 協同

合作、協力

회사에서 팀원들과 **협동** 작업을 할 때에는 팀 구성원들이 서로 배려와 격려를 해 주는 것이 중요하다.
在公司裡與團隊成員協力工作時，團隊成員之間的相互體諒與鼓勵是非常重要的。

動 협동하다 合作
參 협동적 合作的、협동 정신／작업 合作精神／團體作業

호칭

名 [호칭]
漢 呼稱

稱呼、稱謂

가 : 처음 뵙겠습니다. 혹시 **호칭**을 뭐라고 하면 될까요?
我們第一次見面。請問該怎麼稱呼您呢？

나 : 안녕하세요. 서로 나이도 비슷한데 편하게 윤아 씨라고 불러 주세요.
你好。我們年紀差不多，請隨意叫我潤雅就好。

動 호칭하다 稱呼、호칭되다 被稱呼
關 호칭을 바꾸다／쓰다 改變／使用稱呼、호칭으로 부르다 以…稱呼
參 호칭어 稱呼語、적절한 호칭 適當的稱謂

후손

名 [후ː손]
漢 後孫
⇨ 索引 p.826

後代、子孫

우리는 지구를 **후손**들로부터 빌려 쓰고 있는 것이라는 생각을 가지고 환경 보호에 힘써야 한다.
我們應該抱持著「地球是向後代借來使用的」這樣的想法，努力保護環境。

關 후손에게 물려주다／전하다傳承給後代／留傳給後代、후손이 끊기다後代斷絕
類 손孫、자손子孫、후예後裔

複習一下

生命、人生、生活 | 人際關係

1. 請選出以下選項中關係不同的一項。

① 후손 – 자손　　② 동거 – 별거
③ 상호 – 서로　　④ 또래 – 동년배

✎ 請選出可共同填入（　）的詞語。

2.
- 부모는 자식을 (　　)해야 할 의무가 있다.
- 자식의 (　　)을 기대하지 않고 스스로 노년기를 준비하는 사람이 많아지고 있다.

① 위안　　② 포용　　③ 협동　　④ 부양

3.
- 이진욱 씨는 회사의 힘든 일들을 (　　　) 도맡아서 하곤 한다.
- 선생님께서는 내가 모르는 것을 질문하면 언제든지 (　　　) 대답해 주신다.

① 절로　　② 기꺼이　　③ 간절히　　④ 하마터면

✎ 請從例中選出適合填入（　）的詞語。

> 例　　상부상조　십시일반　이심전심　백년해로　천생연분

4. 결혼식에서 신랑과 신부는 (　　　)을/를 약속한다.

5. 산불 피해를 입은 사람들을 위해 전국에서 (　　　)(으)로 성금을 보내왔다.

6. 윤아 씨 부부는 서로 첫눈에 반했다니 정말 (　　　)인가 보다.

7. 진욱 씨와는 10년 이상 같이 일을 해왔기 때문에 눈빛만 봐도 (　　　)(으)로 마음이 잘 통한다.

8. 결혼식에서 축의금을 내거나 장례식에서 조의금을 내는 문화는 돈이 많이 들어가는 큰일을 앞두고 (　　　)하려는 전통에서 비롯되었다.

5 일상 행위
日常行為

🎧 11.mp3

生命、人生、生活 03

가사

名 [가사]
漢 家事
⇨ 索引 p.822

家務、家事

가 : 윤아 씨네도 맞벌이 부부인데 **가사** 일에 대한 갈등은 없어요?

尹雅，你們家也是雙薪家庭，對家務分工有沒有產生過衝突呢？

나 : 왜 없겠어요? 그래도 가능하면 **가사** 일을 똑같이 분담해서 하려고 노력하고 있어요.

怎麼可能沒有呢？不過我們還是盡可能平均分擔家務，努力一起做。

關 가사를 돌보다照顧家務、가사에 전념하다專心於家務
參 가사 노동／분담家務勞動／分擔
類 집일家務事

걸맞다

形 [걸 : 맏따]

相符的、相配的

경조사에 참석할 때는 상황에 **걸맞게** 옷을 갖추어 입고 가야 예의에 어긋나지 않는다.

在參加婚喪喜慶時，根據場合穿著得體才不會有違禮儀。

關 명성에 걸맞다符合名聲、분위기에 걸맞다符合氣氛、나이에 걸맞다符合年齡
參 걸맞은 상대／옷차림／행동相符的對象／穿著／行動

일상 행위・日常行爲

공경
名 [공경]
漢 恭敬

恭敬

나는 할아버지 팔순 잔치에서 평생 정직하고 성실하게 살아오신 할아버지를 **공경하는** 마음을 담아 직접 쓴 편지를 낭독하였다.
我在祖父的八十歲生日宴上，朗讀了自己懷著敬意、親手寫給祖父的信，信中表達了對祖父一生正直且誠懇生活的敬意。

動 공경하다 尊敬
關 공경을 받다／모르다 受到／不知 尊敬
參 노인 공경 敬老尊賢

공연히
副 [공연히]
漢 空然히
➪ 索引 p.828

無緣無故地、無緣由地、徒然

가: 예준아, 너 왜 **공연히** 엄마한테 짜증을 내고 그러니?
睿俊啊，你怎麼無來由地對媽媽發火呢？

나: 죄송해요. 요즘 취업 준비 때문에 예민해져서 그런지 저도 모르게 자꾸 짜증을 내게 돼요.
對不起。最近或許因為準備就業的關係，變得很敏感，不知不覺就經常感覺厭煩。

類 괜히 無緣無故地／徒然

공중
名 [공중]
漢 公衆

公衆、公共

가: 저기요. 새치기를 하시면 어떻게 해요? **공중** 질서를 지키셔야지요.
請問，怎麼可以插隊呢？應該遵守公共秩序的吧。

나: 죄송합니다. 너무 바빠서 그랬습니다.
對不起，我太忙了，所以不小心這麼做了。

參 공중 보건／시설／예절／질서 公共衛生／設施／禮儀／秩序

교제

名 [교제]
漢 交際

交往、交際、社交、來往

가 : 저희 사촌 동생이 아직 초등학교 3학년인데 벌써 남자 친구가 생겼대요.
我堂妹才小學三年級，居然已經有男朋友了。

나 : 요즘 아이들은 이성 **교제**를 정말 빨리 시작하네요.
現在的孩子們異性交往真是太快開始了。

動 교제하다 交往／交際
關 교제를 하다／시작하다／허락하다 交往／開始交往／允許交往
參 이성 교제 跟異性交往、건전한 교제 健康的交往

그지없다

形 [그지업따]
⇨ 索引 p.827

無限的、無止境的

저소득층 아이들에게 재능 기부를 하면서 어려운 환경 속에서도 꿈을 위해 노력하는 아이들을 보니 대견하기 **그지없었다**.
我在給低收入家庭的孩子們做補教義工時，看到他們在困難的環境中仍然為理想而努力，感到欣慰無比。

副 그지없이 無比／極其
關 고맙기가 그지없다 感激不盡、기쁘기가 그지없다 歡欣無比、슬프기 그지없다 悲傷無盡
類 한없다 無限的、한량없다 無限量的

💡 主要以「-기 (가) 그지없다」的形態使用。

生命、人生、生活 03

일상 행위 • 日常行為

길들이다

動 [길드리다]

適應、習慣

가: 저 요리 경연 대회에 나온 요리사들은 다 본인만의 칼이 있네요.
那些參加料理比賽的廚師都有自己專用的刀呢。

나: 보통 요리사들은 요리를 연습하며 자기 손에 **길들인** 칼을 가지고 다니는 경우가 많대요.
一般來說，廚師們在練習料理的時候，常常帶著自己習慣的刀。

關 강아지를 길들이다 馴服狗、새것을 길들이다 馴服新物品、입맛을 길들이다 養成口味
參 길들인 기계／물건 適應的機器／物品

대수롭다

形 [대ː수롭따]

了不起的、重要的

가: 오늘 저녁에 뭘 먹지？
今天晚上吃什麼好呢？

나: 별로 **대수로운** 것도 아닌데 뭘 그렇게 고민해？ 집 근처에도 먹을 데 많잖아.
這也不是什麼大不了的，怎麼那麼糾結呢？家附近也有很多可以吃的地方啊。

副 대수로이 了不起／重要
關 대수롭게 여기다／생각하다 視為重要／想成重要
參 대수로운 문제／상황／일 重要的問題／情況／事、대수롭지 않은 일 無關緊要的事

면회

名 [면ː회/
　　면ː훼]
漢 面會

會客、見面

가 : 엄마, 저도 할아버지 병원에 **면회**를 갈 수 있을까요?
　　媽媽，我也可以去爺爺醫院探病嗎？

나 : 가능하긴 한데 중환자실이라서 **면회** 시간이 제한되어 있으니 시간을 맞춰서 가야 해.
　　其實是可以的，但因為是在重症病房，所以探視時間有限，得配合時間過去。

動 면회하다 會面／會客
關 면회를 가다／오다 去／來探視
參 면회 사절／시간／장소 會客謝絕／會客時間／會客場所

生命、人生、生活 03

묵다

動 [묵따]

老、陳舊

가 : 여보, 김치찌개가 아주 맛있어 보여요.
　　你看，這個辛奇鍋看起來很好吃。

나 : 마침 **묵은** 김치가 있어서 오랜만에 끓여 봤어요.
　　剛好有些陳年辛奇，所以難得這麼一次煮了一鍋。

參 묵은 김치／때／빨래／쌀／청소 陳年辛奇／陳年汙垢／舊衣服／大掃除

175

일상 행위 • 日常行為

복귀

名 [복귀]
漢 復歸

回歸

가 : 뉴스 봤어? 고지우가 3년 만에 가수로 **복귀**를 한대. 곧 신곡이 나올 건가 봐.
你有看新聞嗎？高志宇說他經三年後重返歌壇，好像會有新歌發行。

나 : 그동안 줄곧 영화만 찍더니 드디어 앨범을 내는구나!
這段時間他一直在拍電影，終於要發專輯了啊！

動 복귀하다回歸／重返／復職、복귀되다被回歸／被重返／被復職、복귀시키다使其回歸／重返／復職
參 일상으로의 복귀回歸日常生活、원상 복귀恢復原狀

분주하다

形 [분주하다]
漢 奔走하다
⇨ 索引 p.830

忙碌的、奔忙的、繁忙的

가 : 지우야, 왜 그렇게 **분주해**? 정신이 하나도 없어 보여.
智宇，為什麼看起來這麼忙碌？看起來好像有些慌亂。

나 : 30분 뒤에 행사가 시작되는데 준비물 몇 가지가 안 보여.
30分鐘後活動就要開始了，有些準備物品找不到。

關 분주하게 지내다過得很忙碌、하루가 분주하다一整天都很忙
參 분주한 거리／아침／연말繁忙的街道／早晨／年底
反 한가하다悠閒的

176

새옹지마

名 [새옹지마]
漢 塞翁之馬

生命、人生、生活 03

塞翁之馬，焉知非福

가：시후야, 난 어떻게 원서를 넣는 족족 다 떨어지냐? 이러다 정말 취업이 안 되면 어쩌지?
　　時厚，我怎麼會每次投應徵信每次失敗？這樣下去找不到工作怎麼辦？

나：인생사 **새옹지마**라고 하잖아. 곧 좋은 소식이 들릴 테니 조금만 더 힘내.
　　俗話不是有言「人生萬事如塞翁失馬」嗎？一定會有好消息傳來的，加油！

關 새옹지마가 되다 成塞翁之馬
參 세상만사 새옹지마 世間萬事塞翁之馬焉知非福、
　　인생사 새옹지마 人生事如同塞翁失馬，焉知非福

생활화

名 [생활화]
漢 生活化

生活化、養成⋯的習慣

가：요즘 환절기라서 독감이 유행이래요.
　　聽說最近正值換季，流感正在流行。

나：저도 뉴스에서 봤어요. 이럴 때일수록 손 씻기를 **생활화하는** 것이 중요하대요.
　　我也在新聞上看到過。這種時候更應該養成勤洗手的習慣。

動 생활화하다 生活化、생활화되다 被生活化
參 에너지 절약의 생활화 養成節約能源的習慣化、
　　질서의 생활화 秩序的習慣化、생활화 방안 生活化方案

애지중지

副 [애ː지중지]
漢 愛之重之

愛憐、疼惜

애지중지 키우시던 화초가 병충해를 입어 잎이 누렇게 변해 버리자 할머니는 너무 속상해하셨다.
精心照顧的花草遭受病蟲害，葉子變黃了，奶奶感到非常心疼。

動 애지중지하다 非常疼愛
關 애지중지 가꾸다／기르다／아끼다／여기다 精心栽植／養育／珍惜／珍視

177

일상 행위 • 日常行為

양육
名 [양ː육]
漢 養育

養育、扶養

해마다 출산율이 감소하는 원인 중의 하나는 출산에 따른 경제적인 부담과 **양육**에 대한 부담 때문인 것으로 나타났다.

據調查顯示，每年出生率下降的原因之一，是因生育帶來的經濟負擔與撫養子女的負擔之故。

動 양육하다扶養、양육되다被扶養
關 양육을 담당하다／맡기다負責／委託扶養
參 자녀 양육子女養育、양육의 부담養育的負擔

여러모로
副 [여러모로]
⇨ 索引 p.828

各方面、多方面

가：이 쇼핑몰은 처음 와 봤는데 식당, 영화관, 게임 시설까지 다 갖추고 있네요.

我第一次來這家購物中心，這裡竟然餐廳、電影院、遊戲設施應有盡有呢。

나：맞아요. **여러모로** 즐길 거리가 많아서 저도 가족들과 자주 와요.

對啊，這裡有各種娛樂設施，因此我也常常和家人一起來。

關 여러모로 다르다在各方面都不同／도움을 주다提供幫助／신경을 쓰다費心／쓸모가 많다都很有用
類 다각도로多方面／全方位／全面

우선순위
名 [우선수뉘]
漢 優先順位

優先順序

나는 일이 너무 많을 때는 **우선순위**를 정해서 급한 일부터 하나씩 해 나가는 습관이 있다.

我有在工作繁忙時，先設定優先順序，從緊急的事情一件一件處理的習慣。

關 우선순위를 따지다／주다／정하다排定／給予／設定優先順序、우선순위에서 밀리다被擠出優先順序之外

육아

名 [유가]
漢 育兒

育兒

가 : 서윤 씨, 곧 출산 예정일이죠? **육아** 휴직은 얼마나 할 거예요?
瑞潤，快要到預產期了吧？你要請多久的育嬰假呢？

나 : 세 달 정도 생각하고 있어요. 그 후에는 남편이 휴직을 신청해서 아이를 돌보기로 했어요.
我想請三個月。之後會由我丈夫請假來照顧孩子。

動 육아하다 育兒
關 육아에 동참하다/전념하다 參與／專心育兒、
　육아를 돕다 幫忙育兒
參 육아 문제/비용/일기/휴직 育兒問題／費用／日記／育嬰假

일삼다

動 [일 : 삼따]

當回事、專注

가 : 윤아 씨는 어떻게 그렇게 하루도 안 빠지고 운동을 해요?
允儿小姐，怎麼每天都不間斷地運動呢？

나 : 매일매일 조금씩 운동을 **일삼아서** 하다 보니 습관이 되었어요.
我每天一點一點地專心做運動，久而久之就成為了習慣。

關 봉사를 일삼다 致力於公益、연습을 일삼다 專心做練習、운동을 일삼다 專心做運動

일상 행위 • 日常行為

일상화

名 [일쌍화]
漢 日常化

日常化

가 : 준우 씨, 우리 오늘 또 야근해야 되지요?
俊宇，我們今天又得加班吧？

나 : 그래야 할 것 같아요. 이제 지하철 막차를 타고 퇴근하는 게 **일상화**가 되어 버렸어요.
看來是這樣啊，現在搭最後一班地鐵下班已經變成日常了。

動 일상화하다使日常化、일상화되다變成日常
參 거짓말의 일상화謊言的日常化、독서의 일상화閱讀的日常化、운동의 일상화運動的日常化

제대

名 [제대]
漢 除隊
⇨ 索引 p.829

退伍

가 : 시후야, 우리 동반 입대 신청하지 않을래?
時厚，我們要不要申請同批入伍？

나 : 좋은 생각인데? 그렇게 하면 **제대** 날짜도 비슷할 테니까 같이 복학하면 되겠다.
這主意不錯！這樣退伍日期也差不多，就能一起復學了。

動 제대하다退伍
參 군 제대從軍隊退伍、제대 날짜退伍日期
反 입대入伍

태교

名 [태교]
漢 胎教

胎教

가 : 여보, 임신했을 때부터 아이에게 동화책을 읽어 주는 것이 **태교**에 좋대요.
老公，聽說從懷孕時就開始唸童話書給孩子聽，對胎教很好哦。

나 : 그래요? 그럼 매일 저녁마다 동화책을 한 권씩 읽어 줘야겠군요.
是嗎？那我們每天晚上唸一本童話書給寶寶聽吧！

動 태교하다 胎教
關 태교에 좋다／집중하다 有益於／專注於胎教
參 태교 교실／동화／방법／음악 胎教課程／童話／方法／音樂

하필

副 [하필]
漢 何必

何必、為何偏偏

가 : 가는 날이 장날이라고 어렵게 찾아온 맛집이 **하필** 쉬는 날일 게 뭐야.
俗話說「出訪巧遇市集日」，好不容易找到的美食店碰巧今天休息。

나 : 아쉽지만 할 수 없지. 다음에는 쉬는 날을 미리 확인하고 오자.
雖然有點可惜，但沒辦法，下次來之前先查好休市日吧。

參 왜 하필 為何偏偏

💡 常以「하필이면」的形態使用。

한바탕

副 [한바탕]

一陣、一通

친한 친구들을 만나서 **한바탕** 수다를 떨고 나니 스트레스가 확 풀리는 기분이었다.

見到親密的朋友們痛快地聊了八卦一陣後，感覺壓力一下子就退散了。

關 한바탕 소동을 벌이다／싸우다／웃다 發生一場騷動／大吵一架／開懷大笑

한사코

副 [한 : 사코]
漢 限死코

拼命、執意

가 : 네가 **한사코** 밥값을 내겠다고 고집을 부리니까 이번에는 얻어 먹지만 다음에는 내가 살 거야.

因為你硬是堅持要請客，這次我就讓你請客了，但下次一定換我請。

나 : 알았어. 다음에는 꼭 네가 사. 그때는 정말 비싼 걸로 먹어야겠다.

好啊！下次一定要讓你請，那時候我要點最貴的來吃！

關 한사코 말리다／반대하다／사용하다／우기다 極力勸阻／反對／使用／堅持

효

名 [효ː]
漢 孝
⇨ 索引 p.830

孝、孝道

가 : 옆집 할머니는 참 좋으시겠어요. 따님이 매주 방문해서 챙겨 드리니까요.
　　隔壁的奶奶真好，女兒每週都會來看她，照顧她。

나 : 맞아요. 따님이 **효**를 다해서 부모님을 모시는 모습이 정말 보기 좋네요.
　　對啊，女兒盡孝心照顧父母的樣子真讓人覺得很溫馨。

關 효를 다하다／바라다／중요시하다
　　盡孝／期望兒女對父母盡孝／重視孝道
反 불효不孝

複習一下

生命、人生、生活 | 日常行為

✏️ 請將下列相符的部分進行連接。

1. 공중 •   • ① 휴직
2. 육아 •   • ② 질서
3. 노인 •   • ③ 공경

✏️ 請選擇適合填入（　）的詞語。

4. 바빠서 청소를 게을리 했더니 (　　) 때가 집안 곳곳에 생겼다.

① 묵은　　② 걸맞은　　③ 길들인　　④ 대수로운

5. 바트 씨 부부는 10년 넘게 (　　)한 끝에 결혼했다고 한다.

① 복귀　　② 불신　　③ 교제　　④ 참견

✏️ 請從例找出適合填入（　）的詞語並寫下來

| 例 | 하필　　한바탕　　한사코 |

6. 가: 지호 엄마, 놀이공원은 잘 다녀왔어요?
   나: 말도 마세요. 사람도 많은데 지호가 없어지는 바람에 (　　) 난리가 났었어요.

7. 가: 진우 형이랑 식사는 잘 했어? 고마운 일 있다고 네가 한턱 낸다고 했잖아.
   나: 식사 맛있게 하고 밥값은 내가 내려고 했는데 (　　) 형이 사겠다고 해서 이번에도 얻어먹고 왔어.

8. 가: 몇 년 만에 야구 경기를 보러 왔는데 (　　) 오늘 비가 올 게 뭐야.
   나: 그러게 말이야. 오늘은 아무래도 경기가 취소될 것 같으니까 우리도 집에나 가자.

用漢字學韓語・相

✎ 我們來看看韓文詞彙是如何與漢字產生聯繫的。

相 상 — 서로 / 相互、彼此

상견례 (p.118)
相見禮、見家長

여자 친구의 부모님을 처음 뵙는 자리라서 다가오는 상견례를 앞두고 무척 긴장된다.

因為是跟女朋友的父母第一次見面的場合,即將迎來相見禮,我感到非常緊張。

상당수 (p.813)
相當數

설문 조사 결과에 의하면 현대인의 상당수가 아침 식사를 거르는 것으로 나타났다.

根據調查結果,顯示現代人中有相當多的人不吃早餐。

상의 (p.132)
商議

진로 문제를 결정할 때는 부모님과 충분한 상의를 하는 것이 좋다.

在決定未來職業方向時,最好與父母充分討論。

상호 (p.160)
相互

다른 사람과 원만하게 대화하기 위해서는 상호 간의 차이를 존중하고 배려하는 것이 중요하다.

要與他人順利溝通,尊重並體諒彼此的差異是很重要的。

상부상조 (p.160)
互相幫助

우리 과에는 세계 각국에서 온 유학생들이 많아 상부상조하며 공부하고 있다.

我們系裡有來自世界各國的留學生,大家互相幫助著一起學習。

연상 (p.54)
聯想

서로 관련이 있는 개념들을 연상해서 기억하면 잘 잊어버리지 않는다고 한다.

據說,如果通過聯想彼此相關的概念來記憶,就不容易忘記。

04
의식주
食衣住

1. **식생활** 飲食生活
2. **의생활** 服裝生活
3. **주생활** 居住生活

用漢字學韓語・力

1 식생활
飲食生活

🎧 12.mp3

개량

名 [개ː량]
漢 改良

改良

우리 할아버지께서는 마을 전체 농가의 농기구 **개량**에 힘쓰셔서 농산물 생산을 늘리는 데 큰 공헌을 하셨다.
我們祖父致力於改良整個村莊農家的農具，為增加農產品的產量做出了巨大貢獻。

動 개량하다 改良、개량되다 被改良
參 품종 개량 品種改良、작물 개량 作物改良

거르다

動 [거르다]

過濾

가 : 엄마, 맑은 된장국을 끓이려면 어떻게 해야 돼요?
媽媽，如果要煮清湯味的大醬湯，該怎麼做呢？

나 : 된장을 물에 풀어서 체로 **걸러** 낸 후에 끓이면 돼.
把大醬溶解在水中，過濾後再煮就可以了。

關 건더기를 거르다 過濾渣滓、기름을 거르다 過濾油脂、불순물을 거르다 過濾雜質
類 여과하다 過濾／濾

곁들이다

動 [곁뜨리다]

搭配

가 : 여보, 이 케이크를 커피에 **곁들여서** 먹으면 좋을 것 같은데 좀 사 갈까요?
親愛的,我這個蛋糕搭配咖啡一起吃好像不錯,要不要買一些回去?

나 : 그래요. 디저트로 먹으면 좋을 것 같아요.
好啊,當作甜點吃會好吃。

關 과일을 곁들이다搭配水果、술을 곁들이다搭配酒

곡물

名 [공물]
漢 穀物
⇨ 索引 p.822

穀物

가 : 엄마, 저는 흰쌀밥이 좋은데 밥에다가 뭘 이렇게 많이 넣으셨어요?
媽媽,我喜歡白米飯,怎麼在飯裡放了這麼多東西?

나 : 흰쌀밥만 먹으면 건강에 안 좋아. 여러 **곡물**을 같이 먹어야 건강에 좋지.
光吃白米飯對健康不好,要搭配各種穀物才益於健康。

關 곡물을 생산하다/수확하다/저장하다穀物的生產/收穫/儲存
參 곡물 가격/가루穀物價格/穀粉
類 곡식糧食/稻穀

食衣住 04

식생활 • 飲食生活

굶주리다

動 [굼ː주리다]

挨餓

가 : 시후야, 밥 좀 천천히 먹어. 무슨 밥을 며칠 **굶주린** 사람처럼 그렇게 급하게 먹니?
時厚啊，吃飯慢一點，怎麼像餓了好幾天的人一樣那麼急著吃呢？

나 : 오늘 바빠서 아무것도 못 먹었거든요. 할머니, 밥 한 그릇만 더 주세요.
今天太忙了，什麼都沒吃。奶奶，請再給我一碗飯吧。

關 헐벗고 굶주리다 衣不蔽體又挨餓
參 굶주린 배 挨餓的肚子、굶주리는 사람들 飢餓的人們

남김없이

副 [남기멉씨]
⇨ 索引 p.828

不剩地

나는 어릴 때부터 식사 때마다 모든 음식을 **남김없이** 먹는 것을 실천해 오고 있다.
我從小到大，都實踐每次用餐時不浪費任何食物。

關 남김없이 먹다／비우다／조사하다／쓰다 毫無剩餘地吃／清空／調查／使用
類 모조리 全部／一併／統統

농수산물

名 [농수산물]
漢 農水產物

農水產品

가 : 예지 엄마, 추석이 가까워지니 **농수산물** 가격이 엄청 올랐네요. 비싸서 살 수가 없어요.
藝芝媽媽，中秋節近了，農水產品價格漲得很厲害，貴得買不起了。

나 : 그러게나 말이에요. 그래도 도매 시장은 좀 쌀 테니 이번 주말에 가 봐야겠어요.
就是啊，不過批發市場會便宜一點，這週末去看看吧。

參 농수산물 거래／도매／소매／유통 農水產品 交易／批發／零售／流通

달구다

動 [달구다]

弄熱、燒、烤暖

가 : 윤아 씨, 지금 고기를 올려야 되지 않아요?
　　尹雅,現在是不是該把肉放上去了?

나 : 조금만 더 기다렸다가 올릴게요. 철판이 뜨겁게 **달궈진** 후에 고기를 구워야 더 맛있거든요.
　　再等一下下我再放。因為鐵板燒熱之後再烤肉,味道會更好。

關 프라이팬을 달구다 把平底鍋燒熱、철판을 달구다 把鐵板燒熱、빨갛게 달구다 燒得紅通通

달아오르다

動 [다라오르다]

燒熱、(臉)發燙/發燒、(身心)熱呼呼

가 : 진욱 씨, 왜 손가락에 붕대를 감고 있어요?
　　真旭,為什麼你的手指纏著繃帶?

나 : 어젯밤에 라면을 끓이다가 저도 모르게 **달아오른** 냄비를 손으로 그냥 잡는 바람에 좀 데었어요.
　　昨晚煮泡麵的時候,不知不覺就直接用手去抓燒熱的鍋子,結果被燙到了。

關 냄비가 달아오르다 鍋子燒熱、뜨겁게 달아오르다 燒燙起來、확 달아오르다 瞬間燒熱

식생활 • 飲食生活

떫다
形 [떨ː따]

澀的、苦澀的

가 : 이 녹차는 맛이 텁텁해서 못 마시겠어요. 맛이 왜 이렇지요?
　這杯綠茶喝起來澀澀的、很不順口，我喝不下去。怎麼會這種味道呢？

나 : 너무 높은 온도의 물로 우려서 **떫은** 맛이 나나 봐요. 70~80℃의 물로 다시 가져다 드릴게요.
　可能是用太高溫的水泡的而有點澀味。我再用70～80度的水幫您重新泡一次。

關 맛이 떫다 味道澀、약이 떫다 藥澀
參 떫은 맛 澀味

손수
副 [손수]

親手、親自

가 : 가연 엄마, 이 채소 좀 드세요. 시골에 계신 부모님께서 **손수** 농사지으신 걸 보내 주신 거예요.
　佳妍媽媽，這些蔬菜請您吃。是我鄉下的父母親自己親手種的，他們寄來給我的。

나 : 어머, 고마워요. 잘 먹을게요. 부모님께 감사하다고 좀 전해 주세요.
　哎呀，謝謝妳喔，很不錯的菜。請幫我向您父母說聲謝謝。

關 손수 고르다 親自挑選、손수 만들다 親手製作、손수 마련하다 親自準備、손수 키우다 親手栽種

수분

名 [수분]
漢 水分
⇨ 索引 p.822

水分、水氣

커피, 녹차 등과 같은 카페인 음료는 체내 **수분**이 빠져나가게 하는 작용을 하므로 너무 많이 마시지 않는 것이 좋다고 한다.

聽說像咖啡、綠茶這類含咖啡因的飲料會作用使體內水分排出，所以最好不要喝太多。

關 수분을 빼앗기다 水分被奪走
參 수분 부족 水分不足、수분 섭취 攝取水分、체내 수분 體內水分
類 물기 水氣／濕氣

수확

名 [수확]
漢 收穫
⇨ 索引 p.822

收成、收穫

가을철에는 비가 적게 와야 농작물의 **수확**에 유리하다고 한다.

據說秋天時降雨量要少，才有利於農作物的收成。

關 수확하다 收成／收割、수확되다 被收成
參 곡식 수확 穀物收成、벼 수확 稻米收成、수확의 계절 收成的季節
類 거두기 收割／收穫

식단

名 [식딴]
漢 食單
⇨ 索引 p.822

食譜、菜單

가 : 서윤 씨는 마트에 갈 때마다 이렇게 일주일치 **식단**을 작성해요?

瑞允每次去賣場時都這樣寫下一週的食譜嗎？

나 : 네, 이렇게 하지 않으면 계획 없이 음식 재료를 사게 되어서 낭비가 심해지거든요.

對，因為如果不這樣做，就會毫無計畫地買食材，浪費會嚴重。

關 식단을 짜다／정하다 安排／決定食譜、식단에 따르다 按照食譜
參 급식 식단 供食菜單
類 식단표 菜單表

식생활 • 飲食生活

식성

名 [식썽]
漢 食性
⇨ 索引 p.822

口味、飲食喜好

가 : 이 나물은 무엇으로 간을 하면 좋아요?
這道野菜要用什麼調味比較好呢？

나 : **식성**에 따라 간장을 넣거나 소금을 뿌려서 살짝만 간을 하면 돼요.
依照個人口味，加點醬油或灑點鹽，稍微調味就可以了。

關 식성이 까다롭다 挑食、식성이 좋다 吃得廣／口味好、식성대로 먹다 照口味吃、식성에 따르다 根據口味
類 먹성 食量／食慾

우러나다

動 [우러나다]

滲出、釋出

가 : 사장님, 이 곰탕은 얼마나 더 끓여야 될까요?
老闆，這道牛骨湯還要再煮多久呢？

나 : 뽀얀 색이 **우러날** 때까지 끓여야 제맛이 나니 조금 더 끓이도록 하세요.
要煮到湯色變得乳白，味道才會出來，所以再煮一下吧。

關 맛이 우러나다 味道釋出、은은히 우러나다 淡淡地釋出、적당히 우러나다 適度地釋出

194

원산지

名 [원산지]
漢 原產地

原產地

가 : 엄마, 이 고기가 색깔이 좋아 보이는데 이걸로 사면 안 돼요?

媽媽，這塊肉看起來顏色很好，我們買這個好嗎？

나 : 어디 건데? 고기를 살 때는 색깔도 중요하지만 **원산지**에 따라 맛이 조금씩 다르니까 **원산지**도 보고 사는 게 좋아.

是哪裡產的？買肉的時候顏色固然重要，但不同原產地味道會有些差異，所以最好也看一下原產地再買。

關 원산지로 유명하다 以原產地聞名、원산지를 적다 標示原產地
參 원산지 표시 原產地標示

유기농

名 [유 : 기농]
漢 有機農
⇨ 索引 p.823

有機農業

가 : 사장님, 이 과일 가게에는 유독 벌레 먹은 과일들이 많네요?

老闆，唯獨這家水果店裡有很多被蟲咬的水果耶？

나 : 농약을 쓰지 않고 **유기농**으로 재배한 과일들이라 그래요.

那是因為這些水果是用有機農法栽種的，沒有使用農藥才會這樣。

關 유기농으로 키우다 用有機方式種植、유기농으로 재배하다 以有機農法栽培
參 유기농 식품 有機食品、유기농 채소 有機蔬菜、유기농 작물 有機作物
類 유기 농업 有機農業

식생활 • 飲食生活

유효

名 [유 : 효]
漢 有效
⇨ 索引 p.829

有效、生效

한 패스트푸드점에서 **유효** 기간이 지난 식자재를 사용해 사회적으로 물의를 일으키고 있다.
某間速食店使用了過期的食材，引發社會物議。

同 유효하다 有效／起作用
參 유효 기간 有效期限、유효 범위 有效範圍、유효 성분 有效成分
反 무효 無效

절이다

動 [저리다]

醃製、醃漬

가 : 어머니, 올해는 저희도 **절인** 배추를 사다가 김장을 담가 볼까요?
媽媽，今年我們也買醃好的白菜來做泡菜看看好嗎？

나 : 그럴까? 그럼 어디에서 살 수 있는지 한번 알아보렴.
好啊，那你去查查看哪裡可以買得到吧。

關 소금에 절이다 用鹽醃、식초에 절이다 用醋醃、설탕에 절이다 用糖醃
參 절인 배추 醃白菜

주식

名 [주식]
漢 主食

主食

가 : 나는 요즘 빵이 거의 **주식**이 되어 버린 것 같아. 바쁘니까 간단하게 빵을 먹는 게 좋더라고.
我最近好像幾乎把麵包當成主食了。因為很忙，吃點簡單的麵包比較方便。

나 : 나도 그래. 특히 아침에는 빵만 먹게 돼.
我也是，特別是早上幾乎只吃麵包。

關 주식으로 먹다 當作主食吃、주식으로 삼다 視為主食、주식이 되다 變成主食

증진

名 [증진]
漢 增進
索引 p.829

增進、提升

요즘에 입맛이 없어서 식욕 **증진**을 위해 식전에 와인을 한 잔씩 마시고 있다.

最近沒什麼食慾，為了增進食慾，我餐前都會喝一杯紅酒。

同 증진하다 增進／促進、증진되다 被增進／獲得提升
參 식욕 증진 增進食慾、행복 증진 提升幸福、건강 증진 增進健康
反 감퇴 減退／衰退

질기다

形 [질기다]
索引 p.830

（食物）有筋的、咬不動的；（物品）堅韌、耐用

가 : 할머니, 냉면의 면발이 너무 **질겨서** 먹기가 힘들어요.

奶奶，冷麵的麵條太有筋了，吃起來好困難。

나 : 그래? 그럼 먹기 쉽게 가위로 면을 좀 잘라 줄게.

是嗎？那我用剪刀幫你剪一剪，讓你比較好吃。

反 연하다 軟嫩的柔軟

질리다

動 [질리다]

吃膩、厭煩

유학 생활을 하는 동안 빵과 스파게티를 자주 먹었더니 밀가루 음식에 **질려서** 이제는 먹고 싶지 않다.

留學期間常吃麵包和義大利麵，結果對麵粉類食物感到厭煩，現在一點都不想吃。

식생활 • 飲食生活

찌꺼기

名 [찌꺼기]
⇨ 索引 p.825

殘渣、殘留物

가 : 엄마, 이 음식물 쓰레기는 어떻게 할까요?
　　媽媽，這些廚餘要怎麼處理？

나 : 아직 음식물 **찌꺼기**에 물기가 남아 있으니 물기를 제거한 후에 버리면 돼.
　　廚餘殘渣裡還有水分，先把水分瀝乾再丟掉就可以了。

關 찌꺼기를 모으다 收集殘渣、찌꺼기를 배출하다 排出殘渣、찌꺼기를 처리하다 處理殘渣、찌꺼기를 치우다 清除殘渣
參 음식물 찌꺼기 廚餘殘渣
類 찌끼 渣滓／殘渣

출출하다

形 [출출하다]

有點餓的、微餓的

가 : 언니, 좀 **출출한데** 라면이나 끓여 먹을까?
　　姊姊，我有點餓，要不要煮個泡麵吃？

나 : 이 한밤중에 라면을 먹자고? 그냥 참고 자.
　　這麼晚了還想吃泡麵？忍一忍睡覺吧。

關 배가 출출하다 肚子有點餓、속이 출출하다 胃裡有點空
參 출출한 느낌 微餓的感覺

통조림

名 [통조림]

罐頭

나는 시간이 없을 때는 먹기가 간편한 **통조림**으로 만들어진 음식을 먹곤 한다.
我沒時間的時候，常會吃食用方便的罐頭做的料理。

關 통조림을 따다 打開罐頭
參 고등어 통조림 鯖魚罐頭、복숭아 통조림 水蜜桃罐頭、참치 통조림 鮪魚罐頭

통째

名 [통째]

整個、全部（不切割、不分開地保留原形）

가 : 누나, 이 생선은 토막을 내서 구울까?
姊，我們把這條魚切塊來烤嗎？

나 : 아니. 그냥 굽자. 생선은 **통째**로 구워서 뼈를 발라 먹는 게 더 맛있잖아.
不要，直接整條烤吧。魚整條烤再挑骨頭來吃更有風味吧。

關 통째로 굽다 整條烤、통째로 삼키다 整個吞下、통째로 두다 整個放著不動

通常以「통째로」的形態使用。

폭식

名 [폭씩]
漢 暴食

暴食、暴飲暴食

가 : 준우 씨, 오늘 얼굴이 왜 그래요? 어디 아파요?
俊宇，你今天臉怎麼了？哪裡不舒服嗎？

나 : 아니요. 어제 **폭식**을 하고 잤더니 아침에 얼굴이 퉁퉁 부어서 그래요.
不是啦，昨天暴飲暴食後就睡了，結果早上臉整個腫起來。

同 폭식하다 暴食
參 폭식 예방 預防暴食、폭식 장애 暴食症、폭식 행동 暴食行為

食衣住 04

식생활 • 飲食生活

푸짐하다

形 [푸짐하다]
⇨ 索引 p.827

豐盛的、豐富的

가 : 어제 예준이 생일 파티에서 맛있는 음식 많이 먹었어?
昨天在叡俊的生日派對上吃了很多好吃的嗎？

나 : 응. 예준이 어머니께서 음식을 엄청 **푸짐하게** 차려 주셔서 배가 터지도록 먹었어.
嗯，叡俊他媽媽準備了非常豐盛的菜，我吃到肚子都快撐破了。

關 푸짐하게 차리다 豐盛地準備／반찬이 푸짐하다 配菜很豐富
參 푸짐한 밥상 豐盛的飯桌
類 성대하다 盛大的

풍년

名 [풍년]
漢 豐年
⇨ 索引 p.830

豐年

옛날 선조들은 정월대보름이 되면 한 해 농사의 **풍년**을 기원하는 여러 가지 행사를 하곤 했다.
古時候的祖先們在元宵節時常會舉辦，祈求一年農作豐收的各種活動。

關 풍년을 기대하다 期待豐收、풍년을 기원하다 祈求豐收、풍년이 들다 出現豐年
參 풍년 농사 豐年的農作
反 흉년 凶年／歉收年

풍성하다

形 [풍성하다]
漢 豊盛하다

豐盛的、豐富的

가 : 할아버지, 올해 농사가 잘돼서 기분이 좋으시지요?
爺爺，今年農作豐收，您心情應該很好吧？

나 : 그럼. 농사가 잘돼서 곡식이 **풍성하니** 안 먹어도 배가 부를 것 같구나.
當然，農作物收成很好，穀物這麼豐盛，不吃也覺得飽了。

參 풍성한 결실 豐碩的成果、풍성한 계절 豐收的季節、풍성한 삶 豐富的生活

효능

名 [효ː능]
漢 效能
⇨ 索引 p.826

效能、功效

가 : 서윤 씨, 오늘도 점심으로 과일과 채소만 먹는 거예요?
瑞允，妳今天午餐又只吃水果和蔬菜嗎？

나 : 네. 하루에 한 끼라도 이렇게 먹으면 다이어트에 **효능**이 있다고 해서요.
對啊，因為聽說一天至少有一餐這樣吃，對減肥是有功效的。

關 효능이 뛰어나다 效能卓越、효능이 알려지다 功效廣為人知、효능이 있다 有效能、효능이 좋다 效果良好
類 효용 效用

201

複習一下

食衣住 | 飲食生活

✎ 請從下列選項中選出關係不同的一組。

1. ① 거르다 – 여과하다　② 푸짐하다 – 성대하다
   ③ 질기다 – 연하다　　④ 남김없이 – 모조리

2. ① 유효 – 무효　　　　② 풍년 – 흉년
   ③ 증진 – 감퇴　　　　④ 식성 – 먹성

✎ 請將意思相符的項目連起來。

3. 절이다　•　　　　• ① 재료를 소금, 식초, 설탕 등에 담가 간이 배게 하다

4. 질리다　•　　　　• ② 쇠나 돌에 불을 가하여 뜨겁게 만들다

5. 달구다　•　　　　• ③ 사람이 일이나 음식 등에 싫증나다

✎ 請從例選出最適合填入括號的單字，並寫上去。

| 例 | 증진 | 효능 | 수분 |

6. 가: 요즘 바람이 많이 불어서 그런지 얼굴이 너무 땅기고 건조한 것 같아.
   나: 그럼 (　　) 크림을 한번 써 봐. 아침저녁으로 바르면 좀 촉촉해질 거야.

7. 가: 엄마, 매실청을 담그시는 거예요?
   나: 응. 네 아빠가 계속 식욕이 없다고 하시잖니. 매실이 식욕 (　　)에 좋다고 해서 만들고 있어.

8. 가: 아까 마트에 가서 아몬드를 좀 사려고 했더니 다 팔리고 없더라고요.
   나: 어제 뉴스에서 아몬드가 피로 회복에 뛰어난 (　　)이 있다고 해서 그런가 봐요.

2 의생활
服裝生活

가지런히

副 [가지런히]

整齊地、整整齊齊

나는 겨울이 끝나면 겨우내 입었던 옷가지들을 **가지런히** 정리해서 옷장에 넣어 둔다.

冬天一結束，我就會把整個冬天穿的衣物整理整齊，收進衣櫃裡。

關 가지런히 놓이다 整齊地擺放、가지런히 두다 整齊地放好、가지런히 정돈하다 整齊地整頓

간결하다

形 [간결하다]
漢 簡潔하다

簡潔的、俐落的

가 : 하은아, 인턴 면접 때 이 정장을 입으려고 하는데 어때?

夏恩，我打算面試實習的時候穿這套正式服裝，妳覺得怎麼樣？

나 : 깔끔하고 **간결해** 보여서 좋다. 한번 입어 봐.

看起來乾淨俐落，很不錯，穿穿看吧。

關 장치가 간결하다 裝置簡潔
參 간결한 복장 簡潔的服裝、간결한 의상 俐落的衣裳、간결한 일상 簡約的日常

의생활 • 服裝生活

간소하다

形 [간소하다]
漢 簡素하다

簡樸的、樸素的

가 : 주말에 회사 등산 모임을 갈 때 입을 적당한 옷이 없어서 퇴근하고 사러 가야 할까 봐요.
　　週末要去公司的登山聚會，沒有適合可穿的衣服，我想下班後去買。

나 : 옷을 사도 한 번 입고 말 것 같은데 그냥 평소에 입던 **간소한** 차림으로 가는 게 어때요?
　　買了可能也只穿那麼一次，就穿平常簡單的衣服去如何？

參 간소한 옷차림 簡樸的穿著、간소한 결혼식 簡單的婚禮、간소한 절차 精簡的程序

금상첨화

名 [금ː상첨화]
漢 錦上添花

錦上添花

가 : 형, 또 그 쇼핑몰에서 옷을 사려고 해? 그 인터넷 쇼핑몰 옷이 그렇게 좋아?
　　哥，又要在那家買衣服啊？那家賣場的衣服真的有那麼好？

나 : 응. 여기에서 파는 옷들은 싸기도 하고 디자인이 독특해서 내가 입기에는 **금상첨화**거든.
　　對啊，這裡賣的衣服不但便宜，而且設計也很獨特，我穿起來是錦上添花啊。

💡 通常以「금상첨화이다」的形態使用。

꿰매다

動 [꿰ː매다]

縫補、縫合

가：지우야, 네 옷의 단추가 떨어지려고 하는데?
　　智友，你的衣服鈕扣快掉了耶。

나：어? 그러네. 이따 집에 가자마자 **꿰매야겠어**.
　　咦，真的耶。我等下回家馬上縫起來。

關 옷을 꿰매다 縫衣服、양말을 꿰매다 縫襪子
參 꿰맨 자국 縫補痕跡

食衣住 04

느슨하다

形 [느슨하다]

鬆弛的、鬆散的

가：준우 씨, 이제 발표가 끝났으니 긴장 좀 풀어요.
　　俊宇，現在發表結束了，放輕鬆一點吧。

나：네. 너무 답답해서 넥타이부터 **느슨하게** 풀고 숨 좀 돌려야겠어요.
　　好，太悶了，我得先把領帶鬆開一下，喘口氣才行。

달라붙다

動 [달라붇따]

緊貼、黏住

가：이 원피스는 몸에 너무 **달라붙는** 것 같아요. 한 치수 큰 거 있어요?
　　這件洋裝好像太貼身了，有大一號的嗎？

나：네. 손님, 찾아 드릴게요. 잠깐만 기다려 주세요.
　　有的，這位客人，我幫您找找，請稍等一下。

關 옷이 달라붙다 衣服貼身、몸에 달라붙다 貼在身上、착 달라붙다 緊緊黏住
關 입에 달라붙다 貼嘴／說話油滑

205

의생활 • 服裝生活

뒤집어쓰다

動 [뒤지버쓰다]
⇨ 索引 p.826

蓋上、蒙住

가 : 오늘 너무 추워서 몸이 덜덜 떨려요.
今天太冷了，身體一直發抖。

나 : 그렇죠? 저도 모자에 목도리까지 **뒤집어썼는데도** 소용이 없네요.
是吧？我戴帽子又包上圍巾，還是沒用。

關 모자를 뒤집어쓰다 戴上帽子、수건을 뒤집어쓰다 用毛巾蓋頭
類 둘러쓰다 圍上／纏上、덮어쓰다 蓋住／頂上

뒤집히다

動 [뒤지피다]

翻過來、被翻轉

가 : 이렇게 바람이 많이 불 줄 알았으면 오늘 짧은 치마를 안 입고 오는 건데……. 바람에 자꾸 **뒤집혀서** 신경이 쓰이네.
早知道今天風會這麼大，我就不穿短裙出來了……一直被風吹得翻起來，好煩人。

나 : 내 재킷을 빌려줄 테니 허리에 두를래? 그럼 좀 나을 것 같은데.
要不要我把外套借妳圍在腰上？這樣子會好些。

關 양말이 뒤집히다 襪子翻面、옷이 뒤집히다 衣服翻轉、우산이 뒤집히다 雨傘被風吹翻

때우다

動 [때우다]

補上、修補（把破損或空缺的部分補起來）／湊合著過（也可指暫時應付）

우리 할머니는 절약하는 게 몸에 배어서 신발 밑창도 **때워서** 신으신다.
我奶奶非常節儉，連鞋底都會補了再穿。

關 구멍을 때우다 補洞、밑창을 때우다 補鞋底、바닥을 때우다 補地面

206

맵시

名 [맵씨]
⇨ 索引 p.824

風采、穿著有型

오빠는 연말 모임이 있다면서 오랜만에 한껏 **맵시** 있게 차려입고 집을 나섰다.

哥哥說有年末聚會，好久沒那麼打扮得體，風采十足地出門了。

關 맵시가 나다 有型、맵시가 있다 有風采、맵시가 좋다 穿著得體／風采翩翩
類 태 儀態、風度

방수

名 [방수]
漢 防水

防水

가 : 엄마, 우비를 입었는데도 옷이 다 젖었어요.
　　媽媽，我有穿雨衣，可是衣服還是全濕了。

나 : 그래? 오래 입어서 이제 **방수**가 잘 안 되나 보다. 새 걸로 하나 사 줄게.
　　是嗎？可能穿太久了，防水效果沒了。我再買一件新的給你吧。

關 방수가 되다 可防水
參 방수 설비 防水設備、방수 처리 防水處理、방수 효과 防水效果

방울

名 [방울]

鈴鐺、小珠飾；（液體的）滴

가 : 가연아, 저 **방울** 달린 모자는 어때? 아주 귀여워 보이는데.
　　佳妍，妳覺得那頂有鈴鐺的帽子怎麼樣？看起來好可愛耶。

나 : 우와, 정말 귀엽다. 저 모자로 살래.
　　哇，真的好可愛！我想買那頂帽子。

關 방울이 달리다 掛著鈴鐺、방울을 만들다 做鈴飾、방울로 장식하다 用鈴鐺裝飾
參 귀여운 방울 可愛的鈴鐺、예쁜 방울 漂亮的小珠飾

食衣住 04

207

의생활 • 服裝生活

복장

名 [복짱]
漢 服裝
⇨ 索引 p.825

服裝、穿著

가 : 여보, 오랜만에 친척 결혼식에 가니 아무거나 입지 말고 **복장**에 신경 좀 쓰세요.
親愛的，難得要去親戚的婚禮，不要隨便穿，穿著打扮要注意一點喔。

나 : 알았어요. 그럼 이 양복은 어때요?
知道了，那這套西裝怎麼樣？

關 복장이 단정하다 穿著端正
參 간소한 복장 簡樸的服裝、간편한 복장 輕便的服裝、복장 검사 儀容檢查
類 옷차림 穿著打扮

섬유

名 [서뮤]
漢 纖維

纖維

가 : 서윤 씨는 회사에서 어떤 업무를 맡고 있어요?
瑞允，妳在公司負責什麼工作呢？

나 : 저는 동남아시아 여러 국가에서 각종 **섬유**를 수입하는 일을 담당하고 있어요.
我負責從東南亞各國進口各類纖維的業務。

關 섬유를 만들다 製造纖維、섬유를 개발하다 開發纖維、섬유를 수입하다 進口纖維、섬유를 제조하다 生產纖維

208

소박하다

形 [소바카다]
漢 素朴하다
⇨ 索引 p.827

樸素的

가 : 할머니, 저 첫 월급 탔으니 옷 한 벌 사 드릴게요. 어떤 스타일이 좋으세요?
　奶奶，我領到第一份薪水了，要買件衣服送妳。妳喜歡什麼風格的？

나 : 우리 손녀가 옷을 다 사 준다니 너무 고맙구나. 나는 단정하고 **소박한** 디자인의 옷이 좋단다.
　孫女要幫我買衣服，真是太感謝了。我喜歡設計端莊又樸素的衣服。

參 소박한 꿈 樸實的夢想、소박한 마음 純樸的心、소박한 행복 樸素的幸福、소박한 옷차림 簡單的穿著
類 검소하다 節儉／樸素

수수하다

形 [수수하다]
⇨ 索引 p.827

樸素的、素雅的

가 : 서윤아, 오늘 엄마 고등학교 동창회가 있는데 이 옷 어떠니?
　瑞允，今天媽媽要去高中同學會，妳覺得這件衣服怎麼樣？

나 : 그 옷은 너무 **수수해요**. 오랜만에 가시는 동창회니 좀 더 화려한 옷으로 입고 가세요.
　那件太素了啦，難得去一次同學會，穿華麗一點的衣服去吧。

關 수수해 보이다 看起來樸素／素雅
參 수수한 옷차림 簡樸的穿著、수수한 외모 低調的外貌、수수한 인상 素雅的印象、수수한 차림 樸素的打扮
類 털털하다 隨和／不拘小節

209

의생활 • 服裝生活

안목

名 [안 : 목]
漢 眼目
⇨ 索引 p.823

眼光、眼力

가 : 윤아 씨, 결혼식에서 입을 웨딩드레스는 골랐어요?
　　潤雅，妳挑好結婚典禮要穿的婚紗了嗎？

나 : 아직이요. 제가 옷을 보는 **안목**이 없는 편이라 드레스를 고르기가 쉽지가 않네요.
　　還沒呢。我對挑衣服沒什麼眼光，所以要選婚紗真的不太容易。

関 안목이 높다 眼光高、안목이 뛰어나다 眼光敏銳、안목이 없다 沒眼光
　　안목을 갖추다 具備眼光、안목을 기르다 培養眼光
参 뛰어난 안목 優秀的眼光、넓은 안목 寬廣的視野、장기적인 안목 長遠的眼光
類 판단력 判斷力

옷감

名 [옫깜]

布料、衣料

우리 동네에 있는 옷가게에서는 손님이 **옷감**을 끊어가면 원하는 스타일대로 옷을 만들어 주기도 한다.
我們社區裡的服飾店，如果客人自己帶布料去，他們也會照客人想要的款式幫忙訂製衣服。

関 옷감을 구하다 找布料、옷감을 쓰다 使用布料、옷감을 끊다 裁剪布料
参 고급 옷감 高級布料、비단 옷감 絲綢布料

옷자락

名 [옫짜락]

衣角、衣襬

가 : 출근할 때마다 아이가 제 **옷자락**을 붙잡고 울면서 가지 말라고 떼를 쓰니 너무 힘들어요.

每天出門上班時,小孩都抓著我的衣角哭著說不要走,真的好累。

나 : 대리님이 다시 출근한 지 얼마 안 돼서 그런 걸 거예요. 아이가 적응이 되면 괜찮아지지 않을까요?

代理您才剛恢復上班不久的關係吧,孩子適應後就會好一些吧。

關 옷자락을 끌다 拖著衣襬、옷자락을 붙잡다 抓住衣角、옷자락으로 쓸다 用衣襬掃
옷자락이 길다 衣襬很長
參 긴 옷자락 長衣襬

자국

名 [자국]

痕跡、印記

가 : 준우 씨, 옷 소매 부분에 뭐가 묻은 것 같아요.

俊宇,你衣服袖子那邊好像沾到什麼了耶。

나 : 아, 점심으로 먹은 김치찌개 국물이 튀어서 **자국**이 남았나 봐요.

啊,可能是中餐吃泡菜鍋時湯汁噴到,留下痕跡了。

關 자국이 남다 留下痕跡、자국이 나다 出現痕跡、자국을 만들다 弄出痕跡
參 눈물 자국 淚痕、글씨 자국 字跡、도장 자국 印章痕、립스틱 자국 口紅印

食衣住 04

의생활・服裝生活

재질

名 [재질]
漢 材質

材質、質地

가 : 서윤아, 그 신발 새로 산 거야? 예쁘다.
　　瑞允，那雙鞋是新買的嗎？好好看耶。

나 : 응. 그런데 **재질**이 별로 안 좋아서 오래 신기는 어려울 것 같아.
　　嗯，但材質不是很好，可能沒辦法穿太久。

關 재질이 나쁘다 材質不好、재질이 약하다 材質脆弱、재질이 좋다 材質好

參 금속 재질 金屬材質、플라스틱 재질 塑膠材質、거친 재질 粗糙的材質、두꺼운 재질 厚實的材質

착용

名 [차공]
漢 着用

穿戴、著用

수영장에서 수영을 하려면 수영복과 수영 모자를 반드시 **착용해야** 한다.
在游泳池游泳時，一定要穿著泳衣並戴上泳帽。

同 착용하다 穿戴、착용되다 被穿戴

參 안경 착용 配戴眼鏡、유니폼 착용 穿制服、수영복 착용 穿泳衣、교복 착용 穿校服

천연

名 [처년]
漢 天然
⇨ 索引 p.829

天然

가 : 진욱 씨, 티셔츠 색깔이 너무 멋진데요. 어디에서 샀어요?
　　進旭，你這件 T 恤顏色好好看耶，哪裡買的？

나 : 입던 옷인데 어머니께서 **천연** 재료를 사용해서 염색을 해 주셨어요. 정말 멋있지요?
　　是舊衣服，我媽用天然材料幫我染的。很酷對吧？

參 천연적 天然的、천연 식품 天然食品、천연 세제 天然清潔劑、천연 재료 天然材料

反 인조 人工／人造

212

축축하다

形 [축추카다]

濕濕的、潮濕的

가 : 요즘 날씨가 너무 더우니까 조금만 움직여도 티셔츠가 **축축하게** 젖어 버려서 불편해.

最近天氣太熱了，只要稍微一動，T恤就會濕答答的，真的很不舒服。

나 : 그래서 나는 여름에는 아예 갈아입을 여벌의 셔츠를 준비해서 가지고 다녀.

所以我夏天都會直接帶一件備用襯衫在身上。

關 축축하게 적시다 弄得濕濕的、머리가 축축하다 頭髮濕濕的、수건이 축축하다 毛巾濕濕的

푹신하다

形 [푹씬하다]

柔軟的、蓬鬆的

가 : 서윤 씨, 겨울이 다가오니 **푹신하고** 따뜻한 겨울 코트를 좀 사고 싶은데 어디에서 사면 좋을까요?

瑞允，天氣漸漸變冷，我想買件柔軟又保暖的冬季大衣，有推薦的地方嗎？

나 : 동대문 시장이 싸고 좋아요. 마침 저도 겨울 옷을 좀 살까 했는데 이번 주말에 시간이 있으면 같이 갈래요?

東大門市場又便宜又不錯。剛好我也在想要買冬衣，有空的話這週末一起去吧！

參 푹신한 느낌 柔軟的感覺、푹신한 촉감 柔軟的觸感

複習一下

食衣住 | 服裝生活

✏️ 請選出意思相近的選項。

1. 안목 •　　　　　　　• ① 옷차림
2. 맵시 •　　　　　　　• ② 판단력
3. 복장 •　　　　　　　• ③ 태

✏️ 請選出最適合填入括號的詞語。

4. 언니는 출근할 때마다 (　　　) 깔끔해 보이는 정장을 입곤 한다.

① 간결하고　② 달라붙고　③ 복잡하고　④ 푹신하고

5. 너무 더워서 반바지를 입고 대나무로 만든 의자에 오래 앉아 있었더니 다리에 (　　　)이 남았다.

① 흔적　　② 얼룩　　③ 모습　　④ 자국

✏️ 請從例找出最適合的單字，替換括號中的內容並重新寫出來。

例　뒤집히다　　느슨하다　　축축하다

6. 가: 아빠, 운동화 끈이 너무 (　　　) 곧 풀릴 것 같아요.
   나: 그럼 좀 더 꽉 묶어 줄게.

7. 가: 여기에 만 원짜리가 떨어져 있네. 누구 떨어뜨린 사람 있어?
   나: 어? 내 거다. 아까 사물함 열쇠 꺼낼 때 주머니가 (　　　) 빠졌나 봐.

8. 가: 머리가 왜 그렇게 (　　　)? 비 맞고 왔어?
   나: 응. 집에서 나올 때는 비가 안 와서 우산을 안 가지고 나왔거든.

3 주생활
居住生活

14.mp3

가구

名 [가구]
漢 家口
⇨ 索引 p.822

住戶、家庭

혼자 사는 노인과 젊은이가 많아지면서 1인 **가구** 수가 점점 증가하고 있다고 한다.
隨著獨居的老人與年輕人越來越多，單人家庭的數量也正逐漸上升。

參 가구 소득 家庭收入、가구 수 家庭數量、일인 가구 一人家庭
類 세대 世代／戶 (家庭單位)

가장자리

名 [가 : 장자리]

邊緣、邊角

가 : 왜 자꾸 의자를 놔두고 침대 **가장자리**에 앉아서 공부를 하니? 그러면 금방 허리가 아파지는데.
你怎麼老是放著椅子不坐，偏要坐在床沿讀書？那樣很容易腰痠耶。

나 : 여기가 편해서 그랬어요. 이제부터는 의자에 앉아서 공부할게요.
因為坐這裡比較舒服啦。我現在開始會坐椅子上讀書。

關 가장자리에 놓다 放在邊緣、가장자리에 서다 站在邊緣
參 길 가장자리 路邊

주생활 • 居住生活

거주자

名 [거주자]
漢 居住者

居民、居住者

가 : 저기에 자리가 있는데 저곳에 주차하면 되겠다.
那邊有空位，我們可以停那裡吧。

나 : 저곳은 **거주자** 우선 주차 구역이잖아. 공영 주차장을 찾아보자.
那是住戶優先停車區耶，我們去找找看有沒有公共停車場吧。

參 교외 거주자 郊區居民、국내 거주자 國內居住者、도시 거주자 城市居民、해외 거주자 海外居住者

경관

名 [경관]
漢 景觀
⇨ 索引 p.822

景觀、風景

가 : 여보, 우리도 곧 정년인데 일을 그만두면 도시를 떠나서 주변 **경관**이 좋은 곳에 전원주택을 짓고 살까요?
親愛的，我們快要退休了，離開工作之後搬離都市，到風景優美的地方蓋棟鄉村住宅住吧？

나 : 좋은 생각이에요. 이제는 도심을 벗어나서 살고 싶어요.
好主意，我現在真的很想離開市區生活。

關 경관이 뛰어나다 景觀優美、경관이 빼어나다 風景秀麗
參 농촌 경관 農村景觀、자연 경관 自然景觀、주변 경관 周邊景觀
類 경치 景色、풍경 風景、풍광 風光、풍물 風物

때다

動 [때 : 다]

燒火、生火

가 : 지우야, 다음 주말에 시간 되면 시골에 할머니 뵈러 갈래?

智友,下週末有空的話,要不要一起去鄉下看奶奶?

나 : 좋아요. 엄마, 시골에 가면 할머니께 가마솥에 밥을 해 달라고 해야겠어요. 장작을 **때어** 해 주시는 게 너무 맛있어서 가끔 먹고 싶더라고요.

好啊!媽媽,到鄉下的時候,我想請奶奶用大鐵鍋煮飯給我吃。她用柴火煮的飯真的超好吃,我偶爾會想念。

關 장작을 때다 燒柴火、불을 때다 生火

모퉁이

名 [모퉁이]

轉角、拐彎處、角落

가 : 실례합니다. 이 근처에 약국이 어디 있나요? 지도상에는 나와 있는데 못 찾겠어서요.

不好意思,請問這附近哪裡有藥局?地圖上有標示,但我找不到。

나 : 저 **모퉁이**를 돌면 바로 보일 겁니다.

轉過那個街角就能看見了。

關 모퉁이를 돌다 轉角、모퉁이를 지나다 經過轉角、모퉁이로 사라지다 消失在轉角處

주생활・居住生活

방음

名 [방음]
漢 防音

隔音、防音

가 : 여보, 이 아파트가 마음에는 드는데 도로변에 있어서 시끄러울 것 같아요.
　　親愛的，我很喜歡這間公寓，但它在馬路旁邊，應該會很吵吧。

나 : 도로변에 있어도 **방음** 시설만 잘 갖춰져 있으면 별문제 없을 테니 일단 가서 한번 봅시다.
　　即使在馬路邊，只要隔音設備完善不會有問題的，我們先去看看吧。

動 방음하다 做隔音
參 방음 공사 隔音工程、방음 설비 隔音設備、방음 장치 隔音裝置

베다

動 [베ː다]

枕、靠

가 : 환자 분은 너무 높은 베개를 **베고** 주무셔서 목이 아프신 것 같으니 낮은 베개로 바꾸시는 게 좋겠습니다.
　　患者您或許是因為枕頭太高才會脖子痠痛，換個低一點的枕頭比較好。

나 : 알겠습니다, 선생님. 그리고 또 주의해야 할 것이 있나요?
　　知道了，醫生。還有其他需要注意的地方嗎？

關 베개를 베다 枕枕頭、무릎을 베다 枕在膝上、팔을 베다 枕在手臂上

석탄

名 [석탄]
漢 石炭

煤炭

가：할아버지, 저 텔레비전에 나오는 분들이 옛날에 독일에 가셔서 **석탄** 캐는 일을 하셨다는 거예요?
爺爺，電視上那些人真的以前去德國挖煤嗎？

나：맞단다. 돈을 벌려고 가서 고생을 많이 했다고 들었어.
沒錯，聽說他們是為了賺錢去的，吃了很多苦呢。

關 석탄을 캐다 採煤／挖煤
參 석탄 공업 煤炭工業、석탄 매장량 煤炭儲量、석탄 생산 煤炭生產、석탄 에너지 煤炭能源

食衣住 04

선반

名 [선반]
漢 旋盤

架子、層架

우리 할머니는 접시 모으는 것이 취미이셔서 해마다 새 접시를 장만해 **선반** 위에 차곡차곡 정리해 놓으신다.
我奶奶的興趣是收集盤子，每年都會添購新盤子，整齊地收在架子上。

關 선반을 달다 裝上架子、선반을 만들다 製作架子、선반을 정리하다 整理架子
參 부엌 선반 廚房層架、선반 위 架子上

219

주생활・居住生活

실외

名 [시뢰／시뤠]
漢 室外
⇒ 索引 p.822, 829

室外、戶外

우리 집에는 **실외** 테라스가 있어서 공기가 맑은 날에는 그곳에서 차를 마시면서 시간을 보내곤 한다.

我們家有個戶外露台，空氣清淨的時候，我常在那裡喝茶、享受時光。

參 실외 경관 戶外景觀、실외 공간 戶外空間、실외 공기 室外空氣、실외 놀이 戶外遊戲、실외 경기 室外比賽
類 야외 戶外
反 실내 室內

아늑하다

形 [아느카다]

溫暖的、幽靜的

가 : 하은아. 방을 아주 **아늑하게** 잘 꾸며 놨네?
　　夏恩，妳把房間布置得好幽靜啊！

나 : 엄마가 내가 고등학생이 됐을 때 공부 열심히 하라고 이렇게 꾸며 주셨어.
　　這是我上高中時，媽媽為讓我用功唸書，特別幫我這樣布置的。

關 방이 아늑하다 房間幽靜、아늑하게 꾸미다 幽靜地布置
參 아늑한 분위기 幽靜的氛圍、아늑한 생활 幽靜的生活、아늑한 침실 幽靜的臥房

양초

名 [양초]
漢 洋초

蠟燭

가 : 온 집안에 고기 냄새가 진동을 해요. 환기 좀 시켜야겠어요.
  整個家都是肉味耶，該通風一下了。

나 : 그래. 음식 냄새 없애는 데는 **양초**가 좋으니 좀 켜 놔야겠다. 창문도 열고.
  好，蠟燭很適合去除食物味道，我來點，窗戶也打開。

關 양초를 켜다 點蠟燭、양초를 태우다 燒蠟燭、양초가 녹다 蠟燭融化

임대

名 [임ː대]
漢 賃貸
⇨ 索引 p.829

租賃、出租

가 : 저는 교환 학생이라서 6개월 정도 거주할 집을 찾고 있어요.
  我是交換學生，正在找可以住大約六個月的房子。

나 : 단기 **임대**가 가능한 방이 있을 거예요. 찾아보고 연락드리겠습니다.
  會有可以短期出租的房間，我查查看再跟您聯絡。

動 임대하다 出租、임대되다 被出租
參 임대 가격 租金、임대 사업 出租業務、임대 아파트 出租公寓、단기 임대 短期租賃、장기 임대 長期租賃
反 임차 租入

주생활・居住生活

입지
名 [입찌]
漢 立地

地理位置、地段

가 : 아파트를 구할 때 따져 보아야 하는 **입지** 조건은 뭔가요?
找公寓時，應該考慮的地理位置條件是什麼呢？

나 : 무엇보다도 교통이 편하고 교육 환경이 좋은 곳인지를 따져보는 게 좋습니다.
最重要的是交通便利、教育環境良好，這些條件要仔細評估。

參 입지 조건 地理條件、입지 여건 區位條件、공장 입지 工廠選址、시장 입지 市場選址

전력
名 [절 : 력]
漢 電力

電力

냉장고나 세탁기 등 가전제품을 구입할 때는 디자인뿐만 아니라 소비 **전력**이 얼마나 되는지도 꼼꼼하게 살펴봐야 한다.
購買冰箱或洗衣機等家電產品時，不僅要看設計，還要仔細查看其耗電量有多少。

關 전력을 측정하다 測量電力
參 전력 부족／공급 電力短缺／供應、전력 소비량 電力消耗量、소비 전력 耗電量

절전
名 [절쩐]
漢 節電

節電、省電

가 : 지호야. 컴퓨터를 사용하지 않을 때는 **절전** 모드로 전환을 해 놓으라고 했잖아.
志浩，不是在用電腦的時候，要設定成省電模式嗎?

나 : 죄송해요, 엄마. 컴퓨터를 하다가 잠깐 잠이 들었어요. 다음부터는 조심할게요.
對不起，媽媽。我剛剛用電腦時不小心睡著了，以後我會注意。

動 절전하다 節電
參 절전 모드 省電模式、절전 방법 節電方法、에너지 절전 能源節省

터전

名 [터전]

地基、家園、生活根據地

정부에서는 이번 지진으로 삶의 **터전**을 잃은 사람들을 도울 수 있는 방안을 찾고 있다.
政府正在尋找能幫助這次地震中失去家園的災民的方案。

關 터전을 닦다 整理地基、터전을 잡다 定下地基、터전을 마련하다 備妥家園
參 삶의 터전 生活的根據地、생활의 터전 賴以維生的家園

통풍

名 [통풍]
漢 通風
⇨ 索引 p.825

通風

가 : 아버지, 제 방은 **통풍**이 잘 안 돼서 너무 답답해요.
爸爸，我房間的通風不好，覺得很悶。

나 : 안 그래도 다음 달에 창문을 내는 공사를 할 거니까 조금만 참아라.
我正打算下個月施工開個窗戶，再忍耐一下吧。

動 통풍하다 通風、통풍되다 被通風
關 통풍이 좋다 通風良好、통풍이 잘 되다 空氣流通
參 통풍 장치 通風裝置、통풍 기능 通風功能
類 통기 通氣

트이다

動 [트이다]

開闊、通暢、敞開

가 : 어떤 집을 찾으세요?
請問您在找什麼樣的房子呢？

나 : 시야가 확 **트인** 전망이 좋은 집을 찾고 있습니다. 그런 집이 있을까요?
我在找視野開闊、景觀良好的房子，有這樣的房源嗎？

關 시야가 트이다 視野開闊、길이 트이다 路打通了、사방이 트이다 四面通透、탁 트이다 一望無際
參 트인 경치 開闊的景色、트인 전망 開放的視野

食衣住
04

223

주생활 • 居住生活

틈새

名 [틈새]

縫隙、裂縫

가 : 오빠, 오늘은 거실이 왜 이렇게 춥지? 어디서 찬바람이 들어오나 봐.
哥，今天客廳怎麼這麼冷？好像有冷風從哪裡灌進來耶。

나 : 저기 창문 틈새로 바람이 들어오는 것 같아. **틈새**를 막을 수 있는 게 있는지 한번 찾아봐야겠다.
好像是從那邊窗戶的縫隙進來的，我來找看看有沒有可以封住縫隙的東西。

關 틈새를 막다 封住縫隙、틈새를 내다 裂出縫隙
參 난간 틈새 欄杆縫隙、뚫린 틈새 穿透的裂縫、창문 틈새 窗戶縫隙

환기

名 [환 : 기]
漢 換氣

換氣、通風

날씨가 추운 겨울철에도 하루에 30분 정도 창문을 열어 **환기**를 시키는 것이 건강에 좋다.
在寒冷的冬天也要每天開窗換氣約30分鐘，這是有益於健康的。

動 환기하다 換氣、환기되다 被換氣
參 환기 통로 通風通道、환기 시설 換氣設備、실내 환기 室內通風

훤히

副 [훤 : 히]

寬敞地、明亮地、清楚地

가 : 아파트가 정말 높네요. 진욱 씨는 몇 층에 살아요?
這棟公寓真的好高啊,進旭你住幾樓?

나 : 저희는 43층에 살아요. 고층에 사니까 도심이 한눈에 **훤히** 내려다 보여서 좋아요.
我們住在43樓,住高樓市中心的景色可以一覽無遺,我很喜歡。

關 훤히 보이다 看得清楚、훤히 뚫리다 完全穿透、훤히 열리다 豁然敞開、훤히 펼쳐지다 寬闊地展開

複習一下

食衣住 | 居住生活

1. 請從下列選項中選出關係不同的一組。

① 임대 – 임차 ② 경관 – 풍광
③ 가구 – 세대 ④ 통풍 – 통기

✎ 請將下列適合的項目互相連接。

2. 장작을 •   • ① 닦다
3. 베개를 •   • ② 때다
4. 터전을 •   • ③ 베다

✎ 請選出可共同填入下列括號中的詞語。

5. 사방이 (　　　), 시야가 (　　　)

① 보이다   ② 트이다   ③ 터지다   ④ 통하다

6. (　　　) 뚫리다, (　　　) 펼쳐지다

① 훤히   ② 밝히   ③ 무사히   ④ 단단히

✎ 請從例找出最適合填入括號的單字並寫上去。

> 例   모퉁이   가장자리   입지

7. 가: 형, 할머니 댁은 아직 멀었어?
　　나: 아니. 거의 다 왔어. 이 길 끝의 (　　　)만 돌면 바로야.

8. 가: 사장님, 이 지역은 휴양지로서 가장 좋은 (　　　) 조건을 갖추고 있으니 이곳에 투자를 하면 좋을 것 같습니다.
　　나: 그래요? 일단 고민을 좀 해 봅시다.

9. 가: 지수야, 차가 오니까 저기 (　　　)로 비켜서자.
　　나: 알겠어. 이 골목길은 차와 사람이 모두 지나다니기에는 너무 좁네.

用漢字學韓語・力

✎ 我們來看看韓文詞彙是如何與漢字產生聯繫的。

가창력

p.627

唱功、歌唱實力

분릿은 외국인 노래 대회에서 탁월한 가창력을 유감없이 발휘해 대상을 받았다.

芬莉在外國人歌唱比賽中毫無阻礙地展現卓越的歌唱實力，獲得了大獎。

결단력

p.285

決斷力、魄力

나는 결단력이 부족해서 어떤 일을 쉽게 결정하지 못하고 망설일 때가 많다.

我缺乏決斷力，無法果斷決定，猶豫不決的時候很多。

생명력

p.663

生命力

선인장은 강인한 생명력을 지니고 있어 극한 상황에서도 쉽게 죽지 않는다.

仙人掌具有強韌的生命力，即使在極端環境下也不容易枯死。

力 | 력 | 힘　力量

설득력

p.133

說服力

지우의 이야기는 설득력이 있어서 반 친구들의 지지를 받았다.

智友的話很有說服力，而得到了朋友們的支持。

전력

p.222

電力

여름이 되면 전력 소비량이 늘어나므로 에너지 절약에 더욱 힘써야 한다.

到了夏天，電力的消耗量會增加，因此更應該致力於節約能源。

원자력

p.738

核能

그 나라는 전력 생산의 대부분을 원자력에 의존하고 있다.

那個國家的電力生產大多依賴核能。

05 건강 健康

1. **건강 상태** 健康狀態
2. **병/증상** 疾病/症狀
3. **치료** 治療

用漢字學韓語・過

1 건강 상태
健康狀態

🔊 15.mp3

거동

名 [거ː동]
漢 舉動

行動、舉止

가 : 윤아 씨는 요양원에서 어떤 봉사 활동을 해요?
潤雅妳在養老院做哪些志工活動呢？

나 : **거동**이 불편하신 어르신들과 함께 운동도 하고 식사도 도와드려요.
我陪行動不便的長輩做運動，也幫忙他們用餐。

動 거동하다 行動／活動
關 거동이 수상하다 舉止可疑、거동이 불편하다 行動不便、거동이 힘들다 行動困難

거북하다

形 [거ː부카다]

不舒服、脹脹的

가 : 어제 저녁에 과식을 해서 그런지 속이 계속 **거북해요**.
可能是昨晚吃太多了，胃一直覺得脹脹的、不太舒服。

나 : 이따 오후에도 안 괜찮아지면 병원에 한번 가 보는 게 어때요?
待會下午還是不舒服的話，要不要去看一下醫生？

關 배가 거북하다 肚子不舒服、속이 거북하다 胃裡不舒服、위가 거북하다 胃不舒服

230

결핍

名 [결핍]
漢 缺乏

缺乏、不足

가 : 저는 거의 매년 겨울만 되면 감기에 걸려요.
我幾乎每年一到冬天就會感冒。

나 : 우리 몸에 비타민이 **결핍되면** 감기에 잘 걸린다니까 비타민을 잘 챙겨 드세요.
我們身體缺乏維他命的話容易感冒，所以要好好補充維他命喔。

動 결핍하다 缺乏、결핍되다 被缺乏
參 결핍증 缺乏症、도덕성 결핍 道德感缺乏、산소 결핍 缺氧、결핍 상태 缺乏狀態

健康 05

경각심

名 [경ː각씸]
漢 警覺心
⇨ 索引 p.822

警覺心、警醒意識

가 : 며칠 전에 초등학교 앞에서 교통사고를 당한 초등학생의 이야기가 뉴스에 나왔는데, 봤어요?
新聞前幾天有個小學生在小學前面遭遇交通事故的消息報導出來了，你有看到嗎？

나 : 네. 이번 소식이 운전자들에게 **경각심**을 제대로 일깨워 줄 수 있을 것 같아요.
看了，我覺得這消息能有效喚起駕駛人的警覺心。

關 경각심을 고취시키다 激發警覺心、경각심을 불러일으키다 喚起警覺心、경각심을 심어 주다 建立警覺意識
類 경계심 警戒心

231

건강 상태 • 健康狀態

관절

名 [관절]
漢 關節
⇨ 索引 p.823

關節

가 : 준우 씨, 어머님께서 수술을 하셨다면서요?
　　俊宇，聽說你媽媽做了手術？

나 : 네, 예전부터 무릎이 안 좋으셨는데 최근에 통증이 심해져서 무릎 **관절** 수술을 받으셨어요.
　　對，她的膝蓋一直不好，最近疼痛變嚴重了，所以接受了膝關節手術。

關 관절이 쑤시다 關節痠痛、관절이 시큰하다 關節隱隱作痛、관절에 무리가 가다 關節受到負擔
參 관절 수술 關節手術、관절 통증 關節疼痛、다리 관절 腿部關節、무릎 관절 膝關節
類 뼈마디 骨節

근력

名 [글력]
漢 筋力

肌力、筋力

가 : 다리 **근력**을 강화하고 싶은데 어떤 운동을 하면 좋을까요?
　　我想增強腿部肌力，有什麼運動比較適合呢？

나 : 등산만큼 좋은 게 없지요. 동네에 있는 인근 산이라도 꾸준히 다녀 보세요.
　　沒有比爬山更適合的了，就算是附近的小山，只要持之以恆去爬就很好。

關 근력이 세다 肌力強、근력이 약해지다 肌力變弱、근력이 좋다 肌力好
參 근력 강화 增強肌力、근력 운동 重訓運動、근력 측정 肌力測試、허리 근력 腰部肌力、다리 근력 腿部肌力

나른하다

形 [나른하다]

乏力的、無力的、慵懶的

가 : 책상 앞에 앉은 지 얼마나 됐다고 그렇게 졸고 있어?

才剛坐到書桌前多久，怎麼就在打瞌睡了？

나 : 점심을 먹고 나니까 온몸이 **나른하고** 졸려서. 진욱이 너는 괜찮아?

吃完午飯後整個人都懶洋洋的，很想睡。你呢，進旭，還好嗎？

關 나른하게 긴장이 풀리다 無力地放鬆下來、온몸이 나른하다 全身無力

參 나른한 기분 無力的感覺、나른한 몸 疲倦的身體、나른한 봄날 慵懶春日、나른한 오후 昏昏欲睡的午後

나약하다

形 [나 : 야카다]
漢 懦弱하다／愞弱하다

懦弱、軟弱

가 : 이제 시험이 한 달 밖에 안 남았는데 지금부터 공부한다고 얼마나 도움이 될지 잘 모르겠어.

離考試只剩一個月了，現在開始唸書，不知道有沒有幫助。

나 : 너무 **나약한** 생각은 하지 마. 지금부터라도 꾸준히 하면 당연히 도움이 될 거야.

別那麼懦弱的想，即使從現在開始持續準備，也當然會有幫助。

參 나약한 마음 軟弱的心、나약한 모습 懦弱的樣子、나약한 성격 懦弱性格、나약한 정신 薄弱的精神

健康 05

건강 상태 • 健康狀態

남용

名 [나ː몽]
漢 亂用

濫用、亂用

가 : 약사님, 두통이 있을 때마다 이 약을 복용하고 있는데 괜찮을까요?
　　藥師，我每次頭痛都吃這個藥，這樣可以嗎？

나 : 약을 **남용하면** 중독으로 이어질 수도 있으니까 참을 만한 두통이면 먹지 않는 게 좋아요.
　　藥物如果濫用可能會導致成癮，所以如果頭痛還能忍，最好不要吃。

動 남용하다 濫用、남용되다 被濫用
參 약물 남용 藥物濫用、자원의 남용 資源浪費

노폐물

名 [노ː폐물/
　　노ː페물]
漢 老廢物

代謝物、老廢物

가 : 할머니, 토마토를 자주 드시네요.
　　奶奶，妳很常吃番茄耶。

나 : 응, 토마토가 우리 몸의 **노폐물** 제거에 효과적이라길래 일부러 챙겨 먹는 거야.
　　對啊，聽說番茄有助於排出體內老廢物，所以我特別常吃。

關 노폐물이 쌓이다 老廢物堆積、노폐물이 축적되다 累積老廢物、노폐물을 내보내다 排出老廢物、노폐물을 제거하다 去除老廢物
參 체내 노폐물 體內老廢物

다급하다

形 [다그파다]
漢 多急하다

緊急的、急迫的、焦急的

폭염에 청소 작업을 하던 사람이 갑자기 쓰러지자 동료는 **다급한** 목소리로 도움을 요청했다.
在酷熱中打掃時的工人突然倒下，同仁用焦急的聲音呼救。

關 다급하게 말하다 緊急地說、다급하게 외치다 焦急地喊、다급하게 찾다 著急地找人、마음이 다급하다 心情焦急
參 다급한 목소리 急切的聲音、다급한 상황 緊急的情況、다급한 일 急迫的事

健康
05

뒤틀리다

動 [뒤틀리다]

扭曲、歪斜

가 : 예준아, 좀 똑바로 앉아 있어.
　　叡俊，坐好一點。

나 : 알았어. 그런데 오늘따라 수업 내용이 어려워서 그런지 집중도 안 되고 온몸이 **뒤틀리네**.
　　知道啦。但今天的課特別難，不知道是不是因為這樣，完全無法專心，整個人都扭來扭去的。

關 몸이 뒤틀리다 身體扭曲、팔다리가 뒤틀리다 四肢扭動
參 뒤틀린 다리 扭傷的腿

맥박

名 [맥빡]
漢 脈搏
⇨ 索引 p.824

脈搏

가 : 환자 분, 지금 **맥박**이 너무 빠른데 혹시 뛰어오셨나요?
　　患者，您的脈搏現在跳得很快，您剛剛是跑來的嗎?

나 : 아, 네. 예약 시간에 늦을까 봐 엄청 뛰어왔어요.
　　啊，對，我怕預約時間遲到了，所以跑得很快。

關 맥박이 느리다 脈搏緩慢、맥박이 뛰다 脈搏跳動、맥박이 빠르다 脈搏快速、맥박이 약하다 脈搏微弱、맥박을 재다 量脈搏
類 맥 脈

235

건강 상태 • 健康狀態

몰아쉬다

動 [모라쉬다]

喘氣、急促地呼吸

가 : 하은아, 나는 요즘 계단을 두 층만 올라가도 땀이 나고 숨을 **몰아쉬게** 돼.
夏恩，我最近連爬兩層樓梯都會流汗、喘不過氣來。

나 : 기초 체력이 약해져서 그런 거 아니야？ 근력 운동을 좀 해.
是不是基礎體力變差了？去做點重訓吧。

關 가쁜 숨을 몰아쉬다 喘著急促的氣、거친 숨을 몰아쉬다 喘著粗氣

무기력

名 [무기력]
漢 無氣力

無力感、提不起勁

가 : 요즘 **무기력**에 빠졌는지 입맛도 없고 아무것도 하고 싶지 않아요.
最近好像陷入無力感了，沒胃口，也什麼都不想做。

나 : 바쁘게 살다 보면 그럴 때도 있지요. 이따 저녁에 제가 한턱 낼 테니 고기 먹으러 갑시다.
生活太忙的時候有時就是會這樣。晚上我請客，去吃點烤肉吧！

動 무기력하다 感到無力／無精打采
關 무기력에 빠지다 陷入無力感、무기력에 젖다 陷入頹喪、무기력을 느끼다 感到無力
參 무기력증 無力症

무병장수

名 [무병장수]

無病長壽

한국 사람들은 예로부터 생일 때마다 **무병장수**를 기원하며 국수를 먹었다.

韓國人自古以來在生日的時候都祈求無病長壽並吃壽麵。

動 무병장수하다 長壽且無病
關 무병장수를 기원하다 祈求無病長壽、무병장수를 바라다 希望健康長壽、무병장수를 빌다 祝願長命百歲
參 무병장수의 상징 無病長壽的象徵

별안간

名 [벼란간]
漢 瞥眼間

突然、突如其來、轉瞬間

가 : 할아버지께서 응급실에 실려 가셨다고? 대체 무슨 일이야?

聽說爺爺被送到急診室？到底發生什麼事了？

나 : 저녁을 드시다가 뒤로 쓰러지셨어요. **별안간** 벌어진 일이라 저희도 깜짝 놀라서 구급차를 불렀어요.

他吃晚餐時突然向後倒下，因為突然發生的事我們也被嚇了一跳，立刻叫了救護車。

關 별안간 뛰어들다 突然衝進來、별안간 쓰러지다 突然倒下、별안간에 당하다 突然遭遇、별안간에 벌어지다 突然發生

健康 05

건강 상태 • 健康狀態

손상

名 [손 : 상]
漢 損傷

損傷、損害

가 : 선생님, 지후의 상태가 많이 안 좋은가요?
　　醫生，志厚的情況是不是很不樂觀？

나 : 네, 검사 결과 생각보다 뇌 **손상**이 심해서 정밀 검사를 더 해 봐야 할 것 같습니다.
　　是的，檢查結果顯示腦部損傷比預期嚴重，我們需要再做進一步的精密檢查。

動 손상하다 造成損傷、손상되다 受到損傷
關 손상이 심하다 損傷嚴重、손상이 많다 傷害多、손상을 입다 受到損害

순환

名 [순환]
漢 循環

循環

가 : 요즘은 조금만 움직여도 금방 피곤해져요.
　　最近我只要稍微活動一下就覺得很累。

나 : 몸에 혈액 **순환**이 잘 안 돼서 그럴 수도 있어요. 운동을 해 보는 게 어때요?
　　可能是血液循環不好造成的，要不要試著多運動看看？

動 순환하다 循環、순환되다 被循環
參 혈액 순환 血液循環、물의 순환 水的循環、공기 순환 空氣流通、순환 과정 循環過程

238

신진대사

名 [신진대사]
漢 新陳代謝

新陳代謝

가 : 아침을 든든히 먹고 출발했는데도 벌써 배가 고파. 잠깐 쉬면서 초콜릿이라도 먹고 가자.
明明早上吃得很飽才出門，現在就餓了。我們休息一下，吃點巧克力再走吧。

나 : 알겠어. 등산을 하면 **신진대사**가 빨라져서 배가 빨리 고파진다고는 하더라.
好啊。聽說爬山會讓新陳代謝變快，所以也會比較容易餓。

關 신진대사가 활발하다 新陳代謝旺盛、신진대사를 촉진하다 促進新陳代謝
參 신진대사 작용 新陳代謝作用

健康 05

위급하다

形 [위그파다]
漢 危急하다

危急的、緊急的

가 : 엄마, 할머니 검사 결과가 어떻대요? 당장 수술을 받으셔야 한대요?
媽媽，奶奶的檢查結果怎麼樣？是不是得馬上開刀？

나 : 아니. 다행히 그렇게 **위급한** 상황은 아니니 조금 더 지켜보자고 하는구나.
不是啦，還好情況沒有那麼危急，醫生說再觀察一陣子看看。

關 병세가 위급하다 病情危急、상태가 위급하다 狀態危急
參 위급한 상태 危急狀態、위급한 상황 緊急情況、위급한 환자 危重病患
類 위독하다 病危

239

건강 상태 • 健康狀態

위독하다
形 [위도카다]

病危、危篤

가: 아버님께서 갑자기 쓰러지셔서 많이 놀라셨겠어요.
您公公突然昏倒，您一定嚇壞了吧。

나: 네, 그래도 **위독한** 상황은 넘기셨다고 하니 안심이 돼요.
是啊，不過聽說已經度過了病危狀況，讓我放心不少。

關 병세가 위독하다 病情危急、생명이 위독하다 生命垂危
參 위독한 상황

유독
副 [유독]

特別、格外

가: 올겨울은 지난해와 달리 **유독** 추운 것 같지 않니?
你不覺得今年冬天跟去年比起來特別冷嗎？

나: 그러게 말이야. 취직이 안 돼서 그런지 **유독** 길게 느껴지기도 해.
真的，可能是還沒找到工作，所以覺得冬天特別漫長。

關 유독 아끼다 特別珍惜、유독 친하다 特別親近、유독 좋아하다 特別喜歡、유독 춥다 特別冷

체질
名 [체질]

體質

가: 왜 음식에서 새우를 다 빼고 드세요?
你怎麼把菜裡的蝦都挑掉了？

나: 저는 어릴 때부터 새우에 알레르기가 있는 **체질**이라서요.
我從小就是對蝦過敏的體質，不能吃。

關 체질이 변하다 體質改變、체질을 바꾸다 改變體質
參 특수 체질 特殊體質、약한 체질 虛弱體質、예민한 체질 敏感體質

치명적

名 關 [치 : 명적]
漢 致命的

致命的、關鍵性的

가 : 김지우 선수는 이번 경기에 부상으로 출전을 못 한대.
聽說金智友選手這次因為受傷不能參加比賽了。

나 : 아, 김지우 선수가 없으면 우리 팀에 **치명적**으로 불리한데…….
啊，沒有金智友的話，對我們隊來說真的會非常不利……

關 치명적으로 불리하다 致命地不利、치명적으로 작용하다 起到致命影響
參 치명적인 손실 嚴重損失、치명적인 약점 致命弱點、치명적인 피해 致命損害

헌혈

名 [헌 : 혈]
漢 獻血

捐血、獻血

가 : 요즘에는 과거에 비해 **헌혈**을 하는 사람이 많이 줄었대요.
聽說最近捐血的人變得比過去少了。

나 : 저도 병원마다 혈액이 많이 모자란다는 뉴스를 봤어요.
我也有看到新聞說各家醫院血液嚴重短缺。

動 헌혈하다 捐血
關 헌혈을 권하다 鼓勵捐血、헌혈에 동참하다 一起參與捐血
參 헌혈 캠페인 捐血活動

건강 상태 • 健康狀態

혈압

名 [혀랍]
漢 血壓

血壓

가 : 이 정도 수치면 **혈압**이 정상보다 낮은 거지요?
這個數值的話，血壓是不是比正常值低？

나 : 네, 이렇게 **혈압**이 낮으면 가끔씩 어지러울 수 있으니 **혈압** 관리에 신경을 써야 합니다.
對，如果血壓太低，有時可能會感到頭暈，要多注意血壓的管理。

關 혈압이 높다 血壓高、혈압이 낮다 血壓低、혈압이 오르다 血壓升高、혈압을 재다 量血壓
參 혈압계 血壓計、고혈압 高血壓、저혈압 低血壓、혈압 수치 血壓數值

후유증

名 [후 : 유쯩]
漢 後遺症

後遺症

가 : 사고로 다친 형은 좀 회복이 됐어요?
你哥哥出車禍受傷後，恢復得怎麼樣了？

나 : 가벼운 사고라서 회복은 빨리 됐는데 아직 사고 **후유증**으로 잠을 편히 못 자더라고요.
因為是輕微的事故，恢復得滿快的，但因為後遺症，他到現在還睡不好。

關 후유증이 나타나다 出現後遺症、후유증을 앓다 受後遺症困擾、후유증에 시달리다 飽受後遺症折磨
參 교통사고 후유증 交通事故後遺症、수술 후유증 手術後遺症

複習一下

健康 | 健康狀態

✏️ 請將下列適合的項目互相連接。

1. 거동이 •   • ① 쑤시다
2. 관절이 •   • ② 느리다
3. 맥박이 •   • ③ 불편하다

✏️ 請從例找出最適合填入括號的單字並寫上去。

例　　근력　　　순환　　　혈압

4. (　　)을 관리하기 위해서는 건강한 식습관을 유지하는 것이 중요하다. 우선 과다한 나트륨 섭취를 줄이기 위해 가공식품이나 나트륨 함량이 높은 음식을 피하고 신선한 과일과 채소를 다양하게 섭취하는 것이 좋다. 또한 식습관 개선과 더불어 꾸준한 운동도 필요하다. 하루 30분 정도 5. (　　) 운동과 유산소 운동을 병행한다면 혈액 6. (　　)을 원활하게 하여 건강을 지킬 수 있다.

✏️ 請從例找出最適合填入括號的單字並寫上去。

例　　유독　　　별안간　　　경각심

7. 올겨울은 (　　　) 기온이 낮아 독감 환자가 크게 늘었다고 한다.
8. 아기가 어디가 불편한지 (　　　) 큰 소리로 울기 시작했다.
9. 이번 화재 사고는 소방 안전에 대한 시민들의 (　　　)을 일깨워 주는 계기가 되었다.

2 병/증상
疾病／症狀

가쁘다
形 [가쁘다]

氣喘吁吁、呼吸急促

체중이 갑자기 늘면 조금만 움직여도 숨이 **가쁘고** 쉽게 피로해질 수 있으므로 평소에 꾸준한 체중 관리가 필요하다.

體重突然增加的話，只要稍微動也會氣喘吁吁、容易疲倦，所以要平時持續控制體重。

關 숨이 가쁘다 呼吸急促
參 가쁜 숨소리 急促的喘息聲、가쁜 호흡 急促的呼吸

감염
名 [가ː염]
漢 感染

感染

보건 복지부는 신학기를 앞두고 교내 질병 **감염**의 확산을 막기 위해 특별히 주의를 당부했다.

保健福祉部為了防止新學期校園內疾病感染的擴散，特別呼籲大家提高警覺。

動 감염되다 被感染
參 기생충 감염 寄生蟲感染、바이러스 감염 病毒感染、세균 감염 細菌感染、감염 질환 感染性疾病

건망증

名 [건 : 망쯩]
漢 健忘症

健忘症、健忘

가 : 집에서 혼자 뭘 그렇게 찾고 있니?
妳在家裡一個人找什麼東西呢?

나 : 오빠, 혹시 내 스마트폰 못 봤어? 내가 요즘 **건망증**이 심해져서 물건을 어디에 두었는지 생각이 잘 안 나.
哥哥,你有看到我的手機嗎?我最近健忘症嚴重了,常常想不起來東西放在哪。

關 건망증이 생기다 健忘症產生、건망증이 심하다 健忘很嚴重、건망증에 걸리다 得健忘症

고되다

形 [고되다/고뒈다]
漢 苦되다

辛苦的、勞累的

가 : 어젯밤에 9시쯤에 전화했었는데 전화 안 받더라?
我昨晚九點左右打給你,你沒接電話耶?

나 : 아, 어제는 일이 좀 **고되어서** 퇴근하자마자 바로 잠들어버렸어.
啊,昨天工作太累了,下班一到家就睡著了。

關 고되게 일하다 辛苦工作、작업이 고되다 職業辛勞
參 고된 노동 辛苦的勞動、고된 운동 高強度運動

健康 05

고혈압

名 [고혀랍]
漢 高血壓
⇨ 索引 p.828

高血壓

가 : 선생님, 혈압이 높으면 맵고 짠 음식은 안 먹는 게 좋지요?
醫生，如果血壓高，是不是最好不要吃太辣太鹹的食物？

나 : 네, 맞습니다. 맵고 짠 음식은 **고혈압**을 악화시킬 수 있으니 되도록 드시지 않는 것이 좋습니다.
是的沒錯。辛辣和鹹的食物會有讓高血壓惡化的可能，建議盡量不要吃。

關 고혈압을 앓다 罹患高血壓、고혈압을 예방하다 預防高血壓、고혈압을 치료하다 治療高血壓
參 고혈압 약 高血壓藥、고혈압 환자 高血壓患者
反 저혈압 低血壓

곪다

動 [곰ː따]

化膿

가 : 어디가 불편해요？ 왜 절뚝거리면서 걸어요？
你哪裡不舒服？怎麼一瘸一拐地走路？

나 : 얼마 전에 발바닥에 상처가 났었는데 그 상처가 **곪아서** 똑바로 걸을 수가 없어서요.
因為前陣子腳底受了傷，現在傷口化膿了，沒辦法正常走路。

關 곪아 터지다 化膿破裂、곪아서 고름이 나다 化膿流膿、상처가 곪다 傷口化膿、곪으면 터지는 법 化膿了自然就會破

과다

名 [과ː다]
漢 過多

過多、過量

가 : 최근에 건강을 위해 영양제를 먹으려고 이것저것 다양하게 구매했어요.

最近為了健康，我想吃營養補充品，於是買了很多種不同的。

나 : 아무리 좋은 영양제도 **과다** 복용하면 안 좋아요. 꼭 필요한 것만 사서 드세요.

再好的營養品，吃太多也不好。只買真的需要的來吃就好了。

形 과다하다 過多的／過量的
參 과다 복용 過量服用、과다 출혈 大量出血、위산 과다 胃酸過多

과민

名 [과ː민]
漢 過敏

過敏、過度敏感

가 : 하은아, 너 요즘 사소한 일에도 왜 이렇게 **과민** 반응을 보여?

夏恩，妳最近怎麼一點小事就反應這麼大啊？

나 : 미안해, 요즘 취업 준비 때문에 좀 예민해져서 그런가 봐. 앞으로 조심할게.

對不起，可能是因為最近在準備就業，讓我變得比較敏感，以後我會注意的。

形 과민하다 過於敏感的
參 과민 반응 過敏反應、과민 체질 過敏體質

健康 05

247

병／증상 • 疾病／症狀

구토

名 [구토]
漢 嘔吐

嘔吐

가 : 예준아. 아프다고 계속 식사를 안 하면 힘이 빠져서 안 되는데 죽이라도 먹을래?

叡俊，你一直不吃東西身體會沒力氣，粥也好要不要吃點？

나 : 죄송해요. 엄마. 뭘 먹기만 하면 계속 **구토**가 나서요. 일단 오늘은 아무것도 안 먹는 게 좋을 것 같아요.

對不起，媽媽。我一吃東西就想吐，暫且今天還是先不要吃比較好。

動 구토하다 嘔吐
關 구토가 나다 想吐、구토가 멎다 嘔吐停止、구토가 밀려오다 嘔意襲來
參 구토 증세 嘔吐症狀

까무러치다

動 [까무러치다]

昏厥、昏倒

갑작스러운 부모님의 사고 소식을 듣고 아내는 **까무러칠** 듯이 울면서 땅바닥에 주저앉았다.

聽到父母發生意外的消息後，妻子哭得快要昏過去，癱坐在地上。

關 까무러치게 놀라다 嚇得快昏過去、까무러치게 만들다 讓人嚇暈
參 까무러칠 지경 快要昏倒的地步

248

난치병

名 [난치뼝]
漢 難治病

難治病、疑難雜症

가 : 오 박사님, 그동안 희귀 **난치병** 치료제 개발을 위해 힘써 오셨다고요?
　　吳博士，聽說您一直致力於開發罕見難治病的治療藥物？

나 : 네, 수많은 시행착오를 겪은 끝에 공개를 앞두고 있습니다.
　　是的，經歷了無數次的反覆實驗與失敗後，現在即將對外公開。

關 난치병 치료 難治病的治療、난치병 환자 難治病患者
參 난치병을 극복하다 克服難治病、난치병을 이겨 내다 戰勝難治病／난치병에 걸리다 罹患難治病

뇌사

名 [뇌사／눼사]
漢 腦死

腦死

가 : 고 박사님은 **뇌사**를 사망한 것으로 보십니까?
　　高博士，您認為腦死算是死亡嗎？

나 : 아닙니다. **뇌사**는 뇌의 기능만 중지되었을 뿐이고 심장은 뛰고 있기 때문에 사망이 아니라고 봅니다.
　　不是的。腦死只是大腦功能停止，心臟仍在跳動，所以我不認為這是死亡。

關 뇌사로 진단하다 被診斷為腦死、뇌사에 빠지다 陷入腦死狀態
參 뇌사 상태 腦死狀態、뇌사 판정 腦死判定、뇌사 환자 腦死病患

健康
05

병/증상 • 疾病／症狀

뇌졸중

腦中風

名 [뇌졸쭝]
漢 腦卒中

가 : 할아버지, 요즘처럼 갑자기 추워지면 **뇌졸중** 환자가 늘어난다고 하니 가능하면 외출하지 마세요.
　爺爺，聽說像最近這種突然變冷的天氣，腦中風患者增多，能不出門就盡量別出門喔。

나 : 알았다. 안 그래도 조심하고 있으니 너무 걱정 말아라.
　知道了，我本來就有在小心，不用太擔心。

關 뇌졸중으로 쓰러지다 因腦中風倒下、뇌졸중으로 사망하다 因腦中風去世、뇌졸중을 앓다 罹患腦中風
參 뇌졸중 환자 腦中風患者

당뇨병

糖尿病

名 [당뇨뼝]
漢 糖尿病
⇨ 索引 p.824

가 : 이진욱 씨, 현재 복용하고 있는 약이 있으세요?
　李進旭先生，您現在有在服用的藥物嗎？

나 : 네, 제가 **당뇨병**이 있어서 혈당 조절 약을 매일 먹고 있습니다.
　有，我有糖尿病，所以每天都在吃降血糖的藥。

關 당뇨병을 발병하다 發病糖尿病、당뇨병을 치료하다 治療糖尿病、당뇨병에 걸리다 罹患糖尿病
參 당뇨병 치료제 糖尿病藥物、당뇨병 환자 糖尿病患者
類 당뇨 糖尿

더부룩하다

形 [더부루카다]

脹脹的、不消化的

가 : 저녁을 먹은 후로 소화도 잘 안되고 계속 배가 **더부룩해**.

晚餐吃完後一直覺得消化不好，肚子悶悶脹脹的。

나 : 아까 기름진 음식을 많이 먹어서 그런 것 같은데 내가 소화제라도 사다 줄까?

好像是你剛才吃了太多油膩食物的關係吧，要不要我幫你去買點消化藥？

關 배가 더부룩하다 肚子脹氣

健康 05

독성

名 [독썽]
漢 **毒性**

毒性

산에서 자라는 야생 버섯 중에는 **독성** 버섯도 있기 때문에 함부로 따서 먹으면 위험해질 수 있다.

山上生長的野菇中有些是有毒的，如果隨便採來吃，可能會有危險。

關 독성이 강하다 毒性強、독성이 있다 有毒性、독성이 없다 無毒性、독성을 제거하다 去除毒性
參 독성 물질 有毒物質、독성 폐기물 有毒廢棄物

멍들다

動 [멍들다]

瘀青、淤血

가 : 재민아, 너 다리가 시퍼렇게 **멍든** 줄도 모르고 축구를 한 거야?

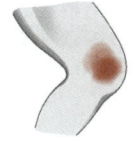

在民，你腿都瘀青成那樣了，還不知道，一直在踢足球嗎？

나 : 네. 아까 축구 할 때는 하나도 안 아팠는데 지금은 너무 아파요.

對，剛踢球的時候完全不痛，但現在超痛的。

關 눈이 멍들다 眼睛瘀青、몸이 멍들다 身體瘀傷、얼굴이 멍들다 臉部瘀青

251

병/증상 • 疾病/症狀

백혈병

名 [배켤뼝]
漢 白血病

白血病

시후는 어릴 때 **백혈병**을 앓았지만 꾸준한 치료로 완치 판정을 받아 지금은 새 삶을 살아가고 있다.

時厚小時候曾罹患白血病，但經過持續治療後獲得痊癒判定，現在過著嶄新的生活。

關 백혈병을 앓다 罹患白血病、백혈병에 걸리다 得白血病
參 백혈병 환자 白血病患者

불치병

名 [불치뼝]
漢 不治病

不治之症、絕症

치매는 마땅한 치료제가 없던 대표적 **불치병**이지만 최근 새로운 치료제가 개발되면서 주목을 받고 있다.

失智症曾是沒有合適治療藥物的代表性不治之症，但近來新療法開發出來而備受關注。

關 불치병을 앓다 罹患不治之症／불치병을 치료하다 治療絕症／불치병에 걸리다 患絕症
參 불치병 진단 不治病診斷

빈혈

名 [빈혈]
漢 貧血
⇒ 索引 p.825

貧血

가：요즘 앉았다가 일어날 때마다 어지러운데 **빈혈**이 생긴 걸까?

最近每當我坐著站起來就覺得頭暈，是不是得了貧血？

나：너 요즘 다이어트 한다고 밥을 잘 안 먹어서 그런 거 아니야? 아무리 다이어트를 해도 잘 챙겨 먹어야 돼.

你最近不是說要減肥而沒好好吃飯？即使在減肥，也要吃得營養均衡啊。

關 빈혈이 심하다 貧血嚴重、빈혈이 있다 有貧血症狀、빈혈을 앓다 罹患貧血、빈혈로 쓰러지다 因貧血而昏倒
參 급성 빈혈 急性貧血、빈혈 치료 貧血治療
類 빈혈증 貧血症

세균

名 [세ː균]
漢 細菌
⇨ 索引 p.826

細菌

가 : 엄마, 집에 오는 길에 넘어져서 무릎에 상처가 생겼어요.
　　媽媽，我回家的路上跌倒，膝蓋擦傷了。

나 : 이런, 상처에 **세균**이 들어가면 덧나니까 얼른 소독부터 하자.
　　哎呀，傷口進了細菌會發炎，我們趕快先消毒吧。

關 세균에 감염되다 被細菌感染
參 세균 감염 細菌感染、세균 검출 細菌檢出、세균 번식 細菌繁殖
類 균 菌、박테리아 細菌

심혈

名 [심혈]
漢 心血

心血

가 : 여보, 살을 좀 빼는 게 어때요? 당신처럼 혈압이 높은 사람이 살이 찌면 **심혈**관 계통에 문제가 생길 확률이 높다고 하잖아요.
　　親愛的，你要不要減點肥？像你這種血壓高的人，如果變胖，心血管系統出問題的機率高。

나 : 알겠어요. 앞으로는 먹는 양을 줄이고 운동도 열심히 할게요.
　　我知道了，以後我會少吃一點，也會努力運動。

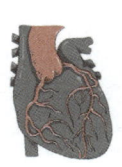

關 심혈에 좋다 對心血有益
參 심혈 건강 心血健康、심혈 운동 有益心血的運動、심혈 질환 心血相關疾病

병/증상 • 疾病／症狀

쑤시다

動 [쑤시다]

酸痛、隱隱作痛

가 : 오랜만에 운동을 했더니 온몸이 다 **쑤셔**.
　好久沒運動了，結果現在全身痠痛。

나 : 운동을 갑자기 심하게 하니까 그렇지. 조금씩 꾸준히 해야 근육이 **쑤시지** 않아.
　那是因為你一下子運動太激烈了，要慢慢來、持之以恆，肌肉才不會痠痛。

關 팔다리가 쑤시다 手腳痠痛、머리가 쑤시다 頭部隱隱作痛、온몸이 쑤시다 全身痠痛

엄살

名 [엄살]

誇張喊痛、無病裝病

가 : 엄마, 오늘 머리가 아파서 도저히 학교에 못 가겠어요.
　媽媽，我今天頭好痛，真的沒辦法去上學了。

나 : 방금 전까지 멀쩡했는데 갑자기 무슨 소리니? **엄살** 피우지 말고 얼른 일어나.
　你剛剛還好好的，怎麼突然這樣？別裝病了，快點起來！

關 엄살을 떨다 裝痛、엄살을 부리다 裝病喊痛、엄살을 피우다 裝病大呼小叫、엄살이 심하다 很會裝病
參 엄살꾸러기 愛裝病的人

염증

名 [염쯩]
漢 炎症

炎症、發炎

가 : 약사님, 상처가 빨갛게 부어오르는 걸 보니 아무래도 **염증**이 생긴 것 같아요.
藥師，傷口紅腫起來了，感覺好像發炎了。

나 : 약을 드릴 테니 상처를 소독한 후에 이 소염제를 드시도록 하세요.
我給你藥，請先消毒傷口，然後再服用這個消炎藥。

關 염증이 가라앉다 發炎消退、염증이 생기다 發炎了、염증이 심하다 發炎嚴重
參 상처의 염증 傷口的炎症

유전병

名 [유전뼝]
漢 遺傳病

遺傳病

부모가 모두 건강해도 자식 중에는 가족력에 따라 **유전병**에 걸리는 경우가 종종 있다고 한다.
即使父母都很健康，子女當中因家族病史而罹患遺傳病的情況很多。

關 유전병을 고치다 治療遺傳病、유전병을 앓다 罹患遺傳病、유전병을 치료하다 治療遺傳疾病、유전병에 걸리다 得到遺傳病

잦다

形 [잗따]

頻繁的、經常

가 : 아이가 자면서 기침이 **잦은데** 내일 병원에 데리고 가 봐야겠어요.
孩子睡覺時一直咳嗽，明天該帶去醫院看看了。

나 : 그래요. 약을 먹였는데도 낫지 않으니 진찰을 받아 보는 게 좋겠어요.
對啊，都餵過藥了還沒好，還是去給醫生看看比較好。

關 기침이 잦다 咳嗽頻繁、소변이 잦다 小便頻繁
參 잦은 기침 頻繁咳嗽、잦은 가래 頻繁有痰

병/증상 • 疾病/症狀

저리다

形 [저리다]

發麻、麻木

가 : 바닥을 닦고 일어설 때마다 다리가 얼마나 **저린지** 몰라요.
　　每次擦完地板一站起來，我的腿都麻到不行。

나 : 무릎을 꿇고 걸레질을 하니까 그렇지요. 대걸레 같은 걸 구입해서 쓰는 건 어때요?
　　那是因為你跪著擦地啊，買個拖把來用怎麼樣？

關 다리가 저리다 腿發麻、발이 저리다 腳發麻、손이 저리다 手發麻、팔이 저리다 手臂發麻

전염

名 [저념]
漢 傳染

傳染、感染

감기 **전염**을 예방할 수 있는 가장 좋은 방법은 개인위생을 철저히 지키는 것이다.
預防感冒傳染最有效的方法就是徹底保持個人衛生。

動 전염되다 被傳染
關 전염 경로 傳染途徑、전염 예방 預防傳染
參 전염이 빠르다 傳染快速、전염을 시키다 傳染給他人

중병

名 [중 : 병]
漢 重病
⇒ 索引 p.824

重病、重症

가 : 간호사님, 저기 앞에 있는 병동을 통과해서 밖으로 나갈 수 없나요?
　　護理師，那邊前面的病房能不能穿過去直接走到外面？

나 : 네, 저 병동은 **중병** 환자가 있는 곳이라서 일반인들은 출입이 통제된 곳입니다.
　　不行，那區是重症病患病房，一般人禁止出入。

關 중병을 앓다 罹患重病、중병에 걸리다 得重病、중병으로 앓아 눕다 因重病而臥病在床
參 중병 환자 重病患者
類 중환 重症患者

증상

名 [증상]
漢 症狀
⇨ 索引 p.824

症狀

자주 잇몸이 붓는 경우에는 치실이나 치간 칫솔을 사용해서 **증상**이 악화되지 않도록 관리해야 한다.

如果經常牙齦腫脹，應該使用牙線或牙間刷來保養，以避免症狀惡化。

關 증상이 나타나다 出現症狀、증상이 다양하다 症狀多樣、증상이 심각하다 症狀嚴重
參 빈혈 증상 貧血症狀
類 증세 症狀、증후 症候（醫學用語）

질환

名 [질환]
漢 疾患

疾病、疾患

가: 윤아 씨, 식사할 때마다 드시는 그 약은 뭐예요?

潤雅，妳每次吃飯都要吃的那個藥是什麼啊？

나: 아. 이 약이요? 위장약이에요. 제가 만성 위장 **질환**이 있어서 식사 전에 꼭 먹어야 하거든요.

啊，這個啊？是胃藥。我有慢性胃病，所以吃飯前一定要吃。

關 질환을 앓다 罹患疾病、질환을 일으키다 引起疾病、질환에 걸리다 得病
參 급성 질환 急性疾病、노인 질환 老年疾病

健康 05

병/증상 • 疾病/症狀

치매

名 [치매]
漢 癡呆

失智症、癡呆症

가 : 할머니, 왜 혼자서 손뼉을 치고 계세요?
　　奶奶，妳怎麼一個人在拍手啊？

나 : 보건소에 갔더니 이렇게 자주 손을 움직여 주면 **치매** 예방에 도움이 된다고 하더구나.
　　我去過保健所，他們說常常這樣動雙手有助於預防失智症喔。

關 치매가 진행되다 失智症進行中、치매를 예방하다 預防失智症、치매에 걸리다 罹患失智症
參 노인성 치매 老年性失智症、치매 환자 失智症患者

호흡기

名 [호흡끼]
漢 呼吸器
⇨ 索引 p.825

呼吸器、呼吸系統

가 : 엄마, 날씨가 이렇게 추운데 왜 창문을 여셨어요?
　　媽媽，天氣這麼冷，妳怎麼還開窗啊？

나 : 아무리 추운 겨울철이라도 환기를 자주 해야 **호흡기** 질환에 안 걸리지. 추워도 조금만 참아.
　　即使是寒冷的冬天，也要常常換氣，這樣才不會得呼吸道疾病。雖然冷也忍一下吧。

參 호흡기 질병 呼吸器官疾病、호흡기 질환 呼吸系統疾病、호흡기 염증 呼吸器官發炎
類 호흡 기관 呼吸器官

화상

名 [화ː상]
漢 火傷

燒傷、燙傷

가 : 하은 씨, 팔을 다쳤어요? 팔이 빨개요.
　　夏恩，妳手受傷了嗎？整隻手臂都紅紅的。

나 : 네. 어제 요리하다가 뜨거운 물에 **화상**을 좀 입었어요.
　　對啊，昨天煮飯的時候被熱水燙到了。

關 화상을 입다 燒傷／燙傷
參 화상 치료 燙傷治療、화상 흉터 燙傷疤痕、가벼운 화상 輕微燒燙傷、심한 화상 嚴重燒燙傷

健康 05

複習一下

健康 | 疾病／症狀

✎ 請將下列互相搭配的項目連起來。

1. 구토가 •　　　　　　　• ① 강하다
2. 독성이 •　　　　　　　• ② 입다
3. 화상을 •　　　　　　　• ③ 나다

✎ 請選出最適合填入括號的詞語。

4. 할아버지께서는 (　　) 증상을 앓고 계셔서 가끔 나를 알아보지 못하신다.

① 뇌사　　② 엄살　　③ 치매　　④ 화상

5. 습도가 높은 곳에서는 (　　)이 쉽게 번식하기 때문에 여름철에는 특히 음식 관리가 중요하다.

① 감염　　② 과민　　③ 빈혈　　④ 세균

✎ 請從例中找出最適合的單字，並填入括號內。

例　　굶다　　고되다　　멍들다

6. 횡단보도를 급하게 건너다가 넘어져서 무릎이 퍼렇게 (　　　).
7. 국가 대표 선수들은 올림픽을 앞두고 (　　　) 훈련을 참으며 훈련에 임했다.
8. 상처가 났을 때 소독을 하지 않거나 약을 바르지 않고 그냥 놔두면 (　　　) 수 있다.

3 치료
治療

🔊 17.mp3

감량

名 [감ː냥]
漢 減量

減量、減輕（多指體重或數量的減少）

가 : 성인병을 예방하기 위해서는 어떻게 해야 할까요?
要預防成人病該怎麼做呢？

나 : 체중 관리에 실패하면 성인병에 걸릴 위험이 높기 때문에 무엇보다 체중 **감량**이 중요합니다.
如果控制不了體重，罹患成人病的風險就會增高，所以最重要的是減重。

動 감량하다 減量／減重
關 감량에 성공하다 減重成功、감량에 실패하다 減重失敗
參 감량 계획 減重計畫、감량 효과 減重效果、체중 감량 體重減輕

교정

名 [교ː정]
漢 矯正

矯正、修正

가 : 요즘 허리 통증이 너무 심해서 오래 앉아 있기가 힘들어요.
最近腰痛得很嚴重，難以久坐。

나 : 그럴 때는 한의원에 가서 척추 **교정**을 받아 보는 것도 좋아요.
這種時候建議去韓醫診所試試看做脊椎矯正。

動 교정하다 矯正、교정되다 被矯正
參 자세 교정 姿勢矯正、척추 교정 脊椎矯正、치아 교정 牙齒矯正

健康 05

치료・治療

무분별

名 [무분별]
漢 無分別

無分別、盲目

최근 미디어에서 주류 광고가 **무분별하게** 나오고 있어 청소년들의 음주를 조장할 수 있다는 우려의 목소리가 나온다.

最近媒體上酒類廣告過於泛濫，因此有可能會助長青少年飲酒行為的憂慮。

形 무분별하다 缺乏判斷的／不加節制的
關 무분별이라고 생각하다 認為是盲目行為
參 탐욕과 무분별 貪慾與盲目

반신욕

名 [반ː신뇩]
漢 半身浴

半身浴

가 : 따뜻한 물에 몸을 담그고 있으니 피로가 확 풀리는데요.
泡在熱水裡，整個人都放鬆了，疲勞瞬間消失。

나 : 그렇지요? 많이 피곤할 때는 **반신욕**만 한 게 없어요.
對吧？很疲累的時候，沒有什麼比半身浴更有效了。

關 반신욕을 하다 做半身浴、반신욕을 즐기다 享受半身浴、반신욕으로 땀을 빼다 透過半身浴排汗

보약

名 [보ː약]
漢 補藥

補藥

가 : 우리 가연이가 체질이 허약해서 그런지 감기에 자주 걸려서 걱정이에요.
我們家佳妍或許體質比較虛弱，常常感冒，讓我很擔心。

나 : 우리 애도 그래서 **보약**을 지어 먹였더니 괜찮아지더라고요. 가연이도 **보약**을 좀 먹여 보세요.
我們家的孩子也是這樣，後來給他吃了些補藥，就好多了。妳也可以讓佳妍試試看。

關 보약을 달이다 煎補藥、보약을 짓다 煎製補藥
參 보약 한 제 一帖補藥

성분

名 [성분]
漢 成分

成分、成份

가 : 왜 약의 **성분**은 같은데 이름이 다른 경우가 많은가요?
　　為什麼藥成分一樣，名字卻不一樣的情況很多呢？

나 : 효과가 좋은 약의 경우 다른 제약사들이 같은 **성분**으로 다양한 약을 만들기 때문이에요.
　　因為效果好的藥，其他藥廠利用相同成分製造不同藥品的緣故。

關 성분을 추출하다 萃取成分、성분을 분석하다 分析成分、성분이 발견되다 成分被發現
參 알코올 성분 酒精成分、독 성분 有毒成分、화학 성분 化學成分

신약

名 [시냑]
漢 新藥

新藥

가 : 이번에 새로 개발한 **신약**은 언제부터 판매가 시작됩니까?
　　這次新開發的藥品什麼時候開始販售呢？

나 : 약이 판매되기까지 아직 많은 검증 단계가 남아 있기 때문에 시간이 더 걸릴 겁니다.
　　要開始販售之前，還有很多測試與審查階段，所以還需要一些時間。

關 신약을 개발하다 開發新藥
參 신약의 개발 新藥開發、신약의 신뢰성 新藥的可信度、신약의 효과 新藥的效果

健康 05

263

치료 • 治療

완화

名 [완 : 화]
漢 緩和

緩和、緩解

가 : 준우 씨, 어깨 통증은 좀 괜찮아졌어요?
　　俊宇，你的肩膀疼痛有比較好了嗎？

나 : 네. 병원에 다니면서 꾸준히 치료를 받았더니 증상이 좀 **완화**된 것 같아요.
　　嗯，有持續去醫院接受治療，感覺症狀有比較緩和了。

動 완화하다 緩解、완화되다 被緩和
關 완화를 느끼다 感受到緩解
參 증상 완화 症狀緩解、통증 완화 疼痛緩和

유해

名 [유 : 해]
漢 有害

有害

가 : 선생님, 아기에게 해열제를 먹일 때 어느 정도 간격을 두고 먹여야 하나요?
　　醫生，給寶寶吃退燒藥的時候，間隔時間要多久呢？

나 : 약물 **유해** 반응이 생길 수 있으니 최소 4시간은 간격을 두어야 합니다.
　　因為可能會產生藥物的不良反應，至少要間隔四小時。

形 유해하다 有害的
關 유해 가스 有害氣體、유해 물질 有害物質、유해 식품 有害食品、유해 첨가물 有害添加物

응급조치

名 [응ː급쪼치]
漢 應急措施

應急措施，搶救

가 : 뉴스를 보니까 대학생이 길에서 쓰러진 행인을 인공호흡으로 살렸대요.
看新聞說，有個大學生用人工呼吸救了倒在街上的路人。

나 : 저도 봤는데 학교에서 **응급조치** 훈련을 받은 게 큰 도움이 되었다고 하더라고요.
我也看到了，聽說他在學校接受了急救訓練，這對他幫助很大。

關 응급조치를 받다 接受急救、응급조치 하다 進行急救、응급조치가 이루어지다 急救達成
參 응급조치 방법 急救方法、응급조치 실시 實施急救

의술

名 [의술]
漢 醫術

醫術、醫療技術

급속한 과학 기술의 발전을 바탕으로 **의술** 또한 빠른 속도로 발전하고 있다.
隨著科學技術的迅速發展，醫術也在快速進步中。

關 의술을 가르치다 傳授醫術、의술을 배우다 學習醫術、의술이 발달하다 醫術發達

의약품

名 [의약품]
漢 醫藥品

醫藥品、藥品

가 : 손님, 이 약은 전문 **의약품**이기 때문에 처방전이 없으면 구입하실 수 없습니다.
這位顧客，這是專用藥，沒有處方箋是無法購買的。

나 : 아, 그래요? 그럼 병원에서 진찰을 받고 다시 오겠습니다.
啊，是這樣啊？那我去醫院看診後再過來。

關 의약품을 공급하다 提供藥品、의약품을 복용하다 服用藥物、의약품을 제공하다 提供醫藥品
參 전문 의약품 專門藥品

健康 05

치료 • 治療

이식

名 [이식]
漢 移植

移植

가: 하은아, 너 팔에 이런 흉터가 있었니?
夏恩，你手臂上這個疤是怎麼來的？

나: 응. 어릴 때 화상으로 피부 **이식** 수술을 한 적이 있는데 그때 생긴 흉터야.
嗯，我小時候燒燙傷做過皮膚移植手術，那時候留下的疤痕。

動 이식하다 移植、이식되다 被移植
關 이식을 받다 接受移植
參 모발 이식 植髮、장기 이식 器官移植、피부 이식 皮膚移植

접종

名 [접쫑]
漢 接種

接種、施打疫苗

가: 올겨울에는 독감이 유행이라는데 미리 예방 주사를 맞는 게 낫겠지?
聽說今年冬天流感會流行，提早打預防針比較好吧？

나: 물론이지. 난 해마다 가을만 되면 예방 **접종**을 하고 있어.
當然啊，我每年一到秋天就會去打預防疫苗。

動 접종하다 接種
關 접종을 받다 接受疫苗注射
參 예방 접종 預防接種

진료

名 [질 : 료]
漢 診療

診療、看診

가 : 토요일에는 몇 시까지 **진료**를 하세요?
　　請問星期六看診到幾點呢？

나 : 오후 4시까지 **진료합니다**.
　　看診到下午四點之前。

動 진료하다 診療／看診
關 진료를 받다 接受診療
參 진료비 診療費、진료실 診療室、무료 진료 免費看診、진료 예약 看診預約

치유

名 [치유]
漢 治癒

治癒、痊癒

가 : 최 박사님, 감기에 걸렸을 때 꼭 약을 복용해야 하는지요?
　　崔博士，感冒的時候一定要吃藥嗎？

나 : 가벼운 감기라면 자연 **치유**가 되기도 하지만 노약자의 경우는 위험할 수 있으니까 약을 복용하는 것이 좋습니다.
　　如果是輕微的感冒，有時可以自然痊癒，但對年長或體弱者來說可能有風險，所以還是建議服藥。

動 치유하다 治癒、치유되다 被治癒
關 치유가 힘들다 難以治癒、치유가 가능하다 可以治癒
參 자연 치유 自然痊癒

健康 05

치료・治療

투병

名 [투병]
漢 鬪病

與疾病抗爭、抗病

가: 진욱 씨 할아버지께서는 아직 병원에 계신 거예요?
志旭，你爺爺還在醫院嗎？

나: 네, 지병으로 벌써 1년째 **투병** 생활을 하고 계세요.
是啊，他因為慢性病，與病魔抗爭持續一年。

動 투병하다 抗病／與病魔搏鬥
參 암 투병 與癌症抗爭、투병 생활 抗病生活

항암

名 [항 : 암]
漢 抗癌

抗癌

당근이나 가지, 고추 등 요리에 흔히 쓰이는 채소들은 **항암** 효과가 뛰어난 것으로 알려져 있다.
紅蘿蔔、茄子、辣椒等常見的烹調用蔬菜，具有優秀抗癌的藥效，為眾所周知。

參 항암제 抗癌藥、항암 기능 抗癌功能、항암 물질 抗癌物質、항암 작용 抗癌作用、항암 주사 抗癌注射

효력

名 [효 : 력]
漢 效力
索引 p.826

效果、效力

가: 선생님, 약을 먹었는데도 통증이 좀처럼 가라앉지 않아요.
醫生，我吃藥了，可是疼痛還是沒什麼緩解。

나: 시간이 더 지나야 **효력**이 나타날 거예요. 조금만 더 참아 보세요.
要再過一點時間才會見效，再稍微忍耐一下。

關 효력이 떨어지다 效力減弱、효력이 있다 有效、효력이 좋다 效果好
參 약의 효력 藥效
類 효용 效用、효험 效果

複習一下

健康 | 治療

1. 請選出與下列內容相關的單字。

| 例 | 자세 | 척추 | 치아 |

① 감량　　② 교정　　③ 성분　　④ 유해

✎ 請從下列選項中選出最適合填入括號的詞語。

2.
> 학교에서 배우는 일상생활에서의 (　　　　) 방법은 위급 상황에서 큰 도움이 될 수 있다.

① 이식　　② 진료　　③ 반신욕　　④ 응급조치

3.
> 병원에서 치료를 받으신 후부터 아버지의 병세는 차츰 (　　) 되기 시작했다.

① 손상　　② 완화　　③ 전염　　④ 체감

✎ 請從例中找出最適合的單字並填入括號中。

| 例 | 의술　　접종　　치유　　효력　　의약품 |

4. 정부에서는 수해를 입은 지역의 주민들에게 생활필수품과 (　　　)을/를 우선 지급하기로 했다.

5. 새로 나온 백신은 면역성이 좋아서 한 번의 (　　　)만으로도 독감 예방 효과가 크다고 한다.

6. 스트레스로 인한 두통은 가벼운 운동이나 명상만으로도 (　　　) 될 수 있다고 한다.

7. 아이에게 해열제를 먹인 후에 약의 (　　　)이/가 떨어지면 4시간 후에 다시 먹이면 된다.

8. 아무리 (　　　)이/가 발달하였다고 해도 아직 모든 병을 고칠 수 있는 것은 아니다.

健康 05

用漢字學韓語・過

✎ 我們來看看韓文詞彙是如何與漢字產生聯繫的。

過 / 과

과하다 — 過分、過度

과다 （p.247）
過多、過度

매년 여름철에는 에어컨의 과다 사용으로 전력 사용량이 급증한다.

每年夏天，由於冷氣過度使用，電力使用量大幅上升。

과민 （p.247）
過敏

약물에 과민한 사람은 영양제를 복용하기 전에 의사와 상담을 하는 것이 좋다.

對藥物過於敏感的人，在服用營養補充品之前，最好先與醫生諮詢談談。

과반수 （p.502）
過半數

이 모임에서는 회원의 과반수가 출석하는 경우에만 표결을 진행한다.

在這個聚會中，只有當過半數的會員出席時，才會進行表決。

과언 （p.126）
言過其實

이 경기는 선수들의 투지가 승리를 이끌었다고 해도 과언이 아니다.

這場比賽是選手們的鬥志引領勝利，這樣說也不為過。

초과 （p.774）
超過

자동차 배출 가스가 허용치를 초과하는 경우 단속 대상이 된다.

汽車廢氣排放若超過法定標準，將成為取締對象。

과열 （p.363）
過熱、過度

정부는 부동산 시장 과열을 안정시키기 위한 다양한 정책을 마련하였다.

政府已制定穩定房地產市場過熱的多項政策。

06 교육
教育

1 **교육 행정** 教育行政
2 **적성／진로** 適性／出路
3 **철학／윤리** 哲學／倫理
4 **학문 용어** 學術用語
5 **학문 행위** 學術行為

用漢字學韓語・**學**

1. 교육 행정
教育行政

강좌
名 [강ː좌]
漢 講座

講座、課程

가: 제인 씨, 다문화 센터에 한국 요리 **강좌**가 새로 생겼던데 혹시 관심 있으면 같이 등록할래요?
珍，文化中心開了新的韓國料理課程，如果妳有興趣，要不要一起報名？

나: 좋아요. 안 그래도 한국 요리를 배우고 싶었는데 잘됐어요.
好啊！我正想學韓國料理呢，太好了。

關 강좌를 개설하다 開設講座、강좌에 등록하다 報名講座
參 교양 강좌 通識課程、외국어 강좌 外語課程

개설
名 [개설]
漢 開設

開設、設立

우리 학교에서는 외국인 유학생을 위한 교양 글쓰기 강좌가 **개설될** 예정이다.
我們學校預計開設一門專為外籍留學生設計的通識寫作課程。

動 개설하다 開設、개설되다 被開設
關 개설이 지연되다 開設延遲
參 강좌 개설 課程開設、도로 개설 道路開通、부서 개설 部門設立、홈페이지 개설 網站開設

개편

名 [개ː편]
漢 改編

改編、重組

각 대학들은 정기적인 홈페이지 **개편**을 통해 학생들이 더 편리하게 학사 정보를 찾을 수 있도록 노력하고 있다.

各大學定期更新網頁，努力讓學生能更方便地查詢學校行政資訊。

動 개편하다 進行改編、개편되다 被改編
參 교과서 개편 教科書改編、교육 과정 개편 教育課程改編、방송 프로그램 개편 廣播節目改編、조직 개편 組織重組

공교육

名 [공교육]
漢 公教育
⇨ 索引 p.828

公辦教育

한국에서는 사교육 시장이 발달하고 **공교육**이 침체되는 것에 대한 우려의 목소리가 꾸준히 나오고 있다.

在韓國對於私設教育市場發達、公辦教育日益萎縮的憂聲不斷出現。

關 공교육을 강화시키다 強化公辦教育
參 공교육의 정상화 公辦教育正常化／활성화 活絡／침체 蕭條
反 사교육 私辦教育

공립

名 [공닙]
漢 公立
⇨ 索引 p.828

公立

정부에서는 출산율을 높이기 위한 방안으로 학부모의 경제적 부담이 적은 **공립** 어린이집 및 유치원을 대폭 늘리고 아이 돌봄 서비스를 확대하기로 하였다.

作為提升出生率方案，政府要大幅增加減輕家長經濟負擔的公立托兒所及幼兒園，並擴大育兒服務。

參 공립 도서관 公立圖書館／대학 大學／미술관 美術館／병원 醫院
反 사립 私立

教育 06

교육 행정 • 教育行政

권한

名 [권한]
漢 權限

權限

가 : 교수님, 제가 지난주에 급한 일이 생겨서 수업에 결석했는데 출석 인정을 해 주시면 안 될까요?
教授，我上週臨時有急事沒來上課，您可以承認那次出席嗎？

나 : 특별한 이유가 없으면 출석 인정이 안 됩니다. 그건 학교 규정이라 제 **권한** 밖의 일이에요.
如果沒有特別理由，就不能承認出席。這是學校規定，那是我權限之外的事。

關 권한을 부여하다 賦予權限、권한이 있다 有權限
參 권한 대행 代理權限、밖의 일 職權以外的事、막강한 권한 強大的權限

방침

名 [방침]
漢 方針

方針

가 : 교장 선생님, 이 학교의 기본적인 교육 **방침**을 말씀해 주십시오.
校長，請您說明一下這所學校的基本教育方針。

나 : 우리 학교에서는 협동 학습을 통해 또래 친구들과의 교류를 강화하는 것을 매우 중요하게 생각하고 있습니다.
本校非常重視透過合作學習來加強同儕之間的交流。

關 방침을 마련하다 制定方針、바꾸다 更改方針、세우다 制定方針
參 경영 방침 經營方針、교육 방침 敎育方針、기본 방침 基本方針

부추기다

動 [부 : 추기다]

煽動、助長

남들보다 뒤처질 수 있다는 불안 심리가 사교육을 더욱 **부추기고** 있다고 한다.
擔心自己會落後於他人的不安心理更助長私設教育風氣。

關 경쟁심을 부추기다 激起競爭心、싸움을 부추기다 挑起爭吵
參 부추기는 행동 煽動行為、부추기는 친구 慫恿的朋友

성취도

名 [성취도]
漢 成就度

成就度、完成度

학업 **성취도**가 높은 학생일수록 기본 생활 습관이 잘 형성되어 있고, 자기 조절 능력이 뛰어난 경우가 많다고 한다.
學業成就度高的學生通常生活習慣良好，且自我調節能力也較優秀。

關 성취도가 높다 成就度高、성취도를 측정하다 測量成就度
參 성취도 검사 成就度檢測、성취도 평가 成就度評價、학업 성취도 學業成就度

수강

名 [수강]
漢 受講

聽課、選修課

가 : 예준아, 이번 학기에 교양 과목 뭐 들을 거야?
睿俊，這學期你要修什麼通識課？

나 : 글쎄. **수강** 신청 기간이 모레까지니까 좀 더 고민해 보려고.
嗯……選修課申請截止到後天，我要再考慮一下。

動 수강하다 選修課
參 수강 과목 修課科目、수강 변경 選課變更、수강 시간표 課表、수강 신청 選課申請、수강 인원 修課人數、수강 정원 修課名額

教育 06

교육 행정 • **教育行政**

수석

名 [수석]
漢 首席

首席、第一名

지우는 대학교에 입학한 이후로 과 **수석**을 한 번도 놓친 적이 없을 정도로 열심히 공부했다.

智祐自從進入大學以後，從未錯過系上第一名，足見他非常用功。

關 수석을 놓치다 錯過第一名、수석을 차지하다 奪得首席
參 수석 입학 首席入學、수석 졸업 首席畢業、수석 합격 首席錄取、과 수석 系上首席、전교 수석 全校首席

신설

名 [신설]
漢 新設

新設、設立

가 : 지호가 전학 간 학교는 어때요?
志浩轉學過去的學校怎麼樣？

나 : **신설** 학교라서 그런지 시설도 좋고, 담임 선생님도 좋은 분이셔서 지호도 적응을 잘하고 있어요.

因為是新設的學校，設施很好，導師也很不錯，所以志浩適應得很好。

動 신설하다 新設立、신설되다 被新設立
關 신설이 시급하다 急需新設、신설을 검토하다 考慮新設
參 신설 계획 新設計畫、신설 도로 新建道路、신설 학교 新設學校

양성

名 [양 : 성]
⇨ 索引 p.823

養成、培養

교육계에서는 디자인 고등학교, 셰프 고등학교, 인공 지능 고등학교 등을 설립하여 다양한 분야의 인재를 **양성하기** 위해 노력하고 있다.
教育界致力於設立設計高中、主廚高中、人工智慧高中等，以培養各領域的人才。

動 양성하다 培養、양성되다 被培養
參 인재 양성 人才養成、전문 인력 양성 專業人力養成、후진 양성 後進培養
類 육성 培育

영재

名 [영 : 재]
漢 英才

英才、資優生

가 : 여보, 예지가 다른 아이들보다 피아노에 재능이 있는 것 같아요.
親愛的，我覺得睿智比其他小朋友更有鋼琴天分。

나 : 그래요? 그러면 **영재** 교육원에서 시험을 한번 보게 할까요?
是嗎？那要不要讓她去資優教育中心參加測驗看看？

關 영재를 발굴하다 發掘英才、영재를 선발하다 遴選英才
參 영재 교육 資優教育、영재 학교 資優學校、과학 영재 科學英才

교육 행정 • 教育行政

예체능

名 [예 : 체능]
漢 藝體能

藝術與體育

가 : 가연아, 너는 수학을 잘해서 좋겠다.
佳妍，妳數學這麼好，真讓人羨慕。

나 : 지호 너는 **예체능** 과목을 잘하잖아. 난 미술, 음악, 체육에는 모두 재능이 없어.
志浩，你擅長藝術和體育科目啊。我在美術、音樂、體育方面完全沒天分。

關 예체능을 잘하다 擅長藝術與體育、예체능을 못하다 不擅長藝術與體育
參 예체능 과목 藝術與體育科目、예체능 교사 藝術與體育教師、예체능 성적 藝術與體育成績

위주

名 [위주]
漢 為主

以……為主、以……為重

가 : 선생님, 저는 대학에서 미술을 전공하고 싶은데 미대 입학시험을 어떻게 준비해야 할까요?
老師，我想在大學主修美術，請問該怎麼準備美術系入學考試呢？

나 : 미대 입시라고 해서 실기 시험 **위주**로만 준비해서는 안 되고 수능 점수나 학교 성적도 신경을 써야 해.
即使是美術系入學考試，也不能只以術科測驗為主準備，還要注意學測成績和學校成績。

參 입시 위주 以考試為主、재미 위주 以趣味為主、흥미 위주 以興趣為主、실력 위주 以實力為主

응답자

名 [응 : 답짜]
漢 應答者

應答者、回答者

우리 대학교에서 실시한 "시험 기간 도서관 개방에 대한 설문조사"에서 과반수의 **응답자**가 24시간 개방에 찬성하였다.

在本校進行的「考試期間圖書館開放」問卷調查中，過半數的回答者贊成全天開放。

參 응답자 가운데 在回答者之中、응답자 일부 部分回答者、설문 응답자 問卷回答者、전체 응답자 全體回答者

자율성

名 [자율썽]
漢 自律性

自律性

가 : 여보, 가연이가 할 일을 당신이 자꾸 해 주면 **자율성**을 키워 주기가 힘들 것 같아요.

親愛的，如果妳老是幫佳妍做她該做的事，會很難培養她的自律性。

나 : 아직도 내 눈에는 어린아이 같아서요. 앞으로 자기 할 일은 스스로 하도록 시킬게요.

在我眼裡覺得她像個小孩子。以後我會讓她自己做自己的事。

關 자율성이 강화되다 自律性被強化、결여되다 缺乏／보장되다 確保／자율성을 높이다 提升自律性

教育
06

교육 행정 • **敎育行政**

종전

名 [종전]
漢 從前

從前、以前

가 : 올해 교육 박람회에는 **종전**에 비해 사람이 별로 없는 것 같아요.
今年的教育博覽會好像比以前人少很多。

나 : 그러게요. 작년에는 사람이 너무 많아서 앉을 자리가 없을 정도였는데요.
真的。去年人多到連座位都找不到。

關 종전과 같다 與從前相同、종전과 다를 바 없다 和以前沒什麼差別、종전대로 행동하다 照以前的方式行動
參 종전의 방식 從前的方式、종전의 체제 從前的體制

중도

名 [중도]
漢 中途
⇨ 索引 p.824

中途

나는 새해만 되면 외국어 공부를 열심히 하겠다고 결심했다가도 바쁜 학업 탓에 매번 **중도**에 포기해 버리곤 한다.
我每到新年就立下要努力學外語的決心,但總是因為課業繁忙,每次都在半途而廢。

關 중도에 끊다 中途中斷、중도에 탈락하다 中途淘汰、중도에 그만두다 中途放棄
參 중도 사퇴 中途辭職、중도 차단 中途阻斷、중도 탈락 中途落選、중도 탈퇴 中途退出
類 도중 途中

280

중점

名 [중ː쩜]
漢 重點

重點

요즘 고등학생들은 졸업 후 취업에 **중점**을 두고 전공을 선택하는 경우가 많다고 한다.
最近高中生置重於畢業後的就業而選擇主修的情況很多。

關 중점을 두다 把重點放在……
參 중점적 重點的、중점 관리 重點管理、중점 논의 重點討論、중점 분야 重點領域、중점 사항 重點事項

지향

名 [지향]
漢 指向

志向、指向

해외여행이나 어학연수 등의 경험은 사고의 폭을 넓혀 주고 미래 **지향**적인 가치관을 심어 줄 수 있다.
海外旅遊或語言研修等經驗能拓展思維，並培養未來導向的價值觀。

動 지향하다 志向／追求
參 가치 지향 價值志向、미래 지향 未來導向、출세 지향 追求成功

체계적

名 **關** [체계적/체게적]
漢 體系的

有系統的、系統性的

가：원장님, 코딩을 배우는 건 처음인데 제가 수업을 잘 따라갈 수 있을까요?
院長，我是第一次學寫程式，能跟得上課程嗎？

나：그럼요. 우리 학원은 **체계적**으로 반이 나누어져 있으니 기초반부터 차근차근 들으시면 됩니다.
當然可以。我們補習班有系統性的分班，從基礎班開始慢慢學就行了。

關 체계적으로 공부하다 有系統地學習、체계적으로 정리하다 有系統地整理
參 체계적인 분류 系統性分類、체계적인 사고 系統性思考

教育 06

교육 행정 • 教育行政

체제

名 [체제]
漢 體制

體制

교육부에서는 초등학생의 방과 후 활동을 활성화하기 위해 각 학교에서 다양한 프로그램을 개설하는 방향으로 **체제**를 개편하였다.

教育部為了活化小學生的課後活動,將體制改為由各校開設多樣化課程的方向。

關 체제가 안정되다 體制穩定、체제가 붕괴되다 體制崩壞
參 민주주의 체제 民主體制、사회주의 체제 社會主義體制、중앙 집권 체제 中央集權體制

통보

名 [통보]
漢 通報

通知、通報

가 : 저번에 본 면접시험 합격자 발표가 언제야?
　　上次參加的面試結果什麼時候公布啊?

나 : 정확하진 않은데 내일쯤 발표가 날 것 같아. 개별로 문자 **통보**를 해 준다고 했어.
　　不太確定,但好像明天會公布。他們說會個別傳簡訊通知。

動 통보하다 通知、통보되다 被通知
關 통보가 나다 發出通知、통보를 받다 收到通知
參 공식 통보 正式通知、합격 통보 錄取通知

특강

名 [특강]
漢 特講

特講、特別講座

우리 학과에서는 학기마다 졸업한 선배들이 취업 노하우를 알려 주는 취업 준비 **특강**이 열린다.

我們系每學期都會舉辦由畢業學長姐分享求職技巧的就業準備特講。

動 특강하다 進行特講
關 특강을 개설하다 開設特講、특강을 듣다 聽特講、특강이 열리다 舉辦特講
參 공개 특강 公開特講

형식적

名 關 [형식쩍]
漢 形式的

形式上的、形式的

가 : 2차 면접까지 다 합격했는데 최종 면접이 또 남았다네요.
我連第二次面試都通過了，結果還有最終面試。

나 : 그건 그냥 **형식적**인 절차라니까 크게 부담 가지지 않아도 될 것 같아요.
那只是形式上的程序，不用太有壓力。

關 형식적으로 대답하다 形式性地回答、형식적으로 이루어지다 形式性地進行
參 형식적인 대화 形式上的對話、형식적인 인사 形式上的問候、형식적인 절차 形式程序、형식적인 조사 形式調查

후원자

名 [후 : 원자]
漢 後援者
⇨ 索引 p.826

後援者、贊助人

가 : 이 공고 봤어? 재능은 있지만 가정 형편이 안 좋은 학생들을 위해서 **후원자**를 모집한대.
你看到這個公告了嗎？他們正在為有才華但家庭困難的學生招募贊助人。

나 : 그래? 나도 큰 금액은 아니라도 조금씩이라도 후원을 좀 해야겠다.
是嗎？雖然金額不多，但我也想多少贊助一點。

關 후원자가 도와주다 後援者提供幫助、후원자가 되다 成為後援者、후원자를 모집하다 招募後援者、후원자를 자처하다 以後援者自居
類 후견인 監護人

教育 06

複習一下

教育 | 教育行政

✏️ 請將下列中彼此相符的項目連連看。

1. 중도에 •　　　　　　• ① 두다
2. 중점을 •　　　　　　• ② 개설하다
3. 강좌를 •　　　　　　• ③ 그만두다

✏️ 請從例找出最合適填入（　）的單字。

> **例**　　　방침　　　창의성　　　공교육

4. (　　　)은 정부가 관리하는 국가의 교육 체계를 의미하며 학생 개인의 성장과 사회의 발전에 매우 중요한 역할을 한다. 그러므로 한국 정부에서는 모든 국민들이 기본적인 교육을 받을 수 있게 하는 것을 기본 5. (　　　)으로 하고 있으며 학생들의 6. (　　　)과 문제 해결 능력을 기르기 위해 노력하고 있다.

✏️ 請從例找出最合適填入（　）的單字。

> **例**　　　수강　　　수석　　　중도

7. 지호는 성적이 뛰어나 (　　) 졸업을 하게 되었다.

8. 이 전공과목을 꼭 듣고 싶었지만 (　　) 인원이 너무 많아 신청할 수 없었다.

9. 프로젝트를 준비하던 중에 예상치 못한 문제가 생겨 (　　)에 그만두고 말았다.

2 적성／진로
適性／出路

19.mp3

教育 06

강점
強項、優點

名 [강쩜]
漢 強點
➡ 索引 p.828

가: 선배님, 회사에 지원하기 위해 자기소개서를 써야 하는데 어떻게 쓰는 게 좋을지 조언 좀 부탁드려요.
學長（姊），我要寫求職自傳，不太知道該怎麼寫才好，可以給我一些建議嗎？

나: 너의 **강점**을 부각시키되 그것이 회사에 어떻게 도움이 될 수 있는지를 잘 설명해야 해.
要突顯自己的優點，同時清楚說明這些優點如何對公司有助益。

關 강점을 살리다 發揮強項、강점을 가지다 擁有優點
反 약점 弱點

결단력
決斷力、果斷力

名 [결딴녁]
漢 決斷力

가: 하은아, 나는 아직 미국에 교환 학생으로 갈지 말지 고민이 돼.
夏恩，我還在猶豫要不要去美國當交換學生。

나: 뭘 망설이고 있어? 기회가 왔으면 **결단력** 있게 꽉 잡아야지.
你還在猶豫什麼？機會來了就要果斷地抓住啊！

關 결단력이 있다 有決斷力、결단력이 부족하다 缺乏決斷力、결단력이 필요하다 需要決斷力

285

적성／진로 • 適性／出路

계발

名 [계ː발/게ː발]
漢 啟發
⇨ 索引 p.822

啟發、開發

우리 학교에서는 학생들의 미래 경쟁력을 키워 주기 위해 전교생을 대상으로 자기 **계발** 프로그램을 마련하였다.

我們學校為了提升學生未來的競爭力，為全校學生設立了自我啟發課程。

動 계발하다 啟發、계발되다 被啟發
參 능력 계발 能力啟發、인재 계발 人才啟發、자기 계발 自我啟發
類 개발 開發

능하다

形 [능하다]
漢 能하다

擅長的、精通的

처세에 **능하고** 눈치가 빠르며 공감 능력이 뛰어난 사람들은 대체로 사람을 끌어들이는 힘이 있다.

擅長處世、敏於察言觀色又共感能力出眾的人，大體上具有吸引他人的魅力。

關 술수에 능하다 擅長權術、임기응변에 능하다 善於臨機應變、처세에 능하다 擅長處世

다방면

名 [다방면]
漢 多方面

多方面

가 : 선생님, 우리 재민이가 앞으로 음악을 전공하고 싶다는데 조언 좀 부탁드립니다.
老師，我們宰民說將來想主修音樂，可以請您給點建議嗎？

나 : 재민이는 공부도 잘하지만 음악의 여러 분야에서 **다방면**으로 재능이 있으니 그쪽으로 계속 공부를 하면 좋을 것 같습니다.
宰民不但課業表現優秀，在音樂的各個領域也展現多方面的才能，繼續朝那個方向發展會很好。

關 다방면으로 뛰어나다 多方面都很出色、다방면에서 활약하다 在多個領域活躍

다양성

名 [다양썽]
漢 多樣性

多樣性

가 : 이번 취업 박람회에서 가장 중점을 둔 부분은 무엇입니까?
這次就業博覽會最置重的部分是什麼？

나 : 취업 준비생들에게 직업의 **다양성**을 느끼게 함으로써 선택의 폭을 넓혀 주고자 했습니다.
我們希望讓求職者感受到職業的多樣性，藉此拓展他們的選擇範圍。

關 다양성이 있다 有多樣性、다양성을 띠다 帶有多樣性
參 내용의 다양성 內容的多樣性

적성／진로・適性／出路

선천적

名 關 [선천적]
漢 先天的
➪ 索引 p.826

先天的

아무리 **선천적** 재능이 뛰어나다고 하더라도 후천적 노력이 더해지지 않으면 한 분야에서 최고의 지위에 오르는 것은 쉽지 않다.

儘管有出色的先天才能，若沒有後天的努力，也很難在某個領域中登上頂尖地位。

關 선천적으로 타고나다 有生具來、선천적으로 물려받다 先天傳承
參 선천적 능력 先天能力、선천적 재능 先天才能
類 천부적 天賦的

소질

名 關 [소질]
漢 素質

素質、天分

천부적인 **소질**을 가지고 태어난 사람은 어릴 때부터 그 분야에서 뛰어난 재능을 발휘하기 마련이다.

天生具備天賦素質的人，自然從小就在該領域發揮傑出的才能。

關 소질을 계발하다 啟發天分、소질을 보이다 展現天分、소질을 키우다 培養天分、소질이 있다 有天分、소질이 없다 沒有天分

손꼽다

動 [손꼽따]

屈指而數、翹首以待

어릴 때부터 과학 영재로 널리 알려졌던 김민수 씨는 성인이 되어서도 우수한 연구 성과를 내며 세계에서 **손꼽는** 과학자가 되었다.

從小以科學天才為眾所知的金珉洙，長大後發表優異的研究成果，成為世界屈指可數的科學家。

關 손꼽아 세다 屈指計算、손꼽아 기다리다 翹首以待、날짜를 손꼽다 屈指數日

288

안성맞춤

名 [안성맏춤]
漢 安城맞춤

正合適、再理想不過

가 : 예준아, 나 이번에 한국전자 인턴 시험에 합격했어!
睿俊，我這次考上韓國電子的實習了！

나 : 와, 너무 잘됐다. 인턴으로 일하면서 돈도 벌고 경력도 쌓을 수 있으니 지금 너한테 딱 **안성맞춤**이네.
哇，太好了！能工作中賺錢，又能累積經歷，對你來說簡直是再合適不過了。

關 안성맞춤이다 正合適

역량

名 [영냥]
漢 力量

能力、實力

원하는 회사에 취업하기 위해서는 회사에서 요구하는 업무 경험과 **역량**을 갖추는 것이 중요하다.
為了進入理想的公司工作，擁有該公司所要求的工作經驗與能力是很重要的。

關 역량이 있다 有能力、역량이 부족하다 能力不足、역량을 발휘하다 發揮能力、역량을 기르다 培養能力

教育 06

적성/진로 • 適性/出路

요건

名 [요껀]
漢 要件

要件、必要條件

가 : 재민아, 이번 미술 공모전 공고 봤어? 너도 지원해 보는 게 어때?
宰民，你有看到這次的美術比賽公告嗎？你也去報名看看如何？

나 : 나도 봤는데 출전 자격 **요건**이 대학생 이상이래. 나는 고등학생이라서 지원을 못 해.
我有看到，但參賽資格的條件是大學生以上，我是高中生，不能報名。

關 요건을 갖추다 符合條件、요건에 해당하다 符合要件
參 기본 요건 基本要件、입학 요건 入學要件、자격 요건 資格要件、취득 요건 取得要件

우선시

名 [우선시]
漢 優先視

優先、視為最優先

가 : 학교 다니면서 공모전 준비에 대외 활동까지 하다 보니 너무 바빠.
一邊上學又要準備比賽、參加校外活動，真的太忙了。

나 : 많은 것을 경험하면 좋겠지만 그래도 학업을 가장 **우선시하는** 게 낫지 않을까?
多方面嘗試當然很好，但還是把學業擺在最優先比較好吧？

動 우선시하다 視為優先
關 우선시 되다 被視為優先

이점

名 [이 : 쩜]
漢 利點

好處、優勢

가 : 하오밍 씨는 왜 한국 유학을 오게 되었어요?
郝明,你為什麼會來韓國留學呢?

나 : 한국에서의 경험이 나중에 한국계 회사에서 일할 때 **이점**이 될 것 같아서요.
因為在韓國的經驗將會是以後在韓國企業工作的優勢。

關 이점을 가지다 擁有優勢、이점을 누리다 享有好處、이점이 있다 有好處、이점이 많다 有很多優勢
參 지리적 이점 地理優勢

인생관

名 [인생관]
漢 人生觀

人生觀

가 : 면접에서 또 떨어졌지만 좋은 연습했다고 생각하고 기운 내서 다시 지원해 봐야겠어.
雖然面試又沒上,但我覺得是個不錯的練習,打起精神再去試一次吧!

나 : 너처럼 긍정적인 **인생관**을 가지고 있으면 하려는 일이 모두 잘될 거야.
像你這樣擁有正面人生觀的人,做什麼事都會順利的。

關 인생관이 나타나다 表現出人生觀、인생관이 뚜렷하다 人生觀明確、인생관을 확립하다 建立人生觀
參 작가의 인생관 作家的人生觀、긍정적 인생관 正向人生觀、비관적 인생관 悲觀人生觀

教育 06

적성／진로・適性／出路

자아실현

名 [자아실현]
漢 自我實現

自我實現

예지는 **자아실현**의 꿈을 놓지 않고 회사를 다니면서도 꾸준히 소설을 써서 마침내 작가가 되었다.

睿智始終沒有放棄自我實現的夢想，一邊上班一邊持續寫小說，最終成為了一名作家。

關 자아실현을 꿈꾸다 追求自我實現
參 자아실현의 기회 自我實現的機會、자아실현의 의지 自我實現的意志、자아실현의 욕구 自我實現的慾望

자질

名 [자질]
漢 資質

資質、天分

가 : 원하는 회사에 입사했지만 일이 너무 힘들어. 난 아무래도 **자질**이 부족한가 봐.

雖然進入了理想的公司，但工作太辛苦了，我可能不太具備這方面的資質。

나 : 무슨 소리야. 너만큼 이 일에 딱 맞는 사람도 드물어. 힘내!

別這麼說，像你這麼適合這份工作的人很少了，加油！

關 자질이 뛰어나다 資質優秀、자질이 부족하다 資質不足、자질이 요구되다 需要資質、자질을 갖추다 具備資質
參 자질 문제 資質問題、자질 평가 資質評價、업무 자질 工作能力

292

장기

名 [장끼]
漢 長技

特長、專長

가 : 이번 학교 축제에서 **장기** 자랑 1등은 누가 했어?
  這次校慶才藝表演第一名是誰？

나 : 비보이 댄스를 선보인 댄스 동아리 팀이 우승했어.
  是表演霹靂舞的舞蹈社團得了冠軍。

關 장기가 없다 沒有專長、장기를 선보이다 展現專長
參 특별한 장기 特別的才藝、장기 자랑 才藝表演

제의

名 [제의/제이]
漢 提議
⇨ 索引 p.824

提議、提案

가 : 진욱 씨, 축하해요. 대기업에서 스카웃 **제의**를 받았다면서요?
  珍旭，恭喜你！聽說你收到大企業的挖角提議了？

나 : 네. 그런데 근무 조건은 좋은데 제가 원하는 업무가 아니라서 거절했어요.
  是啊，不過雖然工作條件很好，但不是我想做的工作，所以我拒絕了。

動 제의하다 提議、제의되다 被提議
關 제의가 들어오다 收到提議、제의를 거절하다 拒絕提議
參 협상 제의 協商提案、공식적인 제의 正式提議
類 제기 提出、제언 建議

教育 06

293

적성／진로・適性／出路

좌우명

名 [좌ː우명]
漢 座右銘

座右銘

가 : 지우야, 너 정도 성적이면 원하는 대학에 충분히 갈 수 있지 않아? 좀 쉬어 가면서 공부해.
智友，你這種成績充分地可以考上理想的大學了吧？也該休息一下了。

나 : 고마워. 하지만 '언제나 자만하지 말고 최선을 다하자.'라는 게 내 **좌우명**이니 끝까지 최선을 다할 거야.
謝謝你。不過「永遠不要自滿，要全力以赴」是我的座右銘，所以我會堅持到底。

關 좌우명을 가지다 擁有座右銘、좌우명으로 삼다 視為座右銘

주최

名 [주최／주췌]
漢 主催

主辦、舉辦

서울시 **주최**로 열린 취업 박람회에는 130개가 넘는 수도권의 중소기업이 참여할 예정이다.
由首爾市主辦的就業博覽會預計將有超過130家首都圈中小企業參與。

動 주최하다 主辦、주최되다 被主辦
關 주최로 개최되다 由……主辦舉行、주최로 열리다 由……主辦舉辦

최후

名 [최ː후/췌ː후]
漢 最後

最後、最終

가 : 아빠, 저 경영학이 적성에 안 맞아서 학교를 그만두고 다시 대학 입학시험을 보고 싶어요.
爸,我覺得自己不適合念企業管理學,想退學重新考大學。

나 : 그래도 어렵게 들어간 대학이니 그건 **최후**의 방편으로 남겨 두고 전공을 바꿀 수 있는 다른 방법을 찾아보는 게 어떠니?
不過好不容易才考上大學,還是把那當成最後的手段,先看看有沒有其他能換專攻的方法吧。

關 최후의 방편 最後手段、최후의 보루 最後堡壘、최후의 수단 最終手段、최후의 선택 最終選擇
參 최후 진술 最後陳述

취득

名 [취ː득]
漢 取得

取得、獲得

가 : 선배님, 저는 전공을 살려서 취업하고 싶은데 취업 문턱이 너무 높은 것 같아요.
學長,我想找與我的主修相關的工作,但覺得求職門檻好高。

나 : 아직 3학년이니까 준비할 시간이 있어. 일단 전공에 관련된 자격증부터 **취득하는** 게 도움이 될 거야.
你還是大三,還有時間準備。先考取與主修相關的證照會對你有幫助的。

動 취득하다 取得
參 면허 취득 執照取得、자격증 취득 資格證取得、재산 취득 財產取得、학위 취득 學位取得

教育 06

295

적성/진로·適性/出路

탐색

名 [탐색]
漢 探索

探索、探究

지호는 관심 있는 학과의 소개 프로그램에 참여해서 진로에 대해 **탐색해** 본 후에 최종적으로 전공을 선택하기로 하였다.
志浩參加了感興趣的科系介紹活動，在探索過自己的職涯方向後，決定最終的主修。

動 탐색하다 探索
關 탐색을 시작하다 開始探索、탐색을 끝내다 結束探索、탐색을 중단하다 中斷探索
參 경로 탐색 路徑搜尋、정보 탐색 資訊探索、진로 탐색 職涯探索

포부

名 [포:부]
漢 抱負

抱負、志向

가 : 엄마, 제가 훌륭한 의사가 될 수 있을까요?
媽媽，我能成為一位優秀的醫生嗎？

나 : 그럼, 가연이 네가 큰 **포부**를 가지고 부단히 노력하면 얼마든지 꿈을 이룰 수 있을 거야.
當然可以啊！只要你懷抱遠大抱負並持續努力，一定能實現夢想。

關 포부를 가지다 懷有抱負、포부를 밝히다 表明志向、포부가 크다 抱負遠大
參 강한 포부 強烈的抱負、당찬 포부 自信滿滿的志向、원대한 포부 宏偉的抱負

複習一下

教育 | 適性／出路

✏️ 以下請將彼此相符的項目連連看。

1. 요건을　•　　　　　　　　•　① 가지다
2. 포부를　•　　　　　　　　•　② 꿈꾸다
3. 자아실현을　•　　　　　　•　③ 갖추다

✏️ 請選出最適合填入（ ）的單字。

4.
> 그 사람은 직원들에 대한 배려심뿐만 아니라 문제 해결 능력까지 갖추고 있어서 리더로서의 (　　　)이／가 충분하다.

① 탐색　　② 자질　　③ 이점　　④ 장기

5.
> 사람들은 각자의 경험과 가치관에 따라 다양한 (　　　)을 가지고 있다.

① 참견　　② 불신　　③ 인생관　　④ 설득력

✏️ 請從例找出最合適填入（ ）的單字。

| 例 | 역량 | 결단력 | 다양성 |

6. 창의성과 비판적 사고 능력 등은 미래 사회에 꼭 필요한 (　　　)이라고 할 수 있다.

7. (　　　)이 있는 사람은 위기 상황에서도 빠르게 중요한 결정을 내리곤 한다.

8. 다문화 사회에서는 여러 문화의 (　　　)을 존중하는 것이 중요하다.

3 철학／윤리
哲學／倫理

그르다

形 [그르다]
⇨ 索引 p.830

錯誤的、不對的

가 : 아무리 생각해도 우리 조 발표 준비가 엉망이 된 건 전적으로 시후 잘못인 것 같아.
怎麼想都覺得這次我們小組的發表準備搞砸了，完全是時厚的錯。

나 : 지금 누가 옳고 **그른지**를 따질 때가 아니잖아. 내일이 당장 발표인데 어떻게 문제를 수습할지 빨리 의논부터 해 보자.
現在不是在爭論誰對誰錯的時候，明天就要發表了，先討論該怎麼解決問題吧。

關 행동이 그르다 行為不當
反 옳다 正確的

대조적

名 關 [대 : 조적]
漢 對照的

對照的、相反的

비관적인 인생관을 가진 이모와는 **대조적**으로 우리 엄마는 낙관적인 인생관을 가지고 있으시다.
和抱持悲觀人生觀的姨媽相反，我媽媽則擁有樂觀的人生觀。

參 대조적 사고방식 對比性的思維方式、대조적 생각 對照性的想法、대조적 의미 對照意義

덕목

名 [덕목]
漢 德目

德目、美德

가 : 선생님, 초등학교 교사로서 갖추어야 할 **덕목**은 무엇이라고 생각하십니까?
老師，您認為身為小學教師應具備哪些品德呢？

나 : 저는 아이들에 대한 진심 어린 애정과 존중이라고 생각합니다.
我認為是對孩子的真心關愛與尊重。

關 덕목을 가르치다 教導品德、덕목을 기르다 培養品德、덕목을 배우다 學習品德、덕목을 쌓다 累積德行

도덕

名 [도ː덕]
漢 道德

道德

가 : 늦은 밤이고 단속 카메라도 없는데 신호등은 무시하고 그냥 지나가자.
現在已經很晚了，也沒有監視攝影機，紅燈不管了就直接過去吧。

나 : 안 돼. 보는 사람이 없어도 **도덕**과 양심은 지키고 살아야지.
不行，即使沒人看見，也應該遵守道德和良心生活。

關 도덕을 지키다 遵守道德、도덕에 어긋나다 違反道德、도덕이 땅에 떨어지다 道德淪喪
參 도덕적 道德的、공중도덕 公共道德

도리

名 [도ː리]
漢 道理

道理、本分

타인의 권리를 존중하고 함부로 대하지 않는 것은 인간으로서 지켜야 할 당연한 **도리**이다.
尊重他人的權利、不隨意對待，是作為人應該遵守的當然道理。

關 도리를 지키다 遵行道理、도리를 알다 懂道理、도리에 어긋나다 違背道理
參 인간의 도리 做人的道理、자식의 도리 為人子女的道理、마땅한 도리 應該的道理

教育 06

299

철학／윤리 • 哲學／倫理

본받다

動 [본받따]

效法、仿效、模仿

가 : 시후 너는 **본받고** 싶은 사람이 있어?
　　時厚，你有想效法的人嗎？

나 : 응, 우리 선생님이야. 모든 학생들을 공평하게 대하고 늘 최선을 다할 수 있도록 격려해 주시거든.
　　有啊，是我們老師。他公平對待所有學生，還總是鼓勵我們盡全力。

關 정신을 본받다 效法精神、태도를 본받다 仿效其態度、부모님을 본받다 效法父母

본성

名 [본성]
漢 本性

本性、本質

인간의 **본성**은 태어날 때부터 선하다고 주장하는 철학자들이 있는가 하면, 처음부터 악하다고 주장하는 사람들도 있다.

有些哲學家主張人類的本性自出生起就是善的，也有人認為從一開始就是惡的。

關 본성이 드러나다 本性顯露出來、본성이 착하다 本性善良、본성을 드러내다 顯露本性、본성을 속이다 隱藏本性

부도덕

名 [부도덕]
漢 不道德

不道德

아무리 인기가 많고 실력 있는 연예인이라도 **부도덕한** 일을 저지르면 비난을 면하기 어렵다.

無論是一位多麼受歡迎且有實力的藝人，只要做出不道德的事情，都難以避免被批評。

形 부도덕하다 不道德的
關 부도덕을 비난하다 譴責不道德行為
參 부도덕성 不道德性、부도덕적 不道德的、부도덕 행위 不道德行為

세계관

名 [세ː계관/
　　세ː게관]
漢 世界觀

世界觀

가 : 이 소설이 베스트셀러가 된 비결이 무엇이라고 생각하십니까?
　　您認為這本小說成為暢銷書的祕訣是什麼呢？

나 : 아이들의 무한한 가능성을 믿는 작가의 긍정적인 **세계관**이 소설 속에 그대로 나타나 있기 때문이 아닐까 생각합니다.
　　我想是相信孩子們的無限可能性，作者這樣的正面世界觀如實展現在小說中的緣故。

關 세계관이 나타나다 世界觀呈現、세계관이 뚜렷하다 世界觀鮮明、세계관을 가지다 擁有世界觀

參 종교적 세계관 宗教世界觀、도덕적 세계관 道德世界觀、과학적 세계관 科學世界觀

소신

名 [소ː신]
漢 所信

信念、主見

눈앞의 이익에만 급급하여 옳지 않은 길을 가기보다 바른 **소신**을 가지고 행동하는 것이 장기적으로 더 큰 이득이 된다.
比起只顧眼前利益而走上錯誤的道路，堅持正確的信念行動，從長遠來看反而會帶來更大的收穫。

關 소신이 뚜렷하다 信念明確、소신이 있다 有主見、소신을 가지다 擁有信念、소신을 밝히다 表明信念、소신을 지키다 堅守信念、소신대로 일하다 按照信念行事

教育 06

철학／윤리・哲學／倫理

속성

名 [속썽]
漢 屬性

屬性、特性

놀이를 통해 배우는 아이들의 **속성**을 고려하면 지식 중심의 교육보다는 체험형 학습이 더 효과적이다.

考慮到透過遊戲學習的孩子們的屬性，體驗式學習比以知識為主的教育更有效果。

關 속성이 있다 有屬性、속성을 지니다 具備特性
參 본질적 속성 本質屬性、사회적 속성 社會屬性

순수성

名 [순수썽]
漢 純粹性

純粹性、純真性

철학은 학문의 **순수성**을 지키기 위해 노력하는 학문 중의 하나이다.

哲學是致力於維護學術純粹性的學問之一。

關 순수성을 지키다 維持純粹性、순수성을 잃다 喪失純粹性
參 아이의 순수성 孩子的純真、예술의 순수성 藝術的純粹性、혈통의 순수성 血統的純正性

올바로

副 [올바로]

正確地、端正地

가：아빠, 아까는 제가 잘못했어요. 앞으로 남에게 피해를 주는 일은 하지 않도록 할게요.

爸爸，我剛才做錯了。傷害別人的事以後我不會再做了。

나：네가 그렇게 말해 주니 고맙구나. 너의 잘못을 **올바로** 알고 뉘우치는 것만으로도 아빠는 기쁘단다.

謝謝你這麼說。能正確地認識並反省自己的錯誤，爸爸就已經很開心了。

關 올바로 파악하다 正確掌握、올바로 알다 正確認知、올바로 인식하다 正確體認

윤리적

名 關 [율리적]
漢 倫理的

倫理的、合乎倫理的

복제 인간이 인간의 질병 치료에 도움을 줄 수 있다고는 해도 **윤리적** 문제를 간과해서는 안 된다.

即使複製人有助於治療人類疾病，也不能忽視其中的倫理問題。

關 윤리적으로 살다 遵循倫理地生活、윤리적으로 올바르다 倫理上正確
參 윤리적인 사람 有道德的人、윤리적인 태도 倫理的態度、윤리적인 가치관 倫理價值觀

이를테면

副 [이를테면]
⇨ 索引 p.828

比如說、換句話說

가 : 김 선생님 반의 학생들은 아주 예의가 바르고 반듯하네요.

金老師班上的學生們非常有禮貌、端正呢。

나 : 김 선생님께서 윤리적인 사람, **이를테면** 타인을 배려하고 존중할 줄 아는 사람이 되도록 학생들을 가르치고 격려하기 때문일 거예요.

那可能是因為金老師一直教育並鼓勵學生做個有倫理的人，比如說能夠體諒與尊重他人的人。

類 일테면 譬如說

철학／윤리・哲學／倫理

이성적

名 關 [이 : 성적]
漢 理性的

理性的、合乎理性的

사람들은 자신의 이익 앞에서 양심을 지키면서 **이성적**으로 사고하는 것을 어려워하는 경우가 많다.
人們在自身利益面前，對守住良心並理性思考一事面有難色的情況很多。

關 이성적으로 대처하다 理性應對、이성적으로 생각하다 理性思考
參 이성적인 동물 理性的動物、이성적인 사고 理性的思維、이성적인 존재 理性的存在、이성적인 판단 理性的判斷

인권

名 [인권]
漢 人權

人權

국가적 차원에서 학생들의 **인권**을 보장하기 위해 신체적 체벌을 하거나 정신적으로 학대하는 것을 법으로 금지하고 있다.
從國家層面為保障學生的人權，法律禁止對其施以身體體罰或精神虐待。

關 인권을 존중하다 尊重人權、인권을 보장받다 受到人權保障
參 인권 단체 人權團體、인권 운동 人權運動、인권 탄압 人權迫害、인권 회복 人權恢復

인성

名 [인성]
漢 人性

人性、品性

과학과 기술이 발달하면서 기계화가 가속화될수록 학교 현장에서는 자라나는 아이들의 **인성** 교육에 더욱 힘쓰고 있다.
隨著科學與技術的發展，機械化越來越加速，學校現場更著力於孩子們的人格品性教育。

關 인성이 착하다 人品善良、인성이 바르다 品性端正
參 인성 교육 人格教育、올바른 인성 正確的人性

일례

名 [일례]
漢 一例

一例、例子

내 친구는 긴장을 하면 꼭 실수를 하는데, **일례**로 과제 발표를 하면서 교수님께 반말을 한 적이 있다.

我朋友一緊張就會出錯，舉個例子，他曾在報告時對教授說了半語。

關 일례를 들다 舉例、일례를 보이다 顯示一例、일례에 불과하다 不過是個例子
參 대표적인 일례 典型的一例

정서

名 [정서]
漢 情緒

情緒、情感

가: 선생님께서는 학교 교육에서 무엇이 가장 중요하다고 생각하십니까?

老師，您認為學校教育中最重要的是什麼？

나: 저는 입시 교육도 중요하지만 청소년기의 **정서** 안정을 위한 적절한 인성 교육이 가장 중요하다고 생각합니다.

我認為升學教育固然重要，但針對青少年情緒穩定做適當品格教育最為重要。

關 정서가 풍부하다 情感豐富
參 정서적 情緒的、정서 발달 情緒發展、정서 불안 情緒不安、정서 함양 情緒涵養

철학/윤리·哲學/倫理

존엄성

名 [조넘썽]
漢 尊嚴性

尊嚴性

가: 불치병 환자 입장에서는 연명 치료를 하는 것보다 안락사를 선택하는 게 더 나은 걸까?
對於不治之症的患者來說，選擇安樂死會不會比接受延命治療更好？

나: 글쎄. 그럴 수도 있지만 생명의 **존엄성** 문제를 생각한다면 그렇게 간단하지만은 않은 것 같아.
也許吧，但如果考慮到生命的尊嚴問題，事情就沒那麼簡單了。

形 존엄하다 尊嚴的
關 존엄성을 존중하다 尊重尊嚴、존엄성을 무시하다 漠視尊嚴、존엄성이 상실되다 尊嚴喪失
參 인간의 존엄성 人類的尊嚴、생명의 존엄성 生命的尊嚴

지배적

名 關 [지배적]
漢 支配的

支配的、主導的

가: 김 박사님, 인공 지능을 활용한 과제물 작성에 대해서 학계에서는 어떻게 생각하십니까?
金博士，學術界對利用人工智慧完成作業這件事有什麼看法呢？

나: 장점도 많지만 아무래도 저작권 등의 문제가 있을 것이라는 의견이 **지배적**입니다.
雖然優點不少，但主流看法認為可能會有著作權等方面的問題。

關 지배적으로 이끌다 主導引領
參 지배적인 견해 主導性觀點、지배적인 분위기 主導氛圍、지배적인 문화 主導文化

지성

名 [지성]
漢 知性

知性、智慧

지적 능력이 뛰어나면서도 타인을 존중할 줄 알고 겸손한 사람이 진정한 **지성**인이라고 할 수 있다.

智力卓越且懂得尊重他人、謙遜的人，可說是真正的知性人。

關 지성을 갖추다 具備知性、지성을 겸비하다 兼具知性、지성이 뛰어나다 知性出眾
參 지성적 知性的、지성인 知識分子、높은 지성 高度知性、감성과 지성 感性與知性

철학

名 [철학]
漢 哲學

哲學

청소년기에 자기만의 인생**철학**을 가지는 것은 인생을 살아가면서 어디에 가치를 둘 것인지를 고민해 볼 수 있는 기회가 된다.

在青少年時期擁有屬於自己的人生哲學，是一個思考人生中該把價值放在哪裡的好機會。

關 철학을 연구하다 研究哲學
參 철학적 哲學的、인생철학 人生哲學、동양 철학 東方哲學、서양 철학 西方哲學、삶의 철학 生活哲學

현명하다

形 [현명하다]
漢 賢明하다

賢明的、明智的

부모에 대한 반항 심리가 강한 청소년들은 스스로 잘못을 깨달을 수 있도록 **현명하게** 훈계하는 것이 중요하다.

對於對父母有強烈反抗心理的青少年來說，應以賢明的方式訓誡他們，使其能自行察覺錯誤，這點非常重要。

參 현명한 사람 賢明的人、현명한 선택 明智的選擇、현명한 태도 明智的態度、현명한 판단 賢明的判斷

教育 06

複習一下

教育｜哲學／倫理

1. 請從下方選項中找出最適合的單字，並填入括號（　）中。

| 例 | 소신 | 인생관 | 세계관 |

① 사색　　② 철학　　③ 안목　　④ 과학

✏️ 請選出最適合填入括號（　）的單字。

2.
결과가 아무리 좋더라도 (　　　　) 수단을 이용하면 안 된다.

① 이색적　　② 지배적　　③ 올바른　　④ 부도덕한

3.
　청소년기에는 공부도 중요하지만 올바른 (　　)을/를 갖추는 것도 매우 중요하다.

① 본성　　② 속성　　③ 인성　　④ 지성

✏️ 請從例找出適合填入（　）中的單字並寫下來。

| 例 | 대조적　이성적　윤리적　순수성　존엄성 |

4. 어린아이들은 어른들에 비해 때 묻지 않은 (　　　)을 가지고 있다.

5. 함께 방을 쓰는 친구와 나는 성격이 완전히 (　　　)이어서 사소한 일로도 다툴 때가 많다.

6. 문제가 생겼을 때 빠르게 해결하기 위해서는 객관적이고 (　　　) 인 접근이 필요하다.

7. 모든 인간은 존중받아야 하며 인간으로서의 (　　　)을 보장받을 권리가 있다.

8. 비록 법적으로 문제가 없다고 해도 (　　　)으로 옳지 않은 행동을 해서는 안 된다.

4 학문 용어
學術用語

🔊 21.mp3

가설

名 [가ː설]
漢 假設

假設

가 : 김민수 박사가 우주에 새로운 생명체가 있을 수도 있다는 **가설**을 발표했대.
> 聽說金珉洙博士發表了一個關於宇宙中可能存在新生命體的假設。

나 : 나도 뉴스에서 봤어. 그렇지만 어디까지나 **가설**일 뿐이니까 아직 확실한 건 아니지.
> 我也在新聞上看到了，不過畢竟還只是個假設，還不是確實的事。

關 가설이 성립되다 假設成立、가설을 검증하다 驗證假設、가설을 뒷받침하다 支撐假設、가설을 세우다 建立假設

參 가설적 假設性的、과학적 가설 科學假設、이론적 가설 理論假設、가설 검증 假設驗證

개요

名 [개ː요]
漢 概要
➡ 索引 p.822

概要、大綱

가 : 교수님, 이번 발제는 분량을 어느 정도로 준비하면 될까요?
> 教授，這次的發表需要準備多少份量呢？

나 : 논문 내용에 대한 **개요**만 소개하는 정도로 간단히 준비하세요.
> 介紹論文內容概要的程度，簡單準備一下。

關 개요를 서술하다 敘述概要、개요를 작성하다 撰寫概要

參 글의 개요 文章概要、사건의 개요 事件概要

類 개략 概略

학문 용어 • 學術用語

관용적

名 關 [과뇽적]
漢 慣用的

慣用的、慣用語式的

가 : 선생님, 한국 친구한테 자격증 시험을 잘 봤냐고 물어보니까 미역국을 먹었다는데 그게 무슨 말이에요?
老師，我問韓國朋友他的證照考試考得怎麼樣，他說「吃了海帶湯」，那是什麼意思啊？

나 : 시험에 떨어졌다는 뜻으로 한국에서 **관용적**으로 쓰이는 말이에요.
表示「考試沒通過」的意思，是在韓國慣用的話。

關 관용적으로 사용하다 慣用地使用、관용적으로 쓰이다 被慣用
參 관용적인 어구 慣用語句、관용적인 표현 慣用表現

단적

名 關 [단쩍]
漢 端的

端的、明顯的

'우리 집', '우리 엄마'와 같이 '우리'를 사용하는 것은 집단 속에서의 조화를 중시하는 한국 문화의 **단적**인 예를 보여 주는 것이다.
像「我們家」、「我們媽媽」這樣使用「我們」的方式，是展現韓國文化中重視群體和諧的明顯例子。

關 단적으로 드러나다 明顯地表現出來、단적으로 말하다 直白地說、단적으로 보여 주다 明確地展現
參 단적인 예 明顯的例子、단적인 증거 明確的證據

도표

名 [도표]
漢 圖表

圖表

가: 준우야, 혹시 국내 외국인 유학생 수의 변화를 알 수 있는 자료가 있니?
俊宇，有沒有可以了解韓國境內外國留學生人數變化的資料？

나: 응. 인터넷을 찾아보니까 2000년대 이후 유학생 수의 변화를 **도표**로 나타낸 것이 있어.
有啊，我上網查了一下，有2000年代以後留學生人數變化以圖表表示的。

關 도표를 그리다 畫圖表、도표를 살펴보다 查看圖表、도표로 나타내다 用圖表表示

맥락

名 [맹낙]
漢 脈絡
⇨ 索引 p.824

脈絡、上下文

가: 예준아, 그런데 말이야, 우리는 공부를 왜 해야 하는 걸까?
睿俊，我在想，我們為什麼非得讀書不可呢？

나: **맥락**도 없이 갑자기 무슨 말이야? 괜히 공부하기 싫으니까 딴소리 하는 거 지?
你這話毫無脈絡，突然講這個，是不是只是不想念書才找藉口啊？

關 맥락이 끊기다 脈絡中斷、맥락이 없다 沒有脈絡、맥락이 통하다 脈絡通順、맥락을 파악하다 把握脈絡
參 같은 맥락 相同脈絡、글의 맥락 文章脈絡、유사한 맥락 類似的脈絡
類 맥 脈

教育 06

학문 용어 • 學術用語

명료하다

形 [명뇨하다]

明瞭的、清楚的

어린 아이들에게는 돌려 말하지 말고 간단하고 **명료하게** 말해야 아이들이 쉽게 이해할 수 있다.

對小孩說話不要拐彎抹角，應該簡單明瞭地說，這樣他們才容易理解。

關 명료하게 말하다 清楚地說、명료하게 전달하다 清楚傳達、글이 명료하다 文章清晰
參 명료한 문장 清楚的句子、명료한 표현 明瞭的表達

문어

名 [무너]
漢 文語
⇨ 索引 p.824

文語、書面語

가 : 교수님, 아직 한국어로 보고서를 쓰는 게 어려워서요. 혹시 내용을 한번 봐 주실 수 있나요?

教授，我會用韓文寫報告還很難呢，您能幫我看一下內容嗎？

나 : 네, 마이클 씨. 내용은 좋은데 글이 구어체로 쓰여 있네요. **문어**체로 바꾸면 좋겠어요.

好的，麥可，內容寫得不錯，但用的是口語體，建議你改成書面語體。

參 문어체 書面語體
類 글말 書面語

312

서론

名 [서 : 론]
漢 序論／緒論
⇨ 索引 p.826

序論、緒論

가 : 지호야, 왜 글을 하나도 안 쓰고 컴퓨터 화면만 보고 있니?
  志浩，你怎麼一句都沒寫，只是在看電腦螢幕？

나 : 선생님, **서론**을 어떻게 써야 할지 몰라서 시작을 못 하고 있어요.
  老師，我不知道該怎麼寫序論，所以沒辦法開始。

關 서론이 짧다 序論短、서론을 쓰다 寫序論、서론을 작성하다 撰寫序論
參 서론 부분 序論部分、서론의 내용 序論內容
類 머리말 前言

수치

名 [수 : 치]
漢 數值
⇨ 索引 p.822

數值、數據

도시와 농촌 간의 학력 차이를 나타내는 통계 **수치**가 발표되어 교육 당국은 이를 완화하기 위한 대책 마련에 나섰다.
顯示都市與農村之間學力差距的統計數據已經公布，教育當局已著手制定緩和對策。

關 수치가 증가하다 數值上升、수치가 하락하다 數值下降、수치를 분석하다 分析數據
參 구체적인 수치 具體數據、정확한 수치 精確數據、통계 수치 統計數據
類 셈값 計算值、숫값 數值

교육 06

학문 용어 • 學術用語

시각

名 [시 : 각]
漢 視覺

視覺、視力

말로 설명하기 어려운 개념이나 대상은 이미지나 도표 등 **시각** 자료를 이용하면 효과적으로 내용을 전달할 수 있다.

用語言難以說明的概念或對象，若使用圖像或圖表等視覺資料，就能更有效地傳達內容。

關 시각이 발달하다 視覺發達、시각이 회복되다 視力恢復、시각을 잃어버리다 喪失視覺
參 시각적 視覺的、시각 매체 視覺媒體、시각 자료 視覺資料

시청각

名 [시 : 청각]
漢 視聽覺

視聽覺

가 : 이번 기말 과제는 영화 평론을 읽고 그에 대한 내 생각을 쓰는 건데 이 평론은 도대체 무슨 말인지 하나도 모르겠어.

這次期末作業是讀一篇電影評論，然後寫下自己的想法，但我完全看不懂這篇評論在說什麼。

나 : 그럼 영화에 대한 **시청각** 자료를 좀 찾아보는 건 어때? 글로만 읽는 것보다는 훨씬 이해가 잘될 거야.

那你要不要找一些關於這部電影的視聽資料來看看？比起單純閱讀文字會更容易理解的。

參 시청각적 視聽覺的、시청각 교실 視聽教室、시청각 매체 視聽媒體、시청각 자료 視聽資料、시청각 학습 視聽學習

314

요령

名 [요령]
漢 要領

要領、訣竅

가 : 호아 씨는 어떻게 그렇게 한국어 단어를 많이 알아요?
皓雅，你怎麼會知道這麼多韓語單字啊？

나 : 한국어 단어를 외우는 저만의 암기 **요령**이 있어요. 제인 씨한테도 알려 줄게요.
我有自己記韓語單字的記憶訣竅，我也可以教你喔，珍。

關 요령이 있다 有訣竅、요령이 없다 沒訣竅、
　요령이 생기다 訣竅生成、요령을 터득하다 領悟要領
參 작성 요령 撰寫要領、행동 요령 行動要領、
　간단한 요령 簡單要領

인문학

名 [인문학]
漢 人文學

人文學

기술이 고도로 발달한 시대지만 인간 본연의 가치에 대해 탐색하는 **인문학**에 대한 관심도 지속적으로 높아지고 있다.
即使在科技高度發展的時代，對於探討人類本質價值的人文學關注也在持續上升。

關 인문학을 공부하다 研讀人文學、
　인문학을 연구하다 研究人文學
參 인문학 교수 人文學教授、인문학 박사 人文學博士、
　인문학의 근간 人文學的根幹

教育 06

학문 용어 • 學術用語

총체적

名 關 [총 : 체적]
漢 總體的

整體的、全面的

가 : 학과장님, 어떻게 하죠? 다음 주 통계 특강을 하기로 한 강연자가 갑자기 취소를 했어요. 그리고 예약된 강의실도 쓸 수 없다고 연락이 왔고요.

系主任，怎麼辦？有連絡來告訴說下週擔任統計特講的講師突然取消了，預約的教室也說不能用了。

나 : 시간도 별로 없는데 **총체적** 난국이군요.

時間又不多，真是全面性的棘手局面啊。

關 총체적으로 반영하다 全面反映、
총체적으로 파악하다 總體掌握
參 총체적인 결론 整體結論、총체적인 규모 整體規模、
총체적인 노력 全面努力

출처

名 [출처]
漢 出處

出處、來源

학술 보고서를 작성할 때는 반드시 인용한 자료의 **출처**를 밝혀야 한다.

撰寫學術報告時，一定要標明所引用資料的出處。

關 출처를 밝히다 說明出處
參 논문의 출처 論文的來源、소문의 출처 傳聞的來源、
자금의 출처 資金來源、자료의 출처 資料來源

표기

名 [표기]
漢 標記

標記、標示

가 : 분명히 시험을 잘 본 것 같았는데 왜 점수가 엉망이지?
我明明覺得考得不錯，怎麼分數這麼差？

나 : 혹시 시험 볼 때 답안 **표기**를 잘못한 거 아니야?
會不會是你在作答時標記錯誤了？

動 표기하다 標記、표기되다 被標記
關 표기가 잘못되다 標記錯誤
參 답안 표기 作答標記、이중 표기 雙重標記、한글 표기 韓文標記、로마자 표기 羅馬字標記

학계

名 [학꼐/학께]
漢 學界
⇨ 索引 p.825

學界

박민기 교수는 고가의 장비가 필요하거나 위험성이 높아 직접 해 보기 힘든 실험을 가상 현실을 통해 진행할 수 있는 방안을 제안하여 **학계**의 주목을 받고 있다.
朴敏基教授提出就需要高價設備或風險較高、不易親自操作的實驗，建議可經由虛擬實境進行的方案，因而受到學界關注。

關 학계에 등장하다 登上學界、학계에 보고하다 向學界報告、학계의 주목을 받다 受到學界關注
參 학계 전문가 學界專家、학계 인사 學界人士
類 학문계 學術界、학술계 學術圈

학문 용어 • 學術用語

학술

名 [학술]
漢 學術

學術、學問

가 : 한국어로 전공과목을 들으려니까 이해가 안 되는 단어가 너무 많아. 하오밍 너는 수업 잘 따라가고 있어?

我想聽韓語講授的專業課，聽不懂的詞太多了。郝明，你上課跟得上嗎？

나 : 나도 처음에는 어려웠는데 경영학 **학술** 용어를 따로 공부하고 나니까 훨씬 쉬워졌어.

我一開始也覺得很難，但後來專門學了經營學的學術用語後就輕鬆多了。

參 학술적 學術上的、학술 단체 學術性團體、학술 대회 學術大會、학술 용어 學術用語

複習一下

教育 | 學術用語

✏️ 請將下列中彼此相符的項目連連看。

1. 맥락이 •　　　　　　　• ① 세우다
2. 가설을 •　　　　　　　• ② 끊기다
3. 요령을 •　　　　　　　• ③ 터득하다

✏️ 這是關於發表的課程，請從下方找出最適合填入（　）的單字並寫上。

例　　　수치　　　출처　　　시청각

여러분, 안녕하십니까? 오늘은 효과적인 발표를 위해 어떤 자료를 사용해야 하는지에 대해 알아보려고 합니다. 발표를 할 때는 4. (　　　)자료를 충분히 사용하는 것이 좋습니다. 눈으로 보고, 귀로 들으면서 이해를 도울 수 있기 때문입니다. 이때 그래프와 같은 자료를 사용할 수도 있는데요, 이러한 자료는 객관적인 5. (　　　)을/를 보여줄 수 있기 때문에 자신의 주장을 뒷받침하는 근거가 되어 줍니다. 그리고 어디에서 이러한 자료를 가져왔는지 자료의 6. (　　　)을/를 밝히는 것을 잊지 말아야 합니다.

(단위: 천 명) 전 세계 TOPIK 지원자 수
500　　　　　　　　　　　500
400　　　　　　　　400
300
200　　　　　　200
100　25　100
　　2005년 2010년 2015년 2020년 2025년
(출처: 교육부)

✏️ 請從下列選項中選出最適合填入括號（　）的單字。

7. 자신의 의견을 제대로 전달하기 위해서는 (　　　) 표현을 사용하여 말하는 것이 좋다.

① 산만한　② 명료한　③ 투박한　④ 익살스러운

8. '국수를 먹는다'는 표현은 '결혼한다'는 의미로도 사용되는 (　　　)인 표현이다.

① 단적　② 유동적　③ 총체적　④ 관용적

5 학문 행위
學術行為

가닥
名 [가닥]

絲、條、頭緒、線縷、股

학생들의 기초 학력 신장을 위한 새로운 교육 정책 방향이 하나하나 **가닥**을 잡아가고 있다.

為了提升學生基礎學力而制定的新教育政策方向，正一點一滴地逐漸明朗化。

關 가닥이 꼬이다 絞在一起、가닥이 지다 結成一股、가닥을 나누다 分成幾股

參 국수 가닥 麵條的一股、실 가닥 線的一縷

關 가닥을 잡다 抓到頭緒、가닥이 잡히다 理出頭緒

간과하다
動 [간과하다]
漢 看過하다

忽視、忽略

발표를 할 때는 내용도 중요하지만 청중의 흥미와 관심을 끌어야 한다는 것도 **간과해서는** 안 된다.

發表時內容固然重要，但也不能忽視必須吸引聽眾興趣與關注這一點。

關 문제를 간과하다 忽略問題、본질을 간과하다 忽視本質、사실을 간과하다 忽略事實

參 간과한 점 忽略之處

간략하다

形 [갈랴카다]
漢 簡略하다

簡略的、簡明的

가 : 경제학 개론 과목이 너무 어려워서 하은 선배한테 얘기했더니 고맙게도 내용만 **간략하게** 정리한 요약본을 주셨어.
經濟學概論太難了，我跟夏恩學姊說了一下，令我非常感激地，她給了我簡略整理的摘要本。

나 : 그래? 그럼 나도 한번 부탁드려 볼까?
是嗎？那我也來拜託她看看好了。

關 간략하게 보고하다 簡要報告、간략하게 소개하다 簡單介紹、내용이 간략하다 內容簡潔
參 간략한 정보 簡略資訊、간략한 이야기 簡短的故事

갈피

名 [갈피]

頭緒、線索、脈絡

지호는 과학 경시 대회 준비를 많이 했지만 고난도 문제가 많이 나온 터라 좀처럼 문제의 **갈피**를 잡지 못해 예선에서 떨어지고 말았다.
志浩雖然為科學競賽做了很多準備，但因為出了許多高難度的題目，始終抓不到問題的頭緒，結果在預賽中就被淘汰了。

關 갈피를 잡다 抓到頭緒
參 마음의 갈피 心中的脈絡、일의 갈피 事情的頭緒

教育 06

학문 행위 • 學術行為

견문

名 [견 : 문]
漢 見聞

見聞、見識

가 : 김 작가님, 작가님의 소설에서는 여러 직업을 가진 다양한 인물이 등장하는데요, 어디에서 아이디어를 얻으셨습니까?
　金作家，您的小說中出現了很多從事不同職業的角色，靈感是從哪裡來的呢？

나 : 배낭여행을 하면서 보았던 것들과 그때 만난 많은 사람들이 저의 **견문**을 넓히는 데 도움을 줬습니다.
　我在背包旅行中看到的，以及當時遇到的許多人，都幫助我拓展了見識。

動 견문하다 見聞
關 견문을 넓히다 擴展見識、견문을 쌓다 累積見識、견문이 넓다 見識廣博、견문이 부족하다 見聞不足
參 다양한 견문 多樣的見聞、풍부한 견문 豐富的見識

경청

名 [경청]
漢 傾聽

傾聽

타인의 생각을 정확히 이해하기 위해서는 우선 상대방의 말을 **경청하는** 것이 중요하다.
為了正確理解他人的想法，首先傾聽對方的話是重要的。

動 경청하다 傾聽
參 강의 경청 認真聽課

공백

名 [공백]
漢 空白

空白、空格、空檔

가 : 예준아, 빌려준 책 잘 봤어. 그런데 책에다가 어쩜 이렇게 필기를 잘해 놓았니?

睿俊，我看完你借給我的書了，你怎麼筆記做得那麼好啊？

나 : 어릴 때부터 수업을 들으면서 선생님의 추가 설명을 교과서의 **공백**에 필기하다 보니 습관이 됐거든.

我從小上課時把老師補充說明的內容寫在課本的空白處，久而久之就成習慣了。

關 공백을 채우다 填補空白、공백을 메우다 填補空白、
　 공백이 생기다 出現空白、공백에 적다 寫在空白處
參 일시적 공백 暫時空白、공백 상태 空白狀態

궁극적

名 關 [궁극쩍]
漢 窮極的

究極的、最終的

공부를 하는 이유는 사람마다 다르겠지만 결국 **궁극적**인 목적은 자아실현을 하는 것과 행복하게 사는 것이라고 생각한다.

雖然每個人讀書的理由不同，但我認為最終的目的還是實現自我和過上幸福的生活。

關 궁극적으로 도달하다 最終達成、
　 궁극적으로 해결하다 最終解決
參 궁극적인 가치 終極價值、궁극적인 꿈 終極夢想、
　 궁극적인 목표 最終目標

教育
06

학문 행위 • 學術行為

깨치다
動 [깨치다]

領悟、理解、開竅

가 : 여보, 우리 애는 6살이 되었는데도 왜 아직 한글을 못 **깨칠까요**? 다른 애들은 벌써 동화책도 다 읽던데요.
親愛的，我們孩子都六歲了，怎麼還不會認韓文字？別的孩子都已經會讀童話書了呢。

나 : 글을 조금 늦게 익힐 수도 있죠. 아직 초등학교 입학도 안 했는데요, 뭐.
熟悉得晚一點也有可能啊，又還沒上小學。

關 원리를 깨치다 領悟原理、잘못을 깨치다 意識到錯誤

꾀하다
動 [꾀하다/꿰하다]

策劃、謀劃、圖謀

가 : 김 선생님, 이번 진로 탐색 행사는 어떻게 진행할 계획입니까?
金老師，這次的職涯探索活動您打算怎麼安排呢？

나 : 이번에는 좀 변화를 **꾀해서** 다양한 직업 체험 활동을 준비할 계획입니다.
這次想做些變化，計畫準備了各種職業體驗活動。

關 발전을 꾀하다 謀求發展、변화를 꾀하다 嘗試變革

따라잡다
動 [따라잡따]

追上、趕上

가 : 요즘 수업에 자주 빠지고 복습도 안 했더니 수업 내용을 이해하기가 점점 어려워져.
最近常常翹課又沒複習，結果越來越聽不懂上課內容了。

나 : 한 번 뒤처지기 시작하면 **따라잡기** 힘들 텐데 내가 도와줄 건 없을까?
一旦開始落後就很難追上了，有什麼我可以幫忙的嗎？

參 기술을 따라잡다 趕上技術、앞사람을 따라잡다 追上前面的人

맞대다

動 [맏때다]

相接、面對面、靠在一起

가：재민아, 이 수학 문제 좀 풀어 볼래? 지호하고 둘이서 머리를 **맞대고** 1시간 동안 고민했는데도 답이 안 나와.

宰民，你要不要試著解這題數學？我和志浩湊在一起想了一個小時，還是解不出來。

나：그래? 나도 한번 풀어 볼게.

是嗎？那我也來解看看。

關 머리를 맞대다 湊在一起想、얼굴을 맞대다 面對面、어깨를 맞대다 肩並肩、이마를 맞대다 額頭相碰

몰입

名 [모립]
漢 沒入
⇨ 索引 p.824

沒入、沉浸、投入

가：지우야, 너 울어? 내 생각엔 영화가 그렇게 슬프진 않은 것 같은데…….

智友，你在哭嗎？我覺得這部電影好像沒有那麼悲傷耶……

나：나도 모르게 내용에 너무 **몰입**을 했나 봐. 자꾸만 눈물이 나.

我好像不知不覺太投入情節了，眼淚一直流出來。

動 몰입하다 沉浸／投入
關 몰입이 되다 投入其中、몰입을 방해하다 妨礙投入
參 감정 몰입 情感投入
類 몰두 埋首／專注

학문 행위 • 學術行為

배열

名 [배ː열]
漢 排列／配列

排列、配置

가 : 나오미 씨는 어떻게 그렇게 한글 타자를 빨리 칠 수 있는 거예요?
直美，妳怎麼這麼會打韓文輸入法啊？

나 : 한글 자판의 **배열**부터 차근차근 익혀 보세요. 그게 익숙해지면 타자를 치기가 훨씬 수월해요.
先一步一步熟悉韓文字母鍵盤的排列。習慣之後，打字會輕鬆很多喔。

動 배열하다 排列、배열되다 被排列
關 배열이 정연하다 排列整齊
參 배열 방법 排列方法、배열 순서 排列順序、자판 배열 鍵盤排列、치아 배열 牙齒排列

베끼다

動 [베끼다]
⇨ 索引 p.826

抄寫、抄襲

가 : 교수님, 죄송하지만 보고서를 열심히 썼는데 왜 이렇게 점수가 낮은지 여쭤봐도 될까요?
教授，不好意思，我很努力寫了報告，可以問一下為什麼分數這麼低嗎？

나 : 인터넷에 있는 내용을 상당 부분 그대로 **베껴** 썼잖아요. 인용 표기 없이 내용을 똑같이 쓰면 좋은 점수를 받을 수 없습니다.
你有相當一部分內容是直接從網路上抄過來的。沒有標明引用來源就照抄，是拿不到高分的。

關 베껴 쓰다 抄寫下來、글씨를 베끼다 抄字、그대로 베끼다 照抄原文、똑같이 베끼다 完全照抄
類 모사하다 模仿／摹寫

326

분분하다

形 [분분하다]
漢 紛紛하다

紛紛、意見不一、眾說紛紜

가 : 시후야, 이 정책은 한국 역사에서 성공한 정책으로 봐야 할지 아니면 실패한 정책으로 봐야 할지 잘 모르겠어.
時厚，我不太確定這項政策該算是韓國歷史上的成功案例，還是失敗的政策。

나 : 그 정책에 대해서는 역사학자들의 해석도 **분분한데** 우리가 어떻게 판단하겠니?
連歷史學家的解讀都眾說紛紜，我們又怎麼能輕易下判斷呢？

關 의견이 분분하다 意見分歧、해석이 분분하다 解釋不一
參 분분한 논의 各說各話的討論、분분한 추측 紛紜猜測

상세하다

形 [상세하다]
漢 詳細하다

詳細的、詳盡的

가 : 안녕하세요? 저 신입생인데요, 수강 신청 방법을 문의하려고 전화드렸습니다.
你好，我是新生，想詢問一下選課的方法而打電話的。

나 : 그 부분은 학과 홈페이지에 **상세하게** 설명되어 있으니 그것을 참고해 주세요.
那部分在系上的網站上有詳細說明，請參考那裡的內容。

關 상세하게 답변하다 詳細回答、상세하게 알려 주다 仔細告知、설명이 상세하다 說明詳盡
參 상세한 내용 詳細內容、상세한 약도 詳細地圖、상세한 정보 詳細資訊

教育 06

327

학문 행위 • 學術行爲

세부

名 [세 : 부]

細部、細節

가 : 이번에 한국어 말하기 성적이 하나도 안 올라서 속상해.
　　這次韓語口說成績完全沒進步，我有點難過。

나 : 그래도 **세부** 점수를 보니까 발음이랑 정확성 점수는 올랐네. 다음번에는 내용을 풍부하게 말하면 더 좋아질 거야.
　　但看細項分數的話，發音和正確性都有進步喔。下次多充實內容，成績會更好的。

參 세부적 細節性的、세부 기술 細部描述、세부 내용 詳細內容、세부 목록 細部目錄、세부 항목 細部項目

소양

名 [소양]
漢 素養

素養、修養

'한국대학교'에서는 재학생들의 인문학적 **소양**을 함양하기 위해 매년 독서 토론 대회를 개최하고 있다.
「韓國大學」為了培養在學生的人文素養，每年都舉辦讀書討論大會。

關 소양이 깊다 素養深厚、소양이 부족하다 缺乏素養、소양을 갖추다 具備素養、소양을 쌓다 累積素養
參 기본 소양 基本素養

시범

名 [시ː범]
漢 示範

示範、示例

체육 교과서에 있는 운동 동작들은 설명을 읽는 것보다 선생님의 **시범**을 한 번 보는 것이 더 이해하기 쉽다.

體育課本裡的運動動作，看老師示範一次比起閱讀說明會更容易理解。

動 시범하다 示範
關 시범을 보이다 展示示範
參 시범적 示範性的、시범 경기 示範比賽、시범 사업 示範事業、시범 적용 示範應用

심화

名 [심ː화]
漢 深化

深化、加深

가 : 도형 문제 어렵다더니 별거 아니네. 나 100점 받았어.
你不是說圖形題很難嗎？其實沒什麼嘛，我拿了 100 分。

나 : 그건 기본 문제잖아. **심화** 문제는 풀기가 더 까다로워.
那只是基本題，深化題目更難解呢。

動 심화하다 深化、심화되다 被深化、심화시키다 使深化
參 심화 과정 深化課程、심화 문제 深化問題、심화 학습 深化學習

열의

名 [여릐/여리]
漢 熱意

熱忱、熱情

표지가 너덜너덜해진 교과서를 보면 예지가 얼마나 **열의**를 가지고 공부했는지 알 수 있다.

看到書皮都翻破的課本，就可知道睿智是多麼有熱情地在學習。

關 열의가 높다 熱忱高、열의가 대단하다 熱情很高、
열의를 가지다 擁有熱情、열의를 보이다 表現出熱忱、
열의에 놀라다 對熱忱感到驚訝

학문 행위 • 學術行為

염두

名 [염ː두]
漢 念頭
⇨ 索引 p.823

念頭、心中想法

형은 **염두**에 두고 있는 기업에 입사하기 위해 필기시험 및 면접시험 준비에 최선을 다하고 있다.
哥哥為了進入心儀的公司，正全力準備筆試和面試。

關 염두에 두다 放在心上、염두에 없다 沒放在心上、염두에 있다 記在心裡
類 가슴속 心中、마음속 內心、심중 心中、의중 心意

잠재력

名 [잠재력]
漢 潛在力

潛在能力、潛力

가 : 교수님, 저는 아무래도 유명한 가수가 되기는 어려울 것 같아요. 대학에 오니까 잘하는 친구들이 너무 많아요.
教授，我覺得我很難成為有名的歌手。來到大學後才發現身邊真的有太多厲害的同學了。

나 : 무슨 소리예요. 지우가 가진 독특한 목소리의 **잠재력**을 더 끌어내면 반드시 성공할 거예요.
你在說什麼呢？只要把你那獨特嗓音的潛力充分發揮出來，一定會成功的。

關 잠재력을 지니다 擁有潛力、잠재력을 보이다 展現潛力、잠재력이 있다 有潛力
參 국가 잠재력 國家潛力、성장 잠재력 成長潛力、경제적 잠재력 經濟潛力、무한한 잠재력 無限潛力

쟁점

名 [쟁점]
漢 爭點

爭點、爭議焦點

국내 다문화 가정의 자녀 수가 증가하면서 이들을 위한 교육 정책이 주요 **쟁점**으로 떠오르고 있다.

隨著國內多元文化家庭子女人數增加，針對他們的教育政策浮現而為主要的爭議焦點。

關 쟁점을 다루다 處理爭點、쟁점을 파악하다 掌握爭議點、쟁점으로 남다 留下爭點、쟁점으로 떠오르다 浮現為爭議焦點、쟁점으로 삼다 視為爭議重點
參 최대의 쟁점 最大爭點、주요한 쟁점 主要爭點、쟁점 사안 爭議事項、쟁점의 해결 爭議的解決

저서

名 [저ː서]
漢 著書

著作、著書

작가가 꿈이었던 최윤아 씨는 직장 생활의 경험을 바탕으로 한 **저서**를 발표하여 큰 인기를 끌고 있다.

以成為作家為夢想的崔潤雅發表了以職場經驗為基礎寫的著作，廣受歡迎。

關 저서를 남기다 留下著作、저서를 쓰다 撰寫著作
參 첫 번째 저서 第一部著作、한 권의 저서 一本著作

학문 행위 • 學術行為

전념

名 [전념]
漢 專念

專念、專心致志

가 : 이번 시험은 완전히 망쳤어. 장학금은 고사하고 졸업이나 할 수 있을지 모르겠어.
　這次考試完全考砸了，別說拿獎學金了，我都不知道能不能順利畢業。

나 : 공부에 **전념하지** 않고 게임만 하니까 그렇지. 나중에 재수강이 가능한지 한번 알아봐.
　你就是不專心讀書，整天只顧著玩遊戲才會這樣。以後看看能不能重修吧。

動 전념하다 專心／專注
關 전념을 기울이다 傾注心力、전념을 다하다 全力以赴、전념을 쏟다 投入專注

제기

名 [제기]
漢 提起
⇨ 索引 p.824

提出、提起

이번 기말시험 문제에 오류가 발견되면서 학생들의 이의 **제기**가 계속되었다.
這次期末考試中被發現錯誤題目，導致學生們持續提出異議。

動 제기하다 提出、제기되다 被提出
參 문제 제기 問題提出、반론 제기 反駁提出、불만 제기 提出不滿、의혹 제기 提出疑點、이의 제기 提出異議
類 제언 建議、제의 提議

조성

名 [조ː성]
漢 造成

營造、建設、打造

서울시 교육청은 증강 현실 기술을 활용한 디지털 교실 **조성** 계획을 발표하였다.
首爾市教育廳發表了活用擴增實境技術打造數位教室的計畫。

動 조성하다 打造／營造、조성되다 被建成／被營造
參 공원 조성 公園建設、관광지 조성 觀光地開發、분위기 조성 營造氣氛、풍토 조성 風氣營造

332

주도

名 [주도]
漢 主導

主導、主導權

가 : 선생님, '한국고등학교'가 명문고로 불릴 수 있었던 비결은 무엇인가요?
老師，請問「韓國高等學校」能被稱為名門高中的祕訣是什麼呢？

나 : 우리 학교는 학생들이 자기 **주도** 학습 능력을 갖추도록 하여 스스로 공부할 수 있는 면학 분위기를 조성하고 있습니다.
我們學校讓學生具備自主學習的能力，進而營造出能自律學習的氛圍。

動 주도하다 主導
參 주도가 되다 成為主導、주도적 主動的、주도 세력 主導勢力、정부 주도 政府主導、민간 주도 民間主導

주체

名 [주체]
漢 主體

主體、主導者

가 : 이번 수업은 여러분이 **주체**가 되어 환경 문제를 찾고 해결 방법을 제안하는 방식으로 진행됩니다. 먼저 조별로 주제를 선택해 주세요.
這堂課將由各位同學作為主體，找出環境問題並提出解決方案。請各組先選定主題。

나 : 저희 조는 수질 오염에 대해서 조사해 보겠습니다.
我們組要針對水質汙染調查。

關 주체가 되다 成為主體、주체를 맡다 擔任主體角色
參 주체적 主體性的、주체 세력 主體勢力、
행동의 주체 行動的主體、교육의 주체 教育的主體

教育 06

333

학문 행위 • 學術行爲

최적

名 [최ː적/
췌ː적]
漢 最適

最適、最合適

공부에 흥미가 없는 학생들의 성적 향상을 위한 **최적**의 방법 중 하나는 공부를 해야 할 동기를 심어 주는 것이다.

對於對學習缺乏興趣的學生來說，提升成績的最佳方法之一，就是激發他們學習的動機。

※ 無形容詞。以「최적의 ~」的形態使用。

參 최적의 방법 最佳方法、최적의 상태 最佳狀態、최적의 조건 最適條件、최적의 환경 最適環境

타당하다

形 [타ː당하다]
漢 妥當하다

妥當的、合理的、正當的

가 : 아까 수업 시간에 지우가 발표한 내용 말이야. 난 도저히 동의할 수가 없어.

剛才課堂上智友發表的內容，我實在無法認同。

나 : 나도 그렇게 생각해. 주장 자체는 설득력이 있지만 그에 대한 **타당한** 근거가 없잖아.

我也是那麼想。他的主張本身雖然有說服力，但缺乏合理的根據啊。

關 근거가 타당하다 根據合理、주장이 타당하다 主張妥當
參 타당한 방법 妥善的方法、타당한 해석 妥當的解釋

탐구

名 [탐구]
漢 探究

探究、探索

최근 각 분야 전문가들의 이야기를 만화로 각색하여 중고생들의 직업 **탐구**에 도움을 줄 수 있는 직업 만화 시리즈가 출판되었다.

最近將各領域專家的故事改編成漫畫，有助於中學生和高中生探索職業的職業漫畫系列已經出版。

動 탐구하다 探究、탐구되다 被探究
參 과학 탐구 科學探索、진리 탐구 真理探求、학문 탐구 學術探究、탐구의 즐거움 探索的樂趣

파고들다

動 [파고들다]

深入鑽研、深入探究

가 : 왜 외국어 공부는 끝이 없는 걸까? 하면 할수록 더 어려워져.
為什麼外語學習永遠學不完？越學越難。

나 : 언어를 공부할 때는 그 나라의 문화적인 부분까지 **파고들어야** 하니까 더 어렵게 느껴지는 것 같아.
學語言時還要深入鑽研那個國家的文化，所以會覺得特別難。

關 깊이 파고들다 深入鑽研、사건을 파고들다 深入事件、책을 파고들다 鑽研書籍

한하다

動 [한 : 하다]
漢 限하다

限於、僅限於

가 : 하은아, 나 시험 보는 날에 집안에 중요한 일이 있는데 다른 날 시험을 볼 수도 있을까?
夏恩，我考試那天家裡有重要的事情，我可以改天考嗎？

나 : 특별한 경우에 **한해서만** 가능하다고 알고 있는데 일단 교수님께 말씀드려 봐.
我知道只有在特殊情況下才允許，不過你可以先去跟教授說說看。

關 고객에 한하다 僅限顧客、신입생에 한하다 僅限新生、오늘에 한하다 僅限今日

학문 행위 • 學術行為

합당하다

形 [합땅하다]
漢 合當하다

適當的、恰當的、合理的

교사들은 교내 글쓰기 대회의 **합당한** 심사 기준을 마련하기 위해 외부 전문가의 자문을 구했다.

老師們為了制定校內寫作比賽的合理評審標準，徵求了外部專家的建議。

關 기준에 합당하다 符合標準、뜻에 합당하다 合乎意義
參 합당한 가치 合理的價值、합당한 결정 恰當的決定、합당한 답변 適當的回應、합당한 이의 合理的異議

해박하다

形 [해바카다]
漢 該博하다

淵博的、博學的

가 : 어제 박한나 박사의 인공 지능 특강 들었어? 어땠어?

你昨天聽了朴漢娜博士的人工智慧特講嗎？感覺怎麼樣？

나 : 정말 알찬 강의였어. 그 박사님은 인공 지능 말고도 사회 다양한 분야에 대해서 **해박하시더라**.

是場內容非常豐富的講座。那位博士不只對人工智慧，對社會各方面也都很淵博呢。

關 지식이 해박하다 知識淵博、상식에 해박하다 精於常識
參 해박한 사람 博學之人、해박한 지식 豐富知識、해박한 학식 博學多聞

336

핵심적

名 關 [핵씸적]
漢 核心的

核心的、關鍵的

가 : 이번에는 시험 범위가 너무 넓으니까 공부할 엄두가 안 나.
　　這次的考試範圍太廣了，我完全提不起勁來念書。

나 : 그래서 나도 **핵심적**인 내용만 정리해 보려고 해.
　　所以我也只打算整理出重點內容來複習。

關 핵심적으로 다루다 核心處理、
　　핵심적인 역할을 하다 扮演關鍵角色
參 핵심적인 가치 核心價值、핵심적인 내용 核心內容、
　　핵심적인 요소 關鍵要素、핵심적인 인물 核心人物

教育 06

複習一下

教育 | 學術行為

✎ 請將下列中彼此對應的項目正確連線。

1. 소양을 •　　　　　　　• ① 잡다
2. 갈피를 •　　　　　　　• ② 채우다
3. 공백을 •　　　　　　　• ③ 갖추다

✎ 請從下列選項中選出最適合填入（　）的單字。

4. '한국대학교'에서는 올해부터 타 지역 학생들을 위한 통학 버스를 (　　　) 운영하기로 하였다.

① 세부　　② 시범　　③ 몰입　　④ 심화

5. 자라나는 아이들은 열정을 가지고 노력한다면 원하는 것은 무엇이든지 이룰 수 있는 무한한 (　　　)을 가지고 있다.

① 효력　　② 결단력　　③ 잠재력　　④ 친화력

✎ 請從例找出最合適填入（　）中的單字。

| 例 | 견문 | 제기 | 쟁점 |

6. 현대 사회의 주요 (　　)에 대한 토론은 청소년들의 비판적 사고력을 키우는 데 많은 도움이 된다.

7. 각 학교에서는 견학이나 단체 여행 등을 통해 학생들이 (　　)을/를 넓힐 수 있는 기회를 제공한다.

8. 사람들이 당연하다고 여기는 현상에 대한 문제 (　　)은/는 사회를 옳은 방향으로 이끄는 시작점이 될 수 있다.

用漢字學韓語・學

✎ 我們來看看韓文詞彙是如何與漢字產生聯繫的。

學 / 학 — 배우다 學、學習

工學 (공학) p.749
공학에서 다루는 과학적 지식과 기술을 활용하면 우리 삶을 더욱 편리하게 만들 수 있다.
如果運用工程學中所涉及的科學知識與技術，便能使我們的生活更加便利。

人文學 (인문학) p.315
인문학은 문학, 역사, 철학 등 다양한 영역을 아우르는 학문이다.
人文學是一門涵蓋文學、歷史、哲學等多個領域的學科。

哲學 (철학) p.307
나는 인간의 존재와 세계의 본질에 대해 탐구하기 위해 철학을 전공하기로 했다.
我為了探究人類的存在與世界的本質決定主修哲學。

學界 (학계) p.317
이번 세미나는 학계 각 분야의 전문가들이 모여 환경 문제에 대해 논의하는 자리이다.
這次的研討會是學界各領域專家齊聚一堂，針對環境問題討論的場合。

學術 (학술) p.318
대학 도서관에서는 교수와 학생들의 연구 활동을 돕고자 방대한 양의 학술 정보를 무료로 제공한다.
大學圖書館為了協助教授與學生的研究活動，免費提供大量的學術資訊。

學識 (학식) p.601
김 박사는 생명 공학 분야에서 높은 학식을 갖춘 것으로 유명하여 여러 곳에서 강연을 하고 있다.
金博士在生物工程領域以學識淵博聞名，並受邀在多個地方演講。

07 사회생활
社會生活

1 **문제／해결** 問題／解決
2 **사회 현상** 社會現象
3 **성공／실패** 成功／失敗
4 **직장／직장 생활** 職場／職場生活

用漢字學韓語・成

1 문제/해결
問題/解決

23.mp3

걷잡다
動 [걷짭따]

抑制、控制、收拾（情況）

최근 집값이 **걷잡을** 수 없이 오르고 있어 이사를 하려는 사람들의 고민이 커지고 있다.
最近房價不受控制地上漲，讓想搬家的人煩惱不已。

關 걷잡을 수 없이 망가지다 無法收拾地毀掉、
걷잡을 수 없이 무너지다 無法控制地崩潰、
걷잡을 수 없이 쓰러지다 無法遏止地倒下

💡 通常以「걷잡을 수 없다」的形態使用。

걸림돌
名 [걸림똘]

絆腳石、阻礙

가 : 직장을 자주 옮긴 게 다시 취직하는 데 이렇게 **걸림돌**이 될 줄 몰랐어. 지원하는 곳마다 떨어지니 이제 포기해야 할까 봐.
沒想到工作換太頻繁會成為再就業的絆腳石。投的每一處都沒上，看來我可能該放棄了。

나 : 아직 결과가 안 나온 곳도 있잖아. 조금만 더 힘을 내.
還有些地方結果沒出來呢，再撐一下吧。

關 걸림돌을 제거하다 排除障礙、걸림돌이 되다 成為絆腳石、
걸림돌로 작용하다 起阻礙作用

參 큰 걸림돌 重大阻礙

고심

名 [고심]
漢 苦心

苦心、反覆思量

나는 **고심** 끝에 연로하신 부모님의 건강이 걱정돼서 유학 가는 것을 포기하고 취직하기로 마음을 먹었다.

經過一番苦思熟慮後，我擔心年邁父母的健康，因而決定放棄留學，選擇就業。

動 고심하다 苦思／深思熟慮
關 고심이 크다 苦惱很大
參 고심 끝 苦思之後、고심의 결과 深思的結果

고충

名 [고충]
漢 苦衷

苦惱、困擾

서울시는 업무 스트레스를 겪고 있는 공무원들의 **고충**을 덜어 줄 심리 상담 프로그램을 확대할 예정이다.

首爾市為減輕飽受業務壓力的公務員苦衷，而計畫擴大心理諮商課程。

關 고충이 따르다 苦惱隨之而來、충이 크다 苦惱很大、고충을 덜다 減輕苦衷、고충을 이해하다 理解煩心事、고충을 털어놓다 吐露心聲

골칫거리

名 [골치꺼리／골칟꺼리]
⇨ 索引 p.822

令人頭痛的事、麻煩事

가 : 이 건물에는 주차 공간이 너무 부족하네요.
這棟建築的停車空間真的太少了。

나 : 여기뿐만이 아닙니다. 이 주변에는 넓은 주차장을 갖춘 건물이 없어서 주차 문제가 항상 **골칫거리**예요.
不只是這裡，這附近都沒附有大型停車場的建築，所以停車問題一直是令人頭痛的事。

關 골칫거리가 되다 成為麻煩、골칫거리가 생기다 頭痛事生成、골칫거리를 만들다 製造麻煩
類 두통거리 頭痛問題、골칫덩어리 大麻煩

社會生活 07

343

문제／해결 • 問題／解決

공방

名 [공ː방]
漢 攻防

攻防、激烈交鋒

대통령 선거를 앞두고 후보자들이 토론회에 나와 자신들의 주장을 펼치며 치열하게 **공방**을 이어갔다.

在總統選舉前夕，候選人們登上辯論舞台各自發表主張，激烈交鋒。

動 공방하다 進行攻防
關 공방이 치열하다 攻防激烈、공방을 벌이다 展開交鋒
參 법정 공방 法庭攻防、상호 공방 相互攻擊、정치적 공방 政治攻防

과대평가

名 [과ː대평까]
漢 過大評價
⇨ 索引 p.828

高估、過度評價

가 : 부장님께서 나를 너무 **과대평가하시는** 것 같아. 내년 사업 기획안을 이번 주까지 완성하라고 하셔.

我覺得部長太高估我了，他要我在這週內完成明年的企劃案。

나 : 너에 대한 기대가 크신가 보다. 근데 도저히 안 될 것 같으면 말씀을 드려 봐.

他對你期望很高吧，但如果真的做不到，還是跟他說一聲吧。

動 과대평가하다 高估、과대평가되다 被高估
關 과대평가를 받다 被過度評價
參 지나친 과대평가 過分的高估
反 과소평가 低估

344

구사일생

名 [구사일생]
漢 九死一生

九死一生、死裡逃生

가 : 서윤 씨, 지난 여름휴가 때 서핑하다가 사고가 났었다면서요?
瑞潤，聽說你去年暑假衝浪時發生了意外？

나 : 네, 파도에 휩쓸렸는데 구조대가 절 구해줘서 **구사일생**으로 살았어요.
是啊，我被海浪捲走了，幸好救援隊救了我，才死裡逃生。

動 구사일생하다 死裡逃生
關 구사일생으로 살아나다 九死一生地活下來、
　 구사일생으로 탈출하다 死裡逃生地脫出、
　 구사일생으로 구출되다 被死裡逃生地救出

💡 通常以「구사일생으로」形態使用。

극적

名 關 [극쩍]
漢 劇的

戲劇性的、戲劇化的

오늘 새벽에 서울 지하철 노사 협상이 **극적**으로 타결돼 지하철이 정상적으로 운행되었다.
今天凌晨，首爾地鐵的勞資協商戲劇性地達成協議，地鐵已恢復正常運行。

關 극적으로 만나다 戲劇性地相遇、
　 극적으로 타결되다 戲劇性地達成協議
參 극적인 순간 戲劇性的瞬間、극적인 승리 戲劇性的勝利、
　 극적인 장면 戲劇化場面、극적인 합의 戲劇性的協議、
　 극적인 행동 戲劇化行動

社會生活 07

345

문제／해결 • 問題／解決

난감하다

形 [난 : 감하다]
漢 難堪하다
⇨ 索引 p.827

難堪的、棘手的、難以抉擇的、為難的

가 : 하은아, 지원한 회사 두 곳에 모두 합격했다면서? 축하해.
夏恩，聽說你應徵的兩家公司都錄取你了？恭喜啊！

나 : 고마워. 그런데 두 회사 모두 마음에 들어서 어디를 선택해야 할지 **난감해**.
謝謝你。不過我兩家都很喜歡，要選哪一家實在很為難。

參 난감한 경우 棘手的情況、난감한 느낌 為難的感覺、난감한 기분 難堪的心情、난감한 마음 為難的心情
類 난처하다 為難的／尷尬的

낭패

名 [낭 : 패]
漢 狼狽

尷尬、困窘、吃虧的狀況

가 : 호아 씨, 한국어능력시험은 잘 봤어요?
皓雅，你韓語能力考試考得怎麼樣？

나 : 아니요. 시험 당일에 신분증을 안 가지고 가서 **낭패**를 봤어요.
唉，考試當天忘了帶身分證，真是倒楣透了。

動 낭패하다 感到為難、낭패되다 陷入窘境
關 낭패가 생기다 發生窘況、낭패가 아니다 不是問題、낭패를 당하다 遭遇困境
關 낭패를 보다 遭遇尷尬情況

대안

名 [대ː안]
漢 代案

替代方案、對策

가 : 사장님, 아무리 회사 상황이 어려워도 직원들을 해고하는 것은 좋은 방법이 아닌 것 같습니다.
社長，即使公司情況再困難，我認為解雇員工也不是個好辦法。

나 : 그럼 어떻게 하면 좋을지 **대안**을 이야기해 보세요.
那你來說說有什麼好的替代方案吧。

關 대안을 내놓다 提出對策、대안을 마련하다 擬定替代方案、대안을 모색하다 尋求替代方法、대안이 떠오르다 想起對策

막다르다

形 [막따르다]

（道路、情況等）到盡頭的、無路可走的、陷入絕境的

가 : 준우 씨, 왜 잘 다니던 회사를 그만두려고 해요?
俊宇，你為什麼要辭掉原本做得不錯的公司？

나 : 아버지 사업이 **막다른** 벽에 부딪쳐 제가 좀 도와 드려야 할 것 같아서요.
因為我父親的事業碰到絕壁，我想我該幫他一把。

參 막다른 곳 死胡同、막다른 길 絕路、막다른 데 絕境
關 막다른 골목 死巷子

💡 通常以「막다른」形態使用。

문제／해결 • 問題／解決

모색

名 [모색]
漢 摸索

摸索、尋求（方向或解決方案）

가 : 우리 매장의 매출액이 점점 감소하고 있어서 걱정입니다. 이를 어떻게 해결하면 좋을까요?
　　我們店的營業額逐漸下滑，讓我很擔心。該怎麼解決才好呢？

나 : 고객들의 만족도를 높여서 구매를 유도하는 방안을 **모색하는** 것이 중요하다고 봅니다.
　　我認為最重要的是要尋求能提高顧客滿意度，並引導他們消費的對策。

動 모색하다 尋求／探索
關 모색이 어렵다 難以尋求／難以找到方向
參 방안의 모색 解決方案的探索、새로운 모색 新嘗試、진지한 모색 認真尋求

모호하다

形 [모호하다]
漢 模糊하다
⇨ 索引 p.827, 830

模糊的、含糊的、不明確的

누군가의 부탁을 들어주기 어려울 때는 **모호한** 태도를 취하지 말고 단호하게 거절해야 나중에 오해가 생기지 않는다.
當難以接受別人的請求時，不要採取模糊的態度而應該果斷拒絕，這樣才能避免日後產生誤會。

關 문장이 모호하다 句子不清楚、경계가 모호하다 界線模糊
參 모호한 설명 模糊的說明、모호한 태도 含糊的態度
類 애매하다 含糊的／曖昧的
反 명확하다 明確的／清楚的

348

미약하다

形 [미야카다]
漢 微弱하다

微弱的、薄弱的、綿薄

가 : 다들 형편이 어려울 텐데 이렇게 도와주셔서 뭐라고 드릴 말씀이 없습니다.
大家的手頭應該都很緊，還這樣幫忙，我真的不知道該說什麼才好。

나 : 별말씀을요. **미약하나마** 도움이 되고 싶어서 직원들이 조금씩 모은 것이니 아무 걱정 말고 빨리 회복하세요.
別客氣，這雖不是很多，但希望對你有些許幫助。是同仁們共同的心意，別擔心。祝你早日康復。

關 세력이 미약하다 力量薄弱、결과가 미약하다 成效不彰
參 미약한 움직임 微弱的動作、미약한 진동 微小的震動、미약한 힘 微薄的力量

방치

名 [방 : 치]
漢 放置
⇨ 索引 p.824

放置、棄置

휴가철을 맞아 유원지 주변에 **방치된** 쓰레기가 쌓여 있어 유원지 직원들이 쓰레기를 치우느라 골머리를 앓고 있다고 한다.
隨著假期來臨，觀光地周邊堆滿了被棄置的垃圾，導致工作人員為清理垃圾傷透腦筋。

動 방치하다 任意放置、방치되다 被棄置、방치시키다 使其放任不管
類 방관 旁觀、좌시 坐視不理

社會生活 07

문제／해결 • 問題／解決

별개

名 [별개]
漢 別個

不同、另外、另當別論

가 : 진욱 씨, 요즘 재능 기부로 청소년들에게 컴퓨터 코딩을 가르치고 있다면서요?
鎮旭，聽說你最近在透過才藝志工教青少年學電腦編程？

나 : 네. 열심히 하려고 하는데 아는 것과 가르치는 것은 **별개**더라고요.
是啊，我很努力在做，但我發現「會」和「教會別人」是兩回事。

關 별개가 아니다 並非無關、별개로 다루다 分開處理、별개라고 생각하다 視為兩回事
參 별개 문제 另外的問題、별개 사건 不同的事件、별개 인물 不同的人物

사면초가

名 [사ː면초가]
漢 四面楚歌

四面楚歌、四面受敵、孤立無援

가 : 취직이 안 돼서 힘든데 건강까지 나빠졌어요. 완전 **사면초가**예요.
找不到工作已經夠辛苦了，連健康也變差，真的是四面楚歌。

나 : 나쁜 일이 지나가고 나면 곧 좋은 일이 있을 거예요. 힘내세요.
壞的事情過去後，好事就會來了，加油！

關 사면초가에 몰리다 陷入四面楚歌的困境、사면초가에 빠지다 落入孤立無援的狀態
參 사면초가의 상태 四面楚歌的處境、사면초가의 위기 四面受敵的危機、사면초가의 형국 四面楚歌的局勢

사상누각

名 [사상누각]
漢 沙上樓閣

空中樓閣、海市蜃樓、幻象

가 : 저 건물은 안전 진단도 하지 않고 바로 공사를 시작했대요.
　　那棟建築據說沒有做安全檢查就直接開工了。

나 : 아무리 급해도 안전 진단을 안 하면 **사상누각**이 돼 버릴 텐데요. 주인이 누구인지 하나만 알고 둘은 모르는군요.
　　再怎麼急，如果不做安全檢查，最後只會變成空中樓閣啊。看來屋主真是只知其一不知其二。

關 사상누각이 되다 成為空中樓閣、
　　사상누각에 불과하다 不過是海市蜃樓

섣불리

副 [섣ː뿔리]

輕率地、草率地、魯莽地、冒然

가 : 매일 일 못한다고 혼만 나는데 회사를 그만두고 제 사업이나 할까 봐요.
　　我每天挨罵工作做不好，我在想要不要辭職自己創業算了。

나 : 화난다고 **섣불리** 행동했다가는 큰일 나요. 조금 더 신중하게 생각해 보세요.
　　因為生氣就魯莽行事可是會出大事的，請再多考慮一下吧。

關 섣불리 나서다 冒然出面、섣불리 판단하다 輕率判斷、
　　섣불리 행동하다 魯莽行動

社會生活 07

문제／해결 • 問題／解決

설상가상

名 [설쌍가상]
漢 雪上加霜
➡ 索引 p.826, 829

雪上加霜、禍不單行

가 : 윤아 씨, 왜 이렇게 늦었어요?
　　潤雅，妳怎麼這麼晚？

나 : 미안해요. 비가 오는 데다가 **설상가상**으로 도로 한가운데서 사고까지 나는 바람에 길이 막혀서 빨리 올 수가 없었어요.
　　對不起，下雨了，又雪上加霜地在馬路中央出了車禍，整條路都塞住了，無法儘快趕來。

類 설상가설 雪上加雪
反 금상첨화 錦上添花

속수무책

名 [속쑤무책]
漢 束手無策

束手無策、毫無對策、無計可施

전 세계에 퍼진 이번 전염병은 아직 치료 약이 개발되지 않아 **속수무책**인 상황이다.
這次蔓延全球的傳染病因尚未研發出治療藥物，導致人們束手無策。

關 속수무책으로 당하다 毫無招架之力地遭受、
　　속수무책으로 바라보다 無能為力地看著
參 속수무책의 재해 毫無對策的災害、
　　속수무책인 상태 無計可施的狀況

솟아나다

動 [소사나다]

湧出、湧現、冒出

나는 옆에서 항상 격려해 주시는 아버지 덕에 아무리 어려운 일이 생겨도 극복해 낼 수 있다는 용기가 **솟아난다**.
多虧總是在我身旁鼓勵的父親之賜，無論遇到多麼困難的事，能克服一切的勇氣都會湧現而出。

關 기쁨이 솟아나다 喜悅湧上心頭、기운이 솟아나다 氣力湧現、
　　힘이 솟아나다 力氣湧現

시련

名 [시ː련]
漢 試鍊／試練
⇨ 索引 p.822

試煉、考驗、磨難

가 : 박 사장님, 이번 홍수로 가게의 피해가 커서 어떻게 해요?
朴社長，這次洪水您的店鋪受損嚴重，怎麼辦呢？

나 : 지금까지 이보다 더한 **시련**도 많았는걸요. 서둘러서 가게를 수리하고 다시 장사 시작해야지요.
我過去也經歷過比這更嚴重的考驗。得趕快修店、重新開始做生意囉。

關 시련이 닥치다 磨難襲擊而來、시련을 감당하다 承受住考驗
參 삶의 시련 生活的試煉
類 고난 苦難

시행착오

名 [시ː행차고]
漢 試行錯誤

試行錯誤、嚐試錯誤

가 : 오 박사님, 드디어 신약 개발에 성공하셨군요. 축하드립니다.
吳博士，您終於成功研發出新藥了，恭喜您！

나 : 수십 번의 **시행착오**를 겪은 끝에 신약을 개발하게 돼 저도 너무 기쁩니다.
經歷了數十次的嚐試錯誤後終於研發成功，我自己也非常開心。

關 시행착오를 거듭하다 一再嘗試錯誤、시행착오를 거치다 經歷反覆實驗、시행착오를 되풀이하다 一再重蹈錯誤、시행착오를 겪다 經歷試錯過程

社會生活 07

353

문제／해결 • 問題／解決

아슬아슬

副 [아스라슬]
⇨ 索引 p.828

提心吊膽地、驚險地、令人捏把冷汗地

가 : 길에서 오토바이가 저렇게 빠르게 지나가는 걸 보면 혹시 사고라도 날까 봐 조마조마해요.
看到機車在路上那麼快地穿梭，真的讓人擔心會不會出事，讓我好緊張。

나 : 맞아요. 저도 너무 **아슬아슬해** 보여서 좀 천천히 가라고 말해 주고 싶다니까요.
真的，我也覺得太驚險了，真想叫他慢一點開。

動 아슬아슬하다 驚險／緊張
關 아슬아슬 기다 提心吊膽地爬、아슬아슬 맞추다 驚險地剛好趕上、아슬아슬 빠져나가다 千鈞一髮地脫身
類 조마조마 緊張／忐忑不安

얽히다

動 [얼키다]

糾纏、交織、牽扯、纏繞

가 : 준우 씨도 회사가 문을 닫는다니까 심란해서 잠을 못 잤나 봐요. 얼굴이 안 좋아 보여요.
俊宇，聽說公司要關門了，你是不是也因為煩心睡不好？臉色看起來不太好。

나 : 네. 장차 어떻게 살아야 할지 여러 가지 생각이 **얽혀서** 잠이 안 오더라고요.
是啊，想到未來該怎麼活下去，腦海中各種想法交織在一起，而無法成眠。

關 사건에 얽히다 牽涉到事件、복잡하게 얽히다 複雜糾纏、이해관계가 얽히다 利害關係糾結一起

위태롭다

形 [위태롭따]

危險的、不穩的、岌岌可危的

며칠째 쏟아지는 폭우로 공장의 벽이 곧 무너져 내릴 듯 **위태로워** 보여 대책 마련 회의가 열렸다.
連日傾盆大雨導致工廠牆面快要倒塌的樣子，看起來情況非常危急，因此召開了對策會議。

關 건강이 위태롭다 健康狀況危險、생명이 위태롭다 生命垂危
參 위태로운 상태 危急狀態、위태로운 상황 危險情勢、위태로운 지경 危在旦夕的地步

자칫하다

動 [자치타다]

一不小心就、稍有不慎就……、動輒

가 : 김 부장님, 이제 계약서에 사인만 하면 이번 계약은 끝나는 거지요?
金部長，只要在契約簽字，這次的契約就結束了吧？

나 : 맞아요. 그래도 **자칫하다가** 계약이 무산될 수도 있으니 끝까지 긴장을 늦추면 안 돼요.
沒錯，但還是要小心，稍有不慎可能會導致契約告吹，所以到最後一刻都不能鬆懈。

💡 通常以「자칫하다 (가)」或「자칫하면」形態使用，表示某事有可能在不慎之下發生。

社會生活 07

문제／해결 • 問題／解決

전화위복

名 [전 : 화위복]
漢 轉禍為福

轉禍為福、因禍得福

가 : 준우야, 지금 다니는 회사가 그렇게 마음에 든다니 다행이다.
俊宇，你現在的公司這麼合你心意，真是太好了。

나 : 경쟁사 시험에 떨어진 게 **전화위복**이 됐지. 더 열심히 노력해서 지금 회사에 입사하게 된 거니까.
沒考上競爭公司的那次，反而成了轉禍為福的契機。因為更努力，才進入現在這家公司。

關 전화위복이 되다 成為轉禍為福的契機、
전화위복으로 삼다 視為轉禍為福
參 전화위복의 계기 轉禍為福的契機、
전화위복의 기회 化危機為轉機的機會

점진적

名 關 [점 : 진적]
漢 漸進的

漸進的、逐步的

가 : 뉴스에서 보니 부동산 가격을 안정시키기 위한 새로운 제도가 시행된다고 하는데 얼마나 효과가 있을지 모르겠어요.
我在新聞上看到，要實施穩定房價新制度，不知道會有多大效果。

나 : 무슨 제도든지 **점진적**으로 시행해야 하는데 너무 급하게 시행을 하는 게 문제인 것 같아요.
任何制度都應循序漸進地實施，太倉促施行是問題所在。

關 점진적으로 개방하다 逐步開放、점진적으로 개선하다 逐步改善、점진적으로 시행하다 漸進施行
參 점진적인 발전 漸進式發展

정당하다

形 [정 : 당하다]
漢 正當하다

正當的、合理的、公平

가 : 예준아, 너는 어떤 곳에 취직하고 싶어?
　　睿俊，你想進哪種公司工作？
나 : 음……. 난 일한 만큼 **정당한** 대우를 받을 수 있는 그런 회사에 취직하고 싶어.
　　嗯……我想進一家能根據努力給予合理待遇的公司。

參 정당한 권리 正當權利、정당한 대가 合理代價、
　 정당한 대우 公平待遇
反 부당하다 不當／不合理

조치

名 [조치]
漢 措置
⇨ 索引 p.824

措施、處置、對應辦法

형은 회사 사정이 안 좋아졌다는 이유로 해고를 당하자 이런 부당한 **조치**는 참을 수 없다면서 강력하게 항의했다.
哥哥因公司營運困難為由被解僱，認為這種不當的處置無法接受，於是強烈抗議。

動 조치하다 採取措施、做出處置
關 조치를 취하다 採取措施、조치를 강구하다 設法應對、
　 조치를 내리다 下達處置、조치가 따르다 處置隨之而來
參 강제 조치 強制措施、완화 조치 緩和措施、
　 행정 조치 行政措施、후속 조치 後續措施
類 조처 措施／處理

社會生活 07

문제／해결 • 問題／解決

차질

名 [차질]
漢 蹉跌

差錯、失誤、耽誤（工作進程上的障礙或問題）

갑자기 내린 폭설로 인해 정상적인 열차 운행에 **차질**을 빚고 있으니 승객 여러분께서는 이 점 참고하시기 바랍니다.
因突如其來的大雪導致列車無法正常運行，敬請各位乘客留意此一情況。

動 차질하다 出現差錯／發生耽誤
關 차질이 생기다 差錯發生、차질이 없다 沒有差錯、차질을 겪다 遇到差錯、차질을 빚다 引發差錯、차질을 주다 導致差錯
參 심각한 차질 嚴重的差錯

파헤치다

動 [파헤치다]

揭露、挖掘、揭發

가 : 어제 재벌가가 저지른 범죄들을 **파헤친** 다큐멘터리 봤어요?
你昨天有看那部揭露財閥犯罪的紀錄片嗎？

나 : 아니요. 저는 못 봤는데 흥미진진했겠어요.
沒有耶，我沒看到，很精彩吧？

關 문제를 파헤치다 揭開問題真相、비밀을 파헤치다 揭露祕密、의혹을 파헤치다 挖掘疑點

헤어나다

動 [헤어나다]

擺脫、脫離、逃出

돈이 없어 공부를 제대로 하지 못하셨던 아버지는 가난에서 **헤어나기** 위해 각고의 노력을 하신 끝에 지금의 기업을 이루셨다.
家裡貧困，無法好好讀書的父親，為了擺脫貧窮，在刻苦努力之下，最終創立了現在的企業。

關 궁지에서 헤어나다 由窮困中脫身而出、슬픔에서 헤어나다 走出悲傷
參 헤어난 고통 擺脫的痛苦

현안

名 [혀ː난]
漢 懸案

懸案、懸而未決的問題

가 : 우리 동네의 가장 시급한 **현안**이 무엇이라고 생각하십니까?
您認為我們社區目前最急需解決的懸案是什麼？

나 : 가로등 교체라고 생각합니다. 현재 고장 난 가로등이 많아 밤길이 어두워 다니는 데 지장이 있습니다.
我認為是更換路燈。現在壞掉的路燈很多，夜間行走不便。

關 현안이 시급하다 懸案迫切、현안을 해결하다 解決懸案
參 국정 현안 國政懸案、주요 현안 主要懸案、사회적 현안 社會問題、정치적 현안 政治懸案

社會生活 07

휘말리다

動 [휘말리다]

被捲入、被牽連、陷入（麻煩或混亂中）

가 : 아버지, 저기 두 사람이 싸우고 있는데 가서 말려야 하지 않을까요?
爸爸，那邊兩個人正在打架，我們要不要過去勸一下？

나 : 아니야. 말리려다가 오히려 싸움에 **휘말려서** 곤란해질 수도 있으니 경찰에 신고부터 하자.
別，去勸架反而可能會被捲入其中、惹上麻煩，我們還是先報警吧。

關 감정에 휘말리다 陷入感情中、비리에 휘말리다 捲入非法中、사건에 휘말리다 被捲入事件中

359

複習一下

社會生活 | 問題／解決

1. 請從下列選項中選出關係不同的一項。

① 방치 – 좌시　　② 모호하다 – 애매하다
③ 시련 – 고난　　④ 정당하다 – 부당하다

✏ 請選出意思相近的詞語。

2. 설상가상　•　　　　　•　① 설상가설
3. 골칫거리　•　　　　　•　② 조마조마
4. 아슬아슬　•　　　　　•　③ 두통거리

✏ 請選出最適合填入（ ）的詞語。

5. 세차게 몰아치는 바람 때문에 산불은 (　　　) 수 없이 번져 나갔다.

① 자제할　② 걷잡을　③ 감당할　④ 진정할

6. 대학교 졸업을 앞둔 형은 취직을 할지 대학원에 진학할지 (　　　) 중이라고 했다.

① 고충　② 공방　③ 고심　④ 낭패

✏ 請從下方找出最適合填入（ ）的單字。

| 例 | 자칫하다　　위태롭다　　미약하다 |

7. 가: 한국에서 등산을 처음 해 보는 거라 조금 긴장돼요.
　　나: 너무 걱정 안 해도 돼요. 그렇지만 산에서는 (　　　) 길을 잃을 수 있으니까 제 뒤를 잘 따라오세요.

8. 가: 사장님, 투자한 비용과 시간에 비해 연구 결과가 너무 (　　　) 죄송합니다.
　　나: 무슨 소리예요. 이제 막 연구를 시작한 건데요. 조금 더 노력하면 더 좋은 결과가 나올 겁니다.

9. 가: 저 연예인은 음주 운전으로 걸린 게 벌써 세 번째라면서요?
　　나: 그렇대요. 음주 운전을 하면 자신의 생명뿐만 아니라 다른 사람들의 목숨도 (　　　) 한다는 걸 왜 모를까요?

2 사회 현상
社會現象

24.mp3

각계

名 [각꼐/각께]
漢 各界

各界、社會各界

지난달 지진으로 인해 삶의 터전을 잃은 사람들을 위해 사회 **각계**에서 온정의 손길이 쏟아지고 있다.

上個月因地震許多人失去了生活基礎，為此社會各界紛紛伸出溫暖的援手。

關 각계에서 일어나다 各界站起來
參 각계 대표 各界代表、각계 인사 各界人士、각계 전문가 各領域專家、사회 각계 社會各界、각계의 움직임 各界的動向

각박하다

形 [각빠카다]
漢 刻薄하다
⇨ 索引 p.827

刻薄的、冷漠的、無情的

현재도 수많은 일에 부대끼며 살고 있는데 앞으로 살아가야 할 세상은 지금보다 훨씬 험하고 **각박할** 것 같아 걱정이다.

現在生活已經充滿壓力了，想到未來的世界可能會比現在更險惡、更無情，真的讓人擔心。

關 세상이 각박하다 世道冷漠、인심이 각박하다 人心刻薄
參 각박한 세상 冷酷的世界、각박한 현실 冷酷的現實
類 야박하다 冷酷的／無情的

社會生活 07

사회 현상 • 社會現象

각양각색

名 [가걍각쌕]
漢 各樣各色
⇨ 索引 p.822

各樣各色、五花八門、形形色色

가 : 윤아 씨, 주말에 또 여행 가려고요?
　　潤雅，週末又要去旅行嗎？

나 : 네. 낯선 곳에 가서 **각양각색**으로 살아가는 사람들을 보면 세상 돌아가는 게 이해가 되더라고요.
　　是啊。去到陌生的地方，看著形形色色的人各自生活著，會更能理解這個世界的樣貌。

參 각양각색의 모습 各種各樣的樣貌、각양각색의 사람들 各式各樣的人們
類 가지각색 各種各樣、형형색색 五顏六色／形形色色

격세지감

名 [격쎄지감]
漢 隔世之感
⇨ 索引 p.822

隔世之感、恍如隔世

가 : 윤아 씨, 요즘 들어오는 신입 직원들은 우리 때와는 너무 다르죠?
　　潤雅，現在進來的新進員工，和我們那時候真的差好多對吧？

나 : 네. '좋으면 좋다, 싫으면 싫다'라고 본인의 의사를 분명하게 밝히는 걸 볼 때마다 **격세지감**이 느껴져요.
　　是啊。每次看到他們「喜歡就是喜歡，不喜歡就說不喜歡」這麼直率地表達自己意見時，我就覺得時代真的變了。

關 격세지감이 느껴지다 感受到隔世之感
類 격세감 時代變遷的感觸

과열

名 [과 : 열]
漢 過熱

過熱、過度激烈（常用於比喻市場、競爭或情勢異常激烈）

가 : 부동산 투기 **과열**을 안정시키려고 정부가 여러 가지 방안을 내놓고는 있어요.
為了穩定房地產投機過熱，政府提出了各種方案。

나 : 네. 그런데 큰 효과는 없어 보여서 좀 더 실효성 있는 방안을 내놓으면 좋겠어요.
是啊，但看起來成效不大，希望能提出更有實效的對策。

動 과열하다 過熱、과열되다 被過熱
參 과열 경쟁 過度競爭、과열 반응 過激反應、투기 과열 投機過熱

급격하다

形 [급껴카다]
漢 急激하다

急劇的、驟然、劇烈

최근 지속적으로 물가가 상승하고 있는 가운데 지난달에 식품 가격까지 **급격하게** 올라 서민들의 고충이 이만저만이 아니다.
最近物價持續上漲，上個月連食品價格也劇烈上升，平民百姓困苦重重。

關 급격하게 나빠지다 驟然惡化、급격하게 변화하다 劇烈變化、급격하게 좋아지다 急速改善
參 급격한 감소 劇烈減少、급격한 발달 急速發展

社會生活 07

사회 현상 · 社會現象

기인하다

動 [기인하다]
漢 起因하다
⇨ 索引 p.826

起因於、源於

가 : 사장님, 이 지역의 집값이 갑자기 비싸졌는데 그 원인이 뭐예요?
社長，這一帶的房價突然變貴，是什麼原因呢？

나 : 이 동네에 지하철 노선이 신설된다는 소문에서 **기인한** 것 같습니다.
好像是起因自說這一區要新建地鐵路線的傳聞吧。

關 부주의에 기인하다 起因於不注意、방심에서 기인하다 起因於疏忽、부진에서 기인하다 起因於不振
類 말미암다 源於／由於

떠밀리다

動 [떠밀리다]

被推擠、被迫、被逼迫（多用於被動情境中）

가 : 진욱 씨, 어디 불편해요? 얼굴이 안 좋아 보여요.
鎮旭，你哪裡不舒服嗎？臉色看起來不太好。

나 : 좀 피곤해서 그래요. 어제 회식을 1차까지만 가려고 했는데 팀 동료들에게 **떠밀려** 3차까지 갔거든요.
只是有點累啦，我本來只想參加到第一輪聚餐為止，結果被同事們推著，硬是跟到第三攤。

關 인파에 떠밀리다 被人群推擠、밖으로 떠밀리다 被推出去、이리저리 떠밀리다 被推來推去

말미암다

動 [말미암따]

源於、由於（多用於書面語）

경기가 회복될 기미가 안 보이자 우리 가게 사장님은 매출 감소로 **말미암은** 손실을 메우기 위해 고심하고 있다.

因為景氣沒有回升的跡象，我們店的老闆正在為了填補因銷售下滑所造成的損失而費心思。

關 욕심에서 말미암다 出於貪心
參 말미암은 까닭 所導致的原因
類 기인하다 起因於

💡 通常以「말미암아」、「말미암은」形態使用。

밀려나다

動 [밀려나다]

被排擠、被擠出、被迫退出（常指被動地喪失地位或位置）

가: 이번에 박 팀장님께서 자리에서 **밀려나시게** 됐다면서요?

聽說這次朴組長被迫卸任了？

나: 네. 우리 팀이 판매 성과를 올리지 못해 팀 전체의 책임을 지고 물러나시게 됐습니다.

是啊，因為我們團隊沒能提升銷售業績，他只好退出，為整個團隊負責。

關 뒤로 밀려나다 被往後擠、밖으로 밀려나다 被擠出外面、자리에서 밀려나다 被迫離職或讓位

社會生活 07

사회 현상 • 社會現象

번지다

動 [번 : 지다]

蔓延、擴散、傳開

가 : 서윤 씨, 지난 주말에 친구들과 전주에 가서 1930년대 옷을 입고 사진을 찍었는데 어때요?

瑞允，上週末我和朋友去全州穿著1930年代的服裝拍了些照片，妳覺得怎麼樣？

나 : 멋지네요. 최근 복고풍 유행이 **번지면서** 이렇게 근대기 옷이나 한복을 입고 사진을 찍는 사람이 많더라고요.

好看呢。最近復古風流行開來，穿著近代服或韓服拍照的人變多了。

關 논란이 번지다 爭議擴大、소문이 번지다 傳聞四起

보편적

名 關 [보 : 편적]
漢 普遍的
⇨ 索引 p.825

普遍的、一般性的

가 : 이 부장, 요즘 팀원들끼리 갈등이 심하다는 말이 들리던데 상황이 어떤가요?

李部長，最近聽說你們團隊成員之間糾葛很嚴重，情況如何？

나 : 업무 배분과 관련해 매년 이 시기에 **보편적**으로 나타나는 사소한 갈등이니 서로 대화로 잘 해결해 나가겠습니다.

這是與業務分配有關的、每年在這個時期普遍出現的小糾結，我們會透過溝通妥善解決。

關 보편적으로 생각하다 以普遍的角度思考
參 보편적인 현상 普遍現象、보편적인 감정 普遍情感、보편적인 사실 普遍事實、보편적인 삶 普通人的生活
類 일반적 一般的

366

비단

副 [비단]
漢 非但

非但、不只、並非僅僅

가 : 여러분들의 노고에도 불구하고 올해 임금을 올려 주지 못해 미안합니다.
雖然大家都很辛苦，但今年還是無法加薪，真的很抱歉。

나 : 요즘 경제가 안 좋아 임금 인상을 못해 주는 곳이 **비단** 우리 회사만은 아닐 겁니다.
最近經濟不好，無法調薪的不只是我們公司而已。

💡 通常以「비단～이/가 아니다」的形態使用。

뻔하다

形 [뻔ː하다]

明顯的、明擺著的

가 : 진욱 씨, 공인 중개사 시험 잘 봤어요?
珍旭，你不動產經紀人考試考得怎麼樣？

나 : 아니요. 저는 공부를 제대로 안 해서 불합격일 게 **뻔해요**. 다른 분들은 얼마나 문제를 열심히 푸시던지 조금 부끄러워지더라고요.
沒有啦，我根本沒好好讀書，不及格是很明顯的。看到其他人那麼認真作答，很慚愧。

關 눈치가 뻔하다 眼神很明顯、불을 보듯 뻔하다 明如觀火
參 뻔한 거짓말 明顯的謊言、뻔한 사실 明擺著的事實、뻔한 속임수 明顯的欺騙、뻔한 말 廢話連篇
類 자명하다 明顯的／無庸置疑的

사회 현상 • 社會現象

서열

名 [서ː열]
漢 序列

序列、順位、排序

회사에서는 보통 나이보다 직급에 따라 **서열**을 따진다.
在公司裡，通常不是按照年齡，而是依照職級來排序。

關 서열을 따지다 講求順位、서열을 무시하다 無視順位
　서열이 낮다 順位低、서열이 높다 順位高、
　서열이 바뀌다 順位變動
參 엄격한 서열 嚴格的等級

시사

名 [시사]
漢 時事

時事

가 : 서윤 씨는 매일 뉴스를 챙겨 보는 것 같아요.
　　瑞潤妳好像每天都會看新聞耶。

나 : **시사** 상식이 너무 없으니까 사람들 만나면 할 얘기가 없더라고요. 그래서 뉴스라도 보면서 상식을 늘리려고요.
　　因為我對時事常識太不了解，跟人見面時都不知道要聊什麼，所以想說至少看看新聞，增加一些常識。

關 시사에 밝다 對時事瞭解清楚
參 시사적時事上的、시사 논평／문제／상식時事評論／問題／常識

실상

名 [실쌍]
漢 實相

實際情況

가 : 시후야, 내일도 노숙자 쉼터에 가서 봉사할 거니?
  時厚，你明天也要去遊民收容所做志工嗎？

나 : 응. 내일은 너도 같이 갈래? 가서 노숙자들의 **실상**을 보면 봉사하고 싶은 마음이 생길 거야.
  嗯，明天你也要一起去嗎？看到遊民的實際情況，你就會有想幫助他們的心了。

關 실상을 밝히다 揭露真相、파악하다 掌握真相、실상은 다르다 實情不同
參 인생의 실상 人生實際情況

실태

名 [실태]
漢 實態

實際狀況

가 : 공장장님, 사장님께서 공장 안전 **실태** 점검을 위해 직접 방문하시겠다고 합니다.
  廠長，社長說他要親自來檢查工廠的安全實際狀況。

나 : 그래요? 그럼 사장님이 오시기 전에 미리 한 번 점검해 보도록 합시다.
  是嗎？那我們就在社長來之前先檢查一次吧。

關 실태를 고발하다 告發實況、실태를 파악하다 掌握現況
參 실태 조사 實況調查、실태 점검 實況檢查、실태 보고 實況報告
類 실정 實情、실황 現場實況

社會生活 07

사회 현상・社會現象

쏠리다
動 [쏠리다]

集中、齊擁至

가 : 오늘도 회사 사람들은 어제 열렸던 월드컵 경기 얘기밖에 안 하네.
　　今天公司的人聊的還是昨天舉行的世界盃比賽耶。

나 : 우리나라가 16강전에 진출한 게 워낙 오랜만이니 모든 사람들의 관심이 축구에 **쏠리는** 게 당연하지.
　　我國好久沒打進十六強了，大家的關注集中在足球上也是理所當然的。

關 감정이 쏠리다 感情集中、시선이 쏠리다 目光集中、정신이 쏠리다 心神專注

야기
名 [야ː기]
漢 惹起

引起、導致

우리나라는 지속되는 출산율의 감소로 노동 인구의 감소 문제가 **야기되고** 있다.
我國因持續的出生率下降，引發勞動人口減少的問題。

動 야기하다 引起、야기되다 被引起
參 문제 야기 問題引發

양상

名 [양상]
漢 樣相

模樣、狀態

가 : 또 저 두 분의 의견이 점점 대립 **양상**을 띠고 있어요. 이쯤에서 회의를 끝내야 할 것 같은데요.
那兩位的意見越來越呈現對立的狀態了，我覺得會議差不多該結束了。

나 : 제가 부장님께 조심스럽게 말씀드려 볼게요.
我來小心地跟部長說一下好了。

關 양상을 드러내다 呈現樣貌、양상을 띠다 呈現狀態、양상을 보이다 顯現形勢
參 복잡한 양상 複雜的樣貌、시대별 양상 各時代的樣貌、다채로운 양상 多樣的局勢

여론

名 [여ː론]
漢 輿論

輿論、群情

최근 고위 공직자의 범죄를 명백히 밝히라는 **여론**이 일고 있어 이에 대한 조치가 필요하다.
最近社會上出現要求明確揭露高層公職人員犯罪真相的輿論，對此有必要採取對應措施。

關 여론을 반영하다 反映輿論、여론을 수렴하다 收集輿論
參 여론 조사 輿論調查、국제 여론 國際輿論、국민 여론 國民輿論
類 공론 公共意見

371

사회 현상 • 社會現象

열풍

名 [열풍]
漢 熱風

熱潮

가 : 김 기자, 최근 골프 **열풍**이 불면서 골프용품 판매 또한 급증하고 있다지요?
　　金記者，聽說最近掀起了高爾夫熱潮，高爾夫用品的銷量也大幅上升？

나 : 그렇습니다. 올해 상반기 기준 판매율이 작년 대비 30% 이상 상승했다고 합니다.
　　沒錯，根據今年上半年的銷售率，比去年增加了超過30%以上。

關 열풍이 불다 熱潮吹起、열풍이 주춤하다 熱潮趨緩
參 독서 열풍 閱讀熱潮、선거 열풍 選舉熱潮、입시 열풍 升學熱潮

이면

名 [이 : 면]
漢 裏面

內面、內部

가 : 오 박사님, 인간관계에 갈등이 생기는 원인은 소통이 부족하기 때문인 경우가 많겠지요?
　　吳博士，人際關係中產生衝突的原因，是因為缺乏溝通的情況很多吧？

나 : 꼭 그렇지만은 않습니다. 따라서 사람들과 갈등이 생기면 그 **이면**에 있는 근본적인 문제가 무엇인지 살펴보는 게 중요합니다.
　　也不盡然。因此，與人發生衝突時，了解內部根本的問題是什麼才是重要的。

關 이면에 깔다 鋪在裡層、이면을 들여다보다 洞察內情
參 갈등의 이면 衝突的裡層、현상의 이면 現象的內部、깊은 이면 深層面向
類 속 裡面、속사정 內情
反 표면 表面

일다

動 [일 : 다]

興起、揚起

올림픽 국가 대표 선수 선발 과정에 의혹이 있다는 사실이 밝혀지면서 사회적으로 큰 파문이 **일었다**.

奧運國家代表選手的選拔過程存在疑點的事實被揭露之後，社會上興起了巨大的波瀾。

關 물결이 일다 興起波浪、논란이 일다 爭議興起、파문이 일다 波瀾興起、여론이 일다 輿論興起

전반적

名 關 [전반적]
漢 全般的

整體的

가 : 아버지, 해외 여행객이 3년 전에 비해 두 배로 급증했대요.

爸，聽說出國旅遊的人數比三年前暴增了兩倍。

나 : 우리나라 사람들의 경제 수준이 **전반적**으로 높아졌다는 얘기 아니겠니? 우리도 올여름에는 해외여행 좀 가 볼까?

那不就表示我國民的經濟水準整體提升了嗎？要不我們今年夏天也出國旅遊吧！

參 전반적 수준 整體水準、전반적 변화 整體變化、전반적 상황 整體情況、전반적 흐름 整體趨勢

社會生活 07

사회 현상 • 社會現象

주류

名 [주류]
漢 主流
⇨ 索引 p.824

主流

가 : 발매된 지 몇십 년이 지난 노래인데도 저 노래는 들을 때마다 좋아요.
那首歌雖然發行已經幾十年了，但每次聽還是覺得很好聽。

나 : 맞아요. 발매될 당시에는 **주류**에서 벗어난 스타일의 노래라고 말들이 많았는데 시간이 지나도 꾸준히 사랑받고 있어요.
沒錯，當初發行的時候大家都說那是脫離主流風格的歌，但過了這麼久還是一直受到喜愛。

關 주류를 따르다 跟隨主流、주류를 이루다 形成主流、주류를 형성하다 形成主流、주류가 되다 成為主流
類 본류 本流

천차만별

名 [천차만별]
漢 千差萬別

千差萬別

가 : 진욱 씨 동네로 이사를 하고 싶은데 원룸 전셋값이 얼마나 할까요?
我想搬去珍旭你住的那區，一房一廳的押租價格大概多少呢？

나 : 위치와 방 크기에 따라 **천차만별**이에요. 그러니까 먼저 예산을 세우고 나서 집을 알아봐야 돼요.
要看地點和房間大小，價格千差萬別。所以你應該先訂好預算，再找房。

動 천차만별하다 千差萬別的
參 천차만별의 모습 千差萬別的樣貌、천차만별의 양상 千差萬別的狀態、천차만별의 차이 極大差異
類 천태만상 千態萬象

체증

名 [체증]
漢 體重

堵塞、堵車、消化不良

가 : 뉴스에서 교통 **체증** 해소의 일환으로 불법 주차돼 있는 차들을 집중 단속한다고 하네요.
新聞上說，為了緩解交通堵塞，將會集中取締違規停車的車輛。

나 : 일회성으로 단속하면 무슨 소용이 있겠어요? 지속적으로 해야지요.
只取締一次有什麼用？得持續進行才行啊。

關 체증이 심하다/해소되다 消化不良嚴重/消除、
체증을 앓다 患消化不良症
參 체증 완화 緩解堵塞、체증 증가 堵塞加劇、
체증 현상 堵塞現象、교통 체증 交通堵塞

풍조

名 [풍조]
漢 風潮
⇨ 索引 p.825

風潮、潮流

학생들에게 무리한 경쟁을 부추기는 현상을 완화시키기 위해서는 학력 위주의 사회 **풍조**가 없어져야 한다는 의견들이 많다.
為了緩解助長學生過度競爭的現象，許多人認為應該消除以學歷為導向的社會風潮。

關 풍조가 만연하다/생기다 風潮蔓延/生成
參 과소비 풍조 過度消費風潮、불신 풍조 不信任風氣、
사회 풍조 社會風潮
類 바람 風/風潮

社會生活
07

375

사회 현상 • 社會現象

현저히

- 副 [현ː저히]
- 漢 顯著히

顯著地

가 : 엄마, 저 이제부터 다이어트를 해야겠어요. 비만인 사람이 정상 체중인 사람보다 암으로 사망할 확률이 **현저히** 높대요.
媽媽，我從現在開始要減肥了。聽說肥胖的人比正常體重的人死於癌症的機率顯著更高。

나 : 그래, 최근에 네 몸무게가 좀 는 것 같아. 건강을 위해 다이어트를 한다는 건 아주 좋은 생각이야.
好啊，最近感覺你的體重有點上升的樣子。為了健康而減肥是很好的想法。

參 현저히 증가하다 顯著增加、현저히 감소하다 顯著減少、현저히 늘다 顯著增加、현저히 부족하다 顯著不足

複習一下

社會生活 | 社會現象

1. 請從下列選項中選出關係不同的一項。

① 여론 – 공론　　② 풍조 – 바람
③ 이면 – 표면　　④ 실태 – 실정

✏️ 請選出意思相近的詞。

2. 기인하다　・　　　　　　・ ① 확산되다
3. 뻔하다　　・　　　　　　・ ② 자명하다
4. 번지다　　・　　　　　　・ ③ 말미암다

✏️ 請從例中找出適合填入括號的單字，並改寫句子。

| 例 | 현저히　　보편적　　천차만별　　각양각색 |

결혼을 앞두고 혼수 가구를 사려고 하니 모양도 **5.** (　　　　)(이)고 소재와 디자인에 따라 가격도 **6.** (　　　　)(이)라서 고르기가 쉽지 않았다. 예비 부부들은 **7.** (　　　　)(으)로 가구점 한 군데 혹은 한 브랜드에서 세트로 구매한다고 하는데 나는 그렇게 하기가 싫었다. 그래서 가구점 여러 곳을 둘러보았는데 파는 곳에 따라 금액 차이가 **8.** (　　　　) 벌어졌다. 힘들더라도 몇 곳을 더 둘러보고 가격을 꼼꼼하게 따져본 후에 사도록 해야겠다.

✏️ 請從例中找出適合填入括號的單字並填上。

| 例 | 각계　　과열　　실상 |

9. 큰일을 겪으신 아버지는 겉으로는 태연한 척하셨지만 (　　) 은/는 전혀 그렇지 않았다.

10. 이 지역의 재개발 계획 발표 이후에 부동산 시장이 (　　)되고 있다고 합니다.

11. 이번 행사에는 (　　)의 저명인사들이 참석할 것으로 보입니다.

3 성공／실패
成功／失敗

거듭나다
動 [거듭나다]

自新、重生

불법 선거 혐의로 구속되었다가 풀려난 정치인은 기자 회견을 통해 청렴한 사람으로 **거듭나겠다고** 약속했다.

因非法選舉嫌疑而遭收押、後來獲釋的政治人物，在記者會上承諾要重新做人，成為廉潔之人。

關 새사람으로 거듭나다 重新做人
參 거듭나는 계기 重生的契機

거창하다
形 [거ː창하다]
漢 巨創하다

宏偉的、巨大的

가 : 어머니, 아버지가 새 사업을 구상하고 있으시다고요?
　　媽媽，聽說爸爸正在籌劃新事業嗎？

나 : 그렇다는구나. 그런데 아직 계획만 **거창하고** 구체적으로 진행되는 건 없는 것 같아서 걱정이야.
　　是啊。但目前好像只有計畫講得很宏偉，還沒有具體進展，讓人有點擔心。

關 거창하게 떠들다 夸夸其談
參 거창한 계획 宏偉的計畫

결실

名 [결씰]
漢 結實

結實、結果

가 : 김준우 씨, 올해 우수 직원상을 받게 된 것을 축하합니다.
金俊宇先生，恭喜您獲得今年的優秀員工獎。

나 : 감사합니다. 새 프로젝트를 진행하면서 힘들었는데 이런 **결실**을 보게 돼서 기분이 좋습니다.
謝謝您。在推動新專案的過程中雖然很辛苦，但能獲得這樣的成果，心情真的很好。

動 결실하다 結成果
關 결실을 거두다／맺다 收成結果／結出成果
參 노력의 결실 努力的成果、훈련의 결실 訓練的結果

社會生活 07

고달프다

形 [고달프다]

疲憊的

가 : 서윤 씨, 저 직장을 옮길까 봐요. 적성에 안 맞는 일을 계속 하자니 심신이 너무 **고달파요**.
書允，我在想是不是該換工作了。一直做不適合自己的工作，身心真的太疲憊了。

나 : 그래서 요즘 힘들어 보였군요. 그래도 너무 성급하게 결정하지 말고 조금 더 고민해 봐요.
難怪你最近看起來那麼累。不過還是別太急著下決定，再多想一想吧。

關 마음이 고달프다 心累、몸이 고달프다 身體疲憊、세상살이가 고달프다 生活艱辛
參 고달픈 생활 疲憊的生活、고달픈 인생 疲憊的人生、고달픈 나날 疲憊的日子

성공／실패 • 成功／失敗

고비

名 [고비]

關鍵時刻、關頭

경기가 회복될 기미가 없어 자영업을 하는 사람들은 어려운 **고비**를 맞고 있다.

由於景氣沒有回升的跡象，做生意的人正面臨一個艱難的關頭。

關 고비를 겪다 經歷難關、고비를 극복하다 克服難關、
　고비가 오다 緊要關頭到來

고진감래

名 [고진감내]
漢 苦盡甘來

苦盡甘來

뒤늦게 성공한 가수 박진수는 힘든 일이 닥칠 때마다 **고진감래**라는 말을 생각하며 어려움을 참아 냈다고 한다.

後來才走紅的歌手朴珍洙說，每當遇到困難時，他就會想起「苦盡甘來」這句話而咬牙撐過來。

動 고진감래하다 苦盡甘來
關 고진감래를 맛보다 嘗到苦盡甘來、
　고진감래를 느끼다 感受到苦盡甘來
參 고진감래의 기쁨 苦盡甘來的喜悅、
　고진감래의 성과 苦盡甘來的成果

군계일학

名 [군계일학／
　군게일학]
漢 群雞一鶴

鶴立雞群

이번 세계 선수권 대회에서 우승을 차지한 신민주 선수의 실력은 비교할 선수가 없을 정도로 뛰어나 **군계일학**처럼 돋보였습니다.

在這次世界錦標賽中奪冠的申敏柱選手，實力無人可敵，像鶴立雞群般顯眼。

關 군계일학과 같다 如鶴立雞群
參 군계일학처럼 돋보이다 出類拔萃

까마득하다

形 [까마드카다]

茫然的、不知所措、渺茫的

가 : 예준아. 유학 준비는 잘 되고 있어?
留學準備還順利嗎？

나 : 응. 그런데 영어를 잘 못하니까 가서 경영학을 공부할 일이 너무 **까마득하게** 느껴져.
嗯。但我英文不太好，一想到要去那邊念經營學就覺得好茫然。

關 앞날이 까마득하다 未來一片茫然、
　 까마득하게 느껴지다 感到遙不可及
參 까마득한 느낌 茫然的感覺

꼼짝없이

副 [꼼짜겁씨]
⇨ 索引 p.828

一動不動、動彈不得

가 : 모처럼 제주도에 왔는데 태풍 때문에 아무 데도 갈 수가 없으니 속상해요.
好不容易來到濟州島，卻因為颱風哪裡都去不了，真讓人鬱悶。

나 : 그러게요. 태풍이 지나가려면 며칠 걸린다고 하니 워크숍 기간 내내 **꼼짝없이** 호텔에서만 지내게 생겼어요.
真的。聽說颱風離開要好多天，看來整個研討會期間都動彈不得待在飯店裡了。

關 꼼짝없이 걸리다 無法脫身、꼼짝없이 당하다 無法招架、
　 꼼짝없이 갇히다 被困住
類 갈데없이 無處可去

社會生活 07

성공／실패 • 成功／失敗

끈기
名 [끈기]

韌性，毅力

날로 경쟁이 치열해지는 사회이다 보니 부지런함과 **끈기**가 없이는 다른 사람보다 뛰어날 수가 없는 것 같다.
這是一個競爭越來越激烈的社會，若沒有勤奮與毅力，就難以勝過他人。

關 끈기가 있다 有毅力、끈기가 없다 沒毅力、
　　끈기가 부족하다 毅力不足、끈기를 갖다 擁有毅力

눈물겹다
形 [눈물겹따]

令人落淚的、令人心酸的、充滿淚水的

가：드디어 우리 축구 국가 대표팀이 월드컵에서 8강에 진출했습니다. 감독님, 기분이 어떠십니까?
我國足球代表隊終於晉級世界盃八強了。教練，您現在心情如何？

나：뭐라고 표현할 수 없을 정도로 기쁩니다. 선수들의 지난 사 년간의 **눈물겨웠던** 노력이 보상을 받는 느낌입니다.
高興到難以形容。球員們過去四年來心酸的努力，終於獲得了回報。

關 눈물겹게 슬프다 心酸的悲傷
參 눈물겨운 노력 心酸的努力、눈물겨운 우정 令人動容的友情

대기만성

名 [대 : 기만성]
漢 大器晚成

大器晚成

가 : 저 배우가 드디어 연기 대상을 받는군요. 오랜 무명 시절을 보냈다는데 상을 받는 것을 보니 내가 다 기뻐요.

那位演員終於拿下了演技大獎。聽說他度過漫長默默無聞時代，看到他現在得獎，我都替他高興。

나 : 나도 그래요. 꾸준히 노력해서 늦은 나이에 연기력을 인정받은 전형적인 **대기만성**형이에요.

我也是。他一直努力不懈，在較晚的年紀演技受到肯定，真是典型的大器晚成型。

딱하다

形 [따카다]

可憐的、淒慘的

가 : 여보, 조 사장님네 회사가 어려워서 부도가 날 지경이라면서요?

親愛的，聽說趙社長的公司經營困難，快要倒閉了？

나 : 그렇대요. 그래서 사정이 너무 **딱해서** 대학 동창들이 모금을 해서 좀 도와주기로 했어요

好像是的。情況太淒慘了，我們大學同學要募款幫忙一下。

關 딱하게 보이다 看起來可憐、딱하게 여기다 覺得可憐、사정이 딱하다 情況淒慘、형편이 딱하다 境況悲慘
參 딱한 처지 可憐的處境

社會生活 07

성공／실패 • 成功／失敗

막막하다

形 [망마카다]
漢 漠漠하다

茫然的、渺茫的

가 : 갑자기 회사를 그만두셨다고요?
　　你是突然辭職的嗎?

나 : 회사가 어려워져서 해고를 당했어요. 앞으로 생계를 어떻게 꾸려 나가야 할지 **막막해요**.
　　公司經營困難，我被裁員了。以後該怎麼維持生計，感到一片茫然。

關 생계가 막막하다 生計無著、앞길이 막막하다 前路茫然
參 막막한 기분 茫然的心情、막막한 현실 茫然的現實

무모하다

形 [무모하다]
漢 無謀하다

無謀的、衝動的、不深思熟慮的

가 : 지금 우리 회사 자금 상황에서 사업을 확장하는 건 **무모한** 결정일 수 있습니다.
　　以我們公司現在的資金狀況來看，擴展業務可能是個太過衝動的決定。

나 : 나도 그런 생각이 들어요. 사업 계획에 대해 전면적으로 검토를 다시 해 봅시다.
　　我也是這麼想的。我們再來全面檢討一下事業計畫吧。

參 무모한 생각 無謀的想法、무모한 짓 衝動的行為、무모한 시도 魯莽的嘗試

물리치다

動 [물리치다]

排除、擺脫、摒棄

가 : 삼촌, 가족들의 반대를 **물리치고** 사업을 시작하신 걸 축하드려요.
　　叔叔，恭喜您排除家人的反對，開始創業了。

나 : 고맙다. 앞으로 사업이 잘돼야 할 텐데 걱정이다.
　　謝啦。接下來事業一定要順利才行，還是有點擔心。

關 반대를 물리치다 排除反對、어려움을 물리치다 克服困難、유혹을 물리치다 擺脫誘惑

뻔히

副 [뻔ː히]

明顯地、清楚地

가 : 점장님, 이번 달 매출액이 너무 줄어서 면목이 없습니다.
　　店長，這個月的營業額大幅下滑，覺得很沒面子。

나 : 이번 달은 추위로 매출 감소가 예상되니까 대비를 하라고 했잖아요. **뻔히** 일어날 일에 대비를 못했으니 큰일입니다.
　　我不是說過這個月會因為天冷導致營業額下降，要事先準備嗎？這種明顯會發生的事都沒準備，問題可大了。

關 뻔히 드러나다 明顯暴露、뻔히 거짓말하다 明目張膽地說謊、뻔히 보이다 清楚可見、뻔히 알다 明知

사필귀정

名 [사ː필귀정]
漢 事必歸正

事必歸正

다른 사람에게 상처를 주면 나중에 그 상처가 자신에게 되돌아온다는 것은 **사필귀정**이다.
傷害別人的話，最後那份傷害也會回到自己身上，這就是所謂的事必歸正。

參 사필귀정의 법칙 事必歸正的法則、사필귀정의 원칙 正義終將伸張的原則、사필귀정의 결과 所有事都必然回到正途的結果

社會生活 07

성공／실패 • 成功／失敗

성취

名 [성취]
漢 成就

成就

우리 팀장님은 어떤 일을 시작할 때 일의 **성취**도 중요하지만 그 일을 **성취해** 가는 과정이 더 중요하다고 말씀하신다.

我們組長說，每當開始一項工作時，雖然成果很重要，但達成目標的過程更為重要。

動 성취하다 達成、성취되다 被實現
參 성취동기 成就動機、소원 성취 心願達成

십중팔구

名 [십쭝팔구]
漢 十中八九
⇨ 索引 p.823

十有八九

가 : 사장님, 이 식당에 한 번 왔던 사람들은 **십중팔구** 다시 찾아온다는데 그 비결이 무엇입니까?

老闆，聽說來過這家餐廳的人十有八九都會再回來，秘訣是什麼呢？

나 : 아무래도 어머니께 전수 받은 비법으로 만드는 깔끔한 국물 맛 덕분인 것 같습니다.

好像是得自拜我母親傳授的秘方所做出的這清爽湯頭之賜吧。

類 십상팔구 十之八九

열망

名 [열망]
漢 熱望

熱切希望、熱盼

가 : 형, 공무원 시험에 합격한 것을 진심으로 축하해.
　　哥，真心恭喜你通過了公務員考試。

나 : 고맙다. 시험 합격에 대한 강한 **열망**이 있었기에 가능했던 일인 것 같아.
　　謝謝你。我想是對考上有強烈希望的緣故，才有可能的。

動 열망하다 渴望
關 열망이 간절하다 渴望殷切、열망이 크다 渴望很大、간절한 열망 殷切的渴望、뜨거운 열망 熱烈的渴望
參 열망의 분출 渴望的噴發

유례

名 [유 : 례]
漢 類例
⇨ 索引 p.823

前例、先例、類似例子

대한민국은 세계에 **유례**가 없을 정도로 빠른 경제성장을 이뤄낸 나라이다
大韓民國是一個在全世界都幾乎找不到先例的高速經濟成長國家。

關 유례가 드물다 先例罕見、유례가 없다 沒有先例、유례를 찾다 尋找先例
類 전례 前例／先例

社會生活 07

387

성공／실패 • 成功／失敗

유비무환

名 [유 : 비무환]
漢 有備無患

有備無患

가 : 김준우 씨, 퇴근하기 전에 안전시설을 점검하는 것을 절대 잊지 마세요.
金俊宇，下班前千萬別忘了檢查安全設施。

나 : 알겠습니다. 항상 **유비무환**의 자세로 사고가 발생하지 않도록 대비하겠습니다.
明白了。我會隨時抱持有備無患的態度，防止事故發生。

關 유비무환으로 준비하다 有備無患地準備、
　유비무환으로 대비하다 有備無患地應對
參 유비무환의 자세 有備無患的態度、유비무환의 정신 有備無患的精神、유비무환의 태세 有備無患的姿態

이치

名 [이 : 치]
漢 理致

道理、事理

가 : 예준아, 너 학교를 그만두고 장사한다고 하니까 부모님이 반대 안 하셨어?
禮俊啊，你說要輟學去做生意，父母沒有反對嗎？

나 : 처음에는 내가 세상 돌아가는 **이치**를 잘 모른다고 생각하셨는데, 구체적인 계획을 말씀드리니 이해해 주셨어.
一開始他們覺得我不懂世事運作的道理，但我說明了具體計畫後，他們就理解了。

關 이치에 맞다 合乎道理、이치에 어긋나다 違背道理、
　이치를 깨닫다 領悟道理
參 불변의 이치 不變的道理、하늘의 이치 天理、
　자연의 이치 自然法則

일념

名 [일렴]
漢 一念

唯一的心願

가 : 대학 수학 능력 시험에서 만점 받은 것을 축하합니다. 만점을 받을 수 있었던 비결이 무엇입니까?

恭喜你在大學修學能力考試中獲得滿分。你覺得能得滿分的秘訣是什麼？

나 : 특별한 비결은 없고 고생하시는 부모님을 위해 꼭 성공을 해야겠다는 **일념**으로 열심히 공부했습니다.

沒有特別的秘訣，只是為了辛勞的父母，抱定必定成功的專一信念而努力讀書。

關 일념에 불타다 熱心於唯一的心願、일념에 사로잡히다 被一種執念所控制、일념으로 살다／버티다 憑著唯一心願生活／堅持

社會生活 07

작심삼일

名 [작씸사밀]
漢 作心三日

三天捕魚、兩天曬網、無恆心、虎頭蛇尾

가 : 장 부장님께서 또 담배를 피우시네요. 끊는다고 하지 않으셨어요?

張部長又在抽菸了嗎？不是說要戒嗎？

나 : 해가 바뀔 때마다 금연하겠다고 선언은 하시는데 매번 **작심삼일**로 끝나고 말더라고요.

每年換年都宣言要戒菸，但每年總是三天熱度就沒了。

關 작심삼일로 끝나다 三天熱度就結束、
작심삼일이 되다 熱度只持續三天

389

성공／실패 • 成功／失敗

장애물

名 [장애물]
漢 障礙物
⇨ 索引 p.824

障礙

살면서 **장애물**을 만났을 때 그 **장애물**을 넘어뜨리는 순간 그것은 더 이상 **장애물**이 아니라 앞으로 나아갈 디딤돌이 될 것이다.

人生中遇到障礙時，當你翻倒了那障礙的瞬間，它就不再是阻礙，而是向前邁進的墊腳石了。

關 장애물을 넘다 跨越障礙、장애물을 피하다 避開障礙、장애물을 만나다 遇到障礙、장애물이 되다 成為障礙
參 장애물 경기 障礙賽／달리기 障礙賽跑
類 방해물 妨礙物

재기

名 [재ː기]
漢 再起

東山再起、復出

이승민 선수는 사고로 부상을 당했는데도 그 아픔을 딛고 전국 테니스 대회에서 당당히 우승을 차지해 **재기**에 성공하였다.

李承敏選手雖然因事故受傷，但他克服痛苦，堂堂正正地贏得全國網球大賽冠軍，成功東山再起。

動 재기하다 東山再起、재기되다 被重新站起來
關 재기를 꿈꾸다 夢想東山再起、재기가 어렵다 東山再起很難、재기에 성공하다 成功東山再起
參 재기 가능성 東山再起的可能性、재기 기회 東山再起的機會、재기 불능 不能東山再起

좌절

名 [좌ː절]
漢 挫折

挫折

가: 마이클 씨, 분릿 씨가 왜 저렇게 힘이 없어 보여요?
麥可，分利看起來怎麼那麼沒精神？

나: 지난번에 지원한 한국 회사에서 불합격 통보를 받아서 **좌절**이 큰 모양이에요.
他好像因為之前應徵的韓國公司通知不合格，挫折很大。

動 좌절하다 挫折、좌절되다 被挫折、좌절시키다 使挫折
關 좌절을 겪다 經歷挫折、좌절을 이겨내다 克服挫折、좌절을 맛보다 嘗到挫折、좌절이 크다 挫折很大
參 깊은 좌절 深刻的挫折

체념

名 [체념]
漢 諦念

斷念，死心

가: 시후야, 열심히 준비하더니 왜 국가 장학금 신청을 포기했어?
時厚，你那麼努力準備，為什麼放棄申請國家獎學金了？

나: 성적이 안 좋아서 신청해도 잘 안 될 것 같더라고. 불가능한 일은 빨리 **체념하는** 게 속 편하잖아.
成績不好，覺得申請也不會成功。對不可能的事情早點死心比較輕鬆。

動 체념하다 死心放棄
關 체념이 되다 順從死心、체념에 빠지다 陷入死心
參 체념 상태 死心的狀態、깊은 체념 深深的死心

성공／실패・成功／失敗

치밀하다

形 [치밀하다]
漢 緻密하다

細緻的、縝密的

가 : 박 팀장, 내년도 예산 계획은 다 짰습니까?
　　朴組長，明年度的預算計畫都編好了嗎？

나 : 네. 다 짜기는 했습니다만 혹시 실수가 있을지 몰라서 다시 한번 **치밀하게** 검토하고 있습니다.
　　好了是好了，但怕有錯誤，所以又仔細再檢查一次。

關 치밀하게 검토하다 細緻地檢查、치밀하게 계산되다 精密計算、치밀하게 묘사하다 細膩描寫、성격이 치밀하다 性格縝密
參 치밀한 계획 縝密的計畫

칠전팔기

名 [칠쩐팔기]
漢 七顚八起

百折不撓

가 : 차인성 씨는 서바이벌 오디션 프로그램을 통해서 가수로 데뷔하신 거지요?
　　車仁成先生是透過生存競賽節目出道成為歌手的吧？

나 : 맞습니다. 통과를 하는 것이 쉽지 않았으나 **칠전팔기**의 정신으로 재도전을 거듭한 끝에 통과를 하게 되었습니다.
　　是的。雖然通過很不容易，但憑著百折不撓的精神，多次挑戰終於成功。

動 칠전팔기하다 百折不撓
關 칠전팔기로 도전하다 以百折不撓的精神挑戰
參 칠전팔기의 기상 百折不撓的氣象、칠전팔기의 의지 百折不撓的意志、칠전팔기의 자세 百折不撓的態度、칠전팔기의 정신 百折不撓的精神

통쾌하다

痛快

形 [통 : 쾌하다]
漢 痛快하다

가 : 윤아야, 저 드라마 정말 재미있다. 앞으로 어떻게 전개가 될 것 같니?
　　允兒，那部劇真的很有趣。你覺得接下來會怎麼發展？

나 : 제 생각에는 주인공이 나쁜 사람들을 물리치고 승리하는 모습이 **통쾌하게** 그려질 것 같아요.
　　我覺得主角打敗壞人、獲得勝利的樣子會非常痛快。

參 통쾌한 기분 痛快的心情、통쾌한 승리 痛快的勝利、통쾌한 생각 痛快的想法

社會生活 07

파란만장

萬丈波瀾

名 [파란만장]
漢 波瀾萬丈

가 : 아버지, 지금까지 이 가게를 꾸려 오시느라 고생 많으셨어요. 이제 제가 맡았으니 저도 잘 운영해 보겠습니다.
　　爸爸，這麼多年來經營這家店辛苦了。現在由我接手，我也會好好經營的。

나 : 그래. 너도 나처럼 순탄치만은 않을 거다. 그렇지만 아무리 **파란만장한** 일을 겪어도 잘 견뎌 내리라고 믿는다.
　　沒錯，你也像我一樣不會一路平順的，但我相信你即使遭遇波瀾也會堅忍克服的。

動 파란만장하다 波瀾起伏
參 파란만장의 생애 萬丈波瀾的一生、파란만장의 역사 萬丈波瀾的歷史、파란만장의 일생 萬丈波瀾的人生

393

성공／실패・成功／失敗

허공

名 [허공]
漢 虛空

虛空

가：허민호 선수, 이번 대회에서 우승한 소감이 어떻습니까?
　　許敏浩選手，這次比賽奪冠的感想如何？

나：아직은 실감이 좀 안 납니다. 마치 **허공**에 떠 있는 기분입니다.
　　還沒什麼實感，就像漂浮在虛空中一樣的心情。

關 허공을 날아가다 飛向虛空、허공을 바라보다 凝望虛空、
　허공에 던지다 投擲入虛空、허공에 흩어지다 飄散於虛空、
　허공에 뜨다 飄浮於虛空

험난하다

形 [험ː난하다]
漢 險難하다

艱險

가：한국에서 연예인으로 살아남기가 어려운 건 너도 잘 알면서 도전하겠다는 거지?
　　你也知道在韓國當藝人很難存活下來，還是決定挑戰，是吧?

나：네, 엄마. 아무리 **험난한** 역경에 부딪치더라도 꿋꿋하게 이겨낼 거예요. 그러니 너무 걱정하지 마세요.
　　是的，媽媽。不管遇到多艱險的逆境，我都會堅持克服的，別太擔心。

關 앞길이 험난하다 前路艱險、시대가 험난하다 時代艱險
參 험난한 과정 艱險的過程、험난한 삶 艱險的人生、
　험난한 생활 艱險的生活、험난한 사회 艱險的社會

헛되다

形 [헏뙤다/헏뛔다]

無意義、徒勞無益、成空虛

가 : 조 박사님, 왜 그렇게 기운 없이 앉아 계세요?
趙博士，您怎麼那麼沒精神地坐著？

나 : 실험 결과가 안 좋으니 그동안의 노력이 모두 **헛된** 일이 돼 버린 것 같아서 힘이 빠져서 그래요.
實驗結果不好，覺得過去的努力全都白費了，所以很沒力氣。

關 세상만사가 헛되다 世間萬事皆徒勞
參 헛된 노력 徒勞的努力、헛된 세월 白白的歲月、헛된 약속 空談的承諾、헛된 일 徒勞的事情

社會生活 07

複習一下

社會生活 | 成功／失敗

✏️ 請選出適合填入括號的共同詞語。

1. 노력의 (　　), 훈련의 (　　)

① 고비　② 끈기　③ 성취　④ 결실

2. (　　)의 자세, (　　)의 태세

① 군계일학　② 십중팔구　③ 유비무환　④ 대기만성

✏️ 請連接意思相符的詞語。

3. 사필귀정　•　　•　① 여러 번 실패해도 포기하지 않고 계속 노력한다.

4. 칠전팔기　•　　•　② 모든 일은 반드시 올바른 길로 돌아간다.

5. 고진감래　•　　•　③ 고생 끝에 즐거움이 온다는 말이다.

✏️ 請從選項中找出適合填入括號的單字，並替換使用。

> 例　치밀하다　막막하다　물리치다　무모하다

6. 가: 서윤이는 직장을 그만두고 공무원 시험공부 시작했다면서?
　　나: 그렇대. 연봉을 올려 주겠다는 회사의 유혹도 (　　) 공부를 다시 시작했대.

7. 가: 많은 도움을 주셨던 부장님께서 퇴직하신다고 하니 앞으로 일을 어떻게 해 나가야 할지 (　　)만 합니다.
　　나: 무슨 말씀을요. 김 과장이 잘 해내리라고 믿어요.

8. 가: 비도 많이 오고 바람도 심하게 부는데 운전한 지 얼마 되지도 않은 네가 차를 가지고 출근하는 건 (　　) 일인 것 같아.
　　나: 알겠어요, 엄마. 그럼 오늘은 그냥 지하철을 타고 갈게요.

9. 가: 이번에도 김준우 씨가 올해의 사원상을 받게 되었대요.
　　나: 그래요? 김준우 씨는 워낙 일 처리를 깔끔하고 (　　) 하니 상을 받을 만해요.

4 직장/직장 생활
職場/職場生活

26.mp3

겸하다

動 [겸하다]
漢 兼하다

兼職

가: 책 출판과 관련해서 편집장님과 이야기를 좀 나눠 볼 수 있을까요?
關於書籍出版的事，可以和總編輯談談嗎？

나: 저희 출판사는 규모가 작아서 제가 발행인과 편집장을 **겸하고** 있습니다. 저한테 말씀하시면 됩니다.
我們出版社規模不大，我兼任發行人和總編輯。有事可以找我。

關 두 직업을 겸하다 兼任兩種職務、
여럿을 겸하다 兼任多項職務、동시에 겸하다 同時兼任
動 겸하다 兼任

고용

名 [고용]
漢 雇用

雇用

최근 몇 년간 경제 성장이 둔화되면서 **고용**률이 낮아져 사회적인 문제가 되고 있다.
近年來經濟成長遲緩，雇用率低，而為社會問題。

動 고용하다 雇用、고용되다 被雇用
關 고용을 창출하다 創造就業、고용을 확대하다 擴大就業
參 고용 계약 雇傭契約、고용 시장 就業市場、
고용 안정 就業穩定、직원 고용 員工雇用

社會生活 07

397

직장／직장 생활 • 職場／職場生活

고위

名 [고위]
漢 高位

高階

가 : 신문 기사를 보니 미국 기업들의 **고위** 간부 절반 이상이 최고 경영자 자리에 오르고 싶어 하지 않는 것으로 조사됐대.

看了新聞報導，美國企業中的高階主管一半以上不願意升最高經營者職務。

나 : 그렇구나. 아무래도 CEO의 책임이 크다 보니까 부담이 돼서 그런 것 같네.

是啊，畢竟 CEO 責任重大，或許是壓力很大的關係吧。

參 고위 관리 高階管理人員、고위 공무원 高階公務員、고위 공직자 高階公職人員、고위 관료 高階官僚

구성원

名 [구성원]
漢 構成員
⇨ 索引 p.823

成員

가 : 서윤 씨, 다음 달에 인사 발령이 있을 거라고 해요.

書允，聽說下個月會有人事發令。

나 : 그래요? 저는 우리 팀 **구성원**들과 일하는 것이 좋은데 다른 팀으로 발령이 나면 너무 서운할 것 같아요.

是嗎？我很喜歡和我們團隊的成員一起工作，如果被調到其他團隊，會覺得很失落。

參 구성원 간 成員間、구성원 사이 成員之間、다양한 구성원 多樣的成員
類 성원 成員

398

들락날락하다

動 [들랑날라카다]
⇨ 索引 p.826

進進出出

가 : 오늘 준우 씨가 왜 저렇게 부장님 방을 **들락날락해요**?
今天俊宇為什麼那樣子進進出出部長辦公室？

나 : 부장님께서 작성하라고 하신 서류 내용이 이해가 잘 안돼서 여쭤보려고 그러는 것 같아요.
好像是因為不太懂部長交代的文件內容，去問清楚的樣子。

關 이곳저곳을 들락날락하다 到處進進出出、
자꾸 들락날락하다 進進出出
類 들랑날랑하다 進進出出

떠넘기다

動 [떠넘기다]

轉嫁，推給（他人）

가 : 서윤 씨, 오늘도 야근이에요? 아까 퇴근 후에 약속이 있다고 하지 않았어요?
書允，今天又要加班嗎？剛剛不是說下班後有約會嗎？

나 : 진욱 씨가 자기가 할 일을 저한테 **떠넘기고** 퇴근해 버려서요. 급한 일이 있다고 해서 할 수 없이 제가 하고 있어요.
因為珍旭把自己的工作推給我，自己早早下班了。說是有急事，我不得已只好接著做。

關 책임을 떠넘기다 推加責任、업무를 떠넘기다 推加業務、
남에게 떠넘기다 推給別人

社會生活 07

직장／직장 생활 • 職場／職場生活

맞들다

動 [맏뜰다]

對抬、合力

가 : 진욱 씨, 이 책상 좀 준우 씨와 **맞들어서** 옮겨 줄래요?
珍旭，你能和俊宇一起抬這張桌子搬過去嗎？

나 : 네. 부장님, 어디로 옮기면 될까요?
好的，部長，要搬去哪裡？

關 짐을 맞들다 共同抬東西、맞들고 가다 一起抬著走、사람들과 맞들다 和大家一起抬

부임

名 [부 : 임]
漢 赴任

赴任

가 : 윤 과장님, 갑자기 지방으로 **부임** 결정이 나서 당장은 가족들과 같이 가기가 어려우시겠어요.
尹課長，突然決定要派往地方任職，暫時無法和家人一起去吧？

나 : 그러게나 말이에요. 일단은 나 혼자 내려가고 가족들은 천천히 오라고 해야지요.
是啊，暫且我先一個人下去，家人慢慢再過去。

動 부임하다 赴任、부임되다 被赴任
關 부임을 앞두다 赴任之前、부임을 촉구하다 催促赴任
參 부임 절차 赴任手續、부임 통고 任命通知

분담

名 [분담]
漢 分擔
⇨ 索引 p.825

分擔

가 : 지금 준우 씨 한 사람한테 일이 너무 많이 몰려 있는 것 같아요.
現在好像工作全都集中在俊宇一個人身上了。

나 : 안 그래도 요즘 혼자 야근을 많이 하더라고요. 업무 **분담**을 다시 하는 게 좋겠어요.
是啊，他最近經常一個人加班，還是重新分配工作比較好。

動 분담하다 分擔、분담되다 被分擔
參 역할 분담 角色分擔、고통 분담 分擔痛苦、
　　노동 분담 勞動分擔、업무 분담 工作分擔
類 분임 分擔

사유

名 [사ː유]
漢 事由
⇨ 索引 p.825

事由、原因

회사원들이 지하철이 늦어져서 지각을 하게 될 경우 각 역의 역무실에서 발급하는 증명서를 받아 제출하면 그 **사유**가 인정된다고 한다.
聽說公司職員因地鐵遲到，只要取得各站站務室發給的證明書並提交，就能被認定為正當理由。

關 사유가 있다 有事由、사유가 없다 無事由、
　　사유를 묻다 追事因、사유를 밝히다 說明事由
類 연고 緣故

社會生活 07

401

직장／직장 생활 • 職場／職場生活

상여금

名 [상여금]
漢 賞與金
➡ 索引 p.825

獎金

가 : 서윤아, 너희 회사는 **상여금**을 얼마나 주니?
　　書允，你們公司發多少獎金？

나 : 두 달에 한 번꼴로 주니까 좀 많이 주는 편이야. 그래서 회사를 그만둘까 하다가도 **상여금**을 받으면 마음이 바뀐다니까.
　　兩個月發一次，算是滿多的。所以想辭職的時候，拿到獎金心情又改變了。

關 상여금이 나오다 獎金發放、상여금을 받다 收到獎金
參 성과 상여금 績效獎金、특별 상여금 特別獎金
類 보너스 獎金

수당

名 [수당]
漢 手當

津貼

야근을 하거나 주말에 일을 하면 받는 **수당**을 시간 외 수당이라고 한다.
加班或週末工作時所領的津貼稱為加班費。

關 수당이 나오다 津貼發放、수당이 붙다 附加津貼
參 시간 외 수당 加班費、특별 수당 特別津貼

실무

名 [실무]
漢 實務

實務

가 : 최윤아 씨, 이 일을 하려면 전문적인 지식이 필요한데 잘할 수 있을 거라고 생각합니까?
崔允兒，要做這項工作需要專業知識，你覺得自己能做好嗎？

나 : 네. 저는 오랜 기간 동종 업계에서 이론과 **실무**를 익혔기 때문에 그 일을 하는 데에 무리가 없을 것이라고 봅니다.
是的。我在同一行業長期熟悉理論與實務，覺得做這工作沒有問題。

關 실무를 익히다 學習實務、실무를 맡다 負責實務、
실무에 능하다 精通實務、실무에 밝다 熟悉實務
參 실무 경험 實務經驗、실무 회담 實務會談、
실무 책임자 實務負責人、실무적 實務上的

社會生活 07

실직

名 [실찍]
漢 失職
⇒ 索引 p.822

失業

가 : 윤아야. 회사 계약 기간이 끝나면 어떻게 할 생각이니?
允兒，合約到期後你打算怎麼辦？

나 : 엄마, 걱정하지 마세요. 계약 만료로 **실직한** 경우에는 실업급여를 받을 수 있으니까 천천히 알아볼게요.
媽媽，不用擔心。合約期滿失業的話，可以領失業救濟金，我會慢慢了解相關資訊。

動 실직하다 失業、실직되다 被解雇
關 실직을 당하다 遭遇失業
參 실직 노동자 失業勞工、실직 상태 失業狀態
類 실업 失業

403

직장／직장 생활 • 職場／職場生活

은퇴

名 [은퇴／은퉤]
漢 隱退

退休

가: 신 이사님, 내년에 **은퇴하시면** 뭘 할 생각이세요?
申理事，明年退休後打算做什麼？

나: 시골로 내려가 전원생활을 하면서 조용하게 지낼까 해요.
我想下鄉過田園生活，安靜渡日。

動 은퇴하다 退休
關 은퇴를 당하다 被迫退休、은퇴를 준비하다 準備退休
參 은퇴 발표 退休宣布、선수 은퇴 運動員退休、
현역 은퇴 現役退休、공직 은퇴 公職退休

이직

名 [이직]
漢 離職

離職

가: 형, 지금 회사가 가까워서 다니기는 편한데 일이 너무 많아. 회사를 옮길까 봐.
哥，現在公司離家近，上班方便，但工作太多了，想換工作。

나: **이직**을 할 때는 많은 준비가 필요해. 준비가 다 됐다고 생각했을 때 시도해야 돼.
換工作需要很多準備，都準備好後再嘗試比較好。

動 이직하다 離職、이직되다 被離職
關 이직을 고려하다 考慮離職
參 이직 기회 離職機會、이직 시기 離職時機、
이직 여부 離職與否、이직 의사 離職意思

임용

名 [이ː몽]
漢 任用

任用

가 : 언니, 올해 공무원 **임용** 시험이 4월에 있댔지?
　　姐姐，今年公務員任用考試是在四月吧？

나 : 응, 올해는 꼭 시험에 합격을 해야 할 텐데 걱정이다.
　　嗯，今年一定要考上，真讓人擔心。

動 임용하다 任用、임용되다 被任用
參 임용 고시 任用考試、임용 절차 任用手續、신규 임용 新任用、교원 임용 教員任用、교수 임용 教授任用

전업

名 [저넙]
漢 專業

專門從事、專業

주식 투자를 **전업**으로 하는 투자자들이 늘고 있는 가운데 데이터를 바탕으로 꾸준히 준비해 온 사람만이 성공할 수 있다고 한다.
隨著專職股票投資的投資人增加，據說只有持續根據數據準備的人才能成功。

動 전업하다 專職從事
關 전업으로 삼다／하다 當作專職／從事專職
參 전업 작가 專職作家

社會生活 07

직장／직장 생활 • 職場／職場生活

정년

名 [정년]
漢 停年

退休年齡

가 : 이사님, 날씨가 추운데도 빠지지 않고 영어 학원에 가시네요. 그렇게 열심히 영어를 공부하시는 이유가 뭐예요?
理事，天氣冷你還是不缺席到英語補習班，這麼努力學英文的原因是什麼？

나 : 이제 **정년**이 얼마 안 남았잖아요. 퇴직한 후에 해외여행을 좀 다녀 보려고요.
我退休年齡快到了，想退休後去海外旅遊。

關 정년을 앞두다 即將退休、정년이 보장되다 退休年齡有保障
參 교수 정년 教授退休年齡、공무원 정년 公務員退休年齡、정년 연장 延長退休年齡

직무

名 [징무]
漢 職務

職務

가 : 하오밍 씨, 우수 사원상 받은 것을 축하해요. 상장에 뭐라고 쓰여 있어요?
昊明，恭喜你獲得優秀員工獎。獎狀上寫了什麼？

나 : 주어진 **직무**를 성실히 수행함으로써 우수한 업무 성과를 내서 상을 수여한다고 돼 있어요.
上面寫著因為認真執行所分配的職務，表現出優異業務績效，謹此授與獎狀。

關 직무를 수행하다 執行職務、직무를 대행하다 代理職務、직무에 충실하다 忠實於職務
參 직무 수행 職務執行、직무 태만 職務怠惰

진급

名 [진 : 급]
漢 進級

晉升

우리 회사는 부장과 차장 직급을 하나로 통합하는 등 직급 체계를 간소화하고, **진급** 시험도 이에 걸맞게 개편할 계획이라고 밝혔다.

我們公司發布計畫將部長和次長職級合併，簡化職級體系，並相應修改晉升考試。

動 진급하다 晉升、진급되다 被晉升
關 진급이 늦다 晉升慢、진급이 빠르다 晉升快、
　 진급을 시키다 讓人晉升

채용

名 [채 : 용]
漢 採用

聘用

가 : 진욱아, 너희 회사는 신입 사원 **채용** 공고가 없던데 이번에 신입은 안 뽑는대?

珍旭，你們公司沒有新進人員的招聘公告，這次不招新人的嗎？

나 : 응. 이번에는 신입은 안 뽑고 경력직만 뽑는대.

嗯，這次只招有經驗者，不招新人。

動 채용하다 聘用、채용되다 被聘用
關 채용을 늘리다 增加招聘、채용을 미루다 延後招聘
參 채용 공고 招聘公告、채용 인원 招聘人員、
　 채용 정보 招聘資訊、공개 채용 公開招聘

社會生活 07

407

複習一下

社會生活 | 職場／職場生活

✎ 請選出意思相近的詞語。

1. 실직 •   • ① 분임
2. 분담 •   • ② 연고
3. 사유 •   • ③ 실업

✎ 請從例中找出可以替換帶底線部分的合適單字並填入。

| 例 | 겸하다 | 들락날락하다 | 맞들다 |

4. 우리 학교 체육 선생님은 테니스부의 코치 일도 <u>같이 하고 있으시</u>다. (　　　　　)

5. 저녁에 요리를 하고 있는데 동생이 도와준다고 계속 부엌을 <u>들어왔다 나갔다 해서</u> 정신이 하나도 없었다. (　　　　　)

6. 부모님은 무거운 시장바구니를 <u>양쪽에서 마주 들고</u> 집으로 들어오셨다. (　　　　　)

✎ 請從例中找出適合填入括號的單字並填上。

| 例 | 진급 | 고용 | 부임 |

7. 가: 누나, 드디어 취직이 된 거야? 축하해.
   나: 고마워. 1년 계약 조건으로 (　　)이 된 것이기는 하지만 그래도 취직이 돼서 기분이 좋아.

8. 가: 이 선생님, 선생님께서도 우리 학교를 졸업하셨다면서요?
   나: 네, 맞아요. 그래서 처음 (　　)하게 됐을 때 얼마나 기뻤는지 몰라요.

9. 가: 강 대리님이 다음 달에 과장으로 승진하시게 됐대요.
   나: 그렇다고 하더라고요. 강 대리님이 입사 동기들 중에서 (　　)이 가장 빠르신 것 같아요.

用漢字學韓語・成

✏️ 我們來看看韓文詞彙是如何與漢字產生聯繫的。

기성세대 — 老一輩 (p.156)
요즘 젊은 세대는 기성세대보다 물질적으로 여유로운 시대를 살아가고 있다.
現代年輕世代活在比傳統世代物質更富裕的時代。

대기만성 — 大器晚成 (p.383)
대기만성형인 박 작가는 50살이 넘어서야 훌륭한 소설가로 인정받았다.
大器晚成型的朴作家在超過五十歲後，才被認可為優秀的小說家。

成 / 성 — 이루다 / 實現、達成

성분 — 成分 (p.263)
멸치에 칼슘 성분이 많아서 나는 어릴 때부터 즐겨 먹었다.
小魚乾含有豐富的鈣質，我從小就喜歡吃。

성취 — 成就 (p.386)
일을 성취하는 데 있어 결과보다는 과정이 더 중요하다.
在成就工作上，過程比結果更重要。

조성 — 建造、營造 (p.332)
냉전 중이던 두 나라 사이에 화해 분위기가 조성되고 있다.
處於冷戰期間的兩國之間，正在營造和解的氛圍。

성취도 — 實現度、完成度 (p.275)
아이들이 행복하고 즐거운 학교생활을 해야 학업 성취도가 높아질 수 있다.
孩子們唯有得到幸福且快樂的校園生活，學業成就度才可以提高。

08 경제／경영
經濟／經營

1 경영 전략 經營策略

2 경제 현상 經濟現象

3 경제 활동 經濟活動

4 기업 경영 企業經營

5 재무／금융 財務／金融

用漢字學韓語・急

1 경영 전략
經營策略

값지다
形 [갑찌다]

貴重、珍貴

가 : 회장님께서는 맨손으로 시작해서 대기업을 이루셨는데 그 성공 비결이 무엇입니까?
會長您空手開始進而達成大企業,成功的秘訣是什麼?

나 : 처음에는 저도 여러 번 사업에 실패했습니다. 하지만 그 실패가 오히려 **값진** 경험이 되었습니다.
起初我也事業上失敗過很多次,但那些失敗反而成了寶貴的經驗。

參 값진 물건 貴重的物品、값진 보석 珍貴的寶石、값진 경험 寶貴的經驗、값진 체험 珍貴的體驗

경품
名 [경 : 품]
漢 景品

贈品、抽獎獎品

가 : 이제 영업을 시작했으니 가게를 홍보할 수 있는 방법을 찾아 봅시다.
現在開始營業了,我們來找找宣傳店鋪的方法吧。

나 : **경품** 추첨 이벤트를 열어서 홍보하는 걸 본 적이 있는데 우리도 그렇게 해 볼까요?
我曾看過有人用抽獎贈品活動來宣傳,我們也試試看吧?

關 경품을 걸다 掛獎品、경품을 받다 收到贈品、경품에 당첨되다 中獎獲得贈品
參 경품 증정 贈送贈品、경품 추첨 抽獎

근시안

名 [근 : 시안]
漢 近視眼

短視、目光短淺

가 : 사장님, 품질 개선보다는 마케팅에 좀 더 집중하는 게 좋을 것 같은데 어떠세요?

老闆，我覺得比起改善品質，還是多花點心思在行銷上比較好，您覺得呢？

나 : 당장의 마케팅도 중요하지만 결국 소비자는 질 좋은 물건을 찾게 되어 있어요. **근시안**으로 보지 말고 멀리 내다봅시다.

眼前的行銷固然重要，但消費者終究會尋找優質商品。不要短視，要放眼長遠。

關 근시안을 가지다 有短視眼光、
　 근시안으로 보다 目光短淺地看待
參 근시안적 目光短淺的

덤

名 [덤 :]

附贈品

가 : 편의점에서 '1+1' 행사를 해서 주스를 하나 더 받았는데 다 못 마시겠어.

便利商店搞「買一送一」活動，我多拿了一瓶果汁，但喝不完。

나 : 네가 안 마실 거면 **덤**으로 받은 상품은 나한테 줘.

你不喝的話，多拿的那瓶給我吧。

關 덤을 주다 送附贈品、덤을 받다 收到附贈品、
　 덤으로 주다 附送、덤으로 챙겨 주다 額外給

經濟／經營
08

경영 전략 • 經營策略

만장일치
名 [만ː장일치]
漢 滿場一致

全場一致

심사 위원단은 **만장일치**로 이진욱 씨의 마케팅 아이디어를 대상으로 선정하였다.
評審委員會一致選定李珍旭的行銷創意為大獎項得主。

關 만장일치로 결정하다 全場一致決定、만장일치로 선출하다 全場一致選出、만장일치가 되다 取得全場一致

물품
名 [물품]
漢 物品

物品

자연재해로 인해 피해를 입은 사람들에게 구호 **물품**을 전달함으로써 기업들은 사회적 역할을 수행한다.
企業通過向受自然災害影響的人們提供救援物資，履行了社會責任。

關 물품을 구입하다 購買物品、물품을 판매하다 銷售物品
參 물품 가격 物品價格、물품 운송 物品運輸、구호 물품 救援物資、중고 물품 二手物品

배포
名 [배ː포]
漢 配布

發送、發行

가: 지우야, 그 글씨체 예쁘다. 따로 구입한 거야?
智友，那字體很漂亮，是另外買的嗎？

나: 아니. '한국통신사'가 기업의 이미지 홍보를 위해 개발한 거야. 홈페이지에서 무료로 **배포하는** 걸 다운 받았어.
不是，那是韓國通信公司為宣傳企業形象開發的。我從網站下載了免費發佈的字型。

動 배포하다 發送、배포되다 被發佈
參 무료 배포 免費發佈、전단 배포 傳單發放、추가 배포 追加發佈

414

보류

名 [보:류]
漢 保留
⇨ 索引 p.825

保留

가 : 다른 회사들은 해마다 라면 값을 올리는데 이 회사만 올해도 가격 인상을 **보류했다는** 기사를 봤어.
> 我看到了一則報導，說其他公司每年都調漲拉麵的價格，唯獨這家今年也保留價格的上漲。

나 : 그래? 그 기업이 괜히 '착한 기업'이라고 불리는 게 아닌가 봐.
> 是嗎？那家企業會不會空得被稱「友善企業」的虛名？

動 보류하다保留、보류되다被保留
關 보류를 결정하다決定保留
參 보류 조치保留措施、실시 보류保留實施、잠정 보류保留感情、계획 보류保留計畫
類 유보保留

비약적

名 關 [비약쩍]
漢 飛躍的

飛躍式的

우리 아버지께서는 생산지의 기후를 최대한 활용하여 가격은 비싸지만 최상급 품질의 딸기를 생산하는 방법으로 판매량을 **비약적**으로 증가시켰다.
> 家祖父最大限度運用產地氣候，生產價昂、最高級品質的草莓，以此方法快速增加銷售量。

關 비약적으로 증가하다／확대되다飛躍式的增加／擴大
參 비약적인 성장／발전飛躍式的成長／發展

사은품

名 [사:은품]
漢 謝恩品

贈品

설날을 맞아 전국의 대형 마트에서는 경쟁적으로 가격 할인 행사와 **사은품** 증정 행사를 진행 중이다.
> 迎接新年，全國大型商場正進行著競賽似的折扣活動及謝客贈品活動。

關 사은품을 받다／증정하다收到／贈送贈品
參 백화점 사은품百貨公司的贈品

經濟／經營 08

경영 전략 • 經營策略

상표

名 [상표]
漢 商標
➪ 索引 p.825

商標

최근 유명 브랜드의 **상표**를 무단으로 도용하는 사례가 증가하고 있어 정부에서는 이와 관련된 법을 강화하기로 하였다.

最近非法盜用著名品牌商標的案子增多，因此政府將加強相關法律。

關 상표를 등록하다 註冊商標
參 유명 상표 有名商標、유사 상표 類似商標
類 브랜드 品牌

선호도

名 [선ː호도]
漢 選好度

偏好度

가 : 진욱 씨, 다음 신제품 이름은 결정됐습니까?
　　珍旭，下一款新產品的名字決定了嗎？

나 : 아직 설문 조사를 진행 중입니다. 조사 결과를 통해서 소비자들이 가장 높은 **선호도**를 보인 것으로 결정할 예정입니다.
　　還在進行問卷調查。預定將根據調查結果，決定消費者偏好最高的名稱。

關 선호도가 높다 偏好度高、선호도가 떨어지다 偏好度下降、선호도를 보이다 表現出偏好度、선호도를 조사하다 調查偏好度
參 고객 선호도 顧客偏好度、다양한 선호도 多樣化的偏好度

실속

名 [실쏙]
漢 實속
➪ 索引 p.822

實惠、實在內容

과대 포장으로 인한 환경 문제가 대두되면서 불필요한 포장을 줄이고 **실속**을 강조한 친환경 제품들이 인기를 끌고 있다.

因過度包裝環境問題隨之顯現，減少不必要包裝並強調實惠的環保產品越來越受歡迎。

關 실속을 다지다 鞏固實惠、실속을 차리다 講究實惠、실속을 찾다 尋求實惠、실속을 챙기다 注重實惠
類 내실 內容／扎實／充實

안건

名 [안ː껀]
漢 案件
⇨ 索引 p.823

議案

이번 회의의 주요 **안건**은 신제품의 판매량 감소를 만회하기 위한 방안 마련입니다.

本次會議的主要議案是擬定挽救新產品銷售量下降的對策。

關 안건으로 다루다 列為議案討論、안건으로 채택하다 議案被採納、안건이 통과되다 議案通過、안건을 내다 提出議案
參 안건 처리 議案處理、회의의 안건 會議議案
類 안 議案

이윤

名 [이ː윤]
漢 利潤
⇨ 索引 p.824

利潤

가: 윤아 씨, 저 조기 퇴직을 하고 퇴직금으로 작은 벤처 기업을 시작해 볼까 하는데 어떻게 생각해요?

允兒，我想提前退休，用退休金創業小型風險投資公司，你覺得怎麼樣？

나: 처음부터 **이윤**을 낸다는 보장은 없겠지만 준호 씨라면 잘할 수 있을 거라고 믿어요.

雖然一開始不保證會有利潤，但我相信俊浩你一定行。

關 이윤이 남다 有利潤、이윤이 감소하다 利潤減少、이윤을 거두다 獲得利潤、이윤을 내다 產生利潤、이윤을 보장하다 保證利潤
類 이문 利潤、이익 利益、이익금 利益金

經濟／經營
08

경영 전략 • 經營策略

일환

名 [일환]
漢 一環

一環、一部分

우리 회사에서는 신입 사원 교육 프로그램의 **일환**으로 매년 봉사 활동을 실시하고 있다.

我們公司作為新進員工教育計畫的一環，在每年實施志願服務活動。

關 일환이 되다 成為一環
參 노력의 일환 努力的一環、사업의 일환 事業的一環、정책의 일환 政策的一環

적립

名 [정닙]
漢 積立

積累、積存

가: 사장님, 저희 카페에서도 개인 텀블러를 이용하는 고객들에게 **할인**을 해 주거나 포인트 적립을 해 주는 건 어떨까요?

老闆，我們咖啡廳對使用個人杯子的顧客給予折扣或點數累積，您覺得如何？

나: 좋아요. 환경에도 좋고, 가게 홍보에도 도움이 되는 좋은 전략인 것 같아요.

好啊，這對環境有益，也有助於店鋪宣傳，是個不錯的策略。

動 적립하다 累積、적립되다 被累積
參 적립 금액 累積金額、적립 방식 累積方式、적립 비율 累積比率、수익금 적립 營收累積、포인트 적립 點數累積

제조

名 [제ː조]
漢 製造

製造、制作

가 : 삼겹살을 찍어 먹는 이 양념이 너무 맛있지 않니?
　　五花肉這醬汁沾著吃超好吃的，不是嗎？

나 : 이게 이 맛집이 인기 있는 비결이래. 사장님이 그 양념 **제조** 방법은 절대 안 알려 준다고 하더라고..
　　聽說這是這家人氣餐廳的秘訣，老闆絕不透露醬汁的製作方法。

動 제조하다 製造、제조되다 被製造
參 제조 공장 製造工廠、제조 방법 製造方法、자동차 제조 汽車製造

조직

名 [조직]
漢 組織

組織

가 : 서윤 씨, 다음 달부터 본사에서 고객 서비스 전담 **조직**을 추가로 편성한다는 소식 들었어요?
　　書允，聽說下個月總公司要新增客戶服務專責組織，你知道嗎？

나 : 저도 들었어요. 소비자들의 불편 사항을 더 빠르게 해결할 수 있게 되었네요.
　　我也聽說了，這樣消費者的不便問題可以更快解決。

動 조직하다 組織、조직되다 被組織
關 조직을 구성하다 組成組織
參 조직적 組織性的、조직 사회 組織社會、조직 생활 組織生活、조직 편성 組織編成、조직 활동 組織活動

經濟／經營 08

419

경영 전략 • 經營策略

증가세

名 [증가세]
漢 增加勢
➡ 索引 p.829

增勢

한국 관광 공사에서 지역의 특성을 살린 차별화된 관광 코스를 개발하고 지역 축제 프로그램을 다양화함으로써 외국 관광객 유입이 **증가세**로 돌아섰다.

韓國觀光公社開發了運用地方特色的差異化觀光路線，並多元化地方節慶活動，因而外國觀光客流入趨勢轉為上升。

關 증가세가 둔화되다 增勢放緩、증가세가 지속되다 增勢持續、
증가세를 보이다 顯示增勢
參 수요 증가세 需求增勢、수출 증가세 出口增勢、
인구 증가세 人口增勢
反 감소세 減勢

지사

名 [지사]
漢 支社

分公司

김준우 씨는 업무 능력을 인정받아 내년에 해외 **지사**에서 마케팅 업무를 담당하게 되었다.

金俊宇因工作能力受到肯定，明年將受命負責海外分公司的行銷業務。

關 지사를 늘리다 擴增分公司、지사를 두다 設立分公司、
지사를 방문하다 拜訪分公司、지사를 설치하다 設置分公司
參 해외 지사 海外分公司

지점

名 [지점]
漢 支店

分店、分行

가 : 점심시간에 회사 앞 은행에서 볼일을 좀 보려고 했는데 대기 시간이 한 시간도 넘어서 그냥 왔어요.
午休時間我想去公司前的銀行辦事，但等候時間超過一小時，就直接走了。

나 : 거기는 본점이라서 더 복잡할 거예요. 10분 정도 거리에 있는 **지점**에 가면 좀 덜 기다리더라고요.
那裡是總行，會更擁擠。聽說離這裡約十分鐘路程的分行，等待時間比較短。

關 지점을 내다 開設分店、지점을 운영하다 經營分店、지점에서 근무하다 在分店工作
參 은행 지점 銀行分行、해외 지점 海外分店、회사 지점 公司分店

추세

名 [추세]
漢 趨勢

趨勢

1인 가구가 증가하는 **추세**에 맞추어 각 기업들은 앞다투어 소형 가전제품을 출시하고 있다.
配合單人戶口增加趨勢，各企業紛紛推出小型家電產品。

關 추세를 따르다 跟隨趨勢、추세를 보이다 顯示趨勢、추세에 있다 處於趨勢中、추세에 맞추다 配合趨勢
參 증가 추세 增長趨勢、감소 추세 減少趨勢、세계적 추세 全球趨勢、일반적 추세 一般趨勢

經濟／經營 08

경영 전략 • 經營策略

추이

名 [추이]
漢 推移

變化、進展

가 : 김 팀장님, 대표 상품들의 가격 인상을 논의할 때가 된 것 같은데 어떻게 생각하십니까?
　　金組長，該討論代表商品調漲價格的時機了，您覺得如何？

나 : 인플레이션이 지속되다 보니까 제품 가격 인상에 대한 소비자 반응이 민감합니다. 당분간은 물가 **추이**를 지켜봅시다.
　　因為通貨膨脹持續，消費者對價格上漲反應敏感。暫且觀察物價變化吧。

關 추이를 살피다 觀察變化、추이를 지켜보다 留意變化、
　추이를 파악하다 把握變化、추이가 주목되다 變化受到矚目
參 변화 추이 變化推移、사건의 추이 事件推移、
　시대적 추이 時代推移

출시

名 [출씨]
漢 出市

上市

건강에 관심이 많고 구매력도 갖춘 중년층을 타깃으로 한 고가의 건강 기능 제품들의 **출시**가 이어지고 있다.
以對健康關心且有購買力的中年族群為目標的高價健康功能產品陸續上市。

動 출시하다 上市、출시되다 被上市
關 출시를 앞두다 即將上市、출시를 서두르다 加快上市進度
參 출시 시기 上市時期、출시 제품 上市產品、
　출시 행사 上市活動、신제품 출시 新產品上市

타산지석

名 [타산지석]
漢 他山之石

他山之石、借鑑

가 : 이번 노사 갈등도 합의점을 찾기가 쉽지 않군요.
這次勞資糾紛也不容易找到共識呢。

나 : 몇 년 전에도 노사 갈등이 길어져서 회사 경영에 악영향을 미친 적이 있습니다. 과거 사례를 **타산지석**으로 삼아 빠르게 갈등을 해결해야 한다고 봅니다.
幾年前勞資糾紛拖得很久，對公司經營造成不良影響。我想應該以過去的案例為他山之石。

關 타산지석으로 삼다 當作他山之石、타산지석으로 여기다 視為借鑑、타산지석이 되다 成為借鑑
參 타산지석의 교훈 他山之石的教訓

經濟／經營 08

파격

名 [파ː격]
漢 破格

破格

가 : 마트가 생긴 지 얼마 안 돼서 사람이 이렇게 많은 건가?
這家超市開業沒多久，怎麼人這麼多？

나 : 그런 것 같아. 일주일 동안 홍보 기간이라서 생필품을 50%나 **파격** 할인한다고 하니까 사람들이 몰려드나 봐.
應該是這樣，因為是一週的促銷期，生活必需品破格五折，吸引了很多人。

關 파격을 선보이다 展示破格、파격을 시도하다 嘗試破格
參 파격적 破格的、파격 할인 破格折扣

423

경영 전략 • 經營策略

판촉

名 [판촉]
漢 販促

促銷

가 : 가게 홍보가 부족해서 그런지 손님이 너무 없네. 길거리에서 전단지라도 돌려야 되나?
或許是店裡宣傳不足，客人太少了，要不要去街上發個傳單？

나 : 거리 **판촉**보다는 SNS를 통한 홍보가 낫지 않을까?
我覺得比起街頭促銷，用社群媒體宣傳會更好吧？

參 판촉 경쟁 促銷競爭、판촉 광고 促銷廣告、
판촉 비용 促銷費用、거리 판촉 街頭促銷

한정

名 [한 : 정]
漢 限定

限定

가 : 오후 2시밖에 안 됐는데 식당 문을 벌써 닫은 거야?
才下午兩點，餐廳就關門了嗎？

나 : 아쉽지만 다음에 다시 오자. 하루에 200인분만 **한정** 판매한다더니 오늘은 음식이 벌써 다 소진됐나 봐.
很可惜，下次再來吧。聽說一天只限定賣兩百份，今天食物好像已經賣完了。

動 한정하다 限定、한정되다 被限定
參 한정적 有限的、한정 수량 限定數量、한정 인원 限定人數、
한정 판매 限定販售

협정

名 [협쩡]
漢 協定

協定

'한국기업'에서는 중소기업의 제품 중 상품 가치가 뛰어난 것을 선정하여 투자 **협정**을 맺은 후 해외 수출을 추진할 예정이다.

「韓國企業」將選擇中小企業產品中價值優秀者,簽訂投資協定後推動海外出口。

動 협정하다 協定、협정되다 被協定
關 협정을 맺다 簽訂協定、협정을 체결하다 簽署協定、
　　 협정이 깨지다 協定破裂

複習一下

經濟／經營 | 經營策略

✎ 請將以下詞語中相配對的選項連接起來。

1. 경품에 •   • ① 남다
2. 이윤이 •   • ② 지속되다
3. 증가세가 •   • ③ 당첨되다

✎ 請選出適合填入括號的單字。

4. 회사 임원들은 '올해의 우수 사원상'을 받을 사람으로 (   )(으)로 김민수 씨를 뽑았다.

① 남녀노소   ② 상부상조   ③ 만장일치   ④ 천차만별

5. 아버지는 친한 동료의 사업 실패 사례를 (   )(으)로 삼아 신중하게 새로운 사업을 준비하고 계신다.

① 십중팔구   ② 심사숙고   ③ 타산지석   ④ 안성맞춤

✎ 請從例中找出適合填入括號的單字。

| 例 | 덤 | 판촉 | 배포 | 적립 | 사은품 |

제품 판매에 있어서 홍보를 하는 것은 매우 중요하다. 판매량을 높이기 위해 광고와 마케팅 등의 6.(   ) 행사를 해서 제품을 홍보하고 소비자의 관심을 끌어야 한다. 이때 7.(   )(이)나 할인 혜택과 같은 다양한 프로모션을 통해 고객들에게 동기를 부여할 수 있다. 또 구매한 제품에 대한 8.(   ) 포인트를 제공하여 고객들의 재구매를 유도할 수도 있다. 또 '1+1' 행사와 같이 9.(   )을/를 주거나 광고 전단지를 10.(   )하는 방법도 있다.

2 경제 현상
經濟現象

28.mp3

가계

名 [가계/가게]
漢 家計

家計、家庭收支

가: 애들이 커 가니까 교육비도 많이 들고 지출도 점점 늘어나요.
孩子們長大了,教育費用很多,支出也漸漸增多。

나: 그러게요. 그래서 **가계** 부채 규모가 점점 늘어나나 봐요.
是啊,所以家庭負債規模好像也越來越大。

關 가계가 넉넉하다 家計寬裕、가계가 빠듯하다 家計緊張
參 가계 소득 家庭收入、가계 부채 家庭負債、가계 지출 家庭支出

격차

名 [격차]
漢 隔差

差距

시간이 지날수록 빈부 **격차**가 점점 더 커지면서 경제적 불평등이 심화되고 있다.
隨著時間推移,貧富差距漸漸增大,經濟不平等日益加劇。

關 격차가 벌어지다 差距展現、격차가 심하다 差距嚴重、격차를 보이다 顯示差距、격차를 해소하다 消除差距
參 빈부 격차 貧富差距、소득 격차 收入差距、생활 수준의 격차 生活水準差距

經濟／經營
08

427

경제 현상 • 經濟現象

급등

名 [급뜽]
漢 急騰
⇨ 索引 p.823

暴漲

올여름 심한 가뭄으로 과일과 농산물이 큰 피해를 입은 탓에 농산물 가격의 **급등**이 예상된다.
由於今夏嚴重乾旱,水果與農產品受損嚴重,預料農產品價格將暴漲。

動 급등하다 暴漲
參 가격 급등 價格暴漲、물가 급등 物價暴漲、주가 급등 股價暴漲、집값 급등 房價暴漲
類 폭등 急漲

급락

名 [금낙]
漢 急落
⇨ 索引 p.823

急遽下跌

가: 산지 농산물 가격이 **급락했다는** 뉴스를 본 것 같은데 왜 마트에서 파는 채소 가격은 그대로인지 모르겠어요.
聽說產地農產品價格急跌,但不懂為什麼超市賣的蔬菜價格還是維持不變。

나: 유통 구조의 문제죠. 이제부터 농민들이 직접 판매하는 농산물을 구입해야 할 것 같아요.
這是流通結構的問題。從現在起應該購買農民直接販售的農產品了。

動 급락하다 急跌
參 시세 급락 市價暴跌、주가 급락 股價急跌、환율 급락 匯率暴跌
類 폭락 急跌

428

매출

名 [매ː출]
漢 賣出

銷售

본사에서는 상반기 **매출**이 줄어든 원인을 소비자 요구 파악의 실패로 보고 해결책을 마련 중에 있다.

總公司認為上半年銷售額減少的原因是未能掌握消費者需求，目前正在尋找解決方案。

關 매출이 늘다 銷售額增加、매출이 발생하다 產生銷售額、매출이 줄다 銷售額減少、매출을 올리다 提高銷售額
反 매입 採購

부유하다

形 [부ː유하다]
漢 富裕하다

富裕的

가 : 아빠, 저 나라 이야기가 요즘 뉴스에 많이 나오네요.
爸爸，那個國家最近常常在新聞上出現。

나 : 몇십 년 전만 해도 전쟁으로 어려움을 겪던 나라가 지금처럼 **부유한** 국가가 된 비결을 궁금해하는 사람들이 많아서 그런가 봐.
幾十年前還因戰爭受難的國家，如今變成富裕國家的祕訣，大概是有很多人關心。

關 집안이 부유하다 家庭富裕、부유하게 살다 富足地生活
參 부유한 나라 富裕的國家、부유한 살림 富裕的生計

經濟／經營 08

경제 현상 • 經濟現象

불경기

名 [불경기]
漢 不景氣
⇨ 索引 p.825, 829

不景氣

가 : 김 사장님, 오랜만이에요. 요즘 장사는 좀 어떠세요?
　　金老闆，好久不見了，最近生意怎麼樣？

나 : 말도 마세요. **불경기**라서 손님이 거의 없어요. 파리만 날리고 있어요.
　　別提了，因為不景氣，幾乎沒有客人，門可羅雀囉。

關 불경기를 극복하다 克服不景氣、불경기를 실감하다 實際感受到不景氣、불경기가 계속되다 不景氣持續
類 불황 不景氣、디프레션 經濟蕭條
反 호경기 好景氣

불황

名 [불황]
漢 不況
⇨ 索引 p.825, 829

不景氣

길어진 불경기에 따른 소비 감소와 고용 불안의 문제로 장기 **불황**에 대한 우려의 목소리가 커지고 있다.
由於長期不景氣引起的消費減少與就業不安問題，對長期不景氣的擔憂聲日益增加。

關 불황을 극복하다 克服不景氣、불황을 이기다 戰勝不景氣、불황에 빠지다 陷入不景氣
參 경기 불황 景氣低迷、경제 불황 經濟不景氣、장기 불황 長期不景氣
類 불경기 不景氣
反 호황 繁榮景氣

상승세

名 [상ː승세]
漢 上昇勢
⇨ 索引 p.825, 829

上升態勢

가 : 이사를 해야 하는데 무리를 해서라도 집을 사는 게 좋을지 고민이에요.
　　我必須搬家，還在考慮是否即使勉強也要買房子。

나 : 아직 집값이 **상승세**니까 좀 더 기다려 보는 게 어때요?
　　房價仍處上升趨勢，或許再等等觀察如何？

關 상승세가 두드러지다 上升態勢明顯、상승세가 꺾이다 上升態勢受挫、상승세가 둔화되다 上升態勢減緩、상승세를 보이다 顯現上升態勢
類 오름세 上升趨勢
反 하락세 下降態勢

쇄도

名 [쇄ː도]
漢 殺到

蜂擁而至

1인 창업 아이템으로 직원 없이 운영할 수 있는 빨래방, 편의점, 독서실에 대한 문의가 **쇄도하고** 있다고 한다.
據說可作為一人創業項目的無人洗衣店、便利商店、讀書室詢問紛至沓來。

動 쇄도하다 蜂擁而至
參 문의 쇄도 詢問大量擁到、전화 쇄도 電話不斷、주문 쇄도 訂單蜂擁

經濟／經營 08

경제 현상 • 經濟現象

수익

名 [수익]
漢 收益

收益、盈利

가 : 이번에 우리 회사 신제품이 해외에서 높은 **수익**을 거두고 있다고 합니다.
　　聽說這次我們公司的新產品在海外獲得了高盈利。

나 : 해외로 수출된 지 얼마 되지도 않았는데 벌써 높은 매출을 내다니, 정말 자랑스럽습니다.
　　出口海外才不久就已創造高銷售額，真令人驕傲。

關 수익을 기대하다 期待收益、수익을 올리다 提升收益、수익을 창출하다 創造收益、수익이 나다 有收益、수익이 없다 無收益

수익금

名 [수익끔]
漢 收益金

收益金、盈利金

개인 투자자들은 주식을 통해 기업에 투자를 하고, 기업은 사업 **수익금**을 투자자들과 일정 비율로 나누어 가지게 된다.
個人投資者透過股票投資企業，企業則將營業收益金與投資者按比例分配。

關 수익금을 나누다 分配收益金、수익금을 사용하다 使用收益金、수익금을 지출하다 支出收益金
參 수익금 기부 捐贈收益金

수지

名 [수지]
漢 收支

收支

가 : 사장님, 여기 포장 말고 배달도 되죠?
　　老闆，這裡除了外帶也有外送嗎？

나 : 죄송합니다, 손님. 요즘 인건비가 너무 많이 올라서요. 도저히 **수지** 타산이 안 맞아서 배달은 안 하게 되었습니다.
　　抱歉，客人。最近人事費用漲太多，根本無法收支平衡，所以不做外送服務了。

關 수지가 맞다 收支平衡、수지가 악화되다 收支惡化、수지를 계산하다 計算收支
參 수지 균형 收支平衡、수지 타산 收支盤算

악순환

名 [악쑨환]
漢 惡循環

惡性循環

경기가 안 좋은 상황에서도 물가가 계속 상승하는 스태그플레이션은 경제의 **악순환**을 초래한다.
在經濟不景氣的情況下，物價持續上升的滯脹現象導致經濟陷入惡性循環。

關 악순환이 계속되다 惡性循環持續、악순환이 일어나다 發生惡性循環、악순환을 되풀이하다 反覆惡性循環
參 악순환의 굴레 惡性循環的枷鎖、반복되는 악순환 反覆的惡性循環

經濟／經營 08

경제 현상 • 經濟現象

악영향

名 [아경향]
漢 惡影響

不良影響

가: 소식 들었어요? '한국회사' 지사가 경영난으로 문을 닫는대요.
　　聽說了嗎?「韓國公司」的分公司因經營困難關門了。

나: 그렇게 큰 회사가 문을 닫으면 지역 경제 전체에 **악영향**을 줄 텐데 큰일이네요.
　　這麼大的公司關門，會對地方經濟整體造成不良影響，真是大事。

關 악영향을 끼치다 造成不良影響、악영향을 미치다 給予不良影響、악영향을 주다 造成不良影響

오름세

名 [오름세]
漢 오름勢
⇨ 索引 p.825, 829

漲勢

가: 여보, 요즘 환율이 너무 많이 올라서 해외여행은 다음으로 미뤄야겠어요.
　　親愛的，最近匯率漲得太厲害，海外旅遊要延到下次了。

나: 그러게요. 환율이 연일 **오름세**니 그게 좋겠어요.
　　是啊，匯率持續上漲，就那麼辦吧。

關 오름세가 지속되다 漲勢持續、오름세가 꺾이다 漲勢受挫、오름세를 보이다 顯現漲勢、오름세를 타다 乘著漲勢
類 상승세 上升趨勢
反 내림세 下降趨勢

위축

名 [위축]
漢 萎縮

萎縮

불경기로 인한 소비 심리의 **위축**으로 자영업자들은 점점 더 큰 어려움을 겪고 있다.
因不景氣導致消費心理萎縮，自營業者越來越艱難。

動 위축하다 萎縮、위축되다 被萎縮、위축시키다 使萎縮
參 부피의 위축 體積萎縮、시장 위축 市場萎縮、심리 위축 心理萎縮、투자 위축 投資萎縮、심리 위축 心理萎縮

이득

名 [이ː득]
漢 利得

利益

가 : 이번에 발표된 신도시 개발 정책은 어떤 것입니까?

這次發表的新市鎮開發政策是什麼？

나 : 서울의 인구 집중을 완화시키기 위해 추가로 신도시를 개발할 부지를 발표했습니다. 이로 인해 일대에 거주하는 주민들은 큰 **이득**을 기대하고 있습니다.

為了緩解首爾人口集中，公布了新增新市鎮開發用地，因此當地居民期待能從中獲益。

關 이득을 보다 獲得利益、이득을 취하다 取得利益、이득이 되다 成為利益

參 막대한 이득 巨大利益、부당한 이득 不當利益

침체

名 [침체]
漢 沈滯

停滯

반도체 기술 1위를 달리던 우리나라의 반도체 시장 **침체**로 인해 경제 성장률이 큰 폭으로 하락했다.

原本在半導體技術領先的我國，由於半導體市場停滯，經濟成長率大幅下降。

動 침체하다 停滯、침체되다 被停滯

關 침체를 벗어나다 擺脫停滯、침체에 빠지다 陷入停滯

參 침체 국면 停滯局面、침체 상태 停滯狀態、침체 요인 停滯要因、경기 침체 經濟停滯

경제 현상 • 經濟現象

침체기

名 [침체기]
漢 沈滯期

蕭條期

가 : 부장님, 경제 불황으로 가전 시장도 **침체기**를 벗어나지 못하고 있습니다. 저희 회사도 예외가 아니고요.

部長，因經濟不景氣，家電市場也無法擺脫蕭條期，我們公司也不例外。

나 : 그럼 우선 우리 회사 제품의 판매량 추이를 분석하고 대책을 논의해 봅시다.

那麼我們先分析公司產品的銷售趨勢，再討論對策吧。

關 침체기를 벗어나다 擺脫蕭條期、침체기를 지나다 經過蕭條期、침체기가 계속되다 蕭條期持續
參 경기 침체기 經濟蕭條期

타격

名 [타 : 격]
漢 打擊

打擊

전기료와 가스비가 줄줄이 인상되면서 저소득층을 시작으로 서민들이 경제적으로 큰 **타격**을 입게 되었다.

電費和瓦斯費連續上漲，從低收入階層開始，平民經濟受到重大打擊。

動 타격하다 打擊
關 타격을 주다／입히다 造成打擊、타격이 심각하다 打擊嚴重
參 정신적 타격 心理打擊、막대한 타격 巨大打擊

통용

名 [통용]
漢 通用

通用

가 : 엄마, 이 카드는 처음 보는 건데 어디에서 쓰는 거예요?
媽媽，這張卡我第一次看到，是用在哪裡的？

나 : 이건 우리 시에서만 **통용되는** 지역 화폐라는 건데, 이걸 사용하면 할인도 받을 수 있고, 지역 경제도 살릴 수 있어.
這是本市內通用的地方貨幣，使用它可以享有折扣，還能振興地方經濟。

動 통용하다 通用、통용되다 被通用
關 통용이 확대되다 通用範圍擴大
參 화폐 통용 貨幣通用

經濟／經營 08

투기

名 [투기]
漢 投機

投機

부동산의 시세 차익을 이용해서 과도한 이익을 얻는 것이 투자인지 **투기**인지에 대해서는 많은 이들의 의견이 분분하다.
利用房地產價格差異賺取過多利益，到底是投資還是投機，大家意見不一。

動 투기하다 投機
參 투기 과열 投機過熱、지역 투기 地區投機、땅 투기 土地投機／부동산 투기 不動產投機、주식 투기 證券投機

437

경제 현상 • 經濟現象

하락

名 [하 : 락]
漢 下落

下跌

급격한 환율 **하락**으로 인해 해외 수출에 상당 부분을 의존하고 있는 기업들이 어려움을 겪고 있다.

因為匯率急劇下跌，依賴海外出口的企業面臨困難。

動 하락하다 下跌
關 하락이 이어지다 下跌持續、하락이 지속되다 下跌持續
參 가격 하락 價格下跌、금리 하락 利率下降、매출 하락 銷售下降、주가 하락 股價下跌

하락세

名 [하 : 락쎄]
漢 下落勢
⇨ 索引 p.825, 829

下跌趨勢

실제 매장을 방문하여 쇼핑을 하는 소비자 비율이 꾸준히 **하락세**를 보이자 각 기업들은 온라인 쇼핑에 자본을 집중적으로 투자하고 있다.

實際到店購物的消費者比例持續下降，各企業開始集中資金投資於線上購物。

關 하락세가 이어지다 下跌趨勢持續、하락세를 보이다 顯示下跌趨勢、하락세로 돌아서다 轉為下跌趨勢
類 내림세 下降趨勢
反 상승세 上升趨勢

호황

名 [호 : 황]
漢 好況
⇨ 索引 p.829

繁榮、旺市

인공 지능이 제조업, 서비스업, 의료, 교육 등 각종 분야에 적용되면서 관련 주식이 **호황**을 누리고 있다.

人工智慧應用於製造業、服務業、醫療、教育等多個領域，相關股票正享受繁榮。

關 호황을 누리다 享受繁榮、호황을 맞다 迎接繁榮、호황을 보이다 顯示繁榮、호황을 이루다 達成繁榮
參 경기 호황 經濟繁榮
反 불황 不景氣

438

활성화

名 [활썽화]
漢 活性化

活化、活絡

가 : 부산시에서 시민들에게 생활용품 대여 서비스를 시작했대요.
釜山市開始向市民提供生活用品出租服務。

나 : 기업들은 제품을 홍보할 수 있어서 좋고, 시민들은 무료로 생활용품을 사용할 수 있어서 좋으니 공유 경제 **활성화**에 딱 좋은 사업이네요.
企業可以宣傳產品，市民又能免費使用生活用品，這是一項促進公共經濟活化的好事業。

動 활성화하다 活化、활성화되다 被活化
參 경제 활성화 經濟活化、투자 활성화 投資活化

經濟／經營 08

複習一下

經濟／經營 | 經濟現象

✏️ 請將以下相配的詞語連接起來。

1. 수지가 •   • ① 늘다
2. 매출이 •   • ② 맞다
3. 격차가 •   • ③ 심하다

✏️ 請選出意思完全不同的詞語。

4. ① 침체   ② 하락   ③ 호황   ④ 하락세
5. ① 이득   ② 수익   ③ 이익   ④ 타격

✏️ 請從例中找出適合填入括號的單字並填寫。

例　　투기　　위축　　악영향

6. 가: 오늘 발표에서 평소와 다르게 왜 그렇게 긴장을 한 거야?
   나: 지난번 회의 때 실수한 것 때문에 자꾸 심리적으로 (　　　) 돼서 그런가 봐.

7. 가: 과학 기술의 발전은 경제적으로 많은 이익을 가져다주지만 환경에 (　　　)을/를 끼치는 경우도 많아서 경각심이 필요해.
   나: 맞아. 경제 발전과 환경 보호의 균형을 맞출 수 있게 노력해야 돼.

8. 가: 최근 부동산 (　　　) 때문에 집값이 급등하고 있대.
   나: 나도 뉴스에서 봤어. (　　　)을/를 완전히 없애지는 못하겠지만 그래도 주택 시장을 안정시키려는 노력이 필요할 것 같아.

3 경제 활동
經濟活動

29.mp3

구두쇠

名 [구두쇠/구두쉐]

吝嗇鬼、鐵公雞

아버지는 **구두쇠**라는 소리를 들을 정도로 돈을 아껴쓰는 분이지만 20년이 넘도록 매년 기부를 거르신 적이 없다.

父親到了被稱為吝嗇鬼的地步,是非常節儉的人,但超過二十年來從未間斷過每年的捐款。

關 구두쇠로 유명하다/통하다 以吝嗇鬼著稱/以吝嗇鬼聞名
參 소문난 구두쇠 出名的吝嗇鬼、지독한 구두쇠 非常吝嗇鬼

내역

名 [내ː역]
漢 內譯
➪ 索引 p.823

明細

가 : 돈을 어디에다가 다 쓰는 건지, 월급 받으면 카드값 내기도 빠듯하네요.

錢都花在哪裡呢?領薪水後連信用卡帳單都快付不起了。

나 : 수입과 지출 **내역**을 기록해 보는 습관을 가져 보면 어때요? 절약하는 데 도움이 될 거예요.

試著養成記錄收入與支出明細的習慣如何?對節約會有幫助的。

關 내역을 기록하다 記錄明細、내역을 밝히다 查明明細、내역을 확인하다 確認明細
參 물품 내역 物品明細、사용 내역 使用明細、지출 내역 支出明細
類 명세 明細

經濟/經營 08

441

경제 활동・經濟活動

다다익선

名 [다다익썬]
漢 多多益善

多多益善

가 : 언니, 우리 마트 갈래? 일정 금액 이상 물건을 사면 사은품으로 화장지나 반찬통을 준대.
姐姐，我們去超市嗎？買到一定金額以上會贈送衛生紙或菜盒。

나 : 마침 장 보러 가려고 했는데 잘됐다. 그런 생필품은 **다다익선**이지.
正好要去買菜，太好了，那種生活必需品越多越好。

💡 主要以「다다익선이다」的形態使用。

맞아떨어지다

動 [마자떠러지다]

對上、完全吻合

가 : 서윤 씨, 지난번에 투자한 주식이 엄청 올랐다면서요? 부러워요.
書允，聽說你上次投資的股票漲得很厲害？真讓人羨慕。

나 : 고마워요. 주식 공부를 하다 보니 지금이 투자 적기라는 생각이 들어서 투자했는데 운 좋게 그 예상이 딱 **맞아떨어졌어요**.
謝謝。我學習股票後覺得現在是投資的好時機，就投資了，幸運地預測完全吻合。

🔗 계산이 맞아떨어지다 計算吻合、
예상이 맞아떨어지다 預測吻合

💡 「꼭」、「딱」、「잘」、「척척」等副詞常與此詞搭配使用。

442

백수

名 [백쑤]
漢 白手

無業遊民、窮光蛋

가 : 하은아, 언제까지 **백수** 생활을 할 거니? 취직 안 할 거야?
　　夏恩，你打算當無業遊民到什麼時候？不打算找工作嗎？

나 : 언니, 잔소리 좀 그만해. 요즘 경기가 안 좋으니 취직자리가 안 나잖아. 나도 취직하고 싶다고.
　　姐姐，別嘮叨了，最近經濟不好，職位不釋出嘛。我也想找工作。

關 백수로 살다／지내다 過著無業生活、
　 백수가 되다 變成無業遊民
參 백수 생활 無業生活、백수 탈출 擺脫無業

벅차다

形 [벅차다]

吃力的、困難的

집안 형편 때문에 생활비와 등록금을 스스로 마련해야 하는 지우에게는 대학 생활이 너무 **벅차게** 느껴졌다.
由於家境原因，對必須自己籌措生活費和學費的智友來說，我覺得大學生活非常吃力。

關 생활이 벅차다 生活困難、혼자서 벅차다 一個人撐不住
參 벅찬 일 吃力的事

보태다

動 [보태다]

補貼

독립을 시작하려는 나에게 부모님께서는 집을 구할 돈을 **보태**주시며 응원해 주셨다.
對要開始獨立的我，父母補貼我買房的錢並鼓勵我。

關 돈을 보태다 補貼錢、생활비를 보태다 補貼生活費、
　 힘을 보태다 出力支援、경비에 보태다 補貼經費

經濟／經營 08

경제 활동・經濟活動

본전

名 [본전]
漢 本錢
⇨ 索引 p.825

本金、成本

가: 준우 씨, 제 친구가 음식 사업을 시작했는데 투자를 좀 할까 해요.
俊宇，我朋友要開始餐飲事業，我想投資一點。

나: 아무리 친구라도 잘 알아보고 투자해야 돼요. 잘못하면 **본전**도 못 찾을 수도 있어요.
再怎麼是朋友也要仔細了解再投資，否則可能連本金都收不回來。

關 본전을 갚다 償還本金、본전을 건지다 收回本金、본전을 돌려주다 退還本金、본전을 찾다 找回本金
類 원금 本金

부치다

動 [부치다]

力量不足、吃力

아버지는 매일매일 직장 생활을 하는 것이 힘에 **부치셨지만** 잘 자라 주고 있는 자식들을 생각하면서 힘을 내셨다.
父親每天工作雖然力有不逮，感到吃力，但想到正在健康成長的孩子們，就鼓起勇氣繼續努力。

關 실력이 부치다 實力不足、기력이 부치다 體力不足、능력에 부치다 能力不及、힘에 부치다 力量不足

빈털터리

名 [빈ː털터리]

身無分文的人、窮光蛋

가: 우리 오랜만에 여행이라도 갈까?
我們好久沒旅行了，要不要去？

나: 다음에 가자. 이번 달에 돈 쓸 일이 많아서 지금은 **빈털터리**나 다름없거든.
下次吧，這個月花錢的地方很多，現在跟窮光蛋沒兩樣。

關 빈털터리가 되다 變成窮光蛋、빈털터리나 다름없다 跟窮光蛋沒兩樣、빈털터리로 쫓겨나다 被裸身趕出門
參 빈털터리 신세 窮光蛋身世

생계

名 [생계/생게]
漢 生計

生計

가 : 요즘 너무 무리하는 거 아니야? 너무 힘들면 당분간 쉬면서 다른 일을 찾아보는 게 어때?
　　最近是不是太硬挺了？太辛苦的話，不如暫時休息一下，再找找其他工作怎麼樣？

나 : 직장을 그만두면 당장 **생계**가 어려워지니까 쉴 엄두가 안 나.
　　如果辭掉工作，生計立刻會面臨困難，不敢有休息的念頭。

關 생계가 막막하다 生活渺茫、생계가 어렵다 生活艱難、생계를 꾸리다 料理生計、생계를 책임지다 承擔生計

經濟／經營 **08**

생필품

名 [생필품]
漢 生必品
⇨ 索引 p.825

生活必需品

물가가 크게 오를 것이라는 전망에 **생필품** 사재기를 하는 사람들이 늘어나고 있다.
物價將大幅上漲的預測之下，囤積生活必需品的人越來越多。

關 생필품을 구입하다 購買生活必需品、생필품을 판매하다 銷售生活必需品、생필품이 부족하다 生活必需品短缺
參 생필품 가격 生活必需品價格、생필품 공급 生活必需品供應、생필품 목록 生活必需品清單
類 생활필수품 生活必需品

경제 활동 • 經濟活動

씀씀이

名 [씀쓰미]

花費,開銷

가 : 가방을 또 샀어? 그렇게 **씀씀이**가 헤퍼서 언제 돈을 모으겠니?

又買包包了?你用錢那麼不節制,什麼時候才能存到錢?

나 : 엄마, 너무 걱정 마세요. 대신에 다른 곳에는 돈을 많이 안 쓴단 말이에요. 적금도 들고 있고요.

媽媽,別太擔心,我在其他方面花得不多,而且也在儲蓄呢。

關 씀씀이가 늘다 開銷增加、씀씀이가 줄다 開銷減少、씀씀이가 크다 花費大、씀씀이가 헤프다 用度寬鬆
參 마음 씀씀이 心意花費

위화감

名 [위화감]
漢 違和感

不協調感

가 : 어제 방송에 나온 가수 김민호 집 봤어? 완전 으리으리하던데?

你有看到昨天節目裡的歌手金敏浩的家嗎?超豪華的。

나 : 난 안 봤어. 연예인들의 호화스러운 생활을 보면 난 **위화감**이 느껴지더라고.

我沒看。看到藝人們奢華的生活,感覺很不協調。

關 위화감을 느끼다 感受到不協調感、위화감을 주다 造成不協調感、위화감이 들다 感到不協調感
參 위화감 조성 產生不協調感、위화감 해소 緩解不協調感

유흥비

名 [유흥비]
漢 遊興費

玩樂費用

가 : 예준아, 한 달치 용돈을 일주일 만에 **유흥비**로 다 써 버리면 어떻게 하니?
　　禮俊啊，你一個禮拜就花光一個月的零用錢在玩樂費上，怎麼辦？

나 : 죄송해요, 아빠. 다음부터는 꼭 필요한 곳에만 아껴서 쓸게요.
　　對不起，爸爸。以後會節省，只花在必要的地方。

關 유흥비를 마련하다 籌措玩樂費、유흥비로 쓰다 當玩樂費花用
參 유흥비 조달 玩樂費籌措

임대료

名 [임ː대료]
漢 賃貸料

租金

가 : 사장님, 요즘 장사 잘되신다면서 왜 가게를 옮기시려고 해요?
　　老闆，聽說最近生意很好，為什麼想搬店？

나 : 재계약을 해야 하는데 가게 주인이 **임대료**를 너무 많이 올려 달라고 해서요.
　　要續約了，但店主要求大幅提高租金的緣故。

關 임대료를 내다 繳納租金、임대료를 받다 收取租金、임대료가 인상되다 租金上漲
參 건물 임대료 建築物租金、비싼 임대료 昂貴的租金

經濟／經營 08

경제 활동 • 經濟活動

제값

名 [제갑]

原價、合適價格

가 : 윤아 씨, 어떻게 그렇게 영화표를 싸게 샀어요?
允兒，你怎麼那麼便宜買到電影票？

나 : 신용 카드 할인을 받았어요. 이것 말고도 할인 받을 수 있는 방법이 많아서 **제값**을 다 내고 영화를 보는 건 좀 아까워요.
我用信用卡折扣買到的。還有很多折扣方式，付全價看電影有點可惜。

關 제값을 내다／주다／받다 付出／給予／收取合適價格、제값에 나오다 以合適價格出售、제값에 사다 以合適價格購買

중복

名 [중:복]
漢 重複

重複

가 : 여보, 이번 달 카드 값이 생각보다 많이 나온 것 같은데요?
親愛的，這個月的信用卡帳單好像比想像中多。

나 : 그러게요. 지난번에 가전제품을 사러 갔을 때 카드 결제 기계가 이상했는데, **중복** 결제가 된 건 아닌지 확인해 봐야겠어요.
是啊，上次去買家電時刷卡機出了問題，得確認是不是被重複扣款了。

動 중복하다 重複、중복되다 被重複
參 중복 사용 重複使用、중복 질문 重複提問、중복 결제 重複扣款

직거래

名 [직꺼래]
漢 直去來
⇨ 索引 p.825

直接交易

요즘 젊은 세대들을 중심으로 인터넷을 이용한 중고 물품의 **직거래**가 활발하게 이루어지고 있다.

近年以年輕一代為主,網路二手物品直接交易非常活絡進行著。

動 직거래하다 直接交易、직거래되다 被直接交易
關 직거래가 이루어지다 直接交易達成、직거래가 활발하다 直接交易活絡
參 직거래 장터 直接交易市場、소비자 직거래 消費者直接交易、농산물 직거래 農產品直接交易
類 직접 거래 直接交易

經濟／經營 08

한도

名 [한ː도]
漢 限度

限度

직장인 박서윤 씨는 충동구매를 하는 습관 탓에 돈을 물 쓰듯 써서 신용 카드 **한도**가 초과되기 일쑤이다.

上班族朴書允因為有衝動購物的習慣,花錢如流水,信用卡額度超過是常事。

關 한도를 넘다 超過限度、한도를 벗어나다 脫出限度、한도를 정하다 設定限度、한도를 초과하다 超出限度
參 일정 한도 一定限度、가능한 한도 可能限度、카드 한도 卡片限度

449

경제 활동 • 經濟活動

헤프다

形 [헤ː프다]

大手大腳、不耐用的、不節制的

가 : 어머, 윤아 씨, 뭘 살지 다 메모를 해 온 거예요?
哎呀，允兒，你把要買的東西都記下來了嗎？

나 : 네, 이렇게 안 하면 자꾸만 돈을 **헤프게** 쓰게 되더라고요.
是的，不這樣做的話，我總是會浪費錢。

關 씀씀이가 헤프다 用度寬鬆、헤프게 쓰다 揮霍花費

휘다

動 [휘다]

彎曲

가 : 요즘 물가가 너무 많이 오른 거 같지 않아? 외식 한 번 하기도 힘들어.
最近物價漲得太多了吧？連外食一次都很困難。

나 : 맞아, 생활비에, 애들 교육비에 허리가 **휠** 지경이야.
是啊，因為生活費和孩子教育費，我腰都快要掉了。

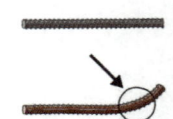

關 등이 휘다 背部彎曲、코뼈가 휘다 鼻骨彎曲、허리가 휘다 腰彎曲、아래로 휘다 向下彎曲
參 휜 다리 彎曲的腿

흥청망청

副 [흥청망청]

（揮霍貌）肆無忌憚地

가 : 진욱 씨, 퇴사하고 개인 사업한다던 김민수 씨 얘기 들었어요? 사업이 잘돼서 돈을 **흥청망청** 쓰고 다닌대요.

珍旭，聽說辭職後自己創業的金敏秀，因生意太好了，因而揮霍金錢。

나 : 그래요? 그래도 언제 무슨 일이 생길지 모르니 사업이 잘 되는 때일수록 돈을 모아야 할 텐데요.

是嗎？但不知道什麼時候會出事，所以事業順利更該存錢。

動 흥청망청하다 肆無忌憚地揮霍
關 흥청망청 낭비하다 浪費揮霍、흥청망청 돈을 쓰다 揮霍金錢、흥청망청 살다 揮霍生活

經濟／經營 08

複習一下

經濟／經營 | 經濟活動

✏️ 請從例中選出適合詮釋帶底線部分說明的單字。

> **例**　　백수　　구두쇠　　빈털터리

1. 내 친구는 <u>돈이 아무리 많아도 절대로 다른 사람에게 커피 한 잔을 사 주는 일이 없다</u>. (　　　　)

2. 민호 씨는 요즘 다니던 <u>직장을 그만두고 특별한 일을 하지 않고 하루 종일 집에만 있다</u>. (　　　　)

3. 한나 씨는 복권 1등에 당첨됐지만 돈을 흥청망청 써 버려서 지금은 <u>돈이 한 푼도 없다</u>. (　　　　)

✏️ 請選擇適合填入括號的單字。

4. 우리 회사에서는 농산물 생산자와 (　　　　)을/를 해서 소비자들에게 채소를 저렴하게 공급하고 있다.

   ① 판촉　　② 실무　　③ 내역　　④ 직거래

5. 윤아는 혼자 힘으로 공부하고 있어서 (　　　　)를 유지하기 위해 밤에는 아르바이트를 하고 있다.

   ① 생계　　② 가계　　③ 임대료　　④ 유흥비

✏️ 請從例中找出適合填入括號的單字。

> **例**　　제값　　본전　　씀씀이

6. 경기가 불황일 때 가게를 차렸더니 이윤은 커녕 (　　　　)도 못 찾고 있다.

7. 내 친구는 아무리 돈을 많이 벌어도 (　　　　)이/가 워낙 커서 번 돈을 금방 다 써 버리곤 한다.

8. 갑자기 해외 지사에서 근무하게 되어 시세대로 (　　　　)을/를 다 받지 못하고 급하게 집을 팔았다.

4 기업 경영
企業經營

30.mp3

감축

名 [감ː축]
漢 減縮

縮減

가: 부장님, 쥐꼬리만 한 직원 복지 예산이 또 **감축된** 건가요?
部長，我們微薄的員工福利預算又被大幅縮減了嗎？

나: 워낙 불경기라 회사가 많이 어렵다네. 사장님께서 결정한 것이라서 나도 어쩔 수가 없어.
本來經濟就不景氣，公司很困窘，這是社長決定的，我也無可奈何。

動 감축하다 縮減、감축되다 被縮減
關 감축이 이뤄지다 縮減實現、감축이 진행되다 縮減進行、감축을 시키다 使縮減
參 면적 감축 面積縮減、예산 감축 預算縮減、인원 감축 人數縮減

개업

名 [개업]
漢 開業
⇨ 索引 p.828

開業

가: 윤아 씨, 친구가 식당 **개업**을 했는데 뭘 가져가면 좋을까요? 화분은 너무 흔해서요.
允兒，朋友開了餐廳，帶什麼禮物好呢？盆栽太普通了。

나: 예쁜 우산꽂이 어때요? 식당에 꼭 필요할 것 같은데요.
漂亮的傘架怎麼樣？餐廳好像一定需要的。

動 개업하다 開業
關 개업을 결심하다 決心開業、개업을 준비하다 準備開業、개업을 축하하다 祝賀開業
參 가게 개업 店鋪開業、음식점 개업 餐廳開業
反 폐업 歇業

經濟／經營 08

453

기업 경영 • 企業經營

거시적

名 [거ː시적]
漢 巨視的

宏觀的

가 : 요즘 장사가 정말 잘 되네요. 이대로만 한다면 대박이 나는 것은 시간 문제일 것 같아요.
　最近生意真的很好，如果照這樣下去，賺大錢只是時間問題。

나 : 모든 직원들이 열심히 해 준 덕분이지요. 하지만 **거시적**으로 보고 새로운 메뉴 개발도 게을리 하지 않으려고 해요.
　這是託所有員工努力之福，但我們也要宏觀地看待問題，不疏於新菜單的開發。

關 거시적으로 보다／접근하다 宏觀地看待／接近
參 거시적인 관점 宏觀觀點、거시적인 계획 宏觀計畫、거시적인 안목 宏觀眼光、거시적인 전략 宏觀策略

다량

名 [다량]
漢 多量
⇨ 索引 p.829

大量

약물 남용을 우려하여 편의점에서는 상비약을 한 사람에게 **다량** 판매하지 않는 것을 원칙으로 하고 있다.
為防止藥物濫用，便利商店原則上不對個人大量販售常備藥。

關 다량이 검출되다 大量檢出、다량이 함류되다 大量含有、다량으로 관측되다 被大量觀測、다량으로 생산하다 大量生產
參 다량의 물질 大量物質、다량의 제품 大量產品、다량의 출혈 大量出血
反 소량 少量

대폭

名 [대 : 폭]
漢 大幅

大幅

스마트폰이나 키오스크를 이용한 주문이 일상화되면서 카페나 식당에서 대면으로 주문과 계산을 하는 일이 **대폭** 줄어들고 있다.

隨著使用智慧型手機或自助點餐機成為日常，在咖啡廳或餐廳面對面點餐與結帳的情況大幅減少。

關 대폭으로 늘리다 大幅增加、대폭으로 오르다 大幅上升、대폭으로 줄다 大幅減少、대폭으로 하락하다 大幅下降
反 소폭 小幅

독점

名 [독쩜]
漢 獨占
⇨ 索引 p.824

獨占

가 : 사장님, 이 식당 주요 메뉴를 '한국백화점'에서 **독점** 판매하기로 했다면서요? 정말 축하합니다.

老闆，聽說這家餐廳的招牌菜將由「韓國百貨公司」獨家販售，真替你高興。

나 : 고마워요. 요즘 트렌드에 맞춰서 밀키트 형태로 개발한 것이 좋은 평을 받은 것 같아요.

謝謝。配合最近趨勢，我們開發的料理包形式獲得了好評。

動 독점하다 獨占、독점되다 被獨占
參 독점 광고 獨占廣告、독점 기사 獨家報導、독점 취재 獨家採訪
類 독차지 獨占

經濟／經營 08

455

기업 경영 • 企業經營

동원

名 [동ː원]
漢 動員

動員

가: 갑자기 회사 전산망이 마비되다니 이게 무슨 일이에요?
怎麼突然公司電腦網絡癱瘓了，這是怎麼回事？

나: 그러게요. 모든 방법을 **동원해서** 빠르게 해결하라는 상부의 지시가 내려왔다니까 우리도 빨리 사무실로 들어가 봅시다.
是啊，上頭下令動用所有方法快速解決，我們也趕快回辦公室去看看。

動 동원하다 動員、동원되다 被動員
參 동원 연습 動員演習、동원 태세 動員態勢、동원 훈련 動員訓練、군사 동원 軍事動員

막중하다

形 [막쭝하다]
漢 莫重하다

重大的

신임 대표 이사는 부도덕한 경영으로 인해 떨어진 기업의 이미지를 회복해야 하는 **막중한** 임무를 맡게 되었다.
新任代表理事肩負著恢復因非正派經營而受損的企業形象的重大任務。

關 임무가 막중하다 任務重大、책임이 막중하다 責任重大
參 막중한 사명감 重大使命感、막중한 업무 重大業務、막중한 직책 重要職責

무인

名 [무인]
漢 無人

無人

셀프 **무인** 세탁소는 24시간 운영되며 세탁부터 건조까지 해결할 수 있어서 세탁기가 없는 자취생이나 혼자 사는 사람들 사이에서 큰 인기를 끌고 있다.

自助無人洗衣店24小時營業，可以解決洗衣到烘乾，深受沒有洗衣機的自炊學生或獨居者喜愛。

參 무인 경비 無人警備、무인 보안소 無人保安所、무인 정찰기 無人偵察機、무인 카메라 無人攝影機、무인 항공기 無人飛行器

물자

名 [물짜]
漢 物資

物資

가: 이번 산불에 대기업들이 나서서 구호**물자**를 지원하고 있대요.
　　這次野火，大企業紛紛出面支援救災物資。

나: 기업 이미지에도 좋고 기업 윤리적인 차원에서도 필요한 일이니까요.
　　這是對企業形象良好且在企業倫理層面也是必要的行動。

關 생활 물자 生活物資、충분한 물자 充足物資
參 물자를 공급하다／대다／제공하다／확보하다 供應／提供／確保物資

민간

名 [민간]
漢 民間

民間

대규모 관광 단지를 개발하기 위해서 **민간** 투자자들을 모집하자 많은 기업들이 관심을 보이고 있다.

為了開發大型觀光區，而募集民間投資者，許多企業表現出關心。

參 민간 기업 民間企業、민간 무역 民間貿易、민간 외교 民間外交、민간 자본 民間資本

經濟／經營 08

기업 경영 • 企業經營

부도

名 [부도]
漢 不渡

倒閉

가 : 진욱 씨가 다니던 회사가 한 순간에 **부도**가 나다니 믿을 수가 없어요.
真不敢相信俊旭工作的公司突然倒閉了。

나 : 과도한 부채로 인해 이자도 갚기 힘든 지경이 되었나 보더라고요.
似乎因過度負債，到了連利息都難以償還的地步。

關 부도를 내다 造成倒閉、부도를 막다 防止倒閉、부도가 나다 發生倒閉、부도로 처리되다 以倒閉處理
參 부도 어음 破產票據／跳票、연쇄 부도 連鎖倒閉

분쟁

名 [분쟁]
漢 紛爭

紛爭

가 : 누가 우리 회사의 새 대표가 될까요?
誰會成為我們公司的新代表呢？

나 : 글쎄요. 지금 경영권 **분쟁**이 하도 심해서 도저히 예측이 불가능해요.
不知道，現在經營權紛爭非常激烈，根本無法預測。

關 분쟁이 끝나다 紛爭結束、분쟁을 해결하다 解決紛爭
參 노사 분쟁 勞資紛爭、영토 분쟁 領土紛爭、종교 분쟁 宗教紛爭、분쟁 지역 紛爭地區

성사

名 [성사]
漢 成事

成功、成事

엑스포 유치가 **성사된다면** 국가적으로 엄청난 경제적 이익을 가져올 것으로 예상된다.
如果博覽會爭取成功，預計將為國家帶來巨大的經濟利益。

動 성사하다 成事、성사되다 被成事、성사시키다 促成成事
關 성사를 꾀하다 策劃成事
參 성사 가능성 成功可能性、성사 과정 成功過程、성사 단계 成功階段、계획 성사 計劃成功、회담 성사 會談成功

실용성

名 [시룡썽]
漢 實用性

實用性

경제 불황으로 물가가 크게 오르면서 합리적 가격과 **실용성**을 강조한 제품이 인기를 끌고 있다.

因經濟不景氣物價大幅上漲，強調合理價格和實用性的產品受到歡迎。

參 실용성이 낮다 實用性低、실용성이 높다 實用性高、실용성이 떨어지다 實用性下降、실용성이 없다 無實用性、실용성이 있다 有實用性、실용성을 갖추다 具備實用性

실적

名 [실쩍]
漢 實績

實際業績

'한국기업'은 신소재 디스플레이 관련 사업을 확장하여 이번에 사상 최대의 매출 **실적**을 거두었다.

「韓國企業」擴大新材料顯示器相關事業，創下歷史最高銷售實績。

關 실적이 부진하다 業績不佳、실적이 좋다 業績良好、실적을 쌓다 積累業績、실적을 올리다 提升業績
參 매출 실적 銷售實績、수출 실적 出口實績、판매 실적 銷售實績

앞다투다

動 [압따투다]

爭先恐後

6월 초부터 이른 더위가 시작되자 패션 업계에서는 **앞다투어** 수영복 출시를 준비하고 있다.

六月初開始提早炎熱，時尚業界爭先恐後地準備推出泳裝。

關 앞다투어 개설하다 爭先開設、앞다투어 내놓다 爭先推出、앞다투어 뛰어들다 爭先投入、앞다투어 실시하다 爭先實施

經濟／經營 08

기업 경영 • 企業經營

업종

名 [업쫑]
漢 業種

業種

가 : 근처에 커피숍이 너무 많이 생기니 우리 가게 손님이 점점 줄고 있어요.
附近咖啡店太多了,我們店的客人越來越少。

나 : 그러게 말이에요. 북카페나 브런치 카페로 **업종**을 변경해서 다른 가게와 차별화할 수 있는 방법을 찾아봐야겠어요.
是啊,我們得考慮換成書店咖啡或早午餐店,找尋與其他店差異化的方法。

關 업종을 바꾸다 變更業種、업종을 선택하다 選擇業種
參 인기 업종 受歡迎業種、뜬 업종 新興業種、유망 업종 有望業種

유치

名 [유치]
漢 誘致

引來、招來、爭取

가 : 김 대리, 또 외근하고 온 거예요?
金代理,又外面出勤回來了嗎?

나 : 네, 부장님. 이번에 특허 신청한 상품의 투자자를 **유치하려고** 열심히 발로 뛰고 있습니다.
是的,部長。這次為了爭取申請專利商品的投資者,我正努力奔走。

動 유치하다 爭取、유치되다 被爭取
關 유치에 뛰어들다 投入、유치에 성공하다 成功爭取
參 대회 유치 比賽吸引、시설 유치 設施爭取、투자 유치 爭取投資、유치 경쟁 爭取競爭

일거양득

名 [일거양득]
漢 一擧兩得
⇨ 索引 p.824

一擧兩得

가 : 올해부터 우리 회사는 음식물 쓰레기를 이용해서 가스 에너지로 변환시키는 사업에 주력하기로 했대요.
從今年起，我公司將專注於利用廚餘轉換成燃氣能源的事業。

나 : 잘됐어요. 미래 전망이 밝은 사업이니 성공 확률도 높고 친환경 기업 이미지까지 얻을 수 있으니 **일거양득**이 되겠어요.
太好了。這是前景光明的事業，不但成功率高，還能獲得環保企業形象，可謂一擧兩得。

關 일거양득을 노리다 追求一擧兩得、일거양득을 누리다 享受一擧兩得、일거양득이 되다 成為一擧兩得
參 일거양득의 기회 一擧兩得的機會、일거양득의 효과 一擧兩得的效果
類 일석이조 一石二鳥

재무

名 [재무]
漢 財務

財務

기업의 현재 **재무** 안전성과 미래 전망은 투자자를 모으는 데 있어서 매우 중요한 조건이다.
企業當前的財務安全性和未來展望，是吸引投資者的重要條件。

關 재무를 관리하다 管理財務、재무를 담당하다 負責財務、재무를 맡다 承擔財務、재무에 밝다 精通財務
參 회사 재무 公司的財務、재무 구조 財務結構、재무 상태 財務狀態、재무 자료 財務資料

經濟／經營 08

기업 경영 • 企業經營

점유율

名 [저뮤율]
漢 占有率

占有率

'한국기업'은 올해 가전제품 분야에서 세계 시장 **점유율** 1위를 달성하는 쾌거를 이루어 냈다.

「韓國企業」今年在家電領域達成全球市場占有率第一的壯舉。

關 점유율이 높다 占有率高、점유율이 증가하다 占有率增加、점유율을 늘리다 提高占有率
參 시장 점유율 市場占有率、점유율 1위 占有率第一

취급

名 [취 : 급]
漢 取扱

處理

유해한 화학 물질의 **취급** 부주의로 인한 사고가 끊이지 않자 정부 차원에서 기업들을 대상으로 한 안전 진단 프로그램을 지원하기로 하였다.

因有害化學物質處理不慎事故頻發，政府決定對企業支援安全診斷計劃。

動 취급하다 處理、취급되다 被處理、취급당하다 遭處置
關 취급이 가능하다 可處理、취급을 주의하다 注意處理
參 취급 절차 處理手續、취급 품목 處理品目、약물 취급 藥物處理、우편물 취급 郵件處理

통합

名 [통 : 합]
漢 統合

統合

서울시에서는 소규모 벤처 기업들을 대상으로 **통합** 설명회를 개최하여 청년 창업 지원을 강화하기로 하였다.

首爾市針對小型創投公司舉辦統合說明會，加強青年創業支援。

動 통합하다 統合、통합되다 被統合
關 통합을 결정하다 決定統合、통합을 제안하다 提議統合、통합이 이루어지다 完成統合

462

투입

名 [투입]
漢 投入

投入

가 : 우리 회사 상품은 품질은 좋은데 홍보가 안 돼서 잘 안 팔리는 것 같아요.
我們公司的商品品質是不錯，但宣傳不足，以致銷售不佳。

나 : 우리 같은 중소기업들은 대기업에 비해 마케팅 예산 **투입**을 많이 할 수가 없으니 그게 한계지요.
像我們這樣的中小企業和大企業比起來，無法投入太多行銷預算，這就是限制。

動 투입하다 投入、투입되다 被投入
參 경찰 투입 投入警力、공권력 투입 投入公權力、병력 투입 投入軍力、자본 투입 投入資本、투입 시기 投入時期

하자

名 [하자]
漢 瑕疵

瑕疵

가 : 부장님, 이번에 출시한 신제품에 **하자**가 발견됐다고 합니다.
部長，聽說這次推出的新產品發現了瑕疵。

나 : 그래요? 문제가 더 커지기 전에 빨리 소비자들에게 리콜 신청을 받고, 재발 방지를 약속하는 사과문을 올리는 게 좋겠어요.
是嗎？趁問題擴大前，趕快向消費者回收，並發布承諾防止再發生的道歉信比較好。

關 하자가 드러나다 瑕疵顯現、하자가 발생하다 瑕疵發生、하자가 생기다 瑕疵出現、하자를 보완하다 補足瑕疵
參 조그만 하자 小瑕疵、하자 보수 瑕疵修補

기업 경영・企業經營

협약

名 [혀뱍]
漢 協約

協約、協議

가 : '한국식품'에서 이번 달부터 배달 서비스까지 시작했다면서요?
聽說「韓國食品」從本月起開始提供外送服務？

나 : 네, 배달 전문 기업과 **협약**을 맺어서 당일에 조리한 신선한 음식을 직접 배달해 준대요.
是的，他們和外送專業企業簽訂協約，直接配送當天現做的新鮮食物。

動 협약하다 簽訂協約
關 협약을 맺다 簽訂協約、협약을 이행하다 履行協約、협약에 서명하다 簽署協約、협약이 깨지다 協約破裂

협의

名 [혀븨／혀비]
漢 協議

協議

제조업계에서는 인력 부족 사태를 해소하기 위해 지방 자치 단체와의 **협의**를 통해 인력 유치에 나섰다.
製造業界為了緩解人力短缺問題，透過與地方自治團體的協議積極引進人力。

動 협의하다 協議、협의되다 被協議
關 협의가 필요하다 需要協議、협의를 거치다 經過協議
參 사전 협의 事前協議、수차례의 협의 多次協議

협조

- 名 [협쪼]
- 漢 協助

協助

'우리 농가 살리기' 정책에 유통 업계 및 생산 업계의 많은 기업들이 동참하여 적극적으로 **협조하였다**.

在「拯救我們農家」政策中，有流通業與生產業的許多企業參與並積極提供協助。

- 動 협조하다 協助
- 關 협조를 구하다 尋求協助、협조를 얻다 獲得協助、협조를 요청하다 請求協助、협조가 필요하다 需要協助
- 參 자발적인 협조 自發協助、적극적인 협조 積極協助

회계

- 名 [회ː계/훼ː게]
- 漢 會計

會計

재무팀은 투명한 회사 운영을 위해 **회계** 장부에 대한 외부 감사를 실시하기로 하였다.

財務部為了透明的經營公司，決定對會計帳簿實施外部審查。

- 關 회계를 검토하다 審查會計、회계를 보다 查看會計
- 參 예산 회계 預算會計、회계 절차 會計流程

흑자

- 名 [흑짜]
- 漢 黑字

順差、盈餘

'한국전자'는 초기 몇 년간 적자를 보면서도 제품 홍보와 고객 유치에 힘쓴 결과, 신생 기업으로서는 이례적으로 **흑자**를 기록했다.

「韓國電子」初期數年雖然虧損，但努力推廣產品和吸引顧客結果，作為新創企業罕見地實現盈餘。

- 關 흑자를 기록하다 記錄盈餘、흑자를 내다 產生盈餘、흑자로 돌아서다 轉為盈餘
- 參 연속 흑자 連續盈餘、흑자 경영 盈餘經營
- 反 적자 赤字

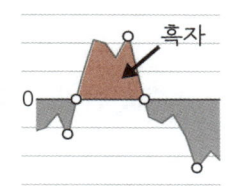

經濟／經營 08

複習一下

經濟／經營 | 企業經營

✎ 請將意義相反的詞語配對連結。

1. 흑자　•　　　　　　•　① 소량
2. 개업　•　　　　　　•　② 적자
3. 다량　•　　　　　　•　③ 폐업

✎ 請選擇適合填入括號的共同單字。

5.
- 손님이 많이 없는 야간에는 편의점을 (　　)(으)로 운영하는 곳도 있다.
- 이 지역에는 곳곳에 (　　) 단속 카메라가 설치되어 있어서 교통 신호를 위반하면 바로 단속된다.

① 재무　② 무인　③ 민간　④ 취급

4.
- 새로 지은 건물에 (　　)이/가 발견되어 보수를 신청하였다.
- 전자 제품은 포장 박스를 개봉한 후에는 교환이나 환불이 불가하지만 제품에 (　　)이/가 있는 경우에는 가능하다.

① 상표　② 제조　③ 하자　④ 통합

✎ 請從例中找出適合填入括號的單字。

| 例 | 앞다투다　　막중하다　　동원하다 |

6. 기업은 경제적 이익을 내는 것뿐만 아니라 지역 사회에도 기여해야 하는 (　　) 책임이 있다.

7. 우리 회사에서는 모든 인력을 (　　) 명절 선물 세트에 대한 수요를 맞추기 위해 노력하고 있다.

8. 건강 관리에 대한 소비자들의 관심이 높아지자 많은 기업들이 (　　) 건강 관련 상품 개발에 투자하고 있다.

5 재무／금융
財務／金融

거액

名 [거ː액]
漢 巨額
⇨ 索引 p.828

巨額、巨款

'한국회사'는 당장은 큰 이익이 나지 않더라도 앞으로 전망이 밝을 것으로 예상되는 미래 산업에 **거액**을 투자하기로 하였다.
「韓國公司」決定要對當下無大利潤，但預料前景光明的未來產業投入巨額資金。

關 거액을 기부하다 捐贈巨款、거액을 들이다 投入巨款、거액을 받다 收到巨款、거액을 제시하다 提出巨額
參 거액의 계약금 巨額訂金、거액의 보상금 巨額賠款、거액의 재산 巨額財產、거액의 현금 巨額現金
反 소액 小額

금리

名 [금니]
漢 金利

利息、利率

가: 여보, 대출 **금리**가 또 인상된다는데 대출금부터 빨리 갚아야겠어요.
親愛的，聽說貸款利率又要上調了，我們得先還清貸款。

나: 맞아요. 이자가 너무 부담스러우니 다른 곳에서 더 아끼더라도 그렇게 합시다.
沒錯，利息負擔太重了，我們其他地方節省點用來還清。

關 금리가 낮다 利率低、금리가 떨어지다 利率下降、금리를 인상하다 提高利率、금리를 인하하다 降低利率
參 고정 금리 固定利率、기준 금리 基準利率、대출 금리 貸款利率、변동 금리 變動利率、예금 금리 存款利率

467

재무／금융・財務／金融

기부금

名 [기부금]
漢 寄附金

捐款

모교의 발전을 위해 졸업한 동문들이 낸 **기부금**은 형편이 어려운 저소득층 학생들을 위한 장학금으로 사용될 예정이다.

為母校發展，畢業校友們捐贈的款項將用於幫助經濟困難的低收入學生的獎學金。

關 기부금을 걷다 募集捐款、기부금을 내다 捐款、기부금을 모으다 集款、기부금을 전달하다 轉交捐款

기일

名 [기일]
漢 期日

期限、日期

가 : 김 사장님, 자꾸 이렇게 대출금 상환 날짜를 어기시면 투자자들이 회사의 재무 안전성을 의심할 겁니다.

金社長，如果總是違反貸款還款期限，投資者會懷疑公司的財務安全性。

나 : 뭐라고 드릴 말씀이 없습니다. 다음부터는 반드시 정해진 **기일** 안에 상환하도록 하겠습니다.

沒什麼好說的，以後一定會在規定期限內還款。

關 기일을 정하다 訂定期限、기일을 지키다 遵守期限、기일 안에 마치다 在期限內完成
參 납품 기일 交貨期限、약속한 기일 約定期限

납부

名 [납뿌]
漢 納付/納附
⇨ 索引 p.823

納付

가 : 이번에 집을 샀는데 취득세가 너무 많이 나왔어. 어쩌지?
這次買了房子，取得稅太多了，該怎麼辦？

나 : 그것도 신용 카드로 계산하면 분할 **납부**가 가능하대.
聽說信用卡付款也可以分期繳納。

動 납부하다 繳納、납부되다 被繳納
參 납부 금액 繳納金額、납부 기한 繳納期限、등록금 납부 註冊費繳納、세금 납부 稅金繳納、요금 납부 費用繳納
類 납입 繳納

담보

名 [담보]
漢 擔保

擔保、抵押

가 : 여보, 이제 은퇴하는데 집을 **담보**로 잡고 대출을 받아서 작은 커피숍이라도 해 볼까요?
親愛的，我們現在退休了，要不要用房子作為擔保貸款，開一家小咖啡店呢？

나 : 집을 **담보** 잡히는 건 절대 반대예요. 같이 다른 방법을 찾아 봐요.
我絕對反對用房子作擔保，我們一起找其他方法吧。

動 담보하다 擔保
關 담보로 잡다 押作擔保、담보로 잡히다 被作擔保、담보로 하다 以…作擔保
參 주택 담보 住宅擔保

經濟／經營
08

469

재무／금융 • 財務／金融

막대하다

形 [막때하다]
漢 莫大하다
⇨ 索引 p.827

莫大的、巨大的

이진욱 씨는 조기 은퇴 후 자립롭게 사는 삶을 꿈꾸면서 전 재산을 주식에 투자했지만 투자 실패로 **막대한** 손해를 입었다.
李珍旭夢想提前退休後自立生活，將全部財產投資股票，卻因投資失敗遭受巨大損失。

關 수익이 막대하다 利潤巨大、영향이 막대하다 影響巨大
參 막대한 보상 巨額賠償、막대한 손실 巨大損失、막대한 재산 巨大財產
類 심대하다 巨大、지대하다 巨大的

목돈

名 [목똔]
漢 重複

巨額款項、大筆錢

가 : 돈이 좀 모이려고 하면 꼭 쓸 곳이 생겨서 **목돈** 마련이 쉽지 않네.
錢稍有積攢，就一定有要花錢的地方，存下大筆錢不容易。

나 : 아예 월급의 50%를 적금으로 들면 어때？ 그러면 다른 곳에 돈을 덜 쓰게 되잖아.
乾脆將薪水的50%存入定存怎麼樣？這樣不就能減少其他支出了。

關 목돈이 되다 變成大筆錢、목돈이 들다 進入大筆錢、목돈이 들어가다 花費大筆錢、목돈이 모이다 大筆錢存齊、목돈을 마련하다 籌措大筆錢
類 뭉칫돈 積攢的錢
反 푼돈 零錢

보유

名 [보ː유]
漢 保有

保有，持有

한국은행은 지속적으로 증가하던 외환 **보유** 금액이 14년 만에 감소세로 돌아섰다고 밝혔다.

韓國銀行表示，持續增加的外匯保有金額，14年來首次轉為減少趨勢。

動 보유하다 保有、보유되다 被保有
參 보유 규모 保有規模、보유 한도 保有限度、무기 보유 武器保有、외환 보유 外匯保有

보조금

名 [보ː조금]
漢 補助金

補助款

가: 우리 이 기술을 좀 더 연구해서 사업을 시작해 보면 어때?
我們多研究一下這項技術後開始創業怎麼樣？

나: 좋아. 청년 벤처 기업들에는 정부에서 **보조금**도 지원해 준다고 하니 한번 해 보자.
好啊，政府會給青年創業公司補助金，我們試試看吧。

關 보조금이 끊기다 補助金斷、보조금이 들어오다 補助金進入、보조금을 늘리다 增加補助金、보조금을 확대하다 擴大補助金
參 학비 보조금 學費補助金、출산 보조금 生育補助金

보험료

名 [보ː험뇨]
漢 保險料

保險費

가: 얼마 전에 제가 차 사고를 냈더니 **보험료**가 인상이 됐어요.
前陣子我車子肇事了，因此保險費被調高了。

나: 그랬군요. 그래도 다친 사람이 없어서 다행이에요.
是嗎？還好沒有人受傷，太幸運了。

關 보험료가 연체되다 保險費逾期、보험료를 내다 繳納保險費

經濟／經營 08

재무／금융 • 財務／金融

부채

名 [부ː채]
漢 負債

負債

국내외 경제 상황이 어려워지면서 경영 악화로 많은 기업의 **부채**가 급증하고 있는 실정이다.
隨著國內外經濟情況惡化，許多企業的負債急劇增加。

關 부채가 쌓이다 負債累積、부채가 있다 有負債、부채를 갚다 償還負債、부채를 지다 背負負債

손실

名 [손ː실]
漢 損失

損失

가 : 작년 해외 판매량 감소로 우리 회사 영업 **손실**이 엄청납니다.
去年海外銷售量下降，導致我們公司營業損失嚴重。

나 : 사장님, 잘 알고 있습니다. 수출 실적을 회복할 수 있는 방안을 속히 강구해 보겠습니다.
社長，我明白這點，我們會盡快尋找恢復出口業績的方法。

動 손실하다 損失、손실되다 被損失
關 손실이 발생하다 損失發生、손실이 크다 損失巨大、손실을 보다 遭受損失、손실을 입다 受到損失
參 손실액 損失額、경제적 손실 經濟損失

472

연금

名 [연금]
漢 年金

年金

가 : 아버지, 은퇴하신 후에 생활비가 부족하신 거 아니에요? 매달 용돈을 넉넉히 드리지 못해 죄송합니다.

爸爸，您退休後生活費會不會不夠用？我很抱歉每個月不能多給您零用錢。

나 : 아니야. 매달 **연금**도 나오고 있고 그동안 저축해 둔 것도 있으니 내 걱정은 안 해도 돼.

沒事的，每月都有年金，還有以前存的錢，我你就不用擔心了。

關 연금을 지급하다 發給年金、연금을 타다 領取年金、연금으로 생활하다 靠年金生活
參 연금 대상 年金對象、연금 수혜 年金受惠

經濟／經營
08

웃돌다

動 [욷똘다]
⇨ 索引 p.830

超越、高於

가 : 우리 회사 신상품의 판매량이 높아 예상을 훨씬 **웃도는** 실적을 냈습니다.

我們公司新產品銷量高，業績遠超出預期。

나 : 정말 수고 많았어요. 다들 협심해서 열심히 해 준 덕분입니다.

真的辛苦大家了，都是託大家齊心努力的福氣。

關 평균을 웃돌다 超過平均、기준보다 웃돌다 超過標準、훨씬 웃돌다 遠遠超過
參 웃도는 수준 超過的水準
反 밑돌다 低於

473

재무/금융 • 財務／金融

자금

名 [자금]
漢 資金

資金

결혼 **자금**을 마련하기 위해 당분간 데이트 비용을 절약하기로 하였다.

為了籌措結婚資金，決定暫時節省約會費用。

關 자금을 마련하다 籌措資金、자금을 모으다 集資金
參 결혼 자금 結婚資金、선거 자금 選舉資金、주택 자금 住房資金

잔고

名 [잔고]
漢 殘高

餘額

가：시후야, 너 편의점 아르바이트를 시작한 지도 꽤 오래된 것 같은데 저축은 하고 있니?

時厚啊，你在便利商店打工也挺久了，有存錢嗎？

나：아……. 엄마, 사실은 버는 족족 다 써 버려서 통장 **잔고**가 얼마 없어요.

唉……媽媽，說實話，我賺多少就花多少，存簿裡沒多少錢。

關 잔고가 많다 餘額多、잔고가 없다 沒餘額、잔고를 확인하다 確認餘額
參 예금 잔고 存款餘額、통장 잔고 帳戶餘額

잔액 8,126원

474

장려

名 [장ː녀]
漢 獎勵

獎勵

가 : 윤아 씨, 곧 출산이라면서요? 축하해요. 그런데 경제적 부담도 크겠어요.
　　尹雅，你快要生孩子了吧？恭喜你。不過經濟負擔很大吧。

나 : 맞아요. 그래도 요즘에는 출산 **장려**금이랑 영유아 양육비를 받을 수 있어서 그나마 다행이에요.
　　是啊，不過現在可以領到生育獎勵金和嬰幼兒育兒費，算是幸運了。

動 장려하다 獎勵
關 장려가 되다 受到獎勵
參 장려금 獎勵金、저축 장려 儲蓄獎勵、출산 장려 生育獎勵、취업 장려 就業獎勵、장려 운동 獎勵運動

재물

名 [재물]
漢 財物

財物

김민호 씨는 귀금속 가게를 개업하면서 혹시 모를 사고에 대비해 **재물** 보험에 가입했다.
金敏浩開設貴金屬店，為防範可能的意外，購買了財產保險。

關 재물이 모이다 財物聚集、재물이 쌓이다 財物積累、재물을 낭비하다 浪費財物、재물을 빼앗다 搶奪財物
參 많은 재물 豐富的財物、풍족한 재물 充足的財物

經濟／經營
08

재무／금융 • 財務／金融

재정

名 [재정]
漢 財政

財政

경기 침체로 국민들의 삶이 어려워지자 정부는 불필요한 **재정** 낭비를 줄이고 복지 예산을 늘리겠다고 발표했다.

因景氣不佳致民眾生活困難，政府宣布將減少不必要的財政浪費，並增加福利預算。

關 재정이 늘다 財政增加、재정이 부실하다 財政不健全、재정이 튼튼하다 財政健全、재정을 안정시키다 穩定財政
參 재정적 財政的、재정 규모 財政規模、재정 상태 財政狀態、재정 손실 財政損失、재정 지원 財政支援

재테크

名 [재테크]
漢 財 tech

理財技術

가 : **재테크**를 하려면 어디서부터 시작을 하는 게 좋을까요?
理財技術應該從哪裡開始學習比較好呢？

나 : 제가 가입한 스터디 모임이 있는데 같이 투자 공부를 해 볼래요?
我加入了一個讀書會，要不要一起學習投資？

關 재테크를 잘하다 精通理財、재테크를 하다 進行理財
參 재테크 기술 理財技巧、재테크 비법 理財秘訣、재테크 요령 理財竅門

주가

名 [주까]
漢 株價

股價

가 : 오늘 주식 시장은 분위기가 어때요? 우리 회사 **주가**는 좀 올랐어요?
　　今天股市氣氛怎麼樣？我們公司的股價有漲嗎？

나 : 지난해 불매 운동의 영향이 오래 가네요. 한번 폭락하더니 좀처럼 회복될 기미가 안 보여요.
　　去年的抵制運動影響持續很久呢，股價曾經暴跌，直到現在不易看到回升的跡象。

關 주가가 내리다 股價下跌、주가가 떨어지다 股價下跌、주가가 오르다 股價上漲
參 주가 폭락 股價暴跌、주가 회복 股價回升

經濟／經營 08

허술하다

形 [허술하다]

鬆散的、馬虎的、不結實的

가 : 회계팀에서 재무 관리를 **허술하게** 하는 바람에 회사가 큰 손실을 입었대요.
　　聽說會計部門因財務管理鬆懈，導致公司蒙受重大損失。

나 : 어쩌다 그런 일이 생겼죠? 문제의 원인을 철저하게 밝혀야겠네요.
　　怎麼會發生這種事呢？得徹底查明問題原因。

關 경비가 허술하다 經費鬆懈、일 처리가 허술하다 工作處理馬虎
參 허술한 논리 薄弱的邏輯、허술한 짜임새 鬆散的結構

477

재무／금융・財務／金融

현황

名 [현 : 황]
漢 現況

現況、現狀

IT 관련 스타트업 기업들을 대상으로 **현황** 조사를 한 결과 절반 이상이 해외에서 직접 창업을 한 것으로 나타났다.

針對IT相關創業公司進行現況調查的結果，顯示超過一半的企業在海外直接創業。

關 현황을 보고하다 報告現況、현황을 살피다 觀察現況、현황을 파악하다 掌握現況、현황이 나쁘다 現況不佳
參 복구 현황 復原現況、전투 현황 戰鬥現況

複習一下

經濟／經營｜財務／金融

✏️ 請將與「錢」相關的正確意義連接起來。

1. 연금 •　　　　　　• ① 특별한 목적을 위해 쓰는 돈
2. 자금 •　　　　　　• ② 국가 기관에서 퇴직한 후 매년 받는 돈
3. 보조금 •　　　　　• ③ 국가에서 도와주기 위해 지원해 주는 돈

✏️ 請從（ ）中找出適當的詞語並寫入空格。

| 例 | 목돈 | 금리 | 재정 | 재테크 |

4. (　　　　)은/는 가지고 있는 돈을 효율적으로 관리하여 이익을 내는 것을 말한다. 이를 위해서는 먼저 저축 등을 통해서 5. (　　　　)을/를 만드는 것이 중요한데 이때 각 저축 상품의 6. (　　　　)을/를 잘 비교하는 것이 좋다. 이러한 방식으로 자신의 7. (　　　　) 상태를 좋게 만들 수 있다.

✏️ 請選出填入（ ）中適當的詞語。

8. '한국 기업'은 이번 신제품 아이디어 대회에서 입상한 제품들을 생산하는 데 (　　　　)을/를 투자하기로 결정하였다.

① 현금　② 담보　③ 거액　④ 기부금

9. 예상치 못한 사고가 나는 바람에 우리 회사는 큰 (　　　　)을/를 입게 되었다.

① 손실　② 보유　③ 감축　④ 수익

用漢字學韓語・急

✏️ 我們來看看韓文詞彙是如何與漢字產生聯繫的。

急 / 급
급하다
急

구급차 — p.714
救護車
교통사고 현장에 구급차가 도착하여 부상자 들을 병원으로 이송하였다.
交通事故現場救護車抵達，將傷者送往醫院。

급등 — p.428
暴漲
계속되는 가뭄으로 인해 과일과 채소 가격이 급등하였다.
持續的乾旱導致水果和蔬菜價格暴漲。

급락 — p.428
急遽下跌
대기업에서 받기로 한 투자가 무산되자 우리 회사의 주가가 급락하였다.
原本要從大企業取得的投資一泡湯，我們公司的股價就急速下跌。

다급하다 — p.235
緊急、急迫
시험이 몇 시간 남지 않아서 다급하게 책을 다시 한번 훑어보았다.
考試僅剩數小時，於是緊急瀏覽一下書。

위급하다 — p.239
危急
아이들이 물속에서 놀 때는 위급한 상황이 생기기 쉬우므로 항상 주의해야 한다.
孩子們在水中玩耍時容易發生緊急狀況，因此必須時刻注意安全。

조급하다 — p.93
著急
매사에 조급하게 서두르다가는 오히려 일을 망치는 경우가 많다.
凡事躁急，反常常壞事。

480

09 국가 國家

1 **법／질서** 法律／秩序
2 **정치** 政治
3 **행정／사회 복지** 行政／社會福利

用漢字學韓語・主

1 법／질서
法律／秩序

가해자
名 [가해자]
漢 加害者
⇨ 索引 p.828

加害者

가: 요즘에는 학교마다 학교 폭력의 위험성에 대한 교육을 강화하고 있다고 해요.
最近每所學校都在加強校園暴力風險的教育。

나: 맞아요. 우리 아이도 어제 교육을 들었는데 특히 **가해자** 처벌이 강화되었다고 강조를 하더래요.
是啊，我家孩子昨天也聽了教育，說特別強調了加害者的處罰加重了。

反 피해자 被害者

개정
名 [개 : 정]
漢 改訂／改正

改正、修訂

가: 뉴스를 보니 드디어 환경 관련 법안을 **개정하기** 위한 논의가 시작되었다는군요.
新聞報導說，終於開始討論修訂環境相關法案的案子了。

나: 그래요? 그래도 이제 논의를 시작했으니 법안이 나오기까지는 시간이 한참 걸릴 거예요.
是嗎？即使如此，現在開始討論，到法案通過還要花一段時間的。

動 개정하다 修訂、개정되다 被修訂
關 개정이 이루어지다 修訂完成、개정을 추진하다 推動修訂
參 법률 개정 法律修訂、헌법 개정 修訂憲法

거스르다

動 [거스르다]

違逆、反抗

군인들은 위험한 상황에서 신속하게 대응할 수 있도록 상사의 명령을 **거스르지** 않게 교육을 받는다.

軍人們接受不違抗上級命令的教育，務使在危險情況下能迅速對應。

關 명령을 거스르다 違抗命令、뜻을 거스르다 違背意志、지시를 거스르다 違抗指示

경보

名 [경 : 보]
漢 警報

警報

가 : 일기 예보에서 태풍이 주말부터는 세력이 약해진다고 해요.

天氣預報說颱風從週末開始力量會減弱。

나 : 그럼 지난주에 발령된 태풍 **경보**도 곧 해제되겠어요.

那麼，上週發布的颱風警報也很快會解除吧。

關 경보가 발령되다 警報發布、경보가 울리다 警報響起、경보가 해제되다 警報解除

參 기상 경보 氣象警報、태풍 경보 颱風警報、홍수 경보 洪水警報、화재 경보 火災警報

國家 09

483

법／질서 • 法律／秩序

고발

名 [고ː발]
漢 告發

告發，檢舉

가 : 최근 기업 내부에서 발생한 범죄를 **고발하는** 사례가 늘고 있다지요?
聽說最近企業內部發生的犯罪告發案例越來越多，是嗎？

나 : 네, 그렇습니다. 부정 채용, 언어폭력 등 **고발되는** 범죄의 유형도 다양해지고 있는 추세입니다.
是的，像是不正當錄用、言語暴力等被告發的犯罪類型也越來越多樣化。

動 고발하다 告發、고발되다 被告發
參 고발자 告發者、고발인 告發人、고발장 告發書、내부 고발 內部告發

공권력

名 [공꿘녁]
漢 公權力

公權力

가 : 정부가 노동자 집회 해산을 위해서 **공권력**을 지나치게 투입하는 거 아니에요?
政府是否過度動用公權力來驅散勞工集會？

나 : 글쎄요. 저는 불법 집회인 만큼 정부도 원칙대로 해야 한다고 봐요.
這個嘛，我認為既然是非法集會，政府也應該依照原則行事。

關 공권력을 강화하다 加強公權力、공권력을 동원하다 動員公權力、공권력을 투입하다 投入公權力、공권력을 행사하다 行使公權力
參 공권력 남용 濫用公權力、공권력 발동 動用公權力

484

공정성

名 [공정썽]
漢 公正性

公平性、公正性

서류 합격을 축하드립니다. 면접 때는 **공정성** 확보를 위해 학교나 부모님 직업 등 개인 정보를 말씀하시면 안 되니 주의해 주시기 바랍니다.

恭喜您通過文件審核。面試時為了確保公平性,透露學校或父母職業等個人資訊等為違規,請多加注意。

關 공정성을 잃다 失去公平性、공정성을 추구하다 追求公平性、공정성을 확보하다 確保公平性、공정성을 회복하다 恢復公平性
參 공정성 시비 公平性的爭議、공정성 여부 是否公平

공포

名 [공포]
漢 公布
⇨ 索引 p.823

公布

가 : 최근 개정된 세금 관련 법안이 **공포**를 앞두고 있다는데 내용이 얼마나 바뀌었을까요?
聽說最近修訂的稅務相關法案即將公布,不知道內容改了多少?

나 : 저도 궁금해요. 앞으로 세금을 아끼려면 새롭게 적용되는 내용을 잘 살펴봐야겠어요.
我也很好奇。今後要省稅,就得仔細了解新實施的內容。

動 공포하다 公布、공포되다 被公布
參 헌법 공포 憲法公布、법의 공포 法律公布
類 공고 公告、공시 公示、포 刊布

國家
09

법/질서 • 法律/秩序

관례

名 [괄례]
漢 慣例

慣例

가 : 부동산 계약서에 기재되지 않은 사항에서 문제가 발생하면 어떻게 하면 돼요?
如果發生房地產合約中未記載事項的問題，該怎麼辦？

나 : 그럴 때는 보통 부동산 거래에 대한 일반 **관례**를 따르는 경우가 많습니다.
這種時候通常會遵循房地產交易的一般慣例。

關 관례를 깨다 破壞慣例、관례를 따르다 依循慣例、관례를 지키다 遵守慣例

관세

名 [관세]
漢 關稅

關稅

가 : 해외 면세점에서 구입한 물건인데도 세금을 내야 하나요?
即使是在海外免稅店購買的物品，也須繳稅嗎？

나 : 네, 1인당 구매 한도가 있는데 그걸 초과하면 **관세**를 내야 합니다.
是的，每人有購買限額，超過部分要繳納關稅。

關 관세를 내리다 降低關稅、관세를 물다 繳交關稅、관세를 물리다 課徵關稅、관세를 올리다 提高關稅
參 관세 대상 課稅對象、관세 부과 課徵關稅、관세 인하 降低關稅

관행

名 [관행]
漢 慣行

慣行

가 : 배우 김승민 씨가 그동안 활동 수익을 제대로 받지 못해서 소속사 대표를 고소했다는 뉴스 봤어요?
你有看到新聞說演員金勝民這段時間沒有正常領取活動收益，而告了所屬社長嗎？

나 : 네, 이번 일을 계기로 정부가 소속사와 연예인 사이의 불공정한 **관행**을 근절해야 한다는 의견이 많아요.
是的，這件事引發很多人認為政府應該根絕所屬社和藝人之間的不公平慣例。

關 관행을 고치다 改掉慣例、관행을 바꾸다 改變慣例、관행을 버리다 捨棄慣例
參 낡은 관행 陳舊的慣例、잘못된 관행 不正確的慣例

國家 09

규제

名 [규제]
漢 規制

管制、管控、限制

가 : 그 회사에서 일하다가 다친 사람이 또 나왔다면서요?
聽說那家公司又有人在工作時受傷了？

나 : 네, 제대로 된 안전 **규제**가 없어서 자꾸 업무 중에 다치는 사람들이 나오나 봐요.
是的，因為沒有完善的安全管制，所以工作中受傷的人一直發生。

動 규제하다 管制、규제되다 被管制
關 규제가 심하다 管制嚴格、규제가 풀리다 放寬管制、규제를 강화하다 加強管制、규제를 완화하다 放寬管制
參 수입 규제 進口管制、규제 대상 管制對象

487

법/질서 • 法律/秩序

낱낱이

副 [난 : 나치]

無一遺漏地、一個個地

시사 고발 프로그램에서 정치인들의 숨겨진 범죄를 **낱낱이** 파헤쳐서 사회적으로 큰 충격을 주고 있다.
時事告發節目無一遺漏地揭露政治人物隱藏的犯罪，對社會造成巨大震撼。

關 낱낱이 공개하다 無一遺漏地公開、낱낱이 드러나다 無一遺漏地曝光、낱낱이 밝히다 無一遺漏地揭示、낱낱이 조사하다 無一遺漏地調查

당사자

名 [당사자]
漢 當事者
⇨ 索引 p.824

當事者

가 : 우리 아파트에서 일어난 도난 사건의 범인이 잡혔다면서요?
聽說我們公寓發生的盜竊案嫌犯被抓到了？

나 : 네, 그런데 **당사자**는 범행 사실을 극구 부인하고 있다고 하더라고요.
是的，但當事人極力否認犯罪事實。

關 당사자가 처리하다 當事人處理、당사자를 조사하다 調查當事人
參 계약 당사자 合約當事人、사고 당사자 事故當事人、피해 당사자 受害當事人
類 본인 本人

모순

名 [모순]
漢 矛盾

矛盾

가 : 올해의 기자상을 수상하신 김준우 기자님, 소감 한 말씀 부탁드립니다.
請得獎的記者金俊宇先生說幾句感想。

나 : 무척 영광입니다. 앞으로도 우리 사회의 **모순**을 바로잡기 위해서 계속 노력하겠습니다.
非常榮幸。今後也會持續努力糾正我們社會的矛盾。

動 모순되다 矛盾
參 모순적 矛盾的、말과 행동의 모순 言行不一、구조적인 모순 結構性矛盾

목격자

名 [목격짜]
漢 目擊者

目擊者

가 : 지난밤에 우리 동네에서 뺑소니 사고가 있었다면서요?
聽說昨晚我們社區發生了肇事逃逸事故?

나 : 네, 그런데 늦은 시간에 일어난 사건이라 **목격자**도 없었고 CCTV에도 제대로 안 보여서 범인을 찾기가 쉽지 않대요.
是的,但因為是在很晚的時間發生,沒有目擊者,監視器也看不清楚,難以找到犯人。

關 목격자가 있다 有目擊者、목격자가 필요하다 需要目擊者
參 교통사고 목격자 交通事故目擊者、최초 목격자 首位目擊者、목격자의 진술 目擊者證詞

國家 09

법／질서・法律／秩序

배상

名 [배상]
漢 賠償

賠償

가 : 서윤 씨, 지난번 교통사고 피해자와 합의는 됐어요?
徐允，你和上次交通事故的受害者和解了嗎？

나 : 네, 다행히 합의를 통해서 적절한 **배상**을 하고 마무리되었어요.
是的，幸好透過和解，做了適當的賠償而了結了。

動 배상하다 賠償
關 배상을 요구하다 要求賠償、배상을 받다 獲得賠償
參 물질적 배상 物質賠償、정신적 배상 精神賠償

상속

名 [상속]
漢 相續

繼承

가 : 형, 큰아버지가 돌아가신 후에 사촌들끼리 사이가 안 좋아졌다는 얘기 들었어?
哥，你聽說大伯過世後，堂兄弟姊妹之間關係變差了嗎？

나 : 응. 나도 들었어. 재산 **상속** 문제로 서로 갈등이 심했다고 하더라고.
嗯，我也聽說了。因為財產繼承的問題，彼此衝突很嚴重。

動 상속하다 繼承、상속되다 被繼承
關 상속이 이루어지다 繼承完成、상속을 받다 接受繼承
參 상속 재산 繼承的財產、상속 포기 放棄繼承

소송

名 [소송]
漢 訴訟

訴訟

가 : 저 회사는 어떻게 하다가 **소송**을 당한 겁니까?
那家公司怎麼會被告上法庭？

나 : 실수로 소비자들의 개인 정보를 유출해 놓고 나 몰라라 해서 결국 소비자들에게 집단 **소송**을 당했다고 합니다.
因為不小心洩露了消費者的個資，然後又裝作不知道，結果被消費者集體訴訟。

動 소송하다 訴訟
關 소송이 들어오다 收到訴訟、소송을 걸다 提起訴訟
參 소송인 訴訟人、소송장 訴訟狀、집단 소송 集體訴訟、소송 비용 訴訟費用

國家 09

엄하다

形 [엄하다]
漢 嚴하다

嚴格的

가 : 요즘 교통 법규 위반 차량을 단속하는 경찰들이 눈에 자주 띄어요.
最近經常看到警方嚴格查緝違反交通法規的車輛。

나 : 그러게요. 예전에 비해 교통 법규 위반 차량에 대한 단속이 **엄해졌나** 봐요.
是啊，跟以前相比，對違反交通規則的車輛查緝變得更嚴格了。

關 엄하게 단속하다／집행하다／처벌하다 嚴格取締／執行／處罰
參 규칙이 엄하다 規則嚴格、단속이 엄하다 查緝嚴格、처벌이 엄하다 處罰嚴厲

법/질서 • 法律/秩序

용의자

名 [용의자/용이자]
漢 容疑者

嫌疑人

가 : 드디어 산불 방화 **용의자**가 경찰에 잡혔대요.
終於聽說山火縱火嫌疑人被警方逮捕了。

나 : 저도 뉴스 봤어요. 그런데 화가 난다고 산에 불을 냈다고 하니 기가 막혀요.
我也看了新聞，但聽說因為生氣而縱火，真讓人氣結。

關 용의자를 특정하다/잡다/찾다 特定/逮捕/尋覓嫌疑人
參 사건 용의자 案件嫌疑人

익명

名 [익명]
漢 匿名

匿名

가 : 엄마, 뉴스에서 '얼굴 없는 천사'가 기부를 했다고 하는데 그게 무슨 말이에요?
媽媽，新聞說「無臉天使」捐款，這是什麼意思？

나 : 이름을 밝히지 않고 **익명**으로 기부를 했다는 말이야.
意思是不公開名字以匿名方式捐款。

關 익명을 요구하다 要求匿名、익명으로 하다 以匿名方式進行
參 익명의 기부자 匿名捐款者/사람 人士/제보자 舉報者

적발

名 [적발]
漢 摘發
⇨ 索引 p.824

揭發、揭穿

가: 어제 너무 급해서 길가에 주차를 했더니 불법 주차 단속에 **적발**이 돼서 범칙금을 내게 됐어.

昨天太急了，就在路邊停車，結果被取締違法停車而被罰款了。

나: 잠깐이니까 괜찮겠지 하지 말고 앞으로는 주차장에 주차해.

別以為短暫停車沒關係，以後還是停在停車場吧。

動 적발하다 揭發、적발되다 被揭發
參 비리 적발 揭發違法、적발 사례 揭發案例
類 적출披露／揭發／檢舉

절도

名 [절도]
漢 竊盜

盜竊、偷竊

가: 여보, 이웃집에 도둑이 들었다고 하던데 앞으로 문단속을 더 잘해야겠어요.

親愛的，聽說鄰居家被偷了，以後我們得更注意鎖門了。

나: 알겠어요. 요즘 경제가 안 좋아서 그런지 **절도** 범죄가 많이 늘었다고 하니 더 조심해야겠어요.

知道了。最近好像經濟不好，以致竊盜犯罪變多了，我們得更小心。

動 절도하다 盜竊
關 절도를 당하다 遭竊
參 절도 사건／혐의／범죄 竊盜事件／嫌疑／犯罪

國家 09

493

법／질서・法律／秩序

제재

名 [제재]
漢 制裁

制裁、處罰

가 : 일하기도 바쁜데 왜 복장 교육을 자주 하는지 모르겠어요.
工作已經忙了，不知道為什麼還要經常進行著裝教育。

나 : 건설 현장에서는 안전 문제로 복장에 대한 **제재**가 엄격하잖아요.
在建築工地因為安全問題而對著裝的制裁很嚴格。

動 제재하다 制裁
關 제재를 가하다／받다 施加制裁／受到制裁
參 복장 제재 著裝制裁

조회

名 [조회]
漢 照會

查詢

가 : 김 형사, 뺑소니 차량 운전자의 신원은 **조회해** 봤지?
金刑警，你查過肇事逃逸車輛駕駛的身分了嗎？

나 : 네, 그 사람은 작년에도 교통사고를 낸 이력이 있더라고요.
是的，那個人去年也有交通事故的紀錄。

動 조회하다 查詢、조회되다 被查詢
參 신원 조회 身分查詢、성적 조회 成績查詢、잔액 조회 餘額查詢

주범

名 [주범]
漢 主犯

主犯

가 : 경찰은 김 씨가 **주범**이라는 것을 어떻게 파악하신 겁니까?
　警方是怎麼確認金先生是主犯的呢？

나 : CCTV에 김 씨의 모습이 찍혔고 현장에서 김 씨의 지문도 발견되었기 때문입니다.
　因為監視器拍到了金先生的身影，現場也發現了他的指紋。

關 주범을 잡다／확인하다 抓捕／確認主犯、주범이 밝혀지다 主犯被揭露

취지

名 [취ː지]
漢 趣旨

旨趣、主旨

가 : 의원님, 이번 법안은 어떤 **취지**로 발의하신 겁니까?
　議員先生，這次法案是基於什麼旨趣提案的呢？

나 : 이번 법안은 국민들이 경제적 형편과 관계없이 꼭 필요한 의료 서비스를 받을 수 있도록 발의했습니다.
　這項法案是要讓國民在與經濟情況無任何關係的前提下，都能接受必要醫療服務而提案的。

關 취지를 살리다 活現宗旨、취지에 어긋나다 違背宗旨
參 도입 취지 導入的宗旨、설립 취지 設立宗旨

國家 09

법／질서 • 法律／秩序

치안

名 [치안]
漢 治安

治安

가：방학 때 해외로 여행을 갈까 하는데 어디로 가면 좋을까?
　　放假時想去國外旅行，不知道去哪裡好呢？

나：혼자 떠나는 여행이니까 **치안**이 좋은 곳을 골라서 가는 게 좋을 것 같아.
　　因為是一個人去旅行，最好選擇治安良好的地方去。

關 치안이 불안하다／허술하다 治安不安／鬆散
參 치안 강화／유지 治安強化／維持、민생 치안 民生治安

침입

名 [침입]
漢 侵入

侵入

경찰은 공공기관에 불법 **침입해서** 시설물을 훼손한 이 모 씨를 붙잡아 사건 경위를 파악하고 있다고 밝혔다.
警方表示已逮捕非法侵入公共機構並破壞設施的李某，正在調查事件經過。

動 침입하다 侵入
關 침입이 발생하다 發生侵入、침입을 방어하다 防禦侵入、침입에 대비하다 防備侵入
參 국경 침입 國境侵入

침해

名 [침해]
漢 侵害

侵害

가 : 저는 마을 곳곳에 CCTV가 많이 설치되면 좋겠습니다.
我希望村裡各處安裝很多監視器。

나 : 저도 안전 차원에서 CCTV를 설치하는 것에는 동의하지만 주민들의 사생활 **침해**가 우려됩니다.
我也同意為了安全安裝監視器，但擔心會侵犯居民的隱私權。

動 침해하다 侵害、침해당하다 遭侵害
關 침해가 일어나다 侵害發生
參 권리 침해 權利侵害、인권 침해 人權侵害

판결

名 [판결]
漢 判決

判決

가 : 박 씨가 회사 자금을 부당하게 사용했는데 어떻게 무죄 **판결**을 받았지요?
朴先生不當使用公司資金，怎麼會被判無罪呢？

나 : 기사를 보니까 재판부에서는 증거가 불충분한 걸 이유로 들었더라고요.
看新聞說法庭以證據不足為由作出判決。

動 판결하다 判決
關 판결이 나다 判決出來、판결을 내리다 下達判決
參 공정한 판결 公正判決

國家
09

법/질서・法律/秩序

허위

名 [허위]
漢 虛偽

虛偽、虛假、不實

가 : 이제 장난으로 화재 신고를 할 경우 처벌이 무거워진대요.
聽說現在如果惡作劇地報火警，處罰會更嚴重。

나 : 당연히 그래야지요. 가뜩이나 사건 사고가 많은데 **허위** 신고 때문에 시간을 낭비하면 안 되니까요.
當然應該這樣。現在本來就已經有很多事件事故了，如果因為虛假通報而浪費時間，就不應該了。

類 거짓 虛設
關 허위로 작성하다 虛假撰寫、허위를 밝히다 揭發虛偽
參 허위 광고/사실/신고/진술 虛假廣告/事實/通報/陳述

혐의

名 [혐의]
漢 嫌疑

嫌疑，容疑

가 : 오늘 시장이 검찰청에 출석했다고 하는데 무슨 일이에요?
聽說今天市長到檢察廳報到，是發生什麼事了嗎？

나 : 선거법을 위반했다는 **혐의**로 검찰 조사를 받게 되었다고 하네요.
聽說是因為涉嫌違反選舉法而接受檢方調查。

關 혐의가 풀리다/없다/있다 嫌疑解除/沒有/有
혐의를 받다/벗다/씌우다 受到嫌疑/洗清嫌疑/加以嫌疑
參 혐의자 嫌疑人、무혐의 無嫌疑、살인 혐의 殺人嫌疑

확립

名 [확립]
漢 確立

確立

정부는 명절을 앞두고 유통 질서를 **확립하기** 위해 원산지 표시 특별 단속을 실시하기로 했다.
政府為了在節日前確立流通秩序，決定實施原產地標示的特別取締。

動 확립하다 確立、확립되다 被確立
參 기강 확립 紀綱確立、질서 확립 秩序確立、제도 확립 制度確立

複習一下

國家 | 法律／秩序

✏️ 請將下列互相搭配的項目連接起來。

1. 경보가　•　　　　　　• ① 추진하다
2. 개정을　•　　　　　　• ② 투입하다
3. 공권력을　•　　　　　• ③ 울리다

✏️ 請選出最適合填入括號中的單字。

4. 스포츠 경기에서 심판은 어떤 상황에서도 (　　　)을/를 잃지 말아야 한다.

① 관례　② 관행　③ 거부감　④ 공정성

5. 이번 교통사고는 (　　　)이/가 없었다면 뺑소니 차량을 찾기 어려웠을 것이다.

① 가해자　② 목격자　③ 상속자　④ 용의자

✏️ 請從例中找出最適合填入括號的單字。

例　　익명　　절도　　조회

6. 가: 요즘 곳곳에 CCTV를 설치하는 지역이 많아졌대요.
   나: 네, 최근에 (　　) 범죄가 늘어나서 불안했는데 범죄 예방에 효과가 있으면 좋겠어요.

7. 가: 이번 불법 집회를 주동한 사람이 경찰에 구속됐다면서요?
   나: 네, 집회에 참여한 (　　)의 제보자가 경찰에 알렸다고 하더라고요.

8. 가: 우리 회사 규정에 대해 알아보고 싶은데 어떻게 찾아볼 수 있을까요?
   나: 회사 내부 전산망에 접속하면 내부 규정을 (　　)할 수 있어요.

2 정치
政治

33.mp3

가하다
加以、施加、加上

動 [가하다]
漢 加하다

가: 어떤 나라에서 마약 거래를 이유로 결국 사형을 집행했다면서요?
聽說有個國家因為毒品交易的理由，終究執行了死刑？

나: 그랬다고 하더라고요. 국제 사회에서 계속 압력을 **가했는데도** 듣지 않았다고 해요.
好像是那樣。即使國際社會持續施加壓力，他們還是沒有理會。

關 압력을 가하다 施加壓力、위협을 가하다 施加威脅、힘을 가하다 加上力量

강대국
強大國、強權國家

名 [강대국]
漢 強大國
⇨ 索引 p.822, 828

강대국 간에 전쟁이 일어날 경우 약소국들은 그 사이에서 큰 피해를 입기 마련이다.
當強國之間發生戰爭時，弱小國家往往會在其中遭受重大損失。

關 강대국이 되다 成為強國
參 강대국의 힘 強國的力量、강대국 대열 強國行列
類 강국 強國
反 약소국 弱小國

개입

名 [개ː입]
漢 介入

介入

가: 금리가 이렇게 가파르게 오르는데 정부는 왜 손을 놓고 있지요?
利率漲得這麼快，政府怎麼還袖手旁觀呢？

나: 금리는 중앙은행에서 결정하는 것이라서 정부가 **개입할** 수 있는 문제가 아니라서 그래요.
因為利率是由中央銀行決定的，不是政府可以介入的問題。

動 개입하다 介入、개입되다 被介入、개입시키다 使介入
關 개입을 막다 阻止介入、개입을 요구하다 要求介入
參 이권 개입 利權介入、정치적 개입 政治性介入

공약

名 [공약]
漢 公約

公約、政見、承諾

가: 이번 선거에는 후보자들이 내건 **공약**이 다 비슷비슷한 것 같아.
這次選舉候選人提出的政見好像都差不多。

나: 그러게 말이야. 그래서 누구를 찍어야 할지 모르겠더라고.
可不是嘛，所以不知道該投給誰才好。

動 공약하다 提出公約／承諾
關 공약을 내걸다 提出政見、공약을 지키다 信守承諾、공약을 내세우다 提出政見
參 선거 공약 選舉公約

國家 09

501

정치 • 政治

과반수

名 [과 : 반수]
漢 過半數

過半數、多數

가 : 김 기자, UN에서 환경 문제를 해결하기 위한 새로운 조약이 체결되었다면서요?

金記者，聽說聯合國簽訂了一項為了解決環境問題的新條約？

나 : 네, 그렇습니다. 투표에 참여한 국가의 **과반수**가 찬성해서 조약이 체결되었다고 합니다.

是的。參與投票的國家中有過半數贊成，所以條約才得以簽訂。

關 과반수가 넘다 超過過半數、과반수를 넘기다 超過過半數、과반수에 못 미치다 未達過半數

국력

名 [궁녁]
漢 國力

國力

과거에 한국은 **국력**을 높이기 위해서 우수한 인재를 기르고자 했다.

過去韓國為了提升國力，而要培養優秀人才。

關 국력이 강하다 國力強盛、국력이 쇠퇴하다 國力衰退、국력을 기르다 培養國力、국력을 신장하다 擴充國力

국토

名 [국토]
漢 國土

國土

가 : 이번에 지역 균형 발전을 위한 종합 계획이 발표되었다고요?

這次區域均衡發展綜合計畫發布了嗎？

나 : 네, **국토**를 골고루 개발하여 지역 경제를 활성화하는 것을 목표로 한다고 합니다.

是的，據聞這是以均衡開發國土，活絡地方經濟為目標的。

關 국토를 넓히다 擴展國土、국토를 침범하다 侵犯國土、국토를 확장하다 擴張國土

參 국토 개발 國土開發、국토 면적 國土面積

근원

名 [그원]
漢 根源

根源、起因

가 : 저 두 나라는 친선 경기를 하는데도 선수들이 어떻게든 이기려고 필사적이네요. 관중들의 응원도 뜨겁고요.

那兩國明明是在進行友誼賽，球員們卻拼命地想贏，觀眾的加油聲也很熱烈呢。

나 : 역사적인 문제가 **근원**이 되었으니 오랜 경쟁 관계일 만하잖아요.

因為歷史問題是根源，所以會是長久的競爭關係也不奇怪啊。

參 근원지 根源地、만병의 근원 萬病之源、역사적 근원 歷史根源

기구

名 [기구]
漢 機構

機構、組織、機關

가 : 어제 남미에서 발생한 대규모 지진 봤어요? 피해가 엄청나더라고요.

你有看到昨天南美發生的大地震嗎？損害非常嚴重呢。

나 : 네, 그래서 국제 구호 **기구**에서 의료 서비스나 생필품 지원을 한다고 해요.

是啊，所以國際救援機構表示要支援醫療服務和生活必需品。

關 기구를 구성하다 組成機構、기구를 개편하다 改組機構、기구를 축소하다 縮編機構

參 국제기구 國際機構、사법 기구 司法機構、정부 기구 政府機構、행정 기구 行政機構

國家 09

정치 • 政治

기권

名 [기권]
漢 棄權

棄權、放棄投票

가 : 여당 후보의 지지율이 야당 후보보다 조금밖에 안 높네. 그래도 당선은 되겠지?

執政黨候選人的支持率只比在野黨候選人高一點點。不過應該還是會當選吧？

나 : 그거야 모를 일이야. **기권하는** 사람이 많을 수도 있고, 선거 마지막까지 무슨 일이 생길지 모르니까.

那可說不準。也許會有很多人棄權，而且到選舉最後一刻不知道什麼事會發生。

動 기권하다 棄權
參 투표 기권 投票棄權、기권 표 棄權票

당국

名 [당국]
漢 當局

當局

가 : 세계적인 경제 불황으로 물가가 무섭게 오르고 있어서 장보기가 겁나.

因為全球經濟不景氣，物價暴漲，上市場都心驚膽跳的了。

나 : 맞아. 정부와 금융 **당국**에서 서민들을 위한 금융 지원 방안을 마련하고 있다고는 하는데 단시간에 해결될 것 같지는 않아.

對啊。雖然政府和金融當局正在制定對庶民的金融支援方案，但看來短時間內難以解決。

參 당국의 책임 當局的責任、관계 당국 相關當局、정부 당국 政府當局

민주적

名 [민주적]
漢 民主的

民主的

신뢰받는 정당이 되려면 의사 결정 과정이 투명하고 **민주적**이어야 한다.
若要成為受信賴的政黨，決策過程必須透明且民主。

- 關 민주적으로 선출하다 民主方式選出、민주적으로 이끌다 民主方式引導
- 參 민주적인 방식 民主方式、민주적인 분위기 民主氛圍、민주적인 절차 民主程序

번영

名 [버녕]
漢 繁榮

繁榮、興盛

UN 사무총장은 연설에서 세계 평화와 **번영**을 위해 모든 국가들과 협력하겠다고 밝혔다.
聯合國秘書長在演說中表示，將為了世界和平與繁榮，與所有國家合作。

- 動 번영하다 繁榮
- 關 번영을 꿈꾸다 憧憬繁榮、번영을 추구하다 追求繁榮
- 參 국가 번영 國家繁榮

비리

名 [비ː리]
漢 非理
⇨ 索引 p.825

不正、不法行為

가 : 부당한 방법으로 재산을 증식한 정치인이 조사를 받고 있대.
聽說有位以不當手段增加財產的政治人物正在接受調查。

나 : 사회적 지위가 높을수록 **비리** 혐의에 대해 더 철저하게 조사하고 처벌도 강화해야 한다고 생각해.
我認為社會地位越高，對於其貪腐嫌疑就越應該徹底調查，處罰也應該加重。

- 關 비리를 저지르다 犯下不法行為、비리를 폭로하다 揭發非法行為、비리가 적발되다 非法行為被揭露
- 參 비리 사건 非法事件、비리 의혹 非法疑雲、병역 비리 兵役舞弊
- 類 부조리 不正之風

國家 09

정치・政治

수립

名 [수립]
漢 樹立

樹立、建立、制定

가 : 오늘 우리 시에서 새로운 대중교통 정책을 발표했더라?
我們市政府今天好像發表了新的大眾交通政策耶?

나 : 그동안 대중교통 이용이 불편하다는 의견이 많아서 근본적인 대책을 **수립하기로** 했대.
因為一直有很多人反映大眾交通使用不便,所以決定制定根本對策。

動 수립하다 制定、수립되다 被制定
參 계획 수립 計畫制定、전략 수립 策略擬定、정책 수립 政策制定

신장

名 [신장]
漢 伸張

伸張、提高、擴大

새로 취임한 대통령은 국력 **신장**을 위해 여러 분야에서 노력하겠다고 밝혔다.
新上任的總統表示,將在各領域努力以提升國力。

動 신장하다 提升、신장되다 被提升、신장시키다 使提升
參 국력 신장 國力提升、인권 신장 人權伸張

여당

名 [여당]
漢 與黨
➡ 索引 p.829

執政黨

가 : 김 기자, 요즘 대통령의 지지율이 계속 하락하는 이유가 무엇입니까?
金記者,最近總統的支持率持續下滑,原因是什麼呢?

나 : 최근 지속되는 정부와 **여당** 대표 사이의 갈등 때문이라고 보는 견해가 많습니다.
很多人認為是因為政府與執政黨代表之間持續的矛盾所致。

關 여당으로 집권하다 以執政黨身分執政
參 여당의 대표 執政黨代表、여당의 정책 執政黨政策
反 야당 在野黨

유권자

名 [유 : 꿘자]
漢 有權者

有權者、選民

가 : 어제 대선 후보자들의 토론회 시청률이 아주 높았대.
聽說昨天總統候選人的辯論會收視率很高。

나 : 이제는 후보자에 대해 정확히 파악하고 투표하려고 하는 **유권자**들이 많아져서 그런가 봐.
可能是因為現在想要正確了解候選人之後再去投票的選民越來越多吧。

關 유권자가 투표하다 選民投票
參 유권자의 지지 選民的支持、유권자의 선택 選民的選擇、보수적인 유권자 保守的選民、진보적인 유권자 進步的選民

의회

名 [의회/의훼]
漢 議會

議會、國會

가 : 서울시 **의회** 의원들이 명절을 앞두고 사회 복지 시설을 방문했네요.
首爾市議會的議員們在節日前拜訪了社福機構呢。

나 : 아무래도 명절에는 더 외로움을 느끼기 쉬워서 그런 거겠죠?
可能是因為節日時更容易感到孤單,所以才會這樣做吧。

關 의회가 결정하다 議會作出決定、의회가 승인하다 議會批准、의회가 열리다 議會召開
參 의회 의원 議會議員、의회 의장 議會議長

國家 09

정치 • 政治

전면

名 [전면]
漢 全面

全面

가 : 장관님, 이번 에너지 정책 회의의 쟁점은 무엇이었나요?
部長，這次能源政策會議的爭點是什麼呢？

나 : 친환경 에너지 보급을 늘리기 위해 기존의 에너지 정책을 **전면** 재조정하자는 것이었습니다.
是為了擴大推廣環保能源，而建請全面重新調整現有的能源政策。

參 전면 개방 全面開放、전면 개편 全面改組、
전면 중단 全面中斷、전면 허용 全面允許

정권

名 [정권]
漢 政權

政權

새로 당선된 대통령은 지난 **정권**과 차별화된 정책을 펼치겠다고 선언했다.
新當選的總統宣稱將推行有別於前政權的政策。

關 정권이 바뀌다 政權更迭、정권을 잡다 掌握政權
參 현 정권 現政權、정권 교체 政權更替

정세

名 [정세]
漢 情勢
⇨ 索引 p.824

情勢、局勢

가 : 요즘 환율이 급격히 올라서 저희 같이 수입에 의존하는 업체들은 재정난이 너무 심합니다.
最近匯率急速上升，像我們這種依賴進口的公司，財政困難太嚴重了。

나 : 그래서 정부에서 **정세**를 파악하고 대책을 수립하겠다고 하니 상황을 좀 지켜봅시다.
所以政府表示會掌握情勢並制定對策，我們先觀察一下情況吧。

關 정세를 논하다 討論情勢、정세를 살피다 觀察情勢、
정세를 파악하다 掌握情勢、정세가 달라지다 情勢改變
參 주변 정세 周邊情勢、정세의 변화 情勢變化
類 상황 狀況

주력

名 [주력]
漢 主力/注力

主力、致力

가 : 여보, 우리집 근처에 새로운 고속도로가 건설된다니 우리 고향 가기가 더 편해지겠어요.
親愛的，聽說我們家附近要建新的高速公路，回老家會更方便了。

나 : 맞아요. 정부에서 도로 교통망 구축에 **주력한다고** 하더니 우리도 혜택을 보게 됐네요.
對啊，政府一直說要致力於道路交通網的建設，現在我們也受益了。

動 주력하다 致力/注力
關 주력을 이루다 形成主力
參 주력 기업 主力企業、주력 산업 主力產業、주력 업종 主力行業

중립적

名 [중닙쩍]

中立的、公正的

가 : 기사는 **중립적**인 입장에서 작성되어야 하는데 그렇지 않은 기사들이 많은 것 같아.
新聞應該要以中立的立場撰寫，但似乎有很多不是這樣的報導。

나 : 그러게 말이야. 한쪽의 입장만 대변하는 기사가 너무 많아서 상황을 제대로 파악하기 어려워.
可不是嘛，偏向一方立場的報導太多了，很難正確掌握情勢。

關 중립적으로 구성하다 中立地構成、중립적으로 바라보다 中立地看待、중립적으로 분석하다 中立地分析
參 중립적인 나라 中立國家、중립적인 답변 中立回答、중립적인 입장 中立立場、중립적인 표현 中立表達

國家
09

정치 • 政治

지지

名 [지지]
漢 支持

支持、擁護

가: 이번에 선출된 시장은 젊은 연령층에서 많은 **지지**를 받았대.
這次當選的市長據說得到了年輕族群的廣泛支持。

나: 그렇다고 하더라고. 20대부터 40대 사이 유권자들이 제일 선호하는 후보였대.
聽說是這樣，20 到 40 多歲的選民最支持這位候選人。

動 지지하다 支持
關 지지를 받다 獲得支持、지지를 얻다 得到支持、지지를 호소하다 呼籲支持
參 지지 세력 支持勢力

취임

名 [취ː임]
漢 就任
⇨ 索引 p.830

就任、上任

새로 **취임한** 환경부 장관은 초청 연설에서 친환경 정책의 수립과 실행에 온 힘을 쏟겠다고 밝혔다.
新上任的環境部長在受邀演說中表示，將全力投入環保政策的制定與執行。

動 취임하다 就任
關 취임을 준비하다 準備就任
參 취임식 就職典禮、신규 취임 新任就任、취임 행사 就任活動
反 이임 離任

複習一下

國家 | 政治

✏️ 請將下列互相搭配的項目連接起來。

1. 공약을 •　　　　　　　• ① 기르다
2. 국력을 •　　　　　　　• ② 내걸다
3. 과반수를 •　　　　　　• ③ 넘기다

✏️ 請從下列選項中選出可以替換畫線單字的詞語。

4.
> 언론은 사회의 모순과 비리를 파헤쳐서 법과 질서를 바로 세우는 역할을 한다.

① 번영　　② 수립　　③ 사생활　　④ 부조리

5.
> 지금은 급격하게 변화하는 국제 정세에 능동적으로 대처하는 능력이 필요한 시대이다.

① 근원　　② 기구　　③ 당국　　④ 상황

✏️ 請從例中找出最適合填入括號的單字。

例　　　기권　　주력　　지지

6. 가: 저분의 선거 연설은 정말 설득력이 있지요?
   나: 네. 그래서 많은 유권자들의 (　　)을/를 받나 봐요.

7. 가: 앞으로 정부에서 인공 지능 기술을 (　　) 산업으로 키우겠다고 발표했대요.
   나: 그런 기술은 국가 경쟁력을 위해서라도 투자를 늘리는 게 좋을 것 같아요.

8. 가: 국가의 중요 법안을 심사하는데 (　　)을/를 하는 정치인들은 이해가 안 돼요.
   나: 글쎄요. 제 생각에는 그것도 하나의 적극적인 의사 표현이 아닌가 싶어요.

3 행정/사회 복지
行政／社會福利

고아
名 [고아]
漢 孤兒

孤兒

가 : 이번에 회장님께서 또 보육원에 큰돈을 기부하셨다면서요?
聽說這次會長又向育幼院捐了很多錢？

나 : 네, 어릴 적에 부모를 잃고 **고아**로 자라셔서 그런 아이들에게 애착이 많으세요.
是的，他小時候失去父母，以孤兒長大，所以對這樣的孩子特別關愛。

關 고아를 돌보다 照顧孤兒、고아를 입양하다 領養孤兒、고아가 되다 成為孤兒、고아로 자라다 以孤兒成長
參 고아원 孤兒院

공중위생
名 [공중위생]
漢 公眾衛生

公眾衛生、公共衛生

가 : 박 사장님, 지난주에 시청에서 실시한 **공중위생** 시설에 대한 점검 결과 나왔어요?
朴社長，上週市政府進行的公共衛生設施檢查結果出來了嗎？

나 : 네. 다행히 우리 숙박 시설은 아무 문제가 없었어요.
是的，幸好我們的住宿設施沒有任何問題。

關 공중위생을 검사하다 檢查公共衛生
參 공중위생 관리 公共衛生管理、공중위생 상태 公共衛生狀況、공중위생 시설 公共衛生設施

관공서

名 [관공서]
漢 官公署

官公署、公共行政機關

가 : 과장님, 점심시간을 이용해 일을 좀 보러 **관공서**에 왔는데 사람이 많아서 시간이 좀 걸릴 것 같습니다.
課長，我利用午休時間來官公署辦點事，但人很多，可能會花一點時間。

나 : 알겠어요. 가능하면 빨리 들어오도록 하세요.
知道了，盡量早點回來吧。

關 관공서에 가다 去官公署、관공서에 근무하다 在官公署上班
參 관공서 직원 官公署職員、관공서 업무 官公署業

구제

名 [구ː제]
漢 救濟

救濟、援助

가 : 이번 폭우로 우리 시장 상인들의 피해가 꽤 큰데 무슨 대책이라도 나왔어요?
這次暴雨讓我們市場的商人們損失很大，有沒有什麼對策出來？

나 : 오늘부터 수재민을 대상으로 피해 **구제** 신청을 받는다고 들었어요. 우리도 같이 가서 신청합시다.
聽說從今天開始受災民眾可以申請災害救濟，我們也一起去申請吧。

動 구제하다 救濟、구제되다 被救濟
關 구제를 받다 接受救濟、구제를 요청하다 請求救濟
參 구제 방법 救濟方法、구제 신청 救濟申請

國家
09

513

행정／사회 복지 • 行政／社會福利

구직난

名 [구징난]
漢 求職難

就職難、求職困難

가 : 박 기자, 실업자 수가 통계 작성 이후 최대치를 기록했다고요?
朴記者，聽說失業人數創下統計以來的最高紀錄？

나 : 네, 기업이 채용 규모를 줄여서 앞으로 **구직난**은 더욱 심해질 전망입니다.
是的，由於企業縮減了用人規模，預計未來的就業困難將更加嚴重。

關 구직난을 겪다 經歷就職難、구직난을 해소하다 緩解就業困難、구직난이 심하다 就業困難嚴重
參 심각한 구직난 嚴重的就業困難、구직난 해결 解決就業困難

보상금

名 [보ː상금]
漢 補償金

補償金、賠償金

가 : 인도에 설치된 불법 광고물 때문에 통행이 불편할 정도예요.
人行道上設置的非法廣告物已到通行不便的地步。

나 : 맞아요. 광고물을 신고하는 시민들에게 **보상금**을 지급하는 제도가 있는데도 좀처럼 줄어들지 않으니 문제예요.
對啊，雖然有給廣告物檢舉人檢舉獎金的制度，但廣告一點也不見減少，這才是問題。

關 보상금을 받다 領取補償金、보상금을 제시하다 提示補償金、보상금을 타다 拿到補償金、보상금이 나오다 發下補償金

분배

名 [분배]
漢 分配
⇨ 索引 p.825

分配、配給

가 : 정 교수님, 은퇴 후의 삶을 위해서 자산 관리를 어떻게 하면 좋을까요?
鄭教授，為了退休後的生活，該如何管理資產比較好呢？

나 : 부동산뿐만 아니라 주식이나 금융 자산 비중을 늘려서 자산을 적절히 **분배하는** 것이 중요합니다.
不僅是不動產，也要增加股票與金融資產的比重，適當分配資產是很重要的。

動 분배하다 分配、분배되다 被分配
關 분배가 적절하다 分配得當、분배가 타당하다 分配妥當
參 소득 분배 所得分配、균등한 분배 均等的分配
類 배분 配分

빈부

名 [빈부]
漢 貧富

貧富

부동산 가격의 급격한 상승은 가계 간 **빈부**의 격차를 확대하는 요인으로 작용한다는 분석이 나왔다.
有分析指出，不動產價格的急遽上漲是加劇家庭間貧富差距的因素之一。

參 빈부의 갈등 貧富衝突、빈부의 격차 貧富差距、빈부의 양극화 貧富兩極化、빈부의 세습 貧富世襲

國家 09

행정／사회 복지 • 行政／社會福利

소외

名 [소외／소웨]
漢 疏外

疏外、疏離、冷落

가 : 대표님, 이번 모금 활동을 하게 된 계기는 무엇인지요?
　　代表您好，請問您發起這次募款活動的契機是什麼呢？

나 : 우리 주변의 **소외된** 이웃에게 작게나마 희망을 주고자 직원들과 함께 뜻을 모았습니다.
　　我們希望為身邊被冷落的鄰里帶來些許希望，所以和同仁們集思廣益一起行動了。

動 소외하다 疏遠、소외되다 被疏遠、소외시키다 使疏遠、소외당하다 遭受疏遠
關 소외를 극복하다 克服疏外、소외를 받다 被疏遠
參 소외 문제 疏外問題、소외 지역 疏離地區、소외 현상 疏外現象、소외감 疏離感

소외감

名 [소외감／소웨감]
漢 疏外感

疏外感、被冷落的感覺

가 : 영화관이나 도서관 같은 문화 시설이 없는 지역에 사는 학생들이 많대요.
　　聽說住在沒有電影院或圖書館等文化設施地區的學生很多。

나 : 그러게요. 학생들이 문화적인 부분에서 **소외감**을 느끼지 않도록 제도적 지원을 확대하면 좋을 텐데요.
　　可不是呢。希望擴大制度上的支援，讓學生們在文化方面不會感到被冷落。

關 소외감이 들다 疏離感生起、소외감을 극복하다 克服疏外感、소외감에 시달리다 受疏離感折騰
參 소외감의 원인 疏離感的原因

수혜자

名 [수혜자/수혜자]
漢 受惠者

受益者、受惠者

가 : 올해부터 자녀 양육에 대한 장려금이 대폭 인상된대요.
聽說從今年開始，育兒獎勵金大幅提高了。

나 : 네. 저처럼 자녀가 많아 양육비를 지원 받는 **수혜자** 입장에서는 무척 반가운 소식이에요.
是啊，對於像我這種有很多小孩、領取育兒補助的受益者來說，真是個好消息。

關 수혜자가 되다 成為受益者、수혜자를 정하다 指定受益者、수혜자로 선정되다 被選為受益者
參 최대 수혜자 最大受益者、수혜자의 혜택 受益者的福利

시급하다

形 [시그파다]
漢 時急하다

緊急的、急迫的、迫在眉睫的

가 : 중소 도시에 의사 수가 충분하지 않아서 응급실 운영이 어렵대요.
中小城市的醫師人數不足，據說急診室運作很困難。

나 : 전문가들도 그런 지역에 공공 병원을 신설하는 것이 **시급하다고** 말하더라고요.
專家們也說在那些地區新設公立醫院是當務之急。

關 결단이 시급하다 急需決斷、대책이 시급하다 對策緊急、조치가 시급하다 需要立即處置
參 시급한 과제 緊急課題

國家 09

행정／사회 복지•行政／社會福利

실업률

名 [시럼뉼]
漢 失業率

失業率

가 : 내년에는 경기가 천천히 회복될 거라고 하니 **실업률**도 좀 낮아지겠지요?
　　聽說明年景氣會慢慢回穩，失業率也會稍微下降吧？

나 : 제발 그랬으면 좋겠어요. 몇 년째 취직 못하고 있는 우리 아들도 취직했으면 좋겠고요.
　　希望真的如此。我們兒子已經好幾年找不到工作了，希望他也能順利就業。

關 실업률이 감소하다 失業率減少、실업률이 상승하다 失業率上升、실업률이 증가하다 失業率增加、실업률이 치솟다 失業率飆升
參 청년 실업률 青年失業率、평균 실업률 平均失業率、낮은 실업률 低失業率、높은 실업률 高失業率

실질적

名 [실찔쩍]
漢 實質的

實質的、實際的

가 : 전통 시장의 매출이 점점 줄어서 큰일이에요.
　　傳統市場的營業額越來越少，真是個大問題。

나 : 정부에서 전통 시장에서 사용할 수 있는 상품권을 할인해서 제공한다고 하니까 전통시장 상인들에게 **실질적**인 도움이 되면 좋겠어요.
　　政府說要提供可在傳統市場使用的商品券折扣，希望能實質上幫助市場販商。

關 실질적으로 가능하다 實際可行、실질적으로 기여하다 實質上貢獻、실질적으로 보장되다 實質上受保障
參 실질적인 가치 實質價值、실질적인 도움 實質幫助、실질적인 책임자 實質負責人

518

약자

名 [약짜]
漢 弱者
⇨ 索引 p.829

弱者、弱勢者

가 : 국회에서 내년 예산안에 대한 결과를 발표했네요.
國會已經公布了明年的預算案結果呢。

나 : 사회적 **약자**를 보호하기 위한 예산을 많이 편성한다고 하더니 정말 그렇게 했어요?
說是會大幅編列用來保護社會弱勢的預算，真的照做了嗎？

關 약자를 보호하다 保護弱者、약자를 지배하다 支配弱者、약자를 착취하다 榨取弱者
參 사회적 약자 社會弱勢、약자의 편 弱者的一方
反 강자 強者

열악하다

形 [여라카다]
漢 劣惡하다

惡劣、差勁、劣質

시청에서 실시한 공중화장실에 대한 시설 점검 결과 장애인을 위한 시설은 **열악하다고** 한다.
市政府對公共廁所進行設施檢查，結果表示，供身心障礙者使用的設施狀況非常惡劣。

關 시설이 열악하다 設施惡劣、재정이 열악하다 財政拮据
參 열악한 조건 惡劣的條件、열악한 환경 惡劣的環境

國家 09

행정／사회 복지 • 行政／社會福利

증대

名 [증대]
漢 增大

增大、增加、擴大

가 : 교수님, 이번 대통령의 유럽 순방 성과는 무엇이라고 보십니까?
  教授，您認為這次總統訪問歐洲的成果是什麼？

나 : 유럽의 각국과 각서를 체결함으로써 경제 협력의 기회가 **증대된** 것이라고 생각합니다.
  我認為透過與歐洲各國簽署備忘錄，經濟合作的機會擴大了。

動 증대하다 增加、증대되다 被增加
參 생산량 증대 生產量增加、수확량 증대 收穫量增加、이익 증대 利益擴大、투자의 증대 投資擴大

지원금

名 [지원금]
漢 支援金

支援金、補助款

가 : 요즘에는 귀농을 하면 정착 **지원금**도 주고 농지도 장기적으로 임대해 준다는데 저도 해 볼까 봐요.
  最近聽說返鄉務農的話，會發給定居補助款，農地也可以長期租借，我也想試試看了。

나 : 평생 공무원으로 사신 분이 농사일을 잘할 수 있으시겠어요?
  您一輩子都是公務員，真的能勝任農務嗎？

關 지원금을 받다 領取補助款、지원금을 보조하다 補助支援金、지원금으로 운영되다 以補助款營運
參 국가 지원금 國家補助款、정부 지원금 政府補助款

창출

名 [창ː출]
漢 創出

創出、創造

정부는 노인들을 위한 복지 혜택과 일자리 **창출**에 총력을 기울이겠다고 발표했습니다.
政府宣布將為高齡者提供福利優惠與創造就業機會上傾注全力。

動 창출하다 創造、창출되다 被創造
參 고용 창출 創造就業、일자리 창출 創造工作機會、기회 창출 創造機會

취약

名 [취ː약]
漢 脆弱

脆弱、薄弱

가 : 교장 선생님, 작년에 이 건물이 안전 점검에서 재난 **취약** 시설이라는 결과를 받았던데 그 뒤로 보수 공사는 하셨나요?
校長，這棟建築去年在安全檢查中被判定為災害脆弱設施，後來有進行修繕工程嗎？

나 : 그럼요. 피해가 반복되지 않아야 하니까요.
當然有，不能讓災害再重演嘛。

動 취약하다 脆弱
參 취약성 脆弱性、취약점 弱點、취약 계층 弱勢階層、취약 분야 薄弱領域、취약 시설 脆弱設施

國家
09

행정／사회 복지 • 行政／社會福利

특혜

名 [트케/트케]
漢 特惠

特惠、特別優待、差別待遇

가 : 왜 저 기관 공무원들이 모두 검찰 조사를 받게 된 거죠?
那些機關的公務員為什麼都要接受檢方調查呢?

나 : 지역에 특정 기업을 유치하는 과정에서 **특혜** 의혹이 제기되었다고 해요.
聽說是在吸引特定企業進駐當地的過程中,被投訴有差別待遇疑點。

關 특혜를 누리다 享受特惠、특혜를 베풀다 給予特惠、특혜를 제공하다 提供特惠
參 특혜 시비 特惠爭議、특혜 정책 特惠政策

複習一下

國家 | 行政／社會福利

✏ 請從選項中選出符合劃線部分說明的正確詞語。

> **例**　　고아　　　약자　　　수혜자

1. 사회에는 <u>신체 또는 정신적 기능이 다른 사람들보다 약하거나 차별을 받는 사람</u>이 있다. (　　　　)

2. 세계 곳곳에는 전쟁으로 인해 <u>부모를 잃은 아이들</u>이 많이 존재한다. (　　　　)

3. 어떤 정책이든 <u>혜택을 받는 사람</u>이 있는가 하면 반대로 피해를 보는 사람도 있다. (　　　　)

✏ 請選出最適合填入括號中的單字。

4. 최근 계속되는 경기 침체로 기업들마다 인력 채용을 꺼려 (　　　　)이／가 급증하고 있다.

　① 특혜　　② 관공서　　③ 실업률　　④ 지원금

5. 정부는 농촌 경제 활성화와 청년 일자리 (　　　　)을／를 위해 최첨단 농업을 활성화하는 방안을 마련하였다.

　① 구제　　② 분배　　③ 빈부　　④ 창출

✏ 請從例中找出適合的單字，並填入括號中。

> **例**　　실질적이다　　　시급하다　　　열악하다

6. 계속 늘어나는 차량으로 인한 교통난을 해소하기 위해서는 확실한 대책이 (　　　　).

7. 교육부는 교육 환경이 (　　　　) 섬이나 산간 지역 등에 더 많은 예산을 투입하기로 결정했다.

8. 국회 의원은 작은 정책이라도 국민들에게 (　　　　) 도움이 되는 법안을 만들어 나가겠다고 밝혔다.

用漢字學韓語・主

✏️ 我們來看看韓文詞彙是如何與漢字產生聯繫的。

民主的 — p.505
부모님은 아주 민주적이시라서 어렸을 때부터 내 의견을 많이 존중해 주셨다.
我父母非常民主，從小就很尊重我的意見。

민주적

為主 — p.278
암기 위주의 교육 방식은 학생들의 사고력 향상에 도움이 되지 않는다.
以背誦為主的教育方式，對學生思考能力的提升沒有助益。

위주

主導 — p.333
대기업이 주도하는 경제 성장 방식은 한계가 있기 마련이다.
由大企業主導的經濟成長方式必然有其侷限。

주도

主 주 | 주인 主人

主流 — p.374
미래에는 친환경 자동차가 주류를 이룰 것으로 예상된다.
預料未來環保汽車將成為主流。

주류

주최

主辦 — p.294
자선 행사를 주최한 시민 단체는 수익금 전액을 기부하겠다고 밝혔다.
主辦慈善活動的市民團體表示將捐出全部收益。

주체

主體 — p.333
언론사는 여론을 형성하는 주체로서의 역할과 책임을 다해야 한다.
媒體必須盡好作為形成輿論主體的角色與責任。

10 문화/역사
文化／歷史

1 **대중문화** 大眾文化
2 **역사** 歷史
3 **전통문화** 傳統文化

用漢字學韓語・意

1 대중문화
大眾文化

감미롭다

形 [감미롭다]
漢 甘味롭다

甜美

가 : 저 가수의 노래만 들으면 나도 모르게 추억 속으로 빠져들게 돼.
只要聽到那位歌手的歌，我也就不自主的會陷入回憶中。

나 : 나도 그래. 첫사랑 이야기를 **감미로운** 목소리로 불러서 그런 것 같아.
我也是。好像是因為他用甜美的聲音唱出初戀的故事所致吧。

關 음악이 감미롭다 音樂甜美
參 감미로운 목소리／연주／음악／이야기 甜美的聲音／演奏／音樂／故事

논란

名 [논란]
漢 論難

爭論、爭議

가 : 사생활이 문란해 **논란**이 됐던 배우가 복귀를 한다는군요.
聽說那位因私生活紊亂而引起爭議的演員要復出了。

나 : 벌써요？ 자숙 기간을 좀 더 가져야 되는 거 아닌가요？
這麼快？不是該再多反省一段時間嗎？

動 논란하다 議論、논란되다 成為爭議
關 논란이 예상되다 爭議被預料、논란을 빚다 引發爭議
參 논란의 여지 爭議的餘地、뜨거운 논란 激烈的爭議、많은 논란 許多爭議

들썩이다

動 [들썩이다]

激動、心神不寧、興奮

가 : 장 기자, 국제 영화제 준비가 한창인 부산의 분위기는 어떻습니까?
張記者，正準備國際影展的釜山氣氛如何？

나 : 수많은 국내외 톱스타들의 참석이 예정돼 있어서 많은 영화 팬들이 벌써부터 **들썩이고** 있습니다.
因為預計會有許多國內外大明星出席，許多影迷早就興奮以待。

關 어깨가 들썩이다 肩膀顫動、소식에 들썩이다 因消息而興奮、분위기에 들썩이다 因氣氛而激動

떨치다

動 [떨치다]

揚名、撢落、揚棄

가 : 누나, 광개토대왕은 어느 시대 왕이었어? 내일 학교에서 이 왕을 소재로 한 연극을 보러 간대.
姊姊，廣開土大王是什麼時代的國王？明天學校要去看以這位國王為題材的戲劇。

나 : 그래? 광개토대왕은 고구려 시대의 왕으로 땅을 크게 확장해서 명성을 **떨친** 왕이야.
是嗎？廣開土大王是高句麗時代的國王，他大幅擴張領土而揚名天下。

關 이름을 떨치다 揚名、명성을 떨치다 揚名、영향력을 떨치다 發揮影響力

대중문화 • 大眾文化

막론하다

動 [막론하다]
漢 莫論하다

不論

가 : 예준 씨, 한국 사람이라면 모두 아는 노래 중의 하나가 '아리랑'이지요?
禮俊，韓國人都知道的歌之一是《阿里郎》，對吧？

나 : 네. 맞아요. 남녀노소를 **막론하고** 모르는 사람이 없을 거예요. 제인 씨도 들어 봤지요?
是的，沒錯。我想不分男女老少，不知道的人不會有吧。珍你也聽過吧？

關 남녀노소를 막론하다 不分男女老少、지위를 막론하다 不論地位、국내외를 막론하다 不論國內外

💡 主要以「막론하고」的形態使用。

명실상부

名 [명실상부]
漢 名實相符

名實相符、名符其實

난타 공연은 소극장 공연의 신화를 쓰며 **명실상부** 우리나라를 대표하는 공연으로 자리 잡았다.
以「亂打」表演寫下了小劇場表演的神話，名實相符地成為代表我們國家的表演。

形 명실상부하다 名實相符
反 명실불부 名不符實

무너뜨리다

動 [무너뜨리다]

推翻、打破

가 : 박 감독님, 이번 다큐멘터리 영화의 주제는 무엇입니까?
朴導演，這次紀錄片電影的主題是什麼？

나 : 나와 다른 사람에 대해 나도 모르게 가졌던 편견을 **무너뜨리는** 것에 대한 이야기입니다.
是關於打破我對他人不自覺抱持的偏見的故事。

關 기대를 무너뜨리다 打破期待、믿음을 무너뜨리다 推翻信任

밀려들다

動 [밀려들다]

湧入

가 : 스태프 여러분, 공연장 문이 열리면 관객들이 바로 **밀려들** 테니 안전에 각별히 주의를 기울여 주시기 바랍니다.
工作人員們，演出場地一開門觀眾就會立刻湧入，請特別注意安全。

나 : 네. 알겠습니다.
是，知道了。

關 사람이 밀려들다 人群湧入、안으로 밀려들다 湧入內部
參 밀려드는 인파 湧入的人潮

발돋움

名 [발돋움]

墊腳、踏腳石

가 : 오빠, 저 가수가 오디션 프로그램에서 1등한 사람 맞지?
哥哥，那位歌手是歌唱選秀節目的冠軍吧？

나 : 응. 맞아. 노래를 워낙 잘해서 스타 가수로 **발돋움하고** 있대.
嗯，沒錯。他本來就善於唱歌，因此晉身歌星。

動 발돋움하다 墊腳站立／晉身
關 세계로 발돋움하다 晉身世界舞台、발돋움을 시작하다 開始嶄露頭角

文化／歷史 10

대중문화 • 大眾文化

배역

名 [배ː역]
漢 配役

（排定的）角色

가 : 양주현 씨, 이 드라마에서 기존의 이미지와는 전혀 다른 악역을 맡으셨는데 연기하는 데에 어려움은 없으십니까?
　梁周賢，在這部劇中你擔任了與以往形象完全不同的反派角色，表演上沒有困難嗎？

나 : 쉽지는 않지만 꼭 한번 해 보고 싶은 **배역**이었기 때문에 열심히 촬영에 임하고 있습니다.
　雖然不容易，但因為是我很想嘗試的角色，所以正努力投入拍攝中。

關 배역을 맡다／주다 擔任角色／給予角色
參 주요 배역 主要角色、배역 선정 角色選定

사로잡히다

動 [사로잡히다]

被俘虜、被抓住、被活捉

가 : 언니, 지난 회차에서 주인공이 적에게 포로로 **사로잡혔었는데** 어떻게 풀려난 거야?
　姊姊，上一集主角被敵人俘虜了，後來怎麼脫身的？

나 : 나도 조금 전부터 보기 시작해서 그 부분을 놓쳤어. 일단 끝까지 보고 검색을 해 봐야겠어.
　我也是剛開始看，所以錯過那段。先看完再去查查吧。

關 적에게 사로잡히다 被敵人俘虜、아군이 사로잡히다 我方被俘虜

상업적

形 [상업적]
漢 商業的

商業上的

가 : 요즘은 드라마를 보는 중간에도 광고를 해서 집중하기가 힘들어.
最近連看戲劇中間都會插播廣告，很難專心。

나 : 맞아. 방송사에서 **상업적**인 이윤을 얻고자 하는 건 알겠는데 광고를 너무 많이 하니까 오히려 드라마를 안 보게 되더라고.
沒錯，電視台想賺商業利潤這我知道，但廣告太多反而讓人不想看劇了。

關 상업적으로 활용하다／성공하다 商業上運用／成功
參 상업적인 가치／행위／목적 商業上的價值／行為／目的、상업적 성공 商業上的成功

선풍적

形 [선풍적]
漢 旋風的

旋風式的

이순신과 거북선에 대한 영화가 인기를 끌면서 관련 서적들 또한 **선풍적**인 인기를 끌고 있다.
關於李舜臣和龜船的有關電影大受歡迎，相關書籍也旋風式地熱賣。

關 선풍적으로 유행하다 旋風式地流行
參 선풍적인 인기／관심／화제 旋風般的人氣／關心／話題

소품

名 [소ː품]
漢 小品
⇨ 索引 p.826

小道具

연기자가 되고자 연극 극단에 들어간 동생은 몇 년 동안 **소품**과 의상 챙기는 일을 도맡아 하고 있다.
想當演員而加入劇團的弟弟，幾年來一直負責道具和服裝的整理工作。

關 소품을 활용하다／준비하다 活用／準備道具
參 드라마 소품 戲劇道具、무대 소품 舞台道具、소품 담당 道具負責人
類 소도구 小型道具

文化／歷史 10

대중문화 • 大眾文化

속보

名 [속뽀]
漢 速報

速報、快報

가: 누나가 좋아하는 아이돌 그룹이 외국에서 공연을 하는 중에 관객들이 다쳤다는 뉴스가 **속보**로 나오고 있어.
姐姐喜歡的偶像團體正在國外表演時，有觀眾受傷的消息正在以速報形式播出。

나: 뭐라고? 큰 사고가 아니어야 할 텐데…….
什麼？希望不是重大事故……。

關 속보가 들어오다 速報進來
參 뉴스 속보 新聞速報、긴급 속보 緊急速報、사고 속보 事故速報

시사회

名 [시ː사회/
　　시ː사훼]
漢 試寫會

試映會

가: 영화 **시사회**에 가면 배우들을 직접 볼 수 있다며? 나도 한번 가 보고 싶은데 어디에서 응모하는지를 모르겠어.
聽說去電影試映會可以直接看到演員？我也想去看看，但不知道在哪裡報名。

나: 영화 배급사 SNS나 영화 관련 게시물들을 찾아보면 정보를 알 수 있을 거야.
可以找電影發行公司的社群網站或相關貼文查詢資訊。

關 시사회를 개최하다／열다 舉辦試映會、시사회에 초대하다 邀請參加試映會
參 영화 시사회 電影試映會、시사회 초대장 試映會邀請函

시상식

名 [시ː상식]
漢 施賞式

頒獎典禮

가 : 올해 연기 대상 **시상식**에서는 누가 상을 받을까?
　　今年的演技大賞頒獎典禮，誰會得獎呢？

나 : 드라마 '만 원짜리 변호사'의 주연을 맡았던 배우가 가장 유력하다고 하더라고.
　　聽說主演《一萬元律師》這部劇的演員最有可能得獎。

關 시상식을 열다 舉辦頒獎典禮
參 시상식 소감／장면 頒獎典禮感言／場面

시시하다

形 [시시하다]

微不足道的、無趣的、索然的

소문난 잔치에 먹을 것 없다고 대작이라고 해서 큰 기대를 하고 봤던 영화는 **시시하기** 그지없었다.
俗話說名宴無美食，那部被說是鉅作而抱著很大期待看的電影，實在無趣透頂。

關 영화가 시시하다 電影無趣、줄거리가 시시하다 劇情索然無味
參 시시한 내용／이야기 索然的內容／故事

심의

名 [심의]
漢 審議

審議、審查

가 : 유명한 개그맨이 나오는 예능 프로그램이 지나친 간접 광고로 방송 **심의**에 걸렸다면서?
　　聽說有位知名搞笑藝人出演的綜藝節目因過度的間接廣告而遭到廣播審查？

나 : 그랬대. 출연자들이 협찬받은 건강식품을 먹으면서 대화하는 장면이 필요 이상으로 오랜 시간 방송이 됐대.
　　是的。節目中出演者吃著受贊助的健康食品而對話的場景，播出時間比必要的還長。

動 심의하다 審議、심의되다 被審查
關 심의를 거치다 經過審議、심의에 걸리다 被審查
參 심의 과정／대상／요청 審議過程／對象／請求

文化／歷史 10

대중문화 • 大眾文化

어설프다

形 [어설프다]

淺薄、生疏的、拙劣的、鬆散的

배우 정수인 씨가 **어설픈** 반항아들이 무시무시한 세상살이를 시작하는 과정을 쾌하게 그려낸 영화에서 주연을 맡았다고 한다.

據說演員鄭秀仁在一部輕鬆描繪一個笨拙生疏叛逆少年開始面對殘酷現實生活過程的電影中擔任主角。

關 어설프게 보이다 看起來生疏
參 어설픈 연기／솜씨／흉내 生疏的演技／技巧／模仿

연재

名 [연재]
漢 連載

連載

가 : 이 포털 사이트에서는 일반인도 웹툰을 **연재할** 수 있도록 해 놓았네? 나도 한번 도전해 볼까?

這個入口網站開放可以連載網路漫畫，我也來試試看吧？

나 : 그래. 하은이 너는 어릴 때부터 그림 잘 그린다는 말을 들었잖아. 한번 도전해 봐.

對啊，夏恩你從小就被稱讚說畫得很好，試試看吧。

動 연재하다 連載、연재되다 被連載
關 연재를 시작하다 開始連載
參 신문 연재 報紙連載、만화 연재 漫畫連載、소설 연재 小說連載

열광

名 [열광]
漢 熱狂

狂熱

가 : 지우야, 오랜만에 콘서트에 오니 너무 좋지?
　　智宇啊,好久沒來演唱會了,感覺不錯吧?

나 : 응. 이렇게 **열광**의 도가니 속에 빠져 본 게 얼마 만인지 모르겠다.
　　嗯,真不知道上次這麼沉浸在狂熱氣氛中是多久以前的事了。

動 열광하다 狂熱、열광되다 被狂熱
關 열광에 빠지다 陷入狂熱
參 열광적 狂熱的、열광의 도가니 狂熱的熔爐、국민적 열광 全民狂熱

열렬하다

形 [열렬하다]
漢 熱烈하다

熱烈的

가 : 이다혜 씨가 이 영화에 출연하게 된 계기는 무엇입니까?
　　李多慧小姐出演這部電影的契機是什麼?

나 : 오래전부터 원작 소설의 **열렬한** 팬이었기 때문에 출연 제안을 받고 망설임 없이 출연하게 됐습니다.
　　因為從很早以前就是原著小說的熱烈粉絲,收到出演邀約後毫不猶豫就答應了。

關 열렬하게 사랑하다 熱烈地愛
參 열렬한 팬／환영／지지／응원 熱烈的粉絲／歡迎／支持／應援

文化／歷史 10

대중문화 • 大眾文化

열성

名 [열성]
漢 熱誠

熱情、熱烈

그 가수는 무대에 올라가면 항상 먼저 **열성** 팬들에게 손을 흔들어 주고 윙크를 보낸 후 노래를 시작한다.

那位歌手一上台，總是先向熱情的粉絲揮手並眨眨眼，然後才開始唱歌。

關 열성을 가지다／기울이다／다하다 抱持／投注／盡熱情、열성이 남다르다 熱情不同凡響

參 열성적 熱情的、열성 팬 熱情粉絲

외신

名 [외 : 신／
웨 : 신]
漢 外信

外電

가 : 한국의 '먹방'이 미국과 영국, 스페인 등을 비롯해 전 세계 국가에서 언론 보도가 되었다며?

聽說韓國的「吃播」在美國、英國、西班牙等全世界多個國家都有媒體報導？

나 : 나도 그렇게 들었어. 한 **외신**은 한국의 '먹방'을 사회가 변화하는 모습이라고 표현을 했다고 하더라고.

我也是這麼聽說的。有外電把韓國的「吃播」形容為社會變遷的現象。

關 외신에서 떠들다 外電大肆報導、외신으로 전해지다 由外電傳出

參 외신 기자／보도 外電記者／報導

음질

名 [음질]
漢 音質

音質

가 : 엄마, 스피커가 별로 안 좋으니까 음악을 들을 때 느낌이 안 살아요.
> 媽媽，因為音箱不好，聽音樂時感覺不對勁。

나 : 그래? 그럼 **음질** 좋은 스피커를 새로 하나 사 줄게.
> 是嗎？那我再買一個音質好的音箱給你。

關 음질이 뛰어나다／깨끗하다／좋다 音質優異／清晰／良好
參 깨끗한 음질 清晰的音質、마이크 음질 麥克風音質、음질의 차이 音質差異

이름나다

動 [이름나다]

出名、知名

가 : 20년 전에 활동했던 이 아이돌 그룹이 오랜만에 같이 모여서 콘서트를 한다는데 같이 보러 갈래요?
> 聽說 20 年前活躍的那個偶像團體多年後聚在一起舉辦演唱會，要不要一起去看？

나 : 어머! 좋아요. 당시에 **이름난** 그룹이어서 저도 많이 좋아했었거든요.
> 哎呀！好啊，那時候是很有名的團體，我也曾經很喜歡。

參 이름난 가수／장소／회사 有名的歌手／場所／公司
關 이름난 잔치 배고프다 盛名之下，其實難符／名實不符 (直譯：有名的宴會肚子餓)

文化／歷史 10

537

대중문화 • 大眾文化

인지도

名 [인지도]
漢 認知度

認知度、知名度

가 : 저 사람은 가수로 활동한 지 오래된 것 같은데 트로트 서바이벌 오디션 프로그램에 나왔네?

那個人好像當歌手很久了，竟然參加了抒情韓國流行歌曲的生存選秀節目？

나 : 아마 다른 장르에 도전해서라도 본인의 **인지도**를 높이고 싶어서 그런 거겠지.

大概是想透過挑戰不同曲風來提升自己的知名度吧。

關 인지도가 떨어지다／낮다／높다／상승하다 認知度下跌／低／高／上升、인지도를 높이다 提升知名度
參 인지도 향상 提升認知度

인파

名 [인파]
漢 人波

人潮

가 : 가연아, 오늘도 연예인 귀국하는 거 보러 공항에 다녀온 거야?

佳妍，你今天又去機場看明星回國了嗎？

나 : 응. 그런데 좀 늦게 갔더니 **인파**가 너무 몰려서 얼굴을 제대로 못 봐서 속상해.

嗯，但我去晚了一點，人潮太多沒能好好看到面容，覺得很難過。

關 인파가 몰리다／붐비다／줄다 人潮匯集／擁擠／減少、인파에 휩쓸리다 被人潮捲走
參 환영 인파 歡迎的人潮

538

저작권

名 [저ː작꿘]
漢 著作權

著作權

유명 캐릭터의 디자인을 도용해 제품을 판매하던 업체들이 **저작권**법 위반 혐의로 적발됐다고 한다.
涉嫌盜用著名角色設計而販售商品的業者，被查出違反著作權法。

關 저작권을 가지다／인정하다／포기하다 擁有／承認／放棄著作權
參 저작권 보호／침해／사용료 著作權保護／侵害／使用費

제작자

名 [제ː작짜]
漢 製作者
⇨ 索引 p.824

製作人

가: 김영준 씨는 작곡가이신데 왜 음악 **제작자**가 되셨습니까?
金英俊先生是作曲家，為什麼會成為音樂製作人呢？

나: 직접 음악을 제작하면 제가 추구하는 음악 스타일에 맞는 가수를 키워 낼 수 있기 때문입니다.
因為親自製作音樂，這樣子能培養出符合他自己追求的音樂風格的歌手的緣故。

參 영화 제작자 電影製作人、드라마 제작자 戲劇製作人、방송 제작자 節目製作人
類 작자 作者

지구촌

名 [지구촌]
漢 地球村

地球村

지금과 같은 **지구촌** 시대에는 세계 곳곳 사람들의 다양한 삶의 모습을 소개하는 방송 프로그램들이 꾸준히 늘고 있다.
在像現在這樣的地球村時代，介紹世界各地人們多樣生活面貌的節目持續增加。

關 지구촌에 살다 生活在地球村
參 지구촌 축제 地球村節慶、하나의 지구촌 一個地球村、지구촌의 평화 地球村的和平

文化／歷史 10

대중문화 • 大眾文化

지면

名 [지면]
漢 紙面

版面、篇幅

가 : 잡지에 인터뷰 전문이 실려 있는 줄 알았는데 일부만 나와 있네?
以為雜誌上有完整訪談，結果只刊登了一部分。

나 : 아, **지면** 제약 때문에 인터뷰 전문은 홈페이지에서 볼 수 있게 해 놨대.
啊，他們說因為篇幅限制，完整訪談放在網頁上可以看。

關 지면을 장식하다／차지하다 裝飾版面／佔據版面、지면에 싣다 登載於版面
參 신문 지면 報紙版面、잡지 지면 雜誌版面、지면 제약 版面限制

청중

名 [청중]
漢 聽眾

聽眾

가 : 매니저님, 이렇게 많은 **청중**들 앞에서 노래를 부르는 것이 처음이라 너무 떨었는데 티가 났어요?
經紀人，這是我第一次在這麼多聽眾面前唱歌，很緊張，顯現出來了嗎？

나 : 아니요. 아주 잘했어요. 저 **청중**들의 박수 소리 좀 들어 보세요.
沒有，非常棒。你聽那邊聽眾的掌聲。

關 청중이 환호하다／열광하다 聽眾歡呼／狂熱、청중을 사로잡다 吸引聽眾

540

청취자

- 名 [청취자]
- 漢 聽取者

收聽者、聽眾

가 : 지우 씨, 라디오 프로그램에 직장 생활에 대한 **청취자** 사연을 보냈더니 이렇게 선물이 왔어요.
　　智宇，我寄了有關職場生活的收聽者來信給廣播節目，結果收到了這份禮物。

나 : 축하해요. 저는 여러 번 보내도 채택이 안 되던데 부러워요.
　　恭喜你，我寄了好幾次都沒被採用，真羨慕你。

關 청취자가 공감하다／항의하다 收聽者共鳴／抗議
參 청취자 사연／반응 收聽者來信／反應

통념

- 名 [통념]
- 漢 通念

普遍觀念、傳統觀念

가 : 감독님, 이번 영화 시나리오를 감독님이 직접 쓰셨다면서요?
　　導演，聽說這次電影劇本是您親自寫的？

나 : 네. 사회적 **통념**을 깨는 작품을 만들고 싶어서 시나리오를 직접 써 봤습니다.
　　是的，我想製作一部打破社會傳統觀念的作品，所以親自寫了劇本。

關 통념을 깨다／뒤집다 打破／顛覆傳統觀念、통념에 대항하다 反抗傳統觀念
參 보편적 통념 普遍觀念、사회의 통념 社會觀念

文化／歷史 10

대중문화 • 大眾文化

편집

名 [편집]
漢 編輯

編輯、剪輯

가: 감독님, 오늘 촬영한 것은 언제 방송이 됩니까?
導演，今天拍攝的內容什麼時候會播出？

나: **편집** 작업이 먼저 이루어져야 되니 아마 2주 후쯤 방송이 될 것 같습니다.
因為必須先進行剪輯作業，大概兩週後會播出。

動 편집하다 編輯、편집되다 被編輯
關 편집을 마치다 完成編輯
參 잡지 편집 雜誌編輯、기사 편집 報導編輯、편집 작업 編輯作業

폭발적

名 關 [폭빨쩍]
漢 爆發的

爆發性的

가: 저 버스정류장은 별것 없는데 왜 저렇게 사람들이 모여서 사진을 찍고 있어?
那個公車站沒什麼特別的，為什麼那麼多人聚集拍照？

나: 저기 몰라? 유명한 아이돌 그룹이 앨범 재킷을 촬영한 뒤로 **폭발적**인 인기를 끌고 있는 곳이잖아.
你不知道嗎？那是有名偶像團體拍攝專輯封面之後，就爆發似的吸引人群的地方。

關 폭발적으로 인기를 끌다/일어나다/늘다 爆發性地人氣旺盛/發生/增加
參 폭발적인 인기/가창력/반응 爆發性的人氣/歌唱實力/反應

호응

名 [호응]
漢 呼應

呼應、響應

가 : 뮤지컬 '히어로'를 보고 싶었는데 공연 기간이 지난 것 같아.
我很想看音樂劇《英雄》，但好像演出期間已經過了。

나 : 관객들의 열띤 **호응**에 힘입어 공연 기간을 늘리기로 했다는 기사를 봤어. 사이트에 한번 들어가 봐.
我看到新聞說因為觀眾熱烈的響應，決定延長演出期間。你去網站看看吧。

動 호응하다 呼應
關 호응이 적다／크다 呼應少／多、호응을 받다／얻다 受到／獲得呼應
參 꾸준한 호응 持續的響應、높은 호응 高度響應、열띤 호응 熱烈響應、뜨거운 호응 熱烈響應

호평

名 [호ː평]
漢 好評
⇨ 索引 p.830

好評

가 : 엄마, 또 저 배우가 나오는 드라마를 보시는 거예요?
媽媽，你又在看那位演員出演的戲劇嗎？

나 : 응. 저 배우가 감정 연기를 섬세하게 해서 **호평**을 받고 있다길래 보기 시작했는데 정말 연기를 잘하네.
嗯，聽說那位演員細膩演出感情戲，獲得好評，因此開始看了，真的演得很好。

動 호평하다 予以佳評
關 호평을 받다／얻다／듣다 獲得好評
反 악평 差評

文化／歷史 10

543

대중문화 • 大眾文化

혹평

名 [혹평]
漢 酷評

酷評、苛評

지난주에 개봉한 공상 과학 영화 시리즈물이 전작에 비해 작품의 완성도가 떨어진다는 **혹평**을 받고 있다.

上週上映的科幻電影系列作品，得到完成度不如前作的苛刻評論。

動 혹평하다 苛評
關 혹평을 내리다／듣다／받다／퍼붓다 給予／聽到／受到／大量苛評
參 전문가의 혹평 專家的苛評

환호

名 [환호]
漢 歡呼

歡呼

가: 외국에 공연을 하러 와서 이렇게 **환호하며** 맞이하는 팬들을 보니 기분이 어떠십니까?

來到國外表演，看到這麼熱烈歡呼迎接的粉絲，心情如何？

나: 조금 얼떨떨하지만 너무 감격스럽습니다. 환영해 주는 팬 여러분께 정말 감사드립니다.

有點茫然但非常感動，非常感謝歡迎的粉絲們。

動 환호하다 歡呼
關 환호를 보내다／지르다 發出歡呼、환호가 터지다 歡呼爆發、환호에 답하다 回應歡呼

흥얼거리다

動 [흥얼거리다]

哼歌、哼哼哈哈唱

아침에 출근길에 라디오에서 들은 노래의 멜로디가 좋아서 일을 하면서도 그 노래를 계속 **흥얼거렸다**.

早上上班路上由收音機聽到的歌曲旋律很好聽，工作時也一直哼著那首歌。

關 노래를 흥얼거리다 哼歌
參 흥얼거리는 노랫소리／멜로디／모습 哼唱的歌聲／旋律／模樣
類 흥얼대다 哼歌、흥얼흥얼하다 哼唱

흥행

名 [흥행]
漢 興行

票房、熱播、上映

가: 지우야. 우리 무슨 영화 볼까?
智宇，我們看什麼電影呢？

나: 이 영화 어때? 관객 반응이 좋아서 몇 주 동안 계속 **흥행** 순위 1위래.
這部電影怎麼樣？因為觀眾反應很好，幾週來一直是票房冠軍。

動 흥행하다 熱播、흥행되다 被熱播
關 흥행에 성공하다／실패하다 票房成功／失敗
參 흥행 영화 票房電影、성공적인 흥행 成功的票房

文化／歷史 10

545

複習一下

文化／歷史 | 大眾文化

✏️ 請將以下符合的詞語連接起來。

1. 음악이 •　　　　　　　• ① 감미롭다
2. 논란이 •　　　　　　　• ② 예상되다
3. 어깨가 •　　　　　　　• ③ 들썩이다

✏️ 請從例中找出合適的單詞填入。

> **例**　　편집　　흥행　　열광

4. 오랜만에 찾은 대학 캠퍼스는 축제가 한창이어서 (　　)과 환호로 뒤덮여 있었다.
5. 출판사에서는 내가 책을 출판하고 싶다고 하자 책의 기획과 (　　)에 아낌없는 도움을 주었다.
6. 그 영화는 유명 배우들이 다수 출연했다고 엄청나게 홍보를 했으나 (　　)에는 실패하고 말았다.

✏️ 請從例中找出合適的單詞填入。

> **例**　　무너뜨리다　　흥얼거리다　　사로잡히다

7. 가: 우리 선수들 경기를 정말 잘했습니다.
   나: 맞습니다. 국민의 기대를 (　　　　) 않기 위해 최선을 다해 경기에 임해 준 선수들에게 박수를 보냅니다.
8. 가: 언니, 지우한테 뭐 좋은 일 있어? 하루 종일 콧노래를 (　　　　) 있어서 말이야.
   나: 나도 자세히는 모르는데 아마 내일 소개팅을 하기로 했나 봐.
9. 가: 아빠, 저 전쟁에서 (　　　　) 군인들은 어떻게 됐어요?
   나: 글쎄. 나도 자세한 건 자료를 좀 찾아봐야 할 것 같구나.

2 역사
歷史

36.mp3

거느리다
動 [거느리다]

率領、帶領

단군의 아버지인 환웅은 바람, 구름, 비를 다루는 신하를 **거느리고** 인간 사회로 내려왔다.

檀君的父親桓雄率領掌管風、雲、雨的臣子來到人間社會。

關 거느리고 다니다／살다 一直帶領／生活、백성을 거느리다 率領百姓

💡 主要以「거느리고」的形態使用。

文化／歷史 10

계급
名 [계급／계급]
漢 階級

階級、階層

가 : 진욱 씨, 저 드라마에서는 젊은 사람이 나이가 많으신 분한테 반말을 하네요?

真旭，那部戲劇中年輕人對年長者說半語？

나 : 아. 마이클 씨, 조선 시대에는 **계급**이 높은 사람이 낮은 사람에게 반말을 했거든요. 젊은 사람이 양반이라서 그래요.

啊，蜜雪兒，朝鮮時代階級高的人對階級低的人說半語，因為年輕人是兩班。

關 계급이 높다 階級高
參 계급 간 갈등／불평등 階級間衝突／不平等、출신 계급 出身階級

547

역사 • 歷史

공

名 [공]
漢 功
⇨ 索引 p.822

功勞、心血

가: 경주에 이렇게 많은 문화유산이 있는 줄 몰랐어요.
我不知道慶州有這麼多文化遺產。

나: 이곳에는 신라 시대의 유물이 많이 보존돼 있어요. 후손들에게 이렇게 훌륭한 문화유산을 물려 준 선인들의 **공**에 감사할 따름이지요.
這裡保存著許多新羅時代的遺物，非常感謝將如此優秀的文化遺產傳給後代的先人偉業。

關 공을 세우다 建立功業
參 큰 공 大功
類 공로 功勞

공로

名 [공노]
漢 功勞
⇨ 索引 p.822

功勞

이번 현충일을 맞아 나라를 위해 **공로**를 세운 사람들에게 큰 상을 내렸다.
值此顯忠日，頒發大獎給為國家立下功勞的人們。

關 공로를 세우다／인정하다 建立功業／承認功勞
參 지대한 공로 巨大功勞、혁혁한 공로 輝煌功勞、공로 훈장 功勞勳章
類 공 功

548

공평하다

形 [공평하다]
漢 公平하다

公平的

가 : 19세기에 농민 항쟁이 많았던 이유가 무엇인가요?
　　19世紀農民抗爭頻繁的原因是什麼？

나 : 오랫동안 이어져 온 신분 제도를 없애 **공평한** 세상을 만들고자 하는 농민들의 의지가 강해졌기 때문입니다.
　　因為農民們要廢除長久存在的身分制度，建立一個公平社會的意思逐漸強大之故。

關 공평하게 나누다 公平分配、기회가 공평하다 機會公平
參 공평한 세상／대우／조건 公平的世間／待遇／條件
反 불공평하다 不公平的

근간

名 [근간]
漢 根幹
⇒ 索引 p.823

根基

역사적으로 부정 선거는 민주주의의 **근간**을 흔드는 부도덕한 행위로 간주되었다.
歷史上不正選舉被視為動搖民主根基的不道德行為。

關 근간이 되다／흔들리다 成為／被撼動根基、근간을 이루다 形成根基、근간으로 하다 以……為根基
參 국가의 근간 國家的根基、사업의 근간 事業的根基
類 근본本源、기저基底、기초基礎

다스리다

動 [다스리다]

治理

백제와 고구려, 신라로 나누어져 있던 세 나라를 통일한 신라는 많은 백성을 잘 **다스리기** 위한 제도를 개편하였다.
統一了百濟、高句麗、新羅三國的新羅，改編了為妥善治理眾百姓的制度。

關 나라를 다스리다 治理國家、백성을 다스리다 治理百姓、천하를 다스리다 治理天下

文化／歷史 10

역사 • 歷史

명문

名 [명문]
漢 名門
索引 p.824

名門、望族

가 : 아시다시피 오천 원권에는 율곡 이이 선생의 초상화가 들어가 있습니다.
　　如您所知，五千韓元紙鈔上印有栗谷李珥先生的肖像。

나 : 이이 선생은 조선 중기에 **명문** 가문에서 태어난 분으로 조선 시대 최고의 학자로 꼽히시는 분이기도 하지요?
　　李珥先生出生於朝鮮中期的名門家族，也是朝鮮時代屈指可數的最高學者。

關 명문에서 태어나다 出生於名門、명문으로 꼽다 屬名門
參 명문 가문／출신 名門家族／出身、유서 깊은 명문 淵源深遠的望族
類 명가 名門家族

명분

名 [명분]
漢 名分

名分

이순신 장군이 존경받는 이유는 순간의 이익에 흔들리지 않고 자신의 올곧은 **명분**에 따라 행동했기 때문이다.
李舜臣將軍之所以受到尊敬，其由是因為他不為一時利益所動，堅守正直的名分行事之故。

關 명분을 지키다／다하다 守護／盡守名分
參 부모의 명분 父母的名分、자녀의 명분 子女的名分

발굴

名 [발굴]
漢 發掘

挖掘

가 : 엄마, 왜 저 건물은 짓다가 만 거예요?
媽媽，為什麼那棟建築只蓋到一半？

나 : 건물을 지으려고 땅을 팠는데 거기에서 백제 시대의 유적이 발견되어 **발굴** 작업 중이라 그 작업이 끝나면 다시 시작한대.
因為為了建築挖地，發現了百濟時代的遺跡，正在挖掘作業，等作業完成後才會重新開始建造。

動 발굴하다 挖掘、발굴되다 被挖掘
參 문화재 발굴 文物挖掘、유적 발굴 遺跡挖掘、발굴 작업 挖掘作業

불의

名 [부릐/부리]
漢 不義

不義、非正義

가 : 아버지, 조선 시대 때는 왕이 잘못된 정책을 펼치면 백성들이 어떻게 했어요?
爸爸，朝鮮時代國王推行錯誤政策時，百姓會怎麼做？

나 : 그때 사람들은 그러한 **불의**에 맞서기 위해 집단으로 왕에게 상소를 올리기도 했단다.
當時的人們會為了對抗不義，而集體向國王上奏疏文。

動 불의하다 行不義事
關 불의를 못 참다/일삼다 無法忍受不義／經常不義、불의에 맞서다 對抗不義、불의와 싸우다 與不義鬥爭

文化／歷史 **10**

역사 • 歷史

산물

名 [산ː물]
漢 產物
索引 p.825

產物

문화는 각 사회의 자연환경이나 역사적 **산물**이므로 그 가치를 인정하고 보존해야 한다.
文化是各社會自然環境及歷史的產物，因此應該承認其價值並予以保存。

參 노력의 산물 努力的產物、정신적 산물 精神產物、문화의 산물 文化產物
類 소산 產物

산업화

名 [사ː너콰]
漢 產業化

產業化

가: 여러분, **산업화**가 시작되면서 나타난 가장 큰 특징이 무엇입니까?
各位，產業化開始後出現的最大特徵是什麼？

나: 기계를 사용하게 되면서 물건의 대량 생산이 가능해졌다는 것입니다.
是使用了機械，物品的大量生產化為可能。

動 산업화하다 產業化
關 급속한 산업화 急速的產業化
參 산업화 시대/과정/사회 產業化時代/過程/社會、정보의 산업화 資訊產業化

552

소멸

名 [소멸]
漢 消滅
⇨ 索引 p.829

消滅

가 : 인터넷으로 뉴스를 보다 보니까 종이 신문은 거의 안 보게 돼.
我看網路新聞看得多，幾乎不看紙本報紙了。

나 : 나도 그래. 이러다가 종이 신문은 역사의 뒤안길로 사라져서 **소멸할지도** 몰라.
我也是，這樣下去紙本報紙可能會消失在歷史的後巷子了。

動 소멸하다 消滅、소멸되다 被消滅、소멸시키다 消滅之
參 소멸 과정／상태／원인 消滅過程／狀態／原因
反 생성 生成

시중

名 [시중]

伺候，服侍

가 : 윤아 씨, 요즘 제가 보는 드라마의 여주인공이 궁녀인데, 궁녀는 뭘 하던 사람이에요?
允兒，最近我看的戲劇女主角是宮女，宮女是做什麼的？

나 : 마이클 씨 요즘 사극 보고 있어요? 궁녀는 궁궐에서 왕이나 왕비의 **시중**을 들어 주던 사람을 말해요.
蜜雪兒，你最近在看古裝劇嗎？宮女是指在宮殿裡伺候國王或王后的女子。

動 시중하다 伺候／服侍
關 시중을 들다／받다 伺候／被伺候

文化／歷史 10

553

역사・歷史

영토

名 [영토]
漢 領土
⇨ 索引 p.823

領土

신라 시대의 진흥왕은 국가 기반을 굳게 다지는 한편, **영토**를 크게 넓혀 한강 상류의 땅까지 점령하였다.

新羅時代的真興王鞏固國家基礎,並大幅擴張領土,佔領了漢江上游地區。

關 영토를 늘리다 擴張領土、영토로 삼다 持為領土
參 영토 문제/분쟁/싸움/확장 領土問題/爭端/紛爭/擴張
類 영지 領地

왕위

名 [왕위]
漢 王位
⇨ 索引 p.823

王位

가 : 지호야, 무슨 책을 그렇게 재미있게 읽고 있니?
　　智浩,你在看什麼書看得這麼入迷?

나 : 조선 시대에 **왕위** 다툼이 일어났던 이야기를 다룬 역사책인데 흥미진진해서 눈을 뗄 수가 없어요.
　　這是一本講述朝鮮時代王位爭奪故事的歷史書,非常精彩,讓我無法移開視線。

關 왕위를 보전하다/세습하다/승계하다 保衛/世襲/繼承王位
參 조선 왕조 朝鮮王朝、왕위 계승 王位繼承
類 보위 王位

554

왕조

名 [왕조]
漢 王朝

王朝

가 : 할머니, 저 왕 옆에서 뭔가를 기록하고 있는 사람은 누구예요?
　奶奶，國王旁邊那個在記錄什麼的人是誰？

나 : '사관'이라는 직책을 가진 사람인데, 저 사람들이 당시에 일어났던 일을 기록한 것을 바탕으로 조선**왕조**실록이라는 책이 편찬됐어.
　他是擔任史官職務的人，以他們當時記錄的事件文件為依據而編纂出了《朝鮮王朝實錄》。

動 왕조가 무너지다 王朝滅亡、왕조를 건국하다 建立王朝
關 왕조실록 王朝實錄、조선 왕조 朝鮮王朝、
　왕조의 흠 王朝的缺陷

위계질서

名 [위계질써/
　위게질써]
漢 位階秩序

階級

역사적으로 많은 나라에서는 사람들의 지위와 신분에 따라 차별을 두어 **위계질서**를 유지하였다.
歷史上許多國家按人們的地位與身分設置差等，維持階級制度。

關 위계질서를 따르다/세우다/정하다
　遵守／建立／制定階級
參 엄격한 위계질서 嚴格的階級
　위계질서 확립 確立階級

文化／歷史 10

역사 • 歷史

위인

名 [위인]
漢 偉人

偉人

가: 가연아, 무슨 노래를 그렇게 흥얼거리니?
佳妍，你在哼唱什麼歌？

나: '한국을 빛낸 100명의 **위인**들'이라는 노랜데 학교에서 외워오라고 해서요.
這是《照耀韓國的 100 位偉人》這首歌，學校要我們背誦。

參 세계의 위인 世界偉人、역사의 위인 歷史偉人、존경하는 위인 尊敬的偉人、훌륭한 위인 傑出偉人

유래

名 [유래]
漢 由來
⇨ 索引 p.823

由來

가: 하은아. 나는 농악을 들을 때마다 너무 신나. 혹시 농악이 언제부터 시작됐는지 알아?
夏恩，我每次聽農樂都很興奮。你知道農樂是從什麼時候開始的嗎？

나: 여기에 **유래**가 나와 있어. 3세기쯤부터 타악기를 연주하고 춤도 추면서 하늘에 제사를 지낸 것에서 시작이 됐대.
這裡寫著由來，是從三世紀開始，演奏打擊樂器、跳舞並向上天祭祀開始的。

動 유래하다 起源／源自、유래되다 起源於／被源自
關 유래가 깊다／없다／오래되다 由來深遠／無由來／歷史悠久、유래를 밝히다／찾다 查明／尋找由來
參 역사적 유래 歷史由來
類 내력 來歷

찬란하다

燦爛的

形 [찬란하다]
漢 燦爛하다／粲爛하다

통일 신라는 백제, 신라, 고구려 삼국의 문화를 흡수하고 통합하여 **찬란한** 문화를 이룩하였다.
統一新羅吸收並融合百濟、新羅、高句麗三國文化，建立了燦爛的文化。

參 찬란한 문화／유산／전통 燦爛的文化／遺產／傳統

한반도

韓半島

名 [한ː반도]
漢 韓半島

가 : 엄마. 이 책에 적혀 있기를 청동기 시대의 돌무덤인 고인돌이 **한반도** 에서 가장 많이 발견되었대요.
媽媽，這本書寫著青銅器時代的石墓高墳在韓半島被發現得最多。

나 : 그래? 나는 유럽 지역에만 많은 줄 알았는데 우리나라에도 많구나.
是嗎？我以為只有歐洲地區多，沒想到我國也很多。

參 한반도 기후／전역／면적／역사 韓半島氣候／全域／面積／歷史

文化／歷史 10

함흥차사

渺無音信、有去無回、石沉大海

名 [함흥차사]
漢 咸興差使

가 : 오빠, 왜 심부름을 간 사람이 늦게 오면 **함흥차사**라고 해?
哥哥，為什麼說被派去跑腿的人遲遲不回叫做「함흥차사(咸興差使)」？

나 : 어떤 왕이 함흥에 있는 아버지를 불러오기 위해 차사를 보냈는데 아버지가 이들을 모두 죽여서 돌아오지 못했어. 거기서 유래된 거야.
有位國王派使者去咸興請父親回來，但父親將使者全都殺了，這是由此典故而來的。

557

複習一下

文化／歷史 | 歷史

1. 請從以下選出關係不同的選項。
① 근간 – 기초　　② 명문 – 명가
③ 산물 – 소산　　④ 소멸 – 생성

✐ 請將意思相近的連起來。

2. 유래　•　　　　　•　① 영지
3. 왕위　•　　　　　•　② 내력
4. 영토　•　　　　　•　③ 보위

✐ 請問以下（　）中可共通填入的詞是什麼？

5. 나라를 (　　　　), 천하를 (　　　　)

① 고치다　② 다루다　③ 다스리다　④ 가다듬다

6. (　　)가 깊다, (　　)를 밝히다

① 불의　② 유래　③ 인과　④ 왕위

✐ 請從例中找出合適的單詞並填入。

例　　거느리다　　찬란하다　　공평하다

7. 가: 엄마, 아침마다 왜 이렇게 많은 의사 선생님들이 병실을 찾아오세요?
　　나: 그건 주치의 선생님이 수련의 선생님들을 (　　　) 회진을 해서 그런 거란다.

8. 가: 할아버지, 저는 기회는 모든 사람에게 (　　　) 주어져야 한다고 생각하는데 현실은 안 그런 것 같아요.
　　나: 왜 갑자기 그런 생각을 하게 됐어? 학교에서 무슨 일 있었니?

9. 가: 한국에서 역사를 느낄 수 있는 곳으로 여행을 가고 싶은데 어디가 좋을까요?
　　나: 경주는 어때요? 그곳은 (　　　) 신라의 문화가 살아 숨 쉬는 도시거든요.

3 전통문화
傳統文化

🔊 37.mp3

文化/歷史 10

계승

繼承

名 [계ː승/게ː승]
漢 繼承

가 : 우리도 제품 광고에 민요를 삽입하는 건 어떨까요?
　　我們也在產品廣告中插入民謠怎麼樣？

나 : 그래요. 요즘 다른 기업에서도 광고를 통해 전통문화를 **계승하려는** 움직임이 일고 있다고 하니 우리도 한번 고민해 봅시다.
　　是啊，最近其他企業也興起想透過廣告傳承傳統文化的行為，我們也來考慮看看吧。

動 계승하다 繼承、계승되다 被繼承
參 가업 계승 家業繼承、전통문화 계승 傳統文化繼承

고스란히

完整地

副 [고스란히]

가 : 이 박물관에 전시된 고려 시대 복식들은 세월이 오래됐는데도 질감이 **고스란히** 느껴지는 것 같아요.
　　這家博物館展示的高麗時代服飾，歲月雖然久遠，但它的質感仍能為人所完整感受到。

나 : 그렇지요? 당대의 사람들이 얼마나 정성스럽게 이 옷들을 만들었는지 알겠어요.
　　是吧？可以知道當時的人們是多麼用心製作這些衣服。

關 고스란히 전하다/간직하다/느끼다/담기다 完整地傳達/保存/感受/包裹

전통문화 • 傳統文化

관습

名 [관습]
漢 慣習

習慣

가 : 선생님, 한국어를 공부할 때 속담이나 관용 표현을 외우는 게 너무 어려워요.
老師，學韓語時背諺語或慣用語很困難。

나 : 맞아요. 그렇지만 이 표현들은 **관습**적으로 사용되어 왔고 자신의 감정을 더 풍부하게 표현할 수 있으니 잘 기억하도록 하세요.
沒錯，但這些表達一直以來都是習慣性使用，可以更豐富地表達自己的情感，務必要好好記住。

關 관습을 따르다／깨다 遵循／打破習慣、관습에서 벗어나다 脫離習慣
參 관습적 習慣性的、나쁜 관습 壞習慣、오랜 관습 長久習慣

관혼상제

名 [관혼상제]
漢 冠婚喪祭

冠婚喪祭

조선 시대에는 성년식(관례), 혼인 예식(혼례), 장례(상례), 제사(제례)를 중요하게 여겨 이를 '**관혼상제**'라고 하였다.
朝鮮時代重視成年禮（冠禮）、婚姻儀式（婚禮）、葬禮（喪禮）、祭祀（祭禮），將之稱為「冠婚喪祭」。

關 관혼상제를 간소화하다 簡化冠婚喪祭
參 관혼상제의 제도／절차 冠婚喪祭的制度／程序

국보

名 [국뽀]
漢 國寶

國寶

가 : 아버지, 우리나라에서 **국보** 1호로 지정된 문화재가 뭐예요?
爸爸，我國被指定為國寶第一號的文化財是什麼？

나 : 흔히 남대문이라고 불리는 서울 숭례문이란다.
那就是俗稱南大門的首爾崇禮門。

關 국보를 관리하다／보존하다 管理／保存國寶、국보로 지정하다 指定為國寶

금기

名 [금 : 기]
漢 禁忌
⇨ 索引 p.823

禁忌

가 : 어제 남자 친구와 쇼핑하다가 예쁜 신발이 있어서 사 달라고 했더니 도망간다고 안 사 주지 뭐야. 오래된 **금기**라면서 말이야.
  昨天和男朋友逛街時看到漂亮的鞋子，要他送給我，他說會跑掉不買。說是老禁忌。

나 : 그래? 그럴 때는 신발을 받은 사람이 백 원이든, 천 원이든 돈을 주면 괜찮다던데.
  是嗎？聽說這時候收鞋子的人給一百或一千韓元就沒關係。

動 금기하다 禁忌
關 금기로 여기다/간주되다 視為禁忌、금기를 깨다 打破禁忌
參 사회적 금기 社會上的禁忌、종교적 금기 宗教上的禁忌、금기 사항 禁忌事項
類 터부 禁忌、忌諱

文化／歷史 10

단절

名 [단 : 절]
漢 斷絕

斷絕

국악 박물관에는 전통의 **단절** 위기와 서구화 물결에도 우리 전통 예술을 이어가기 위해 일생을 바친 예술가들의 유품을 전시한 공간이 있다.
國樂博物館內有儘管面臨傳統斷絕危機與西化浪潮，但為了傳承我們傳統藝術而終身奉獻的藝術家遺物展示空間。

動 단절하다 斷絕、단절되다 被斷絕
參 문화의 단절 文化的斷絕、의식의 단절 意識的斷絕、전통의 단절 傳統的斷絕

561

전통문화・傳統文化

대대손손

名 [대 : 대손손]
漢 代代孫孫
⇨ 索引 p.824

世世代代、百代後孫

가 : 여보, 연로하신 부모님을 이제 서울로 모셔 오면 어때요?
親愛的，將年邁的父母親接到首爾來怎麼樣？

나 : 나도 그렇게 하고 싶은데 **대대손손** 몇백 년이나 살아온 고향을 안 떠나고 싶으신가 봐요.
我也想那樣做，但他們似乎不想離開世世代代居住了幾百年的故鄉。

關 대대손손으로 계승하다／내려오다／물려주다／이어지다 世世代代繼承／傳下來／傳給／延續
類 자손만대子孫萬代、자자손손子子孫孫

대대적

名 [대 : 대적]
漢 大大的

盛大的、大規模的

가 : 김 기자, 올해는 지역마다 그 지역의 특색을 살린 전통 축제가 열리고 있다면서요?
金記者，聽說今年各地都在舉辦表現當地特色的傳統慶典？

나 : 맞습니다. 전통문화를 지키자는 움직임이 전국 각지에서 **대대적**으로 펼쳐진 영향 때문인 것 같습니다.
是的，大概是宣導守護傳統文化活動在全國各地盛大展開的影響之故吧。

關 대대적으로 보도하다／개편하다／조사하다／펼쳐지다 大規模地報導／改組／調查／展開

등재

名 [등재]
漢 登載

登載

한국 최초의 유네스코 세계 유산은 1995년 12월에 문화유산으로 **등재된** 경주 석굴암과 불국사이다.

韓國最早登載為聯合國教科文組織世界遺產的是於1995年12月被列為文化遺產的慶州石窟庵與佛國寺。

同 등재하다 登載、등재되다 被登載
參 호적 등재 戶籍登載、족보 등재 族譜登載、주소 등재 地址登載

명목

名 [명목]
漢 名目

名目、名義

가 : 선생님, 판소리 명창이 되시기까지 많이 힘드셨지요?

老師，成為板索里名唱的過程中一定很艱辛吧？

나 : 그랬지요. 그런데 옛날과는 다르게 요즘은 **명목**만 유지되고 있을 뿐 배우려는 사람이 적어서 안타까워요.

是啊。但和以前不同，現在只保有名目，願意學習的人卻很少，令人惋惜。

關 명목만 남다 僅剩名目、명목만 있다 只有名義、명목을 유지하다 維持名義

文化／歷史 10

전통문화 • 傳統文化

문화유산

名 [문화유산]
漢 文化遺產

文化遺產

가 : '나의 **문화유산** 답사기'를 읽고 있구나? 재미 있지?
你在看《我的文化遺產踏查記》啊？很有趣吧？

나 : 응. 미술 평론가인 저자가 직접 여러 **문화유산**을 답사한 후에 쓴 책이라 더 실감이 나.
嗯，因為是美術評論家的作者親自踏查多處文化遺產後寫的書，所以更有臨場感。

關 문화유산을 남기다 留下文化遺產、보존하다 保存文化遺產、문화유산으로 등재되다 登載為文化遺產

參 전통 문화유산 傳統文化遺產、세계 문화유산 世界文化遺產、찬란한 문화유산 燦爛的文化遺產

사물놀이

名 [사ː물로리]
漢 四物놀이

四物農樂

사물놀이에 사용되는 악기는 각각의 의미가 있다. 꽹과리는 천둥을 의미하고, 징은 바람, 북은 구름, 장구는 비를 의미한다.
四物農樂中使用的樂器各自具有象徵意義。鈸象徵雷鳴、鑼象徵風、鼓象徵雲、長鼓象徵雨。

參 사물놀이 공연 四物農樂演出、사물놀이 패 四物農樂樂隊

선조

名 [선조]
漢 先祖

祖先

가 : 하은아, 지금 어디야? 오늘도 덕수궁에 간 거야?
　　夏恩啊，妳現在在哪裡？今天又去了德壽宮嗎？

나 : 응. 기분이 울적할 때 궁을 돌아보면서 **선조**들의 숨결을 느끼다 보면 기분이 좋아지거든.
　　嗯，心情低落的時候，在宮裡繞著感受祖先們的氣息，心情就會覺得舒暢。

關 선조를 모시다 侍俸先祖
參 옛 선조 古代先祖、선조의 뜻 先祖的遺志、선조들의 지혜 先祖們的智慧

속설

名 [속썰]
漢 俗說

俗說、俗語、俗話

가 : 나오미 씨, 저하고 같이 손톱에 봉숭아 물 들일래요?
　　娜奧米小姐，妳要不要和我一起用鳳仙花給指甲染色？

나 : 좋아요. 손톱의 봉숭아 물이 첫눈 올 때까지 남아있으면 첫사랑이 이루어진다는 **속설**을 들은 적이 있어요.
　　好啊，我聽過一個俗話說，如果鳳仙花的染色在第一次下雪時還留在指甲上，初戀就會實現。

關 속설이 전해지다 俗話流傳下來、속설이 있다 有個俗話、속설을 증명하다 證明俗話

文化／歷史 10

565

전통문화 • 傳統文化

얽매이다

動 [엉매이다]

被束縛、被拘束

18세기 조선 후기의 학자인 박지원은 '옛것에 **얽매이지도** 않고 고전을 무시하지도 않는 태도가 군자의 길'이라고 하였다.
18世紀朝鮮後期的學者朴趾源曾說：「不被舊物所拘泥，也不忽視古籍的態度，才是君子之道。」

關 관습에 얽매이다 拘泥於習俗、과거에 얽매이다 被過去束縛、규칙에 얽매이다 受規則約束

장유유서

名 [장ː유유서]
漢 長幼有序

長幼有序

가: 요즘 **'장유유서'**라는 말이 윗사람은 무조건 대접을 받아야 한다는 의미로 잘못 사용돼 오해가 생기는 경우가 많은 것 같아요.
最近「長幼有序」這句話常被誤用成長輩理所當然應該受到尊敬，導致產生很多誤解。

나: 맞아요. 이 말은 윗사람이 힘들고 어려운 일을 먼저 하려는 노력을 기울여야 함을 보여 주고 있는 말이기도 한데 말이에요.
沒錯，其實這句話也可以是長輩應該先努力承擔辛苦與困難事的意思。

關 장유유서를 지키다 遵守長幼有序／무시하다 忽視長幼有序
參 장유유서의 가치 長幼有序的價值／의미 意義／전통 傳統

창의력

名 [창 : 의력/창 : 이력]
漢 創意力

創意

가 : 이 탈들은 색깔과 형태는 물론 질감까지 모두 다르게 표현이 되어 있네요.

這些假面具不僅顏色和形狀不同，連質感也都表現得不一樣呢。

나 : 네, 맞아요. 이렇게 다양한 모양과 질감의 탈들을 보면서 아이들의 **창의력**을 발달시키는 것이 이번 전시회의 목적이에요.

對，沒錯。觀察這些多樣形狀與質感的假面具，來發揮孩子們的創意力，就是這次展覽的目的。

關 창의력을 키우다／발휘하다 培養／發揮創意、창의력이 부족하다 創意力不足
參 창의력 교육 創意力教育、창의력 발달 創意力發達

특질

名 [특찔]
漢 特質

特質

가 : 관장님, 이 금관은 모두 금으로 만들어진 것인가요? 굉장히 화려하네요.

館長，這頂金冠是完全用黃金製成的嗎？看起來非常華麗呢。

나 : 맞습니다. 신라 시대 귀족 문화의 **특질**을 잘 반영하고 있지요.

沒錯，它很好地反映了新羅時代貴族文化的特質。

關 특질을 밝히다／보이다／분석하다 說明／呈現／分析特質、특질이 있다 有特質
參 전적 특질 典籍特質、한국 문학의 특질 韓國文學的特質

文化／歷史 10

전통문화 • 傳統文化

후대

名 [후ː대]
漢 後代
⇨ 索引 p.826, 830

後代

가 : 엄마, 저 절에 불도 안 났는데 소방관들이 불을 끄고 있어요.
媽媽，那座寺廟明明沒著火，消防員卻在滅火耶。

나 : 저 절은 문화유산으로 지정된 곳인데 나무로 만든 곳이라 화재 위험성이 크대. 그래서 **후대**에 잘 물려 주기 위해 화재 대비 훈련을 하는 거래.
那座寺廟被指定為文化遺產，由於是木造建築，火災風險很高。為了能好好傳給後代，所以在進行防火演練。

關 후대에 물려주다／계승하다／넘기다 傳給／繼承／移交給後代、후대로 전하다 傳至後代
參 후대 사람들 後代人們
類 후세대 後世代
反 선대 先代

희귀하다

形 [히귀하다]
漢 稀貴하다

珍稀的、珍貴的

창덕궁은 1405년에 지어진 조선 시대의 궁궐인데, 자연 지형을 크게 변형시키지 않고 산세에 의지하여 지은 곳으로 아직까지도 **희귀한** 수목이 많이 우거져 있다.
昌德宮是於 1405 年建造的朝鮮時代宮殿，依山勢而建，未大幅改變自然地形，至今仍有許多珍稀的樹木茂密生長。

參 희귀한 보석／동물／품종／도서 珍稀寶石／動物／品種／圖書

複習一下

文化／歷史 ｜傳統文化

✎ 請將下列句子中意思相符的項目互相連接。

1. 국보로　　　•　　　　• ① 깨다
2. 금기를　　　•　　　　• ② 지정하다
3. 관습에서　　•　　　　• ③ 벗어나다

✎ 請將符合語意的項目互相連接。

4. 대대손손　　•　　　　• ① 오래 전부터 내려오는 여러 대의 모든 자손

5. 관혼상제　　•　　　　• ② 성년식, 결혼식, 장례식, 제사의 네 가지 전통 예식을 이르는 말

6. 장유유서　　•　　　　• ③ 어른과 어린이 사이의 엄격한 차례 혹은 복종해야 할 질서

✎ 請從例找出適當的單字，填入(　)中。

| 例 | 계승 | 속설 | 단절 | 창의력 |

7. 가: 박사님, 요즘 가정불화로 이혼하는 가정이 많아지고 있습니다.
   나: 네, 그렇습니다. 특히 요즘은 가족 간의 대화 (　　　)이/가 가정불화의 주요 원인 중 하나로 꼽힙니다.

8. 형은 (　　　)이/가 뛰어나 종종 아무도 생각 못 했던 방법으로 문제를 해결하곤 했다.

9. 오래된 전통을 발굴하고 (　　　)하는 것은 민족의 미래를 위해서 꼭 해야 하는 일이다.

10. 가: 선생님, 머리를 많이 쓰면 정말로 머리카락이 많이 빠질까요?
    나: 아니요. 그건 과학적 근거가 없는 (　　　)에 불과합니다.

用漢字學韓語・意

✏️ 我們來看看韓文詞彙是如何與漢字產生聯繫的。

意 의 — 뜻 / 意思

부주의 — 不注意 (p.570)
사용 부주의로 인한 제품의 손상은 저희가 책임을 지지 않습니다.
因使用不當所造成的產品損壞，本公司概不負責。

성의 — 誠意 (p.119)
제 조그만 성의 표시니까 사양하지 말고 받아 주세요.
這是我一點小小的心意，請不要客氣，收下吧。

열의 — 熱誠、熱情 (p.329)
우리 아버지는 일에 대한 열의가 대단하신 분이다.
我父親對工作的熱忱非常高。

의도적 — 故意 (p.55)
의도적이든 그렇지 않든 간에 다른 사람에게 피해를 주는 행위는 삼가야한다.
無論是否出於故意，對他人造成傷害的行為都應避免。

창의력 — 創意 (p.567)
지금은 창의력과 독창성이 전문 기술보다 더 중요한 시대이다.
現在是一個創意與獨創性比專業技術更重要的時代。

조의금 — 奠儀 (p.122)
부장님의 아버님 장례식에 팀원들이 같이 조의금을 모아서 전달했다.
在部長父親喪禮上傳達了我們團隊共同籌齊的奠儀。

11 예술/스포츠
藝術/運動

1 **건축** 建築
2 **문학** 文學
3 **스포츠** 運動
4 **예술** 藝術

用漢字學韓語・作

1 건축
建築

38.mp3

건립
名 [걸ː립]
漢 建立

建立、建設

가 : 전통 시장은 주차장이 협소해서 이용하기가 불편해요.
傳統市場的停車場太狹小，使用起來很不方便。

나 : 맞아요. 그래서 시청에서도 전통 시장마다 지하 주차장 **건립**을 검토하고 있다고 하더라고요.
沒錯，聽說市政府正在考慮在每個傳統市場建設地下停車場。

同 건립하다 建立、건립되다 被建立
關 건립을 추진하다／허용하다 推動／允許建立
參 기념관 건립 紀念館建立、동상 건립 銅像建立、건립 비용 建設費用

걸작
名 [걸짝]
漢 傑作

傑作

가 : 경주로 여행을 가는데 추천해 줄 만한 곳이 있니?
我要去慶州旅行，有沒有推薦的景點？

나 : '석굴암'은 어때? 불교 예술의 **걸작**으로 평가받는 문화유산이거든.
「石窟庵」怎麼樣？因為那是被評價為佛教藝術傑作的文化遺產。

關 걸작이 탄생하다 傑作誕生
參 대표 걸작 代表傑作、최고 걸작 最佳傑作、위대한 걸작 偉大的傑作
類 명작 名作

견고하다

形 [견고하다]
漢 堅固하다

堅固

이 건축물은 큰 돌을 **견고하게** 쌓아서 만들었기 때문에 오랜 시간이 흘러도 쉽게 무너지지 않는다.

這座建築是用大石頭堅固堆砌而成，即使經過長久歲月也不容易倒塌。

關 견고하게 만들다／쌓다 堅固地建造／堅實地堆砌、구조가 견고하다 結構堅固
參 견고한 목재／제품 堅固的木材／產品

공모

名 [공모]
漢 公募

公募、公開徵求

가: 저 박물관은 건축 **공모**에서 당선된 곳이라고 하더니 역시 다르네요.

那座博物館是建築公募中獲選的地方，果然與眾不同呢。

나: 맞아요. 주변 환경과 잘 어우러지면서도 세련된 느낌을 주는 것 같아요.

對啊，既能與周圍環境協調融合，又展現出洗練的感覺。

同 공모하다 公募
關 공모를 진행하다 進行公募、공모로 선발하다 經由公募選出、공모에 참여하다 參與公募
參 작품 공모 作品徵集

건축・建築

녹슬다

動 [녹쓸다]

生鏽

가 : 이 카페는 실내 인테리어가 참 독특하네요.
　　這家咖啡廳的室內裝潢真特別呢。

나 : 네, **녹슨** 철제 기둥과 목재 가구들로 채워서 분위기가 색다르지요?
　　是啊，生鏽的鐵柱和木製家具充斥著，氛圍與眾不同吧？

關 기계가 녹슬다 機器生鏽、철이 녹슬다 鐵生鏽
參 녹슨 기찻길／못／자물쇠／칼 生鏽的鐵道／釘子／鎖／刀

단조롭다

形 [단조롭따]
漢 單調롭다

單調的

건축가 이진욱 씨는 직선만 존재하는 **단조로운** 실내 공간을 식물의 곡선 이미지로 채우는 시도를 하여 호평을 받고 있다.
建築師李鎮旭嘗試以植物的曲線意象填補只有直線存在的單調室內空間，獲得了好評。

關 일상이 단조롭다 生活單調、줄거리가 단조롭다 情節單調
參 단조로운 가락／리듬／생활 單調的旋律／節奏／生活

돋보이다

動 [돋뽀이다]

搶眼、亮眼、顯眼

가 : 저 건물은 주변 건물과 달라서 눈에 확 띄어.
　　那棟建築和周圍的不一樣，一下子就吸引目光了。

나 : 그러게. 벽돌집 사이에 저 집만 나무로 지어져서 아주 **돋보여**.
　　對啊，在磚造房中，唯獨那棟是木造的，非常搶眼。

關 가창력이 돋보이다 歌唱實力突出、실력이 돋보이다 實力出眾
參 돋보이는 솜씨 搶眼的手藝／차림 打扮

번성

名 [번성]
漢 繁盛／蕃盛

繁盛

가 : 이탈리아 여행에서 어디가 가장 인상적이었니?
你在義大利旅行時，哪裡最讓你印象深刻？

나 : 로마가 좋았어. 고대에 가장 **번성했던** 도시의 모습을 보니 감회가 아주 새로웠어.
我最喜歡羅馬。看到那座在古代最為繁盛的城市風貌，感觸很深。

同 번성하다 繁盛／興盛
關 번성을 바라다／빌다／이루다 期盼／祈求／達成繁盛
參 민족의 번성 民族的繁盛、사업의 번성 事業的繁榮、산업의 번성 產業的興盛、후손의 번성 子孫的繁衍

변천

名 [변 : 천]
漢 變遷
⇨ 索引 p.825

變遷

가 : 작가님, 올해 역사 박물관의 기획전 주제는 무엇입니까?
作家您好，請問今年歷史博物館的企劃展主題是什麼？

나 : '궁궐의 **변천**'이라는 주제인데 시대에 따른 변화 과정을 한눈에 볼 수 있는 특별 전시를 마련했습니다.
是以「宮闕的變遷」為主題，我們準備了一場能一眼看到各時代變化過程的特別展覽。

同 변천하다 發生變遷、변천되다 被改變
關 변천을 겪다 經歷變遷
參 변천 과정 變遷過程／양상 樣貌、역사적 변천 歷史性變遷
類 변화 變化

藝術／運動 11

건축・建築

불가사의

名 [불가사의/불가사이]
漢 不可思議

不可思議、不思議

가 : 이집트 피라미드가 세계 **불가사의** 건축물 중 하나로 꼽히고 있대.
　　聽說埃及金字塔被列為世界不可思議的建築之一。

나 : 그럴 만하지. 아직도 어떻게 지었는지 명확하게 밝히지 못했다고 하잖아.
　　那也難怪，據說至今都還無法明確說明是如何建造的。

形 불가사의하다 不可思議的
參 세계의 불가사의 世界的不思議、불가사의 현상 不可思議的現象

붕괴

名 [붕괴/붕궤]
漢 崩壞

崩潰

가 : 김 기자, 이번 지진으로 강원도 일대에 피해가 컸다고요?
　　金記者，這次地震對江原道一帶造成了很大損害嗎？

나 : 네, 그렇습니다. 그리고 피해 지역 주변에서 건설 중이던 건물도 **붕괴** 위험이 있어 공사를 전면 중단했습니다.
　　是的。此外，受災地區周邊正在施工的建築物也有倒塌風險，因此已全面停止施工。

同 붕괴하다 崩潰、붕괴되다 倒塌、붕괴시키다 使其倒塌
參 붕괴 사고/현상 倒塌事故/現象、건물 붕괴 建築物倒塌、다리 붕괴 橋梁倒塌

설계

名 [설계/설게]
漢 設計

設計

가 : 저 상가 건물은 한창 공사가 진행 중이더니 왜 갑자기 공사를 멈췄는지 모르겠어요.
　　那棟商業大樓正在熱絡施工，不知道為什麼突然停工了。

나 : **설계**에 문제가 있어서 **설계** 변경 후에 다시 공사를 해야 한대요.
　　聽說是因為設計出了問題，需要變更設計後才能重新施工。

同 설계하다 設計、설계되다 被設計
關 설계를 맡다 承接設計
參 설계사 設計師、설계자 設計者、제품의 설계 產品設計、설계도면 設計圖紙

설비

名 [설비]
漢 設備

設備

가 : 시장님, 이번에 추진하시는 오래된 주택 정비 사업은 무엇입니까?
　　市長，這次您推動的老舊住宅整修計畫是什麼內容呢？

나 : 오래된 집의 에너지 효율을 높이기 위해 **설비**를 개선하는 사업입니다.
　　是為了提升老屋的能源效率，而改善其設備的工程。

同 설비하다 設置設備、설비되다 被設置設備
關 설비를 갖추다/끝내다 配備/完成設備、설비가 낡다 設備老舊
參 안전 설비 安全設備、전기 설비 電氣設備、현대화된 설비 現代化設備

건축·建築

소실

名 [소실]
漢 消失／燒失

消失、燒毀

가 : 대형 산불로 해당 지역에 있는 사찰이 **소실되는** 안타까운 일이 벌어졌대요.
聽說因為大型野火，而發生當地的一座寺廟被燒毀的憾事。

나 : 그래도 사찰에 있던 문화재는 안전한 곳으로 옮겨졌다고 하니 다행이에요.
不過寺廟裡的文化財已經被轉移到安全的地方，真是不幸中的大幸。

同 소실하다 消失／燒毀、소실되다 被燒毀／被消失
關 소실이 생기다 發生消失、소실을 당하다 遭燒毀
參 문화재 소실 文化財燒毀、정보 소실 資訊遺失

수용

名 [수용]
漢 受容

容納、接受

가 : 저 식당 사장님이 왜 갑자기 경찰 조사를 받게 된 거래요?
那家餐廳的老闆怎麼突然遭到警方調查了？

나 : 식당 **수용** 인원을 늘리기 위해서 불법으로 건물을 증축했대요.
聽說是為了增加餐廳的容納人數，而非法擴建了建築物。

同 수용하다 容納／接受、수용되다 被容納／被接受
參 수용자 被收容者、수용소 收容所、수용 시설 收容設施、수용 인원 容納人數、관객 수용 容納觀眾

시사하다

動 [시 : 사하다]
漢 示唆하다

啟示、提示、暗示

가 : 어제 도시 환경 문제를 다룬 뉴스 보도 봤어?
你有看昨天報導都市環境問題的新聞嗎？

나 : 응. 건축 폐기물 문제에 대해 **시사하는** 게 많아서 심각성을 알게 된 것 같아.
有啊，提到很多與建築廢棄物有關的啟示，讓我意識到問題的嚴重性。

關 교훈을 시사하다 給予教訓、현실을 시사하다 暗示現實、강력하게 시사하다 強烈暗示
參 시사하는 내용 所提示的內容

양식

名 [양식]
漢 樣式

樣式

가 : 교수님, 한국의 대표적인 고딕 **양식** 건축물은 무엇인가요?
教授，韓國代表性的哥德式樣式建築有哪些呢？

나 : 프랑스인 신부가 설계해서 1898년에 완공된 '명동성당'을 꼽을 수 있습니다.
可數由法國神父設計，於 1898 年完工的「明洞聖堂」。

參 건축 양식 建築樣式、고전적 양식 古典樣式、독특한 양식 獨特樣式

건축・建築

완성도

名 [완성도]
漢 完成度

完成度

가: 교장 선생님, 우리 학교가 서울시 공공 건축물 평가에서 1등을 차지했다는 게 맞나요?

校長，聽說我們學校在首爾市公共建築物評比中獲得第一名，是真的嗎？

나: 네, 일반 학교 건물과 비교해서 기능이나 디자인 면에서 월등하게 **완성도**가 높다는 평가를 받았습니다.

是的，與一般學校建築物相比，我們在功能和設計方面的完成度明顯更高，因此獲得了這樣的評價。

關 완성도가 낮다／높다／뛰어나다 完成度低／高／出眾
參 예술적 완성도 藝術完成度、작품의 완성도 作品的完成度

외형

名 [외ː형／웨ː형]
漢 外形

外形

가: 윤아 씨, 이 멋진 식당에 데리고 와 줘서 고마워요. 고풍스러운 건물 **외형**이 아주 마음에 들어요.

尹雅，謝謝妳帶我來這麼好的餐廳。我很喜歡這棟古雅建築的外形。

나: 다행이에요. 제가 맛있는 식당을 많이 알고 있으니 다음에는 더 멋진 곳으로 안내할게요.

太好了。我知道很多有特色的餐廳，下次再帶你去更好的地方。

關 외형을 살리다／표현하다 保留外形／表現外觀、외형이 아름답다 外形美觀
參 콘크리트 외형 混凝土外觀、외형 디자인 外形設計

웅장하다

形 [웅장하다]
漢 雄壯

雄壯的、宏偉的

가 : 어제 경복궁에서 열린 '고궁 음악회'에 다녀왔다면서?
聽說你昨天去了在景福宮舉辦的「古宮音樂會」？

나 : 응. **웅장한** 궁궐에서 진행되는 음악회라서 정말 멋스러웠어.
嗯，在雄壯的宮殿中舉行的音樂會，真的非常有魅力。

關 건물이 웅장하다 建築雄偉、산세가 웅장하다 山勢雄壯
參 웅장한 궁궐／자연 雄偉的宮闕／自然

자재

名 [자재]
漢 資材

材料

가 : 이 카페는 버려진 고철을 건축 **자재**로 만들어서 유명해졌대.
這家咖啡廳是將廢棄的廢鐵當作建築材料而出名了。

나 : 그렇구나. 가구나 소품이 낡은 느낌이 들기는 하지만 분위기는 아주 색다르다.
原來如此。雖然家具和裝飾品看起來有點舊，但氛圍很特別。

關 자재를 구하다／쓰다／제공하다 取得／使用／提供材料、자재가 공급되다 材料被供應
參 건축 자재 建築材料、공사용 자재 工程用材料、자재의 품질 材料的品質

藝術／運動 11

건축・建築

전형적

名 [전 : 형적]
漢 典型的

典型性質的

가 : 선생님, 이 석탑을 보물로 지정한 이유가 무엇입니까?
老師，這座石塔被指定為寶物的原因是什麼呢？

나 : 이 탑은 통일 신라 시대의 **전형적**인 특징을 보여 준다는 점에서 가치를 인정받았기 때문입니다.
這座塔展現了統一新羅時代的典型特徵，這一點被認定的緣故。

關 전형적으로 나타나다／드러나다／보여 주다 典型地出現／呈現／展現
參 전형적인 모습／양식 典型樣貌／樣式

정교하다

形 [정교하다]
漢 精巧하다

精巧的

가 : 준우 씨, 이 불국사에 있는 두 탑은 석탑인데도 가공이 정말 **정교해요**.
俊宇，這佛國寺裡的兩座石塔，加工得真的非常精巧。

나 : 맞아요. 그런 이유 때문에 한국을 대표하는 예술품이자 문화 유산이 된 거지요.
沒錯，也正因如此，它們成為了代表韓國的藝術品與文化遺產。

關 정교하게 그리다／만들다 精巧地描繪／精細地製作、가공이 정교하다 加工精巧
參 정교한 기법／솜씨 精巧技法／技藝

정점

名 [정점]
漢 頂點
➪ 索引 p.824

頂點、最高峰

가 : 저 건물이 건축가 김수근 씨의 작품이라면서요?

聽說那棟建築是建築師金壽根的作品，對吧？

나 : 네, 맞아요. 여러 건축물 중에서 특히 저 기념관은 예술의 **정점**을 찍은 작품으로 평가받고 있어요.

對，是的。在眾多建築中，特別是那座紀念館被評價為達到藝術頂點的作品。

關 정점에 다다르다／달하다／이르다 達到頂點／到達頂點／抵達頂點
類 절정 絕頂／巔峰

철거

名 [철거]
漢 撤去

拆除

가 : 예전에는 학교 앞에 노점상들이 많았는데 다 없어졌네요?

以前學校前面有很多路邊攤，現在都不見了呢？

나 : 네. 작년에 허가받지 않은 노점상은 전부 **철거**를 했어요.

是啊，去年把所有未經許可的路邊攤都拆除了。

同 철거하다 拆除、철거되다 被拆除
關 철거를 당하다 遭拆除、철거에 나서다 進行拆除
參 강제 철거 強制拆除、건물 철거 建築拆除、집단 철거 集體拆除、철거 공사 拆除工程

건축 • 建築

치우치다

動 [치우치다]

傾斜、偏重於

그동안 지나친 개발 논리에 **치우친** 정책으로 자연 환경이 많이 훼손되었다는 것은 부정할 수 없는 사실이다.

過去偏重於過度開發邏輯的政策，導致自然環境遭到嚴重破壞，這是無法否認的事實。

關 감정에 치우치다 偏重感情、한쪽으로 치우치다 偏向一方
參 치우친 생각 偏頗的想法

특색

名 [특쌕]
漢 特色
⇨ 索引 p.825

特色

가 : 시장님, 이번 도심 재개발 사업에 대해 소개해 주시겠습니까?

市長，請您介紹一下這次的市中心重建計畫。

나 : 오래된 근대 건축물을 활용해서 **특색** 있는 거리를 조성하는 데 목표를 두고 있습니다.

我們置目標於活用老舊的近代建築物，打造具有特色的街區。

關 특색이 없다/있다 沒有/有特色、특색을 살리다 發揮特色、특색으로 꼽다 列為特色
參 문화적 특색 文化特色、지방적 특색 地方特色、한국적 특색 韓國特色
類 특징 特徵

584

폐쇄적

名 [폐ː쇄적/폐ː쇄적]
漢 閉鎖的

封閉性的

가 : 서장님, 이번 화재로 인한 인명 피해가 컸던 이유는 무엇입니까?
署長，這次火災造成人員傷亡慘重的原因是什麼呢？

나 : 건물이 연기가 쉽게 빠져나가기 힘든 **폐쇄적**인 구조로 되어 있다는 점이 주요 원인이었습니다.
建築物採用煙霧難以逸散的封閉式結構是其主要原因。

參 폐쇄적인 구조/사회/태도/환경 封閉式結構/社會/態度/環境
反 개방적 開放性的

허물다

動 [허물다]

拆毀、拆除

가 : 예지 엄마, 저 위쪽에 있는 학교 건물의 지붕이 무너지는 사고가 발생했대요.
睿智的媽媽，聽說上面那棟學校建築物的屋頂坍塌了。

나 : 저도 들었어요. 건물을 보수하기 위해서 벽체를 **허물다가** 사고가 일어난 거래요.
我也聽說了。為了維修建築物，在拆牆中事故發生了的。

關 건물을 허물다 拆除建築物、벽을 허물다 拆牆、아파트를 허물다 拆公寓

複習一下

藝術／運動 | 建築

✎ 請將下列互相搭配的項目連接起來。

1. 설비를 •   • ① 겪다
2. 변성을 •   • ② 바라다
3. 변천을 •   • ③ 갖추다

✎ 請選出最適合填入括號中的單字。

4. 철로 만들어진 건축 재료는 쉽게 (　　　) 때문에 잘 관리해야 한다.

① 녹슬기　② 견고하기　③ 단조롭기　④ 돋보이기

5. 돌로 만들어진 이 석탑은 마치 나무를 깎아 만든 것처럼 (　　　) 때문에 걸작으로 인정받는다.

① 시사하기　② 웅장하기　③ 정교하기　④ 치우치기

✎ 請從例找出適合填入括號的正確單字。

例　공모　설계　외형　철거　특색

시청 관계자는 쾌적한 도시 환경을 시민들에게 제공하기 위해 오래된 지역의 낡은 건물들을 6. (　　　)하기로 결정했다. 또한 그곳에는 세련되고 현대적인 7. (　　　)의 디자인을 갖춘 건물을 세워 8. (　　　) 있는 거리를 조성할 예정이다. 이번 지역 개발 사업을 위한 건축 9. (　　　)은/는 누구나 참여할 수 있도록 10. (　　　)을/를 통해 진행한다고 밝혔다.

2 문학
文學

39.mp3

겨누다

動 [겨누다]

瞄準

이 소설에서 주인공이 적에게 총을 **겨누며** 진실은 언젠가 밝혀져야 한다고 말하는 장면이 인상에 남는다.

這部小說中，主角舉槍瞄準敵人，並說「真相總有一天要揭曉」的那一幕令人印象深刻。

關 총을 겨누다／칼을 겨누다／활을 겨누다 瞄準槍／瞄準刀／瞄準弓箭

교묘하다

形 [교묘하다]
漢 巧妙하다

巧妙的

가 : 김준우 작가의 신작이 주목을 받고 있는데요. 평론가들은 어떤 평을 내놓고 있습니까?

金俊宇作家的新作受到矚目，評論家們是怎麼評價的呢？

나 : 작가 개인의 경험에 허구적 이야기를 **교묘하게** 섞어 흥미 있는 이야기를 만들어 냈다는 평을 받고 있습니다.

他將個人的經歷與虛構故事巧妙結合，創作出引人入勝的情節，這是他獲得的評價。

參 교묘한 거짓말／눈속임／방법／속임수 巧妙的謊言／騙術／方法／詭計

藝術／運動 11

문학・文學

구실

名 [구실]
⇨ 索引 p.823

分內之事、角色、責任、藉口

가 : 최진아 씨의 수필을 읽다 보면 좋은 부모가 무엇인지 생각해 보게 돼.
閱讀著崔珍雅的散文，令人思考好父母是什麼。

나 : 맞아. 부모 **구실**을 제대로 못하고 있다고 자책하면서도 자식을 위해 노력하는 모습이 아주 인상적이야.
對啊，自責沒盡到為人父母的責任，又為孩子而努力的樣子，這點令我印象深刻。

關 구실을 다하다/못하다 盡到責任/沒能盡責
類 소임 本分/任務

기행문

名 [기행문]
漢 紀行文

紀行文、遊記

가 : 작가님께서 문화재 **기행문**을 쓰게 된 계기는 무엇입니까?
請問作家您開始撰寫文化財紀行文的契機是什麼呢？

나 : 전국 방방곡곡의 문화재를 찾아다니면서 여정을 기록하는 일에 매력을 느꼈기 때문입니다.
因為我覺得尋訪全國各地的文化遺產，並記錄旅程非常有魅力的緣故。

關 기행문을 남기다/읽다/쓰다 留下/閱讀/撰寫遊記

내심

名 [내 : 심]
漢 內心
⇒ 索引 p.823

內心

가 : 이번에 문학 동아리에서 읽은 소설 속 주인공은 굉장히 차갑게 느껴져요.
這次文學社讀的小說主角讓人覺得非常冷漠。

나 : 그래요? 저는 겉으로는 차가워 보여도 **내심**은 다정한 사람이라고 느꼈는데요.
是嗎？我倒覺得他雖然外表冷淡，內心卻是個感情豐富的人。

類 속마음 內心／心底

냉담하다

形 [냉 : 담하다]
漢 冷淡하다

冷淡的

수필가 박윤상 씨의 글이 표절로 판명이 되자 그동안 박윤상 씨를 아껴 왔던 독자들마저 **냉담한** 반응을 보였다.
當散文作家朴潤尚的作品被證實為抄襲後，就連一直以來支持他的讀者也表現出冷淡的反應。

關 반응이 냉담하다 反應冷淡、분위기가 냉담하다 氣氛冷淡、현실이 냉담하다 現實冷酷
參 냉담한 말투／표정 冷淡的語氣／表情
類 냉랭하다 冷冰冰的、쌀쌀하다 冷漠的

문학·文學

논설문

名 [논설문]
漢 論說文

論說文

가 : 선생님, 기말 과제는 **논설문**을 쓰는 거라고 하셨지요?
老師，期末作業是寫論說文對吧？

나 : 맞아요. 본인의 생각과 주장을 담은 글을 쓰면 돼요. 주제는 다음 시간에 알려 줄게요.
沒錯，只要寫出自己想法與主張的文章就可以了，主題下次上課時會告訴你們。

參 논설문 개요／예시／자료／주제 論說文大綱／範例／資料／主題
類 논설 論說

느닷없이

副 [느다덥씨]
⇨ 索引 p.828

突然地、意想不到地

가 : 독서 중 아니었어? 왜 그렇게 **느닷없이** 웃어?
你不是正在看書嗎？怎麼突然笑了出來？

나 : 이야기가 심각하게 흘러가다가 주인공이 갑자기 너무 말도 안 되는 말을 하는 게 웃겨서요.
故事本來很嚴肅，結果主角突然說了句完全不合邏輯的話，實在太好笑了。

關 느닷없이 나타나다／떠오르다／발생하다 突然出現／突然浮現／突然發生
類 갑자기 突然、돌연 突然、돌연히 突然地、홀연히 忽然、홀연 忽地

590

대본

名 [대본]
漢 臺本

劇本、台本

드라마 **대본**을 작성하기 전에 사건의 흐름과 그 흐름에 따른 인물의 심경 변화를 먼저 생각해야 잘 작성할 수 있다.

在撰寫電視劇劇本之前，必須先思考事件的發展脈絡以及隨之而來的人物心理變化，這樣才能寫得好。

關 대본을 쓰다/외우다/완성하다/읽다 寫劇本/背劇本/完成劇本/讀劇本、대본에 나오다 出現在劇本中

參 촬영 대본 拍攝劇本、드라마 대본 電視劇劇本、연극 대본 舞台劇劇本、영화 대본 電影劇本

등용문

名 [등용문]
漢 登龍門

登龍門、出人頭地的途徑

한국 문학상은 신진 작가들의 **등용문**으로 실력 있는 작가들을 발굴하고 지원하는 역할을 수행한다.

韓國文學獎是新進作家的登龍門，進行著發掘並扶植具有實力作家的功能。

關 등용문이 되다 成為登龍門、등용문을 거치다 經由登龍門

몰락

名 [몰락]
漢 沒落

沒落

가 : 이 책은 조선 시대의 한 양반이 끝없는 욕심을 부리다가 결국 **몰락하는** 과정을 사실적으로 묘사하고 있어.

這本書寫實地描繪了一位朝鮮時代兩班因貪得無厭，最終走向沒落的過程。

나 : 그래? 역사와 관련 있는 책을 좋아하는데 나도 한번 읽어 봐야겠다.

是嗎？我喜歡跟歷史有關的書，那我也來讀讀看好了。

同 몰락하다 沒落、몰락되다 被沒落

參 몰락 양반/몰락 원인 沒落兩班/沒落原因、제국의 몰락 帝國的沒落

藝術／運動 11

문학 • 文學

몰아내다
動 [모라내다]

趕出、驅逐

박진수 작가는 작품을 구상할 때 잡념을 **몰아내기** 위해 명상을 즐긴다고 한다.
據說作家朴珍洙在構思作品時，偏愛藉冥想來驅趕雜念。

關 외세를 몰아내다 驅逐外敵、적군을 몰아내다 趕出敵軍

물끄러미
副 [물끄러미]

出神地、默默地

주인공이 강물을 **물끄러미** 내려다보며 생각에 잠긴 모습에서 심리적인 고충을 엿볼 수 있다.
主角出神地望著江水、陷入沉思的樣子，從此中可以窺見他內心的苦衷。

關 물끄러미 바라보다／쳐다보다 目不轉睛地仰望／仰視

배후
名 [배ː후]
漢 背後
⇨ 索引 p.825

背後、幕後

가 : 난 추리 소설은 별로인데 너는 추리 소설만 읽더라?
我不太喜歡推理小說，但你好像只讀推理小說啊？

나 : 응, 주인공이 사건의 **배후** 세력을 밝히는 과정이 얼마나 흥미진진한지 몰라. 너도 읽어 보면 흥미가 느껴질걸?
嗯，主角揭開事件背後勢力的過程超級精彩。你讀讀看也會覺得有趣的。

關 배후를 밝히다 揭露背後、배후로 지목되다 被指為幕後
參 배후 세력 背後勢力、배후 인물 幕後人物、사건의 배후 事件的背後
類 막후 幕後

보잘것없다

形 [보잘꺼덥따]
⇨ 索引 p.827

微不足道的、毫不起眼的

가 : 최진우 씨, 신진 작가상을 수상하신 소감을 부탁드리겠습니다.
　　崔鎭宇先生，請談談您獲得新進作家獎的感言。

나 : **보잘것없는** 제 작품을 이렇게 훌륭하게 평가해 주시니 몸 둘 바를 모르겠습니다.
　　我這微不足道的作品卻給我如此高度評價，讓我不知該置身何處。

參 보잘것없는 능력／신분／신세／처지 微不足道的能力／身分／境遇／處境
類 하잘것없다 不值一提的

사뭇

副 [사묻]

完全、截然、相當

가 : 오빠, 이 희곡이 내가 생각했던 결론과 **사뭇** 달라서 너무 슬퍼.
　　哥哥，這齣劇的結局跟我原本想得完全不同，好難過。

나 : 셰익스피어의 '로미오와 줄리엣'을 읽었어? 비극으로 끝나는 걸 모르고 있었구나.
　　你讀了莎士比亞的《羅密歐與茱麗葉》？原來你不知道它是以悲劇收場的啊。

關 사뭇 궁금하다／거리가 있다／놀랍다／다르다 相當好奇／相當有距離／相當驚訝／完全不同

藝術／運動 11

문학・文學

수필

名 [수필]
漢 隨筆
⇨ 索引 p.822

隨筆、散文

가: 작가님, **수필**을 쓸 때는 어떤 점에 유의해야 하나요?
　作家您好，寫隨筆的時候要注意哪些地方呢？

나: **수필**은 자유로운 형식의 글인 만큼 자신의 생각이나 느낌을 있는 그대로 표현하는 게 중요해요.
　隨筆是一種形式自由的文體，因此如實表達自己的想法或感受是最重要的。

關 수필을 기고하다／쓰다／읽다 投稿／寫／讀隨筆
參 수필가 隨筆作家、수필집 隨筆集、수필 문학 隨筆文學／수필작가 隨筆作家
類 에세이 隨筆／散文

실화

名 [실화]
漢 實話

真實故事、實話

가: 이 소설은 **실화**를 바탕으로 한 작품이라 더 현실감 있게 다가오는 것 같아요.
　這部小說是以真實故事為基礎的作品，所以讓人覺得更貼近現實。

나: 정말요? 저도 예전에 읽은 것 같은데 **실화**를 바탕으로 쓴 건지 몰랐어요.
　真的嗎？我以前好像也看過，但不知道是根據真實故事寫的。

參 충격 실화 震撼實話、실화 소설 真實故事小說

어리다

動 [어리다]

(涙水)噙、凝

부모님의 사랑에 대한 책을 읽고 돌아가신 부모님이 떠올라 눈에 서서히 눈물이 **어리기** 시작했다.

讀著一本關於父母之愛的書，想起已故的父母，眼中漸漸噙滿了淚水。

關 눈물이 어리다 噙著淚水、눈에 어리다 在眼中浮現、눈망울에 어리다 淚水浮現在眼眶中

억세다

形 [억쎄다]

堅強、剛強

가：저 드라마에서 꿈을 위해 가족을 버리고 떠나는 주인공이 좀 지나친 것 같지 않니?

那部劇裡為了夢想而拋下家人的主角，是不是有點太過分了？

나：나는 어떤 방법으로든 결심한 걸 이루려는 **억센** 의지가 마음에 들어.

他那無論用什麼方法都要實現決心的堅強意志我倒是很欣賞。

參 억센 성격／의지 剛烈的性格／堅強的意志

원작

名 [원작]
漢 原作

原著、原作

가：어제 본 영화는 어땠니? 요즘 인기가 많은 영화라면서?

你昨天看的電影怎麼樣？聽說那部最近很紅。

나：아주 감동적이었어. 그래서 **원작** 소설도 읽어 보려고 해.

非常感人，所以我也想讀讀看原著小說。

關 원작을 번역하다／요약하다 翻譯／摘要原作、원작으로 읽다 閱讀原著

參 원작자 原作者、원작 만화／소설／희곡 原著漫畫／小說／戲劇、원작의 감동 原作的感動

藝術／運動 11

문학・文學

일화

名 [일화]
漢 逸話

逸話、趣聞

가 : 하은아, 웬일로 소설을 다 읽고 있니?
夏恩，妳怎麼回事，看起小說了？

나 : 아. 소설이 아니고 한 정치인이 쓴 자서전이야. 본인이 정치인이 되기까지의 여러 **일화**를 써 놨는데 흥미로운 내용이 많네.
不是小說，是某位政治人物寫的自傳，裡面記錄了他成為政治人之前的各種逸事，有很多很有趣的內容。

關 일화를 전하다／소개하다 傳述／介紹逸事、일화가 알려지다 逸事被傳開
參 숨은 일화 不為人知的趣聞、유명한 일화 著名逸事

재벌

名 [재벌]
漢 財閥

財閥

가 : 언니, 돈이 많은 사람들은 정말 저 드라마에 나오는 **재벌**처럼 살까?
姊姊，有錢人真的像那部電視劇裡演的財閥一樣生活嗎？

나 : 글쎄, 나도 잘 모르겠다만 거의 비슷하지 않을까?
這個嘛，我也不太清楚，但差不多吧？

關 재벌과 결탁하다 與財閥勾結、재벌을 감싸다 包庇財閥
參 재벌가 財閥家族、재벌 개혁／경제／그룹／총수 財閥／經濟／集團／掌門人改革

전유물

- 名 [저뉴물]
- 漢 專有物

專有物、專屬物

이 작품은 이전에 양반들의 **전유물**로 여겨졌던 시조를 일반 평민들에게까지 확산하는 데 선구적인 역할을 하였다고 평가받고 있다.

這部作品被評價為在將原本被視為兩班專屬的時調普及至一般平民方面,起到了先驅性的作用。

關 전유물로 생각하다/인식하다 認為是專屬物/視為專有物
參 부유층의 전유물 富裕階層的專有物、특권층의 전유물 特權階層的專屬物

집필

- 名 [집필]
- 漢 執筆

執筆、撰寫

가 : 새로 시작한 예능 프로그램의 대본 **집필**을 어느 분한테 맡길지 고민이에요.

我正在考慮要把新開播綜藝節目的劇本寫作交給誰。

나 : 이진욱 작가님한테 부탁하면 어때요? 한번 연락을 드려 봐요.

找李鎮旭作家怎麼樣?試著聯絡看看吧。

同 집필하다 執筆
關 집필에 들어가다/몰두하다/착수하다 開始撰寫/埋頭執筆/著手執筆、집필을 담당하다 擔任撰寫
參 집필 과정/목적/원고/작업 撰寫過程/目的/原稿/作業

藝術/運動 11

문학 • 文學

짜임새

名 [짜임새]
⇨ 索引 p.825

層次、結構、組織性

가 : 이 논평은 중학생의 글인데도 **짜임새**가 돋보이지요?
這篇評論雖然是中學生寫的，但結構很突出吧？

나 : 네. 주장을 뒷받침하는 근거가 명확해서 설득력이 있어요.
對，主張的立論明確，而且頗說服力。

關 짜임새가 부족하다／완벽하다 結構鬆散／完美、짜임새를 갖추다 具備組織性
參 논리적 짜임새 邏輯結構、엉성한 짜임새 鬆散的結構
類 구성 構成

초라하다

形 [초라하다]

寒酸的、憔悴的

이 소설에서 큰소리치고 집을 나갔다가 **초라한** 몰골로 돌아오는 주인공의 모습에서 인간미가 느껴졌다.
這部小說中，主角大聲嚷嚷著離家，最後卻以一副憔悴的模樣回來，讓人感受到他的人情味。

關 초라하게 다니다 穿得寒酸地走來走去、모습이 초라하다 模樣寒酸、행색이 초라하다 打扮寒酸
參 초라한 몰골／옷차림 憔悴的醜相／穿著

598

출간

名 [출간]
漢 出刊

出版、刊行

가 : 엄마, 한국 역사를 만화로 소개하는 책이 **출간되었다는데** 저도 읽어 보고 싶어요.
媽媽，聽說有一本用漫畫介紹韓國歷史的書出版了，我也想看看。

나 : 그래? 한번 검색해 볼게. 사 주면 꼭 읽을 거지?
是嗎？我來查查看。要是我買給你，你一定會讀吧？

同 출간하다 出版、출간되다 被出版
參 소설 출간 小說出版、자서전 출간 自傳出版、책 출간 書籍出版、출간 기념 出版紀念
類 간행 刊行、출판 出版

터무니없다

形 [터무니업따]

荒謬的、毫無根據的

김 작가는 본인 작품의 홍보를 위해 방송 출연을 한다는 소문에 대해 **터무니없는** 이야기라고 일축했다.
金作家對於為宣傳自己作品而上節目的傳聞，表示那是毫無根據的說法而斷然否認。

參 터무니없는 거짓말／생각／소문／이야기 荒謬的謊言／想法／傳聞／說法

폭탄

名 [폭탄]
漢 暴彈

炸彈

베스트셀러 작가 김준우 씨의 새 소설은 한 도시에서 발생한 **폭탄** 테러 사건을 배경으로 하고 있다.
暢銷書作家金俊宇的新小說是以某城市發生的炸彈恐怖攻擊事件為背景。

關 폭탄을 던지다／설치하다／터뜨리다 丟／安裝／引爆炸彈、폭탄이 터지다 炸彈爆炸
參 폭탄 공격／세례／투하 炸彈攻擊／洗禮／投擲

藝術／運動 11

문학・文學

필자

名 [필짜]
漢 筆者

筆者、作者

가 : 이 인터넷 소설의 **필자**가 본인 이름을 밝히지 않는대. 너무 궁금한데 말이야.
這部網路小說的作者不公開真名，真的讓人很好奇。

나 : 독자들의 흥미 유발을 위해서 일부러 그럴 수도 있지.
可能是為了引起讀者的興趣而故意這麼做的。

關 필자를 밝히다 揭露筆者身分
參 필자의 생각／의도 筆者的想法／意圖、필자 소개 筆者介紹

핏줄

名 [피쭐/핃쭐]
⇨ 索引 p.825

血統、血緣、血脈

가 : 올해의 문학상을 받은 사람이 유명 작가인 이유라씨의 딸이래.
聽說今年文學獎得主是知名作家李蘿拉的女兒呢。

나 : 그래? **핏줄**은 속일 수 없다더니 엄마의 재능을 그대로 물려받은 모양이야.
是嗎？果然血統是騙不了人的，像是照實承繼了媽媽的才能。

關 핏줄을 계승하다／따지다／잇다 繼承／計較／延續血脈
參 같은 핏줄 相同血緣
類 혈통 血統

학식

名 [학씩]
漢 學識

學識

가 : 이 대하소설을 읽다 보니 작가의 역사에 대한 **학식**이 대단한 것 같아.
　　讀這部長篇小說，感覺作者在歷史方面的學識真的很深厚。

나 : 맞아. 그런 사람이 역사적 사실에 상상력을 더해 소설을 쓰니 이야기 구조가 탄탄할 수밖에 없지.
　　沒錯，像這樣的人在歷史事實加上想像力來寫小說，故事結構當然會很扎實。

關 학식이 깊다／높다／폭넓다 學識淵博／學識高／學識廣博、학식을 갖추다 具備學識

해학적

名 [해학쩍]
漢 諧謔的

詼諧的、幽默的

가 : 작가 박시윤 씨의 수필에는 어떤 특징이 있다고 보십니까?
　　您認為作家朴時允的隨筆有什麼特色呢？

나 : 평론가로서 볼 때 사회 현실을 **해학적**인 방식으로 그려 독자에게 웃음을 주는 것이 특징이라고 할 수 있습니다.
　　以評論家的角度來看，他用詼諧的方式描寫社會現實，讓讀者會心一笑，這就是他的特色。

關 해학적으로 그리다／묘사하다／표현하다 詼諧地描寫／描述／表現
參 해학적인 유머 詼諧的幽默、해학적인 작품 詼諧的作品

藝術／運動
11

문학 • 文學

허구

名 [허구]
漢 **虛構**
⇨ 索引 p.825

虛構

작품 속의 이야기가 **허구**인 줄 알면서도 현실 속의 이야기 같아 책을 읽는 내내 전율이 느껴졌다.

明知作品中的故事是虛構的，卻又像是真實發生的事，讓我在閱讀過程中一直感到震撼。

關 허구가 아니다 不是虛構、허구로 밝혀지다 被證實是虛構、허구에 불과하다 不過是虛構
參 허구와 사실 虛構與事實
類 픽션 虛構／小說

허름하다

形 [허름하다]

破舊的、簡陋的

박 작가의 서재에 있는 **허름한** 책상은 그가 평소에 얼마나 소박한 삶을 살고 있는지를 여실히 보여주고 있다.

朴作家書房裡那張破舊的書桌，清楚地展現了他平日過著多麼樸實的生活。

關 낡고 허름하다 陳舊簡陋、작고 허름하다 小又簡陋
參 허름한 가구 破舊的家具／골목길 小巷／식당 餐館／옷차림 穿著

혁명

名 [형명]
漢 **革命**

革命

가 : 작가님, 현재 집필 중인 작품은 어떤 내용을 담고 있습니까?
作家先生，您正寫作中的作品有怎樣的內容？

나 : 평생 국가 개혁을 위해 **혁명**가로 살아온 주인공의 파란만장한 일대기를 담고 있습니다.
主要是一生中為了國家的改革，以革命家為志趣的主角，他充滿荊棘崎嶇的際遇故事。

關 혁명을 완수하다／일으키다 完成／發起革命、혁명이 일어나다 革命發生
參 혁명가 革命家、계급 혁명 階級革命、혁명 세력 革命勢力

흡사

名 [흡싸]
漢 恰似

恰似、好像

가: 책을 읽다가 멍하게 앉아서 무슨 생각을 그렇게 하고 있니?
你讀書讀到一半發呆坐著，是在想什麼啊？

나: 결말이 너무 충격적이라서 **흡사** 머리를 한 대 얻어맞은 것 같은 기분이야.
結局太令人震驚了，感覺頭像被人狠狠敲了一記的心情。

動 흡사하다 相似／酷似
關 흡사 짐승처럼 보이다 看似野獸、궁궐처럼 보이다 看起來像宮殿

複習一下

藝術／運動 | 文學

✎ 請將下列互相搭配的項目連接起來。

1. 구실을 •　　　　　　• ① 외우다
2. 대본을 •　　　　　　• ② 밝히다
3. 배후를 •　　　　　　• ③ 못하다

✎ 請選出填入（　）中最適當的單字。

4. 이 영화는 (　　) 을/를 바탕으로 만들어졌기 때문에 더욱 큰 감동을 준다.

① 실화　　② 내심　　③ 일화　　④ 허구

5. 독자들은 글을 읽을 때 (　　) 이/가 주장하는 바가 무엇인지 파악해야 한다.

① 집필　　② 재벌　　③ 원작　　④ 필자

✎ 請從例找出適合填入括號的正確單字並改寫。

> 例　　냉담하다　　허름하다　　터무니없다

6. 가: 골목에 있는 저 (　　　) 식당이 정말 유명한 곳이야?
   나: 그래. 오래된 식당이라서 겉보기만 좀 그렇지 한번 먹어 보면 이해할 거야.

7. 가: 베스트셀러 작가로 유명한 박윤상 씨 소설이 표절이라는 소문 들었니?
   나: 응. 그런데 그거 다 인터넷에 떠도는 (　　　) 이야기니까 믿지 마.

8. 가: 김 작가의 신작 소설에 대한 대중들의 반응이 (　　　) 이유가 뭘까요?
   나: 아무래도 최근에 공식 석상에서 보여준 매너 없는 행동 때문인 것 같아요.

3 스포츠
運動

40.mp3

각광

名 [각광]
漢 脚光
⇨ 索引 p.822

瞩目、關注

가: 요즘 '드론 레이싱'이 신종 스포츠로 **각광**을 받고 있대.
最近「無人機競速」為新興運動正受到矚目呢。

나: 나도 뉴스에서 봤는데 생각보다 긴장감 넘치는 경기더라.
我也在新聞上看到了，是比想像還要緊張刺激的競賽。

關 각광이 예상되다 預期會受到矚目、각광을 얻다／받다 獲得／受到矚目
參 사회적 각광 社會關注、대중의 각광 大眾的矚目、언론의 각광 媒體的關注
類 주목 注目／關注

겨루다

動 [겨루다]

較量、對決、施展

국제 태권도 대회에 참가한 백여 명의 외국인 선수들이 저마다의 실력을 **겨루고** 있다.
參加國際跆拳道大賽的一百多名外國選手，各自展現實力進行較量。

關 기량을 겨루다 施展技藝、솜씨를 겨루다 施展技藝、실력을 겨루다 施展實力

藝術／運動 11

605

스포츠 • 運動

견주다

動 [견주다]

比較、比對

가 : 감독님, 이번 올림픽에 출전할 국가 대표는 결정되었습니까?
　　教練，這次參加奧運的國家代表已經決定了嗎？

나 : 아직입니다. 아직 시간이 있으니까 선수들의 실력을 충분히 **견주어** 보고 결정하려고 합니다.
　　還沒有。因為還有時間，我打算充分比較選手們的實力後再做決定。

關 견주어 보다 拿來比較、견주어도 손색없다 即使相比也不遜色、실력을 견주다 比較實力

결승전

名 [결씅전]
漢 決勝戰
⇨ 索引 p.822

決賽

가 : 오늘 **결승전**에서 어느 팀이 최종 우승을 할까?
　　你覺得今天決賽哪一隊會拿下最後的勝利？

나 : 두 팀 모두 워낙 실력이 좋으니 쉽게 예측을 못하겠어.
　　兩隊實力都太強了，不容易預測。

關 결승전을 치르다 進行決賽、결승전에 진출하다 晉級決賽
參 결승전 문턱 決賽門檻
類 결승 決賽

606

공헌

名 [공ː헌]
漢 貢獻
⇨ 索引 p.823

貢獻

가 : 민하은 씨, 은퇴 후의 계획에 대해 한 말씀 부탁드립니다.
閔夏恩小姐，請談談您退休後的計畫。

나 : 앞으로 골프에 재능이 있는 선수를 발굴하고 가르치면서 스포츠로 사회 **공헌**을 실천하고 싶습니다.
我希望能挖掘並指導有高爾夫天分的選手，實踐以運動貢獻社會。

同 공헌하다 貢獻
參 뛰어난 공헌 傑出的貢獻、많은 공헌 許多貢獻、커다란 공헌 巨大的貢獻
類 기여 奉獻

기질

名 [기질]
漢 氣質

氣質、秉性

장예준 선수는 긴장한 표정으로 경기장에 들어섰지만 승부사적 **기질**을 그대로 보여 주는 멋진 경기를 펼쳤다.
張藝準選手雖然帶著緊張的表情走進賽場，但仍進行如實呈現他好勝氣質的一場精彩比賽。

關 기질이 다르다／비슷하다 氣質不同／相似
參 승부 기질 好勝氣質、낙천적 기질 樂天性格

냉혹하다

形 [냉ː호카다]
漢 冷酷하다
⇨ 索引 p.827

冷酷的、無情的

경기 중에 의도적으로 반칙을 한 김 선수는 언론과 대중으로부터 **냉혹한** 비판을 받고 있다.
在比賽中故意犯規的金選手受到媒體與大眾冷酷的批評。

關 냉혹하게 거절하다／인식하다 冷酷地拒絕／認識
參 냉혹한 비판／사회／현실 冷酷的批評／社會／現實
類 매섭다 辛辣的／冷峻的

藝術／運動 11

스포츠 • 運動

노리다

動 [노리다]

圖謀、覬覦

가 : 요즘 여자 핸드볼 경기에 언론이 이렇게 주목하는 이유가 뭐야?
最近媒體這麼關注女子手球比賽，是為什麼啊？

나 : 핸드볼은 우리나라에서 그렇게 인기 있는 종목이 아니잖아. 그런데 국제 경기에서 2위를 하고 이번에는 우승까지 **노린다고** 하니까 관심이 많아진 거지.
手球在我們國家並不算熱門項目，但因為她們在國際賽上拿了亞軍，這次還企圖奪冠，所以才引起大家的關注。

關 기회를 노리다 伺機、우승을 노리다 企盼冠軍、재기를 노리다 圖謀再起

대결

名 [대 : 결]
漢 對決

對決

가 : 강팀 간의 **대결**이라 정말 흥미진진합니다.
強隊之間的對決，真是精彩刺激。

나 : 네, 양 팀 모두 우승 후보인 만큼 사력을 다해서 경기를 하는 것 같습니다.
是啊，因為兩隊都是奪冠候選，他們都會使出全力臨戰的。

同 대결하다 對決
關 대결을 벌이다 展開對決／청하다 提出對決、대결에서 승리하다 在對決中獲勝／패배하다 在對決中落敗
參 맞대결 正面對決、실력 대결 實力對決、자존심 대결 自尊心對決、대결 상대 對決對手

두각

名 [두각]
漢 頭角

頭角、突出表現

가 : 전재민 선수는 어릴 때부터 태권도에 소질이 남달랐지요?
全宰民選手從小在跆拳道方面天賦就異於常人吧？

나 : 네, 청소년 세계 선수권 대회에서 우승하면서부터 **두각**을 나타내기 시작했습니다.
是的，從他在青少年世界選手權競賽中奪冠開始，就開始嶄露頭角了。

關 두각을 나타내다 嶄露頭角／드러내다 顯露才能／보이다 表現突出

막상막하

名 [막쌍마카]
漢 莫上莫下

不相上下、旗鼓相當

가 : 이번 레슬링 경기는 누가 우승할 것 같습니까?
你覺得這場摔角比賽誰會贏？

나 : 글쎄요. 보시다시피 두 선수가 **막상막하**의 경기를 펼치고 있어서 결과를 예상하기가 어렵습니다.
不好說。正如你所見，兩位選手正在進行實力相當的比賽，很難預料結果。

參 막상막하의 경기 不分上下的比賽／승부 勝負／실력 實力／열전 激烈戰鬥

藝術／運動 11

스포츠 • 運動

매기다

動 [매기다]

評定、打（分）

가 : 피겨 스케이팅은 선수들의 연기를 어떻게 채점합니까?
　　花式滑冰是如何為選手的表現打分的呢？

나 : 크게 기술 점수와 예술 점수로 나뉘는데 이를 합쳐서 총점을 **매깁니다**.
　　主要分為技術分數和藝術分數，將兩者相加後評出總分。

關 값을 매기다 標價、등수를 매기다 排名次、순위를 매기다 排順序
參 매긴 등급 所評定的等級

명성

名 [명성]
漢 名聲

名聲、聲譽

가 : 오늘 이진욱 씨의 경기력이 **명성**에 걸맞지 않게 떨어지는데요.
　　今天李鎮旭先生的比賽表現名實不符低落啊。

나 : 그렇습니다. 오늘 컨디션이 많이 저조해 보입니다.
　　沒錯，看起來他今天的狀態很不佳。

關 명성을 과시하다 誇耀名聲／얻다 獲得名聲、명성이 자자하다 聲名遠播
參 높은 명성 高名聲

몰아붙이다

動 [모라부치다]

緊追、逼迫、壓迫

가 : 이제 경기 종료가 얼마 남지 않은 상황입니다.
現在比賽要結束，沒剩下多少時間。

나 : 네, 우리 팀이 상대 팀을 세게 **몰아붙이고** 있지만 좀처럼 점수가 나지 않아서 답답합니다.
是啊，雖然我們隊正猛烈壓制對方，但始終得不了分，著急啊。

關 구석으로 몰아붙이다 逼入角落／벽으로 몰아붙이다 逼到牆邊／세게 몰아붙이다 強烈逼迫

밀착

名 [밀착]
漢 密著

密切、貼近、緊貼

가 : 이번 경기에서 우리 대표 팀이 득점을 하지 못한 채 끝났습니다.
這場比賽我們代表隊未能得分就結束了。

나 : 네, 공격수들이 열심히 뛰었지만 결국 상대 팀의 **밀착** 수비에 막힌 것이 아쉽습니다.
是啊，雖然前鋒們很努力，但還是被對方的緊密防守給擋了下來，非常可惜。

同 밀착하다 緊貼、밀착되다 被貼緊、밀착시키다 使緊貼
關 밀착을 방해하다 妨礙貼近
參 밀착 수비 貼身防守、밀착 취재 貼身採訪

스포츠 • 運動

반칙

名 [반 : 칙]
漢 反則

犯規

가 : 경기가 왜 갑자기 중단이 된 거죠?
比賽怎麼突然中斷了？

나 : 감독이 상대 팀 선수가 **반칙**을 했다고 비디오 판독을 요청했습니다.
教練認為對方選手犯規，所以申請了影像判定。

同 반칙하다 犯規
關 반칙을 인정하다 認定犯規／저지르다 犯下犯規、반칙이 심하다 犯規嚴重
參 반칙 선언 宣布犯規／판정 判定、공격자 반칙 進攻方犯規

반환점

名 [반환점]
漢 返還點

返回點、折返點

국제 마라톤 대회에서 정민기 선수는 **반환점**을 일 등으로 돌았으나 갑자기 발에 쥐가 나서 등수가 뒤처지고 말았다.
在國際馬拉松比賽中，鄭敏基選手雖然率先通過返回點，但突然腳抽筋，名次因此落後了。

關 반환점을 눈앞에 두다 眼看就要到返回點／돌다 繞過返回點／세우다 設置返回點／통과하다 通過返回點

부진

名 [부진]
漢 不振

不振、低迷

가 : 최진환 축구 감독이 이끄는 프로 축구팀이 기대 이하의 성적을 보이고 있다고요?
聽說由崔鎮煥擔任教練的職業足球隊表現不如預期？

나 : 네, 그래서 팀 성적 **부진**으로 구단에서 감독 교체를 고려하고 있다고 합니다.
是的，因為球隊成績不振，球團正在考慮更換教練。

同 부진하다 不佳／低迷
參 성적 부진 成績不振、수익률 부진 收益率低迷、식욕 부진 食慾不振、실력 부진 實力不濟

사기

名 [사 : 기]
漢 士氣

士氣

가 : 우리 선수들이 원정 경기를 펼치고 있는 가운데 현지 교민들의 응원이 아주 뜨겁습니다.
我們選手正在遠征競賽，當地僑民聲援非常熱烈。

나 : 네. 관중들의 응원이 선수들의 **사기**를 많이 높여 줄 것 같습니다.
是啊，觀眾的應援將大大提升選手們的士氣。

關 사기가 꺾이다 士氣受挫／높다 士氣高昂、사기를 꺾다 打擊士氣／높이다 提升士氣／떨어뜨리다 挫擊士氣
參 병사들의 사기 士兵的士氣、선수들의 사기 選手們的士氣

순발력

名 [순발력]
漢 瞬發力

瞬間爆發力

가 : 골키퍼 이진욱 선수가 30번의 경기를 무실점으로 이끌면서 경기가 끝났습니다.
在守門員李鎮旭 30 場零失分的成績下比賽結束。

나 : 이진욱 선수, 대단합니다. 이 선수의 **순발력**과 순간 판단력은 그 누구도 따라오지 못할 겁니다.
李鎮旭選手太厲害了。他的爆發力和瞬間判斷力，沒有人能比得上。

關 순발력이 강하다 爆發力強／뛰어나다 出色／좋다 靈敏、순발력을 기르다 培養爆發力

藝術／運動 11

스포츠 • 運動

승부

名 [승부]
漢 勝負
⇨ 索引 p.822

勝負、勝敗

가 : 두 선수가 한 세트씩 이겼으니 마지막 3세트에서 최종 **승부**가 날 것 같습니다.
  兩位選手各贏一局，看來最後的第三局將決定最終勝負。

나 : 네. 두 선수 모두 체력이 급격히 저하가 돼서 3세트는 정신력 싸움이 될 것 같습니다.
  是的，兩位選手體力都迅速下滑，第三局將會是場意志力的對決。

關 승부를 가르다 分出勝負／겨루다 較量勝負、승부가 나다 分出勝敗
參 명승부 精彩對決、무승부 平手、최종 승부 最終勝負、한판 승부 一決勝負
類 승패 勝敗

승승장구

名 [승승장구]
漢 乘勝長驅

乘勝追擊、節節勝利

가 : 장 기자, 국제 야구 경기에서 대표 팀이 **승승장구**하고 있지요?
  張記者，國際棒球賽上我們代表隊目前是勢如破竹吧？

나 : 네. 그렇습니다. 예선전부터 결승전에 이르기까지 한 번의 패배도 없이 승리를 거듭하고 있습니다.
  是的，從預賽到決賽，一場都沒輸，持續獲勝中。

同 승승장구하다 節節勝利
關 승승장구로 이기다 連戰連勝／전진하다 勢如破竹地前進、승승장구를 거듭하다 不斷取得勝利
參 승승장구의 기세 節節勝利的氣勢

신임

名 [시ː님]
漢 信任

信任

가 : 오늘 결승 골을 넣은 김상우 선수, 소감을 좀 부탁드립니다.
　　今天踢進致勝球的金尚祐選手，請談談您的感想吧。

나 : 감독님의 **신임**에 보답하고자 최선을 다했는데 좋은 결과로 이어져 무척 기쁩니다.
　　我為了回報教練的信任而全力以赴，能得到這麼好的結果，我非常開心。

同 신임하다 信任
關 신임을 받다 獲得信任／얻다 得到信任／잃다 失去信任、신임이 두텁다 信任深厚

압도적

名 關 [압또적]
漢 壓倒的

壓倒性的、絕對性的

가 : 이번 양궁 예선전에서 우리 팀이 큰 점수 차이로 승리를 했다는 소식입니다.
　　聽說我們隊在這次射箭預賽中以大差距分獲勝。

나 : 네, 팀 간 실력 차이가 워낙 커서 우리 팀이 **압도적**으로 승리하고 본선에 진출했습니다.
　　是的，兩隊實力差距懸殊，我們隊壓倒性勝出，晉級本賽。

關 압도적으로 높다 壓倒性地高／많다 壓倒性地多／유리하다 壓倒性優勢
參 압도적인 영향 壓倒性的影響／위세 聲勢／지지 支持／힘 力量

藝術／運動 11

615

스포츠 • 運動

완주

名 [완주]
漢 完走

跑完全程、完走

가 : 하프 마라톤은 21킬로미터쯤 되는 거리니까 도전할 만하겠지?
半程馬拉松大約是 21 公里，應該值得挑戰吧？

나 : 글쎄, 하프 마라톤이라도 **완주하려면** 상당한 체력과 정신력이 필요하니까 잘 생각하고 도전해.
這個嘛，即使是半馬，想要跑完全程也需要相當的體力與毅力，好好考慮再挑戰吧。

同 완주하다 跑完全程
關 완주에 성공하다 成功跑完全程／실패하다 未能完賽、완주를 해내다 完成全程
參 전 구간 완주 跑完全程

우열

名 [우열]
漢 優劣

優劣

가 : 저 두 선수는 **우열**을 가리기 힘들 만큼 실력들이 뛰어나서 쉽게 승부를 내기는 어려울 듯합니다.
那兩位選手實力都非常優秀，難分高下，看來不易分出勝負。

나 : 맞습니다. 만약 제한된 시간에 승부를 내지 못하면 연장전을 치르게 됩니다.
沒錯，如果在限定時間內無法分出勝負，就會進入延長賽。

關 우열을 가리다 分出優劣／논하다 討論優劣／판단하다 判斷優劣
參 우열의 법칙 優劣法則、실력의 우열 實力的高下

위상

名 [위상]
漢 位相

地位、威望、身分象徵

가 : 올림픽에서 약물을 사용한 선수가 적발되었다면서요?
聽說在奧運中有選手被抓到使用禁藥？

나 : 네, 이번 사건으로 제인 선수는 피겨 스케이팅의 천재라는 **위상**이 추락했습니다.
是的，這次事件讓珍選手「花滑天才」的形象大大受損。

關 위상을 강화하다 強化地位／높이다 提升地位／지키다 維持地位、위상이 추락하다 地位下滑
參 위상 격하 地位貶低／제고 提升地位

임하다

動 [임하다]
漢 臨하다

面對、臨場、參與

가 : 김 기자, 현재 국가 대표 팀은 제주도에서 전지훈련을 실시하고 있다고요?
金記者，聽說現在國家代表隊正在濟州島移地訓練？

나 : 네, 선수들은 내년 국제 대회를 준비하며 혹독한 겨울철 훈련에 열심히 **임하고** 있습니다.
是的，選手們正在為明年的國際賽事做準備，努力投入嚴酷的冬季訓練中。

關 경기에 임하다 參加比賽、대화에 임하다 參與對話、훈련에 임하다 參加訓練
參 임하는 자세 面對的態度

藝術／運動 11

스포츠 • 運動

입상

名 [입쌍]
漢 入賞

得獎、入選獲獎名次

민하은 선수는 지난 대회에서 예선 탈락이라는 부진을 극복하고 올해 전국 테니스 대회에서 **입상했다**.

閔夏恩選手克服了上一屆在預賽中落敗的低潮，今年在全國網球賽中成功得獎。

同 입상하다 得獎
參 입상 경력 得獎經歷／소감 得獎感言、입상자 得獎者、대회 입상 比賽得獎

접전

名 [접쩐]
漢 接戰

拉鋸戰、激戰、勢均力敵的比賽

가 : 연장전까지 **접전**을 벌였지만 무승부로 경기가 끝나 너무 아쉽습니다.

雖然一路激戰到延長賽，最後卻以平手收場，真的很可惜。

나 : 네. 그렇습니다. 다음 경기에서는 두 팀 모두 더 좋은 컨디션으로 실력을 발휘하길 바라겠습니다.

是啊。希望下一場比賽兩隊都能以更佳狀態發揮實力。

同 접전하다 激烈交戰
關 접전을 벌이다 展開激戰／펼치다 進行激戰、접전이 벌어지다 爆發拉鋸戰
參 대접전 大激戰

정정당당하다

形 [정 : 정당당하다]
漢 正正當當하다

正正當當的、公正光明的

가 : 감독님, 대회 개최에 앞서 선수들에게 하고 싶은 말씀이 있으신가요?
　　教練，在比賽開始前，您有什麼話想對選手們說的嗎？

나 : 저는 결과보다 더 중요한 건 **정정당당한** 승부라는 점을 강조하고 싶습니다.
　　我想強調的是，比結果更重要的是一場公正光明的比賽。

關 정정당당하게 굴다 堂正行動／이기다 光明正大地勝利／행동하다 堂正行動
參 정정당당한 방법 堂堂正正的方法／승부 勝負／자세 態度

종목

名 [종 : 목]
漢 種目

項目、比賽項目

가 : 이번 올림픽에서 최윤아 선수가 금메달을 두 개나 땄습니다.
　　這次奧運會上，崔允雅選手拿下了兩面金牌。

나 : 맞습니다. 양궁 개인전과 단체전, 두 개의 **종목**을 모두 석권했습니다. 아주 대단한 선수입니다.
　　沒錯，她在射箭個人賽和團體賽兩個項目中都奪得冠軍，真是非常優秀的選手。

關 전 종목을 석권하다 橫掃所有項目、종목에 도전하다 挑戰某項目
參 경기 종목 比賽項目、실기 종목 技術項目、정식 종목 正式項目、행사 종목 活動項目

藝術／運動 11

619

스포츠 • 運動

지구력

名 [지구력]
漢 持久力

持久力、耐力

가 : 박사님, 기초 체력을 키우는 데 도움이 되는 운동은 무엇입니까?
博士，請問培養基礎體力上有益的運動是什麼？

나 : 수영이나 달리기가 기초 체력을 키우고 **지구력**을 강화하는 데 도움이 됩니다.
游泳或跑步有助於增強基礎體力和持久力。

關 지구력이 있다 有耐力／향상되다 耐力提升、지구력을 강화하다 強化耐力／기르다 培養耐力
參 강한 지구력 強大的持久力

진입

名 [지ː닙]
漢 進入

進入、闖入

가 : 감독님, 이번 월드컵의 목표도 8강 **진입**인가요?
教練，這次世界盃的目標也是晉級八強嗎？

나 : 네, 지난번에 16강에 그쳐서 아쉬웠던 만큼 이번에는 기필코 목표를 이룰 수 있도록 노력하겠습니다.
是的，上次只打進 16 強，非常遺憾；這次我們一定全力以赴，實現目標。

同 진입하다 進入
參 진입로 進入道路、도로 진입 進入道路、차량 진입 車輛進入、진입 제한 限制進入

짜릿하다

形 [짜리타다]

興奮刺激的、令人酥麻的、令人激動的

가 : 어제 세계 농구 대회 결승전 봤니? 정말 끝내 주는 경기였지?
你看了昨天世界籃球大賽的決賽嗎？那真是一場精彩絕倫的比賽吧？

나 : 응. 계속 지다가 종료 1분을 남겨 두고 **짜릿한** 역전 골을 넣을지 누가 알았겠어.
有啊，誰能想到在剩下一分鐘時還能進那麼刺激的逆轉球呢？

關 가슴이 짜릿하다 心頭一震、기분이 짜릿하다 心情激動、긴장감으로 짜릿하다 緊張得發麻
參 짜릿한 기분 刺激的感覺、짜릿한 마음 激動的心情

최연소

名 [최ː연소/췌ː연소]
漢 最年少
⇨ 索引 p.830

最年少、最年輕

최지우 선수는 전국 대회에서 **최연소** 참가자로서 우승을 차지하고 이후 국제 대회까지 석권한 실력 있는 선수이다.
崔智友選手在全國大賽中以最年輕的身分奪冠，之後更橫掃國際賽事，是一位實力堅強的選手。

關 최연소로 진출하다 以最年輕之姿晉級／출전하다 出賽／합격하다 錄取
參 최연소 기록 最年少紀錄／우승 最年輕奪冠／참가자 最年輕參賽者
反 최고령 最年長

스포츠 • 運動

치열하다

形 [치열하다]
漢 熾烈하다

激烈的、熾烈的

이번 골프 대회는 세계 정상급 선수들이 참가해 국내 프로 선수들과 **치열한** 경쟁을 벌이는 각축전이 될 전망이다.

這次高爾夫比賽，預計將是世界頂尖選手與國內職業選手展開激烈競爭的角逐戰。

關 경쟁이 치열하다 競爭激烈、다툼이 치열하다 爭論激烈
參 치열한 각축전 激烈的角逐戰／전투 戰鬥

탈락

名 [탈락]
漢 脫落

落選、淘汰

강력한 우승 후보로 주목을 받던 펜싱의 민하은 선수가 예선에서 **탈락하여** 팬들에게 실망감을 안겨 줬다.

原本被看好為奪冠熱門的擊劍選手閔夏恩在預賽中遭到淘汰，讓粉絲們感到失望。

同 탈락하다 淘汰、탈락되다 遭淘汰、탈락시키다 淘汰他人
參 탈락자 落選者、예선 탈락 預賽淘汰、탈락 사유 淘汰原因、탈락의 위기 淘汰危機

톡톡히

副 [톡토키]

充分地、徹底地、狠狠地

가 : 박서윤 선수, 해외 진출 이후 첫 경기에 임하게 되었는데 소감을 부탁드립니다.

朴瑞允選手，這是您進軍海外後的首場比賽，請談談您的感想。

나 : 해외 무대라서 긴장이 더 많이 되지만 저의 진가를 **톡톡히** 보여 드리겠습니다.

雖然是國際舞台讓我格外緊張，但我會充分展現自己的實力。

關 톡톡히 꾸중을 듣다 被狠狠責備／당하다 遭到嚴厲批評／혼나다 被痛罵、쓴맛을 톡톡히 보다 嘗到苦頭

622

퇴장

名 [퇴ː장/퉤ː장]
漢 退場

退場、離場

가 : 형, 축구에서 심판이 노란색 카드를 꺼내는 건 경고 표시야?
哥，裁判在足球比賽中拿出黃牌是表示警告嗎？

나 : 응, 그런데 경고를 두 번 받게 되면 그 선수는 **퇴장해야** 해.
對，但如果一名選手被警告兩次，就必須退場。

動 퇴장하다 退場
關 퇴장을 당하다 被罰出場、퇴장을 시키다 罰某人退場
參 선수 퇴장 選手退場、퇴장 명령 退場命令

판정

名 [판정]
漢 判定

判定、裁定

가 : 태권도 경기 중에 감독과 팬들이 심판 **판정**에 항의하고 있습니다.
跆拳道比賽中，教練與粉絲們正在對裁判的判定提出抗議。

나 : 네, 이럴 경우 주심과 부심이 함께 논의하고 다시 **판정**을 내릴 수도 있습니다
是的，這種情況下主審和副審可以共同討論，重新做出判定。

動 판정하다 判定、판정되다 被判定
關 판정을 내리다 下達判定／받다 接受判定、판정에 따르다 服從判定
參 불합격 판정 不合格判定、판정 기준 判定標準

藝術／運動 11

623

스포츠 • 運動

팽팽하다

形 [팽팽하다]

不相上下、勢均力敵、緊張對峙

경기 전 **팽팽한** 신경전을 벌인 두 선수는 치열하게 경쟁했지만 결국 승부를 가리지 못하고 경기를 끝냈다.
比賽前展開激烈心理戰的兩位選手，雖然激烈比賽，最終仍未能分出勝負而結束了比賽。

關 세력이 팽팽하다 勢力不分上下、주장이 팽팽하다 主張針鋒相對
參 팽팽한 논쟁 激烈爭論／대결 對決／접전 拉鋸戰

해체

名 [해ː체]
漢 解體

解散、解體

가 : 김 감독이 이끄는 배구 팀이 **해체되었다는** 소식 들었어?
　　由金教練率領的排球隊解散的消息你聽說了嗎？

나 : 응, 구단의 재정난이 심각해서 어쩔 수 없이 팀을 해체할 수밖에 없었다고 하더라고.
　　嗯，據說因為球團財務困難嚴重，不得已只好解散球隊。

動 해체하다 解散／解體、해체되다 被解散
關 해체를 발표하다 發表解散消息／선언하다 宣布解散
參 공식 해체 正式解散、그룹 해체 團體解散、팀 해체 隊伍解體

활약

名 [화략]
漢 活躍

活躍、表現出色

가：어제 열린 국제 야구 경기에서 신인인 고시후 선수의 **활약**이 엄청났어.
　　昨天舉行的國際棒球比賽中，新人選手高時厚的表現非常亮眼。

나：맞아. 덕분에 우리나라가 우승을 하게 된 것 같아.
　　沒錯，得他出色表現所賜，我國才能奪得冠軍。

動 활약하다 活躍／表現優異
關 활약을 보이다 展現活躍／펼치다 展開精彩表現／활약이 뛰어나다 表現出色
參 활약상 活躍情況／눈부신 활약 耀眼的表現

힘입다

動 [힘닙따]

受力、受到鼓舞、因……而受惠

국가 대표 선수로 발탁된 최윤아 선수는 팬들의 응원에 **힘입어** 경기를 승리로 이끌겠다고 다짐했다.
被選為國家代表的崔允雅選手立下決心，因粉絲們的應援而得鼓舞，要帶領比賽走向勝利。

關 격려에 힘입다 因鼓勵受力、성원에 힘입다 因聲援而得力、응원에 힘입다 應援受力

藝術／運動 11

複習一下

藝術／運動 | 運動

✎ 請將下列適當的項目互相配對連接。

1. 냉혹한　•　　　　　　　　•　① 기분
2. 짜릿한　•　　　　　　　　•　② 논쟁
3. 팽팽한　•　　　　　　　　•　③ 현실

✎ 請從中選出適合填入（　）的正確單字。

4. 장예준 선수는 상대 수비수가 방심한 틈을 (　　) 재빨리 공격했다.

① 노려서　② 매겨서　③ 임해서　④ 견주어서

5. 올림픽 기간이 끝나갈수록 국가 간의 순위 경쟁은 더욱 (　　) 마련이다.

① 겨루기　② 치열하기　③ 몰아붙이기　④ 정정당당하기

✎ 請從例中找出適合的單字，填入（　）中。

| 例 | 반칙 | 접전 | 퇴장 | 판정 |

어제 열린 국제 축구 경기에서 심판의 부당한 6. (　　)으로 고시후 선수가 7. (　　)을 당하는 일이 발생했다. 이에 감독은 심판에게 상대 팀 선수가 8. (　　)을 했다며 주장했지만 받아들여지지 않았다. 이후에도 두 팀의 경기는 연장전까지 9. (　　)을 벌였으나 아쉽게도 패배했다.

4 예술 藝術

🔊 **41**.mp3

가창력

名 [가창녁]
漢 歌唱力

唱功、歌唱實力

가 : 뮤지컬 '베토벤'이 드디어 오페라 극장에서 공연을 시작한대요.
音樂劇《貝多芬》終於要在歌劇院開始演出了。

나 : 오랫동안 기다렸던 공연이라 꼭 보러 가려고요. 뛰어난 **가창력**을 지닌 배우들이 출연한다니까 더 기대가 돼요.
這場演出我等很久了，一定要去看。聽說有歌唱實力很強的演員出演，更讓人期待。

關 가창력을 지니다 擁有歌唱實力／키우다 培養唱功、가창력이 좋다 唱功好
參 뛰어난 가창력 優秀的歌唱能力

경건하다

形 [경ː건하다]
漢 敬虔하다

敬虔的、莊嚴肅穆的

이 작품은 중세 시대 수도원에서 **경건하게** 기도하는 신부님의 모습을 사실적으로 표현하고 있다.
這件作品真實地呈現了中世紀修道院中，神父虔誠祈禱的模樣。

關 분위기가 경건하다 氣氛莊嚴肅穆、삶이 경건하다 生活虔誠
參 경건한 기도 虔誠的祈禱／마음 虔敬的心／자세 恭敬的姿態

藝術／運動 11

예술・藝術

경지

名 [경지]
漢 境地
➡ 索引 p.822

境界、領域

최윤아 씨는 독특한 필체로 한글 서예의 새로운 **경지**를 개척한 인물로 평가를 받는다.
崔允雅以其獨特的筆觸，受評為開創韓文書藝新境界的人物。

關 경지를 개척하다 開拓境界／마련하다 打造境地／열다 開啟領域

參 예술의 경지 藝術的境界、음악의 경지 音樂的境界、새로운 경지 嶄新境地

類 부문 部門、분야 領域、영역 範疇

골동품

名 [골똥품]
漢 骨董品

古董

가 : 이 거리는 **골동품**이나 예술품을 파는 가게들이 참 많네요.
這條街上賣古董和藝術品的店鋪真的很多呢。

나 : 네, 그래서 외국인 관광객들도 많이 찾는 곳이에요.
是啊，所以這裡是外國觀光客常尋訪的地方。

關 골동품을 구입하다 購買古董／모으다 收集古董／수집하다 收藏古董／팔다 賣古董

參 골동품 가게 古董店

공감대

名 [공ː감대]
漢 共感帶

共鳴、共識、同感基礎

가 : 아이들과 함께 볼 만한 영화가 있을까요?
有適合跟孩子一起看的電影嗎？

나 : '행복' 어때요? 세대 간에 **공감대**를 형성하기에 좋은 작품이에요.
《幸福》怎麼樣？這是一部很適合促進世代之間共鳴的作品。

關 공감대가 생기다 產生共鳴／형성되다 建立共識／확산되다 擴散共鳴、공감대를 형성하다 建立共感
參 국민적 공감대 國民共識、사회적 공감대 社會共鳴

공예

名 [공예]
漢 工藝

工藝、手工藝

가 : 어린이 박물관에서 재활용품을 활용하는 **공예** 체험 프로그램이 진행된대요.
兒童博物館正在舉辦利用回收物製作的工藝體驗節目。

나 : 그래요? 그럼 우리도 아이들을 데리고 체험하러 갈까요?
是嗎？那我們要不要帶孩子們一起去體驗？

關 공예가 남다르다 工藝出眾、공예를 자랑하다 誇示的工藝
參 공예가 工藝家、공예품 工藝品、수공예 手工藝

藝術／運動 11

예술 • 藝術

기세

名 [기세]
漢 氣勢
⇨ 索引 p.823

氣勢、氣焰、聲勢

가 : 대학생 미술 경연 대회에서 제가 본선에 진출하게 되었어요.
我在大學生美術競賽中晉級到本選了。

나 : 예준 씨, 정말 축하해요. 이 **기세**를 몰아서 입상까지 하면 좋겠어요.
藝準，真的恭喜你！希望你能乘著這股氣勢，一舉得獎。

關 기세가 꺾이다 氣勢受挫／누그러지다 萎縮減弱／등등하다 氣勢洶洶、기세에 눌리다 被氣勢壓制
參 당당한 기세 堂堂正正的氣勢、맹렬한 기세 猛烈的氣焰
類 형세 形勢

넘나들다

動 [넘 : 나들다]

出入、跨越、遊走於 (領域、空間) 之間

가 : 감독님, 이번에 준비하시는 영화는 어떤 장르인가요?
導演，您這次準備的電影是什麼類型的呢？

나 : 판타지와 뮤지컬 요소를 포함해서 여러 장르를 **넘나드는** 작품을 구상하고 있습니다.
我正在構思一部融合奇幻與音樂劇元素，橫跨多種類型的作品。

關 국경을 넘나들다 出入國境、생사를 넘나들다 出入生死、장르를 넘나들다 跨越類型

630

다채롭다

形 [다채롭따]
漢 多彩롭다

多彩的、豐富多樣的

가 : 최 기자, 이번 고미술 특별 전시회에서 네덜란드의 유명한 작품들을 볼 수 있다고요?
　　崔記者，聽說這次古美術特展中可以看到荷蘭的知名作品？

나 : 네, 명화를 비롯해서 조각까지 볼거리가 아주 **다채롭습니다**.
　　是的，從名畫到雕刻，展出內容非常多彩多姿。

關 다채롭게 꾸미다 裝飾得繽紛多彩／펼쳐지다 呈現豐富多樣／표현하다 表現得多樣
參 다채로운 볼거리 精彩看點／상품 商品／행사 活動

독자적

名 [독짜적]
漢 獨自的

獨特的、獨立的、自成一格的

장예준 작가는 개인전을 통해 기존의 도예를 **독자적**인 방식으로 재구성한 작품을 선보였다.
張藝準作家透過個展，展出了以獨特方式重新詮釋傳統陶藝的作品。

關 독자적으로 표현하다 以獨特方式表現
參 독자적인 문화 獨特文化／방법 方法／영역 領域／음악 音樂

藝術／運動 11

예술・藝術

독창성

名 [독창썽]
漢 獨創性

獨創性、創意

가 : 이 건물이 한국 최고의 건축가가 설계한 작품이라면서?
聽說這棟建築是韓國頂尖建築師設計的作品？

나 : 응, 다른 건물과 구별되는 건축가의 **독창성**을 엿볼 수 있는 건축물이야.
對啊，是一棟能窺見與眾不同的建築師獨特創意的建築物。

關 독창성을 가지다 擁有創意／기르다 培養創意、독창성이 돋보이다 突顯創意
參 예술적 독창성 藝術上的獨創性

독창적

名 關 [독창적]
漢 獨創的

獨創性的、有創意性的

가 : 김 기자, 올해 영화제에서는 참신한 소재를 다룬 작품들을 많이 소개한다면서요?
金記者，聽說今年的影展會介紹許多新穎題材的作品？

나 : 네, 신인 감독들의 **독창적**인 작품 20편을 상영할 예정이라고 합니다.
是的，預定將放映 20 部新人導演具有創意的作品。

關 독창적으로 만들다 創新製作／생각하다 創意思考
參 독창적인 방법 獨創的方法／생각 想法／아이디어 點子

동적

名 [동쩍]
漢 動的

動感性質的、有動態感的

가 : 이 그림 속 대나무는 정말 바람에 흔들리는 것 같지 않니?
這幅畫裡的竹子，看起來真的像在隨風搖拽，不是嗎？

나 : 응. 붓으로도 이런 **동적**인 느낌을 잘 표현할 수 있다는 게 놀라워.
對啊，能用毛筆這樣表現出動態感，真令人驚嘆。

關 동적으로 표현하다 以動感方式表現
參 동적인 묘사 動態描寫／사회 動態社會／생활 有活力的生活

동질성

名 [동질썽]
漢 同質性
⇨ 索引 p.829

同質性、相似性

가 : 관장님, 아시아 작가들만의 작품 전시회를 기획하게 된 계기가 있습니까?
館長，請問讓您策劃這場亞洲藝術家為主的作品展的契機是什麼？

나 : 관객들에게 작품 비교를 통해 아시아의 문화적 **동질성**과 이질성을 느껴 보게 하고 싶었습니다.
我希望觀眾能透過作品的比較，體會亞洲文化中的同質性與異質性。

關 동질성을 발견하다 發現同質性／유지하다 維持同質性／추구하다 追求同質性／회복하다 回復同質性
參 문화적 동질성 文化上的同質性、민족적 동질성 民族間的同質性
反 이질성 異質性

예술 • 藝術

민요

名 [미뇨]
漢 民謠

民謠、民間歌曲

국립 국악원에서는 명절을 맞아 한국 전통 **민요**와 외국 **민요**를 함께 즐길 수 있는 무대를 마련했다고 밝혔다.

國立國樂院表示，為迎接節日，特別準備了一場可以同時欣賞韓國傳統民謠與外國民謠的演出。

關 민요를 감상하다 欣賞民謠／부르다 演唱民謠
參 남도 민요 南道民謠、외국 민요 外國民謠、전통 민요 傳統民謠

벽화

名 [벼콰]
漢 壁畫

壁畫

가 : 선생님, 고구려의 고분 **벽화**는 어떤 점에서 특별합니까?

老師，高句麗古墳的壁畫哪些部分有特別之處呢？

나 : 다른 **벽화**와 달리 화강암 위에 직접 색을 칠해 그렸다는 점이 특이합니다.

與其他壁畫不同，它直接在花崗岩上上色繪製，這點相當特別。

關 벽화가 발견되다 壁畫被發現、벽화를 그리다 繪製壁畫
參 고분 벽화 古墳壁畫、동굴 벽화 洞窟壁畫、무덤의 벽화 墳墓壁畫

복원

名 [보궈놘]
漢 復元／復原

復原、修復

가 : 이번 미술관 화재로 일부 미술 작품들이 훼손되었다고 하니 너무 안타까워요.
聽說這次美術館火災導致部分藝術作品受損，真的很可惜。

나 : 그러게요. 작품을 **복원하는** 데에 상당한 시간이 소요될 거라고 하더라고요.
是啊，聽說修復這些作品將花費相當多的時間。

動 복원하다 修復／復原、복원되다 被修復
關 복원이 가능하다 可以修復、어렵다 難以修復、복원에 성공하다 修復成功
參 복원 기술 修復技術、복원 방법 修復方法、고서 복원 古書修復、문화재 복원 文物修復、건물 복원 建築修復

본뜨다

動 [본뜨다]

仿造、模仿、依樣製作

가 : 박사님, 이 무덤에서 어떤 유물들이 발굴되었습니까?
博士，這座墳墓裡哪些文物被發掘出來呢？

나 : 동물 모양을 **본떠서** 만든 토기들이 여러 점 발굴되었습니다.
模仿動物形狀製作的陶器有數件被發掘出來。

關 디자인을 본뜨다 仿造設計、모양을 본뜨다 仿造形狀、무늬를 본뜨다 仿照圖案

藝術／運動 11

예술・藝術

뽐내다

動 [뽐내다]

炫耀、誇示、自豪地展現

가 : 박 기자, 대학생 디자인 공모전이 열리고 있는 현장 분위기는 어떻습니까?
朴記者，現在正在舉辦的大學生設計徵選現場氣氛如何？

나 : 학생들이 저마다 그동안 갈고 닦은 실력을 **뽐내고** 있어 열기가 뜨겁습니다.
學生們各個誇示過去自己精心磨練的實力，現場氣氛十分熱烈。

關 실력을 뽐내다 炫燿實力、아름다움을 뽐내다 炫燿美麗

사상

名 [사 : 상]
漢 思想

思想、理念

가 : 교수님, 이 작품은 어떤 점에서 훌륭하다고 인정받고 있습니까?
教授，這件作品在哪些方面受認定為傑作呢？

나 : 그림을 통해 인간과 자연은 하나로 조화를 이루어야 한다는 작가의 **사상**이 잘 나타나 있습니다.
透過畫作，清楚展現出作者「人與自然應和諧為一」的思想。

關 사상을 가지다 擁有思想／담다 蘊含思想／확립하다 建立思想、사상에 심취하다 沉迷於思想

색상

名 [색쌍]
漢 色相

顏色、色調

이 작품은 인간의 기분이나 감정을 다양한 **색상**으로 표현해 주목을 받고 있다.
這件作品以多樣的色彩表現人的情緒與感受，而備受矚目。

關 색상이 마음에 들다 喜歡這種色調／선택하다 選擇顏色／화려하다 色彩華麗
參 밝은 색상 亮色調、어두운 색상 暗色調、연한 색상 淡色調、진한 색상 濃色調

생동감

名 [생동감]
漢 生動感

生動感、躍動感

가 : 이번 전시회는 명화를 최신 기술로 재구성해 화제가 되고 있지요?
這次展覽以最新技術重現名畫，成為了話題？

나 : 네, 디지털 기술로 **생동감** 있게 구현해서 마치 그림이 살아 움직이는 듯한 느낌을 주고 있습니다.
是的，透過數位技術顯現生動感，給人畫作彷彿活生生動起來的感覺。

關 생동감이 넘치다 生動感橫溢／느껴지다 感受到生動感、생동감을 느끼다 感受躍動感／맛보다 體會生動感

선명하다

形 [선명하다]
漢 鮮明하다

鮮明的、清晰的

사진작가 박서윤 씨는 자연의 색상을 화려하고 **선명하게** 구현한 작품들로 사진전을 개최했다.
攝影師朴瑞允以華麗鮮明地展現自然色調的作品舉辦了攝影展。

關 기억이 선명하다 記憶清晰、색깔이 선명하다 色彩鮮明
參 선명한 사진 清晰的照片／소리 清楚的聲音／화질 高清畫質

藝術／運動 11

637

예술・藝術

섬세하다

形 [섬세하다]
漢 纖細하다

細膩的、纖細的

가 : 이번 영화는 실력파 배우들의 **섬세한** 감정 표현으로 인기를 끌고 있습니다.
這部電影因實力派演員細膩的情感表現而大受歡迎。

나 : 네. 그래서 관객들의 호평도 쏟아지고 있습니다.
是啊,也因此獲得觀眾的一致好評。

關 표현이 섬세하다 表現細膩
參 섬세한 관찰력 細緻的觀察力／성격 細膩的性格／조각 精緻的雕刻

세밀하다

形 [세ː밀하다]
漢 細密하다

細緻的、精細的、周密的

가 : 이번 뮤지컬은 배우들이 고양이로 분장해서 등장한다고요?
這次的音樂劇是演員們扮成貓咪登場嗎?

나 : 네, 배우들이 고양이의동작을 **세밀하게** 흉내 내어 생동감 넘치는 무대를 보실 수 있습니다.
是的,演員們精細模仿貓的動作,大家可以欣賞到洋溢生動的演出。

關 세밀하게 기재하다 詳細記載／작성하다 撰寫
參 세밀한 검토 細緻的檢討／계획 計畫／묘사 描寫

소장

名 [소 : 장]
漢 所藏

收藏、保藏

가 : 관장님, 이 박물관에서 **소장하고** 있는 유물은 몇 점인가요?
館長，這間博物館收藏的文物大約有多少件呢？

나 : 고대에서 근세에 이르기까지 총 150만여 점 정도 되어 국내 최대 규모를 자랑합니다.
從古代到近世，總計約有 150 萬件，是國內最大規模的收藏，我們引以為榮。

動 소장하다 收藏、소장되다 被收藏
參 미술관 소장 美術館收藏、박물관 소장 博物館收藏、소장 작품 收藏作品

손색

名 [손 : 색]
漢 遜色

遜色、不及

가 : 선생님, 중고생들의 출품작을 평가하신 소감이 어떠신지요?
老師，您對中高學生作品的評價如何呢？

나 : 이번 출품작은 전문 작가의 작품과 비교해도 **손색**이 없을 정도로 훌륭했습니다.
這次的參展作品即使與專業藝術家的作品相比也毫不遜色，非常優秀。

💡 主要以「손색이 없다」的形態使用。

藝術／運動 11

예술 • 藝術

숭고하다

形 [숭고하다]
漢 崇高하다

崇高的、高尚的

이번 초상화 전시회는 순교자들의 **숭고한** 정신이 기억될 수 있도록 마련되었다고 한다.
這次的肖像畫展，是為了讓人們銘記殉道者那崇高的精神而舉辦的。

關 인격이 숭고하다 人格崇高、정신이 숭고하다 精神高尚
參 숭고한 가치 崇高的價值／사랑 無私的愛／의식 意識／이상 理想

신명

名 [신명]
⇨ 索引 p.822

興致、興趣、歡樂的情緒

가 : 김 기자, 명절을 맞아서 시청 앞에서 전통문화 행사가 열리고 있지요?
金記者，為了迎接節日，市政廳前不是正在舉辦傳統文化活動嗎？

나 : 네, 현재 사물놀이 공연이 진행 중인데 관객들도 **신명** 나는 장단에 맞춰 함께 춤을 추고 있습니다.
是的，現在正進行四物農樂表演，觀眾們配合興致勃勃的節奏起舞。

關 신명을 내다 激起興致／떨다 激發熱情、
　 신명이 나다 興致勃勃、신명에 겹다 興奮無比
類 신 興致

역동적

名 關 [역똥적]
漢 力動的

充滿活力的、有動感的、動態的

가 : 어제 본 비보이 공연은 어땠어?
　　你昨天看的霹靂舞表演怎麼樣？

나 : 너무 좋았어. 비보이의 움직임이 얼마나 **역동적**인지 잠시도 눈을 뗄 수가 없었어.
　　太好了，那些霹靂舞者的動作非常有活力，我完全移不開眼睛。

關 역동적으로 움직이다 活力四射地活動／흐르다 動態流動
參 역동적인 삶 有朝氣的生活／운동 動感的運動／춤 有活力的舞蹈

인사

名 [인사]
漢 人士

人士、知名人物

가 : 이번 주말에 서울 미술관이 새롭게 개관한다는데 전시회 보러 갈래?
　　這週末首爾美術館要重新開館，你要不要一起去看展？

나 : 이번 주말에는 개관 기념식이 있어서 미술계 유명 **인사**들이 방문한다고 하니 복잡할 거야. 나중에 가자.
　　這週末有開館紀念儀式，聽說美術界的知名人士都會來，會很擁擠，改天再去吧。

關 인사가 모이다 人士齊聚、인사를 모시다 邀請知名人物
參 유명 인사 知名人士、재계 인사 財界人士、지도층 인사 領導階層人士、저명한 인사 著名人士

예술 • 藝術

장인

名 [장인]
漢 匠人

匠人、工藝大師、藝術匠師

김 화백은 붓으로 거센 파도를 역동적으로 표현하여 수묵화의 **장인**으로 평가받는다.

金畫師以毛筆動感地描繪洶湧波濤，被譽為水墨畫的大師。

參 장인 기질 匠人氣質／의식 匠人意識／정신 匠人精神／장인의 경지 匠人的境界

정서적

名 [정서적]
漢 情緒的

情緒上的、情感上的

가 : 교장 선생님, 학생들을 데리고 청소년을 위한 클래식 음악회에 가면 어떨까요?

校長，帶學生們去參加青少年專屬的古典音樂會怎麼樣？

나 : 좋은 생각이에요. 클래식 음악을 듣고 학생들이 잠시나마 **정서적**으로 안정을 찾을 수 있으면 좋겠네요.

是個好主意。希望透過聽古典音樂，學生們能稍微獲得情緒上的安定。

關 정서적으로 메마르다 情緒上枯謁／불안하다 情緒不安
參 정서적인 고통 情緒上的痛苦／도움 情感上的幫助／안정 情緒穩定

정체성

名 [정ː체썽]
漢 正體性

認同、本質特徵、身分意識

가 : 감독님, 이번 공공 미술 박람회를 주최하는데 어려움은 없으셨는지요?
導演，這次主辦公共藝術博覽會，有遇到什麼困難嗎？

나 : 물론 쉽지 않았지만 이번 박람회를 통해 우리 지역의 문화적 **정체성**을 확고히 하는 계기가 된 것 같아 기분이 좋습니다.
當然不容易，但透過這次博覽會，讓我們的地域文化認同更加穩固，感覺非常欣慰。

關 정체성을 깨닫다 領悟認同感／찾다 尋找自我認同／확립하다 確立身分意識／확인하다 確認自我特質

조합

名 [조합]
漢 組合

組合、搭配、結合

가 : 선생님, 이 작품은 다른 작품들과 분위기가 좀 다른데요?
老師，這件作品的跟其他作品的氛圍好像不太一樣？

나 : 다양한 색상의 **조합**으로 빛을 표현하여 독특한 분위기를 연출하려고 했습니다.
我嘗試透過各種色彩的組合來表現光線，營造出獨特的氛圍。

動 조합하다 組合、조합되다 被組合
關 조합을 구성하다 組成結合／만들다 製作組合／조합이 가능하다 可以搭配
參 부호 조합 符號組合、색 조합 色彩搭配

예술·藝術

조화롭다

形 [조화롭따]
漢 調和롭다

和諧的、諧調的

가 : 선생님, 이번 사진전은 어떤 주제로 기획되었나요?
老師，這次攝影展是以什麼主題策劃？

나 : 도시에서 느낄 수 있는 전통과 현대의 **조화로운** 풍경을 담고자 하였습니다.
我們希望呈現城市中可感受到的傳統與現代和諧的景色。

關 조화롭게 발달하다 諧調發展／어울리다 和諧搭配、서로 조화롭다 彼此諧調
參 조화로운 사회 諧和的社會／삶 諧和人生／질서 諧和秩序

창의성

名 [창 : 의썽／창 : 이썽]
漢 創意性

創造性、創意

서울 미술관에서 유명 화가들의 **창의성**을 엿볼 수 있는 낙서와 스케치를 소개하는 이색 전시회가 열렸다.
首爾美術館舉辦了可窺見知名畫家創意的塗鴉與素描，別出心裁的展示會。

關 창의성이 부족하다 創意不足／풍부하다 創意豐富、창의성을 발휘하다 發揮創造力／살리다 善用創造性
參 창의성의 개발 創造力的開發

추상적

名 關 [추상적]
漢 抽象的

抽象的

가 : 언니, 피카소의 작품은 너무 **추상적**이어서 이해하기 어려워.
　　姊姊，畢卡索的作品太抽象了，我很難理解。

나 : 맞아. 특히 피카소는 대상을 보이는 대로 그리지 않고 형태를 변형시키거나 단순화시켜서 그렸기 때문에 그렇게 느껴질 거야.
　　沒錯，特別是畢卡索不按原樣描繪對象，而是將形態變形或簡化來呈現，所以才會讓人覺得抽象。

關 추상적으로 그리다 抽象地描繪／표현하다 抽象地表現
參 추상적인 그림 抽象畫／형태 抽象形式／형상 抽象形象

화사하다

形 [화사하다]
漢 華奢하다

燦爛的、華麗的、鮮豔的

가 : 이 작품은 사람들의 표정이 마치 살아 있는 것 같지 않니?
　　你不覺得這幅作品裡的人物表情就像活著一樣嗎？

나 : 응. 전체적으로 **화사하고** 밝은 색감이라서 생동감이 느껴져.
　　對啊，整體華麗鮮明的色調，讓人有生動的感覺。

關 화사하게 단장하다 華麗裝扮／웃다 燦爛地笑、얼굴이 화사하다 臉色明亮動人
參 화사한 미소 燦爛的微笑／분위기 明亮的氛圍／옷차림 華麗的穿著

藝術／運動 11

645

예술 • 藝術

희미하다

形 [히미하다]
漢 稀微하다
⇨ 索引 p.827

模糊的、朦朧的、微弱的

가 : 감독님, 이번 콘서트는 조명과 음악이 조화롭게 잘 어울리는 것 같습니다.
導演，這次音樂會的燈光與音樂搭配得很協調呢。

나 : 네, 특히 연주가 시작되고 끝날 때 조명을 **희미하게** 밝혀서 특별한 분위기를 연출했습니다.
是啊，特別是在演奏開始與結束時，投射微弱的燈光營造出特別的氛圍。

關 희미하게 들리다 聽得模糊／보이다 顯示模糊、기억이 희미하다 記憶模糊
參 희미한 그림자 模糊的影子／달빛 朦朧的月光／불빛 微弱的火光／의식 淡薄的意識
類 흐리다 模糊

複習一下

✏️ 請將下列彼此對應的項目配對連線。

1. 가창력이 •　　　　　• ① 넘치다
2. 공감대를 •　　　　　• ② 형성하다
3. 생동감이 •　　　　　• ③ 뛰어나다

✏️ 請選出最適合填入括號的單字。

4.
> 오래된 도자기와 그림으로 가득한 교수님 댁의 거실은 마치 (　　　) 전시장 같았다.

① 공예　　② 민요　　③ 정서적　　④ 골동품

5.
> 지진으로 파괴된 역사적인 건축물을 (　　　)하는 데에는 오랜 시간이 걸릴 것으로 보인다.

① 복원　　② 사상　　③ 소장　　④ 조합

✏️ 請從例中找出適合填入括號的詞語並寫上去。

| 例 | 색상　　　장인　　　창의성 |

6. 예술 작가는 특색 있는 작품을 만들기 위해 자신의 모든 (　　　)을 발휘하여 작품을 구상한다.

7. 컴퓨터 프로그램을 이용해서 사진의 (　　　)을 변경하면 색다른 느낌을 줄 수 있다.

8. 이번에 개최되는 도자기 전시회에는 당대 최고 도자기 (　　　)의 작품이 모두 출품되었다.

用漢字學韓語・作

✎ 我們來看看韓文詞彙是如何與漢字產生聯繫的。

걸작 — 傑作 (p.572)
이 작품은 20세기 회화를 대표하는 걸작으로 손꼽히고 있다.
這件作品被譽為代表二十世紀繪畫的傑作。

원작 — 原著 (p.595)
김 감독은 원작 소설의 내용을 최대한 살려서 영화를 연출하려고 노력했다.
金導演努力在導演電影時盡可能發揮原著小說的內容。

작심삼일 — 三天打魚，兩天曬網／虎頭蛇尾 (p.389)
올해 영어 공부를 하겠다고 결심한 것을 절대 작심 삼일로 끝내지는 않을것이다.
今年下定決心要學英文，絕對不會三天打魚、兩天曬網地半途而廢。

作 — 작 | 짓다　做、製造

저작권 — 著作權 (p.539)
인터넷이 보편화되면서 저작권 침해 사례가 급증하고 있다.
隨著網路的普及，侵害著作權的案例正在急劇增加。

조작 — 操作 (p.759)
경찰은 의도적으로 주가를 조작한 혐의를 받고 있는 일당을 잡아 조사하고 있다.
警方逮捕並調查涉嫌蓄意操縱股價的一夥人。

제작자 — 製作人 (p.539)
광고 제작자들은 소비자의 구매 심리를 자극하기 위해 다양한 방법을 사용한다.
廣告製作者為了刺激消費者的購買心理，採用了各種手法。

12 자연/환경
自然/環境

1 **기상／기후** 氣象／氣候
2 **생태** 生態
3 **자연 현상** 自然現象
4 **재난／재해** 災難／災害
5 **지형／지역** 地形／地區

用漢字學韓語・物

1 기상／기후
氣象／氣候

강우량
名 [강 : 우량]
漢 降雨量

降雨量

가 : 올해는 비가 너무 적게 와서 농사가 잘될지 걱정이에요.
今年雨下得太少了，真擔心農作物會不會長得好。

나 : 그러게요. 작년에 비해 **강우량**이 절반도 안 되는 것 같아요.
是啊，感覺降雨量比去年一半也不到。

關 강우량이 많다 雨量多／적다 雨量少
參 예상 강우량 預測雨量、지역별 강우량 各地區降雨量、평균 강우량 平均降雨量

고온
名 [고온]
漢 高溫

高溫

가 : 이상 **고온** 현상이 계속되면서 지구 온난화가 빨라지고 있대.
報導說異常高溫現象持續出現讓全球暖化加速了。

나 : 그래서 세계 곳곳에 태풍이나 홍수 같은 재해가 자주 발생하나 봐.
所以世界各地才會頻繁發生颱風或洪水之類的災害吧。

關 고온에서 녹다 在高溫下融化
參 고온 살균 高溫殺菌、고온 상태 高溫狀態、고온 현상 高溫現象、고온의 날씨 高溫天氣

궂다

形 [굳따]

（天氣）惡劣的、不佳的

가 : 아버지, 내일 친구랑 등산하기로 했는데 날씨가 궂어서 갈 수 **있을지** 모르겠어요.
爸，我明天和朋友要去爬山，可是天氣不好，不知道能不能去。

나 : 일기 예보를 보니까 계속 날씨가 안 좋을 것 같은데 아예 약속을 다음으로 미루는 게 어떠니?
我看天氣預報說天氣會持續不好，不如乾脆把約會改到下次吧？

關 날씨가 궂다 天氣惡劣、하늘이 궂다 天空陰沉
參 궂은 상태 惡劣的狀態／상황 情況

급변

名 [급뼌]
漢 急變

劇變、急遽變化

급변하는 국제 정세 속에서 유럽 각국은 겨울철 가스 에너지 수급을 위해 동맹을 강화해 나가기로 했다.
在劇變的國際局勢中，歐洲各國為冬季天然氣能源的需求而決定加強聯盟。

動 급변하다 劇變、급변되다 被迅速改變
參 사태 급변 事態劇變、상황 급변 情況驟變、정세 급변 政局劇變、사회적 급변 社會劇烈變化

기상／기후・氣象／氣候

꽃샘추위

名 [꼳쌤추위]

倒春寒、春寒料峭（初春時期短暫回寒的天氣）

가 : 엄마, 3월이라 옷을 가볍게 입고 나갔는데 오늘 정말 춥더라고요.
媽媽，三月了我穿得很輕便出門，結果今天真的好冷。

나 : 봄이라도 **꽃샘추위**가 심한 날에는 옷을 잘 챙겨 입고 나가야 돼.
雖然是春天，但碰到春寒嚴重的天氣，還是要穿暖一點再出門喔。

關 꽃샘추위가 기승을 부리다 倒春寒肆虐／물러가다 回暖／심하다 嚴重／찾아오다 來襲

냉기

名 [냉ː기]
⇨ 索引 p.823, 828

冷氣、寒氣

가 : 여보, 에어컨을 천장형으로 바꾸니까 더 시원한 것 같은데요.
親愛的，把冷氣機改成吊隱式的，好像更涼快了耶。

나 : 그렇지요? 이건 **냉기**가 위에서 바로 나오니까 냉방 효과가 더 좋아요.
對吧？這種冷氣從上方直接出來，冷房效果更好。

關 냉기가 가시다 寒氣消退／돌다 繞著寒氣打轉／올라오다 寒氣升起／냉기를 느끼다 感受到冷氣／쐬다 吹冷風
類 찬기 寒氣、한기 寒意
反 온기 暖氣

따갑다

形 [따갑따]

刺痛的、火辣辣的（用於陽光、皮膚感覺等）

가 : 햇볕이 너무 **따가운데** 저기 있는 그늘막에 들어가자.
　　太陽太刺了，我們去那邊的遮陽棚下吧。

나 : 그럴까? 횡단보도에 그늘막이 설치되어 있으니까 신호 기다릴 때 너무 좋다.
　　好啊，斑馬線那邊裝有遮陽棚，等紅綠燈的時候剛好可以遮陽。

關 피부가 따갑다 皮膚刺痛、햇살이 따갑다 陽光刺人、얼굴이 따갑다 臉部刺痛

參 따가운 햇볕 火辣辣的太陽／볕 熱辣的陽光

먹구름

名 [먹꾸름]

烏雲、黑雲

가 : 저기 하늘에 **먹구름**이 가득한 걸 보니까 곧 비가 오겠어.
　　你看那邊天上佈滿烏雲，快下雨了。

나 : 그러네. 빨리 자리를 정리하고 안으로 들어가는 게 좋겠다.
　　真的耶，我們快收拾一下進到屋裡面去比較好。

關 먹구름이 끼다 烏雲密布／몰려오다 烏雲湧來、먹구름에 가리다 被烏雲遮住／덮이다 被烏雲籠罩

參 검은 먹구름 黑壓壓的烏雲

自然／環境 12

653

기상／기후 • 氣象／氣候

물러가다

動 [물러가다]

退去、退下、消退

가 : 김 기자, 지난주 내내 기승을 부렸던 추위가 누그러진다고요?
　　金記者，聽說上週整週肆虐的寒流要緩和了？

나 : 네. 닷새째 이어진 추위가 **물러가고** 낮부터 기온이 평년 수준을 회복하겠습니다.
　　是的，持續五天的寒流將會消退，白天起氣溫將回升至往年水準。

關 뒤로 물러가다 向後退、옆으로 물러가다 向旁邊退去、한 걸음 물러가다 退後一步

수증기

名 [수증기]
漢 水蒸氣／水烝氣
⇒ 索引 p.822

水蒸氣

가 : 너무 추운데 저기 따뜻한 만두 좀 사서 집에 들어갈까?
　　天氣好冷，我們去買點熱騰騰的包子再回家吧？

나 : 좋아. 찜통에서 **수증기**가 나오는 걸 보니까 주문하면 금방 나오겠다.
　　好啊，看蒸籠裡正冒著水蒸氣，點了應該馬上就能拿到。

關 수증기가 발생하다 產生水蒸氣／피어오르다 升起水蒸氣／수증기를 내뿜다 噴出水蒸氣
類 증기 蒸氣

스미다

動 [스미다]

滲入、滲透、滲進

가 : 여보, 오늘 보니까 안방 베란다 쪽의 벽지가 젖어 있어요.
親愛的，我今天看到主臥陽台那邊的壁紙都濕了耶。

나 : 그래요? 아마 장마 기간 동안 빗물이 벽에 **스며서** 벽지에 얼룩이 생긴 모양이에요.
是嗎？可能是梅雨期間雨水滲進牆壁，以致壁紙長出水漬了。

參 옷에 스민 땀 滲入衣服的汗水

싱그럽다

形 [싱그럽따]

清新的、清爽的、鮮嫩的、清淡的

유난히 추웠던 겨울이 지나고 봄이 되자 가지마다 피어나는 초록빛 새싹들이 무척 **싱그럽게** 느껴졌다.
異常寒冷的冬天過去後，春天一來，枝頭上綻放的嫩綠新芽讓人感到格外清新。

參 싱그러운 계절 清新的季節／과일 新鮮的水果／모습 清爽的模樣／바람 清涼的微風／향기 清新的香氣

온화하다

形 [온화하다]
漢 溫和하다

溫和的、暖和的

4월 초순으로 접어드니 겉옷이 덥게 느껴질 만큼 날씨가 **온화하고** 따스해졌다.
進入四月初，就如外套穿起來甚至覺得有些熱了，天氣變得溫暖和煦。

關 기온이 온화하다 氣溫溫和、기후가 온화하다 氣候溫和、봄이 온화하다 春日溫和
參 온화한 겨울 溫暖的冬季

自然／環境 12

기상／기후・氣象／氣候

잠잠하다

形 [잠잠하다]
漢 潛潛하다

平靜的、安靜的、寧靜的

가 : 최 기자, 오늘은 제주 앞바다의 파도가 좀 **잠잠해졌습니까**?
崔記者，今天濟州近海的浪稍微平靜了嗎？

나 : 네, 그래서 태풍으로 그동안 통제되었던 여객선의 출항이 전면 허용되었습니다.
是的，因此因颱風而受限的客輪航班已全面允許出港。

關 물결이 잠잠하다 波浪平靜、바람이 잔잔하다 風勢平靜、파도가 잠잠하다 波浪平靜
參 잠잠한 강물 平靜的江水／바다 寧靜的海面

체감

名 [체감]
漢 體感

體感、實際感受

연일 강추위가 계속되면서 **체감** 온도가 영하 10도를 밑돌고 있다.
連日嚴寒持續，體感溫度降至零下10度。

動 체감하다 親身感受、체감되다 被感受到
參 체감 물가 體感物價／수준 體感水準／지수 體感指數／지표 體感指標

탁하다

形 [타카다]
漢 濁하다

混濁的、污濁的、不清新

가 : 언니, 하늘이 온통 뿌연 걸 보니 오늘 미세 먼지가 심한가 봐.
姊姊，天空整個灰濛濛的，今天看來是懸浮微粒很嚴重吧。

나 : 그런 것 같지? 외부 공기가 **탁하니까** 창문을 닫고 공기 청정기를 좀 켜는 게 좋겠다.
好像是？外面的空氣很混濁，關上窗戶、開一下空氣清淨機比較好。

關 탁하게 흐려지다 變得混濁、공기가 탁하다 空氣污濁、물이 탁하다 水質混濁
參 탁한 공기 混濁的空氣

퍼붓다

動 [퍼붇따]

傾倒、傾瀉

가 : 엄마, 조금 전까지 비가 **퍼붓더니** 갑자기 그쳤어요.
　　媽媽，剛才還下著傾盆大雨，現在突然就停了。

나 : 오늘 날씨가 변덕스러울 것 같으니까 비가 안 오더라도 우산 꼭 챙겨 가.
　　今天天氣好像不穩定，沒下雨也一定要帶傘出門。

關 소나기가 퍼붓다 驟雨傾盆、장맛비가 퍼붓다 梅雨傾瀉、함박눈이 퍼붓다 大雪紛飛
參 퍼붓는 눈 傾瀉的大雪／장대비 傾盆大雨

폭염

名 [포겸]
漢 暴炎

酷熱、熱浪

가 : 감독님, 해외 현지 촬영에서 어떤 점이 특히 힘드셨나요?
　　導演，海外實地拍攝時，有什麼特別辛苦的地方嗎？

나 : 사막 지역이라 생전 경험해 보지 못했던 **폭염**이 정말 견디기 힘들더라고요.
　　因為是在沙漠地區，那種從沒經歷過的酷熱真的讓人難以忍受。

關 폭염이 기승을 부리다 酷熱肆虐／이어지다 持續酷熱、폭염을 식히다 緩解酷暑
參 폭염 대비 酷熱預防／발생 發生熱浪／주의보 注意預報／특보 特報

기상／기후・氣象／氣候

한파

名 [한파]
漢 寒波

寒流、寒潮

최근 계속되는 **한파**로 야외 활동을 자제하고 집에서 시간을 보내는 사람들이 증가한 것으로 나타났다.

最近因寒流持續，自我克制戶外活動而待在家裡的人數增加了。

關 한파가 계속되다 寒流持續／몰려오다 寒潮襲來／몰아치다 寒流肆虐、한파에 대비하다 應對寒流
參 한파 대비 寒流對策／특보 寒流特報

훈훈하다

形 [훈훈하다]
漢 薰薰하다

暖洋洋的、溫暖的、溫馨的

가：여보, 보일러 수리를 했더니 집안이 금방 **훈훈해지네요**.

親愛的，修好鍋爐之後，家裡馬上就變得暖洋洋的了。

나：그러게 말이에요. 날씨가 더 추워지기 전에 손보기를 잘했어요.

就是啊，趁天氣變更冷之前修好，真是明智之舉。

關 방이 훈훈하다 房間暖和、실내가 훈훈하다 室內溫暖、집이 훈훈하다 家裡溫暖
參 훈훈한 공기 溫暖的空氣／햇볕 陽光

658

複習一下

自然／環境 ｜ 氣象／氣候

✎ 請從選項中找出與圖片有關的單字並填入。

| 例 | 폭염　　　한파　　　꽃샘추위 |

1. (　　　)　　2. (　　　)　　3. (　　　)

4. 請選出最適合填入括號的單字。

> 이번 겨울은 너무 추워서 잠시만 난방을 하지 않아도 바닥에서 (　　)이/가 올라왔다.

① 온기　　② 고온　　③ 냉기　　④ 통풍

✎ 請從例中找出正確的詞語並改寫填入括號中

| 例 | 궂다　　따갑다　　싱그럽다 |

5. 해가 떠오르자 꽃잎들이 (　　　) 피어났다.

6. 비바람이 몰아치는 (　　　) 날씨 때문에 오늘은 우산을 쓰고 다니기조차 힘들었다.

7. 피부가 (　　　) 만큼 햇볕이 강하게 내리쬐는 날씨에는 꼭 자외선 차단제를 바르는 것이 좋다.

2 생태
生態

가시
名 [가시]

刺、荊棘

가: 손이 왜 그래? 다쳤어?
你的手怎麼了？受傷了嗎？

나: 응. 부모님이 하시는 주말 농장에 가서 일손을 돕다가 손에 큰 **가시**가 박혔지 뭐야.
嗯，我去幫爸媽週末農場的忙時，手被大刺扎進去了。

關 가시가 돋쳐 있다 長滿刺、가시가 있다 有刺、가시에 걸리다 被刺卡住、가시에 찔리다 被刺到

가축
名 [가축]
漢 家畜

家畜

농축산물 협회에서는 **가축** 전염병 유행에 대비하여 방역 관리를 강화한다고 밝혔다.
農畜產品協會表示，為了防範家畜傳染病的流行，將加強防疫管理。

關 가축을 기르다 飼養家畜／키우다 養育家畜／팔다 出售家畜、가축이 자라다 家畜成長

參 가축 농장 家畜農場、가축 사육 家畜飼養

곤충

名 [곤충]
漢 昆蟲

昆蟲

가 : 와, 고추잠자리다. 색깔이 진짜 빨개. 이거 어떻게 잡았어?
哇，是紅蜻蜓耶！顏色真的好紅。你怎麼抓到的？

나 : 신기하지? 풀잎에 앉았을 때 **곤충** 채집 망으로 겨우 잡았어.
很神奇吧？牠停在草葉上時，我用昆蟲捕捉網才好不容易抓到的。

關 곤충을 잡다 抓昆蟲／키우다 養昆蟲
參 곤충 도감 昆蟲圖鑑、곤충 채집 昆蟲採集、곤충 표본 昆蟲標本

돌연변이

名 [도련벼니]
漢 突然變異

突變、基因突變

가 : 형, 저 새의 발가락이 5개라는 게 말이 돼?
哥，那隻鳥居然有五根腳趾，這說得通嗎？

나 : 뉴스를 잘 들어 봐. 환경 오염 때문에 생긴 **돌연변이**일 가능성이 높다고 하잖아.
你仔細聽新聞啊，可能因環境污染而生成突變的可能性非常高。

關 돌연변이가 나타나다 突變出現／발견되다 被發現突變、돌연변이로 태어나다 因突變而出生
參 돌연변이 발생 突變發生、돌연변이 유전자 突變基因

自然／環境 12

두꺼비

名 [두꺼비]

蟾蜍

가 : 지호야, 저기 좀 봐. **두꺼비** 정말 크다.
智浩，你快看，那隻蟾蜍真大！

나 : 저건 두꺼비가 아니고 황소개구리 같은데?
那不是蟾蜍吧？看起來像是牛蛙耶。

關 두꺼비가 살다 蟾蜍生活著／울다 蟾蜍叫
參 두꺼비 한 마리 一隻蟾蜍

661

생태 • 生態

미생물

名 [미생물]
漢 微生物

微生物

많은 농가에서 화학 비료를 사용하지 않고 **미생물**을 활용하여 친환경 농사법으로 농작물을 기를 수 있는 시스템을 갖추었다고 한다.
據說許多農家擁有不使用化學肥料，而以運用微生物環保耕作法種植農作物的系統。

關 미생물을 관찰하다 觀察微生物／연구하다 研究微生物、미생물이 번식하다 微生物繁殖
參 미생물 배양 微生物培養、미생물 증식 微生物增殖

배출

名 [배출]
漢 排出

排放、排出

전문가들은 과도한 탄소 **배출**이 생태계에 직접적인 악영향을 미칠 수 있다고 경고하였다.
專家警告說，過度的碳排放可能會對生態系統造成直接的不良影響。

動 배출하다 排放、배출되다 被排放
關 배출이 줄어들다 排放減少、배출을 규제하다 規範排放
參 가스 배출 瓦斯排放、공해 배출 污染物排放、노폐물 배출 廢物排出、쓰레기 배출 垃圾排出

비상

名 [비상]
漢 飛翔

飛翔、飛起

충청남도 서산의 철새 도래지에 가면 천연기념물로 지정되어 있는 황새가 **비상하는** 모습을 직접 관찰할 수 있다.
若前往忠清南道瑞山的候鳥棲息地，就能親眼觀察被指定為天然紀念物的鸛鳥展翅飛翔的模樣。

動 비상하다 飛翔
參 새의 비상 鳥兒的飛翔

뿌리내리다

動 [뿌리내리다]

扎根、生根

화재로 인해 벌거숭이가 되었던 산에 수년간 나무 심기 캠페인을 벌인 결과 이제는 푸른 나무들이 깊이 **뿌리내리기** 시작했다.

因為火災而變得光禿禿的山,在經過數年植樹造林活動後,如今綠樹開始深深扎根了。

關 나무가 뿌리내리다 樹木扎根、땅에 뿌리내리다 在土地上扎根、깊숙이 뿌리내리다 深深地扎根

생명력

名 [생명녁]
漢 生命力

生命力

해양 도시의 단체장들은 바닷물을 깨끗하게 만들어 희귀한 동식물이 서식하는 **생명력** 넘치는 바다를 조성하겠다는 계획을 앞다투어 발표하였다.

海洋城市的首長們紛紛宣布,要淨化海水,打造出能讓稀有動植物棲息、充滿生命力的海洋的計劃。

關 생명력이 강하다 生命力強／넘치다 生命力洋溢／약하다 生命力脆弱／있다 有生命力
參 질긴 생명력 堅韌的生命力

自然／環境 12

생태 • 生態

생명체

名 [생명체]
漢 生命體

生命體

가 : 어제 아마존에서 이상한 **생명체**가 발견됐다는 뉴스 봤어?

你昨天有看到新聞嗎？說在亞馬遜發現了奇怪的生命體。

나 : 응. 진짜 신기했어. 후손들을 위해서라도 아마존 같은 곳은 더 이상 파괴되지 않고 잘 보존되었으면 좋겠어.

有啊，真的很神奇。為了子孫後代，像亞馬遜這樣的地方希望不要再被破壞，能好好保存下來。

關 생명체가 살다 生命體生存／존재하다 生命體存在、생명체를 발견하다 發現生命體
參 다양한 생명체 各種生命體、생명체의 기원 生命體的起源

생물

名 [생물]
漢 生物

生物

생물의 다양성을 보존하기 위해 세계 각국이 연합하여 멸종 위기에 처한 동식물을 보호하고 있다.

為了保存生物多樣性，世界各國聯合起來保護面臨滅絕危機的動植物。

關 생물이 살아가다 生物生存、생물을 죽이다 殺死生物
參 야생 생물 野生生物、해양 생물 海洋生物、바다의 생물 海中生物
類 생물체 生物體

생태계

名 [생태계/생태게]
漢 生態系

生態系、生態環境

가 : 엄마, 생태 공원에서 왜 사람들이 풀을 잘라 내고 있어요?
媽媽，為什麼生態公園裡有人在割草呢？

나 : 번식력이 뛰어나서 토종 생물들이 살기 힘들게 만드는 식물들 때문에 **생태계**가 어지럽혀지니까 이것들을 없애고 있나 봐.
可能是因為那些植物繁殖力太強，讓本土生物難以生存，擾亂了生態系，所以他們在清除那些植物。

關 생태계를 보존하다 保護生態系／혼란시키다 擾亂生態系、생태계에 적응하다 適應生態系
參 생태계 오염 生態污染／조성 建構生態系／파괴 破壞生態系、생태계의 균형 生態系的平衡

에워싸다

動 [에워싸다]

包圍、環繞、圍繞

가 : 산 정상에서 내려다보니까 경치가 진짜 아름다워!
從山頂往下看，風景真的好美！

나 : 그렇지? 이 산은 작은 봉우리들이 겹겹이 **에워싸고** 있어서 신비로운 느낌마저 들어.
對吧？這座山被層層的小山峰環繞著，有神祕感。

關 군중이 에워싸다 人群包圍、빈틈없이 에워싸다 緊緊包圍／無縫圍繞

自然／環境 12

생태 • 生態

울창하다

形 [울창하다]
漢 鬱蒼하다

（樹林）茂密的、蒼鬱的

가 : 우리 주말에 관악산에 놀러 갈까？ 산림욕도 좀 하고 말이야.

我們這週末去冠岳山玩吧？還可以順便森林浴一下。

나 : 그러자. 안 그래도 요즘 스트레스가 많이 쌓였는데 **울창하게** 우거진 나무들을 보면 가슴이 좀 트일 것 같아.

好啊，我最近壓力真的很大，看到那茂密的樹林應該會讓心情舒暢一些吧。

關 울창하게 우거지다 茂密生長、나무가 울창하다 樹木茂密、수목이 울창하다 樹木繁茂
參 울창한 산림 茂密的森林／숲 茂盛的森林

유전자

名 [유전자]
漢 遺傳子
⇨ 索引 p.823

遺傳因子、基因

임의로 **유전자**를 변형시킨 생물의 출현은 환경 문제를 야기할 수 있다는 측면에서 우려의 목소리가 높다.

隨意改變基因所產生的生物，在環境問題的觀點，憂慮的呼聲拉高。

關 유전자를 물려받다 遺傳基因、유전자를 조작하다 操控基因
參 유전자 감식 基因鑑定／검사 檢查／변형 變異／조작 操作
類 유전 인자 遺傳因子

이기심

名 [이 : 기심]
漢 利己心

利己心、自私心、私心

경제적 이득만을 바라는 인간들의 **이기심**이 자연 생태계를 심하게 파괴하고 있어 환경 문제가 날이 갈수록 심각해지고 있다.

只追求經濟利益的人類私心嚴重破壞自然生態系，導致環境問題日益嚴重。

關 이기심을 가지다 有私心／내세우다 擺出私心／버리다 放下私心／앞세우다 私心為優先
參 개인의 이기심 個人的自私

이슬

名 [이슬]

露、水珠、露珠

아침에 공원으로 산책을 하러 갔더니 풀잎에 맺힌 **이슬** 때문에 땅이 조금 축축해져 있었다.

早上去公園散步時，因為草葉凝結的露珠，地面有些濕濕的。

關 이슬이 내리다 露水降下／맺히다 凝結、이슬을 머금다 含著露珠
參 아침 이슬 清晨露水、이슬 같은 땀방울 如露珠般的汗珠

자연／환경 12

철새

名 [철쌔]

候鳥

가 : 아빠, 올해도 **철새** 보러 갈 거지요?
爸爸，今年我們也要去看候鳥，對吧？

나 : 글쎄다. 올해는 심한 한파 때문에 수도권에서는 겨울 **철새**를 보기 힘들 거라고 해서 다른 곳으로 가야 되나 고민 중이야.
這個嘛，因為今年寒流很強，說是首都圈不太容易看到冬候鳥，我正在考慮要不要去別的地方。

關 철새가 날아오다 候鳥飛來／떠나다 離走／살다 棲息
參 철새 떼 候鳥群、서식지 棲息地、겨울 철새 冬候鳥

생태 • 生態

품종

名 [품 : 종]
漢 品種

品種、品系

가: 엄마, 어떻게 밥에서 단맛이 나죠?
媽媽，為什麼白飯會有甜味呢？

나: 국내에서 **품종**이 제일 뛰어난 쌀로 지은 밥이라서 그래. 밥에서 단맛이 난다길래 신기해서 사 봤어.
因為那是用國內品種最優良的米煮的啊。聽說煮出來的飯會有甜味，我覺得很神奇就買來試試了。

關 품종이 좋다 品種好／우수하다 優秀、품종을 개발하다 開發品種

參 품종 개량 品種改良、식물 품종 植物品種、우수한 품종 優良品種

複習一下

自然／環境 | 生態

✏️ 請將下列最適合的詞語互相配對。

1. 가시가 • • ① 살다
2. 이슬이 • • ② 박히다
3. 생명체가 • • ③ 맺히다

✏️ 請選出最適合填入括號的單字。

4.
(　　　　)을/를 보호하기 위해서는 환경 규제를 준수하고 환경에 나쁜 영향을 미치지 않을 방안을 모색해야 한다.

① 세균　② 미생물　③ 생태계　④ 돌연변이

5.
농작물의 생산성을 향상시키고 불치병이나 난치병 치료를 하는 등(　　　) 조작과 관련된 기술은 많은 분야에서 응용되고 있다.

① 헌혈　② 체질　③ 후유증　④ 유전자

✏️ 請從例中找出正確的詞語，並填入括號中。

| 例 | 에워싸다 | 울창하다 | 뿌리내리다 |

6. 가: 이 나무는 정말 키가 큰데 어떻게 이렇게 튼튼하게 서 있지?
   나: 땅속 깊이 (　　　　) 있어서야. 그래서 바람이 세게 불어도 쉽게 쓰러지지 않아.

7. 가: 공원에 오니까 에어컨을 틀어 놓은 것보다 더 시원한 것 같아.
   나: 그러게 말이야. 이 공원은 나무로 (　　　　) 있어서 더 시원하게 느껴지나 봐.

8. 가: 우리 오랜만에 바람이나 쐬러 갈까?
   나: 좋아. 수목원은 어때? (　　　　) 나무 사이를 걸으면 마음이 편안해질 거야.

3 자연 현상
自然現象

44.mp3

가파르다
形 [가파르다]

陡峭的

가 : 폭포까지 가려면 아직 멀었어? 산이 **가팔라서** 너무 숨이 차.
去瀑布還遠嗎？山太陡了，太喘了。

나 : 조금만 더 가면 돼. 명소인데 여기까지 와서 안 보고 갈 수 없잖아? 조금만 더 힘내.
再走一點就到了。這裡可是知名景點，都來了怎麼能不看就回去了呢？再加把勁吧。

關 경사가 가파르다 傾斜陡峭、언덕이 가파르다 山丘陡峭、층계가 가파르다 階梯陡峭
參 가파른 비탈길 陡峭的傾斜路／산기슭 山麓

경이롭다
形 [경이롭따]
漢 驚異롭다

驚異的、令人稱奇的

제주도의 아름다운 풍경이 화산으로 인해 생긴 것이라니 새삼 자연의 **경이로움**에 감탄하게 된다.
濟州島的美麗風景竟是因火山而形成的，讓人再次驚嘆大自然的神奇。

關 경이로움이 느껴지다 感受到驚異、경이로움에 감탄하다 因驚訝而讚嘆
參 경이로운 광경 驚人光景／기록 紀錄／풍경 風景

670

고이다

動 [고이다]
⇨ 索引 p.826

淤積

가 : 옷이랑 신발이 왜 그렇게 다 젖었어?
　　你衣服和鞋子怎麼都濕成那樣了？

나 : 도로가 움푹 파여서 빗물이 **고인** 줄도 모르고 그냥 지나가다가 밟아 버렸어.
　　我不知道路面凹下去積了雨水，就這麼踩了上去。

關 샘에 고이다 積在泉水裡、웅덩이에 고이다 積在水坑裡、고인 물이 썩는다 積水腐臭
參 고인 물 積水
類 괴다 積（水）

광활하다

形 [광ː활하다]
漢 廣闊하다
⇨ 索引 p.827

廣闊的、遼闊的

세계 자연유산이 된 **광활한** 서천 갯벌은 육지와 바다 사이에서 풍부한 생물 자원을 공급하며 생태계를 보존해 주는 역할을 한다.

被列為世界自然遺產的廣闊舒川潮間帶，位於陸地與海洋之間，提供豐富的生物資源，並肩負維護生態系的角色。

關 대륙이 광활하다 大陸廣闊、우주가 광활하다 宇宙廣闊、평야가 광활하다 平原遼闊
參 광활한 고원 廣闊的高原／바다 大海／평원 平原
類 드넓다 寬廣的

自然／環境 12

671

자연 현상 • 自然現象

기묘하다

形 [기묘하다]
漢 奇妙하다

奇妙的

가 : 할아버지, 이 바위 모양 진짜 특이해요. 어떻게 이런 모양이 만들어졌어요?
爺爺，這塊岩石的形狀好特別哦。怎麼會形成這樣子的呢？

나 : 수만 년 동안 강물이 이곳을 지나가면서 이렇게 **기묘한** 바위들을 만들어 낸 거라고 하더구나.
聽說是幾萬年來河水流經這裡，才形成了這些奇妙的岩石。

關 기묘하게 생기다 長得奇妙
參 기묘한 모양 奇特的形狀／물건 物品／방법 方法／이야기 故事

기이하다

形 [기이하다]
漢 奇異하다

奇異的

가 : 지우야. 저거 개나리꽃 아니니? 한겨울에 웬 개나리꽃이야?
智友，那不是迎春花嗎？怎麼會在隆冬開花？

나 : 지구 온도가 자꾸 올라가니까 이런 **기이한** 현상이 생기는 거지. 그래도 꽃은 예쁘다.
那是因為地球氣溫不斷上升，才會出現這種奇異現象的。不過花倒是挺漂亮的。

參 기이한 경험 奇特經歷／꿈 夢境／사건 事件／이야기 故事／행동 舉止／현상 現象

내뿜다

動 [내ː뿜따]
⇨ 索引 p.826

冒出、散發出、噴

울창한 나무들이 **내뿜는** 피톤치드 덕분에 숲에 가면 좋은 공기를 마실 수 있다.

託茂密樹木散發出的芬多精之福，走進森林就能呼吸到清新的空氣。

關 매연을 내뿜다 冒出廢氣、물을 내뿜다 噴出水來、한숨을 내뿜다 吐出一口氣
類 내불다 噴出
反 들이마시다 吸入

녹아내리다

動 [노가내리다]

融化而下

날씨가 풀리자 창틀에 맺혔던 고드름이 **녹아내리면서** 물이 똑똑 떨어지고 있다.

天氣一回暖，窗框上結的冰柱就開始融化流下，水滴滴答答地往下掉。

關 눈이 녹아내리다 雪融化而下、빙산이 녹아내리다 冰山融化而下、얼음이 녹아내리다 冰塊融化而下

뒤덮이다

動 [뒤더피다]

籠罩

가 : 여보, 오늘 안개가 심하니 운전 조심하세요.
　　親愛的，今天霧很濃，開車要小心喔。

나 : 알겠어요. 바로 앞의 차도 잘 안 보일 만큼 도로가 온통 안개로 **뒤덮여** 있으니 조심해서 운전할게요.
　　知道了。道路整個被霧籠罩到就在前面的車都看不清楚，我會小心開的。

關 먼지로 뒤덮이다 被灰塵籠罩、안개로 뒤덮이다 被霧所籠罩、먹구름으로 뒤덮이다 被烏雲籠罩

自然／環境 12

673

자연 현상 • 自然現象

떠내려가다
動 [떠내려가다]

沖走，漂走

시간당 80mm 이상의 강한 폭우로 인해 도로가 물에 잠기고, 물살을 이기지 못한 차량이 **떠내려가고** 있습니다.

每小時超過80毫米的強降雨導致道路被淹，抵擋不住水勢的車輛被沖走了。

關 쓰레기가 떠내려가다 垃圾被沖走、홍수에 떠내려가다 被洪水沖走

떠다니다
動 [떠다니다]

漂流、飛舞

봄이 되면 식물의 번식을 위해 공기 중에 둥둥 **떠다니는** 꽃씨를 볼 수 있다.

一到春天，就能看見為了繁殖而在空中飄來飄去的花種。

關 물 위로 떠다니다 在水面上漂流、공중에 떠다니다 在空中飄浮、둥둥 떠다니다 漂流／上下飛舞

메마르다
形 [메마르다]

乾燥的

건조한 가을 날씨에는 **메마른** 낙엽들이 산 여기저기에 흩어져 있어서 산불에 특히 주의해야 한다.

乾燥的秋季天氣裡，枯乾的落葉散落在山區各處，因此要特別注意山林火災。

關 논바닥이 메마르다 田地乾裂、토지가 메마르다 土地乾枯
參 메마른 농토 貧瘠農地／땅 土地／사막 沙漠／토양 土壤／황야 荒野

빙하

名 [빙하]
漢 冰河

冰河

가 : **빙하**가 녹아서 북극곰들이 먹이를 구하러 마을로 내려와서 쓰레기를 먹는다는 다큐멘터리를 보고 너무 마음이 아팠어.

　　冰河融化後，北極熊為了覓食跑到村子裡吃垃圾，我看了這紀錄片真的覺得好心痛。

나 : 나도 그랬어. 조금 불편해도 환경 보호를 위해 노력해야겠어.

　　我也是。即使有些不方便，也要為保護環境多盡一份心力。

關 빙하가 녹다 冰河融化／떠내려가다 漂流而下／이동하다 移動、빙하로 덮이다 被冰河覆蓋
參 빙하의 침식 冰河的侵蝕

삭막하다

形 [상마카다]
漢 索莫하다

荒涼的

가 : 준우 씨, 저기 진달래 좀 봐요. 정말 예쁘죠?

　　俊宇你看，那邊的杜鵑花，好美對吧？

나 : 네, 겨울에는 푸른 잎조차 없어 **삭막했는데** 꽃이 피니까 훨씬 좋네요.

　　是啊，在冬天連綠葉都沒有，一片荒涼，現在開了花，感覺好多了。

參 삭막한 도시 荒涼的城市／들판 荒涼的原野／세상 冷酷的世界／환경 凄涼的環境

솟아오르다

動 [소사오르다]

湧出、冒出

가을이 되니 높이 **솟아오른** 산봉우리들이 울긋불긋 단풍으로 물들었다.

一到秋天，高聳的山峰因五彩繽紛的楓葉而上了顏色。

關 눈물이 솟아오르다 淚水湧出、물이 솟아오르다 水湧出來、연기가 솟아오르다 煙霧上升

自然／環境 12

675

자연 현상 • 自然現象

수려하다

形 [수려하다]
漢 秀麗하다

秀麗的

강원도에 있는 설악산은 **수려한** 경관을 자랑하며 관광객들에게 계절마다 각기 다른 매력을 선사해 준다.
位於江原道的雪嶽山誇耀秀麗的景觀，向遊客饋贈各季節不同的魅力。

關 경치가 수려하다 景色秀麗、이목구비가 수려하다 五官秀氣
參 수려한 문체 秀麗文采／얼굴 秀麗臉龐／용모 優雅容貌／자태 姿態秀美

얼어붙다

動 [어러붙따]

凍結、冰封

가 : 지호야. 얼마나 추운지 강물이 꽁꽁 **얼어붙었어**. 우리 얼음 위로 한번 걸어가 볼까?
智浩，不知有多冷，河水都凍得硬梆梆的了。我們要不要走到冰上看看？

나 : 그럴까? 그런데 살얼음만 얼어 있는 곳이 있을지도 모르니까 조심하는 게 좋겠다.
要嗎？不過可能有些地方只是結薄冰，還是小心一點比較好。

關 호수가 얼어붙다 湖面凍結、꽁꽁 얼어붙다 凍得硬梆梆
參 얼어붙은 강 凍結的河／길 道路／땅 土地

676

완만하다

形 [완ː만하다]
漢 緩慢하다

平緩的

가 : 남산 정도면 경사가 **완만하니까** 걸어서 올라가는 게 어때?
南山的路坡度平緩,我們走上去怎麼樣?

나 : 케이블카도 타 보고 싶으니까 올라갈 때는 케이블카를 타고 내려올 때 걷자.
纜車我想也搭看看,那我們上山的時候搭纜車,下山再走路吧。

關 언덕이 완만하다 山坡平緩
參 완만한 경사 緩坡／곡선 緩和曲線／그래프 平緩圖表／능선 緩和稜線

일몰

名 [일몰]
漢 日沒
⇨ 索引 p.824, 829

日落

가 : 언니, 친구들하고 인천 석모도로 여행 가려고 하는데 하루면 되겠지?
姊,我打算跟朋友們去仁川的席毛島旅行,一天應該夠吧?

나 : 석모도는 **일몰**이 유명한 곳이니까 여유 있게 해넘이도 보고 하룻밤 자고 오는 것도 괜찮을 것 같아.
席毛島的日落很有名,你們悠閒地欣賞夕陽,住一晚再回來也不錯。

參 일몰 감상 欣賞日落、일몰 시간 日落時間
類 해넘이 夕陽
反 일출 日出

自然／環境 12

자연 현상 • 自然現象

잔잔하다

形 [잔잔하다]
漢 潺潺하다

平靜的

어제는 그렇게 거칠게 파도가 치더니 오늘은 언제 그랬냐는 듯이 바다 물결이 **잔잔하다**.

昨天那麼洶湧波濤，今天卻像什麼事都沒發生過一樣，海面水波非常平靜。

關 물결이 잔잔하다 水波平靜
參 잔잔한 바다 平靜的海面／수면 水面／호수 湖水

저물다

動 [저물다]

日暮、天黑、日落

가 : 시후야, 좀 천천히 내려가자. 아직 해가 완전히 진 것도 아니잖아.
　　時厚，我們慢一點下山吧。太陽還沒完全落下呢。

나 : 그래도 서두르는 게 좋아. 겨울에는 해가 더 빨리 **저문단** 말이야.
　　但還是快點比較好，冬天太陽更快下山啊。

關 날이 저물다 天色漸暗、석양이 저물다 夕陽西沉、하루가 저물다 一天將盡

중력

名 [중ː녁]
漢 重力

重力

공중에 점프하는 동작이 많은 발레나 리듬 체조 등은 **중력**을 거슬러야 하는 운동이라서 체력 소모가 크다.

芭蕾或韻律體操等有很多向空中跳躍的動作，因為是要對抗重力的運動，所以體力耗費非常大。

關 중력이 엄청나다 重力驚人、중력이 작용하다 重力發生作用
參 중력의 법칙 重力定律、중력의 영향 重力影響、중력의 크기 重力大小、중력의 힘 重力作用、지구의 중력 地球重力

치솟다

動 [치솓따]
⇨ 索引 p.826

往上冒、往上聳立

경기도의 한 공장에서 화재가 발생하여 소방대원들이 출동했으나 강한 바람으로 인해 **치솟는** 불길을 잡는 데 어려움을 겪고 있다.

京畿道一間工廠發生火災，雖然消防人員已趕往現場，但因風勢強勁，要控制竄升的火勢而遭遇困難。

關 연기가 치솟다 濃煙竄升、화염이 치솟다 火焰高升、위로 치솟다 往上竄升、하늘로 치솟다 衝向天空
參 치솟는 불길 竄升的火舌
類 솟구치다 湧上／噴出

튀다

動 [튀다]

飛濺、彈跳

강물에 돌멩이 하나를 던져 넣자 사방으로 물방울이 **튀면서** 물결이 일었다.

往河裡丟了一顆小石子，水花四濺，激起了陣陣漣漪。

關 고무공이 튀다 橡皮球彈起來、스프링이 튀다 彈簧彈起來、위로 튀다 向上彈起

튀어나오다

動 [튀어나오다／튀여나오다]

突然跳出

산길에서 운전할 때는 산에서 내려온 야생 동물이 갑자기 **튀어나올** 수 있으니 주의해야 한다.

在山路上開車時，要小心突然從山上下來的野生動物衝出來。

關 눈이 튀어나오다 眼睛突出、이마가 튀어나오다 額頭凸出、힘줄이 튀어나오다 青筋暴起

自然／環境 12

자연 현상 • 自然現象

향기롭다

形 [향기롭따]
漢 香氣롭다

芳香的

가 : 봄에는 역시 벚꽃이 최고야. 밤에 보니 더 아름답지 않니?
春天果然還是櫻花最佳了。不覺得晚上看更美嗎？

나 : 맞아. 눈이 내리는 것 같은 꽃잎도 예쁘지만 **향기로운** 벚꽃 냄새도 정말 좋아.
對啊，像雪一樣飄落的花瓣也很美，芬芳的櫻花花香也真的很香。

關 향기롭게 나다 散發出香氣、냄새가 향기롭다 氣味芬芳
參 향기로운 꽃 芳香的花／냄새 氣味

複習一下

自然／環境 ｜ 自然現象

✏️ 請選出下列選項中關係不同的一個。

1. ① 일몰 – 일출　　② 고이다 – 괴다
　　③ 떠돌다 – 유랑하다　④ 광활하다 – 드넓다

2. ① 고이다 – 흐르다　　② 내뿜다 – 들이마시다
　　③ 메마르다 – 축축하다　④ 솟아오르다 – 솟구치다

✏️ 請將下列選項中互相搭配的項目配對起來。

3. 삭막한　•　　　　　•　① 용모
4. 수려한　•　　　　　•　② 물결
5. 잔잔한　•　　　　　•　③ 도시

✏️ 請選出最適合填入括號內的正確單字。

6.
웅덩이에 고인 물을 밟고 지나가다가 옷에 물이 다 (　　　) 버렸다.

① 튀어　② 퍼부어　③ 내뿜어　④ 튀어나와

7.
겨울 산행의 매력은 눈으로 (　　　) 산의 경치를 감상할 수 있는 것이다.

① 저무는　② 치우친　③ 뒤덮인　④ 떠내려가는

8.
장미는 가시가 있기는 하지만 (　　　) 냄새와 아름다운 꽃 때문에 많은 사람들이 좋아한다.

① 억센　② 기이한　③ 기묘한　④ 향기로운

4 재난／재해
災難／災害

고갈
名 [고갈]
漢 枯竭

枯竭

가 : 아빠, 낚시로 잡은 물고기를 왜 다시 바다에 보내 주는 거예요?
爸爸，釣上來的魚為什麼要再放回海裡呢？

나 : 수산 자원 **고갈**을 막기 위해 너무 작은 새끼 물고기는 잡지 못하게 되어 있거든.
為了防止漁業資源枯竭，太小的魚苗是不可以捕撈的。

動 고갈되다 枯竭
參 식수 고갈 飲用水枯竭、지하수의 고갈 地下水枯竭、고갈 상태 枯竭狀態

고립
名 [고립]
漢 孤立

孤立

밤새 내린 눈으로 강원도 산간 지방의 마을이 **고립되는** 사고가 발생하였다.
一整晚的大雪導致江原道山區的村落發生了被孤立的事故。

動 고립되다 被孤立、고립시키다 使孤立
關 고립을 면하다 免於孤立
參 고립 상태 孤立狀態、고립 지역 孤立地區、외교적 고립 外交上孤立、철저한 고립 徹底孤立

682

교란

名 [교란]
漢 攪亂

攪亂、干擾

환경부는 생태 **교란**의 원인이 되는 곤충을 지정하여 집중 제거하는 작업에 나섰다.
環境部指定了會造成生態攪亂的昆蟲,並展開集中清除作業。

動 교란하다 攪亂、교란되다 被干擾
關 교란이 일어나다 發生攪亂、교란을 일으키다 引起攪亂
參 사회 교란 攪亂社會、질서 교란 攪亂秩序

극심하다

形 [극씸하다]
漢 極甚하다

非常嚴重的

가 : 박사님, 세계 곳곳에서 **극심한** 기후 변화로 온갖 자연재해가 일어나고 있는데요, 어떤 대책이 있을까요?
博士,世界各地因為劇烈的氣候變化而發生各種自然災害,有什麼應對之道嗎?

나 : 전 세계가 연합하여 신재생 에너지를 최대한 활용하려는 노력이 필요하다고 봅니다.
我認為全球應該齊心協力,盡可能地運用再生能源。

關 경영난이 극심하다 經營困難嚴重、오염이 극심하다 污染嚴重、피해가 극심하다 損害嚴重
參 극심한 가뭄 嚴重乾旱／갈등 劇烈衝突／추위 嚴寒

自然／環境 12

683

재난／재해 • 災難／災害

들어차다
動 [드러차다]

填滿、積滿

가: 아버지, 우리 아파트 지하 주차장은 비가 조금만 와도 물이 **들어차니** 너무 위험해요.
爸爸，我們公寓的地下停車場只要一下點雨就會積水，太危險了。

나: 주민들이 나서서 침수 방지 시설 설치를 건의하고 있으니 곧 조치가 취해질 거야.
住戶們已經出面建議設置防淹設施，很快就會採取措施的。

關 사람들이 들어차다 擠滿人、빽빽하게 들어차다 擠得密密麻麻

멸망
名 [멸망]
漢 滅亡

滅亡

과학 기술은 인류에게 문명의 이기를 제공해 주기도 하지만 잘못 사용되면 인류의 **멸망**을 초래할 수도 있다.
科學技術雖然提供人類文明的利器，但若使用不當，也可能招致人類滅亡。

動 멸망하다 滅亡、멸망되다 被滅亡、멸망시키다 使滅亡
關 멸망을 초래하다 招致滅亡、멸망을 피하다 避免滅亡
參 인류 멸망 人類滅亡、지구 멸망 地球滅亡、멸망의 길 滅亡之路

멸종

名 [멸쫑]
漢 滅種

滅種

가 : 선생님, 이 나비 참 예뻐요. 이렇게 생긴 나비는 처음 봐요.
老師，這隻蝴蝶好漂亮，我第一次看到長這樣的蝴蝶。

나 : 그렇지? 그런데 안타깝게도 이 나비는 **멸종** 위기에 처해 있어서 잘 보호해야 된단다.
對吧？但可惜的是，這種蝴蝶正面臨滅種危機，我們要好好保護牠才行。

動 멸종하다 滅種、멸종되다 被滅種
關 멸종을 예고하다 預警滅種、멸종을 초래하다 招致滅種
參 공룡의 멸종 恐龍的滅絕、멸종의 위기 滅種的危機

복구

名 [복꾸]
漢 復舊

恢復

산사태로 인해 피해를 입은 가구가 많다는 뉴스를 보고 많은 시민들이 자발적으로 피해 **복구** 현장을 찾아 봉사 활동에 참여하였다.
因土石流而受災的家庭頗多，看到新聞報導說許多市民自發前往災後復原現場參與志工活動。

動 복구하다 修復、복구되다 被修復
關 복구를 시키다 進行復原
參 복구 사업 復原工程、복구 작업 復原作業、피해 복구 災後復原

自然／環境 12

재난／재해 • 災難／災害

수색

名 [수색]
漢 搜索

搜索

가 : 속보입니다. 강한 폭풍우로 인해 동해상에서 선박이 실종되는 사고가 발생했습니다. 김민수 기자, 현장 상황을 전해 주시죠.

快訊，由於強烈暴風雨，東海上發生船隻失蹤事故。金敏洙記者請報告現場狀況。

나 : 네, 밤늦은 시간에도 야간 **수색**을 벌이고 있지만 강한 비바람으로 어려움을 겪고 있는 상황입니다.

是的，目前即使在深夜也正展開夜間搜索，但因為風雨交加，行動正面臨困難。

動 수색하다 搜索
關 수색을 벌이다 展開搜索、수색을 중단하다 中止搜索
參 수색 작업 搜索作業、수색 활동 搜索行動、실종자 수색 失蹤者搜索

수질

名 [수질]
漢 水質

水質

가 : 이 산책로는 옆에 하천도 흐르고 있고 길도 예쁘게 만들어졌는데 강물이 너무 더러워.

這條散步道旁邊有小河流過，路也修得很漂亮，但河水真的太髒了。

나 : 맞아. 그래서 시에서 **수질** 개선을 하려고 노력 중인가 봐.

對啊，所以市政府好像正在努力改善水質。

關 수질이 나쁘다 水質不佳、수질이 좋다 水質良好、수질을 개선하다 改善水質、수질을 관리하다 管理水質
參 수질 오염 水質汙染、수질 기준 水質標準

식량난

名 [싱냥난]
漢 食糧難

糧食短缺

가뭄과 전쟁으로 **식량난**에 시달리고 있는 나라들을 돕기 위해서 세계 각국에서 도움이 필요한 곳으로 구호 식량을 보냈다.

為了援助受乾旱與戰爭所苦、面臨糧食短缺的國家，世界各國紛紛將救援糧食送往需要的地區。

參 극심한 식량난 嚴重的糧食短缺、
구조적인 식량난 結構性的糧荒

여파

名 [여파]
漢 餘波

餘波、影響

강풍과 폭설의 **여파**로 제주 공항의 비행기 운행이 전면 중단되면서 관광객들의 발이 묶여 버렸다

受到強風與暴雪餘波的影響，濟州機場的航班全面停飛，導致觀光客動彈不得。

關 여파가 밀려오다 餘波湧來
參 물결의 여파 波浪的餘波、파도의 여파 海浪的餘波

自然／環境 12

역효과

名 [여교과／여교꽈]
漢 逆效果

反作用、反效果

환경 문제를 해결하기 위해 지나치게 규제를 하는 것은 오히려 **역효과**를 낼 수 있으므로 시민들의 자발적인 참여를 유도하는 방안이 필요하다.

為了解決環境問題，若過度設限反而可能產生反效果，因此需要有引導市民自主參與的方案。

關 역효과가 나다 出現反效果、역효과가 생기다 產生反效果、역효과를 가져오다 帶來反效果、역효과를 낳다 招致反效果
參 심각한 역효과 嚴重的反效果

687

재난／재해 • 災難／災害

원조

名 [원ː조]
漢 援助

援助

뜻하지 않은 지진 피해를 입은 나라에 각국에서 구호물자를 **원조하겠다고** 나섰다.

對意外遭受地震災害的國家，各國紛紛表示將援助救援物資。

- 動 원조하다 提供援助、원조되다 獲得援助
- 關 원조가 끊기다 援助中斷、원조를 받다 接受援助、원조에 의존하다 依賴援助
- 參 원조 물자 援助物資、원조 자금 援助資金、외국의 원조 外國的援助、경제적인 원조 經濟上的援助

유출

名 [유출]
漢 流出

流出

가 : 거제도 인근 해상에서 기름이 **유출돼서** 난리가 났더라.

巨濟島附近海域發生了漏油事件，場面一片混亂。

나 : 나도 깜짝 놀랐어. 그 맑은 바다에 시커멓게 기름띠가 생겼더라고.

我也嚇了一跳。那片清澈的海上竟然出現了黑壓壓的一道油污帶。

- 動 유출하다 流出、유출되다 被洩漏
- 關 유출을 막다 阻止洩漏、유출을 방지하다 防止外洩、유출이 일어나다 發生洩漏
- 參 원유 유출 原油外洩、토사 유출 土沙流出

인도적

名 關 [인도적]
漢 人道的

人道主義的

가 : 우리나라 대기업이 개발 도상국의 재해 피해 복구 사업을 지원한대요.

我們國內的大企業正在支援開發中國家的災後重建工作。

나 : **인도적**인 차원에서 시작한 일이라고는 하지만 해외 진출의 발판도 만들고 좋은 이미지도 만들 수 있으니 좋은 일이네요.

雖然是出於人道立場，但同時也能成為拓展海外市場的踏板，也塑造良好形象，確實是件好事。

關 인도적으로 접근하다 以人道方式介入、인도적으로 해결하다 以人道方式解決
參 인도적인 교류 人道上的交流、인도적인 차원 人道的層面、인도적인 취지 人道的主旨

인명

名 [인명]
漢 人命

人命

가 : 엄마, 남부 지방에서 지진이 났다는데 할아버지, 할머니는 괜찮으세요?

媽媽，聽說南部地區發生地震，爺爺奶奶他們沒事吧？

나 : 응. 전화드렸더니 괜찮으시대. 다행히 **인명** 피해는 없었다는구나.

嗯，我打電話問過了，他們說平安無事。還好沒有造成人命傷亡。

關 인명을 구하다 搶救人命
參 인명 구조 人命救援、인명 사고 人命事故、인명 피해 人命損失

自然／環境 12

689

재난／재해・災難／災害

재난

名 [재난]
漢 災難

災難

중부 지방에 대설 주의보가 내려진 가운데 외출을 자제하고 대중교통을 이용하도록 안내하는 긴급 **재난** 문자가 발송되었다.

中部地區發布了大雪警報，籲請民眾儘量避免外出，改搭大眾交通工具的緊急災難簡訊已經發送出去。

關 재난이 닥치다 災難來襲、재난이 야기되다 災難被惹出、재난을 초래하다 招致災難、재난에 대처하다 應對災難

參 재난 상황 災難狀況、재난 현장 災難現場、국가 재난 國家級災難

재앙

名 [재앙]
漢 災殃

災殃

가 : 지난주까지만 해도 날씨가 따뜻해서 봄 같았는데 갑자기 한파라니. 도대체 날씨가 왜 이럴까?

僅僅是上週天氣還暖洋洋的像春天，怎麼突然就寒流來襲了？這天氣到底怎麼回事啊？

나 : 환경 문제 때문에 전 세계적으로 이상 기후가 계속되고 있다잖아. 오죽하면 기후 **재앙**이라고까지 할까.

因為環境問題，全球不都在持續出現異常氣候嘛！嚴重到都被稱作氣候災殃了。

關 재앙을 가져오다 帶來災殃、재앙을 당하다 遭遇災殃、재앙이 닥치다 災殃降臨、재앙에 맞서다 對抗災殃

지침

名 [지침]
漢 指針

指南、(鐘錶)指針

가 : 오랜만에 바닷가에 오니까 진짜 신나. 얼른 물 속에 들어가자.
　　好久沒來海邊了，真的好興奮啊。快點下水吧！

나 : 준비 운동부터 해야지. 저기 안전사고 예방 **지침**에도 나와 있잖아.
　　要先做暖身啦，那邊的安全事故預防指南上不是也有寫嗎。

關 지침을 정하다 制定指針、지침을 확인하다 確認指南、지침에 따르다 遵守指南、지침이 내려오다 頒布指示
參 행동 지침 行動指針

처참하다

形 [처 : 참하다]
漢 悽慘하다

悽慘的

플라스틱이나 비닐 같은 쓰레기를 먹고 죽은 동물들의 **처참한** 모습은 인간을 반성하게 한다.
因誤食塑膠與塑膠袋等垃圾而死亡的動物，其悽慘模樣令人類不得不反省自身行為。

關 처참하게 죽다 悽慘地死去、처참하게 파괴되다 被悽慘破壞、광경이 처참하다 景象悽慘
參 처참한 광경 悽慘景象／꼴 悽慘模樣／모습 悽涼模樣／신세 悽慘身世

自然／環境 12

재난／재해 • 災難／災害

침수

名 [침수]
漢 浸水

浸水、水災

가 : 이번 주말에 계곡에 놀러 가려고 하는데 같이 갈래?
我這週末想去溪谷玩，你要不要一起去？

나 : 너는 일기 예보 안 봤어? 주말에 폭우가 쏟아진다는데 계곡에 갔다가 **침수**라도 되면 어쩌려고 그래?
你沒看天氣預報嗎？說週末會下大雨，萬一去溪谷遇到淹水怎麼辦？

動 침수하다 淹水、침수되다 被水淹沒
關 침수를 걱정하다 擔心淹水、침수를 막다 阻止淹水、침수를 방지하다 防範淹水、침수가 예상되다 預測會淹水
參 침수 가능성 淹水可能性、침수 지역 淹水地區

폐기물

名 [폐ː기물／
폐ː기물]
漢 廢棄物

廢棄物

관광 공사에서는 청결한 환경 조성을 위해 야산에 불법으로 투기된 **폐기물**들을 수거하여 처리하였다.
觀光公社為營造清潔的環境，清除非法傾倒在山林中的廢棄物並予處理。

關 폐기물을 소각하다 焚燒廢棄物、폐기물을 재활용하다 回收廢棄物、폐기물을 처리하다 處理廢棄物
參 방사능 폐기물 放射性廢棄物、건설 폐기물 建築廢棄物、유독성 폐기물 有毒廢棄物

폐수

名 [폐ː수/페ː수]
漢 廢水

廢水、污水

경기도는 대대적인 단속을 통해 중금속과 발암 물질이 포함된 **폐수**를 하수구에 몰래 버린 업체들을 찾아냈다.

京畿道透過大規模的取締行動，揪出了偷偷將含有重金屬與致癌物質的廢水排入下水道的業者。

關 폐수를 방류하다 排放廢水、폐수를 버리다 倒掉廢水、폐수를 정화하다 淨化廢水、폐수가 흘러나오다 廢水流出
參 공장 폐수 工廠廢水

폐해

名 [폐ː해/페ː해]
漢 弊害

弊害

과도한 야간 조명으로 인한 '빛 공해'가 인간의 수면을 방해하고 동식물의 생태계를 교란하는 등 심각한 **폐해**를 낳고 있다.

過度的夜間照明所造成的「光害」，干擾人類睡眠，並破壞動植物的生態系統，產生嚴重的弊害。

關 폐해가 나타나다 弊害出現、폐해가 드러나다 弊害顯現、폐해가 없어지다 弊害消失、폐해를 막다 防止弊害
參 심각한 폐해 嚴重弊害

해일

名 [해ː일]
漢 海溢

海嘯

부산 앞바다에 거센 풍랑과 함께 **해일** 경보가 발효되어 인근 주민들의 피해가 우려되고 있다.

釜山近海因猛烈風浪伴隨海嘯的警報生效發佈，當地居民的災害令人擔心。

關 해일이 밀어닥치다 海嘯襲來、해일이 일다 海嘯掀起、해일이 일어나다 海嘯發生、해일을 막다 阻擋海嘯
參 해일 피해 海嘯災害

自然／環境 12

693

재난／재해 • 災難／災害

휩싸이다

動 [휩싸이다]

被籠罩、被包住

가 : 어쩌다가 저렇게 산불이 크게 났을까요? 빨리 진화돼야 할 텐데요.
怎麼野火會那麼焚燒呢？應該盡快撲滅。

나 : 등산객이 버린 담배꽁초가 마른 나뭇가지에 떨어지면서 순식간에 큰 불길에 **휩싸이게** 되었대요.
聽說是登山客丟棄的煙蒂掉到乾樹枝上，瞬間就陷入熊熊火海了。

關 불길에 휩싸이다 被火舌吞噬、안개에 휩싸이다 被霧氣籠罩、화염에 휩싸이다 被火焰包圍

휩쓸다

動 [휩쓸다]

橫掃、席捲

가 : 이번 태풍으로 인한 피해가 너무 심각하네.
這次颱風造成的災情太嚴重了。

나 : 그러게. 태풍이 한번 **휩쓸고** 가니까 가로수도 다 뽑히고 건물 간판이며 유리창도 다 망가지고 멀쩡한 게 없어.
真的。颱風一席捲過去，路樹全被連根拔起，建築物的招牌啦，玻璃窗也全毀了，幾乎沒有完好的東西。

關 강풍이 휩쓸다 強風吹襲、홍수가 휩쓸다 洪水席捲、해일이 휩쓸다 海嘯橫掃

複習一下

自然／環境 ｜ 災難／災害

✏️ 請將下列選項中互相搭配的項目配對起來。

1. 불길에　•　　　　　　　　•　① 따르다
2. 재난에　•　　　　　　　　•　② 대처하다
3. 지침에　•　　　　　　　　•　③ 휩싸이다

✏️ 請選出最適合填入括號內的正確單字。

4. 홍수가 휩쓸고 지나간 자리는 무너진 건물과 쓰러진 나무들로 (　　　　) 변해 있었다.

① 절실하게　② 통쾌하게　③ 처참하게　④ 치열하게

5. 유례없는 큰 지진으로 피해 복구가 한창인 가운데 수많은 기업들이 (　　　　) 지원에 나섰다.

① 형식적　② 인도적　③ 핵심적　④ 풍자적

✏️ 請從例找出最適合填入括號內的單字並寫下來。

| 例 | 멸종 | 폐해 | 고갈 | 재앙 |

인류는 경제적 이익을 위해 자원의 개발에만 힘쓴 나머지 이제 자원 6. (　　　　)을/를 걱정해야 할 처지에 이르렀다. 이뿐만 아니라 무분별한 개발로 인해 많은 생물의 7. (　　　　)을/를 초래하였고, 자연 생태계의 파괴로 인한 8. (　　　　)은/는 인류에게 심각한 9. (　　　　)이/가 되고 있다.

5 지형／지역
地形／地區

46.mp3

고원

名 [고원]
漢 高原

高原

해마다 겨울이 되면 강원도 **고원** 지대에서는 눈 조각을 테마로 한 눈꽃 축제를 개최한다.

每年冬天，江原道的高原地區舉辦以雪雕為主題的雪花慶典。

關 고원이 펼쳐지다 高原綿延展開、고원에 오르다 登上高原、고원으로 올라가다 爬上高原
參 산간 고원 山區高原、고원 지대 高原地帶

구불구불하다

形 [구불구불하다]

蜿蜒曲折的

친구 부모님께서 운영하시는 펜션은 **구불구불한** 산길을 따라 마을 끝까지 올라가야 찾을 수 있었다.

朋友爸媽經營的民宿，要沿著蜿蜒曲折的山路登上村子最深處才能找到。

關 길이 구불구불하다 道路蜿蜒曲折、모양이 구불구불하다 形狀彎彎曲曲
參 구불구불한 고개 彎曲的山坡／골짜기 山谷／산길 山路
類 구불거리다、구불대다 彎來彎去

나지막하다

形 [나지마카다]

低矮的

가 : 도심을 조금만 벗어나도 평화로운 곳들이 많아. 이곳도 너무 좋다.
只要稍微離開市中心，就有很多寧靜的地方。這裡真的很不錯。

나 : 그러게. 도시에서 고층 건물에 둘러싸여 있다가 **나지막하게** 자리 잡은 집들을 보니까 마음이 여유로워져.
真的。在都市裡被高樓包圍一陣子，看到這些低矮的房子，心情都放鬆下來了。

關 천장이 나지막하다 天花板低矮
參 나지막한 고개 低矮的山坡／산 矮山／언덕 小丘／지붕 屋頂
反 높지막하다 稍高的

넓적하다

形 [넙쩌카다]

寬大的

가 : 산 정상까지 가려면 한참 남았는데 벌써 힘들어. 좀 쉬었다 갈까?
離山頂還有一段距離，我已經覺得累了。我們休息一下再走吧？

나 : 좋아. 저기 **넓적하게** 생긴 바위에 앉아서 쉬면 되겠다.
好啊，我們可以在那塊寬寬扁扁的石頭上坐著休息。

關 방이 넓적하다 房間寬敞、손이 넓적하다 手掌寬大、의자가 넓적하다 椅子寬扁
參 넓적한 그릇 扁平的器皿／발 寬大的腳／얼굴 寬臉

自然／環境 12

697

지형／지역 • 地形／地區

녹지

名 [녹찌]
漢 綠地

綠地、草坪

우리 부부는 자연 친화적인 환경에서 아이들을 키우고 싶어서 **녹지** 공간이 잘 조성된 전원주택에서 살기로 하였다.

我們夫妻希望能在親近自然的環境中養育孩子，因此決定住在綠地規劃完善的田園住宅。

關 녹지가 생기다 綠地產出、녹지를 확보하다 確保綠地、녹지로 만들다 打造成綠地
參 녹지대 綠地帶、녹지 공간 綠地空間、녹지 환경 綠地環境、공원 녹지 公園綠地

대양

名 [대ː양]
漢 大洋

大海（洋）

이번 휴가에는 특별한 경험을 해 보고 싶어서 **대양**을 가로지르는 한 달간의 장기 크루즈 여행 상품을 예약하였다.

這次假期我想嘗試特別的體驗，於是預訂了一個橫渡大洋、為期一個月的長期郵輪旅遊商品。

關 대양을 바라보다 眺望大海、대양을 항해하다 航行大洋、대양으로 흐르다 流入大洋
參 거대한 대양 龐大的洋面

매립

名 [매립]
漢 埋立

填平、填埋、掩埋

가 : 우리 동네에 쓰레기 소각장을 설치한다고 하는데 주거 환경이 안 좋아질까 봐 걱정이야.
聽說我們社區要設立垃圾焚化爐，我有點擔心居住環境會變差。

나 : 쓰레기 **매립**이 금지되면서 어딘가에 소각장을 설치하기는 해야 하니까 어쩔 수 없지.
現在禁止掩埋垃圾，總得在某個地方設焚化爐，也沒辦法啊。

動 매립하다 掩埋／填平
關 매립이 되다 被填埋
參 매립지 填埋地、매립장 掩埋場、매립 공사 掩埋工程、매립 작업 掩埋作業、매립 현장 掩埋現場

반도

名 [반 : 도]
漢 半島

半島

서해안에 위치한 태안은 삼면이 바다로 둘러싸여 있는 **반도**로 경치가 아름다워 많은 관광객들이 찾고 있다.
位於西海岸的泰安是三面環海的半島，風景優美，吸引了眾多遊客前來。

參 한반도 朝鮮半島、작은 반도 小半島、반도 땅 半島地區

自然／環境 12

지형／지역 • 地形／地區

변두리

名 [변두리]
漢 邊두리
➡ 索引 p.825

邊緣、外圍

가 : 이 식당 한정식 정말 푸짐하고 맛있다. 다음에 또 오고 싶어.
這家餐廳的韓定食真是豐盛又好吃，我下次還想再來。

나 : 인터넷에도 이미 맛집으로 소문났더라고. 그래서 가게가 **변두리** 지역에 있는데도 이렇게 손님이 많은가 봐.
在網路上已經是以美食店出名了，難怪即使餐廳在市郊也有這麼多客人。

關 변두리로 밀려나다 被趕到邊緣、변두리에 위치하다 位在邊緣地區
參 서울 변두리 首爾邊緣地區、도시의 변두리 城市邊緣、변두리 지역 邊區
類 근교 近郊

변형

名 [변ː형]
漢 變形

變形

땅의 모양은 오랫동안 기후의 변화를 거치면서 **변형되는** 경우가 많다.
地形的樣貌經過長時間的氣候變遷而變形的情況很多。

動 변형하다 變形、변형되다 被變形
關 변형을 겪다 經歷變形、변형을 주다 造成變形、변형이 가능하다 有可能變形
參 변형 과정 變形過程、변형 형태 變形形態、전자 변형 電子變形、척추 변형 脊椎變形

불모지

名 [불모지]
漢 不毛地

不毛之地、荒蕪地

가 : 딸기 농사의 **불모지**였던 이 지역에서 세계 최고의 딸기 품종을 수확하는 데 성공한 비결이 무엇입니까?
請問在這個原本不適合種植草莓的地方，能成功培育出世界頂級草莓品種的祕訣是什麼？

나 : 겨울에 출하할 수 있는 고급 품종의 딸기를 오랫동안 연구해 온 덕분입니다.
這是託我們長期研究冬季也能上市的高級草莓品種努力所賜。

關 불모지를 가꾸다 墾植不毛之地、불모지를 개척하다 開墾荒地、불모지를 일구다 開墾不毛之地、불모지로 버려지다 被荒廢為不毛之地
參 사막의 불모지 沙漠荒地

산림

名 [살림]
漢 山林

山林

서울시에서는 **산림** 생태계를 보전하고 숲의 경제적, 환경적 가치를 높여 이를 관광 자원과 연계하기 위한 목적으로 거액의 예산을 투자하기로 하였다.
首爾市為保護山林生態系統，提升森林的經濟與環境價值，並在與觀光資源相結合的目的下決定投入鉅額預算。

參 산림 보호 山林保護、산림 자원 山林資源、산림 훼손 山林破壞、울창한 산림 茂密山林、산림의 면적 山林面積

自然／環境 12

지형／지역 • 地形／地區

산맥

名 [산맥]
漢 山脈

山脈

가을이 되면 **산맥**을 따라 울긋불긋 물든 단풍이 장관을 이루어서 산행을 가는 사람이 유난히 많다.

一到秋天，沿著山脈展開的繽紛楓紅蔚為壯觀，因此登山的人特別多。

關 산맥이 솟다 山脈聳立、산맥이 이어지다 山脈連綿、산맥이 뻗다 山脈延伸、산맥을 이루다 形成山脈

울퉁불퉁하다

形 [울퉁불퉁하다]

起伏不平的、坑坑窪窪的

가 : 형. 운전 좀 살살해. 차가 너무 덜컹거려서 엉덩이가 아파.

哥，開車慢一點，車子顛得太厲害，屁股都快震痛了。

나 : 비포장도로라서 길이 **울퉁불퉁한** 곳이 많아서 그래. 조금만 참아.

這裡是沒鋪柏油的道路，路面很多地方都坑坑窪窪的，稍忍一下。

關 바닥이 울퉁불퉁하다 地面高低不平、벽이 울퉁불퉁하다 牆面不平整
參 울퉁불퉁한 근육 不平的肌肉／바위 岩石／시골길 鄉間小路

적도

名 [적또]
漢 赤道

赤道

적도 지방에서는 균형을 잘 잡으면 계란을 세울 수도 있다고 한다.

據說在赤道地區，如果掌握好平衡，蛋也能直立起來。

參 지구의 적도 地球赤道、적도 지역 赤道地區

절벽

名 [절벽]
漢 絕壁

峭壁、懸崖

가 : 와, 여기 경치 정말 끝내준다.
　　哇，這裡的景色真是絕美。

나 : 바위 **절벽**이 병풍처럼 산을 둘러싸고 있어서 마치 다른 세상에 온 것 같아.
　　岩石峭壁如屏風般環繞著山脈，彷彿來到另一個世界。

關 절벽을 오르다 攀爬峭壁、절벽을 타다 攀登懸崖、절벽에서 떨어지다 從懸崖跌落

參 절벽 아래 峭壁下方、높은 절벽 高峻懸崖、위험한 절벽 危險峭壁

즐비하다

形 [즐비하다]
漢 櫛比하다

櫛比、林立

서울 한복판에 위치한 '가로수 길'에는 2차선 도로에 키 큰 가로수들이 **즐비하게** 늘어서 있다.

位於首爾市中心的「街道樹之路」上，兩車道的道路兩旁高大的街樹整齊聳立。

關 가로수가 즐비하다 街樹林立、건물이 즐비하다 建築林立、상가가 즐비하다 商店林立

지리적

名 [지리적]
漢 地理的

地理的

인천의 섬들은 국제공항과 가깝고 육지에서 배로 10분 내외면 도착할 수 있는 곳이 많다는 **지리적** 이점을 이용하여 해외 관광객 유치에 나설 계획이다.

仁川的島嶼與國際機場靠近，且從陸地搭船約10分鐘即可抵達的地方很多，計畫利用這一地理優勢吸引海外觀光客。

關 지리적으로 가깝다 地理上接近、지리적으로 고립되다 地理上孤立、지리적으로 근접하다 地理上鄰近、지리적으로 떨어지다 地理上遙遠

參 지리적 이점 地理優勢、지리적 한계 地理上的限制

自然／環境 12

지형／지역 • 地形／地區

지명

名 [지명]
漢 地名

地名

가 : 여기 지도에 섬 이름이 잘못 표기된 거 같지 않아?
你不覺得這張地圖上的島名標錯了嗎？

나 : 아, 그러네. 얼마 전에 **지명**이 바뀌었는데 그게 아직 반영이 안 됐나 봐.
啊，對耶。前陣子島名改了，但好像還沒反映在地圖上。

關 지명을 바꾸다 更改地名、지명을 소개하다 介紹地名、지명을 표시하다 標示地名
參 옛 지명 舊地名、지명 조사 地名調查、지명의 유래 地名由來

지상

名 [지상]
漢 地上
⇨ 索引 p.824

地上

가 : 오랜만에 왔더니 여기가 왜 이렇게 많이 변했지?
好久沒來了，這裡怎麼變得這麼多？

나 : 글쎄 말이야. 한때 **지상** 낙원이라고까지 불렸었는데 자연 그대로 보존된 건 거의 없고 상업 시설만 잔뜩 들어와 있어.
就是啊，這裡甚至曾一度被稱為地上樂園，但原生自然環境保有下來的幾乎沒有，只有商業設施塞得滿滿的。

關 지상을 내려다보다 俯瞰地面、지상에 살다 生活在地面上、지상으로 떨어지다 掉落到地面
類 땅바닥 地面、지면 地面
反 지하 地下

지형

名 [지형]
漢 地形
⇨ 索引 p.825

地形

산림청에서는 산악 **지형**에 특화된 산불 진화차를 도입하여 화재 진화 역량을 강화하겠다고 발표하였다.

林務廳宣布將引進專門針對山區地形的山火滅火車，以提升火災滅火能力。

關 지형을 이용하다 利用地形、지형을 파악하다 了解地形、지형을 활용하다 善用地形、지형이 험하다 地形險峻
參 사막 지형 沙漠地形、퇴적 지형 沉積地形、해저 지형 海底地形、경사진 지형 傾斜地形
類 지세 地勢

토지

名 [토지]
漢 土地

土地

가 : 진욱 씨, 언제 이런 곳에 땅을 다 사 놨어요? 나중에 결혼하면 집 짓고 살기 딱 좋겠어요.

珍旭，你什麼時候買了這麼多土地？以後結婚了蓋房子生活非常適合。

나 : 저도 그러고 싶지만 이곳은 그린벨트 지역이라서 **토지**를 주거지로 활용하기는 어려워요.

我也想這麼做，但這裡是綠帶區，要把土地當住宅用很困難。

關 토지가 부족하다 土地不足、토지가 비옥하다 土地肥沃、토지를 매매하다 買賣土地、토지를 소유하다 擁有土地
參 토지 개발 土地開發、토지 거래 土地交易、토지 문서 土地文件

自然／環境 12

지형／지역 • 地形／地區

평야

名 [평야]
漢 平野

平原

가 : 아버지, 드론을 활용해서 논농사를 지을 수 있다고 하는데 우리도 한번 시도해 볼까요?
爸爸，聽說可以利用無人機來耕作水田，我們也試試看好嗎？

나 : 그런 방법이 있었어? 이 지역은 **평야**가 넓어서 그렇게 하면 효율적일 것 같구나.
有這種方法嗎？這地區平原很廣，用這方法應該很有效率。

關 평야가 발달하다 平原發達、평야가 형성되다 平原形成、평야를 가로지르다 橫貫平原
參 평야 주변 平原周邊、평야 지대 平原地帶、평야 지역 平原地區

하천

名 [하천]
漢 河川

河川

가 : 간밤에 폭우가 쏟아져서 차가 많이 밀릴 것 같으니까 오늘은 다른 날보다 일찍 출근해야겠어요.
昨晚暴雨傾盆而下，車可能會塞爆，所以今天得比平時早點出門上班。

나 : 그게 좋겠다. **하천**이 범람해서 교통이 통제된 곳이 많다니까 확인하고 가렴.
好主意，聽說河水氾濫交通被管制的地方很多，確認路況再出門。

關 하천이 범람하다 河川氾濫、하천이 오염되다 河川汙染、하천으로 유입되다 流入河川
參 인근 하천 附近河川、하천 유역 河川流域、하천의 수질 河川水質

706

한복판

名 [한복판]

正中間、正中心

가 : 제인, 한국에서 가 본 곳 중 제일 좋았던 곳이 어디야?
珍，你覺得在韓國去過的地方裡哪裡最好玩？

나 : 뭐니 뭐니 해도 남산이지. 그곳에 올라가면 서울 **한복판**이 내려다보여서 정말 아름다워.
說什麼也還是南山，爬上那裡可以俯瞰首爾市中心，風景真美。

關 한복판에 서다 站在正中央、한복판으로 뛰어들다 衝進中心地帶
參 마을 한복판 村莊正中央、서울 한복판 首爾市中心、운동장 한복판 運動場中央

해상

名 [해 : 상]
漢 海上

海上

가 : 우리나라는 바다가 많으니까 수상 버스, 수상 택시 같은 **해상** 교통을 발달시키면 좋을 텐데.
我們國家海多，如果能發展水上巴士、水上計程車之類的海上交通就好了。

나 : 앞으로 그럴 것 같아. 며칠 전에는 수상 항공을 운행할 거라는 기사가 나왔더라고.
看來未來會如此。幾天前還有報導說要開始營運水上飛機呢。

關 해상을 오가다 在海上往返、해상을 장악하다 控制海上
參 해상 교통 海上交通、해상 통제 海上管制、해상 전투 海上戰鬥

自然／環境 12

지형／지역 • 地形／地區

해양

名 [해 : 양]
漢 海洋

海洋

바다 위를 지나는 선박에서 사고 혹은 고의로 유출되는 기름은 **해양** 오염의 주요 원인으로 지적되고 있다.

海面上通行的船隻因事故或故意洩油，被指出是海洋污染的主要原因。

關 해양을 조사하다 調查海洋、해양으로 진출하다 進軍海洋
參 해양성 海洋性、해양 경찰 海洋警察、해양 동물 海洋動物、해양 생태계 海洋生態系、해양 오염 海洋污染

해저

名 [해 : 저]
漢 海底

海底

가 : 하은아, 난 물이 무서워서 스노클링을 못하겠던데 너는 괜찮아?

夏恩，我怕水不敢浮潛，你沒問題嗎？

나 : 그럼. 얼마나 재미있는데. 너도 한번 해 보면 아름다운 바닷속 풍경과 신기한 **해저** 생물들에 푹 빠질 거야.

當然沒問題，多好玩啊。你要是試試看，一定會被美麗的海底景色和奇妙的海底生物深深吸引。

關 해저에 쌓이다 堆積在海底、해저를 탐험하다 探險海底、해저로 내려가다 潛入海底
參 해저 광물 海底礦物、해저 도시 海底城市、해저 동굴 海底洞窟、해저 탐사 海底探查

複習一下

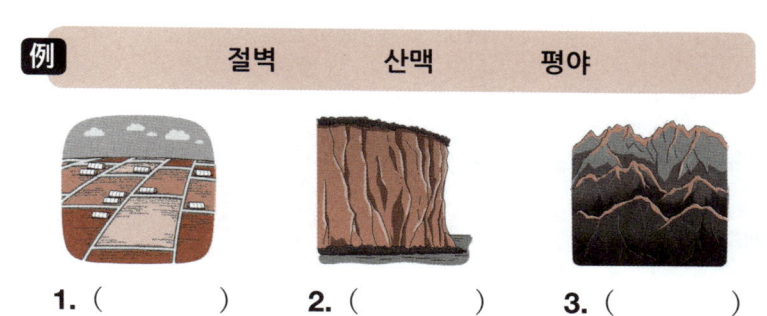

自然／環境 ｜地形／地區

✎ 請從例找出與圖片有關的單字並寫下來。

| 例 | 절벽 | 산맥 | 평야 |

1. (   )   2. (   )   3. (   )

✎ 請選出最適合填入括號內的單字。

4. 이곳은 (   ) 지대인 까닭에 한여름에도 서늘해서 피서에 알맞다.

① 지형   ② 고원   ③ 한복판   ④ 변두리

5. 바다 밑을 뚫어서 만든 (   ) 터널은 교통을 편리하게 할 뿐만 아니라 볼거리도 제공해 주어서 관광지로 인기가 많다.

① 해저   ② 적도   ③ 대양   ④ 반도

✎ 請從例找出最適合填入括號內的單字，並填入。

| 例 | 나지막하다   울퉁불퉁하다   구불구불하다 |

6. 바닥이 고르지 않은 (   ) 길을 지나갈 때는 넘어지지 않게 조심해야 한다.

7. 부모님 댁 앞에 있는 산은 (   ) 아침저녁으로 가볍게 산책을 다녀오기에 좋다.

8. (   ) 강을 따라 나 있는 이 길은 경치가 아름다워서 드라이브 코스로 유명하다.

用漢字學韓語・物

✏️ 我們來看看韓文詞彙是如何與漢字產生聯繫的。

미생물 — 微生物　p.662
이 호수에는 다양한 종류의 미생물이 서식하여 생태계의 균형을 잘 유지하고 있다.
這個湖泊中棲息著各種微生物，維持著生態系的良好平衡。

물자 — 物資　p.457
요즘 우리 학교에서는 낭비되는 물건이 많아지자 물자 절약 캠페인을 벌이고 있다.
最近我們學校因為浪費的物品越來越多，正在進行節約物資的活動。

物 / 물 — 물건、物品、物件

산물 — 產物　p.552
이 미술 작품은 3년 간의 작가의 혼이 담긴 산물이다.
這件美術作品是藝術家三年來心血的結晶。

실물 — 實物　p.67
나는 물건이 싸도 실물을 확인할 수 없다는 단점 때문에 인터넷 쇼핑을 자주 하지 않는다.
我覺得東西即使便宜，但無法確認實物的缺點之故而不常網購。

예물 — 禮物、聘禮、彩禮　p.120
우리는 결혼 예물로 반지만 하나 간소하게 맞추기로 하였다.
我們決定結婚禮物只準備一套簡單的餐具。

전유물 — 專屬物品　p.597
다양한 매체의 등장으로 예술은 더 이상 특별한 사람들의 전유물이 아니다.
隨著各種媒體的出現，藝術不再是特定人士的專屬領域。

13 과학/기술
科學/技術

1 **교통/운송** 交通/運輸
2 **정보/기술** 資訊/技術
3 **통신/매체** 通訊/媒體

用漢字學韓語・度

1 교통／운송
交通／運輸

47.mp3

가속화
名 [가소콰]
漢 加速化

加速（化）

온라인 시장의 발전이 **가속화됨으로** 인해 빠른 배송을 위한 경쟁 또한 점점 치열해지고 있다.
隨著線上市場的發展加速，快速配送的競爭也越來越激烈。

動 가속화하다 加速、가속화되다 被加速
參 가속화 단계 加速階段、가속화 현상 加速現象、성장 가속화 成長加速、발전의 가속화 發展加速

개조
名 [개ː조]
漢 改造

改造

가：사장님, 제 차에 LED 전조등을 달고 싶은데 **개조**가 가능할까요?
老闆，我想在車上安裝LED頭燈，可以改裝嗎？

나：손님, 죄송하지만 저희 가게에서는 해 드릴 수가 없습니다.
抱歉，先生，我們店裡沒辦法幫您改裝。

動 개조하다 改裝、개조되다 被改裝
關 개조를 허용하다 允許改裝
參 차량 개조 車輛改裝、불법 개조 非法改裝、개조 비용 改裝費用

결함

名 [결함]
漢 缺陷

缺陷

가 : 엄마, 왜 비행기가 출발을 안 해요?
　　媽媽，為什麼飛機還不起飛？

나 : 항공기에서 작은 **결함**이 발견되었대. 그래서 그것을 해결한 다음에 출발한다고 하는구나.
　　聽說飛機發現了小瑕疵，所以要先處理完才會起飛。

關 결함이 나타나다 出現缺陷、결함이 많다 缺陷多、결함이 없다 無缺陷、결함을 보완하다 補足缺陷
參 기계 결함 機械缺陷、부품 결함 零件缺陷、근본적인 결함 根本性缺陷、제도의 결함 制度缺陷

경로

名 [경노]
漢 經路

路線、路徑

가 : 여보, 시청은 저쪽으로 가야 빨리 갈 수 있는 거 아니에요?
　　親愛的，去市政府不是往那邊走比較快嗎？

나 : 내비게이션이 실시간으로 최단 **경로**를 알려 주니까 이 내비게이션이 안내하는 대로 가는 게 좋아요.
　　導航會即時告訴你最短路線，照著導航走比較好。

關 경로를 변경하다 改變路線、경로를 따라가다 沿路線行進、경로를 표시하다 標示路線
參 버스 경로 公車路線、운송 경로 運輸路線、이동 경로 移動路線、최단 경로 最短路線

科學／技術 13

교통／운송・交通／運輸

구급차

名 [구ː급차]
漢 救急車
➪ 索引 p.823

救護車

가 : 재민아, 이 차 좀 봐. 이게 1938년에 우리나라에서 최초로 운행된 **구급차**래.

在民，快看這輛車。這是1938年我國最早運行的救護車。

나 : 그래? 우리나라에서 **구급차**를 운행하기 시작한 게 그렇게 오래됐는지 몰랐어.

是嗎？我還不知道我國救護車的運行歷史這麼悠久。

關 구급차를 부르다 呼叫救護車、구급차를 타다 搭救護車、구급차에 실려 가다 被救護車載送、구급차에 태우다 載上救護車
類 앰뷸런스／응급차 救護車

급기야

副 [급끼야]
漢 及其他

最終

가 : 서윤 씨, 지금 어디예요? 벌써 10시가 넘었는데 아직 출근을 안 하고 있으면 어떻게 합니까?

徐允，你現在在哪裡？都已經超過10點了，還不去上班怎麼辦？

나 : 부장님, 죄송합니다. 차가 막히더니 **급기야** 사고까지 나서 지금 꼼짝을 못하고 있습니다. 사고가 수습되는 대로 가겠습니다.

部長，抱歉，交通堵塞，後來又還發生事故，我現在動彈不得，事故處理好就馬上去。

關 급기야 쓰러지다 最終倒下、급기야 중단하다 最終中斷

714

기점

名 [기쩜]
漢 起點
⇨ 索引 p.823

起點、出發點

가 : 윤아 씨, 이번에 목포로 가는 KTX 열차는 용산역이 **기점**이니까 용산역으로 가야 돼요.
潤兒，這次開往木浦的KTX列車是以龍山站為起點，你得去龍山站搭車。

나 : 그러네요. 서울역으로 갈 뻔했는데 알려 줘서 고마워요.
是啊，我差點要去首爾站了，謝謝你提醒我。

關 기점을 떠나다 離開起點
參 버스의 기점 公車起點、철도의 기점 鐵路起點
類 시점 時點、출발점 出發點

난폭

名 [난 : 폭]
漢 亂暴

粗暴、野蠻

앞 차가 조금 늦게 간다고 뒤에서 '빵빵' 하고 경적을 울리는 경우도 정당한 사유가 없는 소음 발생으로 **난폭** 운전에 해당된다.
前車稍微開慢些，在後面就「叭叭」按喇叭，這情況是無正當理由的發出噪音行為，是屬於粗暴駕駛。

動 난폭하다 粗暴
參 난폭 운전 粗暴駕駛、난폭 차량 粗暴車輛、난폭 행위 粗暴行為

科學／技術 13

교통／운송 • 交通／運輸

능률

名 [능뉼]
漢 能率

效率

가 : 준우 씨, 출퇴근 시간에 지하철에 사람이 너무 많아서 차를 사야 할까 봐요.

俊宇，上下班時間地鐵太擠了，我在想是不是該買車。

나 : 그러세요. 저도 상황에 따라 너무 피곤한 날에는 자가용을 이용하니 일의 **능률**도 오르고 좋더라고요.

就那麼辦吧，我也是看狀況，太累的日子就開自用車，工作效率也提高了，人也覺得舒服。

關 능률이 오르다 效率提升、능률이 낮다 效率、능률이 높다 效率高、능률을 높이다 提升效率、능률을 올리다 增加效率
參 능률적 有效率的、업무 능률 工作效率、일의 능률 工作效率

다지다

動 [다지다]

壓實、夯實

가 : 이장님, 저 도로 공사는 언제쯤 끝난대요?

里長，他們說這條道路工程什麼時候完成？

나 : 이제 아스팔트를 두세 번 정도 더 **다지면** 된다고 해요. 공사가 끝나면 운전해서 우리 마을로 들어오는 시간이 아주 빨라질 겁니다.

聽說再壓實兩三遍瀝青就差不多完成了。工程完工後，開車進村的時間會變得非常快。

關 땅을 다지다 壓實土地、바닥을 다지다 夯實地面、아스팔트를 다지다 壓實瀝青
動 다지다 壓實／夯實

맞먹다

動 [만먁따]

相當、相似

가 : 준우 씨, 집까지 걸어갈 거예요?
　　俊宇，你要走路回家嗎？

나 : 네. 신촌에서 홍대 가는 것과 **맞먹는** 거리라 그리 멀지 않아요.
　　是啊，距離跟從新村到弘大的距離一樣，不太遠。

關 분량에 맞먹다 數量上相似
參 맞먹는 거리 相似的距離、맞먹는 무게 相似的重量

배기가스

名 [배기가스]
漢 排氣 gas

廢氣

가 : 형, 차 시동을 켜니까 검은색 **배기가스**가 나오면서 이상한 냄새도 나는데 차에 이상이 생긴 거야?
　　哥，我一啟動車子就冒出黑煙，還有怪味，車子是不是出問題了？

나 : 큰 문제가 아닌 것 같기는 한데 그래도 불안하니 정비소에 가서 점검을 한번 받아 봐.
　　好像不是大問題，但感覺不能放心，你去保養廠檢查一下吧。

關 배기가스를 내보내다 排放廢氣、배기가스를 줄이다 減少廢氣
參 배기가스 정화 장치 廢氣淨化裝置、자동차 배기가스 汽車廢氣

科學／技術 13

교통／운송・交通／運輸

본격적

形 [본격쩍]
漢 本格的

正式的

가 : 시후야, 택배 아르바이트를 계속할 거야?
時厚，你要繼續做快遞兼職嗎？

나 : 응. 지금은 학기 중이라 쉬엄쉬엄 하고 있는데 기말시험이 끝나면 **본격적**으로 할 거야. 힘들긴 한데 일한 만큼 벌 수 있어서 좋아.
嗯，現在是學期中所以偶爾去做做，但期末考結束後會正式開始做。雖然辛苦，但多做就多賺，挺好的。

關 본격적으로 나서다 正式介入、본격적으로 시작하다 正式開始
參 본격적인 발전 正式發展、본격적인 활동 正式活動

사각지대

名 [사ː각찌대]
漢 死角地帶

死角地帶

운전할 때 **사각지대**를 없애기 위해서는 사이드 미러를 잘 조정해야 할 뿐만 아니라 자동차 시트 높이도 잘 조정해야 한다.
開車時要消除死角，不僅要調整好後照鏡，還要調整好汽車座椅的高度。

關 사각지대가 발생하다 死角出現、사각지대를 찾다 找出死角、사각지대에 숨다 藏在死角

수송

名 [수송]
漢 輸送

輸送、運送

가：김 대리, 이번에는 보낼 물자가 많으니 항공을 이용하지 말고 해상으로 보내는 게 어때요?
金代理，這次要寄送的物資很多，不要用航空，改用海運怎麼樣？

나：비용은 절감되겠지만 해상 **수송**이 항공 **수송**보다 운송 기간이 훨씬 더 긴데 괜찮을까요?
成本會降低，但海運比航空運輸時間長很多，這樣沒問題嗎？

動 수송하다 輸送
參 수송 차량 運輸車輛、수송 업체 運輸業者、화물 수송 貨物運輸、물자 수송 物資運輸

수월하다

形 [수월하다]

容易的

가：서울에서 부산까지 운전해서 오시느라 고생 많으셨습니다. 오래 걸리셨지요?
從首爾開車到釜山真辛苦，花了不少時間吧?

나：아닙니다. 새벽 일찍 출발했더니 고속도로 진입이 **수월해서** 생각보다 빨리 왔습니다.
不會，我凌晨很早出發，高速公路進出很順利，比想像中快到。

關 찾기가 수월하다 找起來容易、진입이 수월하다 進入容易、수월하게 처리하다 輕鬆處理

科學／技術 **13**

교통／운송・交通／運輸

엇갈리다

動 [얻깔리다]

錯過、錯身而過、差錯、分歧

가：진욱아. 동생 데리고 온다더니 왜 이렇게 늦었어?
珍旭，你不是說會帶弟弟來，怎麼這麼晚？

나：제가 학교 앞으로 오라고 했는데 지호가 엉뚱한 곳으로 가는 바람에 길이 **엇갈려서** 서로 찾느라 시간이 오래 걸렸어요.
我叫他到學校前面來，但智浩跑錯地方，我們錯身而過，互找而花了很多時間。

關 길이 엇갈리다 路線差錯、방향이 엇갈리다 方向出差錯、시간이 엇갈리다 時間分歧

온실가스

名 [온실가스]
漢 溫室 gas

溫室氣體

자동차 이용량이 증가함에 따라 **온실가스**도 증가하여 지구 온난화의 원인이 되고 있다.
隨著汽車使用量增加，溫室氣體也跟著上升，而成為地球暖化的原因之一。

參 온실가스 배출 溫室氣體排放、온실가스 문제 溫室氣體問題、온실가스 감축 減少溫室氣體

용이하다

形 [용이하다]
漢 容易하다

容易

가 : 하은아, 할머니가 많이 아프셔서 응급실로 모셔 가야 할 것 같으니 빨리 택시 좀 불러 봐.
夏恩，奶奶病得很重，好像得送急診，快叫輛計程車來。

나 : 지금 앱으로 택시를 부르려고 하는데 처음 사용해 보는 앱이라서 그런지 **용이하지**가 않아요. 구급차를 부르는 게 낫겠어요.
我正在用 App 叫計程車，大概是第一次用，不太好用，還是叫救護車比較好。

關 사용이 용이하다 使用順手、관리가 용이하다 管理容易、개발에 용이하다 開發上容易

운송

名 [운 : 송]
漢 運送
⇨ 索引 p.823

運送

운송 수단은 크게 철도, 자동차, 선박, 항공기 등으로 나눌 수 있다.
運輸工具主要可分為鐵路、汽車、船舶、飛機等。

動 운송하다 運送、운송되다 被運送
關 운송이 빠르다 運輸快速
參 여객 운송 旅客運送、철도 운송 鐵路運輸、항공 운송 航空運輸、해상 운송 海運、운송 차량 運輸車輛
類 통운 通運

科學／技術 13

교통／운송・交通／運輸

육로

名 [융노]
漢 陸路

陸路

가: 하오밍, 모처럼 속초로 여행을 가려고 했더니 폭설로 **육로**가 두절돼 가기가 어렵겠어.
　昊明，好不容易想去束草旅行，陸路因大雪而中斷，難去了。

나: 그래? 그래도 속초에 가 보고 싶은데 나중에 길이 뚫리면 다시 일정을 잡으면 어때?
　是嗎？我還是想去束草，以後路通了再重新安排行程怎麼樣？

關 육로가 뚫리다 陸路暢通、육로가 막히다 陸路阻塞、육로로 이동하다 由陸路移動、육로를 이용하다 利用陸路

의존도

名 [의존도]
漢 依存度

依存度、依賴度

수도권에 사는 사람이 지방에 사는 사람보다 대중교통 **의존도**가 높은 것으로 나타났다.
調查顯示，首都圈居民比地方居民更依賴大眾交通工具。

關 의존도를 줄이다 減少依賴度、의존도를 낮추다 降低依賴度、의존도가 높다 依賴度高
參 무역 의존도 貿易依存度、수출 의존도 出口依存度、경제적 의존도 經濟上的依存度

입증

名 [입쯩]
漢 立證

舉證、證明

가 : 엄마, 저는 속도 위반을 한 적이 없는 것 같은데 과태료를 내라고 고지서가 왔어요.
媽媽，我好像沒超速過，卻收到罰款通知單。

나 : 잘 생각해 봐. 요즘에는 웬만하면 CCTV로 **입증**이 다 되기 때문에 고지서가 잘못 오지는 않았을 거야.
好好想想，現在幾乎都能用中央監視器畫面證明，所以通知單應該沒錯。

動 입증하다 證明、입증되다 被證明
關 입증이 힘들다／곤란하다 舉證困難、입증에 성공하다 舉證成功、입증에 실패하다 舉證失敗
參 무죄 입증 無罪舉證

자율

名 [자율]
漢 自律

自律、自主意志自我約束

가 : 형, 조만간 자동차 **자율** 주행 기술이 완전히 상용화되겠지?
哥，汽車的自動駕駛技術遲早會完全商用化吧？

나 : 아마 그럴 거야. 뉴스에서 보니 자동차 생산 업체들이 여러 관련 기술을 열심히 개발하고 있다고 하더라고.
大概會吧，新聞說汽車製造商們正努力開發多項相關技術。

關 자율에 맡기다 交由自律、자율에 따르다 遵從自律
參 자율적 自律的、자율 결정 自主決定、자율 학습 自主學習、자율 의사 自主意思
反 타율 他律

科學／技術 13

교통／운송 • 交通／運輸

자체

名 [자체]
漢 自體

本身、自己

가 : 아버지, 설날에 할아버지 댁에 가려면 장거리 운전을 해야 하니 차량 점검을 한번 받을게요.

爸爸，過年要去爺爺家得長途開車，我想先檢查一下車子。

나 : 그게 좋겠다. **자체**적으로 점검을 해 보고 문제가 있으면 수리도 미리 해 두렴.

那很好，自己先檢查一下，有問題就先修理好。

參 자체적 自主的、자체 점검 自我檢查、자체 기술력 自主技術力、자체 제작 自主製作、자체 평가 自我評價

전동

名 [전ː동]
漢 電動

電動

가 : 아버지, 지하철이 **전동** 열차예요?

爸爸，地鐵是電動列車嗎？

나 : 응, 맞아. 지하철이나 도시 철도라고 불리는 것들이 **전동** 열차야.

是的，地鐵和都市鐵道就是所謂的電動列車。

參 전동 기관차 電動機關車、전동 열차 電動列車、전동 장치 電動裝置

정비

名 [정 : 비]
漢 整備

維修、保養

가 : 자동차를 10년 넘게 탔더니 자꾸 여기저기 고장이 나서 제대로 검사를 받아 봐야 할 것 같아. 혹시 아는 **정비** 공장 있어?
　車子開了十多年，到處出問題，該好好檢查維修了，你知道有什麼修理廠嗎？

나 : 응. 내가 자주 가는 곳이 있는데 소개해 줄게.
　有啊，我常去一家，我介紹給你。

動 정비하다 維修、정비되다 被維修
參 비행기 정비 飛機維修、자동차 정비 汽車維修、차량 정비 車輛維修、정비 공장 維修廠

조이다

動 [조이다]

弄緊、扣緊

가 : 여보, 스마트폰 차량 거치대는 어떻게 설치해야 돼요?
　親愛的，智慧型手機車用支架要怎麼安裝？

나 : 간단해요. 여기에 거치대를 붙이고 이렇게 옆 부분을 **조여** 주기만 하면 돼요.
　很簡單，把支架貼上這裡，然後像這樣把側邊撐緊就可以了。

關 나사를 조이다 擰緊螺絲、뚜껑을 조이다 擰緊蓋子、목이 조이다 脖子緊繃、바지가 조이다 褲子緊繃
參 조이는 옷 緊身衣服

교통／운송 • 交通／運輸

측정

名 [측쩡]
漢 測定

測定、檢測

가 : 사장님, 여기에서 가까운 지하철역까지 얼마나 걸려요?

老闆，從這裡到最近的地鐵站要多久（時間）？

나 : 이 앱에서 지도로 거리를 **측정해** 보면 금방 알 수 있습니다. 자동차로 2분, 걸어서 10분 정도 걸리네요.

用這個App用地圖測距離就能馬上知道，開車約2分鐘，走路約10分鐘。

動 측정하다 測量、측정되다 被測量
參 거리 측정 距離測量、오염 측정 污染測量、온도 측정 溫度測量、정밀 측정 精密測量、측정 장치 測量裝置

틀

名 [틀]

框架、模式

가 : 시후 씨, 출퇴근 시간이 오래 걸릴 텐데 왜 그렇게 멀리 이사를 가려고 해요?

時厚，上下班時間會很久，你為什麼想搬那麼遠？

나 : 거리는 좀 멀어도 교통은 편한 곳이에요. 매일 똑같은 삶의 **틀**에서 벗어나 여유로운 곳에서 여유를 즐기며 살고 싶거든요.

雖然距離有點遠，但那是交通方便的地方。我想脫離每天一成不變的生活框架，在悠閒的地方享受悠閒的生活。

關 틀에 맞추다 符合框架、틀에 박히다 被框架的釘住、틀에 얽매이다 受限於框架、틀에서 벗어나다 脫離框架

획일적

名 形 [회길쩍/훼길쩍]
漢 劃一的

劃一的

정부는 택시 요금 인상 문제에 대해 **획일적**인 요금 인상이 아닌 탄력 요금제를 검토하고 있다고 밝혔다.

政府表示，對於計程車費用調漲問題，正考慮採用非劃一調漲，而是彈性收費制度。

參 획일적인 사고 劃一性思考、획일적인 디자인 劃一性設計

複習一下

科學／技術 ｜ 交通／運輸

✎ 請選出意思相近的詞語。

1. 기점 •   • ① 응급차
2. 운송 •   • ② 출발점
3. 구급차 •   • ③ 통운

✎ 請問下列括號中共有的詞語是什麼？

4. 차량 (　　), 불법 (　　)

① 능률　② 개조　③ 결함　④ 난폭

5. 최단 (　　), 이동 (　　)

① 경로　② 방법　③ 육로　④ 측정

6. 바닥을 (　　), 아스팔트를 (　　)

① 다듬다　② 다지다　③ 용이하다　④ 가다듬다

✎ 請從例找出最適合填入括號內的單字，並填入。

例　조이다　　맞먹다　　수월하다　　엇갈리다

7. 가: 지금 어디야? 나는 골목 입구에서 계속 기다리고 있는데.
   나: 그래? 나는 지금 집 앞까지 다 왔어. 우리 서로 길이 (　　) 봐.

8. 가: 왜 그렇게 얼굴 표정이 안 좋아요?
   나: 남편이 백화점에 가서 제 월급과 (　　) 양복을 사 왔지 뭐예요. 그래서 말다툼을 좀 했어요.

9. 가: 윤아 씨, 입사한 지 벌써 6개월이 지났지요? 일은 좀 익숙해졌어요?
   나: 네. 팀원 분들이 많이 도와주셔서 이제 많이 (　　).

10. 가: 너 오늘따라 걸음걸이가 많이 불편해 보여.
    나: 구두가 작은지 발이 (　　) 걷기가 힘들어서 그래.

2 정보／기술
資訊／技術

🔊 48.mp3

가려내다

動 [가려내다]

挑出、識別出

가 : 김 과장님은 제품이 불량인지 아닌지를 어떻게 그렇게 빨리 **가려내실** 수 있어요?
金課長，您怎麼能這麼快就分辨出產品是否不良？

나 : 10년이 넘게 이 제품의 개발과 연구를 진행하다 보니 이제는 겉모양만 보고도 판별이 가능합니다.
因為我從事這產品的開發與研究超過十年，現在只看外觀就能辨別。

關 불량품을 가려내다 挑出不良品、진품을 가려내다 挑出真品

가상

名 [가 : 상]
漢 假想

虛擬

가 : 언니, 새로 개봉한 '바닷속'이라는 영화는 4D로 보자.
姊姊，我們用 4D 看新上映的《海底》電影吧。

나 : 좋아. 입체 영화로 봐야 환상적인 바닷속 **가상** 공간을 제대로 느끼면서 영화를 볼 수 있을 거야.
好啊，用立體電影看才能真正感受到夢幻般的海底虛擬空間。

動 가상하다 虛擬
關 가상으로 만들다／그리다 以虛擬方式製作／描繪
參 가상 공간 虛擬空間、가상 현실 虛擬現實、가상 미래 虛擬未來、가상 체험 虛擬體驗

정보／기술・資訊／技術

급속도

名 [급쏙또]
漢 急速度

急速、飛速

자동화 기술이 발전하면서 제조업에서도 첨단 정보 통신 기술과 로봇을 투입해 자동화 수준을 높인 스마트 공장이 **급속도**로 늘고 있다고 한다.

自動化技術在進步中，製造業也引進尖端資訊通信技術和機器人，提升自動化水準的智慧工廠正在迅速增加。

關 급속도로 번지다 急速擴散、급속도로 감소하다 急速減少、급속도로 발전하다 急速發展、급속도로 퍼지다 急速蔓延

기기

名 [기기]
漢 機器／器機

機器、器具

가 : 우와! 이 공장은 모두 자동화 **기기**로 제품을 생산하는군요.

哇！這家工廠全部用自動化機器生產產品呢。

나 : 네. 그래서 예전보다 제품 생산 속도가 훨씬 빨라졌습니다.

是啊，因此產品生產速度比以前快多了。

關 기기가 발달하다 機器發達、기기가 고장 나다 機器故障、기기가 복잡하다 機器複雜
參 컴퓨터 기기 電腦設備、방송 기기 廣播設備、전기 기기 電氣設備、통신 기기 通信設備

기필코

副 [기필코]
漢 期必코
➡ 索引 p.828

一定、必須、無疑地

가 : 이 회장님, 내년에는 **기필코** 흑자를 낼 것이라고 발표하셨는데 특별한 전략이 있으십니까?
李會長，您宣布明年一定會獲利，請問有什麼特別策略嗎？

나 : 네. 제품의 품질 향상을 위해 노력하고 고객 서비스를 최우선으로 하여 제품 판매를 할 예정입니다.
有的，我們將致力提升產品品質，並以客戶服務為優先，推動產品銷售。

關 기필코 성공하다 一定成功、기필코 이루다 一定達成、기필코 승리하다 一定勝利
類 반드시 一定／必須

끈질기다

形 [끈질기다]

執著的、堅韌的

가 : 연구원님, 제품 개발 연구원이 되려면 어떤 자질이 필요합니까?
研究員，想做一個產品開發研究員需要具備什麼特質？

나 : 연구 업무는 무엇보다도 호기심과 그 호기심을 풀기 위한 **끈질긴** 노력이 필요합니다.
研究工作最重要的是要有好奇心，以及為了解決好奇心的堅韌的努力。

參 끈질긴 노력 執著的努力、끈질긴 인내력 堅韌的耐力

科學／技術
13

정보／기술 • 資訊／技術

노출

名 [노출]
漢 露出

露出、暴露

가 : 예준아, 안 받고 싶은 전화는 번호를 어떻게 차단하면 되니?
禮俊，不想接的電話要怎麼封鎖號碼？

내 전화번호가 **노출**이 된 건지 자꾸 이상한 전화가 와.
我的電話號碼是不是被洩露了，老是收到奇怪的電話。

나 : 그래요? 스마트폰 줘 보세요, 할머니. 보면서 설명드릴게요.
是嗎？把智慧手機給我，奶奶，您看著我來說明。

動 노출하다 露出／曝光、노출되다 被曝光
參 정보 노출 資訊洩漏、감정 노출 感情表露、신분 노출 身份暴露

도래

名 [도 : 래]
漢 到來

到來

가 : 서윤아, 이 미래 학자의 책 읽어 봤니?
徐允，你讀過這位未來學家的書嗎？

나 : 응. 1980년대에 벌써 정보화 시대의 **도래**를 예견한 학자의 책 맞지?
嗯，這是1980年代就預見資訊化時代到來的學者寫的書，對吧？

動 도래하다 到來
參 정보화 사회의 도래 資訊化社會的到來、국제화 시대의 도래 國際化時代的到來

두루

副 [두루]

都、全、周全

이번 세미나의 주제는 4차 산업 혁명의 혜택을 인간과 자연이 **두루** 누릴 수 있는 방법에 관한 것이다.
本次研討會的主題是關於如何讓人類與自然都能廣泛享受第四次工業革命的利益。

關 두루 갖추다 具備齊全、두루 배우다 廣泛學習、두루 맡다 全面負責、두루 적용되다 廣泛應用

무궁무진

名 [무궁무진]
漢 無窮無盡

無窮盡

가：교수님, 환경학은 어떤 학문입니까?
教授，環境學是什麼樣的學問？

나：환경학은 생물학, 화학, 통계학, 공학 등 다양한 학문을 포함한 종합 학문으로 **무궁무진한** 발전 가능성이 있는 학문입니다.
環境學是一門涵蓋生物學、化學、統計學、工學等多樣學問的綜合學問，有著無窮無盡的發展潛力。

動 무궁무진하다 無窮無盡
關 무궁무진으로 나오다 無限展現、무궁무진으로 노력하다 不斷努力、무궁무진으로 다양하다 極其多樣

밑거름

名 [믿꺼름]

基礎、原動力

가：드디어 차세대 친환경 핵심 기술을 개발하셨는데요. 비결이 무엇입니까?
您終於開發出下一代環保核心技術了，秘訣是什麼？

나：환경 오염의 피해를 조금이라도 줄이자는 마음이 **밑거름**이 되어 기술을 개발하게 되었습니다.
我是以想要減少環境污染的心願做基礎而從事技術開發的。

關 밑거름으로 삼다 以…作為基礎、밑거름으로 생각하다 視為基礎、밑거름이 되다 成為基礎

科學／技術 13

정보／기술・資訊／技術

변수

名 [변ː수]
漢 變數

變數

미래 사회를 전망할 때 과학 기술의 발전 추세는 커다란 **변수**로 작용을 한다.
在展望未來社會時，科學技術的發展趨勢是巨大的變數。

關 변수로 작용하다 作為變數作用、변수를 고려하다 考慮變數
參 돌발 변수 突發變數、주요 변수 主要變數、새로운 변수 新變數

복제

名 [복쩨]
漢 複製

複製、克隆

가 : 아버지, 정말로 양을 **복제한** 일이 있었어요?
爸爸，真的有複製羊的事嗎？

나 : 응. 1996년에 최초로 '돌리'라는 **복제** 양을 탄생시켰었어. 그 일로 세상이 정말 떠들썩했었지.
是的，1996年首次誕生了名為「多莉」的複製羊，當時全世界都轟動了。

動 복제하다 複製、복제되다 被複製
關 복제가 가능하다 可複製、복제를 금지하다 禁止複製
參 불법 복제 非法複製、복제 인간 複製人

생소하다

形 [생소하다]
漢 生疏하다

生疏的、不熟悉的

가 : 재민아, 나처럼 키오스크 사용을 **생소해하는** 사람들을 위해 사용법에 대한 교육을 한다는데 어디서 하는지 찾을 수 있니?
在民，聽說有為像我這樣對自助服務機不熟悉的人實施使用教學，哪裡在辦你能找到嗎？

나 : 네, 할머니. 인터넷으로 찾아볼게요.
好的，奶奶，我用網路查查看。

參 생소한 물건 生疏的物品、생소한 길 不熟悉的路、생소한 모습 生疏的模樣、생소한 기계 不熟悉的機器

선보이다

動 [선 : 보이다]

展示、公開

가 : 엄마, 저 대학교에 입학하는데 새 노트북 사 주시면 안 돼요?
媽媽,我上大學了,可以買一台新筆電給我嗎?

나 : 안 그래도 입학 선물로 사 주려고 했어. 다음 달에 마트에서 새 제품들을 **선보인다고** 하니 그때 가서 보고 사 줄게.
你不說我也正想買個送你當入學禮物呢,聽說下個月在超市展示新產品,到時我會去看買送給你。

關 작품을 선보이다 展示作品、기량을 선보이다 展現氣度／器量、신작을 선보이다 推出新作
參 선보인 제품 展示過的產品、선보일 예정 預定展示

세포

名 [세 : 포]
漢 細胞

細胞

가 : 국내 연구진이 **세포**를 넓은 면적으로 키워 인체의 손상 부위에 이식하는 새로운 재생 의료 기술을 개발했다고 해요.
據聞國內研究團隊培育大面積細胞,開發了用於人體受損部位移植的新再生醫療技術。

나 : 그래요? 그럼 저도 이 팔에 있는 흉터를 없앨 수 있겠군요.
是嗎?那我也能去除這手臂上的疤痕了。

關 세포가 분열하다 細胞分裂
參 세포 성장 細胞生長、세포 증식 細胞增殖、피부 세포 皮膚細胞、세포의 핵 細胞核

科學／技術 13

735

정보／기술・資訊／技術

우량

名 [우량]
漢 優良
⇨ 索引 p.829

優良

가: 형, 지난달에 산 내 태블릿 있잖아? 그 제품에서 결함이 발견됐다고 전부 리콜해 준다고 나도 하라고 연락이 왔어.

哥，上個月買的平板電腦，聽說那產品有缺陷被發現，他們說要全部召回，我也接到連絡了。

나: 그래? 그 회사가 잘하는 거네. **우량** 제품을 생산하려면 손해를 보더라도 리콜을 해서 결함을 없애는 게 맞지.

是嗎？那家公司做得不錯。要生產優良產品，即使虧損也要召回袪除缺陷才對。

動 우량하다 優良
參 우량 품종 優良品種、우량 기업 優良企業、우량 제품 優良產品、우량 종목 優良品目
反 불량 不良

우성

名 [우성]
漢 優性

優性、顯性

유전적으로 나타나는 **우성**과 열성은 어느 것이 더 우월하다는 의미가 아니라 어느 것이 더 자주 혹은 우선적으로 발현되느냐의 문제이다.

遺傳上全面出現的顯性與隱性並非哪一方更優越的意思，而是指哪一方較常或優先表現出來的問題。

關 우성으로 나타나다 表現為優性
參 우성 유전자 優性基因、우성 인자 優性因子、우성 형질 優性性狀

원격

名 [원ː격]
漢 遠隔

遠距

가: 아빠, 저 로봇이 어떻게 저렇게 혼자 돌아다닐 수 있어요?
爸爸，那台機器人怎麼能自己那樣到處走？

나: 저건 탐사 로봇이라는 건데 사람이 **원격**으로 조정을 해서 사람이 탐사하기 어려운 곳을 대신 조사하게 하는 거야.
那是叫做探測機器人，人在遠距離操控以代替人調查難以探查的地方。

動 원격하다 遠距
參 원격 조종 遠距操控、원격 강의 遠距授課、원격 교육 遠距教育

원료

名 [월료]
漢 原料

原料

식품 업계는 이상 기온 현상이 지속됨에 따라 **원료** 수급에 차질이 생기자 대체 **원료**를 개발하는 데 전력을 다하고 있다.
食品業界因異常氣溫持續，導致原料供應出現差錯，正全力開發替代原料。

關 원료가 부족하다 原料短缺、원료를 구하다 尋找原料、원료로 쓰다 用作原料
參 천연 원료 天然原料、공업 원료 工業原料、화장품 원료 化妝品 원료

科學／技術 13

737

정보／기술・資訊／技術

원자력

名 [원자력]
漢 原子力

原子能、核能

가 : 박사님, **원자력**의 장점은 무엇이라고 볼 수 있습니까?
博士，原子能的優點是什麼？

나 : 그것은 적은 연료 소모로 막대한 양의 에너지를 얻을 수 있다는 것입니다.
它是能用少量燃料獲得大量能源。

關 원자력으로 파괴하다 以原子能破壞、원자력으로 폭파시키다 以原子能爆破
參 원자력 발전 原子能發電、원자력 개발 原子能開發

위성

名 [위성]
漢 衛星
⇨ 索引 p.823

衛星

가 : 산불을 진압하면서 **위성** 통신 기반 인터넷을 사용했대.
他們在撲滅山火時使用了基於衛星通信的網際網路。

나 : 나하고 같은 기사를 보고 있구나? 산간에 고립된 사람들을 **위성** 통신으로 연결해 위치를 파악한 후 구조했다니 대단하지?
你也看同一篇新聞囉？他們用衛星通信連接被困山區的人，定位後救出了他們，真了不起。

關 위성을 쏘다 發射衛星、위성을 발사하다 發射衛星
參 위성 개발 衛星開發、위성 방송 衛星廣播、위성 사진 衛星影像
類 인공위성 人造衛星

융합

名 [융합]
漢 融合

融合

4차 산업 혁명은 산업 전 분야와 정보 통신 기술을 **융합하고** 사물 인터넷, 인공 지능 등 여러 신기술들을 통해 우리의 삶을 크게 변화시키고 있다.
第四次工業革命融合了產業全部領域與資訊通信技術，並通過物資網際網路、人工智慧等新技術，大幅改變我們的生活。

動 융합하다 融合、융합되다 被融合
參 융합 실험 融合實驗、융합 반응 融合反應、기술의 융합 技術的融合

인공적

名 關 [인공적]
漢 人工的

人工

가 : 홍 박사님, **인공적**으로 미생물을 배양해 내고 있으시지요?
洪博士，您正以人工培養微生物吧？

나 : 맞습니다. 그러나 **인공적**으로 배양해 낼 수 있는 미생물은 실제 존재하고 있는 미생물의 1%밖에 안 됩니다.
是的，但能人工培養的微生物只占實際存在微生物的1%。

參 인공적인 맛 人為的味道

정보／기술・資訊／技術

인위적

名 關 [이뉘적]
漢 人為的
⇨ 索引 p.829

人為的

설문 조사 결과, 우리나라 성인의 70%가 **인위적**으로 생명을 연장하는 치료에 찬성하지 않는 것으로 나타났다.

問卷調查結果顯示，我國70%的成年人對人為延長生命的治療不表贊同。

關 인위적으로 만들다 人為製造、인위적으로 보이다 顯得人為
參 인위적인 모습 人為的樣子、인위적인 느낌 人為的感覺、인위적인 모양 人為的形狀
反 자연적 自然的

자유자재

名 [자유자재]
漢 自由自在

自由自在

가 : 화면 여러 개를 붙이고 떼 내며 **자유자재**로 모양을 바꿀 수 있는 스마트폰이 개발됐다는데 넌 본 적 있니?
　　聽說有一種可以自由自在地貼合和拆卸多個畫面，改變形狀的智慧型手機開發出來，你看過嗎？

나 : 아니. 아직 상용화가 안 된 거 아니야?
　　沒有欸，還沒正式商用吧？

動 자유자재하다 自由自在地操作
關 자유자재로 구사하다／다루다／바꾸다 自由自在地運用／操作／改變

💡 主要以「자유자재로」形態使用。

전략

名 [절 : 략]
漢 戰略

戰略

기업은 기술 개발 **전략**을 수립할 때 명확한 방향성을 제시해야 한정된 연구 자원을 효율적으로 이용할 수 있게 된다.
企業在建立技術開發戰略時，必須提示明確方向，才能有效利用有限的研究資源。

關 전략을 세우다 建立戰略、전략으로 내세우다 以戰略作為主張
參 전략적 戰略性的、전략 상품 戰略商品、전략 회의 戰略會議、광고 전략 廣告戰略、발전 전략 發展戰略

전파

名 [전파]
漢 傳播

傳播

가 : 요즘은 어떤 패션이 인기가 있다고 하면 그 **전파** 속도가 엄청난 것 같아. 너도나도 같은 옷차림을 하잖아.
現在只要有人說哪一種時尚流行，它的傳播速度超級快速，於是大家都是一樣的裝扮。

나 : 맞아. 통신의 발달로 그 **전파** 속도가 점점 더 빨라지고 있어.
是啊，通訊發達讓傳播速度越來越快。

動 전파하다 傳播、전파되다 被傳播
參 문화의 전파 文化傳播、사상의 전파 思想傳播

科學／技術 13

정보／기술・資訊／技術

정전

名 [정전]
漢 停電

停電

가 : 공장장님, 갑자기 **정전**이 돼서 작동하던 기계들이 멈췄습니다.
廠長，突然停電，運轉中的機器都停了。

나 : 그 기계는 잠깐 멈춰도 문제없이 재작동되도록 설계가 된 것이니 정전이 끝나면 다시 작동시켜 보세요.
那台機器設計成即使短暫停機也能正常重新運轉，停電結束後再試試看。

動 정전하다 停電、정전되다 被停電
關 정전이 발생하다 停電發生
參 정전 사고 停電事故、정전 원인 停電原因、정전 사태 停電狀態

진보

名 [진ː보]
漢 進步
⇨ 索引 p.829

進步

가 : 물자가 넘쳐나고 기술이 발달해서 편리한 세상이지만 꼭 좋지만은 않은 것 같아.
物資充裕、技術發達，世界變得便利，但似乎不一定全是好事。

나 : 나도 동감이야. 인류가 꾸준히 **진보하고** 있지만 우울증, 불안감 등을 느끼는 사람도 점점 많아지고 있잖아.
我也同感。人類持續進步，但感到憂鬱、不安的人卻越來越多。

動 진보하다 進步、진보되다 被進步
參 기술의 진보 技術的進步、역사의 진보 歷史的進步、진보 속도 進步速度
反 퇴보 退步

첨단

名 [첨단]
漢 尖端

尖端

가 : 사장님, 직원들에게 한 말씀 부탁드립니다.
老闆，請對員工們說幾句話。

나 : 우리 회사가 치열한 경쟁에서 살아남기 위해서는 **첨단** 기술 개발을 게을리해서는 안 됩니다.
我們公司要在激烈競爭中生存，不能疏於尖端技術的開發。

關 첨단을 걷다 走在尖端、첨단을 달리다 跑在尖端
參 첨단 과학 尖端科學、첨단 기술 尖端技術、첨단 제품 尖端產品、첨단 학문 尖端學問

탁월하다

形 [타궐하다]
漢 卓越하다

卓越的

가 : 엄마, 이 로봇 청소기 성능이 대단한데요.
媽媽，這個掃地機器人的性能真厲害。

나 : 그렇지? 성능이 **탁월해서** 사람이 청소하는 것보다 낫다니까.
是吧？性能卓越，比人清掃的還要好。

關 능력이 탁월하다 能力卓越、효과가 탁월하다 效果卓越
參 탁월한 감각 卓越的感覺、탁월한 능력 卓越的能力、탁월한 선택 卓越的選擇、탁월한 안목 卓越的眼光

科學／技術 13

정보／기술・資訊／技術

평면

名 [평면]
漢 平面

平面

가 : 모니터를 하나 사려고 하는데 **평면**으로 된 것과 곡선으로 된 것 중에 어느 것이 더 나을까요?
　　我想買一台監視器，平面的和曲面的哪個比較好？

나 : 둘 다 장단점이 있지만 저는 **평면** 모니터를 추천합니다. **평면**이 내구성이 더 뛰어나거든요.
　　各有優缺點，但我推薦平面監視器，因為平面的耐用度比較好。

關 평면으로 보이다 看起來為平面、평면으로 만들다 製成平面
參 평면 텔레비전 平面電視、평면 거울 平面鏡、평면 모니터 平面螢幕、평면 도형 平面圖形／平面性

풍력

名 [풍녁]
漢 風力

風力

가 : 엄마, 학교에서 **풍력** 에너지를 생산하는 발전소로 견학을 간대요.
　　媽媽，學校要去生產風力能源的發電廠參觀。

나 : 그래? 언제 간다고 하니? 준비물도 있어?
　　是嗎？什麼時候去？需要帶什麼東西嗎？

關 풍력이 강하다 風力強、풍력을 이용하다 利用風力
參 풍력 발전 風力發電、풍력 전기 風力電力

744

합성

名 [합썽]
漢 合成

合成

가 : 사진을 **합성할** 수 있는 프로그램이 너무 많아서 뭘 사용해야 할지 모르겠네.
能合成照片的軟體實在太多，不知道該用哪個。

나 : 이 프로그램이 사용하기 편할 것 같으니까 이걸 써 봐.
我覺得這個軟體用起來方便，你試試看。

動 합성하다 合成、합성되다 被合成
參 합성 사진 合成照片、합성 방법 合成方法、합성 섬유 合成纖維、합성 세제 合成洗劑

핵

名 [핵]
漢 核
⇨ 索引 p.825

核子

핵무기가 다른 나라 안보에 위협 요소가 되니 **핵**무기를 폐기해야 한다는 운동이 전 세계적으로 일어나고 있다.
核武器可為他國安全的威脅要素，全球興起要求廢除核武的運動。

關 핵을 보유하다 擁有核武、핵을 포기하다 放棄核武
參 핵 개발 核子研發、핵 공격 核子攻擊、핵 확산 核子擴散
類 핵무기 核子武器

科學／技術 13

헌신

名 [헌ː신]
漢 獻身

獻身、投身

가 : 여러분의 **헌신**과 노력 덕분에 서빙하는 로봇을 상용화시킬 수 있었습니다.
託各位的奉獻與努力之福，才得以實現送餐機器人的商用化。

나 : 아닙니다, 사장님. 앞으로 더 노력하도록 하겠습니다.
不，老闆，我們會繼續努力的。

動 헌신하다 獻身／奉獻
參 헌신적 奉獻的、헌신의 노력 獻身的努力

정보／기술・資訊／技術

혁신

名 [혁씬]
漢 革新

革新

한 기업에서 지식 공유 시스템을 통해 업무 매뉴얼을 누구나 작성하고 수정할 수 있게 하는 **혁신**적인 방법을 사용해 주목을 받고 있다.

有一家公司使用了經由知識共享系統，讓任何人都能編寫和修改事務手冊的創新方法而備受矚目。

動 혁신하다 革新、혁신되다 被革新
關 혁신이 일어나다 發生革新、혁신을 요구하다 要求革新
參 혁신적 革新的、기술 혁신 技術革新、체제 혁신 體制革新、방법의 혁신 方法革新

활자

名 [활짜]
漢 活字

活字

책을 신속하게 다량으로 찍어 낼 수 있는 금속 **활자** 인쇄술의 발명은 문명사에 획을 긋는 대사건으로 평가된다.

能快速大量印刷書籍的金屬活字印刷術發明，被評為文明史上的劃時代大事。

關 활자가 부족하다 活字短缺、활자로 찍다 用活字印刷、활자를 만들다 製作活字
參 금속 활자 金屬活字、활자 인쇄 活字印刷

746

획기적

名 關 [획끼적/
획끼적]
漢 劃期的

劃時代、革命性的

가 : 이 '구글 카드보드'가 몇 년 전에 **획기적**인 발명품으로 선정됐었대.

聽說幾年前「Google Cardboard」被選為劃時代的發明品。

나 : 간단하게 가상 현실을 체험할 수 있도록 한 제품 말이지?

就是那個讓人輕鬆體驗虛擬實境的產品吧？

關 획기적으로 바꾸다 劃時代地改變
參 획기적인 사건 劃時代事件、획기적인 변화 劃時代變化、획기적인 일 劃時代事件、획기적인 성과 劃時代成果

후속

名 [후ː속]
漢 後續

後續

현 전기 자동차의 문제점을 보완한 **후속** 모델이 곧 출시될 예정이라고 한다.

據說即將推出補足現有電動車缺點的後續車型。

動 후속하다 跟進、후속되다 被跟進
關 후속으로 나오다 後續推出
參 후속 조치 後續措施、후속 대책 後續對策、후속 작업 後續作業

複習一下

科學／技術 ｜ 資訊／技術

✏️ 請選出意思相反的詞語。

1. 우량 •   • ① 퇴보
2. 인위적 •   • ② 자연적
3. 진보 •   • ③ 불량

✏️ 請選出適合填入括號內的詞語。

4. 이번 경기에서 우리는 (　　　　) 이겨야 합니다.

① 급기야　② 드디어　③ 마침내　④ 기필코

5. 처음 와 보는 길이라 너무 (　　　　) 어디가 어딘지 잘 모르겠어요.

① 생소해서　② 서툴러서　③ 용이해서　④ 불편해서

6. 제 동생은 여러 악기를 (　　　　) 다룰 수 있지만 그중에서도 피아노를 제일 잘 쳐요.

① 만장일치로　② 다다익선으로　③ 자유자재로　④ 각양각색으로

✏️ 請從中找出適合填入括號內的單字，並填入。

| 例 | 가려내다 | 탁월하다 | 선보이다 |

7. 가: 누나, 무슨 음식을 만들고 있어? 오늘도 특이한 재료를 사용해서 요리하는 거야?
   나: 응. 조금만 기다려 봐. 지금까지 경험해 보지 못한 새로운 맛을 (　　　　) 테니.

8. 가: 지호야. 밥을 먹을 때마다 그렇게 콩을 다 (　　　　) 어떻게 하니?
   나: 엄마, 죄송해요. 그런데 저는 콩이 너무 맛이 없단 말이에요.

9. 가: 장 교수님 강의는 학기마다 수강 신청이 제일 빨리 마감된대요.
   나: 장 교수님이 강의 내용을 재미있게 설명하시는 데 (　　　　) 능력을 가지고 있어서 인기가 많은가 봐요.

3 통신／매체
通訊／媒體

49.mp3

공학

名 [공학]
漢 工學
⇨ 索引 p.823

工學

가 : 서윤 씨, 이번에 동생이 대학에 입학했다면서요? 뭘 전공해요?

徐允，聽說你弟弟這次考上大學了？主修什麼？

나 : 신소재 **공학**이에요. 기본적으로 21세기 산업 분야의 핵심 소재를 연구하고 개발하는 학문이래요.

是新材料工學，基本上是研究和開發21世紀產業領域核心材料的學問。

參 공학 교수 工學教授、공학 박사 工學博士、공학 분야 工學領域、첨단 공학 尖端工學
類 엔지니어링 工程學

구독

名 [구독]
漢 購讀

訂閱

가 : 지우야, 이 동영상 채널에 새 게시물이 올라오는 걸 어떻게 알 수 있니?

智宇，怎麼知道這個影片頻道有新影片上傳？

나 : 여기 동영상 아래 **구독** 버튼을 누르시고 알림 설정을 해 놓으면 돼요.

在影片下方按訂閱鈕，並設定通知就可以了。

動 구독하다 訂閱
參 구독 기간 訂閱期間、구독 요금 訂閱費用、신문 구독 報紙訂閱、정기 구독 定期訂閱

科學／技術 13

통신／매체 • 通訊／媒體

구축

名 [구축]
漢 構築

構築、構建

강릉시는 행정 시스템의 보안을 강화하기 위해 '자가 통신망'을 **구축할** 계획이라고 발표했다.

江陵市宣布計劃構建「自有通信網」，以加強行政系統的安全。

動 구축하다 構築、구축되다 被構築
參 통신망 구축 通信網構築、시설 구축 設施構築、구축 공사 構築工程

기발하다

形 [기발하다]
漢 奇拔하다

新穎的、奇特的

한 자동차 회사에서 운전자의 감정을 읽어 기분을 전환시켜 줄 수 있는 시스템이 적용된 **기발한** 자동차를 개발했다고 한다.

某汽車公司表示開發出能讀取駕駛者情緒、幫助轉換心情的奇特汽車。

關 생각이 기발하다 想法奇特、발상이 기발하다 創意奇特

남다르다

形 [남다르다]

與眾不同、異於常人

가 : 준우 어머니, 준우는 무슨 회사에 다녀요?
　　俊宇媽媽，俊宇在哪家公司上班？

나 : 컴퓨터 소프트웨어 개발 회사에 다녀요. 어릴 때부터 컴퓨터에 **남다른** 재능을 보이더니 취직도 그쪽으로 했어요.
　　他在電腦軟體開發公司上班，從小就展現出與眾不同的電腦天賦，就業也往那方面去。

關 감회가 남다르다 感慨不同
參 남다른 재능 與眾不同的才能、남다른 관심 特別關心、남다른 능력 特異能力、남다른 감각 特異感覺

도약

名 [도약]
漢 跳躍

躍進、飛躍

가 : 우리 회사의 새로운 **도약**을 위해서는 첨단 기술을 활용한 업무 처리 방식을 도입해야 합니다.
為了我們公司的嶄新飛躍，必須引進利用尖端技術的工作處理方式。

나 : 네, 사장님. 업무 처리 방식을 재검토하겠습니다.
是的，老闆，我會重新檢討工作處理方式。

動 도약하다 躍進
關 도약을 꿈꾸다 夢想飛躍
參 경제적 도약 經濟飛躍、새로운 도약 嶄新飛躍、힘찬 도약 蓬勃飛躍

미흡하다

形 [미ː흐파다]
漢 未洽하다

欠妥的、不足的

가 : 새로 출시된 노트북의 기능에 대해 설명드렸는데요. 설명이 **미흡한** 부분이 있으면 질문해 주시기 바랍니다.
我剛介紹了新推出的筆電功能，如果說明有不足的地方，請提出問題。

나 : 노트북 화면을 휴대폰에서 보는 방법을 설명해 주셨는데 이해가 잘 안 됩니다. 다시 말씀해 주시겠습니까?
您說明了如何用手機看筆電畫面，但我不太懂，可以再說一次嗎？

參 미흡한 설명 不足的說明、미흡한 부분 不足的部分、미흡한 조치 不足的措施

통신／매체 • 通訊／媒體

발명품

名 [발명품]
漢 發明品

發明物

가 : 기발하고 재미있는 **발명품**들이 정말 많지? 이 우산은 접으면 가방이 된대.
　　新奇有趣的發明品真多呢！這把傘摺起來可以變成包包。

나 : 나는 스마트폰 케이스 뒤에 거울을 장착한 것도 좋은 아이디어인 것 같아. 거울은 수시로 보는 거니까.
　　我覺得手機殼背面裝鏡子的點子也不錯，因為鏡子常用得到。

關 발명품을 연구하다 研究發明品、발명품을 만들다 製作發明品、발명품이 제작되다 發明品被製作
參 발명품 전시회 發明品展覽會、발명품 개발 發明品開發、과학 발명품 科學發明品

발상

名 [발쌍]
漢 發想

想法、點子、創意

가 : 너무 폭력적이지 않고 어른과 아이가 같이 할 수 있는 모바일 게임을 개발하자고 했는데 진행 상황이 어떤가요?
　　我們說要開發一款不太暴力、大人小孩都能玩的手機遊戲，進度如何？

나 : 기발한 **발상**이 나오기까지 지속적으로 회의를 하면서 아이디어를 모으는 중입니다.
　　我們持續開會收集點子，直到有奇特的想法出現。

關 발상을 전환하다 轉變想法
參 발상의 전환 思想轉變、기발한 발상 奇葩的想法、시대착오적 발상 穿越時空的想法

발신자

名 [발씬자]
漢 發信者
⇨ 索引 p.824, 829

寄信人、來電人

가 : 왜 이렇게 **발신자** 번호 표시가 제한된 전화가 계속 오지?
   為什麼一直收到不顯示來電號碼的電話？

나 : 받기 귀찮으면 차단해 버려.
   接到煩的話就封鎖掉。

參 발신자 번호 發信者號碼、발신자 주소 發信者地址、발신자 추적 發信者追蹤、발신자 표시 發信者顯示
類 발신인 發信人
反 수신자 收信者、수신인 收信人

부가

名 [부ː가]
漢 附加

附加

통신사에서는 하나의 핸드폰에서 두 개의 번호로 통화나 문자를 보낼 수 있는 **부가** 서비스를 제공하고 있다.
電信公司提供一支手機可用兩個號碼通話或發簡訊的附加服務。

動 부가하다 附加、부가되다 被附加
參 부가적 附加的、부가 기능 附加功能、부가 서비스 附加服務、부가 수익 附加收益、부가 정보 附加資訊

부재

名 [부재]
漢 不在

不存在、缺失

비밀번호 등의 인증을 요구하는 과정에서 인증 시도 제한 기능이 **부재한** 경우 보안이 취약할 수 있으므로 보안 장치를 더 마련해야 한다.
在要求密碼等認證的過程中，若缺乏認證嘗試限制功能，安全性可能會薄弱，因此須加強提供安全裝置。

動 부재하다 缺席／不在
參 능력 부재 能力缺失、지도력 부재 領導力缺失、대화 부재 缺乏對話、안전 부재 缺乏安全

科學／技術
13

753

통신／매체・通訊／媒體

수신자

名 [수신자]
漢 受信者
⇨ 索引 p.822, 829

收信人

등기 우편이나 소포를 보낼 때는 발신자와 **수신자** 모두 주소와 전화번호를 정확하게 적어야 한다.

寄掛號信或包裹時，寄件人和收件人都必須準確寫明地址和電話號碼。

參 수신자 표기 收件人標示
類 수신인 收件人
反 발신자 寄件人、발신인 寄件人

실마리

名 [실 : 마리]
⇨ 索引 p.822

頭緒、端倪

가 : 예준아, 고장 난 컴퓨터를 직접 고치다가 완전히 못 쓰게 되면 어쩌려고 그러니? 서비스 센터에 가지고 가는 게 어때?

禮俊啊，你自己修壞掉的電腦，如果完全壞掉怎麼辦？帶去服務中心比較好吧？

나 : 이제 어떻게 고치면 되는지 **실마리**가 보여. 걱정하지 마.

我現在找到修理的頭緒了，不用擔心。

關 실마리를 풀다 解開頭緒、실마리를 제공하다 提供線索、실마리가 보이다 頭緒顯現
類 단서 線索、단초 端倪

오류

名 [오ː류]
漢 誤謬
⇨ 索引 p.823

錯誤

가 : 갑자기 컴퓨터 화면이 멈추고 화면이 파랗게 바뀌었는데 어떻게 해야 해요?
突然電腦畫面靜止，變成藍色，該怎麼辦？

나 : 네. 손님. **오류**가 발생한 것 같습니다. 조치를 취해 드릴 테니 잠시만 기다려 주시겠습니까?
是的，先生，我想是發生錯誤了。我會為您處理，請稍等。

關 오류가 나다 錯誤發生、오류가 발생하다 錯誤發生、오류가 생기다 出錯
類 버그 錯誤／bug

유발

名 [유발]
漢 誘發

誘發、導致

가 : 왜 이렇게 길이 막히지? 출퇴근 시간도 아닌데 이렇게 교통 체증을 **유발하는** 요인이 뭐지?
為什麼路這麼塞？又不是上下班時間，導致這種交通壅塞的因素是什麼？

나 : 그러길래 스마트폰으로 내비게이션을 켜서 빠른 길을 확인하라고 했잖아.
因此我不是叫你開手機導航找最快路線嗎？

動 유발하다 誘發、유발되다 被誘發
參 동기 유발 誘發動機、유발 요인 誘發因素

科學／技術 13

통신／매체・通訊／媒體

유포

名 [유포]
漢 流布

散布

누구든지 정당한 사유 없이 악성 프로그램을 전달 또는 **유포하는** 행위는 범죄에 해당된다.

任何人無正當理由傳播或散布惡意程式的行為，都屬於犯罪。

動 유포하다 散布、유포되다 被散布
參 유언비어 유포 散布謠言、바이러스 유포 散布病毒、허위사실 유포 散布虛假事實

장비

名 [장비]
漢 裝備

裝備、設備

가 : 지우야, 아침부터 인터넷으로 뭘 그렇게 보고 있니?

智宇，你從早上開始一直在網路上看什麼？

나 : 1인 방송을 좀 해 보려고요. 그러려면 마이크나 조명 같은 **장비**가 필요해서 사려고 찾고 있어요.

我想試試做一人直播，為此需要麥克風和燈光等設備，所以正在找要買。

關 장비를 고치다 修理設備、장비를 갖추다 裝備設備
參 촬영 장비 攝影設備、최신 장비 最新設備、방송 장비 廣播設備、첨단 장비 尖端設備

장치

名 [장치]
漢 裝置

裝置

가 : 스마트폰 앱 중에 도청 **장치** 기능을 하는 것이 있다면서요?
聽說有些手機應用程式具有竊聽裝置的功能？

나 : 나도 들은 적이 있기는 한데 그건 불법이에요.
我也聽說過，但那是非法的。

動 장치하다 裝置、장치되다 被裝置
關 장치를 달다 安裝裝置、장치가 개발되다 裝置被開發
參 안전장치 安全裝置、도청 장치 竊聽裝置、기계 장치 機械裝置、진동 장치 振動裝置

적합

名 [저캅]
漢 適合

適合

방송 통신 기자재를 제조 또는 판매하거나 수입을 하고 싶은 사람은 그 기자재가 **적합한지** 먼저 평가를 받아야 한다.
想製造、銷售或進口廣播通信器材的人，必須先評估該器材是否適合。

動 적합하다 適合
參 적합 판정 適合判定、적합 여부 適合與否

科學／技術 13

통신／매체・通訊／媒體

절감

名 [절감]
漢 節減

節省

가：올해 애플리케이션 개발비가 너무 많이 들고 있어요. 비용을 **절감할** 수 있는 방법이 없나요?
今年應用程式開發費用太高了，有沒有節省成本的方法？

나：혹시 불필요하게 낭비되고 있는 비용이 있는지 찾아보겠습니다.
我會看看有沒有不必要浪費的費用。

動 절감하다 節省、절감되다 被節省
參 에너지 절감 節能、경비 절감 節省經費、비용 절감 節省費用、절감 효과 節省效果

조립

名 [조립]
漢 組立

組裝

가：시후야. 새 컴퓨터 **조립**은 다 했니?
時厚，新電腦組裝好了嗎？

나：아니. 시스템을 냉각시켜 주는 팬을 잘못 설치했는데 잘 안 빠져서 애를 먹고 있어.
沒有，我裝錯了散熱風扇，拆不下來很麻煩。

動 조립하다 組裝、조립되다 被組裝
參 기계 조립 機械組裝、자동차 조립 汽車組裝、컴퓨터 조립 電腦組裝、조립 업체 組裝廠商

조작

名 [조작]
漢 操作

操作

가 : 부장님 컴퓨터가 갑자기 멈췄다고 하는데 담당 부서에 연락 좀 해 주세요.
經理說電腦突然當機，請聯絡相關部門。

나 : 과장님, 제가 컴퓨터 **조작**을 좀 할 줄 아니 한 번 점검해 보겠습니다.
課長，我會操作電腦，來檢查看看。

動 조작하다 操作、조작되다 被操作
參 조작 능력 操作能力、조작 방법 操作方法、기계 조작 機械操作、비행 조작 飛行操作、컴퓨터 조작 電腦操作

지속

名 [지속]
漢 持續

持續

가 : 이 스마트폰은 크기가 작으니까 배터리 **지속** 시간이 다른 스마트폰보다 짧겠지요?
這款手機體積小，電池續航時間應該比其他手機短吧？

나 : 아닙니다, 손님. 그 스마트폰도 배터리가 오래 갑니다.
不，先生，那款手機電池也很耐用。

動 지속하다 持續、지속되다 被持續、지속시키다 使持續
參 지속적 持續的、지속 시간 持續時間、지속 가능성 持續可能性

科學／技術 13

통신／매체 • 通訊／媒體

지표

名 [지표]
漢 指標

指標

가: 이 사이트를 보니 기대 수명, 건강 수명 등 한국 국민 삶의 질 **지표**를 나타낸 통계들이 모두 있네요.
這個網站上有期待壽命、健康壽命等韓國國民生活品質指標的所有統計數據。

나: 그래요? 나도 같이 좀 봐요.
是嗎？我也一起看看。

關 지표를 세우다 設定指標、지표를 제시하다 提示指標
參 교육의 지표 教育指標、새로운 지표 新指標、주요한 지표 主要指標

참신하다

形 [참ː신하다]
漢 嶄新하다／斬新하다

嶄新的

가: 화상 회의가 대면 회의보다 참여자의 창의성을 억누른다는 연구 결과가 나왔대요.
有研究結果指出，視訊會議比面對面會議更抑制了參與者的創造力。

나: 화상 회의에서는 참석자의 얼굴에 집중하는 환경이다 보니 **참신한** 아이디어를 내는 게 부담스러워서 그런 게 아닐까요?
視訊會議是個讓人專注在參與者臉部的環境，或許是讓人覺得提出新穎想法有壓力的緣故吧？

參 참신한 생각 嶄新的想法、참신한 인물 嶄新的人物、참신한 기획 嶄新的企劃、참신한 디자인 新穎的設計

촉진

名 [촉찐]
漢 促進

促進

스마트폰 생산 업체들은 해마다 신제품이 출시되도록 개발을 **촉진하고** 있다.

智慧型手機生產廠商每年都促進新產品的開發與推出。

動 촉진하다 促進、촉진되다 被促進
參 개발 촉진 促進開發、공업화 촉진 促進工業化、산업화 촉진 促進產業化、생산 촉진 促進生產

토대

名 [토대]
漢 土臺

基礎、根基

한국의 과학 기술은 경제 발전을 비롯해 외교, 문화를 단단히 받쳐 주며 한국이 경제 대국으로 성장하는 **토대**가 됐다.

韓國的科學技術堅實支持經濟發展及外交、文化，成為韓國成長為經濟大國的基礎。

動 토대하다 支撐
關 토대를 마련하다 打下基礎、토대로 삼다 作為基礎
參 발전의 토대 發展的基礎、성장의 토대 成長基礎

파급

名 [파급]
漢 波及

波及、影響

경제 성장에 따라 정보 통신 산업의 수요가 증가하고 있으며 정보 통신 산업이 국가 경제에 미치는 **파급** 효과도 커지고 있다.

隨著經濟成長，資訊通信產業需求增加，該產業對國家經濟的波及效果也日益擴大。

動 파급하다 波及、파급되다 被波及
關 파급이 미치다 波及、파급이 빠르다 波及速度快、파급이 예상되다 預計波及
參 파급 효과 波及效果

科學／技術 13

통신／매체 • 通訊／媒體

확연히

- 副 [화견히]
- 漢 確然히

確切地

가 : 작년에 출시된 제품과 올해 새로 출시된 제품의 큰 차이점을 못 느끼겠는데요.
　　我感覺不出去年上市的產品和今年新產品有很大差異。

나 : 외관으로 봤을 때 **확연히** 구분되는 점은 크게 없지만 성능이 훨씬 좋아졌습니다.
　　從外觀來看沒有明顯區別，但性能大幅好轉。

關 확연히 다르다 明顯不同、확연히 구분되다 清楚區分、확연히 드러나다 清晰顯現、확연히 알다 清楚知道

複習一下

科學／技術 ｜通訊／媒體

✏️ 請將下列項目中相符合的項目連接起來。

1. 생각이　·　　　　　　　　· ① 보이다
2. 발상을　·　　　　　　　· ② 기발하다
3. 실마리가　·　　　　　　· ③ 전환하다

✏️ 請從中找出適合填入括號內的詞語，並填入。

> 例　　　유포　　　오류　　　유발

4. 한 연예인이 허위 사실을 (　　)한 혐의로 연예 담당 기자를 고소했다.
5. 컴퓨터 모니터에 (　　) 창이 자꾸 떠서 작업을 하기가 힘들다.
6. 탄 음식이 암을 (　　)한다고 해서 나는 되도록 음식을 태우지 않으려고 노력한다.

✏️ 請從中找出適合填入括號內的詞語，並填入。

> 例　　　미흡하다　　　참신하다　　　남다르다

7. 가: 그게 새로 산 가방이구나? 디자인이 굉장히 특이하다.
   나: 응. 가격이 조금 비싸기는 했는데 디자인이 (　　) 마음에 들더라고.

8. 가: 서윤 씨가 또 대리님과 얘기를 나누고 있네요.
   나: 서윤 씨가 작성한 보고서에 (　　) 부분이 있는데 그 부분을 수정하기가 쉽지 않은가 봐요. 그래서 대리님이 계속 설명을 해 주시더라고요.

9. 가: 예준이 너는 옷을 참 잘 입는 것 같아. 오늘도 너무 멋지다.
   나: 고마워. 우리 누나 덕분이야. 누나가 패션에 (　　) 감각이 있어서 내가 옷 입을 때마다 조언을 해 주거든.

用漢字學韓語・度

✎ 我們來看看韓文詞彙是如何與漢字產生聯繫的。

度 도
법도
禮法制度、法律制度

과도하다
過度、過分
p.807

자동차 수리비가 생각보다 과도하게 나와 이번 달에는 다른 지출을 줄이기로 했다.
汽車維修費用比預期高出許多，所以這個月決定減少其他支出。

급속도
急速、飛速
p.730

우리 인류는 산업 혁명을 거친 후 급속도의 경제 발전을 이룩했다.
我們人類經歷工業革命後，實現了快速的經濟發展。

농도
濃度
p.809

자동차 배기가스는 대기오염 물질의 농도를 높이는 원인 중 하나이다.
汽車廢氣是提高大氣污染物濃度的原因之一。

빈도
頻率
p.812

이 단어들은 일상생활에서 사용 빈도가 높으니까 꼭 외우기 바랍니다.
這些單詞在日常生活中使用頻率很高，請務必記住。

의존도
依賴程度、可靠程度
p.722

국내 건설사의 해외 의존도가 높아지면서 해외 건설이 점차 늘어날 것으로 전망된다
隨著國內建設公司的海外依賴度提高，預計海外建設將逐漸增加。

완성도
完成度
p.580

최윤아 작가가 디자인한 제품은 미적 완성도가 매우 높다는 평가를 받고 있다.
崔允兒作家設計的產品被評價為美學完成度非常高。

14 성질 性質

1 **속도／수량／크기** 速度／數量／大小
2 **시간／시기** 時間／時期
3 **의성어／의태어** 擬聲語／擬態語
4 **정도** 程度

用漢字學韓語・化

1 속도／수량／크기
速度／數量／大小

건수
名 [건쑤]
漢 件數

件數，數量

가：이번 명절은 다행히 예년에 비해 교통사고 **건수**가 크게 줄었다고 합니다.
據說今年節日期間很幸運地交通事故件數較往年大幅減少。

나：맞습니다. 이동 차량은 증가했지만 사고는 50%나 감소한 것으로 나타났습니다.
是的，雖然行駛車輛增加，但事故卻減少了 50%。

關 건수가 많다 件數多、건수가 줄다 件數減少、건수를 올리다 提高件數

남짓
名 [남짇]

餘

가：어제 찾아간 식당은 기다리지 않고 바로 들어갔어?
你昨天去的餐廳沒有等就直接進去了嗎？

나：아니, 도착했을 때 벌써 열 명 **남짓** 줄을 서서 기다리고 있어서 한참 기다렸다가 들어갔어.
沒有，到了時候已經有十多人排隊等了，我等了一會兒才進去。

參 열 명 남짓 十餘人、백 미터 남짓 一百公尺餘、마흔 살 남짓 四十歲出頭、한 달 남짓 一個月多

대거

名 [대 : 거]
漢 大擧

大擧、大規模

가 : '한국회사'의 채용 공고를 보니까 조건이 좋은 것 같던데 너도 지원했지?

看了「韓國公司」的招募公告，條件好像不錯，你也應徵了吧？

나 : 네, 그런데 조건이 좋은 만큼 지원자가 **대거**로 몰려서 경쟁이 치열할 것 같아요.

是的，但相對於條件好，應徵者大批湧入，競爭會很激烈。

關 대거로 나타나다 大規模出現、대거로 모집하다 大量招募、대거로 몰려들다 大批湧入、대거로 이동하다 大規模移動

더미

名 [더미]

堆

가 : 오늘 큰길가에 있는 건물에서 화재가 났다던데 들었어?

聽說今天大路旁的建築物起火了，你有聽說嗎？

나 : 응, 경찰이 화재 원인을 찾고 있는데 건물 인근 쓰레기 **더미**에서 불길이 치솟는 걸 본 사람이 있대.

嗯，警方在調查火災原因，說有人看到從建築物附近的垃圾堆冒出火焰。

參 돌 더미 石堆、바위 더미 岩石堆、옷 더미 衣物堆、책 더미 書本堆

속도／수량／크기•速度／數量／大小

듬뿍
副 [듬뿍]

滿滿地

가: 이 만두는 하나만 먹어도 배가 부르네요.
這餃子吃一個就很飽了。

나: 저도 그래요. 만두를 빚을 때 고기랑 채소를 **듬뿍** 넣어서 그런지 양이 엄청 많아요.
我也是。或許是包餃子的時候肉和菜放得很滿，所以份量特別多。

關 듬뿍 담다 裝得滿滿的、듬뿍 따르다 倒得滿滿的、듬뿍 붓다 倒滿、듬뿍 채우다 裝滿

마저
副 [마저]

都，全部

가: 김 과장, 늦었으니 이제 퇴근하는 게 좋겠어요.
金科長，已經晚了，該下班了。

나: 금방 마무리할 수 있을 것 같은데요. 하던 작업만 **마저** 끝내고 퇴근할게요.
我想很快就能收尾，我先把手頭的工作做完再走。

모조리
副 [모조리]

全部

오늘따라 배도 고프고 지쳐서 집에 들어오자마자 엄마가 차려 주신 음식을 **모조리** 먹어 치우고 바로 잠자리에 들었다.
今天特別餓又累，一回家就把媽媽準備的飯菜全吃光，然後立刻睡覺了。

關 모조리 가져가다 全部拿走、모조리 빼앗기다 全部被搶走、모조리 사라지다 全部消失、모조리 잃다 全部丟失
類 남김없이 毫無剩餘

무수하다

形 [무수하다]
漢 無數하다
⇨ 索引 p.827

無數

무수한 별이 머리 위로 쏟아질 듯 떠 있던 부산 앞바다의 풍경을 아직도 잊을 수 없다.
還忘不了釜山海面上空滿天星斗的景象。

關 무수하게 많다 數不盡、별이 무수하다 星星繁多、털이 무수하다 毛髮茂密
參 무수한 사람들 無數人群
類 수없다 數不清

부피

名 [부피]

體積、容積

가 : 엄마, 준비한 짐이 여행 가방에 다 안 들어가요.
媽媽，準備的行李裝不進旅行箱。

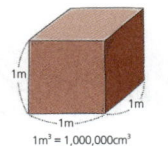

나 : 그럼 필요 없는 물건은 빼서 **부피**를 좀 줄여 봐.
那就把不需要的東西拿出來，減少體積。

關 부피가 작다 體積小、부피가 크다 體積大、부피를 재다 量體積

불과

副 [불과]
漢 不過
⇨ 索引 p.828

只不過

가 : 오늘은 너무 피곤하고 힘들어서 운동을 못 하겠어요.
今天太累太辛苦，無法運動了。

나 : 여보, 운동 시작한 지 **불과** 이틀밖에 안 지났는데 벌써 이러면 어떻게 해요?
親愛的，開始運動才兩天而已，這樣怎麼行呢？

形 불과하다 僅僅是
參 불과 이틀 전 僅兩天前、불과 몇 명 僅幾人、불과 몇 초 차이 僅差幾秒
類 겨우 勉強

💡 主用於表示數量的詞前。

속도／수량／크기・速度／數量／大小

불어나다

動 [부러나다]

增多、上漲

가：폭우로 잠수교 통행이 금지되었대요.
因暴雨，潛水橋禁止通行了。

나：그 다리는 강물이 조금만 **불어나도** 잠기니 새삼스러운 일도 아니에요.
那座橋只要水稍微漲高就會淹水，這不算新鮮事。

關 식구가 불어나다 家口增多、인구가 불어나다 人口增加、재산이 불어나다 財產增加
參 불어난 강물 上漲的河水

비좁다

形 [비ː좁따]

窄小、狹窄

가：시후야. 너는 키가 커서 비행기 좌석이 **비좁을** 것 같은데 괜찮니?
時厚，你個子高，飛機座位會不會太窄啊？

나：괜찮아. 다리를 제대로 못 펴서 불편하긴 한데 어쩔 수 없지.
還好啦，腿伸不直挺不舒服，但也沒辦法。

關 방이 비좁다 房間狹窄、자리가 비좁다 座位狹窄、집이 비좁다 房子狹窄
參 비좁은 골목 狹窄小巷、비좁은 교실 狹小教室

빈틈

名 [빈ː틈]

空隙、隙縫

가 : 여보, 겨울이 되기 전에 창문 **빈틈**을 막는 작업을 좀 해야겠어요.
親愛的，冬天來之前得先把窗戶的空隙堵起來。

나 : 알겠어요. 문풍지만 붙여 놓아도 추위가 훨씬 덜하니 이번 주말에 손을 좀 볼게요.
知道了，只貼防風紙冷氣就會減少很多，我這個週末會處理。

形 빈틈없다 無空隙／無瑕疵
關 빈틈이 보이다 有空隙可見、빈틈이 생기다 產生空隙、빈틈을 막다 堵住空隙、빈틈을 없애다 消除空隙
參 빈틈 사이 空隙間

수차례

名 [수ː차례]
漢 數次例

幾次

가 : 예준아, 오늘 오전에 내가 **수차례** 전화를 했는데 왜 안 받았니? 무슨 일 있는 줄 알았잖아.
禮俊，今天上午我打了好幾次電話，你為什麼沒接？我還以為你出事了呢。

나 : 형, 미안해. 내가 핸드폰을 집에 두고 나오는 바람에 받을 수가 없었어.
哥，抱歉，我把手機忘在家裡了，無法接電話。

關 수차례 만나다 多次見面、수차례 반복하다 反覆多次、수차례에 걸치다 經歷多次
參 수차례의 고비 多次關鍵時刻、수차례 요청 多次請求

性質

14

속도／수량／크기 • 速度／數量／大小

용량

名 [용냥]
漢 容量

容量

가 : 이 냉장고는 **용량**이 커서 네 식구가 사용하기에 적당합니다.
　這台冰箱容量很大，適合你們四口之家使用。

나 : 마음에는 드는데 가격이 좀 부담스러워서요. 조금 작은 **용량**의 제품도 있나요?
　我喜歡，但感覺價格有些負擔，有沒有容量稍小的產品？

關 용량이 부족하다 容量不足、용량이 작다 容量小、용량이 크다 容量大、용량을 늘리다 增加容量、용량을 줄이다 減少容量

인산인해

名 [인산인해]
漢 人山人海

人山人海

가 : 저기 뉴스에 나온 사람들 좀 봐. 새해 첫 해돋이를 보겠다고 저렇게 **인산인해**를 이루고 있어.
　你看新聞上的那些人，為了看新年的第一道曙光，擠得人山人海。

나 : 그러게 말이야. 대단한 사람들이다. 우리도 내년에는 한번 가 볼까?
　是啊，真厲害的人潮。我們明年也去看看吧？

關 인산인해가 되다 變成人山人海、인산인해를 이루다 形成人山人海、인산인해로 들어차다 擠滿人山人海

질량

名 [질량]
漢 質量

質量

물이 얼어서 얼음이 되면 부피가 커지고 밀도는 작아지지만 **질량**은 변함이 없다.
水結冰後體積變大、密度變小，但質量不變。

關 질량이 작다 質量小、질량이 크다 質量大、질량을 비교하다 比較質量、질량을 재다 測量質量、질량을 측정하다 測量質量

초고속

名 [초고속]
漢 超高速

超高速

가 : 김 기자, 세계 최고 속도를 구현하는 반도체가 개발되었다고요?
金記者，聽說達到世界最高速度的半導體被開發出了？

나 : 네, 1초에 영화 수십 편을 전송할 수 있는 **초고속** 반도체가 개발되어 앞으로 시장을 선도할 것으로 보입니다.
是的，能在一秒鐘內傳輸數十部電影的超高速半導體被開發出了，預計將引領未來市場。

關 초고속으로 달리다 以超高速行駛、초고속으로 보내다 以超高速傳送
參 초고속 다운로드 超高速下載、초고속 승진 超快速晉升、초고속 열차 超高速列車、초고속 인터넷 超高速網路

性質

14

속도／수량／크기●速度／數量／大小

초과

名 [초과]
漢 超過
⇒ 索引 p.830

超過

가 : 비행기 기내용 가방은 크기 기준만 있는 거지?
飛機內手提行李只有尺寸限制吧？

나 : 아니야. 무게 기준도 있어서 보통 10kg을 **초과하면** 수화물로 보내야 해.
不是，還有重量限制，通常超過10公斤就得托運。

動 초과하다 超過、초과되다 被超過
參 초과 달성 超額達成、초과 수요 超額需求、초과 인원 超員、초과 지출 超支、정원 초과 超過員額
反 미만 未滿

폭

名 [폭]
漢 幅
⇒ 索引 p.825

寬度、幅度

가 : 엄마, 옷장하고 침대 사이에 책상을 넣으면 좋겠어요.
媽媽，我想把書桌放在衣櫃和床之間。

나 : 그럴까? 그러면 책상을 옮기기 전에 줄자로 **폭**이 얼마나 되는지 정확하게 재 보자.
好，那在搬書桌之前，用捲尺準確量一下寬度吧。

關 폭이 넓다 寬度寬、폭이 좁다 寬度窄、폭을 재다 測量寬度
參 도로의 폭 道路寬度、상자의 폭 箱子寬度
類 너비 寬度、넓이 寬度

複習一下

性質｜速度／數量／大小

✏ 請將下列項目中相符合的項目連接起來。

1. 부피를　•　　　　　•　① 올리다
2. 빈틈을　•　　　　　•　② 막다
3. 건수를　•　　　　　•　③ 재다

✏ 請找出適合填入括號內的詞語。

4. 우수 작품을 선정하기 위한 회의를 (　　　)(이)나 진행했지만 의견이 좁혀지지 않았다.

① 훤히　　② 듬뿍　　③ 모조리　　④ 수차례

5. 이번 행사에는 우리나라와 외국의 연주가들이 (　　) 참여하여 풍성한 무대를 꾸몄다.

① 대거　　② 마저　　③ 불과　　④ 초과

✏ 請從例找出適合填入括號內的詞語，並填入。

> **例**　　무수하다　　　비좁다　　　불어나다

6. 가: 엄마, 이제 저도 중학생이 되는데 책상을 좀 큰 걸로 바꿔 주실 수 있으세요?
　　나: 책상을 바꾸는 건 괜찮은데 방이 (　　　) 것 같아서 걱정이구나.

7. 가: 어제 내린 폭우로 우리 동네 강물이 많이 (　　　　).
　　나: 나도 뉴스 기사 봤어. 오늘은 그곳으로 산책을 가지 않는 게 좋겠어.

8. 가: 민하은 선수는 정말 대단한 실력자인 것 같아요.
　　나: 그러게요. 올림픽 무대에 첫 출전인데 그동안 (　　　) 경쟁자들을 물리치고 결승까지 왔으니까요.

2 시간/시기
時間/時期

51.mp3

간밤
名 [간밤]

昨晚

가 : 언니, **간밤**에 왜 그렇게 잠을 못 자고 뒤척였어?
姊姊,你昨晚怎麼那麼難入睡,一直翻來覆去的?

나 : 오늘 중요한 발표가 있는데 걱정이 되어서 잠이 안 오더라고.
今天有重要的發表,因為擔心所以睡不著。

💡 主要使用「간밤에」的形態。

기원전
名 [기원전]
漢 紀元前

公元前

가 : 교수님, 올림픽의 기원에 대해 말씀해 주시겠습니까?
教授,能談談奧林匹克的起源嗎?

나 : 올림픽은 **기원전** 8세기에 고대 그리스에서 열린 올림피아 제전에서 시작되었다고 볼 수 있습니다.
奧林匹克起源於公元前8世紀,在古希臘舉行的奧林匹亞慶典。

날로

副 [날로]
⇨ 索引 p.828

日益

가: 엄마, 마트에 1인 가구를 위한 생활 가전제품이 이렇게 많은 줄 몰랐어요.
媽媽，我沒想到超市裡有這麼多適合單身生活的家電。

나: 1인 가구가 **날로** 늘면서 업체에서 이런 제품을 많이 출시한다고 하잖아.
因為單身獨居人口日益增加，廠商也推出了許多這類產品。

關 날로 늘다 日益增加、날로 발전하다 日益發展、날로 새로워지다 日益創新、날로 성장하다 日益成長
類 나날이 日日／日益

노후

名 [노ː후]
漢 老後

晚年、老年

가: 여보, 우리도 슬슬 **노후** 준비를 시작해야 하지 않을까요?
親愛的，我們是不是該慢慢開始準備晚年生活了？

나: 그래야지요. 그럼 일단 은행에 가서 **노후** 자금과 관련된 상품이 어떤 것들이 있는지부터 좀 물어봅시다.
當然，我們先去銀行問問關於和退休資金相關的商品有哪些吧。

關 노후를 걱정하다 擔心晚年、노후를 대비하다 準備晚年、노후를 즐기다 享受晚年
參 노후 대책 退休對策、노후 설계 退休規劃、노후 자금 退休資金、노후 준비 退休準備

시간／시기・時間／時期

단기간

名 [단 : 기간]
漢 短期間

短期間、短時間內

가 : 김 기자, 최근 해외 수출 물량이 급속도로 줄고 있다지요?

金記者，最近海外出口量大幅下降對吧？

나 : 네, 전문가들은 세계 경기 둔화가 지속되고 있어 **단기간**에 회복되기는 어렵다는 분석을 내놓고 있습니다.

是的，專家指出，由於全球經濟持續低迷，短期間內難以恢復。

關 단기간에 걸치다 歷時短期、끝내다 短期完成、늘어나다 短期內增加、완성하다 短期內完成
類 단기 短期

단축

名 [단 : 축]
漢 短縮

縮短、減少

가 : 지호 엄마, 태풍이 북상하고 있어서 오늘 아이들 학교에서 **단축** 수업을 한대요.

智浩媽媽，聽說因颱風正在北上，今天孩子學校縮短上課時間。

나 : 저도 학교에서 문자 받았어요. 오전 수업만 한다고 하니까 빨리 데리러 가야겠어요

我也收到學校的簡訊了，說只上上午的課，得趕快去接孩子。

動 단축하다 縮短、단축되다 被縮短
參 거리 단축 距離縮短、기간 단축 期間縮短、시간 단축 時間縮短、단축 수업 縮短課程
反 연장 延長

매사

名 [매 : 사]
漢 每事

每件事

가 : 최근 인터넷 댓글로 물의를 일으킨 배우가 사과한 거 봤어?
你有看到最近因網路留言引發爭議的演員道歉了嗎?

나 : 응. 자신을 되돌아보고 앞으로 **매사**에 신중하게 행동하겠다고 했던데?
嗯,他說會反省自己,今後對每件事都會小心行事。

關 매사에 신중하다 對每件事慎重／매사에 조심하다 對每件事小心

밤낮없이

副 [밤나덥씨]

不分晝夜

가 : 아버지, 저 이번 학기에 과에서 1등 해서 성적 장학금을 받게 됐어요.
爸爸,我這學期在系上拿了第一名,得到了成績獎學金。

나 : 그래? 정말 장하다. **밤낮없이** 공부만 하더니 결국 해냈구나.
是嗎?真了不起。你日夜不停地讀書,終於做到了。

關 밤낮없이 공부하다 不分晝夜地學習、밤낮없이 기도하다 不分晝夜地祈禱、밤낮없이 떠들다 不分晝夜地吵鬧、밤낮없이 일하다 不分晝夜地工作

性質 14

시간／시기・時間／時期

분기

名 [분기]
漢 分期

季度

가 : 최 기자, 건설 경기 둔화로 대부분의 기업이 적자를 기록했다고 하는데 자세한 소식을 전해 주십시오.

崔記者，據說因建築景氣放緩，大部分企業都出現了虧損，請詳細報導一下。

나 : 네, 지난 3**분기**까지 흑자를 기록했는데 올해 4**분기**에 처음으로 적자로 돌아선 기업이 많습니다.

是的，過去三個季度都錄得盈利，但今年第四季度首次出現虧損的企業很多。

參 분기 매출 季度銷售額、분기 실적 季度實績、분기 이익 季度利潤、다음 분기 下一季、이전 분기 上一季

사시사철

名 [사ː시사ː철]
漢 四時四철

一年四季

가 : 시장님, 서울시에 실내 식물원 정식 개관을 앞두고 있다고요?

市長先生，聽說首爾市即將正式開放室內植物園？

나 : 네, 우리나라의 대표적인 도시형 식물원으로 8,000여 종의 식물을 **사시사철** 관람할 수 있도록 조성했습니다.

是的，我們打造了代表我國的城市型植物園，可以全年觀賞約8,000種植物。

關 사시사철 개방되다 一年四季開放、사시사철 계속되다 持續一年四季、사시사철 아름답다 一年四季美麗、사시사철 따뜻하다 一年四季溫暖

애초

名 [애초]
漢 애初
⇨ 索引 p.823

一開始、當初

가 : 배우 김지우 씨가 예능 프로그램에서 공개 청혼을 했다면서?
聽說演員金智宇在綜藝節目上公開求婚了？

나 : 응, 나도 깜짝 놀라서 기사를 찾아보니까 **애초**부터 계획한 연출이었다고 하더라고.
嗯，我也很驚訝，查了新聞才知道那是從一開始就計畫好的演出。

關 애초부터 다르다 從一開始就不同、애초부터 틀리다 從一開始就錯誤
參 애초의 계획 最初計劃、애초의 목적 最初目的、애초의 예측 最初預測
類 당초 當初／起初、애당초 一開始／起初

예년

名 [예:년]
漢 例年

往年

가 : 올해 명절은 연휴가 기니까 해외로 나가는 사람들이 많겠지?
今年節日連休比較長，會有很多人出國吧？

나 : 그럴 거야. 어제 뉴스에서도 **예년**과 다르게 여행객이 부쩍 늘 거라고 전망하더라고.
是啊，昨天新聞也預測與往年不同，旅客將大幅增加。

關 예년과 같다 與往年相同、예년과 다르다 與往年不同、예년과 비슷하다 與往年相似
參 예년 수준 往年水準

性質 14

시간／시기 • 時間／時期

이듬해

名 [이듬해]

隔年、翌年

가：박 기자, 환경부에서 수도권 대기 오염 실태 조사에 들어갈 거라고요?
朴記者，聽說環境部將展開首都圈大氣污染實態調查？

나：네, 올해 11월부터 **이듬해** 상반기까지 집중적으로 조사를 실시한다고 합니다.
是的，從今年11月起至隔年上半年將實施集中調查。

參 이듬해 봄 隔年春天、결혼한 이듬해 結婚隔年

일찌감치

副 [일찌감치]

提早，盡早

가：친구랑 공연 보러 간다고 하지 않았니? 왜 일찍 돌아왔어?
你不是說要和朋友去看表演嗎？怎麼這麼早回來了？

나：선착순 현장 예매라고 해서 네 시간이나 일찍 갔는데도 기다리는 사람들이 엄청 많길래 **일찌감치** 포기하고 그냥 돌아왔어.
因為是先到先得的現場預約，雖然提早四個小時去了，但排隊的人太多，所以儘早放棄就直接回來了。

關 일찌감치 끝내다 提早結束、일찌감치 단념하다 趁早放棄、일찌감치 도착하다 提早到達、일찌감치 먹다 提早吃

임기

名 [임 : 기]
漢 任期

任期

가 : 부장님, 회장님께서 **임기**가 아직 1년 넘게 남았는데 갑자기 사의를 표명하신 이유가 뭐예요?

部長，會長任期還剩一年多，突然表示辭意，其理由為何？

나 : 건강이 악화돼서 더 이상 업무를 보기가 힘드신 모양이에요.

好像是健康惡化，難以再行業務的樣子。

關 임기를 마치다 完成任期、임기를 연장하다 延長任期、임기를 채우다 任滿任期、임기가 끝나다 任期結束
參 임기 중 任期中

적령기

名 [정녕기]
漢 適齡期

適齡期、最佳年齡

초혼 나이 분석 결과 30대가 절반을 넘어 20대가 결혼 **적령기**라는 것은 옛말이 되었다.

初婚年齡分析結果顯示，30歲者超過一半，因此20歲是結婚適齡期的說法已成過去。

關 적령기를 넘기다 超過適齡期、적령기를 놓치다 錯過適齡期、적령기에 이르다 達到適齡期
參 결혼 적령기 結婚適齡期

전성기

名 [전성기]
漢 全盛期

全盛時期

가 : 오랜만에 출전한 최윤아 선수의 활약이 대단하지 않아?

最近復出的崔允兒選手，亮麗表現令人刮目相看吧？

나 : 응. 그동안 성적이 부진했는데 이번 대회를 보니까 제2의 **전성기**를 맞은 것 같아.

嗯，過去成績不佳，看了這次比賽好像是迎來了第二個全盛期。

關 전성기가 끝나다 全盛期結束、전성기를 지나가다 過了全盛期、전성기를 누리다 享受全盛期、전성기를 맞다 遇到全盛期

시간／시기 • 時間／時期

전환기

名 [전 : 환기]
漢 轉換期

轉變期、轉折期

인공 지능은 산업의 전 분야에 걸쳐 기술적 **전환기**를 이끈 핵심 기술로 손꼽힌다.
人工智慧被視為引領產業各領域技術轉變期的核心技術。

關 전환기를 거치다 經歷轉變期、전환기를 맞다 遇到轉變期
參 일대 전환기 大轉折期、역사적 전환기 歷史轉折期、새로운 전환기 新轉折期

정체기

名 [정체기]
漢 停滯期

停滯期

가 : 최근 주식이 다시 반등 조짐을 보이고 있다면서요?
聽說最近股市又出現反彈跡象？

나 : 네, 금리 인상 이후 극심한 **정체기**를 맞았던 주식 시장에 훈풍이 불고 있습니다.
是的，利率上升後面臨嚴重停滯期的股市，現在正吹起回暖的春風。

關 정체기를 맞다 遭逢停滯期、정체기를 벗어나다 脫離停滯期、정체기에 들어가다 進入停滯期、정체기에 접어들다 踏入停滯期
參 심각한 정체기 嚴重的停滯期

지연

名 [지연]
漢 遲延

延遲

가 : 진욱 씨, 평소에 일찍 출근하는 사람이 오늘은 왜 늦은 겁니까?
陳旭，平時很早到公司的人，今天怎麼遲到了？

나 : 죄송합니다. 지하철 운행이 갑자기 **지연되는** 바람에 늦었습니다.
抱歉，因為地鐵運行突然延遲了，所以遲到了。

動 지연하다 延遲、지연되다 被延遲
參 배송 지연 運送延遲、출발 지연 出發延遲、협상 지연 協商延遲

직전

名 [직전]
漢 直前
⇨ 索引 p.829

之前、直前

가 : 길이 많이 막히는데 영화 시작 전에 도착할 수 있을까?
路上很堵，能在電影開始之前到嗎？

나 : 내비게이션이 안내하는 대로 가면 영화 시작 **직전**에는 도착할 수 있을 것 같아.
按照導航走的話，或許能在電影開始前一刻趕到。

關 직전에 도착하다 在之前到達、직전에 있다 在之前存在
參 종료 직전 結束前、출발 직전 出發前、퇴근 직전 下班前
反 직후 之後

차일피일

副 [차일피일]
漢 此日彼日

拖延、一天拖過一天

발전소 건설이 시급하지만 건설 예정지의 인근 주민들이 반발하여 계획이 **차일피일** 미뤄지고 있다.
發電廠建設刻不容緩，但因建設預定地附近的居民反對，計畫一再拖延。

關 차일피일 늦추다 一再拖延、차일피일 미루다 一再推遲、차일피일 시간을 끌다 一拖再拖、차일피일 연기되다 拖延

性質 14

초창기

名 [초창기]
漢 草創期

初期、草創期

가 : 서윤 씨, 김준우 화가가 전시회를 한다는데 같이 갈래요?
徐允，金俊宇畫家要辦個展，要不要一起去？

나 : 좋아요. 안 그래도 나도 가려고 했어요. **초창기**부터 현재까지 작품 모두를 볼 수 있는 좋은 기회인 것 같아요.
好啊，我也正想去呢。好像是個可以看到從早期到現在的所有作品的機會。

關 초창기를 재조명하다 再次聚焦初期、초창기를 주목하다 注目初期、초창기에 알려지다 在初期為眾所周知

參 초창기 시절 初期時期、초창기 영화 初創期電影、초창기 작품 早期作品、건국 초창기 建國初期、사건의 초창기 事件初期

하반기

名 [하반기]
漢 下半期

下半年、下半期

이 공장은 현재 시험 가동에 들어간 상태로 올 **하반기**면 본격적인 생산이 가능할 것으로 예상된다.
這家工廠目前處於試運轉狀態，預計今年下半期將能正式生產。

關 하반기에 끝나다 在下半年結束、하반기에 들어서다 進入下半年、하반기에 시작하다 在下半年開始

參 하반기 계획 下半年計劃、하반기 정책 下半年政策、하반기 현황 下半年現況

하염없이

副 [하염없이]

呆呆地、不停地、發愣地、蔌然茫然

가 : 하은아, 조용히 책을 읽더니 왜 갑자기 그렇게 우니?
夏恩啊，你剛才安靜地看書，怎麼突然哭了起來？

나 : 부모님에 대한 얘기인데 몰입해서 읽다 보니까 **하염없이** 눈물이 나지 뭐야.
是在講父母的故事，太投入讀著就情不自禁地不停流淚的。

關 하염없이 기다리다 茫然等待、하염없이 떨어지다 無止盡地掉落、하염없이 쌓이다 無止盡地堆積、하염없이 흐르다 無止盡地流淌

향후

名 [향 : 후]
漢 向後
⇒ 索引 p.825

此后、今後

가 : 여보, 대출을 받을 때 변동 금리보다는 고정 금리가 좋겠지요?
親愛的，貸款時固定利率比變動利率好吧？

나 : 네, 고정 금리는 금리가 확정적이라 **향후** 금리 변동에 신경을 쓰지 않아도 되니까요.
是的，固定利率利率固定，以後利率變動也不用擔心。

參 향후 거취 以後去向、향후 계획 以後計劃、향후 과제 以後課題、향후 대책 此後對策
類 이다음 此後

시간／시기・時間／時期

황금기

名 [황금기]
漢 黃金期

黃金時期

가: 이진욱 감독이 이번 경기를 끝으로 은퇴를 한다면서?
李進旭教練說這場比賽結束後要退休了，是嗎？

나: 응. 인터뷰에서 그렇게 밝혔대. 한때 팀을 **황금기**로 이끌었던 명감독이었는데 앞으로 못 보게 돼서 섭섭하네.
是啊，他在訪談中那樣子說的。曾經帶領球隊到達黃金時期的名教練，以後再也看不到他真讓人遺憾。

關 황금기를 누리다 享受黃金時期、황금기를 맞이하다 迎接黃金時期、황금기를 이끌다 帶領黃金時期、황금기가 지나가다 黃金時期過去
參 인생의 황금기 人生黃金期

후기

名 [후ː기]
漢 後期
⇨ 索引 p.826, 830

後期

조선 시대 전기에서부터 **후기**에 이르기까지 해시계는 반구 형태, 평면 형태, 그리고 작은 휴대용까지 다양한 형태로 만들어졌다.
從朝鮮時代前期到後期，日晷有半球形、平面形，還有小型便攜式等各種形態。

關 후기가 되다 到了後期、후기로 가다 邁向後期
參 조선 후기 朝鮮後期
類 후반기 下半期
反 전기 前期

複習一下

性質 | 時間／時期

✏️ 請將下列項目中彼此相配的連接起來。

1. 노후를 •   • ① 끝나다
2. 임기가 •   • ② 넘기다
3. 적령기를 •   • ③ 대비하다

✏️ 請選出括號中適合填入的共同詞語。

4.
- 노동자들의 파업으로 공사가 (　　)되어 공사비 부담이 가중되고 있다.
- 열차 고장으로 출발이 (　　)되는 바람에 역에는 사람들로 인산인해를 이루었다.

① 단축　　② 정체　　③ 지연　　④ 직전

5.
- 회사에서는 (　　) 10년 동안 해외 부동산에 집중 투자를 하기로 했다.
- 정부는 (　　) 환경 문제가 심각해질 것으로 예상하고 대책 마련에 나섰다.

① 매사　　② 향후　　③ 후기　　④ 분기

✏️ 請從例中找出合適的單詞並填入。

> **例**　　예년　　단기간　　차일피일

6. 오랜 휴식 끝에 발표한 가수 박서윤의 앨범은 (　　　)에 폭발적인 인기를 끌었다.

7. 봄철이 되어 대청소를 좀 하고 싶지만 바쁘고 피곤해서 (　　　) 미루고만 있다.

8. 올해는 신입 사원 채용 계획을 밝힌 회사가 늘어 대학 졸업자의 취업 문이 (　　　)에 비해 넓어질 것으로 보인다.

3 의성어／의태어
擬聲語／擬態語

● 52.mp3

깡충깡충
副 [깡충깡충]

蹦蹦跳跳地

가 : 어린이날에 조카가 장난감을 받고 좋아했어?
兒童節那天，侄子收到玩具很開心嗎？

나 : 응. 선물을 받자마자 신이 나서 **깡충깡충** 뛰어다니더라고.
嗯，他一拿到禮物就興奮得蹦蹦跳跳地跑來跑去。

關 깡충깡충 넘다／달리다／뛰다／오르다
蹦蹦跳跳地跨過／奔跑／跳躍／上去

꽁꽁
副 [꽁꽁]

(凍得)硬邦邦

가 : 김 기자, 중부 지역에 한파 특보가 내려졌다고요?
金記者，聽說中部地區發出寒波特報了？

나 : 네, 기온이 크게 떨어지면서 보시다시피 한강도 **꽁꽁** 얼어붙었습니다.
是的，氣溫大幅下降，如你所見漢江也結得硬邦邦。

關 땅이 꽁꽁 얼다 土地凍得硬邦邦、얼음이 꽁꽁 얼다 冰凍得硬邦邦
參 꽁꽁 언 논 凍硬的田地、얼어붙은 호수 結冰的湖泊

둥둥

副 [둥둥]

飄飄悠悠地

가 : 엄마, 제가 만들어서 띄운 종이배 좀 보세요.
　　媽媽，請看我做的紙船漂著呢。

나 : 종이배가 물 위에 **둥둥** 잘 떠다니는 걸 보니 아주 잘 만들었구나.
　　看到紙船在水面上飄飄悠悠地漂著，做得真好。

關 배가 둥둥 떠가다／떠내려가다 船飄飄悠悠地漂走／漂流而下、몸이 허공에 둥둥 떠 있다 身體在空中飄飄悠悠地浮著

뒤죽박죽

名 [뒤죽박죽]

亂七八糟

가 : 요즘 아파트 주민들이 쓰레기 분리배출을 제대로 안 하는 것 같아.
　　最近公寓住戶好像沒有好好進行垃圾分類。

나 : 나도 봤는데 비닐 수거함에 캔이나 병이 **뒤죽박죽** 버려져 있기도 하더라고.
　　我也看過，塑膠回收桶裡罐頭和瓶子都丟得亂七八糟。

關 뒤죽박죽으로 엉키다／만들다／섞이다 亂七八糟糾結在一起／搞得一團糟／混雜在一起、뒤죽박죽이 되다 變得亂七八糟

무럭무럭

副 [무럭무럭]

茁壯地、生長茁壯地

아이가 건강하게 **무럭무럭** 잘 자라기를 바라는 것은 모든 부모의 마음이다.
期望孩子健康茁壯地成長是所有父母的心願。

關 무럭무럭 뻗다／자라다／크다 茁壯地伸展／成長／長大

性質 14

의성어／의태어 • 擬聲語／擬態語

불쑥

副 [불쑥]

突然（伸出）

차량 조수석에 강아지를 앉힐 경우 창밖으로 고개를 **불쑥** 내밀 수 있기 때문에 주의가 요구된다.
將狗狗放在車輛副駕駛座時，因為牠可能會突然探出頭到窗外，所以要特別注意。

關 불쑥 나오다／내밀다／솟다／튀어나오다 突然出現／伸出／冒出／跳出

살금살금

副 [살금살금]

悄悄地、輕輕地

날씨가 너무 추우니까 골목길에 살얼음이 얼었어.
因為天氣太冷了，巷道結了薄冰。

미끄러우니까 **살금살금** 조심스럽게 걷지 않으면 큰일 나겠어.
路很滑，不躡手躡腳地小心行走，可是會出大事的。

關 살금살금 걷다／나오다／내려가다／다가가다 躡手躡腳地走／出來／下去／靠近

슬슬

副 [슬슬]

偷偷地、悄悄地

가：예준 선배가 급하다면서 돈을 좀 빌려 달라고 하는데 어쩌지?
允準學長說他很急，叫我借他點錢，我該怎麼辦呢？

나：그 선배는 자주 그런 부탁을 해. 그러니 그런 문자가 오면 답하지 말고 만약 마주치면 **슬슬** 피하는 게 상책이야.
那位學長常常這樣開口，所以收到這種訊息就別回，萬一碰到了，悄悄避開才是上策。

關 슬슬 달아나다／도망가다／빠져나가다／피하다 悄悄地逃跑／逃走／溜出／避開

언뜻

副 [언뜻]
⇨ 索引 p.828

突然、一下子

가 : 이 곤충은 몸의 색깔을 초록색으로 바꿔서 자신을 보호해요.
這種昆蟲會把身體的顏色變成綠色來保護自己。

나 : 선생님, **언뜻** 보면 가지에 붙은 나뭇잎처럼 보여요. 정말 신기해요.
老師，乍看之下真的像是附在樹枝上的葉子，太神奇了。

關 언뜻 보다／보이다 乍看／看起來
類 얼핏 突然

얼핏

副 [얼핏]
⇨ 索引 p.828

忽地、一下子

가 : 시후가 공무원 시험을 봤다던데 혹시 결과 알아?
聽說時厚去考了公務員考試，你知道結果嗎？

나 : 아까 수업 끝나고 교수님과 하는 이야기를 **얼핏** 들었는데 합격한 것 같아.
剛才下課後我乍聽到他跟教授說的話，好像是考上了。

關 얼핏 눈에 띄다／듣다／보다／보이다 忽然映入眼簾／乍聽／看到／看起來
類 언뜻 突然

性質

14

의성어／의태어 • 擬聲語／擬態語

엉금엉금
副 [엉금엉금]

慢吞吞

가 : 지호야, 저기 거북이 좀 봐. 우리가 보니까 도망가는 것 같지?
志浩，你看那邊的烏龜，好像是我們看牠而逃跑的樣子對吧？

나 : 그러네요. 엄마, 거북이가 **엉금엉금** 기어가는 모습이 너무 귀여워요.
真的耶，媽媽，烏龜慢吞吞爬行的樣子好可愛喔。

關 엉금엉금 걷다／기다／기어오르다／넘어가다 慢吞吞地走／爬／爬上去／爬過去

옹기종기
副 [옹기종기]

密密麻麻、參差不齊

캠핑장에서 사람들이 모닥불 앞에 **옹기종기** 모여 앉아 불을 쬐며 몸을 녹이고 있다.
在露營地，大家高高低低、密密麻麻地圍坐在營火前取暖。

關 옹기종기 늘어서다／모이다／붙다／앉다 密密麻麻地排著／聚集／貼著／坐著

우두커니
副 [우두커니]

發愣地、失魂落魄地

엄마는 유학을 위해 출국장으로 향하는 언니의 뒷모습을 **우두커니** 서서 바라보고 있었다.
媽媽若有所失地站著望著為了留學前往出境大廳的姊姊背影。

關 우두커니 바라보다／서다／앉다 發愣地看／站著／坐著

우뚝

副 [우뚝]

高聳、巍然

가 : 형, 오래 걸어서 힘든데 조금만 쉬었다가 올라가자.
哥,走這麼久好累,我們休息一下再爬吧。

나 : 저기 **우뚝** 솟은 바위가 보이지? 거기까지만 가면 쉴 수 있는 곳이 있으니까 조금만 더 올라가자.
你看到那邊高聳的岩石了嗎?只要走到那裡就有可以休息的地方了,我們再爬一下子吧。

形 우뚝하다 高聳的樣子
關 우뚝 솟은 바위／돌출되다／솟구치다／일어서다 高聳的岩石／突出／湧出／站起來

조마조마

副 [조마조마]

提心吊膽地、忐忑不安地

가 : 지우야. 면접 잘 보고 왔니? 어땠어?
智友,面試順利嗎?怎麼樣?

나 : 첫 질문부터 잘 모르는 걸 물어보니까 당황해서 가슴이 **조마조마해지더라고**. 그래서 나머지 질문에도 대답을 잘 못했어.
第一題就問我不太懂的問題,當下慌了,心裡一直忐忑不安,結果後面也都答不好。

形 조마조마하다 忐忑不安的
關 조마조마 가슴을 졸이다／걱정하다／마음을 졸이다 提心吊膽／擔心／緊張不安

의성어／의태어 • 擬聲語／擬態語

차곡차곡

副 [차곡차곡]

整整齊齊地

가：할머니, 재활용품을 버릴 때 종이 상자는 어떻게 버려야 해요?
奶奶，丟回收的時候紙箱要怎麼處理？

나：먼저 상자에 붙은 테이프를 제거하고 상자를 펴서 **차곡차곡** 쌓아 두면 돼.
先把箱子上的膠帶撕掉，再把箱子攤平，整整齊齊地疊好就可以了。

關 차곡차곡 넣다／모으다／정리하다 整整齊齊地放進去／收集／整理

차근차근

副 [차근차근]

有條不紊地、仔細清楚地

가：졸업 후에 취업을 안 하고 대학원에 진학하겠다고?
你畢業後不打算就業，而要上研究所？

나：네, 아빠. 오래 고민해서 신중히 결정했고 그동안 **차근차근** 준비도 해 왔어요.
是的，爸爸。我經過長時間的思考才謹慎做出決定，這段時間也有有條不紊地準備。

關 차근차근 가르치다／시작하다／이야기하다／풀다 有條不紊地教／開始／說明／解開

類 차곡차곡 整整齊齊地、차근차근히 逐步地

척척

副 [척척]

從容、自然

가: 우리 할아버지는 키오스크 화면을 보면서 **척척** 주문을 잘하시는데 난 왜 이렇게 느릴까요?
我們爺爺看著自助點餐機的畫面從容地下單，我怎麼這麼慢啊？

나: 평소에 사용할 일이 별로 없어서 그렇지요. 익숙해지면 빨라질 거예요.
因為你平常沒有使用的機會，習慣了就會快了。

關 척척 대답하다／쓰다 從容地回答／使用

털썩

副 [털썩]

啪嗒、噗通

가: 우리 선수들이 열심히 뛰었는데 이렇게 지니까 너무 아쉽다.
我們選手非常努力了，這樣子輸掉，真是太可惜了。

나: 당사자들은 오죽하겠어. 경기가 끝나자마자 모두 운동장에 **털썩** 주저앉아서 고개까지 푹 숙이고 있잖아.
當事人更不用說了，比賽一結束，大家啪嗒一聲癱坐在運動場上，頭都低垂著。

動 털썩거리다 啪嗒作響、털썩대다 啪嗒一下、털썩하다 啪嗒地

關 털썩 주저앉다／무릎을 꿇다／엉덩방아를 찧다 啪嗒地癱坐／跪下／屁股重重地跌坐

性質

14

의성어／의태어 • 擬聲語／擬態語

톡톡

副 [톡톡]

（接連裂開聲）噗噗

가 : 엄마, 집에서 옥수수로 팝콘을 직접 만드니까 너무 재미있어요.
媽媽，在家用玉米自己做爆米花真的好有趣喔。

나 : 그렇지? 이제 냄비 속에서 옥수수가 **톡톡** 튀기 시작하면 중간 정도로 불을 낮추고 기다리기만 하면 돼.
對吧？等鍋裡的玉米開始發出「噗噗」的聲音時，把火調低到中火就好，接著等就行了。

動 톡톡거리다 接連作響、톡톡대다 噗噗地響
關 톡톡 터지다／튀다 噗噗地爆開／彈起

툭

副 [툭]

砰、啪

가 : 재민아, 거실에 있던 벽시계가 왜 떨어져 있니?
在民，客廳的掛鐘怎麼掉下來了？

나 : 아까 TV를 보는데 갑자기 벽에서 **툭** 떨어지더라고요. 그래서 저도 깜짝 놀랐어요.
剛剛我在看電視，鐘突然從牆上「砰」的一聲掉下來，我也嚇了一跳。

關 툭 던지다／떨어지다 砰地一扔／啪地掉下來

티격태격

副 [티격태격]

吵吵鬧鬧地

가 : 하은이 너는 언니랑 어렸을 때부터 이렇게 사이가 좋았니?
夏恩，你跟姐姐從小感情就這麼好嗎？

나 : 아니. 어렸을 때는 매일 **티격태격** 다퉜는데 크면서 사이가 좋아진 거야.
不是啦，小時候每天都吵來吵去，長大後感情才變好的。

動 티격태격하다 吵吵鬧鬧爭論、互不相讓
關 티격태격 다투다／싸우다／시비가 붙다 吵架／打架／起爭執
參 티격태격하는 사이 吵吵鬧鬧的關係

펄쩍

副 [펄쩍]

颼地、猛地

아이들이 메뚜기를 잡으려고 조심스럽게 다가갔지만 메뚜기는 **펄쩍** 뛰며 멀리 도망가 버렸다.
孩子們小心翼翼地靠近想抓蚱蜢，但蚱蜢猛地一跳，立刻跳得遠遠的逃走了。

動 펄쩍거리다 颼地跳、펄쩍대다 猛地跳、펄쩍하다 颼地一跳
關 펄쩍 날다／뛰다／오르다／튀다 颼地飛起／跳躍／竄升／彈起

펄펄

副 [펄펄]

滾燙沸騰貌

가 : 선생님, 떡국이 끓고 있는데 간장은 지금 넣으면 될까요?
老師，年糕湯正在煮，現在可以加醬油嗎？

나 : 아니요. 떡국이 **펄펄** 끓으면 우선 불을 조금 낮추고 잠시 후에 간장을 넣는 게 좋습니다.
還不行，等年糕湯滾得沸騰時，先把火調小一點後再加醬油比較好。

關 펄펄 끓다／끓이다 滾燙地煮／煮得沸騰

의성어／의태어 • 擬聲語／擬態語

허겁지겁

副 [허겁지겁]

慌慌張張、急忙

가：지호야, 왜 이렇게 밥을 **허겁지겁** 먹니? 좀 천천히 먹어.
　　志浩，你怎麼吃飯吃得這麼急啊？慢一點吃吧。

나：낮에 학교에서 급식을 제대로 못 먹어서 배가 너무 고프단 말이에요.
　　中午學校供餐沒吃好，肚子真的太餓了啦。

動 허겁지겁하다 慌慌張張
關 허겁지겁 달리다／도망치다／떠나다／먹다 慌張地跑／慌忙逃跑／匆忙離開／匆匆吃飯

허둥지둥

副 [허둥지둥]

急急忙忙、手忙腳亂

가：시후야, 곧 기차 출발 시간인데 왜 이렇게 안 와?
　　時厚，火車快開了，你怎麼還沒到？

나：미안해. 방금 지하철에서 내렸어. 지갑을 찾다가 **허둥지둥** 나왔더니 시간이 이렇게 된 줄 몰랐어.
　　對不起，我剛下地鐵。剛剛在找錢包，結果匆匆忙忙地跑出來，沒想到時間已經這麼晚了。

動 허둥지둥하다 慌慌張張
關 허둥지둥 나가다／뛰어가다／옷을 입다 慌忙出門／急忙跑去／匆忙穿衣

헐레벌떡

副 [헐레벌떡]

氣喘吁吁地

가 : 지우야. 혹시 물 있니? 수업에 지각할까 봐 지하철역에서부터 **헐레벌떡** 뛰어왔더니 목이 너무 말라.
　　智友，你有水嗎？我怕上課遲到，從地鐵站一路氣喘吁吁地跑過來，現在渴死了。

나 : 여기 있어. 마침 나한테 물이 두 병이 있으니 이건 네가 다 마셔도 돼.
　　這裡有，我剛好有兩瓶水，這瓶你全喝掉沒關係。

動 헐레벌떡거리다 氣喘吁吁地喘、헐레벌떡대다 上氣不接下氣、헐레벌떡하다 氣喘吁吁地跑
關 헐레벌떡 나오다／따라가다／뛰다／쫓아가다
　　氣喘吁吁地出來／跟去／跑／追去

훌쩍

副 [훌쩍]

一下子（喝水）、倒吸鼻涕哭（貌）、（斷然）離開（貌）

가 : 오랜만에 보니까 우리 조카 예지가 몰라보게 **훌쩍** 컸구나.
　　好久沒見，我姪女叡智轉瞬間長大得讓人都快認不出來了。

나 : 이모가 너무 오랜만에 오셔서 그래요. 앞으로는 좀 자주 놀러 오세요.
　　姨媽是太久沒來了啦，以後要常來玩喔。

關 훌쩍 넘어서다／높아지다／성장하다／자라다 輕巧越過／突然變高／突然成長／轉眼長大

性質
14

의성어/의태어 • 擬聲語/擬態語

훨훨

副 [훨훨]

翩翩地、輕盈地

가 : 해넘이를 보러 강화도에 다녀왔다면서? 어땠니?

你不是說去江華島看日落了嗎？怎麼樣？

나 : 너무 좋았어. 해가 지는 바다 위로 갈매기들이 **훨훨** 날아가는 풍경이 장관이었어.

超美的。在夕陽下的海面上海鷗翩翩飛翔的畫面真是壯觀極了。

關 훨훨 날다／날아가다／날아들다／날아오르다
翩翩飛翔／飛走／飛進來／飛起來

흠뻑

副 [흠뻑]

充分地、濕透貌

가 : 엄마, 겨울철이 되니까 방이 건조해서 자고 일어나면 목이 아파요.

媽媽，冬天一到房間就變得很乾燥，睡醒後喉嚨都會痛。

나 : 물을 **흠뻑** 적신 수건을 방에 널어놓고 자면 괜찮을 거야.

把充分沾濕的毛巾晾在房裡再睡覺就會好一些了。

關 물을 흠뻑 적시다充分沾水、비를 흠뻑 맞다被雨淋透、땀에 흠뻑 젖다 汗流浹背

複習一下

性質 | 擬聲語／擬態語

1. 請從下列選項中選出意思相同的。

① 언뜻 – 얼핏　　　② 힐끔 – 펄펄
③ 우뚝 – 털썩　　　④ 척척 – 톡톡

✏️ 請選出填入括號中的正確詞語。

2.
> 재민은 대학에 합격했다는 소식을 듣고 너무나 기뻐 (　　) 뛰었다.

① 듬뿍　　② 둥둥　　③ 슬슬　　④ 펄쩍

3.
> 봄이 되니까 민들레 꽃씨가 바람에 (　　) 날아다닌다.

① 꽁꽁　　② 훨훨　　③ 흠뻑　　④ 훌쩍

✏️ 請從例中找出並寫下最適合填入括號的詞語

| 例 | 불쑥　　헐레벌떡　　티격태격　　차근차근 |

4. 가: 누구 전화인데 그렇게 반갑게 통화를 하니?
　　나: 동창생인데요. 오랜만에 전화하더니 (　　) 지금 만나자고 하네요.

5. 가: 너희들은 만나기만 하면 그렇게 (　　) 싸우니?
　　나: 싸우기는요. 지우랑 이렇게 장난치며 노는 거예요.

6. 가: 선생님, 방금 설명해 주신 내용은 어려워서 이해가 잘 안 돼요.
　　나: 그래? 그러면 다시 한번 (　　) 설명해 줄 테니까 잘 들어 봐.

7. 가: 시후야, 갑자기 어딜 그렇게 (　　) 뛰어가니?
　　나: 식당에 핸드폰을 두고 와서 찾으러 가. 이따가 강의실에서 봐.

4 정도
程度

🔊 53.mp3

가급적

名 關 [가ː급쩍]
漢 可及的

盡可能地、盡量

가: 선생님, 위가 안 좋을 때는 어떤 음식을 조심해야 하나요?
醫師，胃不好的時候要注意哪些食物呢？

나: **가급적**이면 자극적이고 기름진 음식은 먹지 않는 게 좋아요.
盡可能不要吃刺激性和油膩的食物比較好。

💡 主要以「가급적이면 (盡可能的話)」、「가급적으로 (盡量地)」的形態使用。

가뜩이나

副 [가뜨기나]
⇨ 索引 p.828

本來就很糟

가: 다음 달부터 가스랑 전기 요금이 오른다는 뉴스 봤어요?
你有看到下個月瓦斯和電費要上漲的新聞嗎？

나: 네, 요즘 **가뜩이나** 형편도 어려운데 공공요금까지 오른다니 기운이 빠져요.
是啊，最近本來就經濟拮据，現在連公共費用都要漲，真是讓人洩氣。

類 가뜩 本來就、已經很

간간이

副 [간 : 가니]
漢 間間이

間或，稀疏

가 : 울릉도 여행은 어땠니? 장마철인데 비가 많이 오진 않았어?
去鬱陵島旅行怎麼樣？現在是梅雨季，雨沒下得多嗎？

나 : 응. 다행히 비가 많이 오지는 않았고 **간간이** 빗방울이 떨어지는 정도였어.
嗯，幸好雨不大，只是偶爾掉滴雨。

關 간간이 기침을 하다／끄덕이다／나타나다偶爾咳嗽／偶爾點頭／偶爾出現
類 때때로有時、이따금偶爾

강도

名 [강도]
漢 強度

強度

가 : 언니, 컴퓨터 작업을 오래 하니까 눈이 침침해지는 것 같아.
姊姊，長時間用電腦後覺得眼睛有點模糊。

나 : 그럴 때는 모니터가 너무 밝아서 그럴 수 있으니까 밝기 **강도**를 좀 조절해 봐.
那可能是監視器太亮了，調整一下亮度強度看看吧。

關 강도가 세다／약하다強度強／弱、강도를 높이다／조절하다提高強度／調整強度
參 비슷한 강도相似的強度、노동 강도勞動強度

강렬하다

形 [강녈하다]
漢 強烈하다

強烈的

배우 김준우 씨는 작품에서 악랄한 범죄자 연기를 펼치며 시청자들에게 **강렬한** 인상을 남겼다.
演員金俊宇在作品中飾演殘忍的罪犯，給觀眾留下了強烈的印象。

關 감정이 강렬하다情感強烈、색이 강렬하다顏色鮮明、햇빛이 강렬하다陽光強烈
參 강렬한 눈빛／사랑／인상／자극強烈的眼神／愛／印象／刺激

性質

14

805

정도 • 程度

거세다

形 [거세다]

猛烈的

가 : 지우야, 우산 안 쓰고 다녔어? 왜 이렇게 옷이 젖은 거야?
智友，你沒撐傘嗎？怎麼衣服都濕了？

나 : 말도 마세요. 오늘 바람이 얼마나 **거센지** 우산을 써도 아무 소용이 없었어요.
別提了，今天風有多大你不知道，撐傘根本沒用啊。

關 물살이 거세다 水流猛烈、바람이 거세다 風勢強勁、파도가 거세다 浪濤洶湧
參 거센 눈보라／폭풍 猛烈的暴風雪／暴風

걸핏하면

副 [걸피타면]

動輒、動不動

가 : 여보, 애가 저렇게 울면서 장난감을 사 달라는데 그냥 사 줍시다.
親愛的，孩子這樣哭著吵著要玩具，就買給他吧。

나 : **걸핏하면** 저렇게 떼를 쓰는데 그럴 때마다 사 주면 버릇이 나빠져서 안 돼요.
他動不動就這樣要賴，每次都買給他會養成壞習慣，不行。

關 걸핏하면 불러내다／싸우다／찾아오다／화내다 動不動就叫出來／吵架／找上門／發脾氣
類 툭하면 動輒

고도

名 [고도]
漢 高度

高度

새로 개발된 인공위성은 **고도**로 정밀한 위치 정보를 제공하여 자율 주행 자동차의 성능이 더욱 개선될 것으로 보인다.
新開發的人造衛星提供高度精密的位置資訊，預計能進一步提升自動駕駛汽車的性能。

關 고도로 발달하다／발전하다／정밀하다 高度發達／發展／精密
類 고도의 기술／문명 高度的技術／文明

806

고작

名 [고작]

最多、總共也就、至多

가：재민이 엄마, 마트에서 주말 동안 할인 판매를 한다던데 가 봤어요?
在民媽，聽說超市週末有特價活動，你有去看看嗎？

나：네. 그런데 파격 세일이라고 써 놓고 정가에서 **고작** 오백 원밖에 안 깎아 주더라고요.
有啊，但他們寫著「超低特價」，結果最多也就從原價減了五百韓元而已。

關 고작 이것밖에／이 규모／이 수준／이 정도 最多也就這些／這個規模／這個水準／這個程度

과도하다

形 [과ː도하다]
漢 過度하다

過度的、過分的

가：여보, 자동차 수리를 받았는데 아무래도 비용이 **과도하게** 청구된 것 같아요.
親愛的，我剛去修車，總覺得費用被過度收取了。

나：그래요? 수리 받은 내역을 보면 알 수 있으니까 좀 가져와 봐요.
是嗎？看一下維修明細就知道了，拿來給我看看吧。

關 과도하게 먹다／주장하다 吃得過多／主張得過分
參 과도한 경쟁／소비／요구／욕심 過度的競爭／消費／要求／慾望

정도・程度

과하다

形 [과 : 하다]
漢 過하다

過、過分

가 : 예준아, 지후가 너한테도 돈 빌려 달라고 했지?
睿準，志厚是不是也跟你借錢了？

나 : 응. 그런데 빌려줄 돈 없다고 했어. 지후는 씀씀이가 좀 **과한** 편이라 소비 습관을 고칠 필요가 있는 것 같아.
對啊，但我說沒錢借他。志厚花錢有點過度，我覺得他有必要改改自己的消費習慣。

關 걱정이 과하다過度擔心、대접이 과하다款待過頭、말이 과하다言語過激
參 과한 부담／욕심 과다의 負擔／過分的慾望

깊숙이

副 [깁쑤기]

深深地

유학 생활을 할 때 부모님이 그리울 때면 책장 **깊숙이** 넣어 둔 부모님의 편지를 꺼내 보곤 했다.
在留學生活中，每當想念父母時，我就會拿出藏在書架深處的父母來信來看。

關 깊숙이 눌러쓰다／들어가다／뿌리내리다／숨기다深深地壓著戴／深入進入／深深扎根／藏起來

농도

名 [농도]
漢 濃度

濃度

가 : 술을 입에만 대도 음주 운전으로 걸리겠지요?
只是酒碰到嘴唇，也會被算作酒駕嗎？

나 : 혈중 알코올 **농도**가 0.03%를 넘으면 음주 운전이라고 하기는 하던데 운전하려면 안 마시는 게 좋지요.
聽說血中酒精濃度超過 0.03% 就算酒駕了，要開車的話最好還是別喝。

關 농도가 낮다／높다／묽다／짙다濃度低／高／稀／稠
參 산소 농도氧氣濃度、소금물 농도鹽水濃度

더군다나

副 [더군다나]
⇨ 索引 p.828

何況、尤其

가 : 엄마, 예진이네는 해외여행을 간다는데 우리도 가면 안 돼요?
媽媽，藝珍他們家要出國旅行，我們也可以去嗎？

나 : 아빠가 너무 바쁘셔서 국내 여행도 못 간다고 하시는데 **더군다나** 해외여행을 가자고 하면 꿈쩍이나 하시겠니?
你爸爸太忙，連國內旅遊都去不成，更何況你提議要出國旅行，他會答應嗎？

類 더구나何況／而且

性質
14

정도・程度

더러

副 [더러]

多少、間或

가 : 함께 방을 쓰는 지우랑 청소하는 문제로 어제 좀 다퉜더니 기분이 안 좋아.
昨天因為打掃的事情和一起住的智友吵了一架，心情很不好。

나 : 친구와 함께 살다 보면 **더러** 싸울 때도 있으니 너무 속상해하지 마.
跟朋友一起住，偶爾也是有吵架的時候，不要太難過。

關 더러 눈에 띄다／보다／보이다 偶爾映入眼簾／看到／被看到

미달

名 [미 : 달]
漢 未達

未達

가 : 김 기자, 어린이들 사이에서 인기를 끌고 있는 장난감이 리콜 명령을 받았다면서요?
金記者，聽說現在很受小朋友歡迎的玩具被下達了召回命令？

나 : 네, 정부에서 마련한 안전 기준에 **미달한** 제품이 대상입니다.
是的，未達到政府制定的安全標準的產品是召回對象。

動 미달하다 未達、미달되다 被判定未達
參 기준 미달 未達標準、수준 미달 低於水準、자격 미달 不具資格、정원 미달 名額未滿

밀도

名 [밀또]
漢 密度

密度

가 : 선생님, 기름이 항상 물 위에 뜨는 이유가 뭐예요?
老師，為什麼油總是浮在水面上呢？

나 : 그건 물과 기름의 **밀도** 차이 때문인데 기름의 **밀도**가 물의 **밀도**보다 낮아서 그런 거야.
那是因為水和油的密度不同的緣故，油的密度比水低，所以才那樣子的。

關 밀도가 낮다/높다密度低/高、밀도를 구하다/측정하다求密度/測量密度

별것

名 [별걷]
漢 別것

稀罕的東西、大事

누구나 피곤이 쌓이면 **별것**도 아닌 일에 화를 내거나 부정적인 감정을 많이 느끼게 된다고 한다.
據說，任何人疲勞累積了，就會對一些根本不算什麼的小事發火，常感覺到很多負面情緒。

關 별것을 다 겪다/다 먹다/다 보다/다 알다什麼稀奇事都經歷過/都吃過/都見過/都知道

부쩍

副 [부쩍]

突(增)、突(減)、驟然

가 : 남편이 최근에 **부쩍** 살이 쪄서 걱정이에요.
我先生最近一下子胖了不少，讓我很擔心。

나 : 그래요? 살이 쪄도 건강만 하면 괜찮은데 그렇지 않은 경우가 많으니 식단 조절에 신경 쓰셔야겠어요.
是嗎？胖了只要健康的話還好，但不那樣的情況很多，所以要注意調整飲食。

關 부쩍 늘어나다/많아지다/살이 찌다/자라다突然增加/變多/發胖/長高

性質

14

정도 • 程度

불과하다

形 [불과하다]
漢 不過하다

只不過

가: 국내에서 인기 있는 전기 자동차의 성능이 조작된 거라면서?
聽說國內一款很受歡迎的電動車性能是造假的？

나: 응, 광고에서 말하는 주행 가능 거리가 실제로는 절반 수준에 **불과하대**.
對啊，廣告上說的續航距離實際上只不過是實際的一半而已。

關 극소수에 불과하다只不過是極少數、절반에 불과하다只不過達一半、한 명에 불과하다只有一個人

빈도

名 [빈도]
漢 頻度

頻度

가: 교수님, 앞으로 현금 사용량은 점점 줄어들겠지요?
教授，今後現金的使用量會越來越少吧？

나: 네, 그렇게 예상됩니다. 스마트폰으로도 쉽게 결제를 할 수 있게 되면서 이미 현금 사용 **빈도**가 급격히 줄었으니까요.
是的，是那麼預料。因為用智慧型手機就能輕鬆付款，現金的使用頻度早已大幅下降了。

關 빈도가 낮다/높다頻度低/高、빈도를 보이다/조사하다/측정하다出現頻率/調查頻率/測量頻率
參 발생 빈도發生頻率、사용 빈도使用頻率、출현 빈도出現頻率

빈번하다

形 [빈번하다]
漢 頻繁하다

頻繁的

가 : 우리 아파트의 엘리베이터가 고장이 잦아서 너무 불편해요.
我們公寓的電梯常常故障,真的很不方便。

나 : 그러니까요. 입주한 지 얼마 안 됐는데 이렇게 고장이 **빈번하니까** 불안하기도 하고요.
就是啊,才剛入住沒多久就這麼常出問題,讓人覺得不太安心。

關 빈번하게 발생하다/있다頻繁發生/經常出現
參 고장이 빈번하다故障頻繁、사고가 빈번하다事故頻繁、왕래가 빈번하다來往頻繁

사사건건

名 副 [사ː사껀껀]
漢 事事件件

每件事

가 : 요즘 왜 그렇게 힘이 없어? 회사에서 무슨 일이 있는 거야?
你最近怎麼看起來那麼沒精神?公司發生什麼事了嗎?

나 : 과장님이 내가 하는 일마다 **사사건건** 트집을 잡으셔서 회사 생활이 너무 힘들어.
課長對我做的每一件事都雞蛋裡挑骨頭,讓我上班真的壓力好大。

關 사사건건을 따지다/참견하다每件事都計較/每件事都插手

상당수

名 [상당수]
漢 相當數

相當數

폭염으로 인해 식품의 **상당수**가 유통 과정에서 적정 온도를 유지하지 못하고 있는 것으로 나타났다.
調查顯示因為酷暑,相當數量的食品在流通過程中無法維持適當的溫度。

關 상당수가 참석하다相當數的人參加
參 상당수의 사람들/상품/제품相當多的人/商品/產品

性質

14

정도 • 程度

세차다

形 [세 : 차다]

強烈的

가 : 오랜만에 자전거 타러 한강 공원에 나왔는데 바람이 너무 **세차게** 불어서 속도를 낼 수가 없네.
好久沒來漢江公園騎腳踏車了，結果風太大，發揮不了速度。

나 : 이런 날은 빨리 달리려고 하지 말고 바람을 느끼면서 천천히 타자.
這種天氣就別急著騎快，感受一下風慢慢騎吧。

關 세차게 끌어당기다／두들기다／흐르다 用力拉扯／猛烈敲打／湍急流動
參 세찬 눈보라／물결／불길／비 猛烈的暴風雪／波浪／火勢／雨勢

약화

名 [야콰]
漢 弱化
⇨ 索引 p.829

弱化

인간에게 발생하는 대부분의 질병은 몸의 면역 기능이 **약화되었을** 때 생긴다.
人類罹患的大多數疾病都是在免疫功能弱化時產生的。

動 약화하다 弱化、약화되다 被削弱、약화시키다 使…弱化
關 약화를 막다／방지하다／불러오다／초래하다 防止弱化／防止弱化／引起弱化／導致弱化
參 경쟁력 약화 競爭力弱化
反 강화 強化

814

어마어마하다

形 [어마어마하다]

（超乎尋常地）宏大的、驚人的

가：어제 보러 간 콘서트는 어땠니? 기대한 만큼 좋았어?
你昨天去看的演唱會怎麼樣？有沒有如你期待的好？

나：응, 대단했어. 역시 세계적으로 인기 있는 그룹이라서 그런지 인파도 **어마어마했어**.
嗯，超讚的。不愧是全球人氣團體，人潮真的多得驚人。

關 규모가 어마어마하다規模龐大、무게가 어마어마하다重量驚人、속도가 어마어마하다速度極快

參 어마어마한 숫자／업적／위력驚人的數字／成就／威力

은근히

副 [은근히]
漢 慇懃히

暗地裡、隱約

가：지우는 팀으로 과제를 할 때마다 바쁘다며 참여를 잘 안 해.
智友每次分組做作業都說自己很忙，不積極參與。

나：맞아. 나도 지난 학기에 같은 팀이었는데 계속 그러니까 **은근히** 화가 나더라고.
對啊，我上學期也跟他同組，他一直這樣，讓我生悶氣。

關 은근히 마음에 품다／사랑하다／생각나다／좋아하다 暗暗地放在心上／默默地愛著／隱約想起／暗地裡喜歡

정도 • 程度

은은하다

形 [으는하다]
漢 隱隱하다

隱隱的、隱然

가 : 이거 원두를 직접 볶아서 내린 커피인데 한번 마셔 볼래?
這是用自己烘焙的咖啡豆手沖的，要不要喝看看？

나 : 좋아. 그런데 커피 원산지가 어디야? **은은하게** 커피 향이 감도는 게 맛이 너무 좋다.
好啊。對了，咖啡的產地是哪裡？這股隱隱飄出的咖啡香味太迷人了。

關 은은하게 감돌다／비치다／어리다 隱隱地圍繞／微微映照／噙淚
參 은은한 달빛／불빛／조명 柔和的月光／火光／照明

적절히

副 [적쩔히]
漢 適切히

適當、剛好

가 : 엄마, 친구들이랑 캠핑 가서 먹을 돼지고기를 좀 골라 주세요.
媽媽，幫我挑一下要跟朋友去露營時吃的豬肉吧。

나 : 저게 좋아 보인다. 아무래도 살코기만 있는 것보다 비계가 **적절히** 섞여 있는 게 더 맛있거든.
那一塊看起來不錯。比起全是瘦肉的，還是肥肉適當地混在一起比較好吃。

關 적절히 대응하다／대처하다／이용하다／활용하다 適當地應對／處理／利用／活用

816

적정

名 [적쩡]
漢 適正

適當，適正

이번 연쇄 추돌 사고는 뒤따르던 차들이 앞차와의 **적정** 거리를 지키지 않아서 발생한 것으로 나타났다.

這次連環追撞事故顯示是後方車輛未能與前車保持適當距離而引起的。

形 적정하다 適當的／適正的
參 적정 가격／거리／규모／수준適當的價格／距離／規模／水準

지독하다

形 [지도카다]
漢 至毒하다

嚴重的、厲害的、無可復加的

가 : 저기 공중화장실이 있으니 급하면 저기에 가.
　　那邊有公共廁所，如果很急就去那邊吧。

나 : 저긴 전에 가 봤는데 지저분하고 냄새도 **지독하더라고**. 그래서 가기 싫어.
　　那裡我以前去過，又髒又臭，所以我不想去。

關 지독하게 구리다／맵다要命的臭／超辣
參 지독한 냄새／맛／악취刺鼻的氣味／嗆人的味道／惡臭

한껏

副 [한ː껃]
漢 限껏

最大限度地

공연이 끝나갈 무렵 화려한 불꽃놀이가 공연장의 분위기를 **한껏** 높였다.

表演將結束之際，絢爛的煙火將會場氣氛推向最高潮。

關 한껏 높이다／느끼다／발휘하다／즐기다最大限度地提升／感受／發揮／享受

複習一下

性質 | 程度

✏️ 請將下列當中互相搭配的項目連接起來。

1. 강도가　•　　　　　　　•　① 짙다
2. 농도가　•　　　　　　　•　② 잦다
3. 빈도가　•　　　　　　　•　③ 세다

✏️ 請選出適合填入括號中的正確詞語。

4. 환절기에는 아침저녁으로 기온 차가 커져서 감기 환자가 (　　　) 늘어난다고 한다.

① 고작　　② 더러　　③ 부쩍　　④ 간간이

5. (　　　) 학업 경쟁은 학생들의 스트레스를 유발하는 주요 원인으로 지적된다.

① 거센　　② 세찬　　③ 강렬한　　④ 과도한

✏️ 請從例找出並寫下適合填入括號的詞語。

| 例 | 미달　　밀도　　가급적 |

6. 요리를 할 때 인공 조미료는 (　　　) 쓰지 않는 게 건강에 좋다.
7. 이 지역에 초고층 건물이 다수 들어서면서 거주 (　　　)이/가 지나치게 높아졌다.
8. 이번 시험은 절대 평가이므로 성적이 일정 점수에 (　　　)된 사람은 합격할 수 없다.

用漢字學韓語・化

✏️ 我們來看看韓文詞彙是如何與漢字產生聯繫的。

化 / 화 / 되다 化

가속화 — 加速化 (p.712)
대도시로의 인구 이동 가속화로 수도권의 부동산 가격이 계속 상승하고 있다.

由於向大都市的人口移動加速，首都圈的不動產價格持續上升中。

산업화 — 產業化 (p.552)
무분별한 산업화로 인해 산림 훼손이 갈수록 심화되고 있다는 우려의 목소리가 나오고 있다.

由於無節制的工業化，以致森林破壞日益嚴重，對此外界出現了擔憂之聲。

심화 — 深化、加深 (p.329)
나라마다 빈부 격차의 심화가 큰 사회 문제가 되고 있다.

每個國家貧富差距擴大，正成為重大的社會問題。

약화 — 弱化 (p.814)
인구 감소로 인해 앞으로의 국가 경쟁력이 점차 약화 될 것으로 예상하는 사람들이 많다.

由於人口減少，預料未來國家的競爭力將會逐漸減弱的人很多。

활성화 — 活化、活性化 (p.439)
수출이 활성화되면서 그동안 침체되었던 경기가 회복될 것이라는 전망이 우세하다.

隨著出口的活絡，長期低迷的景氣將會恢復的展望占優勢。

노화 — 老化 (p.65)
이 영양제는 노화를 예방하거나 지연시키는데 효과가 있는 것으로 나타났다.

這款營養品顯示對預防或延緩老化有效。

부록
附錄

- **유의어／반의어 목록** 類義詞／反義詞目錄
- **접두사／접미사 목록** 前綴詞／後綴詞目錄
- **의존명사 목록** 依存名詞目錄
- **정답** 解答
- **색인** 索引

유의어／반의어, 접두사／접미사, 의존 명사 목록
類義詞／反義詞、前綴詞／後綴詞、依存名詞附錄

유의어 類義詞

名詞			
單字	類義詞	單字	類義詞
가구 住戶、家、家庭人口	세대	**수분** 水分	물기
가사 家務、家事	집일	**수신자** 收信人	수신인
각양각색 各式各樣、五花八門	가지각색／형형색색	**수증기** 水蒸氣	증기
각광 關注、矚目	주목	**수치** 數值	셈값／숫값
강대국 強國	강국	**수필** 隨筆	에세이
개요 概要	개략	**수확** 收穫	거두기
걸작 傑作	명작	**승부** 勝負	승패
격세지감 隔世之感	격세감	**시련** 試煉	고난
결승전 決賽	결승	**식단** 菜單	식단표
경각심 警覺心	경계심	**식성** 口味	먹성
경관 景觀	경치／풍경	**신명** 興致、情趣、興、興趣	신
경지 境地、領域、境界	부문／분야	**실마리** 頭緒、端倪	단서／단초
계발 啟發、開發	개발	**실속** 實惠、實利、實益	내실
곡물 穀物	곡식	**실외** 室外	야외
골칫거리 頭疼事、惱人的問題	두통거리／골칫덩어리	**실직** 失職	실업
공 功勞、心血、功	공로	**실태** 實際狀態、實態	실정／실황

공포 公布	공시／반포	심사숙고 深思熟慮	심사숙려
공학 工學	엔지니어링	십중팔구 十中八九	십상팔구
공헌 貢獻	기여	아부 阿諛奉承	아첨
관절 關節	뼈마디	안건 案件	안
구급차 救護車	앰뷸런스／응급차	안목 眼光	판단력
구성원 成員	성원	애초 一開始、起初	당초／애당초
구실 本分	소임	양성 養成、培育	육성
권위적 權威的	권위주의적	여론 輿論、公論	공론
근간 根基、根本	근본／기초	염두 念頭	심중／의중
금기 禁忌	터부	염원 心願、盼望	소망
급등 暴漲、急騰	폭등	영토 領土	영지
급락 暴跌、急落	폭락	예견 預見	선견
기색 氣色	안색／낯빛	오류 錯誤、謬誤	버그
기세 氣勢、聲勢	형세	왈가왈부 說三道四、指指點點	가타부타／왈가불가
기원 祈願、祈求	기도	왕위 王位	보위
기점 起點、出發點	시점／출발점	용모 容貌	면상
꾀 計策	계책／모략	운송 運送	통운
낙천적 樂觀的	낙관적	위성 衛星	인공위성
납부 繳納	납입	유기농 有機農業	유기 농업
내심 內心	속마음	유래 由來	내력
내역 明細	명세	유례 前例、先例	전례
냉기 冷氣、寒氣	찬기／한기	유전자 遺傳因子	유전 인자
논설문 論說文	논설	융통성 融通性、變通性	신축성

단기간 短期間	단기	의향 意向	의사／의도
당뇨병 糖尿病	당뇨	의혹 疑慮、疑惑	의심／의문
당사자 當事者	본인	이면 裡面	속／속사정
대대손손 世世代代、子子孫孫	자손만대／자자손손	이윤 利潤	이문／이익
도보 徒步	보행	인지 認知	인식
독점 獨佔	독차지	일거양득 一舉兩得、一石二鳥	일석이조
동문서답 答非所問	문동답서	일몰 日落	해넘이
동행 同行	동반	장애물 障礙物	방해물
또래 同齡人、同輩	동년배	적발 揭發	적출
맥락 脈絡	맥	전신 全身	온몸
맥박 脈搏	맥	정세 情勢、局勢	상황
맵시 風采	태	정점 頂點、最高點	절정
명문 名門、名校	명가	제의 提議	제기／제언
목덜미 後頸	덜미	제작자 製作人、作者	작자
목돈 巨款、大筆錢	뭉칫돈	조문 弔問	문상
몰입 沉浸、陷入	몰두	조의금 奠儀、香典	부의금／부조금
문상 吊唁、問喪	조문	조치 措施、處置	조처
문어 書面語	글말	주류 主流	본류
반박 反駁、駁斥	논박	중도 中途	도중
발신자 發信人、寄信人	발신인	중병 重病、重症	중환
방언 方言	사투리	증상 症狀	증세／증후
방치 擱置、棄置	방관／좌시	지상 地上	땅바닥／지면

배후 背後	막후	**지형** 地形	지세
변두리 邊緣、外圍	근교	**직거래** 直接交易	직접 거래
변천 變遷	변화	**직관** 直覺	직각
보류 保留	유보	**짜임새** 結構、層次	구성
보편적 普遍的	일반적	**찌꺼기** 殘渣	찌끼
복장 服裝	옷차림	**척추** 脊椎	등골／척추뼈
본전 本錢	원금	**천차만별** 千差萬別	천태만상
분담 分擔	분임	**촉각** 觸覺	촉감
분배 分配	배분	**출간** 出版、出刊	간행／출판
불황 不景氣	불경기	**통풍** 通風	통기
비리 不正、不法行為	부조리	**특색** 特色	특징
빈혈 貧血	빈혈증	**폭** 幅度、寬度	너비／넓이
사고 思考	사유	**풍조** 風潮、潮流	바람
사유 事由	연고	**핏줄** 血統、血緣	혈통
산물 產物	소산	**하락세** 下跌趨勢	내림세
삼림욕 森林浴	산림욕	**학계** 學界	학문계／학술계
상갓집 喪家	상가	**핵** 核	핵무기
상승세 上升趨勢	오름세	**향후** 今後、往後	이다음
상여금 獎金、紅利	보너스	**허구** 虛構	픽션
상표 商標	브랜드	**허위** 虛偽	거짓
상호 相互	서로	**현지** 就地、現場	현장
생물 生物	생물체	**혈관** 血管	핏줄
생필품 生活必需品	생활필수품	**호흡기** 呼吸器官	호흡 기관

서론 序論、緒論	머리말	혼인 婚姻	결혼
선천적 先天的	천부적	회의 懷疑、疑心	의심
설상가상 雪上加霜	설상가설	효능 效能、功效	효용
성대 聲帶	목청	효력 效力、效果	효용／효험
성의 誠意	성심	후기 後期	후反기
성품 品性	인간성	후대 後代、下一代	후세대
세균 細菌	균／박테리아	후손 後代、子孫	자손／후예
소품 小道具、小品	소도구	후원자 後援者、支持者	후견인

動詞			
單字	類義詞	單字	類義詞
가로지르다 橫穿、橫切	건너지르다	몰두하다 埋首、沒頭	골몰하다
거르다 過濾	여과하다	번지다 蔓延、擴散	퍼지다／확산하다
고이다 積（水）	괴다	베끼다 抄寫、抄襲	모사하다
그리다 懷念、思念	그리워하다	서성거리다 踱來踱去、徘徊	서성대다
기웃거리다 東張西望、探頭探腦	기웃대다	씩씩거리다 氣喘吁吁、喘氣	씩씩대다
기인하다 起因於	말미암다	억누르다 抑制、按捺	누르다
내뿜다 噴出、冒出	내불다	일컫다 稱為、被譽為	칭하다／부르다
대들다 頂撞、反抗	받다	쪼개다 分開、劈開	뻐개다
덜렁대다 冒失、毛躁	덜렁거리다／덜렁덜렁하다	치솟다 往上衝、飆升	솟구치다
뒤집어쓰다 蒙住、蓋上	둘러쓰다／덮어쓰다	투덜거리다 嘀咕、發牢騷	투덜투덜하다
들락날락하다 進進出出	들랑날랑하다	퍼뜨리다 散布、傳播	퍼트리다
떠돌다 流浪、漂泊	유랑하다	흥얼거리다 哼歌、輕聲哼唱	흥얼대다

形容詞

單字	類義詞	單字	類義詞
가엾다 可憐的、令人心疼的	가엽다／딱하다	**뻔하다** 明顯的、顯而易見的	자명하다
각박하다 刻薄的、無情的	야박하다	**뿌듯하다** 滿足的、充實的	벅차다／만족스럽다
갑갑하다 壓抑的、鬱悶的	답답하다	**소박하다** 樸素的、簡樸的	검소하다
경솔하다 輕率的、草率的	경박하다	**수줍다** 害羞的、靦腆的	부끄럽다
고귀하다 高貴的、尊貴的	귀하다／존귀하다	**싸늘하다** 冷淡的、冰冷的	싸느랗다／쌀쌀하다
관대하다 寬大的、寬容的	너그럽다	**씁쓸하다** 苦澀的、不是滋味的	씁스레하다
광활하다 廣闊的、遼闊的	드넓다	**아득하다** 遙遠的、模糊的	까마득하다
구불구불하다 蜿蜒曲折的	구불거리다	**안쓰럽다** 心疼的、令人不忍的	안타깝다
그지없다 無限的、極其的	한없다／한량없다	**어이없다** 荒唐的、令人無語的	어처구니없다
난감하다 難堪的、難以應對的	난처하다	**예리하다** 銳利的、敏銳的	날카롭다
냉담하다 冷淡的、冷漠的	냉랭하다／쌀쌀하다	**예민하다** 敏感的、敏銳的	민감하다
냉혹하다 冷酷的、無情的	매섭다	**우스꽝스럽다** 滑稽的、可笑的	우습다
대담하다 大膽的、勇敢的	담대하다	**우직하다** 老實的、實在的	고지식하다
막대하다 龐大的、莫大的	심대하다／지대하다	**의젓하다** 沉穩的、端莊的	듬직하다／늠름하다
멍하다 發呆的、呆滯的	멍멍하다	**익살스럽다** 滑稽的、詼諧的	익살맞다
모호하다 模糊的、不明確的	애매하다	**쾌활하다** 開朗的、快活的	명랑하다
못마땅하다 不順心的、不滿意的	불만스럽다	**털털하다** 隨和的、豪爽的	수수하다
무난하다 無難的、隨和的	원만하다	**푸짐하다** 豐盛的、充足的	성대하다
무수하다 無數的、數不清的	수없다	**후련하다** 舒坦的、暢快的	시원하다
보잘것없다 微不足道的、沒什麼可看的	하잘것없다	**희미하다** 模糊的、朦朧的	흐리다
불분명하다 不清楚的、不明確的	불명확하다		

827

副詞			
單字	類義詞	單字	類義詞
가뜩이나 本來就很	가뜩	남김없이 不剩	모조리
간간이 間或	때때로／이따금	느닷없이 突然	돌연히／홀연히
걸핏하면 動輒	툭하면	더군다나 何況	더구나
공연히 無緣無故地	괜히	변함없이 始終不變	한결같이
기필코 一定	반드시	불과 只不過	겨우
꼼짝없이 一動不動	갈데없이	아슬아슬 驚險	조마조마
날로 日益	나날이	언뜻 突然	얼핏
여러모로 各方面	다각도로	차근차근 有條不紊地	차곡차곡
이를테면 比如說	일테면	홀로 獨自	혼자
절로 自然而然	저절로		

반의어 反義詞

名詞		
가해자 ↔ 피해자 加害者 ↔ 被害者	강대국 ↔ 약소국 強大國家 ↔ 弱小國家	강점 ↔ 약점 優點 ↔ 弱點
개업 ↔ 폐업 開業 ↔ 歇業	거액 ↔ 소액 巨額 ↔ 少額	고혈압 ↔ 저혈압 高血壓 ↔ 低血壓
공교육 ↔ 사교육 公共教育 ↔ 私人教育	공립 ↔ 사립 公立 ↔ 私立	과대평가 ↔ 과소평가 高估 ↔ 低估
낙관 ↔ 비관 樂觀 ↔ 悲觀	낙천적 ↔ 염세적 樂觀的 ↔ 厭世的	냉기 ↔ 온기 冷氣 ↔ 暖氣

다량 ↔ 소량 大量 ↔ 少量	**단축 ↔ 연장** 縮短 ↔ 延長	**대폭 ↔ 소폭** 大幅 ↔ 小幅
동거 ↔ 별거 同居 ↔ 分居	**동질성 ↔ 이질성** 同質性 ↔ 異質性	**매출 ↔ 매입** 銷售 ↔ 購入
목돈 ↔ 푼돈 巨款 ↔ 小錢	**발신자/발신인 ↔ 수신자/수신인** 寄信人 ↔ 收信人	**보수적 ↔ 진보적** 保守的 ↔ 進步的
불경기 ↔ 호경기 不景氣 ↔ 好景氣	**불황 ↔ 호황** 經濟蕭條 ↔ 經濟繁榮	**상승세 ↔ 하락세** 上升趨勢 ↔ 下降趨勢
설상가상 ↔ 금상첨화 雪上加霜 ↔ 錦上添花	**성수기 ↔ 비수기** 旺季 ↔ 淡季	**소멸 ↔ 생성** 消滅 ↔ 生成
실외 ↔ 실내 室外 ↔ 室內	**약자 ↔ 강자** 弱者 ↔ 強者	**약화 ↔ 강화** 弱化 ↔ 強化
여당 ↔ 야당 執政黨 ↔ 在野黨	**오름세 ↔ 내림세** 漲勢 ↔ 跌勢	**외유내강 ↔ 외강내유** 外柔內剛 ↔ 外剛內柔
우량 優良 ↔ **불량** 不良	**유동적 ↔ 고정적** 流動的 ↔ 固定的	**유효 ↔ 무효** 有效 ↔ 無效
의식적 ↔ 무의식적 有意識的 ↔ 無意識的	**이면 ↔ 표면** 裡面 ↔ 表面	**인위적 ↔ 자연적** 人為的 ↔ 自然的
일몰 ↔ 일출 日落 ↔ 日出	**이의 ↔ 동의** 異議 ↔ 同意	**임대 ↔ 임차** 租賃 ↔ 租借
자율 ↔ 타율 自律 ↔ 他律	**절제 ↔ 부절제** 節制 ↔ 不節制	**제대 ↔ 입대** 退伍 ↔ 入伍
증가세 ↔ 감소세 增勢 ↔ 減勢	**증진 ↔ 감퇴** 增進 ↔ 減退	**지상 ↔ 지하** 地上 ↔ 地下
직전 ↔ 직후 直前 ↔ 直後	**진보 ↔ 퇴보** 進步 ↔ 退步	**천연 ↔ 인조** 天然 ↔ 人造

초과 ↔ 미만 超過 ↔ 未滿	**최연소 ↔ 최고령** 最年少 ↔ 最高齡	**출생 ↔ 사망** 出生 ↔ 死亡
취임 ↔ 이임 就任 ↔ 離任	**폐쇄적 ↔ 개방적** 閉鎖的 ↔ 開放的	**풍년 ↔ 흉년** 豐年 ↔ 凶年
호평 ↔ 악평 好評 ↔ 惡評	**효 ↔ 불효** 孝道 ↔ 不孝	**후기 ↔ 전기** 後期 ↔ 前期
후대 ↔ 선대 後代 ↔ 先代	**흑자 ↔ 적자** 黑字 ↔ 赤字	

動詞

내뿜다 ↔ 들이마시다 噴出、冒出 ↔ 吸入	**내쉬다 ↔ 들이쉬다** 呼氣 ↔ 吸氣
물려주다 ↔ 물려받다 傳給、留傳下來 ↔ 繼承、承襲	**웃돌다 ↔ 밑돌다** 超越、高於 ↔ 不及、低於

形容詞

고귀하다 ↔ 비천하다 高貴 ↔ 卑賤	**공평하다 ↔ 불공평하다** 公平 ↔ 不公平	**그르다 ↔ 옳다** 錯誤、不對 ↔ 正確
나지막하다 ↔ 높지막하다 低矮 ↔ 頗高	**낯익다 ↔ 낯설다** 眼熟、熟悉 ↔ 陌生、不熟	**모호하다 ↔ 명확하다** 模糊 ↔ 明確
분주하다 ↔ 한가하다 忙碌 ↔ 閒暇	**예민하다 ↔ 무디다** 敏感 ↔ 遲鈍	**정당하다 ↔ 부당하다** 正當 ↔ 不當
질기다 ↔ 연하다 韌、耐用 ↔ 柔軟	**후하다 ↔ 박하다** 厚道、寬厚 ↔ 吝嗇、刻薄	

접두사 前綴詞

1	**고-** 高	고금리, 고기압, 고난도, 고단백, 고혈압
2	**극-** 極	극빈자, 극소량, 극소수, 극우파, 극존칭
3	**다-** 多	다국적, 다매체, 다목적, 다문화, 다방면
4	**부-** 副	부교재, 부산물, 부원료, 부작용, 부전공
5	**생-** 生	생감자, 생굴, 생김치, 생새우, 생쌀
6	**원-** 原/元	원뜻, 원위치, 원자재, 원재료, 원저자
7	**총-** 總	총결산, 총공격, 총망라, 총소득, 총인수
8	**최-** 最	최고급, 최고령, 최상급, 최연소, 최우수

접미사 後綴詞

● 사람·무리·단체 人·群·團體

1	**-관** 官	감독관, 수사관, 시험관, 재판관, 통역관
2	**-장** 長	공장장, 병원장, 위원장, 주방장, 지점장
3	**-진** 陣	경영진, 교수진, 연구진, 의료진, 출연진
4	**-층** 層	노년층, 독자층, 상류층, 청년층, 특권층
5	**-계** 界	가요계, 경제계, 교육계, 금융계, 언론계
6	**-단** 團	공연단, 교향악단, 기자단, 방문단, 선수단
7	**-체** 體	결합체, 공동체, 기업체, 사업체, 협력체
8	**-회1** 會	노인회, 부인회, 연구회, 자모회, 후원회
9	**-회2** 會	간담회, 바자회, 시사회, 전람회, 환송회

● 값 · 가격 價格、價錢

1	-가 價	균일가, 도매가, 분양가, 상한가, 전세가
2	-액 額	거래액, 매출액, 투자액, 피해액, 한도액
3	-치 値	가중치, 근사치, 기대치, 평균치, 한계치

● 자리 · 거리 · 지역 · 나라 位置、距離、區域、國家

1	-가 街	금융가, 번화가, 상점가, 중심가, 증권가
2	-국 國	가맹국, 개최국, 경쟁국, 참가국, 회원국
3	-권 圈	동양권, 문화권, 생활권, 수도권, 역세권
4	-석 席	관객석, 금연석, 예약석, 응원석, 초대석

● 주장 · 방법 · 방식 主張、方法、方式

1	-론 論	강경론, 경험론, 낙관론, 일반론, 합리론
2	-법 法	가공법, 건축법, 경어법, 관습법, 제조법
3	-식 式	간이식, 객관식, 계단식, 단답식, 조립식
4	-제 制	계약제, 가부장제, 월급제, 추첨제, 허가제
5	-책 策	강경책, 개선책, 대비책, 예방책, 해결책
6	-체 體	간결체, 격식체, 구어체, 대화체, 문어체

● 기타 其他

1	-국 局	관리국, 방송국, 정보국, 통신국, 편집국
2	-계 系	동양계, 생태계, 신경계, 자연계, 태양계
3	-기 期	갱년기, 과도기, 부흥기, 성수기, 회복기

4	**-론** 論	문학론, 소설론, 어휘론, 존재론, 형태론
5	**-류** 類	갑각류, 견과류, 곤충류, 파충류, 포유류
6	**-부** 部	도입부, 심장부, 안면부, 전반부, 후반부
7	**-작** 作	개봉작, 당선작, 데뷔작, 응모작, 최신작
8	**-전** 戰	공방전, 방어전, 신경전, 심리전, 탐색전
9	**-증** 症	가려움증, 식곤증, 합병증, 현기증, 후유증
10	**-지1** 紙	광고지, 문제지, 설문지, 질문지, 투표지
11	**-지2** 誌	문예지, 월간지, 전문지, 정보지, 학술지
12	**-집** 集	논문집, 단편집, 소설집, 수필집, 어휘집
13	**-체** 體	구성체, 매개체, 복합체, 생명체, 염색체
14	**-형** 形	나선형, 반달형, 사각형, 원통형, 타원형
15	**-화** 靴	등산화, 방한화, 숙녀화, 신사화, 축구화

의존 명사 依存名詞

1	**거리** 材料	일거리, 볼거리, 걱정거리, 관심거리
2	**겨를** 餘暇	생각할 겨를, 운동할 겨를, 쉴 겨를
3	**격** 身分、資格	대표 격, 주인 격, 우두머리 격
4	**겸** 兼	감독 겸 배우, 아침 겸 점심, 주방 겸 거실
5	**내** 內	기간 내, 범위 내, 일주일 내,
6	**녘** 時候、時分	아침 녘, 동틀 녘, 해질 녘
7	**데1** 地方、場所	가 본 데, 갈 데, 들를 데, 사는 데
8	**데2** 場合	배우는 데, 아는 데, 읽는 데

9	**등지** 等地	서울 등지, 경기 등지, 중국과 미국 등지
10	**따름** 侷限性或強調	고마울 따름, 기쁠 따름, 신기할 따름
11	**무렵** 時、時候	세 시 무렵, 저녁 무렵, 결혼할 무렵
12	**바** 代指前面所説的事物	깨달은 바, 느낀 바, 생각한 바, 의도한 바
13	**바람** 代指前面所説的穿著	잠옷 바람, 슬리퍼 바람, 속옷 바람
14	**셈** 打算、算是	괜찮은 셈, 잘 먹은 셈, 잘한 셈
15	**이래** 以來	건국 이래, 근대 이래, 창립 이래
16	**조** 名目、條件	격려금 조, 관리비 조, 보상금 조
17	**즈음** 時候	새벽 즈음, 도착할 즈음, 통과할 즈음
18	**지경** 情況、程度	미칠 지경, 위험한 지경, 죽을 지경
19	**차** 週期、時期、第…	결혼 이 년 차, 입학 삼 년 차, 입사 일 년 차
20	**측** 側	상대 측, 주최 측, 학교 측, 회사 측
21	**편** 利用的交通工具	배편, 비행기 편, 열차 편, 아들 편
22	**개소** 場所的數量	몇 개소, 십여 개소, 여러 개소
23	**건** 件、文件的數量	한두 건, 몇 건, 어느 건, 총 두 건
24	**교시** 節（課）、課時	일 교시, 이 교시, 첫 교시, 마지막 교시
25	**대** 代	십 대 청소년, 삼십 대 남자, 오십 대 여자
26	**모금** 口	물 한 모금, 담배 한 모금, 약 한 모금
27	**바퀴** 圈	운동장 두 바퀴, 여러 바퀴, 동네 한 바퀴
28	**발** 發	총알 한 발, 화살 두 발, 수십 발, 몇 발
29	**보** 步	삼 보, 몇 보, 일 보 후퇴, 이 보 전진
30	**부** 部	신문 한 부, 서류 다섯 부, 잡지 한두 부
31	**술** 匙	국 한 술, 밥 두어 술, 몇 술

32	**알** 粒、顆	달걀 한 알, 사탕 세 알, 약 두 알
33	**점** 片、點	삼겹살 한 점, 회 몇 점, 소고기 두어 점
34	**척** 艘	배 한 척, 몇 척, 수백 척, 여러 척
35	**통** 通、份、封、本	서류 두 통, 전화 한 통, 편지 세 통

정답 解答

01 | 인간1 人類 1

1. 감정/감각 感情/感覺
1. ③   2. ②   3. ①   4. ②
5. ①   6. 안쓰럽더라고
7. 씁쓸합니다   8. 어이없어서

2. 인상/성격 印象/個性
1. ②   2. ①   3. ③   4. ②
5. ④   6. ①   7. 무난해서
8. 우직하게   9. 여려서

3. 인지 행위 行為認知
1. ②   2. 돌이켜 보며
3. 선하게   4. 하마터면
5. 아득하게   6. 솔깃해서
7. 그리워요   8. 일깨워

02 | 인간 2 人類 2

1. 신체/외양 身體/外形
1. ②   2. ①   3. ③   4. ④
5. ④   6. 척추   7. 전신
8. 실물   9. 유연성

2. 태도 態度
1. ①   2. ①   3. ④
4. 눈여겨볼   5. 몰두하느라
6. 애매해서   7. 정중하게

3. 행동/행위 行動/行為
1. ③   2. ②   3. ①   4. ③
5. ③   6. 헛디뎌서
7. 손대는   8. 속삭이고
9. 더뎠다

03 | 삶 生命、人生、生活

1. 경조사 婚喪喜慶
1. ②   2. ①   3. ③   4. ②
5. ①   6. 출생   7. 혼인   8. 화장

2. 언어 행위 語言行為
1. ②   2. ②   3. ②
4. 동문서답   5. 금시초문
6. 과찬   7. 하소연
8. 참견

3. 여가 생활 休閒生活
1. ③   2. ②   3. ①
4. 전환   5. 도보   6. 현지
7. 여정   8. 한적한   9. 한가롭게
10. 빠듯해서

4. 인간관계 人際關係
1. ②   2. ④   3. ②
4. 백년해로   5. 십시일반
6. 천생연분   7. 이심전심
8. 상부상조

5. 일상 행위 日常行為
1. ②   2. ①   3. ③   4. ①
5. ③   6. 한바탕   7. 한사코
8. 하필

04 | 의식주 食衣住

1. 식생활 飲食生活
1. ③   2. ④   3. ①   4. ③
5. ②   6. 수분   7. 증진
8. 효능

2. 의생활 服裝生活
1. ②　　2. ③　　3. ①　　4. ①
5. ④　　6. 느슨해서　7. 뒤집히면서
8. 축축해

3. 주생활 居住生活
1. ①　　2. ②　　3. ③　　4. ④
5. ②　　6. ①　　7. 모퉁이
8. 입지　9. 가장자리

05 | 건강 健康

1. 건강 상태 健康狀態
1. ③　　2. ①　　3. ②　　4. 혈압
5. 근력　6. 순환　7. 유독
8. 별안간　9. 경각심

2. 병／증상 疾病／症狀
1. ③　　2. ①　　3. ②　　4. ③
5. ④　　6. 멍들었다　7. 고된　8. 곪을

3. 치료 治療
1. ②　　2. ④　　3. ②　　4. 의약품
5. 접종　6. 치유　7. 효력　8. 의술

06 | 교육 教育

1. 교육 행정 教育行政
1. ③　　2. ①　　3. ②
4. 공교육　5. 방침　6. 창의성
7. 수석　8. 수강　9. 중도

2. 적성／진로 適性／出路
1. ③　　2. ①　　3. ②　　4. ②
5. ③　　6. 역량　7. 결단력
8. 다양성

3. 철학／윤리 哲學／倫理
1. ②　　2. ④　　3. ③
4. 순수성　5. 대조적　6. 이성적
7. 존엄성　8. 윤리적

4. 학문 용어 學術用語
1. ②　　2. ①　　3. ③　　4. 시청각
5. 수치　6. 출처　7. ②　　8. ④

5. 학문 행위 學術行為
1. ③　　2. ①　　3. ②　　4. ②
5. ③　　6. 쟁점　7. 견문　8. 제기

07 | 사회생활 社會生活

1. 문제／해결 問題／解決
1. ④　　2. ①　　3. ③　　4. ②
5. ②　　6. ③　　7. 자칫하면
8. 미약해서　9. 위태롭게

2. 사회 현상 社會現象
1. ③　　2. ③　　3. ②　　4. ①
5. 각양각색　　6. 천차만별
7. 보편적　　8. 현저히
9. 실상　　10. 과열
11. 각계

3. 성공／실패 成功／失敗
1. ④　　2. ③　　3. ②　　4. ①
5. ③　　6. 물리치고　7. 막막하기
8. 무모한　9. 치밀하게

4. 직장／직장 생활 職場／職場生活
1. ③　　2. ①
4. 겸하다　　5. 들락날락하다
6. 맞들다　　7. 고용
8. 부임　　9. 진급

837

08 | 경제/경영 經濟/經營

1. 경영 전략 經營策略
1. ③ 2. ① 3. ② 4. ③
5. ③ 6. 판촉 7. 사은품
8. 적립 9. 덤 10. 배포

2. 경제 현상 經濟現象
1. ② 2. ① 3. ③ 4. ③
5. ④ 6. 위축 7. 악영향
8. 투기, 투기

3. 경제 활동 經濟活動
1. 구두쇠 2. 백수 3. 빈털터리 4. ④
5. ① 6. 본전 7. 쏨쏨이
8. 제값

4. 기업 경영 企業經營
1. ③ 2. ② 3. ① 4. ②
5. ③ 6. 막중한 7. 동원해서
8. 앞다투어

5. 재무/금융 財務/金融
1. ② 2. ① 3. ③ 4. 재테크
5. 목돈 6. 금리 7. 재정 8. ③
9. ①

09 | 국가 國家

1. 법/질서 法律/秩序
1. ③ 2. ① 3. ② 4. ④
5. ② 6. 절도 7. 익명 8. 조회

2. 정치 政治
1. ② 2. ① 3. ③ 4. ④
5. ④ 6. 지지 7. 주력 8. 기권

3. 행정/사회 복지 行政/社會福利
1. 약자 2. 고아 3. 수혜자 4. ③
5. ④ 6. 시급하다 7. 열악한
8. 실질적인

10 | 문화/역사 文化/歷史

1. 대중문화 大衆文化
1. ① 2. ② 3. ③ 4. 열광
5. 편집 6. 흥행 7. 무너뜨리지
8. 흥얼거리고 9. 사로잡힌

2. 역사 歷史
1. ④ 2. ② 3. ③ 4. ①
5. ③ 6. ② 7. 거느리고
8. 공평하게 9. 찬란했던

3. 전통문화 傳統文化
1. ② 2. ① 3. ③ 4. ①
5. ② 6. ③ 7. 단절 8. 창의력
9. 계승 10. 속설

11 | 예술/스포츠 藝術/運動

1. 건축 建築
1. ③ 2. ② 3. ① 4. ①
5. ③ 6. 철거 7. 외형 8. 특색
9. 설계 10. 공모

2. 문학 文學
1. ② 2. ① 3. ③ 4. ①
5. ④ 6. 허름한 7. 터무니없는
8. 냉담한

3. 스포츠 運動
1. ③ 2. ① 3. ② 4. ①
5. ② 6. 판정 7. 퇴장 8. 반칙
9. 접전

4. 예술 藝術
 1. ③　　2. ②　　3. ①　　4. ④
 5. ①　　6. 창의성　7. 색상　8. 장인

12 | 자연／환경 自然／環境

1. 기상／기후 氣象／氣候
 1. 꽃샘추위　　2. 한파
 3. 폭염　　　　4. ③
 5. 싱그럽게　　6. 굳은
 7. 따가울

2. 생태 生態
 1. ②　　2. ③　　3. ①　　4. ③
 5. ④　　　　　　6. 뿌리내리고
 7. 에워싸여　　　8. 울창한

3. 자연 현상 自然現象
 1. ①　　2. ④　　3. ①　　4. ①
 5. ②　　6. ①　　7. ③　　8. ④

4. 재난／재해 災難／災害
 1. ③　　2. ①　　3. ①　　4. ③
 5. ②　　6. 고갈　7. 멸종　8. 폐해
 9. 재앙

5. 지형／지역 地形／地區
 1. 평야　　2. 절벽　　3. 산맥　　4. ②
 5. ①　　　　　　　　6. 울퉁불퉁한
 7. 나지막해서　　　　8. 구불구불한

13 | 과학／기술 科學／技術

1. 교통／운송 交通／運輸
 1. ②　　2. ③　　3. ①　　4. ②
 5. ①　　6. ②　　7. 엇갈렸나　8. 맞먹는
 9. 수월해졌어요　　10. 조여서

2. 정보／기술 資訊／技術
 1. ③　　2. ②　　3. ①　　4. ④
 5. ①　　6. ③　　7. 선보여
 8. 가려내면　　　　9. 탁월한

3. 통신／매체 通訊／媒體
 1. ②　　2. ③　　3. ①　　4. 유포
 5. 오류　6. 유발　7. 참신해서　8. 미흡한
 9. 남다른

14 | 성질 性質

1. 속도／수량／크기 速度／數量／大小
 1. ③　　2. ②　　3. ①　　4. ④
 5. ①　　6. 비좁아질　7. 불어났대
 8. 무수한

2. 시간／시기 時間／時期
 1. ③　　2. ①　　3. ②　　4. ③
 5. ②　　6. 단기간　7. 차일피일
 8. 예년

3. 의성어／의태어 擬聲語／擬態語
 1. ①　　2. ④　　3. ②　　4. 불쑥
 5. 티격태격　6. 차근차근　7. 헐레벌떡

4. 정도 程度
 1. ①　　2. ①　　3. ②　　4. ③
 5. ④　　6. 가급적　7. 밀도　8. 미달

색인 索引

ㄱ

가계	427
가구	215
가급적	804
가닥	320
가뜩이나	804
가려내다	729
가로지르다	98
가쁘다	244
가사	171
가상	729
가설	309
가속화	712
가시	660
가식적	75
가엾다	10
가장자리	215
가지런히	203
가창력	627
가책	46

가축	660
가파르다	670
가하다	500
가해자	482
각계	361
각광	605
각박하다	361
각별하다	155
각양각색	362
간간이	805
간결하다	203
간과하다	320
간략하다	321
간밤	776
간소하다	204
간절히	10
갈피	321
감격스럽다	11
감량	261
감미롭다	526
감수성	11

감염	244
감축	453
감탄	12
갑갑하다	12
값지다	412
강대국	500
강도	805
강렬하다	805
강우량	650
강인하다	64
강점	285
강좌	272
강직하다	30
개량	188
개설	272
개업	453
개요	309
개운하다	12
개입	501
개정	482
개조	712

개편	273	걸핏하면	806	경청	322
거느리다	547	겨누다	587	경품	412
거동	230	겨루다	605	곁들이다	189
거듭나다	378	격세지감	362	계급	547
거르다	188	격식	116	계발	286
거부감	13	격차	427	계승	559
거북하다	230	견고하다	573	고갈	682
거세다	806	견문	322	고귀하다	30
거스르다	483	견주다	606	고달프다	379
거슬리다	13	결단력	285	고도	806
거시적	454	결승전	606	고되다	245
거액	467	결실	379	고르다	64
거주자	216	결핍	231	고립	682
거창하다	378	결함	713	고발	484
거침없이	75	겸하다	397	고비	380
건립	572	경각심	231	고스란히	559
건망증	245	경건하다	627	고심	343
건성	76	경관	216	고아	512
건수	766	경로	713	고온	650
걷잡다	342	경보	483	고용	397
걸림돌	342	경솔하다	98	고원	696
걸맞다	171	경이롭다	670	고위	398
걸작	572	경지	628	고이다	671

841

고인	116	공정성	485	관습	560
고작	807	공중	172	관용적	310
고진감래	380	공중위생	512	관절	232
고충	343	공평하다	549	관행	487
고혈압	246	공포	485	관혼상제	560
곡물	189	공학	749	광활하다	671
곤충	661	공허하다	13	교감	14
골동품	628	공헌	607	교란	683
골칫거리	343	과감하다	99	교묘하다	587
곪다	246	과감히	76	교정	261
공	548	과다	247	교제	173
공감대	629	과대평가	344	구급차	714
공경	172	과도하다	807	구독	749
공교육	273	과민	247	구두	127
공권력	484	과반수	502	구두쇠	441
공로	548	과언	126	구불구불하다	696
공립	273	과열	363	구사일생	345
공모	573	과찬	126	구성원	398
공방	344	과하다	808	구실	588
공백	323	관공서	513	구제	513
공약	501	관대하다	14	구직난	514
공연히	172	관례	486	구축	750
공예	629	관세	486	구태의연하다	77

구토	248	금상첨화	204	기인하다	364
구호	127	금시초문	127	기일	468
국력	502	급격하다	363	기점	715
국보	560	급기야	714	기질	607
국토	502	급등	428	기피	78
군계일학	380	급락	428	기필코	731
굶주리다	190	급변	661	기하다	78
궁극적	323	급속도	730	기행문	588
궂다	651	기구	503	긴밀하다	156
권위적	77	기권	504	길들이다	174
권한	274	기기	730	깊숙이	808
규제	487	기꺼이	155	까마득하다	381
그르다	298	기리다	117	까무러치다	248
그리다	46	기묘하다	672	깡충깡충	790
그지없다	173	기발하다	750	깨치다	324
극심하다	683	기부금	468	꺼리다	78
극적	804	기색	47	꼬다	100
근간	549	기성세대	156	꼼짝없이	381
근력	232	기세	630	꽁꽁	790
근시안	413	기웃거리다	99	꽃샘추위	652
근원	503	기원	47	꾀	31
금기	561	기원전	776	꾀하다	324
금리	467	기이하다	672	꿰매다	205

843

끈기	382	낯익다	32	논설문	590
끈질기다	731	낱낱이	488	농도	809
		내던지다	100	농수산물	190
		내뱉다	128	뇌사	249
ㄴ		내보이다	101	뇌졸중	250
		내뿜다	673	누리다	142
나른하다	233	내쉬다	101	누비다	142
나약하다	233	내심	589	눈물겹다	382
나지막하다	697	내역	441	눈여겨보다	79
낙	141	냉기	652	뉘우치다	48
낙관	79	냉담하다	589	느닷없이	590
낙천적	31	냉혹하다	607	느슨하다	205
난감하다	346	넓적하다	697	능률	716
난치병	249	넘나들다	630	능통하다	128
난폭	715	노리다	608	능하다	286
날로	777	노출	732		
남김없이	190	노폐물	234		
남녀노소	141	노화	65	**ㄷ**	
남다르다	750	노후	777		
남용	234	녹슬다	574	다급하다	235
남짓	766	녹아내리다	673	다다익선	442
납부	469	녹지	698	다량	454
낭패	346	논란	526	다방면	287

다스리다	549	대대적	562	도표	311
다양성	287	대들다	102	독성	251
다지다	716	대뜸	129	독자적	631
다채롭다	631	대본	591	독점	455
단기간	778	대수롭다	174	독창성	632
단적	310	대안	347	독창적	632
단절	561	대양	698	돈독하다	157
단조롭다	574	대조적	298	돋보이다	574
단축	778	대폭	455	돋우다	103
단호하다	80	더군다나	809	돌연변이	661
달구다	191	더디다	102	돌이키다	48
달라붙다	205	더러	810	동거	157
달아오르다	191	더미	767	동문서답	129
담담하다	14	더부룩하다	251	동병상련	15
담보	469	덕목	299	동원	456
당국	504	덜렁대다	32	동적	633
당뇨병	250	덤	413	동질성	633
당사자	488	도덕	299	동행	158
대거	767	도래	732	두각	609
대결	608	도리	299	두꺼비	661
대기만성	383	도모	156	두루	733
대담하다	80	도보	142	둔하다	103
대대손손	562	도약	751	둥둥	791

뒤덮이다	673
뒤죽박죽	791
뒤집어쓰다	206
뒤집히다	206
뒤틀리다	235
드러눕다	104
들뜨다	143
들락날락하다	399
들썩이다	527
들어차다	684
듬뿍	768
등용문	591
등재	563
따갑다	653
따라나서다	104
따라잡다	324
딱하다	383
딱히	143
때다	217
때우다	206
떠내려가다	674
떠넘기다	399
떠다니다	674

떠돌다	144
떠밀리다	364
떨치다	527
떫다	192
또래	158

ㅁ

마저	768
막다르다	347
막대하다	470
막론하다	528
막막하다	384
막무가내	81
막상막하	609
막중하다	456
만장일치	414
말미암다	365
맞대다	325
맞들다	400
맞먹다	717
맞아떨어지다	442

매기다	610
매립	699
매사	779
매출	429
맥락	311
맥박	235
맵시	207
먹구름	653
멍들다	251
멍하다	49
메마르다	674
면회	175
멸망	684
멸종	685
명료하다	312
명목	563
명문	550
명분	550
명상	105
명성	610
명실상부	528
모색	348
모순	489

모조리	768	무수하다	769	민망하다	17
모질다	32	무심코	129	민요	634
모퉁이	217	무인	457	민주적	505
모호하다	348	무작정	144	밀도	811
목격자	489	묵다	175	밀려나다	365
목덜미	65	문상	117	밀려들다	529
목돈	470	문어	312	밀착	611
몰두하다	81	문지르다	105	밑거름	733
몰락	591	문화유산	564	밑창	145
몰아내다	592	물끄러미	592		
몰아붙이다	611	물러가다	654		
몰아쉬다	236	물려주다	159		
몰입	325	물리치다	385	ㅂ	
못마땅하다	15	물자	457	반도	699
묘하다	16	물품	414	반박	130
무궁무진	733	뭉클하다	16	반신욕	262
무기력	236	미달	810	반칙	612
무난하다	33	미모	66	반환점	612
무너뜨리다	528	미묘하다	16	발굴	551
무럭무럭	791	미생물	662	발돋움	529
무모하다	384	미약하다	349	발명품	752
무병장수	237	미흡하다	751	발상	752
무분별	262	민간	457	발신자	753

밤낮없이	779	베다	218	복원	635
방수	207	벽화	634	복장	208
방언	130	변덕	82	복제	734
방울	207	변두리	700	본격적	718
방음	218	변수	734	본뜨다	635
방치	349	변천	575	본받다	300
방침	274	변함없이	33	본성	300
배기가스	717	변형	700	본전	444
배상	490	별개	350	부가	753
배역	530	별것	811	부고	117
배열	326	별안간	237	부도	458
배출	662	보류	415	부도덕	300
배포	414	보상금	514	부릅뜨다	106
배후	592	보수적	34	부시다	17
백년해로	159	보약	262	부양	159
백수	443	보유	471	부유하다	429
백미	145	보잘것없다	593	부임	400
백혈병	252	보조금	471	부재	753
벅차다	443	보태다	443	부주의	570
번성	575	보편적	366	부진	612
번영	505	보험료	471	부쩍	811
번지다	366	복구	685	부채	472
베끼다	326	복귀	176	부추기다	275

부치다	444	비리	505		ㅅ		
부피	769	비상	662				
분기	780	비약적	415	사각지대	718
분담	401	비좁다	770	사고	50
분배	515	비평	131	사기	613
분분하다	327	빈도	812	사납다	34
분쟁	458	빈번하다	813	사로잡히다	530
분주하다	176	빈부	515	사면초가	350
분하다	17	빈소	118	사물놀이	564
불가사의	576	빈털터리	444	사뭇	593
불경기	430	빈틈	771	사사건건	813
불과	769	빈혈	252	사상	636
불과하다	812	빙하	675	사상누각	351
불모지	701	빠듯하다	146	사색	50
불분명하다	49	뻔뻔하다	83	사시사철	780
불신	82	뻔하다	367	사유	401
불쑥	792	뻔히	385	사은품	415
불어나다	770	뽐내다	636	사필귀정	385
불의	551	뿌듯하다	18	삭막하다	675
불치병	252	뿌리내리다	663	산뜻하다	18
불황	430			산림	701
붕괴	576			산만하다	83
비단	367			산맥	702

산물 552	생명체 664	설득력 133
산업화 552	생물 664	설비 577
살금살금 792	생소하다 734	설상가상 352
삼가다 131	생애 119	섬세하다 638
삼림욕 146	생태계 665	섬유 208
상갓집 118	생필품 445	성대 66
상견례 118	생활화 177	성분 263
상당수 813	서론 313	성사 458
상부상조 160	서성거리다 106	성수기 147
상세하다 327	서열 368	성의 119
상속 490	석탄 219	성취 386
상승세 431	선뜻 84	성취도 275
상실 51	선명하다 637	성품 35
상업적 531	선반 219	성향 35
상여금 402	선보이다 735	세계관 301
상의 132	선언 132	세균 253
상표 416	선조 565	세밀하다 638
상호 160	선천적 288	세부 328
새옹지마 177	선풍적 531	세심하다 36
색상 637	선하다 51	세차다 814
생계 445	선호도 416	세포 735
생동감 637	섣불리 351	소멸 553
생명력 663	설계 577	소박하다 209

소송	491	솟아나다	352	수필	594
소신	301	솟아오르다	675	수혜자	517
소실	578	쇄도	431	수확	193
소양	328	수강	275	순발력	613
소외	516	수당	402	순수성	302
소외감	516	수려하다	676	순환	238
소장	639	수립	506	숭고하다	640
소질	288	수분	193	스미다	655
소통	133	수색	686	슬슬	792
소품	531	수석	276	승부	614
속보	532	수송	719	승승장구	614
속삭이다	107	수수하다	209	시각	314
속설	565	수신자	754	시급하다	517
속성	302	수용	578	시련	353
속속	107	수월하다	719	시범	329
속수무책	352	수익	432	시사	368
손꼽다	288	수익금	432	시사하다	579
손대다	108	수줍다	36	시사회	532
손상	238	수증기	654	시상식	533
손색	639	수지	433	시시하다	533
손수	192	수질	686	시원섭섭하다	19
손실	472	수차례	771	시중	553
솔깃하다	52	수치	313	시청각	314

시행착오 353	심사숙고 52	악영향 434
식단 193	심의 533	안건 417
식량난 687	심혈 253	안목 210
식성 194	심화 329	안성맞춤 289
신명 640	십시일반 161	안쓰럽다 20
신설 276	십중팔구 386	압도적 615
신약 263	싱그럽다 655	압박감 20
신임 615	싸늘하다 37	앞다투다 459
신장 506	쏠리다 370	애매하다 85
신진대사 239	쑤시다 254	애지중지 177
실마리 754	씀씀이 446	애착 161
실무 403	씁쓸하다 19	애초 781
실물 67	씩씩거리다 108	애틋하다 21
실상 369		야기 370
실속 416		약자 519
실업률 518	ㅇ	약화 814
실외 220		얄밉다 21
실용성 459	아늑하다 220	양상 371
실적 459	아득하다 53	양성 277
실직 403	아부 84	양식 579
실질적 518	아슬아슬 354	양육 178
실태 369	아찔하다 19	양초 221
실화 594	악순환 433	어금니 67

어김없이 ⋯ 85	에워싸다 ⋯ 665	염두 ⋯ 330
어렴풋이 ⋯ 53	여당 ⋯ 506	염원 ⋯ 86
어루만지다 ⋯ 109	여러모로 ⋯ 178	염증 ⋯ 255
어리다 ⋯ 595	여론 ⋯ 371	영문 ⋯ 162
어리둥절하다 ⋯ 22	여리다 ⋯ 37	영재 ⋯ 277
어마어마하다 ⋯ 815	여의다 ⋯ 120	영토 ⋯ 554
어설프다 ⋯ 534	여정 ⋯ 147	예견 ⋯ 54
어우러지다 ⋯ 162	여파 ⋯ 687	예년 ⋯ 781
어이없다 ⋯ 22	역동적 ⋯ 641	예리하다 ⋯ 24
억누르다 ⋯ 23	역량 ⋯ 289	예물 ⋯ 120
억세다 ⋯ 595	역효과 ⋯ 687	예민하다 ⋯ 38
언뜻 ⋯ 793	연금 ⋯ 473	예체능 ⋯ 278
언짢다 ⋯ 23	연상 ⋯ 54	오류 ⋯ 755
얼어붙다 ⋯ 676	연연하다 ⋯ 86	오름세 ⋯ 434
얼핏 ⋯ 793	연장자 ⋯ 162	온실가스 ⋯ 720
얽매이다 ⋯ 566	연재 ⋯ 534	온화하다 ⋯ 655
얽히다 ⋯ 354	열광 ⋯ 535	올바로 ⋯ 302
엄살 ⋯ 254	열렬하다 ⋯ 535	옷감 ⋯ 210
엄지 ⋯ 68	열망 ⋯ 387	옷자락 ⋯ 211
엄하다 ⋯ 491	열성 ⋯ 536	옹기종기 ⋯ 794
업종 ⋯ 460	열악하다 ⋯ 519	완곡하다 ⋯ 134
엇갈리다 ⋯ 720	열의 ⋯ 329	완만하다 ⋯ 677
엉금엉금 ⋯ 794	열풍 ⋯ 372	완성도 ⋯ 580

853

완주 ... 616	우열 ... 616	위인 ... 556
완화 ... 264	우직하다 ... 39	위주 ... 278
왈가왈부 ... 134	우호적 ... 87	위축 ... 434
왕래 ... 163	운송 ... 721	위태롭다 ... 355
왕위 ... 554	울창하다 ... 666	위화감 ... 446
왕조 ... 555	울퉁불퉁하다 ... 702	유권자 ... 507
외신 ... 536	움츠리다 ... 109	유기농 ... 195
외유내강 ... 38	움켜쥐다 ... 109	유난스럽다 ... 110
외형 ... 580	웃돌다 ... 473	유대감 ... 164
요건 ... 290	웅장하다 ... 581	유독 ... 240
요령 ... 315	원격 ... 737	유동적 ... 148
용량 ... 772	원동력 ... 148	유래 ... 556
용모 ... 68	원료 ... 737	유례 ... 387
용의자 ... 492	원산지 ... 195	유발 ... 755
용이하다 ... 721	원자력 ... 738	유비무환 ... 388
우두커니 ... 794	원작 ... 595	유심히 ... 87
우뚝 ... 795	원조 ... 688	유언 ... 120
우량 ... 736	위계질서 ... 555	유연성 ... 69
우러나다 ... 194	위급하다 ... 239	유연하다 ... 69
우선순위 ... 178	위독하다 ... 240	유전병 ... 255
우선시 ... 290	위상 ... 617	유전자 ... 666
우성 ... 736	위성 ... 738	유출 ... 688
우스꽝스럽다 ... 39	위안 ... 163	유치 ... 460

유포 756	의젓하다 40	인공적 739
유해 264	의존도 722	인권 304
유효 196	의향 55	인도적 689
유흥비 447	의혹 56	인명 689
육로 722	의회 507	인문학 315
육아 179	이기심 667	인사 641
윤리적 303	이득 435	인산인해 772
융통성 40	이듬해 782	인생관 291
융합 739	이를테면 303	인성 304
으스대다 88	이름나다 537	인위적 740
은근히 815	이면 372	인지 56
은은하다 816	이색적 149	인지도 538
은퇴 404	이성적 304	인파 538
음질 537	이슬 667	일거양득 461
응급조치 265	이식 266	일관성 89
응답자 279	이심전심 165	일깨우다 56
응하다 88	이윤 417	일념 389
의도적 55	이의 135	일다 373
의리 164	이점 291	일례 305
의술 265	이직 404	일몰 677
의식적 55	이치 388	일방적 90
의약품 265	익명 492	일삼다 179
의욕적 89	익살스럽다 41	일상화 180

855

일주	149	자아실현	292	재난	690
일찌감치	782	자유자재	740	재무	461
일컫다	135	자율	723	재물	475
일화	596	자율성	279	재벌	596
일환	418	자재	581	재앙	690
임기	783	자질	292	재정	476
임대	221	자체	724	재질	212
임대료	447	자칫하다	355	재치	42
임용	405	작심삼일	389	재테크	476
임하다	617	잔고	474	쟁점	331
입상	618	잔잔하다	678	저리다	256
입증	723	잠자코	91	저물다	678
입지	222	잠잠하다	656	저서	331
		잠재력	330	저작권	539
		장기	293	적도	702
ㅈ		장려	475	적령기	783
		장비	756	적립	418
자국	211	장애물	390	적발	493
자금	474	장유유서	566	적절히	816
자기중심적	90	장인	642	적정	817
자발적	91	장치	757	적합	757
자백	135	잦다	255	전념	332
자상하다	41	재기	390	전동	724

전략 — 741	점진적 — 356	제조 — 419
전력 — 222	접전 — 618	조급하다 — 93
전면 — 508	접종 — 266	조립 — 758
전반적 — 373	정교하다 — 582	조마조마 — 795
전성기 — 783	정권 — 508	조문 — 121
전신 — 69	정당하다 — 357	조성 — 332
전업 — 405	정비 — 725	조의 — 121
전염 — 256	정서 — 305	조의금 — 122
전유물 — 597	정서적 — 642	조이다 — 725
전파 — 741	정세 — 508	조작 — 759
전형적 — 582	정전 — 742	조직 — 419
전화위복 — 356	정점 — 583	조치 — 357
전환 — 150	정년 — 406	조합 — 643
전환기 — 784	정정당당하다 — 619	조화롭다 — 644
절감 — 758	정중하다 — 92	조회 — 494
절도 — 493	정체기 — 784	존엄성 — 306
절로 — 57	정체성 — 643	종목 — 619
절벽 — 703	제값 — 448	종전 — 280
절실하다 — 92	제기 — 332	좌우명 — 294
절이다 — 196	제대 — 180	좌절 — 391
절전 — 222	제의 — 293	주가 — 477
절제 — 57	제작자 — 539	주도 — 333
점유율 — 462	제재 — 494	주력 — 509

주류	374	지명	704	진입	620
주범	495	지배적	306	질기다	197
주식	196	지사	420	질량	773
주체	333	지상	704	질리다	197
주최	294	지성	307	질의	136
준수하다	70	지속	759	질환	257
중도	280	지연	785	집착	93
중력	678	지원금	520	집필	597
중립적	509	지인	165	짜릿하다	621
중매	122	지점	421	짜임새	598
중병	256	지지	510	쪼개다	150
중복	448	지침	691	찌꺼기	198
중점	281	지표	760		
즐비하다	703	지향	281		
증가세	420	지형	705	**ㅊ**	
증대	520	직거래	449		
증상	257	직관	58	차곡차곡	796
증진	197	직무	406	차근차근	796
지구력	620	직속	166	차단	110
지구촌	539	직전	785	차분하다	42
지독하다	817	진급	407	차일피일	785
지리적	703	진료	267	차질	358
지면	540	진보	742	착용	212

찬란하다	557	체념	391	출시	422
참견	136	체제	282	출처	316
참신하다	760	체증	375	출출하다	198
창의력	567	체질	240	취급	462
창의성	644	체형	71	취득	295
창출	521	초고속	773	취약	521
채용	407	초과	774	취임	510
처지다	70	초라하다	598	취지	495
처참하다	691	초창기	786	측정	726
척척	797	촉각	24	치매	258
척추	71	촉진	761	치명적	241
천막	151	촉촉하다	25	치밀하다	392
천생연분	166	총체적	316	치솟다	679
천연	212	최연소	621	치안	496
천차만별	374	최적	334	치열하다	622
철거	583	최후	295	치우치다	584
철새	667	추모	123	치유	267
철학	307	추상적	645	친교	167
첨단	743	추세	421	친지	167
청중	540	추이	422	친화력	167
청취자	541	축축하다	213	칠전팔기	392
체감	656	출간	599	침수	692
체계적	281	출생	123	침입	496

859

침체 — 435	탐구 — 334	투박하다 — 73
침체기 — 436	탐색 — 296	투병 — 268
침해 — 497	태교 — 181	투입 — 463
칭하다 — 137	터무니없다 — 599	투철하다 — 94
	터전 — 223	툭 — 798
	털썩 — 797	튀다 — 679
	털어놓다 — 137	튀어나오다 — 679
	털털하다 — 43	트이다 — 223

ㅋ

쾌감 — 25	토대 — 761	특강 — 282
쾌활하다 — 43	토지 — 705	특색 — 584
	톡톡 — 798	특질 — 567
	톡톡히 — 622	특혜 — 522
	통념 — 541	틀 — 726
	통보 — 282	틈새 — 224

ㅌ

	통용 — 437	티 — 58
	통조림 — 198	티격태격 — 799
타격 — 436	통째 — 199	
타당하다 — 334	통쾌하다 — 393	
타산지석 — 423	통풍 — 223	
탁월하다 — 743	통합 — 462	## ㅍ
탁하다 — 656	퇴장 — 623	
탄력 — 72	투기 — 437	파격 — 423
탄식 — 111	투덜거리다 — 137	파고들다 — 335
탄탄하다 — 72		파급 — 761
탈락 — 622		

파란만장	393
파헤치다	358
판결	497
판정	623
판촉	424
팽팽하다	624
퍼뜨리다	138
퍼붓다	657
펄쩍	799
펄펄	799
편집	542
평면	744
평야	706
폐기물	692
폐쇄적	585
폐수	693
폐해	693
포부	296
포용	168
폭	774
폭발적	542
폭식	199
폭염	657

폭탄	599
표기	317
푸짐하다	200
푹신하다	213
품종	668
풋풋하다	25
풍년	200
풍력	744
풍성하다	201
풍요	151
풍조	375
필자	600
핏줄	600

ㅎ

하락	438
하락세	438
하마터면	59
하반기	786
하소연	138
하염없이	787

하자	463
하천	706
하필	181
학계	317
학술	318
학식	601
한가롭다	151
한결같다	94
한껏	817
한눈	59
한도	449
한바탕	182
한반도	557
한복판	707
한사코	182
한심하다	26
한적하다	152
한정	424
한파	658
한하다	335
함흥차사	557
합당하다	336
합성	745

861

항암 268	헌혈 241	호응 543
해명 139	헐레벌떡 801	호의적 95
해박하다 336	험난하다 394	호칭 168
해상 707	헛되다 395	호평 543
해양 708	헛디디다 111	호황 438
해일 693	헤어나다 358	호흡기 258
해저 708	헤프다 450	혹평 544
해체 624	혁명 602	혼인 124
해학적 601	혁신 746	홀로 153
핵 745	현명하다 307	화사하다 645
핵심적 337	현안 359	화상 259
향기롭다 680	현저히 376	화장 124
향후 787	현지 152	확립 498
허겁지겁 800	현황 478	확연히 762
허공 394	혈관 73	환기 784
허구 602	혈압 242	환호 544
허둥지둥 800	혐의 498	활기차다 95
허름하다 602	협동 168	활력 153
허물다 585	협약 464	활성화 439
허술하다 477	협의 464	활약 625
허위 498	협정 425	활자 746
허전하다 26	협조 465	황금기 788
헌신 745	형식적 283	회계 465

회의	27
회의적	96
획기적	747
획일적	727
효	183
효능	201
효력	268
후기	788
후대	568
후련하다	27
후속	747
후손	169
후원자	283
후유증	242
후하다	44
훈훈하다	658
훌쩍	801
훑어보다	112
훤히	225
훨훨	802
휘다	71
휘말리다	359
휩싸이다	694
휩쓸다	694
흐뭇하다	28
흑자	465
흠뻑	802
흡사	603
흥	28
흥얼거리다	545
흥청망청	451
흥행	545
희귀하다	568
희로애락	28
희미하다	646
힘입다	625

台灣廣廈 國際出版集團
Taiwan Mansion International Group

國家圖書館出版品預行編目（CIP）資料

新韓檢單字大全. 高級 / 閔珍英, 朴真哲, 張智英著.
-- 初版. -- 新北市：國際學村出版社, 2025.09
　　面；　公分
ISBN 978-986-454-434-9（平裝）

1.CST: 韓語　2.CST: 詞彙　3.CST: 能力測驗

803.289　　　　　　　　　　　　　　114007629

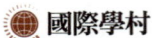

國際學村

新韓檢單字大全. 高級

作　　　者／閔珍英、朴真哲、張智英	編輯中心編輯長／伍峻宏・編輯／邱麗儒
審　　　定／楊人從	封面設計／何偉凱・內頁排版／菩薩蠻數位文化有限公司
翻　　　譯／蔡佳吟	製版・印刷・裝訂／東豪・弼聖・紘億・秉成

行企研發中心總監／陳冠蒨	線上學習中心總監／陳冠蒨
媒體公關組／陳柔彣	
綜合業務組／何欣穎	

發　行　人／江媛珍
法律顧問／第一國際法律事務所 余淑杏律師・北辰著作權事務所 蕭雄淋律師
出　　　版／國際學村
發　　　行／台灣廣廈有聲圖書有限公司
　　　　　　地址：新北市235中和區中山路二段359巷7號2樓
　　　　　　電話：（886）2-2225-5777・傳真：（886）2-2225-8052
讀者服務信箱／cs@booknews.com.tw

代理印務・全球總經銷／知遠文化事業有限公司
　　　　　　地址：新北市222深坑區北深路三段155巷25號5樓
　　　　　　電話：（886）2-2664-8800・傳真：（886）2-2664-8801
郵政劃撥／劃撥帳號：18836722
　　　　　　劃撥戶名：知遠文化事業有限公司（※單次購書金額未達1000元，另附70元郵資。）

■出版日期：2025年09月　　ISBN：978-986-454-434-9
　　　　　　　　　　　　　　版權所有，未經同意不得重製、轉載、翻印。

2000 Essential Korean Words - Advanced, by Darakwon, Inc.
Copyright © 2024, Min Jin-young, Park Jin-chul, Jang Ji-yeong
All rights reserved.

Traditional Chinese Language Print and distribution right © 2025, Taiwan Mansion Publishing Co., Ltd.
This traditional Chinese language published by arrangement with Darakwon, Inc.
through MJ Agency